古今之成大事业、大学问者，必经过三种之境界。"昨夜西风凋碧树，独上高楼，望尽天涯路。"此第一境也。"衣带渐宽终不悔，为伊消得人憔悴。"此第二境也。"众里寻他千百度，蓦然回首，那人却在灯火阑珊处。"此第三境也。

——王国维

人間詞話　　　　海寧王國維

詩蒹葭一篇最得風人深致晏同叔之昨夜西風凋碧樹獨上高樓望盡天涯路但一灑落一悲壯耳

古今之成大事業大學問者罔不經三種之境界昨夜西風凋碧樹獨上高樓望盡天涯路此第一境界也衣帶漸寬終不悔為伊消得人憔悴此第二境界也眾裏尋他千百度回頭驀見那人正在燈火闌珊處此第三境界也此等語皆非大詞人不能道然遽以此意解釋諸詞恐為晏歐諸公所不許也

太白純以氣象勝西風殘照漢家陵闕寥寥八字獨有千古後世惟范文正之漁家傲夏英公之喜遷鶯差堪繼武此氣

年　月　日

一

《人间词话》手稿第一页

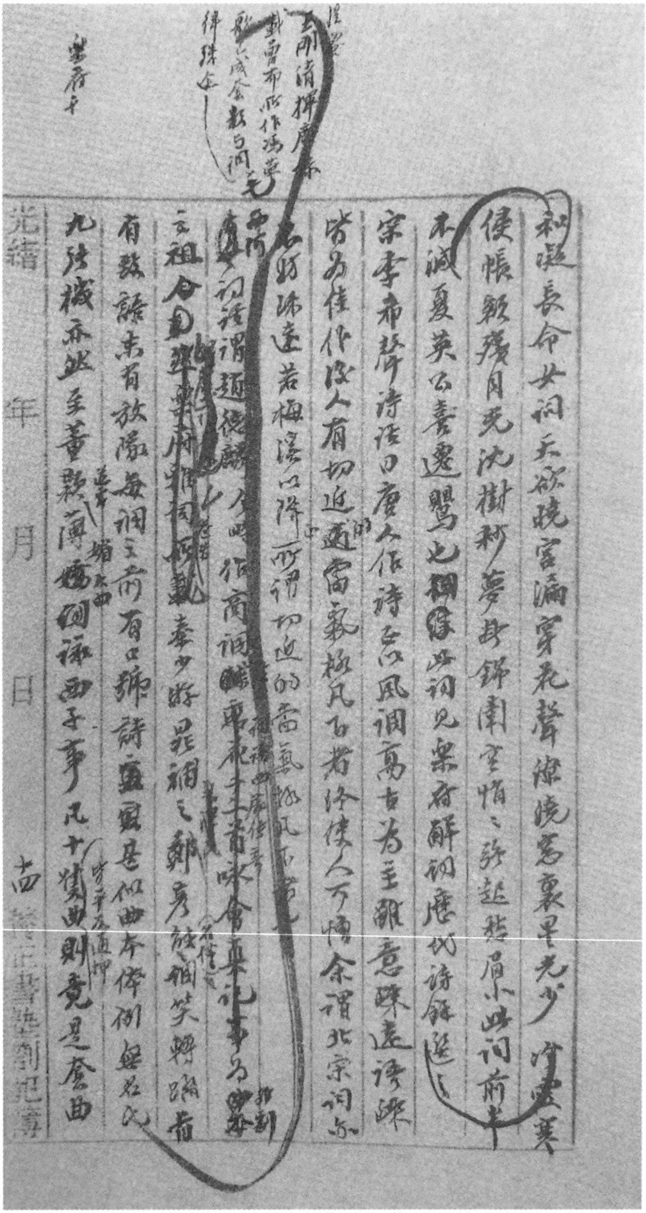

冯正中《长命女》词："天欲晓，宫漏穿花声缭绕，窗里星光少……"

《人间词话》手稿第十四页

光绪　　年　　月　　日

王国维 ◎ 著
周锡山 ◎ 编校
注评

汇编 汇校 汇评

人間詞話

【增订本】

上海三联书店

图书在版编目 (CIP) 数据

人间词话汇编汇校汇评 / 王国维著；周锡山编校 .—上海：上海三联书店，2013.3（2024.12 重印）

ISBN 978-7-5426-4189-2

Ⅰ . ①人… Ⅱ . ①王… ②周… Ⅲ . 词（文学）– 诗词研究 – 中国 – 古代 Ⅳ . ① I207.23

中国版本图书馆 CIP 数据核字（2013）第 0910006 号

人间词话汇编汇校汇评

著 者 /	王国维
编 校 /	周锡山
责任编辑 /	陈启甸　王倩怡
特约编辑 /	吴晓霞　张　斌
图书策划 /	郭　翔
装帧设计 /	主语设计
监 制 /	任中伟
出版发行 /	上海三联书店
	（201199）中国上海市都市路 4855 号 2 座 10 楼
	http://www.sjpc1932.com
邮购电话 /	021-24175971
印 刷 /	北京天恒嘉业印刷有限公司
版 次 /	2013 年 9 月第 1 版
印 次 /	2024 年 12 月第 30 次印刷
开 本 /	140mm × 210mm　1/32
字 数 /	430 千字
印 张 /	15.25

ISBN 978-7-5426-4189-2 / I · 705

定 价：49.80 元

目 录

三版序言

《人间词话汇编汇校汇评》初版于 2004 年，2009 年再版，受到读者和学者的热烈欢迎，不觉已经又脱销两年多了，今再做增补和修订，出版第三版。

这次新版，增补王国维论词的词话 15 则（即《人间词话附录》第二九至四三则；因篇幅所限，多不加注），"汇评"又新增近年发表的新成果四则，《人间词话》正文增注释一则；还增加了附录"王国维诗学理论"，摘录王国维各种著作中关于诗学理论的全部重要观点，凡 181 则，4 万多字。本书实际上已经成为"王国维诗学理论全编"，极便于读者和学者的研读和运用。

《人间词话》是建立王国维美学思想体系的最重要的著作，程国赋《王国维文艺思想研究的世纪考察（上）》（《学术交流》2005 年第 2 期）正确指出：

> 王国维的美学思想是否形成体系，学界存在两种截然相反的看法：周锡山的答案是肯定的（周锡山《论王国维及其美学思想》，《山西师大学报》1986 年第 2-3 期）；叶嘉莹则判定王氏美学不成体系，因为他没有将西学与中国传统的文学完美地融合，在理论阐述上仍嫌不足，带有旧体诗话、

词话常有的毛病（叶嘉莹《王国维及其文学批评》，广东人民出版社1982年）。笔者认为，叶氏未免有些苛求王国维，王氏美学思想确实没有做到尽善尽美，带有古代文学批评所固有的缺陷，而且论述中还存在自相矛盾之处，不过，从总体上看，其内在体系还是客观存在的，这是不容抹杀的事实。

程国赋先生的观点客观公允。他介绍的拙文《论王国维及其美学思想》是拙编《王国维文学美学论著集》的前言。

叶嘉莹的《王国维及其文学批评》一书，对王国维及其文学批评和美学著作的评价是很低的，全书对王国维的批评、否定甚多，仅对《人间词话》做基本肯定，但评价也不高，批评甚多。因此她否定王国维美学体系是顺理成章的事。程国赋先生的上述引文虽然简短，但已充分说明了叶嘉莹的基本观点。需要说明的是，由于种种因素，也包括叶嘉莹此书的影响，1985年之前，大陆学界对王国维的文学批评和美学著作，指责很多，评价很低。自拙文《博大精深　学贯中西——王国维评传》（《光明日报》1985年1月29日）和《论王国维及其美学思想》（《山西师大学报》1986年第2—3期，此文为《王国维文学美学论著集》前言，北岳文艺出版社1987年）首先给予王国维及其文学、美学成果以全面的高度评价，并首次提出王国维的美学思想体系之后，学术界普遍接受了拙文的观点。此后，王国维的文学、美学成果得到极高赞誉，而研究者目前多已赞同王国维美学是形成体系的，尽管有的称之为"潜体系"、"准体

系"，或如上引作者称为"内在体系"。而多数学者则径称为
"王国维美学思想体系"，本书《人间词话》第六〇则汇评中
新增的权威研究家陈伯海先生的论文，摘录的第四段开首即
说："我们知道，在王国维的美学思想体系中，'观'之一字
实具有很重要的意义。"

陈伯海先生还认为：

> 《人间词话》"出入"说的提出，在中国诗学由传统
> 向现代的演化过程中，亦有其深远的意义。
>
> ……
>
> 他所创立的"生命体验的自我超越"的命题，用以
> 解说审美活动的过程，则不仅在中国近现代美学史上有
> 开创意义，且至今仍值得我们深思与借鉴。

对《人间词话》的评价极高。

我于上世纪九十年代初，在拙著《王国维的美学思想研究》
（中国社会科学出版社 1992 年）中进一步指出：王国维意境说美学理
论还有一个重大意义：它是世界上唯一的以中为主，三美（中国、
印度和西方美学）皆具的美学理论。

在本书初版前言中，我指出：在受王国维影响的基础上，
我们应该在王国维所取得的成就上有所前进。现在，这篇前言
中言及的拙文《意志悲剧说和意志喜剧说》和《中国之石和西
方之玉——中国文论评论和研究西方文艺名著方法论纲》，先
后提交中国古代文学理论学会第十五届年会（2007 年，学会与云南
大学联合主办）和第十六届年会（2009 年，学会和四川大学、四川师范大

学联合主办），在大会发言或交流，都得到与会者的赞同和支持，四川大学网刊出大会综述时，将拙文的观点专列一节，给以突出介绍。拙文已发表于中国古代文学理论学会会刊、权威核心刊物《古代文学理论研究》第 27 辑（华东师范大学出版社 2009 年；又收入上海美学学会编《新世纪美学热点探索》，商务印书馆 2013 年）和第 30 辑（同上，2010 年）。拙文指出：

> 他山之石，可以攻玉。自 1904 年王国维的论文《红楼梦评论》首先运用西方美学和文艺理论来研究评论中国文学名著以来，整个 20 世纪流行着西方文论分析评论中国文学的研究方法，取得并且将继续取得极大的成就，产生了巨大而深远的影响。但是中国的美学和文艺理论，尽管有数千年历史的极其丰厚的积累，取得与西方美学和文艺理论同样辉煌的成就，还有不少超过西学的独特贡献，却由于众所周知的原因，对西方缺乏应有的影响，甚至不为西人所知。这对东西文化的交流和发展造成非常不利的影响。由于西方中心论的局限，西方学者对此尚无认识，中国学者应该具备宽广的胸襟和高远的眼光，首先做出努力，力图尽快改变这个不利局面，主动将中国美学和文艺理论的精华用多种有效的方法提供给国际学术界，为世界文化的发展做出自己的贡献。我们用中国文论评论和研究西方以及其他国家的文学艺术名著，努力为实现这个宏伟目标而做出自己绵薄贡献。

> 建立用中国美学和文艺理论来研究、评论西方文艺名著（也兼及东方别国的文艺名著）的理念和方法，为增强文化

软实力和在世界推广中国优秀文化的基本国策服务，并具有以下3个重大的理论和实践的意义：

其一，中国美学和文艺理论在分析和评论西方名著的实践中，可以得到很大的提高和发展，对发展中国当代美学和文艺理论起着重要的推动作用。

其二，西方名著通过中国美学和文艺理论的观照和剖析，可使西方美学和文艺理论无法分析和总结的艺术特点和成就，得到鲜明揭示和解释，并给中国和世界创作界以重大的启发，从而对中国和世界的文艺创作起推动作用。本方法有效推广和发展，能够引导中西当代创作界自觉以中国传统文论和美学为指导，提高创作水平。使中国和西方文艺创作者了解中国美学和文艺理论独特的成就，尤其是西方和其他国家没有而中国独有的美学和文艺理论，对以学习西方美学、文艺理论为主而对中国美学、文艺理论不熟悉的中国和西方创作者，提供理论指导，从而形成新的追求，从而对中国和世界的文艺创作形成新的重大的推动作用。

前已指出，当代的中国作家一般都仅仅重视西方美学和文艺理论的学习，对中国传统美学和文艺理论多不熟悉甚至不了解。这是中国当今创作界整体上与世界一流水平有较大距离的主要或重要原因之一。用中国文论评论和研究西方文艺名著的成果能够促进当代创作界对此不足的认识，并启示其产生学习中国传统美学和文艺理论的兴趣和热情，并运用于创作实践中。

其三，向西方美学和文艺理论界提供中国独特的美学和文艺理论贡献，促进其思考和探索的广度和深度，提供其吸收中国美学和文艺理论的重要理论参照的内容，从而对西方和世界美学与文艺理论的发展做出我们应有的贡献。

本书最初由著名出版人汪俊先生策划和组织操作，先后由北岳文艺出版社和万卷出版公司出版。这次第三版，改由上海三联书店出版，内容更为丰富全面，必能得到读者和学者的继续欢迎。不足之处则仍请不吝指出为感！

周锡山

2012 年 12 月 12 日

于上海静安九思斋

再版附言

　　本书出版近 5 年来，甚得读者、专家的厚爱和好评，研究生网于首页给以推荐，中国人民大学图书馆等都在网上给以推荐，我深为铭感。惜因我提供的电子稿件，在出版社编排时因不同字码系统转换的过程中，出现一些错误，造成错字、转行等失误，又因出版时间紧迫，出版社未能让我审读校样。此次重版，皆已改正，并向初版购买者郑重致歉！

　　这次重版，汇评部分在篇幅容许的前提下又略为补入近年新成果。初版时因篇幅限制，我的解读文字过少，不少读者对此不满，这次重版，每则都有解读（删稿和附录有数则没有解读），且能畅所欲言。如有不当之处，敬请批评指正。

周锡山

2008 年 11 月于上海九学斋

前　言

王国维（1877—1927），晚年任北京大学国学门通讯导师、清华大学国学研究院导师，是 20 世纪中国社会和人文学科的第一大学者，取得了众多领先于国际学术界的巨大成就。

王国维与刘勰（《文心雕龙》作者）、金圣叹，并列为中国美学的三大权威，也是中国美学研究的三大热门。

王国维创立的意境说美学体系是 20 世纪领先于国际学术界的伟大学术成果。《人间词话》是王国维美学体系中的最重要的著作之一，是提出和建构意境说（境界说）美学体系的主要著作之一。王国维的《人间词话》是中国美学的十大经典名著之一，也是 20 世纪中国成就最高的美学名著。

本书收齐王国维《人间词话》的各种版本：手稿本、定稿本、未刊本、删改本、选本和通行本，及通行本中的附录本。又将以上诸本作汇校，让读者方便地阅读和思考。

为帮助青年读者读懂这部经典著作，本书作了注解。注解有人名的介绍和词话中引及的诗词原文及其难点的解释，向读者提供比较全面的知识。

本书的汇评涵盖 20 世纪的诸家评论。汇评部分并非将所有的评论全部列入，这并无必要，因为有不少评论已经过时或者缺乏独到的见解，甚至观点错误。有的观点值得商榷，甚或是错误的，但有独特的见解，本书也收入。总之，本书的汇评是将精彩的有独到见解的评论收集在一起，便于读者参考和在此基础上做出更深入的思考。

王国维是中国 20 世纪美学研究三大热门（《文心雕龙》、金圣叹和王国维）之一，研究者云集。在王国维研究中，著名学者陈鸿祥、（谭）佛雏和叶嘉莹用时用力最多。其中陈鸿祥先生在王国维文学美学的研究中，创获最多；（谭）佛雏先生在原著整理收集和诗学研究方面成就卓著；叶嘉莹先生在诗词欣赏方面用力最勤。在《人间词话》文本的整理和研究中，著名学者滕惠咸、刘烜先生等，贡献卓著。

继学界前贤之后，编者本人也将王国维作为自己研究的重要观照对象之一。自 1981 年笔者开始收集王国维的著作资料并辑编王国维的著作集、于 1985 年 1 月 29 日《光明日报》文学遗产专栏发表《博大精深　学贯中西——王国维评传》以来，出席了中国大陆举办的王国维学术研讨的全部重要会议，提交的论文都收入大会的学术论文集；继出版和即将出版的《王国维文学美学论著集》（编校，北岳文艺出版社 1987 年）、《王国维集》（4 册，中国社会科学出版社 2008 年）和《王国维美学思想研究》（专著，中国社会科学出版社 1992 年）和十余篇论文之后，近年又连续发表《论王国维的伟大学术成就对当代世界的价值》（北京大学、清华大学、香港大学和台湾新竹清华大学中文系主办"王国维先生诞辰 120 周年纪念学术研讨会"论文集）、《融会中西古今之学而创新说——试论王国维的治学方法和道路》（《文史知识》1997 年第 7 期）、《论王国维的曲学和西学》(《中国比较文学》1998 年第 4 期，中国人民大学《戏剧·戏曲研究》1999 年第 1 期)、《论王国维的"意志"悲剧说》(中国艺术研究院戏曲研究所《戏曲研究》第 56 期，2002 年；《上海作家作品双年选·古代文学卷》，2004 年) 等多篇论文。限于篇幅，本书汇评中也略收几则其中的重要观点。在王国维研究方面，笔者近年的学术兴趣已转向从王国维所取得的伟大成就的基础上出发，探索新的进程。如从王国维的"意志"一语所受的启发，探索和总结中国的意志悲剧和意志喜剧，描述中国意志悲剧的总貌并论证中国的意志悲剧是与西方命运悲剧、性格悲剧和社会悲剧的成就同样卓越的戏剧种类和同样重要的发展阶段；用意境说的重要观点研究和评论西方文学艺术名著等，并已有初步成果发表，还将在近期内以专著形式发表自己的见解，敬请读者和学者指正。

学术研究中的资料收集和研究工作犹如积薪，后来居上，后人的工作总是得到前人提供的基础。本书的汇编汇校汇评工作，要感谢已经出版的前贤和同行的成果，尤其是各种《人间词话》版本的整理者和研究者。

我于 1987 年北岳文艺出版社出版的《王国维文学美学论著集》是第一部收齐王国维有关论著的整理本，出版后得到众多学者的称引，已有颇大影响。此书中的《人间词话》收齐各种版本并作了汇校。这次单独出版《人间词话》解读本，又增加了手稿中被划去的原文，让读者更深入地了解王国维的思路进程，以便读者揣摩和体会学术宗师的治学方法。根据出版社的要求又增加"解读"部分。与本书同时编入"20 世纪学术宗师解读书系·王国维"的另两种书——《王国维中国文学美学论集》和《王国维西方文学美学论集》，撰写的形式不同，本书用注释和汇评的方式作为解读。

　　我在今年列入上海和山西的重点书有三个专业方向（历史学、美术学和哲、美学）的三套书系共 5 种书籍：除王国维"20 世纪学术宗师解读书系·王国维"的第一批这三种书以外，还有《汉匈四千年之战》（"历史新观察书系"第三种，前两种为《流民皇帝——从刘邦到朱元璋》、《临朝太后——从吕太后到慈禧》，上海画报出版社已出版）。敬请有兴趣的读者参阅并批评指正。

　　　　　　　　　　　　　　　　　　　周锡山

　　　　　　　　　　　　　　2004 年 4 月于上海九学斋

《人间词话》的版本情况
和本书的编校说明

　　《人间词话》在作者生前即已发表，内共有 64 条，其中 63 条是由作者从 125 条手稿中摘编出来，次序另作排列，文字略有改动，并新增一条。作者逝世后，赵万里又从手稿中挑选出 49 条，称为《人间词话删稿》。赵万里发表这 49 条时，对作者的原稿作了一些删、改。赵万里又从作者其他著述中摘出有关词的论述 29 条，称为《人间词话附录》一起发表。此书由徐调孚校注、王幼安校订，编入郭绍虞主编的《中国古代文艺理论专著选辑》丛书中，成为海内最通行、最权威的版本。赵、徐、王先生对《人间词话》的流布和研究，做了许多重要的、卓有成效的工作。此为海内外学者之所共睹，不用赘述焉。

　　但是这个本子也有一些缺点。首先，赵万里未将手稿的剩下部分全部公布，还有 13 条没有发表，这样读者就无从窥见手稿的全貌。其次，赵万里先生将手稿的内容作了多次删、改，使读者无法看到手稿的原貌。另外，赵万里先生在发表手稿剩下内容时，用《人间词话删稿》一名，也很有些不妥。王国维先生当年将自己的手稿挑选了一些公之于世，剩下的部分我们只能称之为"未刊稿",而不能讲是"删稿"。手稿中有 12 条,作者自己已删去,这才是真正的"删稿"。因此,本书就根据王国维先生的原意,分成:一、《人间词话》,二、《人间词话未刊稿》,三《人间词话删稿》。另将赵万里、陈乃乾原辑的《人间词话附录》也照旧附在后面(次序略作调动)。不过,这个《附录》一方面对读者很有用,通过它,读者可一目了然地看到作者的其他论词观点,以免翻检之劳。但另一方面,这个《附录》决不可和《人间词话》混为一谈,因为其中有些论点是作者后来的思想,与《人间词话》中的观点相比,有了很大的改变。特别是作者对周邦彦的看法,《附录》中的评论和《词话》相比竟判若两人。《人间词话》是一部严谨的学术专著,它的观点是审慎而前后统一的。如将《附录》与它混为一谈,就等于在同一本书中出现了矛盾的观点,这会引起读者的误会。就是未刊稿和删稿也决不能与《人间词话》手定本等量齐观。

本书的《人间词话》部分,以作者手定本为底本,校以朴社本、两个《遗书》本和作者的手稿。从手稿和定本的对比中,我们可以看出作者思想发展的某些脉络,以供我们研究时参考。《未刊稿》、《删稿》,为尊重原作者起见,以手稿为底本,按手稿次序排列,并补上通行本未载之 13 条;赵、徐、王的通行本影响很大,故而将其删、改部分列入校记中,以供读者参阅。为了便于读者了解《人间词话》的写作和定稿的发展过程,笔者特将《手稿》、本书和通行本的条目次序列一对照表,附在原文之后。

今将《人间词话》手稿中定稿前的被删改的原稿也增入

校记中，又补入作者《二牗轩随录》中的《人间词话选》，供读者和研究者参考。《人间词话选》由作者自选，取舍之间，可见作者的观点；次序和少数字句也有改动，可看作是作者的新的定本。

人间词话

一

词以境界[1]为最上。有境界，则自成高格[2]，自有名句。①
五代、北宋之词所以独绝者在此。

汇　校

① "自成"二句，手稿原作"不期工而自工"。

注　释

[1] 境界：借用佛经中的概念，原指疆界、疆域；佛经中用的"境界"，
又指"自家势力所及之境土"（《佛学大辞典》），指个人在人的感受能
力之所及，或精神上所能达到的境地。文艺作品中的境界指情、景
和事物交融所形成的艺术高度。

[2] 高格：作品的高级的品第、等级；作品的取意高妙，或格调高雅，
风格高迈超逸。

汇　评

李长之《王国维文艺批评著作批判》（《文学季刊》[创刊号]，1934
年1月）

境界即作品中的世界。不错，作品中的世界，和我们所居住的世界
不同，但这不同处在什么地方呢？我们看在普通的世界，只是客观的存

在而已，在作品的世界，却是客观的存在之外再加上作者的主观，搅在一起，便变作一个混同的有真景物有真感情的世界。

许文雨《钟嵘诗品讲疏　人间词话讲疏》（1937 年）第 169 页（成都古籍出版社 1983 年影印本）

妙手造文，能使其纷沓之情思，为极自然之表现，望之不啻为真实之暴露，是即作者辛勤缔造之境界。若不符自然之理，妄有表现，此则幻想之果，难诣真境矣。故必真实始得谓之境界，必运思循乎自然之法则，始能造此境界。

唐圭璋《评〈人间词话〉》（《斯文》卷一，第 21-22 合期，1941 年 8 月）

予谓境界固为词中紧要之事，然不可舍情韵而专倡此二字。境界亦自人心中体会得来，不能截然独立。五代北宋之词所以独绝者，并不专在境界上。而只是一二名句，亦不足包括境界，且不足以尽全词之美妙。上乘作品，往往情境交融，一片浑成，不能强分；即如《花间集》及二主之词，吾人岂能割裂单句，以为独绝在是耶？！

刘任萍《境界论及其称谓来源》（《人间世》第 17 期，1945 年）

"境界"之含义，实合"意"与"境"二者而成。

李泽厚《"意境"杂谈》（《光明日报》1957 年 6 月 9 日、16 日）

因为"意境"是经过艺术家的主观把握而创造出来的艺术存在，它已大不同于生活中的"境界"的原型。所以，"意境"二字就比似稍偏于单纯客观意味的"境界"二字为更准确。

……

"意境"和"典型环境中的典型性格"一样，是比"形象"（"象"）、"情感"（"情"）更高一级的美学范畴。因为它们不但包含了"象""情"两个方面，而且还特别扬弃了它们的主（"情"）客（"象"）观的片面性而构成了一完整统一、独立的艺术存在。

陈咏《略谈"境界"说》（《光明日报》1957 年 12 月 12 日）

他谈到五代孙光宪的词时说："昔黄玉林赏其'一庭花雨湿春愁'为古今佳句。余以为不若'片帆烟际闪孤光'尤有境界也。"为什么片帆句比一庭句尤有境界呢？难道这一句中的思想感情比那一句的来得进步、高洁、真切？我看不是的。比较下来，二者的差别首先在于片帆句提供了鲜明的艺术形象，勾勒出一幅清晰生动的图画；而一庭句却没有做到这一点。至少词句提供的形象是不够鲜明、具体的。可见，所谓有境界，也即是指能写出具体、鲜明的艺术形象。

叶秀山《也谈王国维的"境界"说》（《光明日报》1958 年 3 月 16 日）

他的"境界"说是力图探求艺术的本质因素，同时他的有关艺术形象的生动性、含蓄等具体特点，都是分析得很仔细的。

林雨华《论王国维的唯心主义美学观》（《新建设》1964 年第 3 期）

可以说，"意境"或"境界"，是艺术形象及其艺术环境在读者心中所起的共鸣作用；"意境"或"境界"又是读者艺术欣赏时的心理状态。

张文勋《从〈人间词话〉看王国维的美学思想实质》（《学术研究》1964 年第 3 期）

他所说的"境界"，不外是作品中的"情"与"景"二者，也就是说，客观的景物和主观的思想感情在作品中的鲜明、形象的表现，是"情"与"景"的统一。这里，接触到文学艺术的形象性的特征问题。我们知道，所谓"境界"，就是作家借助于典型化的方法，在作品中所创造出来的鲜明生动的艺术形象；虽然，有的作家以抒情为主，有的以写景为主，但任何艺术形象，都是作家在一定的思想指导下，对现实生活进行艺术概括的结果。所以，我们今天常说的"境界"二字的含义，首先是包括作品的思想深度和所反映的生活内容的广度，同时也包括作品中的形象的鲜明生动的程度。由于文学艺术具有"在个别中显现一般"的特点，所以能在有限的"境界"中，引起读者的无限的联想和想象，给人以艺术的感染力。

佛雏《"境界"说辨源兼评其实质——王国维美学思想批判之二》（《扬州师院学报》1964 年第 19 期）

在诗词中，境界（意境）指的是，通过为外物所一刹兴起的抒情诗人的某种具体的典型感受，以此或主要凝为"外景"（造型形象）或主要凝为"心画"（表现形象），反映出生活的某一本质方面或某一侧面的一种单纯的、有机的、富于个性特征的艺术结构。

任访秋《略论王国维及其文艺思想》（《开封师院学报》1978 年第 5 期）

所谓"境界"，也就是生活图画，也就是形象特征。至于"境界"绝不是单指客观世界中的景物，并且包括有作者的感情在内："景非独景物也，喜怒哀乐，亦人心中之一境界。故能写真景物，真感情者，谓之有境界。"这就说明作品必须能对现实生活作生动真实的表现，才算是有境界。因为只有达到这个地步，才能给读者以亲切的感受。

周煦良《〈人间词话〉评述》（《书林》1980 年第 1 期）

今天重读《人间词话》，我发觉我对"境界"一词的理解和使用，可能与王氏有一个重要差别。他说"词以境界为最上"，即是说有些词可以没有境界。我则认为诗词或其他艺术都是表现一种境界，没有不表现境界的艺术；不表现境界的艺术，它就只是记录，不是艺术。

祖保泉《关于王国维三题》（《安徽师大学报》1980 年第 1 期）

王国维在《人间词话》中所谈"境界"主要是词的艺术境界。这种艺术境界正是"经过艺术家的主观把握而创造出来的艺术存在"，而不是"生活中的境界的原型"。我们叫这种"艺术存在"为有"意境"或有"境界"，都是一样的，在实质上没有什么差别。

徐复观《王国维〈人间词话〉境界说试评》（《中国文学论集续篇》，台湾学生书局 1981 年）

王氏的所谓"境界"，是与"境"不分，而"境"又是与"景"通用的。此通过他全书的用辞而可见。他虽然说"境非独谓景物也；喜怒哀乐，亦人心中之一境界"；但他的重点，是放在景物之境的上面，所以《词话》的第二条即是"有造境，有写境"。第三条即是"有有我之境，有无我之境"。因而他之所谓境界或境，实则传统上之所谓"景"，所谓"写景"。全书中不仅"境""景"常互用；且所用境字境界字，多可与景字互易。当他引黄山谷"天下清景，不择贤愚而与之。然吾特疑为我辈设"的话后，自己加以发挥时，即将山谷的景字易为他自己所爱用的境界两字凡七次之多。王夫之《姜斋诗话》"有大景，有小景"；而王氏即称为"境界有大小"。惟自唐代起，多数用法，境可以同于景，但境界并不同于景。在道德、文学、艺术中用"境界"一词时，首先指的是由人格修养而来的精神所达到的层次。例如说某人的境界高，某人的境界低。精神的层次，影响对事物、自然，所能把握到的层次。由此而表现为文学艺术时，即成为文学艺术的境界。所以文学艺术中的境界，乃主客合一的产物。仅就风景之景而言，亦即仅就自然而言，乃纯客观地存在，不能构成有层次性的境界。若未加上由人格修养而来的精神作用，而仅就喜怒哀乐的自身来说，则系纯主观的混沌。王氏既把境界与景混同起来，于是除他书中的少数歧义外，他所说的"词以境界为最上"，实等于说"词以写景为最上"。写景在中国诗词中，本占有重要地位，我在此文中，也顺便提出来加以讨论。但王氏何以觉得他所提出的境界说，较之兴趣、气质、神韵，为能"探其本"？严沧浪的所谓"兴趣"，指的是情景两相凑泊时的精神状态，写景乃由此而出，恐不能与王氏之所谓境界，分孰本孰末。"气质"一词，在传统的诗文评论中，极为少见，王氏大概指的是"气格"或"骨气"。"气格"与"神韵"，都与传统的所谓境界，密切关联在一起。而写景，只是表现中的一种技巧，两者之间，如何可以论本末？由此也可知王氏所言诗词的本末，与传统所言的诗词的本末，实大异其趣。传统未必是，王氏的推陈出新未必非。但在诗词创作的长期体验中，写景虽然占有重要的地位，却很难说写景为诗词创作之本。因王氏执此以为本，所以王氏对写景问题，也似乎没有彻底把握到。

王文生《王国维的文学思想初探》（《古代文学理论研究丛刊》1982 年第 7 期）

以王国维这样一个严肃的学者，在前后几年里，交相反复地使用"意境"和"境界"来作为他评词、评诗、评剧的基准，这究竟说明了什么呢？我个人以为，这种情况反映了他的认识有一个发展过程。当他在 1906 年写作《人间词·甲稿序》时，他虽已认识到为了纠正清代词坛的弊病必须向五代北宋词学习，但还没有从理论上去总结五代北宋词的特点。1907 年的《人间词·乙稿序》则在认识上有一个发展，不仅明确标举"意境"为五代北宋词之所长，而且对这个传统概念作了一定的阐释。1908 年他写作《人间词话》时，他显然是想在传统的"意境"之外，另立新说，因而提出"境界"。然而，在他的心目中还不能把"境界"和"意境"明确地分别开来。如他在《人间词话》里有意统一使用"境界"这个概念时，还不经心地用了"意境"的概念，就看出了这种迹象。

叶朗《中国美学史大纲》第 621 页（上海人民出版社 1985 年）

意境说的精髓，如果要用一句话来概括，那就是"境生于象外"。艺术家的审美对象不是"象"，而是"境"。"境"是"虚"与"实"的统一。所以"意境"的范畴不等于一般艺术形象的范畴（"意象"）。"意境"是"意象"，但不是任何"意象"都是"意境"。"意境"的内涵比"意象"的内涵丰富。"意境"既包含"意象"共同具有的一般的规定，又包含自己的特殊的规定。正因为这样，所以"意境"是中国古典美学的独特的范畴。

我们再看王国维的境界说。我们分析了王国维所谓"境界"（或"意境"）的三层含义：第一是强调情与景、意与象、隐与秀的交融与统一；第二是强调真景物、真感情，即强调再现的真实性；第三是强调文学语言对于意象的充分、完美的传达，即强调文学语言的直接形象感。王国维抓住的这三个方面，他论述和发挥的三层含义，恰恰都是"意境"作为艺术形象（"意象"）的一般的规定性。"意境"的特殊的规定性却被他完全撇开了。王国维用了一些西方美学的概念来解释"意境"。但是他没有把握住意境说的精髓。根据他的解释，"意境"（或"境界"）这个范畴就等同于一般的艺术形象的范畴，即等同于"意象"这个范畴，而不再是一个独特的范畴。因此，如果我们不停留于表面的术语，而是从实质看问题，那就应该说，王国维的境界说并不属于中国古典美学的意境说的范围，而是属于中国古典美学的意象说的范围。

陈鸿祥《"境界"探源——〈人间词话〉续考》（《江海学刊》1985 年第 5 期）

孔子"思无邪"，"拈"出于《鲁颂·駉》第四章；王国维"境界"二字，表面上虽"拈"出于前人诗（词）话文论，而其初实出于此诗首章："駉駉牧马，在坰之野。薄言者，有駉有皇，有骊有黄，以车彭彭。思无疆，思马斯臧。""疆"，即"界"，"境界"之谓也。朱注："思无疆，言其思之深广无穷也。"而这与王国维要求的"诗人之眼",恰恰吻合。

姚一苇《艺术之奥秘》第 314 页（漓江出版社 1987 年）

由于王氏未有严格地确定境界一词之界域,从而有时作为评价之用语,若境界之有与无,境界之高与低是也;有时非作为评价之用语,若有造境与写境之分,境界之有我与无我是也。因此我认为前一场合,即作为评价之用语时,可谓之为境界;则后一场合,即非作为评价之用语时,不可谓之为境界,仅可谓之为风格。我所谓风格是一个纯客观的用语,不涉及任何价值判断。

冯友兰《中国近代美学的奠基人——王国维》（《中国哲学史新编》第六册第 191、198 页,人民出版社 1989 年）

本书认为哲学所能使人达到的全部精神状态应该称为境界,艺术作品所表达的可以称为意境,《词话》所讲的主要是艺术作品所表达的,所以应该称为意境。这里所说的"应该"并不是本书强加给王国维的,这是从他的美学思想的内部逻辑推出来的,而且是王国维自己用的一个概念。

艺术作品最可贵之处是它所表达的意境。一个大艺术家有高明的天才,伟大的人格,广博的学问,有很好的预想,作出来的作品自然也有很高的意境,这是不可学的。

陈鸿祥《人间词话·人间词注评》第 3 页（江苏古籍出版社 2002 年）

应该说,以"境界"论说诗词,并不始于王国维。自唐代以来的文论诗（词）话中,已有"诗境"、"词境"之说,而更常见者则为"意境",且多与境界相通;也有的明确地以"境界"评赞诗赋,如上述刘熙载《艺概》。王国维不同于前人之处,在于以"境界"为论词之核心,融汇中西,推陈出新,自铸独立的美学体系。

《人间词话》"境界"说蕴含了极为丰厚的美学内涵。在此则词话中,包含了三个层次的内涵。第一层,"有境界"之词必须"自成高格"。王国维曾赞颂自屈原以来彪炳于中国文学史的屈原、陶潜、杜甫、苏轼等大诗人"苟无文学之天才,其人格亦自足千古"（《静庵文集·文学小言》之六）。这就是说,他将"人格"置于境界之首,故论文天祥词,谓"风骨甚高，亦有境界"（《人间词话未刊稿》之三五）。"风骨"即由"文格"所表现的"人格"，惟"人格"与"文格"统一，才称得上"有境界"。

第二层，有境界之词，必须有名句。王国维虽未为"名句"下定义，但却在其他多则词话中论说了"有句"、"无句"。"有句"即"名句"，他认为"惟李后主降宋后之作，及永叔、子瞻、少游、美成、稼轩数人"之词达到了"有篇有句"（《人间词话未刊稿》之四一），可见他对有境界的"名句"要求之高。他自评《人间词》，谓："名句间出，殆往往度越前人。"（《人间词·甲稿序》）说明他追求"境界"，多么着力于在"名句"上下功夫。

但是，也必须如实指出，王国维以"境界"涵盖整部中国词史，带有不可避免的偏颇。这就是第三层，所谓有境界之词必须"独绝"于一时代。王国维曾紧接着《人间词话》之后，撰录了《唐五代二十一家词辑》。嗣后，他又撰《人间校词札记十三种》，就包括了南北宋至元代的词人。事实上，南宋李清照、陆游词，难道不"独绝"于那个时代吗？所以王国维标举"境界"，要求"有境界"之词必须"成高格"、"有名句"，是时代之绝唱、词中之翘楚，这是很对的；但从词之发展来说，"独绝"于一时代的"有篇有句"的有境界之词，并不"绝"于五代、北宋，这是必须说明的。

周锡山《王国维美学思想研究》第 178-179、188-189 页（中国社会科学出版社 1992 年）

境界说，又称意境说，是王国维的诗学核心和美学核心。王国维美学中的境界说是横贯诗歌和小说、戏曲所有领域的最高层次的理论。王国维诗学中的境界说主要见于《人间词话》，其内容主要有论诗的境界、广义的境界、境界的构成和几对有关境界的范畴等四个方面。

论诗的境界（四、境界说之 1）——

王国维在《人间词话》第一则即开宗明义地宣布：（引文略）。

又于后来编入《人间词话附录》之《人间词·乙稿序》中说：

> 文学之事，其内足以摅己而外足以感人者，意与境二者而已；

上焉者意与境浑，其次或以境深，或以意深，苟缺其一，不足以言文学。

文学之工不工，亦视其意境之有无与其深浅而已。

指出词和整个文学的最高标准是境界或曰意境，以境界为上。或者说有境界、意境深是衡量文学的唯一最高标准。

论品格（三、诗学总论之 4）——

王国维在重视内容和技巧的基础上极其重视作品的品格。品，指作品应达到的高品位。格，指作品应具备的高格调。作品的品格，一是作者本人的品格和作品内容的结合的结果，即审美主体与审美客体完美结合才能达到的。达到的途径是审美主体的品格向审美客体潜移默化地渗透，再由后者即作品反映出前者即作者的品格。没有高度的技巧，作者空有雄心壮志，眼高手低，力不从心，也无法达到，作者的品格无法转化成作品的品格。作品的品格反映作者的品格，用作者和作品的真实性作为桥梁，使两者具有一致性或统一性，我国古代美学家据此建立了"诗品犹如人品"的著名美学原理。王国维的论品格，始终贯穿着这个重要的美学原理。

王国维以"品格"（《人间词话》三二）作为评论作者和作品的重要标准。也常单独以"格调"评论，如他认为"古今词人格调之高无如白石"（《人间词话》四二），他表示姜夔是他所喜好的二、三南宋词人之一，即因其人格调高绝。反映到词作中，王国维认为"白石写景之作，如'二十四桥仍在，波心荡，冷月无声。''数峰清苦，商略黄昏雨。''高树晚蝉，说西风消息。'"之类，皆"格韵高绝"（《人间词话》三九）。将格与韵连在一起。韵，这里主要指节奏、音韵，作品的音乐性效果，也兼指作者作品的风韵气度。由于中国传统文论一贯重视"气"，甚至认为"文以气为主"，故静安有时也将气和格连在一起，称作"气格"（《人间词话未刊稿》二〇）。他称颂优秀之作"格高千古"（同上一七），有时又称"风调高古"（同上三六）。而观察品格，"在神不在貌"（《人间词话》三二），如欧阳修、秦观虽作艳语，终有品格。

李砾《〈人间词话〉辨》第 68 页（中国社会科学出版社 2006 年）

"境界"是审美鉴赏对象的存在形式。因此"境界"成为构成审美鉴赏批评（判断）前提的基本因素。

（引此则原文，略）——点明标出境界的三个相互支持的因素：其一，词以有境界为其美的追求；因此，以"词话"的形式，即以评说词作品的形式作为讨论审美鉴赏判断问题的外在形式。其二，有无境界，是衡量诗词作品是否美的前提；故曰：诗词有境界才有美。其三，词史上最美的作品集中于五代、北宋时，五代、北宋词之所以绝妙者，在于有境界；因此，以五代、北宋词为基本经验依据来讨论境界之美。

开宗明义，标出了诗词作品审美判断的基本前提：有无境界，指出认识此前提依据的经验所在：词对美的追求；亦点出本经验的出处：对五代、北宋之词的鉴赏。

解　读

参见汇评中《王国维美学思想研究》的引文。又：

第一则有三层意思：

一、第一则开首即开宗明义地指出，境界是评价词的思想、艺术成就的最高标准。实际上境界也是评价所有文学艺术作品的思想艺术成就的最高标准。

二、有境界的作品自然成为高格，自然产生名句。高格，即高尚的品格、格调。

三、五代、北宋的词，是有境界的作品的典范，所以独绝。独绝，即五代北宋词在整体上看，其艺术成就空前绝后。

由上可见，王国维在词的领域，对五代、北宋评价最高。在整个文学领域，除了五代、北宋词的名家之外，王国维认为有境界的著作还有诗歌中的屈（原）、陶（渊明）、杜（甫）和苏（轼）四家，南宋词人辛弃疾；元杂剧、清代纳兰性德词和《红楼梦》等。

王国维在这里提出了重要的美学概念：境界。自唐宋以后，境界成为一个重要的美学范畴。

成复旺主编的《中国美学范畴辞典》中，潘世秀撰写的"境界"释文为：指审美客体，包括自然状态的审美客体、艺术家构思过程中人化的审美客体或艺术品完成后物化的审美客体。"常人之境界"指自然状态的审美客体，"诗人之境界"指人化与物化的审美客体。

而彭会资主编的《中国文论大辞典》则指出：在文艺创作中具体运用"境界"这概念时，其含义是相当丰富的：一、指一定时间空间之内的人物、景物及其相互关系所构成的生活景象。二、指文艺家正在孕育中的心物交融的艺术图景。三、指文艺作品中所描绘的情景交融的真实的艺术世界。四、指充实、深厚的内涵或思路豁然畅通所进入的新境地。

研究家公认，王国维在《人间词话》中关于境界的论述一直被认为是最完备的。而王国维本人关于境界的直接而简要的解释，可见本书《人间词话》第五六则：

> 大家之作，其言情也必沁人心脾，其写景也必豁人耳目，其词脱口而出，无矫揉妆束之态。以其所见者真，所知者深也。诗词皆然。持此以衡古今之作者，可无大误矣。

在《宋元戏曲考》第十二章《元剧之文章》中，他又说：

> 然元剧最佳之处，不在其思想结构，而在其文章。其文章之妙，亦一言以蔽之，曰：有意境而已矣。何以谓之有意境？曰：写情则沁人心脾，写景则在人耳目，述事则如其口出是也。古诗词之佳者，无不如是，元曲亦然。

王国维在这里讲的是意境，讲的是意境的定义。王国维在《人间词话》中有时也将"境界"称为"意境"，在《宋元戏曲考》中则径称之为意境。一般认为王国维所讲的境界和意境，两词通用，就是因为王国维在《人间词话》和《宋元戏曲考》中的以上两则，用同样的话语来解释境界和意境，也因此而可知，《人间词话》中的第五六则是对"境界"一词的直接的解释。

但对于这两个中国美学中的重要概念，具体解释起来，也会有些不同，读者可以参看本书《人间词话附录》第三〇则（《人间词·乙稿序》）关于意境的阐释。

二

有造境，有写境，此理想与写实二派之所由分。然二者颇难分别，①因大诗人所造之境必合乎自然[1]，所写之境亦必邻于理想故也。②

汇 校

① "分别"，手稿作 "区别"。

② 此句手稿无 "亦" 字。

注 释

[1] 自然：此指客观世界，即兼指现实人生和自然界。下同。

汇 评

许文雨《钟嵘诗品讲疏　人间词话讲疏》（1937 年）第 170 页（成都古籍出版社 1983 年影印本）

案由创造之想象，缔造文学之境界，谓之造境。温采斯德（Winchester）曰："创造之想象者，本经验中之分子，为自然之选择而组合之，使成新构之谓也。"写实之境，谓之写境。

吴奔星《王国维的美学思想——"境界"论》（《江海学刊》1963 年第 3 期）

现实主义的创作也并非机械地照搬现实，必须有所取舍（所谓"必遗其关系、限制之处"）；浪漫主义的"虚构"，也必须向现实生活寻求题材，不能违背自然（现实）发展的逻辑（所谓"亦必从自然之法律"），因此，这两种创作方法并不是对立的，而是互相关联的。在马克思主义文艺理论尚未介绍到来的我国近代文坛,这样的理解无疑是他的美学思想中可贵的因素。

饶宗颐《〈人间词话〉平议》（1953 年）（《澄心论萃》第 213 页,上海文艺出版社 1996 年）

王氏论境,有造境及写境,即理想与写实二派之别,其说颇趣。试以画喻。写境如写生画,造境如文人画。夫心固有借于外境,境随心生,同一之外境,各人之心不同,所得之境亦因之有异。又诸心生之境,已非曩境,且超实境,故山川万物,荐灵于我,而操在我心,一若山川万物使我代其言也。我脱胎于山川万物,又不糟粕山川万物,以我有我之灵感存也。（《蕙风词话》:"吾听风雨,吾览江山,常觉风雨江山外,有万不得已者在。此万不得已,即词心也,此万不得已者,由吾心酝酿而出,即吾词之真也。"其说至精,可以参照。）必也,如石涛之言画,搜尽造化打我草稿,不如是不能深入,不能出奇。故造境写境之外,又贵能创境。创境者,谓空所倚傍,别开生面。耆卿、美成,阐变于声情;东坡、稼轩,肆奇于议论。若斯之伦,并其翘楚。然此一代不过数人,非大家不能办到矣!

佛雏《"境界"说的传统渊源及其得失》（《古典文学论丛》1982 年第 2 辑）

诗的境界乃是实和虚,或者自然（包括人生）与理想的辩证的合金。它可以偏于实,或偏于虚,但纯实无虚或纯虚无实,都是不可能构成诗境的。诗境的基本构造方式,只有王氏所说的两种:"写境"和"造境"。"写境"重写实,"合乎自然",偏于赋体（实事求是）,又必有所"虚构",则又"邻于理想",于是赋与兴合。"造境"重理想,偏于比体（因寄所托）;又"必从自然之法律",故比中有赋;这样的比体,其理想超出于所寄托的"一人一事"之外,于是比与兴合。

王文生《王国维的文学思想初探》（《古代文学理论研究》第 7 辑,1982 年）

这两条有关的论说十分清楚地表达了一种观点,从创造艺术境界的方法来看,有写境、造境之分,它是写实与理想二派能以区别之所在。写实家着重于直接摹写"自然之物",创造实有之境;理想家着重于在

"自然之物"的基础上按照自己的理想进行幻想和夸张，创造"虚构之境"。

王振铎《论王国维的"境界"说》（《文学论丛》1982 年第 13 辑）

所谓"造境"，主要是由"观我"而感受到的激动人的"心境"。那是充满激情和愿望的"理想"境界。在"造境"中，作者极逞"创意之才"，发挥强烈的想象力，"登山则情满于山，观海则意溢于海"。主观的思想、感情、意志、欲念分量很重，万物皆为我驱遣，能"以奴仆命风月"。这正是浪漫主义创作方法的基本特征。

所谓"写境"，主要是由"观物"而体察到的逼真的"物境"。那是精微地描摹人景物事、写貌显神的艺术境界。在"写境"中，作者极逞状物之才，写春草"能摄春草之魂"，写秋花"能得花之神理"，随物婉转，"能与花鸟共忧乐"。客观的真实受到高度的重视，作者从写真开始直到产生出动魂摄魄的艺术境界。所谓"真境逼而神境生"，这正是现实主义创作方法的基本特征。

聂振斌《王国维文学思想述评》第 157 页（辽宁大学出版社 1986 年）

王国维说的"有我之境"与"无我之境"，主要是从审美鉴赏的角度而言，而"造境"与"写境"，则着重是从创造方法的角度而言。所谓"造境"，主要是依照想象、虚构、夸张的艺术手法创造的意境，突出作者主观情感的抒发和理想图景的刻画，所谓"写境"，则是通过对现实人生的忠实描写和再现而创造的意境。它们虽然都来源于"自然及人生"，但是，由于内容的侧重面及其表现方法的不同，由此而产生了"理想"与"写实"两个不同流派。

他所说的"理想"与"写实"二派，就是今天所说的浪漫主义派与现实主义派。他不赞成把二者截然分开或根本对立起来。因为不管什么派，也不管运用什么方法，都来源于"自然与人生"，好比同根的枝叶，如何能截然分开呢！同时，不管什么派，不管什么方法，都必须"以境界为上"。这是文学的本质规定，也是趣味判断的根本标准。离开这种本质规定性，不遵循创造美（或意境）的规律性，不管你是"理想"还是"写实"，都不在此列。

滕咸惠《〈人间词话〉刍议》（《文史哲》1986年第1期）

按照构成材料的不同，王国维把境界区分为"造境"和"写境"。

黄保真《王国维"境界说"的内涵及层次》（《辽宁师范大学学报》1987年第1期）

有的学者把"造境"、"理想派"，当作"浪漫主义"的创作方法和文学流派；把"写境"、"写实派"，当作"现实主义"的创作方法和文学流派，甚至说他主张"两结合"。这显然又是忽视了王国维论述"造境"、"写境"、"理想"、"写实"以及二者互相依存，互相渗透时，所据以立论的基础是叔本华的美学。王国维所说的"造境"是按照"理想"的模式虚构的艺术境界。他所说的"理想"是"美的预想"（石冲白译作"预期"，缪灵珠译作"预料"）。

陈良运《王国维"境界"说之系统观》（《社会科学战线》1991年第2期）

"造境"，是无意而写，得天造之妙；"写境"，是有意而造，得传移摹写之力。

冯友兰《中国近代美学的奠基人——王国维》（《中国哲学史新编》第六册第192页，人民出版社1989年）

这条说的就是真正艺术家的意境的内容，其中有自然的东西，也有艺术家的理想。所以真正的艺术家的"意境"是出于自然而又高于自然。真正的艺术家有了这样的意境，而又用语言、文字、声音表达出来，这就是最高的艺术作品。

王国维的这些话不但说明了什么是意境，而且说明了为什么叫意境。在一个艺术作品中，艺术家的理想就是"意"，他所写的那一部分自然就是"境"。意和境浑然一体，就是意境。

总起来说，王国维认为，一个艺术作品都有理想和写实两个成分。写实是艺术家取之于自然的，理想是艺术家自己所有的。前者是"境"，后者是"意"，境加上意就成为意境。意境是艺术作品的意境，也是艺术家的意境。这里所说的两个成分，所说的"加上"，是艺术批评家的话，艺术批评家对于一个艺术作品做了分析以后才这样说的。实际上艺术家并不这样说，也不这样想，在他的作品中理想和写实是浑然不分的。《词话》第二条说的就是这个道理。所谓"写境",指的是用写实的方法创造出来的境界。诗人把自己眼所见、身所处的现实生活,如实地在诗词中反映出来,这样的境界,犹如现实的摹本,也就是说,现实生活是诗词境界的"原型"。所谓"造境",指的是用虚构的方法创造出来的境界,这种境界没有可资摹写的"原型",它是诗人想象出来的。

祖保泉、张晓云《王国维与人间词话》第 69-70 页（上海古籍出版社 1990 年）

王国维指出,这两种境界很难区别。因为,从创作这方面看,无论作者采取什么样的方法,他所创造的境界都是主客观相结合的产物,其中既有作为客观方面的现实的因素,也有作为主观方面的理想的因素。假如作者采用写实的方法,他不可能像照相一样原封不动地把现实搬到诗词中去,而必须有所选择、有所取舍;这选择和取舍之中,就包含着他自己的主观愿望,也就是说,他所选择和取舍的标准是根据自己的理想而定的。这样创造出来的境界,当然与作为"原型"的现实有所区别,它虽然很"像"现实,却不等同于现实。如果作者用虚构的方法、按照自己的理想来创造境界,他也不可能凭空虚构。尽管他所要营造的是一个全新的世界,但他所用来营造这个世界的材料却必须从现实生活中取得。虽然它们不是此时此地目击身处的,却必定是他耳闻目睹的或在某时某地亲身经历的。它们一直积累和储存在他的记忆之中,此刻他不过是将它们抽取出来,按照自己的心愿重新编排罢了。并且,他所编排的结构顺序还必须与现实相去不远,用王国维的话来说,就是"必从自然之法则",否则就会令人产生不真实的感觉。这样创造出来的境界,尽管没有现实作为它的原型,却很像现实。虽然现实生活中并不存在这样的境界,却可能存在,也理应存在。这正是艺术的真实之所在。

由此可见,"写实"也好,"理想"也好,都是就创作手段而言的,至于它们的创造物——境界,无论从形态还是从本质看,都是无从辨别,也没有必要区分的。王国维创立这一对范畴,意在指出:在境界的创造过程中存在着两种不同的手法;这两种不同的创作方法是理想与写实两大派分流的起点。这一见解无疑是十分准确的。

周锡山《论王国维对比较文学的贡献》（《河北学刊》1990 年第 4 期、
人大复印报刊资料《中国古代、近代文学研究》1990 年第 11 期；《王国维美学思
想研究》第 318-319 页，中国社会科学出版社 1992 年）

王国维在《人间词话》中论及写境与造境时，已触及现实主义和浪
漫主义这两种方法的结合（即"两结合"）的美学原理。谈到"两结合"，
中外美学界、文艺理论界以前一般都认为是高尔基首创的理论发现。高
尔基于 1928 年发表过如下见解：

> 但是在谈到像巴尔扎克、屠格涅夫、托尔斯泰、果戈理、列斯
> 科夫、契诃夫这些古典作家时，我们就很难完全正确地说出，——
> 他们到底是浪漫主义者还是现实主义者？在伟大的艺术家们身上，
> 现实主义和浪漫主义好像永远是结合在一起的。巴尔扎克是个现实
> 主义者，但是他也写过像远非现实主义的《驴皮记》这样一些长篇
> 小说。屠格涅夫也写过有浪漫主义精神的作品。所有其他我国最伟
> 大的作家，从果戈理到契诃夫和蒲宁，也是这样。这种浪漫主义和
> 现实主义合流的情形是我国优秀的文学突出的特征，它使得我们的
> 文学具有那种日益明显而深刻地影响着全世界文学的独创性和力
> 量。（高尔基《谈谈我怎样学习写作》，《论文学》第 163 页，人民文学出版
> 社 1978 年）

高尔基举了一些俄、法作家作实例，并未作进一步的理论阐发，王
国维则解释其中的原因说："因大诗人所造之境，必合乎自然，所写之境，
亦必邻于理想故也"。"自然中之物，互相关系，互相限制。然其写之于
文学及美术（艺术）中也，必遗其关系、限制之处。故虽写实家，亦理
想家也。又虽如何虚构之境，其材料必求之于自然，而其构造亦必从自
然之法律。故虽理想家亦写实家也。"揭示出其间的美学原理，颇为精辟。
王国维和高尔基的发现和阐发有异曲同工之妙，但王国维发表这个见解
要比高尔基早二十几年，而且在美学原理上谈得更深透，这都是其不容
忽视的杰出贡献。

周锡山《王国维美学思想研究》第 203 页（中国社会科学出版社 1992 年）

"造境"和"写境"，根据静安的阐述之原意，当代学者已公认两者分别指今之所谓浪漫主义和现实主义。王国维指出浪漫主义的文艺作品，在描写时必定将自然中之物的相互关系、限制的方面置之不顾，这样就能脱离现实的有些限制，写出高于生活、富于理想色彩的内容。同时，浪漫主义文学虽可纵横驰骋放笔虚构，但其素材必来之于现实生活和现实世界，其结构必须遵循客观的法则与规律。王国维称现实主义作家为写实家，浪漫主义作家为理想家，两派文学为写实与理想，也抓住了两派的审美崇尚，是认准两者的本质的。至于"所造之境必合乎自然"一语，可见王国维的"自然说"归属于现实主义，与西方将"自然观"归属于浪漫主义的看法不同。这在本书第十章"对比较文学和比较美学的重大贡献"之第三节中再评论，这里不再展开。

陈鸿祥《人间词话·人间词注评》第 5 页（江苏古籍出版社 2002 年）

从理论上来看，王国维把"造境"与"写境"、"理想"与"写实"相对应，包含了两个基本方面：其一是文艺流派论。王国维认为，"造境"就是"理想派"，"写境"就是"写实派"。实际上，所谓"理想"与"写实"，乃是近代欧洲文艺的两大主要流派，亦即直至二十世纪二三十年代才通行于国内的"浪漫主义"与"现实主义"。在这之前，梁启超曾著文介绍过莎士比亚、苏曼殊以译介拜伦之诗驰名文坛，鲁迅更怀着"别求新声于异邦"的心愿，在《摩罗诗力说》中系统介绍了拜伦、普希金、裴多菲、莱蒙托夫等一批不同流派的诗人；而王国维则通过词话，成为近代最早从理论上把"理想"与"写实"两派之说引入国内、推向学界的文艺理论家之一。其二是创作方法论。王国维通过论述"造境"与"写境"、"理想"与"写实"之对应关系，揭示了两派在创作方法上之不同点，即前者主创造，后者重写实，这与"五四"新文学潮流中因不同创作倾向而形成的两大主要流派"创造派"与"写人生派"，不是颇为惊人地契合吗？但是，王国维不是生搬硬套西方理论，而是以源远流长的中国文学为基础，深刻地指出"造境"必"合乎自然"，"写境"必"邻于理想"。

解　读

参见汇评中《王国维美学思想研究》的引文。又：

造境，可以兼有通过想象、联想而虚构，和超越现实的夸张从而使作品具有理想化特点即浪漫主义手法两义，写景也可兼有写实和现实主义两义。

自然，作为哲学美学范畴，这里主要指：1. 真实客观地描绘的自然界，指天地、天然的景色等；2. 作品能真实具体生动地反映对象内部真实及其外在表现形态。

三

有有我之境，有无我之境。"泪眼问花花不语，乱红飞过秋千去。"[1]"可堪孤馆闭春寒，杜鹃声里斜阳暮。"[2]有我之境也。"采菊东篱下，悠然见南山。"[3]"寒波澹澹起，白鸟悠悠下。"[4]无我之境也。有我之境，以我观物，[1]故物皆著我之色彩。[2]无我之境，以物观物，[3]故不知何者为我，[4]何者为物[5]。古人为词，写有我之境者为多，[6]然未始不能写无我之境，[7]此在豪杰之士能自树立耳。

汇　校

① 手稿无"以我观物"四字。

② "故"，手稿原作"物外"。

③ 手稿无"以物观物"四字。

④ 此句和前面一句，手稿皆无"故"字。

⑤ 此句后手稿尚有"此即主观诗与客观诗之所由分也。"一句。

⑥ 手稿原作"多写有我之境"，再改成此句。

⑦ "未始"，手稿作"非"。"古人为词"三句，原作："此即主观诗与客观诗之由分也。"

注　释

[1] 冯延巳《鹊踏枝》(一作欧阳修《蝶恋花》)：

庭院深深深几许？杨柳堆烟，帘幕无重数。玉勒雕鞍游冶处，楼高不见章台路。雨横风狂三月暮。门掩黄昏，无计留春住。泪眼问花花不语，乱红飞过秋千去。

[2] 秦观《踏莎行》：

雾失楼台，月迷津渡，桃源望断无寻处。可堪孤馆闭春寒，杜鹃声里斜阳暮。驿寄梅花，鱼传尺素，砌成此恨无重数。郴江幸自绕郴山，为谁流下潇湘去？

[3] 陶潜《饮酒》二十首之五：

结庐在人境，而无车马喧。问君何能尔，心远地自偏。采菊东篱下，悠然见南山。山气日夕佳，飞鸟相与还。此中有真意，欲辨已忘言。

[4] 元好问《颍亭留别》

故人重分携，临流驻归驾。乾坤展清眺，万景若相借。北风三日雪，太素秉元化。九山郁峥嵘，了不受陵跨。寒波澹澹起，白鸟悠悠下。怀归人自急，物态本闲暇。壶觞负吟啸，尘土足悲咤。回首亭中人，平林澹如画。

汇　评

朱光潜《诗的隐与显（关于王静安先生的〈人间词话〉的几点意见）》
(《人间世》第 1 期，1934 年 4 月)

王先生在这里所指出的分别实在是一个很精微的分别，不过从近代美学观点看，他所用的名词有些欠妥。他所谓"以我观物，故物皆著我之色彩"，就是近代美学所谓"移情作用"。"移情作用"的发生是由于我在凝神观照事物时，霎时间由物我两忘而至物我同一，于是以在我的情趣移注于物。换句话说，移情作用就是"死物的生命化"，或是"无情事物的有情化"，这种现象在注意力专注到物我两忘时才发生。从此可知王先生所说的"有我之境"，实在是"无我之境"。他的"无我之境"的实例为"采菊东篱下，悠然见南山"，"寒波澹澹起，白鸟悠悠下"，都是诗人在冷静中所回味出来的妙境，都没有经过移情作用，所以其实都是"有我之境"。我以为与其说"有我之境"和"无我之境"，不如说"超物之境"和"同物之境"。"感时花溅泪，恨别鸟惊心"，"徘徊花上月，虚度可怜宵"，"数峰清苦，商略黄昏雨"，都是同物之境。"鸢飞戾天，鱼跃于渊"，"微雨从东来，好风与之俱"，"兴阑啼鸟散，坐久落花多"，都是超物之境。

王先生以为"有我之境"（其实是"无我之境"，即"同物之境"）比"无我之境"（其实是"有我之境"，即"超物之境"）品格较低。但是没有说出理由来。如"超物之境"所以高于"同物之境"者，就由于"超物之境"隐而深，"同物之境"显而浅。在"同物之境"中物我两忘，我设身于物而分享其生命，人情和物理相渗透而我不觉其渗透。在"超物之境"中，物我对峙，人情和物理猝然相遇，默然相契，骨子里它们虽是欣合，而表面上，却仍是两回事。在"同物之境"中作者说出物理中所寓的人情，在"超物之境"中作者不言情而情自见。"同物之境"有人巧，"超物之境"见天机。

顾随《论王静安》（1942—1947 年）（《顾随全集·讲录卷》，河北教育出版社 2001 年）

王先生讲无我之境举陶诗"采菊东篱下，悠然见南山"（《饮酒》其四）。不然。采谁采？见谁见？曰"采"曰"见"则有我矣。又举元遗山"寒波澹澹起，白鸟悠悠下"（《颖亭留别》），此二句似较前二句无我，然尚不能谓无我。寒波、白鸟谁写？诗人写，诗人写则经心转矣，不然何以他人不写成诗？即曰无我，而谁见？即见则有我，无我则无诗。

以物观物绝非客观。客观但观察，而诗人应观察后还须进入其中，不可立于其外。客观亦非无我，无我何观？王先生所说无我绝非客观之意，乃庄子"忘我"、"丧我"之意。

缪钺《王静安与叔本华》（1943 年）（《诗词散论》，上海古籍出版社 1982 年）

王静安《人间词话》之论词，精莹澄澈，世多喜之，其见解似亦相当受叔本华哲学之浚发，虽不似《红楼梦评论》一文有显著之征验，然细读之，亦未尝无迹象可寻也。叔本华在其所著《意志与表象之世界》第三卷中论及艺术，颇多精言。叔氏之意，以为人之观物，如能内忘其生活之欲，而为一纯粹观察之主体，外忘物之一切关系，而领略其永恒，物我为一，如镜照形，是即臻于艺术之境界，此种观察，非天才不能。《人间词话》曰："自然中之物，互相关系，互相限制，然其写之于文学及美术中也，必遗其关系限制之处。"又曰："无我之境，以物观物，故不知何者为我，何者为物。"皆与叔氏之说有通贯之处。

饶宗颐《〈人间词话〉平议》（1953年）（《澄心论萃》第213-215页，上海文艺出版社1996年）

王氏区有我之境与无我之境为二，意以无我之境为高。予谓无我之境，惟作者静观吸取万物之神理，及读者虚心接受作者之情意时之心态，乃可有之。意有将迎，神有虚实，非我无我，无以悟解他人之我，他人之我亦无以投入有我之我也，此之谓物我合一。惟物我合一之为时极暂，浸假而自我之我已浮现。此时之我，已非前此之我，亦非刚才物我合一之我，而为一新我——此新我即自得之境。一切文学哲学之根苗及生机，胥由是出。苟乏此新我，我之灵魂已为外物之所夺矣，为他人之所剽矣，则我将何恃而为文哉？故接物时可以无我，为文之际，必须有我。寻王氏所谓无我者，殆指我相之冲淡，而非我相之绝灭。以我观物，则凡物皆著我相，以物观我，则浑我相于物之中。实则一现而一浑。现者，假物以现我；浑者，借物以忘我。王氏所谓"无我"，亦犹庄周之物化，特以遗我而遗我于物之中，何曾真能无我耶？惟此乃哲学形上学之态度，而非文学之态度。邵康节曾论圣人反观之道，谓："反观者，不以我观物，而以物观物。"（《皇极经世》）王氏之说，乃由此出。（王氏摭康节语以论词，人多不知其所本。）惟"以物观物，性之事也；以我观物，情之事也。"（略用《观物外篇》语）文学之务，所以道志，所以摅情，而非所以率性。依道家说，率性则喜怒哀乐一任于物，吹万不同，咸使其自已也。凡能了然于此者，庄周谓之真人，邵氏谓之圣人。此为人之超凡境界。其所契合者，性也，天道也，而非志也，情也。文学则不然，非以超凡，而以入凡；非以出凡入圣，而以出圣入凡。惟其入凡，则我之一字一句皆众人之心之共鸣，或思鸣而不能鸣，与夫鸣而不能善其鸣者。庄周有言："无以人灭天。"此语于道也。吾则反其语曰：文学之道，宁以人入天，或以天入人。邵氏云："任我则情，因物则性。"文者，苟为天地之至情之所发，固未尝悖于性，若乃离情而言性，则文乎何有？此文学之极挚，而与理学哲学殊科也。是故道贵直（邵氏云："由直道，任至诚，则无所不通。天地之道，直而已"），而文贵曲。道可无我而任物，而文则须任我以入物。矢人函人，厥旨斯异。榷而论之：大抵忘我之文，其长处在极高明；现我之文，其长处在通人情。及其所至，皆天地之至文也，又安有胜负于其间哉？（为文之际，必有我者。清吴修龄曾云："诗之中，须有其人在。"赵执信最服膺是言，载之《谈龙录》。袁随园《续诗品》、江顺诒《续词品》中俱有"著我"一目，可为鄙说佐证。）

汤大民《王国维"境界"说试探》（《南师学报》1962年第3期）

王国维把"采菊东篱下，悠然见南山"当作无我之境的范例，固然表明他敏锐地发现了陶诗基本风格的艺术特色，但也包含他对陶渊明的曲解。明代王圻说："陶诗淡，不是无绳削。但绳削到自然处，故见其淡之妙，不见其削之迹。"（《埤史》）这话有道理。其实陶诗之情也"淡"。这种"淡"，表现为情景冥合，物我两忘，反映了他热爱自然美达到白炽化的程度。从"采菊东篱下，悠然见南山"中，能联想起他对现实的绝望，他的"大济于苍生"理想无法实现的愤激，能领略到他那种"复得返自然"的喜悦和高风亮节的人格。有人说这是"浓后之淡"、"浓情淡出"，论得精辟！陶渊明有"人生似幻化，终当归空无"的宿命思想，但总的来说，他的旷达是对人生与理想的执着，而不是出家做居士的解脱。主张"形尽神不灭"的慧远运动他参加莲社，他"攒眉而去"，就是明证。王氏把陶诗的"淡"当作已解脱的境界，不能不是曲解。这种曲解，正说明王国维排斥人们切身利害和鄙弃现实的美学观点，不是对罪恶现实的抗议和对美好理想的追求，而是他意识到自己所忠实的封建阶级必然灭亡，痛苦地寻求解脱的颓废心理的反映。这一点与叔本华哲学的悲观主义——宣扬从佛教中剽窃来的神秘理想"涅槃"和扼杀"生的意志"的绝对宁静——给予他的影响是分不开的。

吴奔星《王国维的美学思想——"境界"论》（《江海学刊》1963 年第 3 期）

所谓"有我之境"就是诗词的境界表现了抒情主人公的鲜明的感情色彩；所谓"无我之境"就是抒情主人公的感情色彩被溶化在自然景物中，以隐蔽的姿态出现。诗词中的确存在着这样两种境界。前者主要是抒情诗的境界，后者主要是山水诗的境界。所谓"有我之境"就是以情为主，多半是情语；所谓"无我之境"就是以景为主，大体是景语。不过，在具体作品中却并无绝对的界限。因为单纯写景的作品是不多见的，诗人总是以景寓情，写景往往是手段，表情常常是目的，转弯抹角也要表现自己的思想感情。

佛雏《"境界"说辨源兼评其实质——王国维美学思想批判之二》（《扬州师院学报》1964 年第 19 期）

"以物观物"的"无我之境"说也仍然可以在我国传统中寻到它的线索，虽然这根线索，对于王国维，只居于一种旁证地位。这根线索在何处？我以为不一定如某些同志那样，在严羽、叶燮、王士禛们身上去找，而要上溯到庄子。庄子描写那位梓庆削鐻，他的"器之所以凝神者"全在于"以天合天"。其中后一个"天"是自然、物本身的纯粹形式；前一个"天"则是一位不但撤去一切"庆赏爵禄""非誉巧拙"之见，而且达到"辄然忘吾有四肢形体"的纯粹的人，即自然（天）化了的人。"以天合天"，即"以吾之天，遇木之天"，这才能制出"见者惊犹鬼神"的艺术品（鐻）来。"以天合天"其实就是"以物观物"的同义语。

佛雏《辨"有我之境"与"无我之境"》（《文艺理论研究》1966 年第 1 期）

这样，依照叔氏理论，"有我之境"，似可界定为：诗人在观物（审美和创作对象）中所形成的、某种激动的情绪与宁静的观照二者的对立与交错，作为一个完整的可观照的审美客体，被静观中的诗人领悟和表现出来的一种属于壮美范畴的艺术意境。

按照叔氏理论，"无我之境"似可界定为：诗人以一种纯客观的高度和谐的审美心境，观照出外物（审美和创作对象）的一种最纯粹的美的形式；在这一过程中，仿佛是两个"自然体"（"物"）自始至终静静地互相映照，冥相契合：这样凝结而成的一种属于优美范畴的艺术意境。

王文生《王国维的文学思想初探》（《古代文学理论研究》第 7 辑，1982 年）

"有我之境"、"无我之境"，不是诗中是否有"我"，而是从物与我的关系，我观物的方式的不同而区分的两种审美范畴。它们并无高下之分。王国维说："古人为词，写有我之境为多，然未始不能写无我之境，此在豪杰之士能自树立耳。"有人据此遂以为只有豪杰之士才能写"无我之境"，"无我之境"高于"有我之境"。这其实是一个误解。应该看到，王国维这样说是从叔本华哲学思想出发的。叔本华认为，人都是有意欲的。只有绝灭欲才是最高的解脱。一般作者面对现实，总难免以我观物，感到与客观的对立，常常写成有我之境的作品。如果在思想上绝灭欲念，则能达到"不以物喜，不以己悲"，物我相忘的境界，而写成无我之境的作品。从叔本华哲学美学观点来看，从有我之境到无我之境，只有豪杰之士才能做到。至于在文学艺术中，"有我之境"、"无我之境"，则是美学上对立的范畴，并无优劣高下之分。

王振铎《论王国维的"境界"说》（《文学论丛》第 13 辑，1982 年）

这是元好问以诗闻名当世的得意之作，正是诗人"往来箕颍间"，寻师交友，求取功名的时候。诗中意气风发，昂扬蹈砺的精神非常突出。你看他那"乾坤展清眺，万景若相借"的气概，"欲望"何其大！"九山郁峥嵘，了不受陵跨"，又是何等的抱负和自信！诗中"寒波""白鸟"等句，乃是以"幽静之境"反衬诗人"宏壮之意"，借"物态之闲暇"，反衬"怀归人之急切"。这一切怎么能够说是"无我之境"呢？这整首诗以丰富的形象生动地表现着"神采灿发"的"元才子"的强烈欲望，"我"突出得很嘛！按照王国维"境界说"的理论这只能是"有我之境"，之所以误为"无我之境"，完全是失于"摘句论诗"之故。

周振甫《人间词话新注·序》（修订本）（齐鲁书社 1986 年）

所谓造境和有我，即观我，是意余于境，"泪眼问花"是我问，"乱红飞过秋千去",是我认为"乱"的,反映我的心情,是以抒情为主。"悠然见南山",即出于观物者,境多于意。然非物无以见我,在"悠然"里正是观物中所见的我。原来所谓造境中还有写境,无我中还有我,所谓造境和有我之境,只是说偏重于抒情,在有我之境中还是有物;所谓写境和无我之境,只是说偏重于写景,在无我之境中还是有我在,只是感情不像有我之境的强烈而已。

滕咸惠《〈人间词话〉刍议》（《文史哲》1986 第 1 期）

按照构成方式的不同,他把境界区分为"有我之境"和"无我之境"两类。

聂振斌《王国维文学思想述评》第 156-157 页（辽宁大学出版社 1986 年）

所谓"有我之境"与"无我之境"的区分,实际上并不是"有"与"无"的区别,而是"显"与"隐"、工巧与神妙的区别。"有我"与"无我"是在意境的范围内,在主客观相统一、相融合的前提下,一种相对之词。只不过是"无我之境"中"我之色彩",没有"有我之境"那么明显,很容易为欣赏者所见。如此而已,岂有他哉！王国维说:"夫境界之呈于吾心而见于外物者,皆须臾之物。惟诗人能以此须臾之物,镌诸不朽之文字,使读者自得之。遂觉诗人之言,字字为我心中所欲言而又非我之所能言,此大诗人之秘妙也。"（《人间词话附录》）这些话,也可以证明,王国维所谓的"无我之境",不是指这种境界不存在作者的主观色彩（情感）,像景物的投影那样"纯"客观。"境",必然渗透着作者的感情色彩,"有我"、"无我"概莫能外。所以王国维说:"无我之境、人惟于境（应为"静"）得之。有我之境,由动之静时得之。故一优美,一宏壮也。"（《人间词话》）他从情感的色彩、节奏是否明显、跳动,来区分意境是属于优美,还是壮美,也是不无道理的,然而却是以偏概全,不免失之片面。再从创作技巧方面来看,"无我之境"是一种天然浑成,"有我之境"是一种人工妙合。二者都是美（意境）,而从王国维的具体评论中可以看出,他是认为"无我之境"更为上乘,因为"无我之境"更自然和谐。它不像"有我之境"那样,让人明显地感受到作者在抒情,景物也随之人格化了。而是通过对景物的巧妙点染,使之互相辉映,作者的情感渗透在景物之中,即使欣赏者感受到，又说不出表现在哪里，物我如同天然妙合，浑然一体，无法分辨。所以，"无我之境"更不容易创造。当然，不易创造不等于不可能创造。他说："古人为词，写有我之境者多，然未始不能写无我之境，此在豪杰之士能自树立耳！"

姚一苇《艺术的奥秘》第 310-311 页（漓江出版社 1987 年）

王氏指出，"有我之境，以我观物，故物皆着我之色彩。无我之境，以物观物，故不知何者为我，何者为物。"前者系从自我的观点出发，成为自我的心灵的写照，于是这一大千世界均着上了作者的个人主观的色泽，成为强烈的主观观照下的世界；后者与此相反，他们尽可能不将"自我"牵涉到作品之中，尽可能超脱出来，尽可能摆脱掉自我的主观的影响。于是前者是感性的，后者是理性的；前者是情感洋溢的，后者是冷静的；前者是个人化的，后者是普遍化的。由于"无我之境"是冷静的，故颇类于尼采所谓的阿波罗的艺术，自阿波罗（日神）的额纹中所产生的恬静和幽美。而"有我之境"所显露的热情洋溢则颇似尼采所谓的戴益里萨斯的艺术，自戴益里萨斯（酒神）的酒的陶醉中所产生的波涛澎湃的生命力。

黄保真《王国维"境界说"的内涵及层次》（《辽宁师范大学学报》1987 年第 1 期）

"有我之境"、"无我之境"也是叔本华纯粹美学民族化的产物，确切地说是叔本华关于壮美、优美的理论在"境界"说中的具体运用。有我之境、无我之境的出现，不是由于所"观"对象的不同，而是由于所"观"的方式（美感方式）的不同以及由此产生的美感性质的不同。其表现形式是民族化的，其基本观点又纯是叔本华的。

冯友兰《中国近代美学的奠基人——王国维》（《中国哲学史新编》第六册第 194 页，人民出版社 1989 年）

这里所说的两个"境"，也就是境，不是意境。所谓"以我观物"和"以物观物"都是"观"。观必有能观和所观，能观是"我"，所观是"物"。"采菊东篱下"那一首诗说到"悠然见南山"的"见"者是"我"。"山气日夕佳，飞鸟相与还"是见者之所见，是"物"。结尾说："此中有真意，欲辨已忘言。"陶潜认识到一个"真意",这个真意可怎么说呢?他想说,可是已经"忘言"了。这就是观者和所观已经融合为一了,这是这首诗的意境,也就是陶潜的意境。

陈良运《王国维"境界"说之系统观》（《社会科学战线》1991年第2期）

邵雍的"以物观物",并非像叔本华、王国维那样"观"美的"种类与形式",王国维不过是借"以物观物"一语,取其"情累都忘去"一义,转向审美的体验。他认为真正能做到"以物观物"、创"无我之境"的唯有天才之诗人;"独有天才者,由其知力之伟大,而全离意志的关系,故其观物者,视他人为深,而其创作之也,与自然为一。故美者,实可谓天才之特殊物也。"他将邵雍的"道"的境界易之为一种至高无上的审美境界。

邹华《崇高的显示与起点的确立——王国维的美学思想》（《求是学刊》1992年第1期）

从审美意识历史发展的角度认识问题,王国维境界说中的无我的优美之境,是古代艺术中的境界,而有我的宏壮之境,则是近代以来具有高度的创造能力并感受着矛盾痛苦的个性主体所创造的艺术境界。

孙维城《对王国维"隔"与"不隔"的美学认识》（《文艺研究》1993年第6期）

"意境两浑","意境两忘,物我一体"是"不知何者为我,何者为物"的注脚,也就是王氏"无我之境"的审美内涵。它与叔本华式的对"理念"的静观有明显区别。首先,前者是"不知何者为我,何者为物"的"物我一体",而后者是"在这个客体中丧失了自己"的"忘我";其次,前者是在"意境两忘"的浑化中体悟一种平和恬淡的优美感,("无我之境,人惟于静中得之。有我之境,于由动之静时得之。故一优美,一宏壮也。")而后者在神秘的客体面前产生一种崇敬感;第三,前者得到的是一种物我交融的愉悦,而后者追求的是对某种理念的解读。如果说前者是无我之境,那么后者可以说是一种忘我之境。从以上对比中,我们认为拿叔本华对理念的静观来解释王国维的"无我之境"并不合适。这种"无我之境"作为一种艺术境界,只能产生于东方物我为一或天人合一的文化氛围之中。

蔡报文《"有我之境"与"无我之境"——兼与叶朗先生商榷》（《争鸣》1994 年第 2 期）

但王国维的卓绝之处就在于，虽然他的境界说多少受到一些西方美学的影响，但骨子底里依然是属于中国古典美学的范畴（这一点，叶朗先生也是承认的），它依然主要根源于人生观。而并非像西方美学那样主要与认识论相关联。而"有我之境"与"无我之境"更是直接地根源于决定中国艺术意境的深层文化心理——儒学的人生观和庄学的人生观，"有我之境"就是"儒学之意境"，"无我之境"就是"庄学之意境"，它们之间的所谓差别实际上就是儒庄两种不同的人生观、审美观在艺术审美意境上的不同体现。

刘烜《王国维评传》第 110-111 页（百花洲文艺出版社 1996 年）

"有我之境"与"无我之境"的区别，其实与禅的"无念为宗"亦可加以比较的。《坛经》谈"无念"时指出："何名无念：知见一切法，心不染着，是为无念。用即遍一切处，亦不着一切处。但净本心，便只识出六门，于六尘中无染无杂，来去自由，通用无滞，即是般若三昧，自在解脱，名为无念。善知识，于诸境上心不染，曰无念。自念上常离诸境，不于境上生心。"禅学讲"无念为宗"，也可以说"宗于无念"。"无念"不是止念，如若止念，人即死了。"无念"的要求指"但净本心"，"不于境上生心"。外界的花花世界会吸引人的注意，刺激人去追求，这就是所谓"境上生心"。"无念"者，因为本心清静，心不染着。禅学不否定人之外的环境，但是强调人的本心可以超越于外在的环境。这些思想，在中国士大夫中是颇为流行的。当然，叔本华在形成自己的思想体系时，本来就吸取过佛学的成果。

抒情诗中的境界可以分为"有我之境"和"无我之境"。理解了这种境界的精细的区别，就能实际领悟到什么是境界了。如果只在"境界"这个名词的概念本身上打转，用逻辑的语言表达它的内涵，当然是目前经常用的，也是西方常用的一种思维习惯；可是传统中国文人对文学艺术的把握，注重审美经验的具体性。《人间词话》在论述过程中，不是首先引导人于"什么是境界的定义"上转圈,而着重于阐明"有我之境"和"无我之境",这样的做法表明作者重视在审美活动中的具体经验。那么,什么是"有我之境"呢?"有我之境"的产生是诗人在受到外界自然的刺激,思绪起伏,终于摆脱一己之欲的束缚,在宁静的审美观照中创作出艺术境界。如果从境界本身的特色来判定,"意溢于境"常是这种"有我之境"的主要表现。从美学上分析,属于壮美的性质。

"无我之境"是王国维追求艺术境界中的极致,用现代的话来说是美学理想。抒情诗要写出"无我之境",或者说中国抒情诗的伟大传统在于创造出"无我之境"。这样的"无我之境",只有"豪杰之士能自树立耳"。"豪杰之士"的提法,即天才作家的意思。

王国维在《人间词话》中所说的"无我之境,以物观物,故不知何者为我,何者为物",如果对照《红楼梦评论》中相似的论述就更为明白了。王国维在《红楼梦评论》中指出:"苟一物焉与吾人无利害之关系,而吾人之观之也,不观其关系而但观其物,或吾人之心中无丝毫生活之欲存;而其观物也,不视为与我有关系之物而但视为外物,则今之所观者非昔之所观者也。此时吾心宁静之状态,名之曰优美之情,而谓此物曰优美。"从对比中可以看出《人间词话》的表述,语言精练,内容圆融,更符合中国古代文艺论著的习惯。

周祖谦《王国维"有我之境"美学特征辨析》(《河北师范大学学报》1998年第1期)

无我之境中的情意是创作主体以澄澈如镜的审美心胸观照外物时,在心与物默然相会、契合无间中直接达成,并通过一定形式凝定在作品中的对于宇宙人生的一种诗意的感悟——一种深沉超旷的宇宙意识或生命情调。故观赏此类境界,常令读者"高举远慕,有遗世之意"(王国维语);而有我之境中的情意则是由创作主体某种激烈的现实感受,经审美观照和形式化转化而来的一种充分个性化而又具有深广包孕性、富含现实意义的审美情思。"其入于人者至深,而行于世也尤广"(王国维语)。

刘锋杰、章池《人间词话百年解评》第 19-20 页（黄山书社 2002 年）

"有我之境"是指抒情色彩浓重的艺术境界。虽然诗人的喜怒哀乐必须借助于景物的描写才能加以表现，但因为主体的情志心态处于兴奋状态，遂使诗人一方面直接抒情，另一方面，又将自己的情感强加于外物，使得物具我情，物因情活，虽不出情物关联这一境界创作的基本规律之外，但因在人情与物态的双重摹写中，人情占有更大的比重，拟人化的手法也得到特别的重视与运用，所创造的境界也就显得我情我意特浓，被称作"有我之境"了。"泪眼问花花不语"，就是一个伤心至极的"我"将"花"来视作知己，想一探消息，或一诉衷肠，结果，花自飞落，人自寂寞。这里的情境就是高度自我化、情绪化的，处处突现了抒情主人公的强烈情感。

"无我之境"是主体的情感表达相对隐蔽的境界。此时主体因心态闲静，融身对象，似乎忘记了我的存在，极力客观呈示外物的情势。但因物性已是我性，物貌已是我情，在物我的情态同构中，仍然浸润着我的情趣兴致，因此，这是一个看似无我、实则有我的境界。王国维引"采菊东篱下，悠然见南山"作"无我之境"的例证，十分精当。其时的诗人弃官归隐，我性我情已在山水田园中找到了憩栖之所，心物自然凑泊，心融于物，不骄不躁，潜藏不露，所以写物似在无情状态，毫不夸饰，蜕尽浮华，直见物貌物性。不过，揭开看来，这种见物不见人的抒写，却正体现了诗人那种甘于淡泊的恬适心境。若说"有我之境"是以情驭物，情是明的，那么"无我之境"就是以物载情，情是隐的。"无我之境"的"我"不像"有我之境"的"我"那么张狂罢了。

"无我之境"的"以物观物"，是极力站在物的立场上，以揣度物的特性来看物。"有我之境"的"以我观物"，是明确站在我的立场，以我的特性来看物。至于说写"有我之境"者多而写"无我之境"者少，那是要达到"以物观物"的境界，毕竟是不易的。且历来的文人，因际遇也因所肩负的文化使命使之然，抒写悲苦愁怨者多，或嗟叹怀才不遇，或抨击世情凉薄，或表现离情别绪。无一不强烈体现了我情我性，故"有我之境"成为创作的主流。

解　读

王国维提出了有我之境、无我之境、观、以我观物和以物观物，共五个重要的美学概念。

有我之境，指作者思想感情强烈、浓烈、自我意识强，并直接表现在作品中的境界；十分强调以我（作者）观物，将作者的感情移入到描写的对象（物）中，使物多着（具有、带有）我的色彩。

无我之境，指作者的思想感情隐蔽起来；以物观物，即以客观的眼光，以"无我"、"忘我"的心情和眼光来观物，使我融入物中，从而达到物我交融、浑然一体的境界。

观，这个重要的哲学和美学观念，其基本含义可概括为如下几点：其一，既善于观物之形，也善于观物之神；其二，既是身目之观，又包括感官与心灵的感知主体的整体投入，做到一种观感与心灵相结合的深入观照；其三，观应该既是一种有意识的思考，又包含着彻底宁静状态中的无意识的感受，是两者之结合。

四

无我之境，人惟于静中得之；有我之境，于由动之静时得之。故一优美，一宏壮也。

汇　评

顾随《论王静安》（1942-1947年）（《顾随全集·讲录卷》，河北教育出版社2001年）

静安先生解释"无我"、"有我"二境界之何由来："无我之境，人惟于静中得之；有我之境，于由动之静时得之。故一优美，一宏壮也。"（《人间词话》）王氏确为学人，善体会，善思想，以除此之外更无别法，故曰"惟"。

所谓静，静始能"会"，静绝非死。文学所谓静与佛所谓如、真如、如不动同。而如不动非死，极静之中有个动在。王先生见得明说得切，而学者不可死守静字。（所有一切名辞皆是比较言之，凡对于名辞皆如此。不可抓住静字不撒手。）

王先生讲"有我之境"讲得真好。一个诗人必写真的喜怒哀乐。盖常人皆为喜怒所支配，一成诗则经心转，一观一会便非真的情感了。喜怒时有我，写诗时无我，乃"由动之静"。如柳宗元游南涧诗《南涧中题》，诗即"由动之静时得之"。游时得感是动，而写时已趋于静。

"有我"曰"由动之静"，难道"无我"不可说"静中之动"么？静中有东西。如王摩诘"高馆落疏桐"（《奉寄韦太守陟》），可谓为无我之境，高馆是高馆，疏桐是疏桐，而用"落"字连得好。此是静的境界而非死，若死则根本无此五字诗矣。此静即静中之动。

刘任萍《境界论及其称谓之来源》（《人间世》第 17 期，1945 年）

境界论的含义来源，就是本之于动静的修养。《曾文正公日记》说："自戒惧而约之，以至于至静之中，无少偏倚，而其守不失，则极其中而天地位，此绵者，由动以之静也。自谨独而精之，以至于应物之处，无少差谬，而无适不然，则极其和而万物育，此穆穆者，由静以之动也。由'静'之动，有神（无我客观等）主之；由'动'之静，有鬼（有我主观等）司之。终始往来，一敬贯之。"王氏《人间词话》曰："有我之境，以我观物，故物皆着我之色彩。无我之境，以物观物，故不知何者为我，何者为物。古人为词，写有我之境者为多。然未始不能写无我之境，此在豪杰之士能自树立耳。无我之境，人唯于静中得之。有我之境，于由动之静得之。故一优美，一宏壮也。"

周振甫《〈人间词话〉初探》（《文汇报》1962 年 8 月 15 日）

说"静中得之"，因为诗人写直观中的感受，心情是平静的。说"由动之静时得之"，因为诗人写强烈的感情，那时的心情先是激动的，但诗人写诗时，往往在心情由激动而归于平静的时候。那么为什么分优美和宏壮呢？结合上引的例子看，"悠然见南山"，"寒波澹澹起"，说成优美，可以理解；"泪眼问花"，"杜鹃声里"，说成宏壮，就不好理解了。原来王氏在这里又用了叔本华等人的美学观点。认为优美是人在心境宁静的状态中领略到的外物之美，壮美是人在受到外界事物的压迫而又不能抗拒时所造成的悲剧或悲苦的感情时产生的美。（据王国维《红楼梦评论》中的说法）"泪眼问花"，"杜鹃声里"，都是写诗人在被压抑中所表达出来的愁苦感情，所以是壮美。这两种美都要使人忘利害关系。

汤大民《王国维"境界"说试探》（《南师学报》1962 年第 3 期）

王氏把无我之境归为"人惟于静中得之"的优美，把有我之境说成是"于由动之静时得之"的宏壮，虽然接触到诗人捕捉不同特质的美时形象思维进程的特色和逻辑，但也反映了他的超功利美学观。

佛雏《"境界"说辨源兼评其实质——王国维美学思想批判之二》（《扬州师院学报》1964 年第 19 期）

王氏又说："有我之境，于由动之静时得之"，故"宏壮"。这两句话一般多不得其解。其实这个"由动之静"正本于叔本华所谓抒情诗中"欲望的压迫"（指情绪激动）与"宁静的直观"二者的"对立"与"相互交替"这一理论。譬如"泪眼问花花不语，乱红飞过秋千去"：按照这一理论，大抵"杨柳堆烟"、"风雨"、"乱红"之类（"美的环境"）引起了诗人的直观，旋为"玉勒雕鞍"、"无计留春"等"以个人利害为目的"的回忆与欲念所占据，于是"泪眼问花"，以至乱红飞去，若以"不语"之"语"相应答，达到高度激动的心境。然而眼前美的景物继续作用于诗人，他终于把欲念驱走，把这一段"情痴"当作审美客体观照（观我），一种"不可摧毁的怡悦的宁静"出现了，而意境于是乎形成。而在审美静观中，"欲望的压迫"被驱退或者意志被强制地"移走"，这正是叔本华美学中"壮美"的特征，因而王氏把这种意境归之"宏壮"一类，也就完全可以理解了。

佛雏《〈人间词话〉四题》（《扬州师院学报》1979 年第 1 期）

"宏壮"的意境的形成，却并非一味静观的结果，而是在崇高的对象面前，观赏者（按，王氏此处已不限于一般观赏者，而扩及诗人、艺术家）的心灵先经历一番激动甚至震撼，从对象对我们一刹交替出现的"拒绝和吸引"二者对立中，"吸引"终于占了支配地位，终于实现了心境的"和谐"。"宏壮"产生了。这就叫"于由动之静时得之"。

吴调公《关于古代文论中的意境问题》（《社会科学战线》1981 年第 1 期）

"无我之境"是指客观自然左右诗人的感情，诗人情随物迁，所以是被动的，排除了他和外在人事的利害关系，不知何者为我、何者为物。"有我之境"是指诗人缘情观物，以情注物，使得外物的感情色彩随着诗人感情的变化而变化。前者称为优美，指人们在心境宁静时所领略的外物之美；后者称为壮美，指人们在受到外在事物压迫而又难以抗争时所造成的凄怆痛苦感情的美。

王文生《王国维的文学思想初探》（《古代文学理论研究》第 7 辑，1982 年）

"无我之境"也就是"优美之境"，它指的是外物与"我"无利害冲突而"我"在审美时对外物采取静观的态度，全力沉浸于"外物"之中，不觉忘记自己的存在，好似与"外物"合而为一，然后收集静中的情绪而创造的诗境。……由此可见，"无我之境"并不以作者在创作中表现"我"之有无来区分，而是以物与我无利害关系，我对物得以凝神静观这样主客观两方面的条件为前提的。

与"无我之境"相对的是"有我之境"。它指的是外物不利于我，而又非我所能抗拒，只能于惊惕震动之余，达观其对象。作者把这种由动之静时的情绪收集起来，遂构造出"有我之境"。

程亚林《王国维境界说的内在矛盾》（《文艺理论研究》1986 年第 6 期）

无我之境是诗人完全超脱功利之时于观物中获取的审美意象；有我之境是诗人在存有功利观念而又能超脱之时于观物中获取的审美意象。

王苏《王国维"境界说"的禅宗意蕴》（《中州学刊》1990 年第 3 期）

"无我之境"是"有我之境"的静态形式，特点是"以物体物"分不出"物和我"，哪个是物，哪个是我。静庵先生的"有我之境"与"无我之境"充满了生命的悲剧意识，这也是禅宗"性空"的概念所包容的，超出了一般的美学概念。

周锡山《王国维美学思想研究》第 204-206 页（中国社会科学出版社 1992 年）

我们可以将以上两则言论归并起来，列成下表：

有我之境	以我观物，故物皆着我之色彩。	于由动之静得之	壮美	主观诗	写者为多	"泪眼问花花不语，乱红飞过秋千去""可堪孤馆闭春寒，杜鹃声里斜阳暮。"
无我之境	以物观物，故不知何者为我，何者为物。	惟于静中得之	优美	客观诗	豪杰之士才能写	"采菊东篱下，悠然见南山。""寒波澹澹起，白鸟悠悠下。"

  一览此表，有我之境与无我之境的意义已很清楚。不少论者将有我之境的壮美认识为带有宏伟、崇高、阳刚意义的壮美，这是极大的误解。试看其例句，"泪眼问花花不语，乱红飞过秋千去。"显然与宏伟、崇高、阳刚和悲壮之类无涉，而与一般按字面意义的阴柔性"优美"倒颇为符合。王国维吸收康德、叔本华的理论成果后建立的壮美观，其定义是上表中之二、三两栏："以我观物，故物皆着我之色彩"，"于由动之静得之"。而优美定义是："以物观物，故不知何者为我，何者为物"，"惟于静中得之"。静安的优美和壮美说，本书《美学渊源》章"德国美学"一节已作过介绍，我们结合其定义，来作观察。

  从上表看，有我之境和无我之境有三层意思。有我之境，首先是"以我观物，故物皆我之色彩"，将作者的主观感情赋予客观事物，使外物染上作者的感情色彩，其次是"于动之静得之"，即壮美——而壮美的定义是：若此物大不利于吾人，而吾人生活之意志为之破裂，因之意志遁去，而知力得为独立之作用，以深观其物。那么生活之意志"破裂"即"动"，"遁去"即由动"之"静这个中间性的"至"即到达的过程，而"知力"摆脱生活之意志即欲望的诱惑、支配而产生的摇荡、"动"荡状态，而能"得为独立之作用"，即是"静"。第三，此类作品为主观诗，即主要为抒情诗，而且作者很多。无我之境，首先是"以物观物，故不知何者为我，何者为物"。此时作者已忘掉自我，将自我与外物化为一体，两者难分彼此。其次是"于静中得之"，即优美——而优美的定义是："苟一物焉，与吾人无利害之关系，而吾人之观之也，不观其关系，而但观其物，或吾人之心中，无丝毫生活之欲存，而其观物也，不视为与我有关系之物，而但视为外物，则今之所观者，非昔之所观者也。此时吾心宁静之状态，名之曰优美之情，而谓此物曰优美。"正因吾人与物无利害关系，或吾人因无欲而不视为与我有关系之物，所以我与物乃能合而为一，以物观物。不知何者为我，何者为物，并能摆脱欲与利害之争斗，吾心处于宁静状态。第三，此类作品主要为客观诗，即小说、戏曲等叙事类作品。此类作品都是代言体，作者的主观感情必须摆脱和隐蔽起来，而让各类人物讲自己的话，做自己的事，有时还要违背作者的主观愿望让主人公受自己的罪，或备受命运的簸弄、坏人的摧残，或因普通之人物和普通之境遇而大倒其霉甚至悲惨地死亡。此时，作品中固然洋溢着激情，而作者却必须冷静地客观地写作。有时，如汤显祖写到杜丽娘亡故时躲到柴房哭倒在地，托尔斯泰写到安娜自杀时痛哭流涕，这毕竟仅仅是有限的。有时，就其一般、总体而言，他必须冷静、理智地写作，而且即使汤、托痛哭之时，其创作意识也是冷静、理智的，如果他们心肠一软，用主观的爱心或生活中的正义之欲掺入其间：让丽娘不死，安娜不亡，甚至让玛丝洛娃再嫁聂赫留朵夫并生活美满、白头偕老，那么他们立即降为三流作家，原著之美丧失殆尽，岂不呜呼哀哉！而这类叙事作品，不如"写有我之境为多"，而能写者亦在"豪杰之士能树立耳"，看来仅不多的如汤显祖、托尔斯泰这样文坛中的"豪杰之士"吧。即如诗歌作者，如静安所举诗句之作者陶渊明和元好问，倒也的确是诗史上的豪杰之士。

　　王国维的有我之境与无我之境说补充、发展了优美壮美理论，是一个重要的美学理论建树。但是，有我之境和无我之境也可互相渗透、转化，王国维认为，"普通之美，皆属前种（即优美）"，而接着所举之例（如《孔雀东南飞》）皆为壮美（《红楼梦评论》，拙编《王国维文学美学论著集》第4页），又评《红楼梦》中"壮美之部分，较多于优美之部分"（同上第12页），优美与壮美的含义与一般的含义不同，加上其论述散于各处，"理解起来比较困难，所以许多论著论述不清，有的甚至还颠倒了有我与壮美，无我与优美之间的关系。"（朱光潜《诗的显与隐》，雷茂奎《〈人间词话〉"境界"说辨识》）

封祖盛、唐小华《"无我之境"——王国维"境界论"的精华所在》

（《深圳大学学报》1995 年第 11 期）

而从"无我之境"的主要审美趣味来说，则基本上是道家的，即追求一种"万物与我齐一"和精神绝对自由的境界。

解 读

参见汇评中《王国维美学思想研究》的引文。又：

有的论者指责王国维说，"绝对的无我之境"是没有的，然后对"无我之境"作否定性的批判。王国维并没有说过"绝对的"，所以这种批评学风不正。一切成对的哲学和美学范畴都具有相对性的对立意义，世界上并不存在绝对的事物。所以我们要建立正确、通达的思维方法，摈弃教条、僵化和钻牛角尖的思路。

五

自然中之物，互相关系，互相限制。①然其写之于文学及美术[1]中也，②必遗其关系、限制之处。③故虽写实家，亦理想家也。又虽如何虚构之境，其材料必求之于自然，而其构造亦必从自然之法律。④故虽理想家亦写实家也。

汇 校

① 此句手稿作"……互相限制，故不能有完全之美。"

② "然其"，原作"然"，曾改为"而"，手稿无"及美术"三字。

③ "处"，原改为"全体"，下原有"或遗其一部"，后皆划去。

④ "法律"，手稿作"法则"。

注 释

[1] 美术：指艺术。

汇 评

汤大民《王国维"境界"说试探》（《南师学报》1962 年第 3 期）

这个论断既强调了艺术形象与自然的共同性，又承认艺术形象不同于自然的特殊性。文学应该再现一定的现实生活，但绝不是简单的模拟。艺术家在世界观指导下，对生活进行了艺术的选择、提炼和概括，才能把广阔的自然反映在有限的作品中，做到"在部分里，在其中最小一个细目里，表现一个整体，一个有力的巨大整体"，创造出艺术形象。所谓"必遗其关系，限制之处"可能近于这样的含义。在艺术领域中重新组织生活，就要进行虚构。没有织进理想金线和吐露才能芬芳的虚构，艺术形象会缺乏不同于生活的光泽和神韵。但是，虚构"就是从现实材料的总和中抽出它的基本意义，而具体表现到形象中去"。现实生活是虚构的基础，脱离生活真实的虚构，艺术形象必然缺乏生气，丧失意义。王氏在重视虚构的同时，又强调形象的"材料必求之于自然，而其构造亦必从自然之法律"，颇见功力。

叶嘉莹《王国维及其文学批评》第 240-241 页（广东人民出版社 1982 年）

至于这一则词话前半段所说的"自然中之物，互相关系，互相限制，然其写之于文学及美术中也，必遗其关系、限制之处。故虽写实家，亦理想家也"，这一段话则颇为费解。首先我们应该讨论的是：静安先生所说的"遗其关系、限制之处"一语含义何指的问题。柯庆明在其《论王国维〈人间词话〉中的境界》一文，对此曾解释云：

当我们描写达到感知的过程，以达到呈现一个独立自足的生活世界时，我们是在舍去不相干的经验，把相干的纳入系统，组织成一个纸上完整的世界。也就是说，从另外一种意义上，它也是一种创造，而不只是一种单纯的对现实之模仿。

从这段话来看，柯氏的了解和说明似乎颇近于一般所谓"取舍剪裁"之意。然而静安先生何以不用一般习用的说法说："写之于文学及美术中也，必经过作者之取舍剪裁"，而却偏要用不寻常的说法："必遗其关系、限制之处"，其道理正是在于他原来所指的并非对于外在对象的取舍剪裁。

我们从静安先生表现于其杂文、《〈红楼梦〉评论》及《人间词话》等作品中的美学观点来看，就会发现他这段话所欲阐明的，只是在创作活动中作者对于外界事物的观照态度及外在事物在作品中的呈现而已，并未涉及诉诸知性的对于观照结果的排比取舍等步骤。因此所谓的"遗其关系、限制"一语的意思，应该解释作任何一个事象，当其被描写于文学及艺术作品时，由于作者的直观感受作用，它全部脱离了在现实世界中的诸种关系及时间空间的各种限制，而只成为一个直观感受之对象，于是它之存在于作品中也就不是单纯的"写实"的结果了。这种观点的产生实在是源于叔本华的美学理论。

雷茂奎《〈人间词话〉"境界"说辨识》（《文学评论》丛刊第 3 辑，1979 年）

"写实派"的特征在于真实地描写客观，"理想派"的特征在于主观的虚构。这的确接触到了"现实主义"与"浪漫主义"两种创作方法的基本特征。尤其在论证两者的关系时，他能指出，虚构境界的材料必求之于自然，虚构境界中的思想逻辑和结构样式，也必然基于现实生活的规律。这就说明白了：生活，归根结底，总是虚构、想象的基础。而写实派在反映现实时，必然不是全面地、无选择地照搬生活，他总要舍弃那些客观事物中互相限制、互相关系、不必要的材料。诗人从来就是按照自己的理想取舍生活，剪裁生活。于是，他又把写实和理想联了起来。他认识到了二者之间的辩证关系，看出现实主义和浪漫主义是难得截然分开的。

王文生《王国维的文学思想初探》（《古代文学理论研究》第 7 辑，1982 年）

王国维在这里说的是，当"自然物"被写到文学及美学中时，必遗其关系、限制之处。也就是说，作家是把它从互相关系、互相限制的生活中选择出来集中描写的。他在这里并没有提到如何观照的问题，更没有要求通过对客体的直观去发现照亮它的"理论"。他虽然在这里用了前期杂文中"遗其关系、限制之处"的说法，并不是用来说明叔本华的审美直观，而是为了说明作家创作过程中的取材问题。

　　……

写实派文学虽然以直接摹写自然为主，但当他从"互相联系、互相限制"的生活整体中选取描写对象时,这种选择本身就包括了理想的作用,"故虽写实家亦理想家也"。而理想派文学虽以创造虚构之境抒发理想为主,他的虚构亦必须建立在"自然之物"的客观基础上,他的构造"亦必从自然之法则","故虽理想亦写实家也"。

王振铎《论王国维的"境界"说》(《文学论丛》第 13 辑,1982 年)

王国维关于文艺创作"必遗其关系、限制之处"的说法有很大片面性。现实生活是无限多的事物运动在时间中,坐落在空间中,互相连接、牵制着的巨大而细密的网。文艺创作不可能完全无遗地反映出这张现实生活的网,只能描绘这网上的纲和目、结和线。但是举起纲则目张,提起结则线直。所谓"关系、限制之处"恰恰都集中在纲和结上,形成各种关系的集结点。文艺创作要描写好这一个关系点,并不等于完全遗其关系。相反,倒是需要深刻理解所描写的集结点中包含的种种复杂关系,才能写出这个点的真实本质。

聂振斌《王国维的意境论》(《美学》第 6 期,上海文艺出版社 1985 年 9 月)

在这段不算长的引文中,他连用三个"自然"这一概念,它的含义有二:一是指客观存在,如上第一个和第二个都是此义;二是指自然界及社会发展、变化的"理"或规律,如上的"自然之法则"即是此义。王国维要说明的是:无论"写实",还是表现"理想",都不能离开客观存在的"自然"。自然中存在着复杂的关系和矛盾,它们互相制约、碍限。但是虽为写实家,同样不能把自然中的一切都反映出来,必然要有遗舍之处;另一方面,虽是理想家,创作要虚构,但所使用的材料也要取之于自然,创作方法和作品也必须符合自然法则和规律。所以,"虽理想家,亦写实家也";"虽写实家,亦理想家也",这就是他的结论。

周锡山《王国维美学思想研究》第 203 页(中国社会科学出版社 1992 年)

以上两则中,王国维认为造境与写境"二者颇难分别","虽写实家,亦理想家也","虽理想家亦写实家也"三语,已涉及现实主义和浪漫主义两结合问题,极为可贵。他还申述其间之原因:"因大诗人所造之境必合乎自然,所写之境必邻于理想故也。"其中提出只有"大诗人"才能做到,更见精彩。只有大诗人包括大作家才能做到现实主义与浪漫主义的结合，说明两结合是难度极高、罕有人及的。这个结论无疑符合中外文艺史的事实。他还进一步说明现实主义文学"必遗其关系、限制之处"，挣脱事物之间的相互关系与限制以驰骋想象力，故带理想色彩；浪漫主义文学"虽如何虚构，其材料必求之于自然，而其构造亦必从自然之法律"，故离不开现实。这样就较为全面完整地发展了两结合的因果、理由，他的这个理论建树领先于当时之中西美学界。

解　读

参见汇评中《王国维美学思想研究》的引文。又：
20 世纪前期的"美术"一词，即"艺术"。

六

境非独谓景物也，喜怒哀乐，亦人心中之一境界。①故能写真景物、真感情者，谓之有境界。否则谓之无境界。

汇　校

① 此句手稿作："感情亦人心中之境界也。"又将"也"划去。

汇　评

唐圭璋《评〈人间词话〉》（《斯文》卷一，第 21—22 合期，1941 年 8 月）
王氏尝言"境界非独谓景物也"，然王氏所举之例，如："明月照积雪"，"大江流日夜"，"中天悬明月"，"黄河落日圆"，"红杏枝头春意闹"，"绿杨楼外出秋千"，"一一风荷举"，"柳昏花暝"，"夜深千帐灯"，"独鸟冲波去意闲"等，皆重在描写景物。描写景物。何能尽词之能事？即就描写景物言，亦有非一二语所能描写尽致者；如于湖月夜泛洞庭与白石雪夜泛垂虹之作，皆集合眼前许多见闻感触，而构成一空灵壮阔之境界。若举一二句，何足明其所处之真境及其胸襟之浩荡？

钱仲联《境界说诠证》（《文汇报》1962年7月14日）

什么是"境界"？近人用艺术形象去解释它，其说有一定的理由。文学作品的特点，就是借形象以反映社会生活。诗人在生活的图画里所显示的东西，总是体现着一定的思想情感，所以"境界"不仅是指真实地反映客观现实的生活图景，也包括了作者主观的情感。但是就"境界"这一用语的概念来说，还不完全等同于形象。王氏说"喜怒哀乐，亦人心中之一境界"，如果说成"喜怒哀乐，亦人心中之一形象"，就欠妥切；（当然，诗人在作品中所塑造的自我形象，包蕴着喜怒哀乐的感情在内，但总不能说成喜怒哀乐本身是人心中的一种形象。）王氏说"能写真景物、真感情者，谓之有境界。否则谓之无境界"，诗词中某些具有形象而缺乏真情实感之作，说它是无境界，当然可以，说它是没有形象，也令人难以索解了。其实，王氏所说"境界"，还涉及现实主义与浪漫主义的关系问题，涉及与神韵格调的关系问题。怕不是形象这一概念所能拘囿。

吴奔星《王国维的美学思想——"境界"论》（《江海学刊》1963年第3期）

境界既非单纯写景，还包括人的内心世界，实际就是通常所说的意境。而是否表现了真景物、真感情，便是有无境界的标志。把感情的表达也作为境界看，比单纯地把风景描写作为境界看，其领域较为开阔，也符合我国诗词的具体情况。同时，把景物与感情作为境界的内容，也说明所谓境界就是指人的客观世界和主观世界，是与现实人生密切相关的，较之"兴趣"、"神韵"、"气质"等架空立论之说，的确容易捉摸。

佛雏《"境界"说辨源兼评其实质——王国维美学思想批判之二》（《扬州师院学报》1964年第1期）

至于王氏所谓"真景物"的"真"不是自然表面的真，他又反对"气竭于模拟"的摹古，这是他高于自然主义与复古主义之处。他的"真景物"，据说是"写境"与"造境"的结合，"合乎自然"与"邻于理想"的结合，故他强调"遗其（自然物）关系、限制"的"虚构"而又不违乎"自然之法律"。乍一看，这里所论几乎就是现实主义典型的"真"，也正因此，有人甚至把王氏此论作为现实主义与浪漫主义相结合这一理论的先驱者之一或"桥梁之一"。其实,不从王氏整个美学体系着眼,就无法理解这一论点的实质所在。何谓"遗其关系、限制"?王氏曾在介绍叔本华美学时云:"物之现于空间者皆并立,现于时间者皆相续,故现于空间时间者皆特别(按即个别)之物。既视为特别之物矣,则此物与我利害关系,欲其不生于心,不可得也。若不视此物与我有利害之关系,而但观其物,则此物已非特别之物,而代表其物之全种",只有"代表其物之全种"的那种"物"才算是"真景物"。可见"真景物"的"真"就在诗人"遗其"物的空间的"并立"与时间的"相续",即一刹超乎时空的"限制",同时摆脱物我之利害"关系",而后始见其"真"。这是一种超时间超关系的"真",是叔本华式的"纯粹"的"真",这是一。至于所谓"邻于理想",在饱含悲观主义与虚无主义的叔本华或王国维的美学体系中,根本无理想可言(参看王国维《红楼梦评论》第四章),这是二。在我看,这一理论的根源仍得求诸叔本华。叔本华认为艺术家再现的美"远远超过了自然"。而这之所以可能,是因为艺术家具有一种天赋的"美之预想"。"此美之预想乃自先天中所知者,即理想的也;比其现于美术也,则为实际的,何则?此与后天中所与之自然物相合故也。"(此处借用王国维译文——引者)可见,王氏这里所讲的,实际是个"后天"(自然物)与"先天"(理想或"美之预想")的结合问题。这是说,诗人先天中对某种美本就"似曾相识",通过"后天中所与之自然物",而"唤起先天中模糊地认识到的东西"(叔本华语),并且经过一番"超妙"的"遗其关系、限制"的功夫,化后天的不纯粹为纯粹,化不完全为完全,化"模糊"为"清晰",终于使"后天"合于"先天",使"美之预想"或理想得到完全的显现。显然。这里的"理想"是个不带人间烟火气的"高蹈乎八荒之表"(王国维语)的"理想",是"邻于柏拉图式的对于"理念的回忆",王氏立论的本源在此。

佛雏《"合乎自然"与"邻于理想"试解》(《古代文艺理论研究》第 4 辑,1981 年)

王氏所谓"真景物"之"真",实指诗人所独自"观"出的、充分体现某一景物本身内在本质力量之美的"形式"之"真",即"理念"之"真",

而非自然主义与复古主义之"真";这种"真"虽取诸"自然",又必经诗人的"生发",使之跟他自己的美的"理想"相合。故在王氏,诗境之"生动直观"与"寄兴深微"是统一的,而非相妨的。

要之,王氏所谓"真感情",所追求的乃是通过"感自己之感,言自己之言",而充分显示出来的"人类之感情"或者人性的理念之"真"。他虽不废专抒"一己之感情",以至专对某一政治事件、历史事件所抒发之感情,但就诗境来说,却有个深浅厚薄之别,后者均远非"第一义"的了。

佛雏《"境界"说的传统渊源及其得失》(《古典文学论丛》第 2 辑,1982 年)

"喜怒哀乐亦人心中之一境界",此即近人所谓"表现形象",跟以描写"景物"(包括人)为主的"造型形象"相区别。其实,诗人的情绪、情致、因物而起("物色相召,人谁获安"),所谓"情以物迁",诗人与外物的关系,总是"情往似赠,兴来如答"的关系,因而诗人之"情"不可能完全脱离物象而赤裸裸地得到艺术表现。

王文生《王国维的文学思想初探》(《古代文学理论研究》第 7 辑,1982 年)

王国维所谓有境界的作品,实包括两个方面,即外在的景物人事,内在之思想情意。而对这两个方面,还有统一的要求,就是"真"。从景物言,它必须是真实的而不是虚幻不实的;从感情言,它也必须是真实的而不是矫饰虚伪的。然而,仅就这两个方面,还不能构成文学作品的内容。王国维认为,"文学者,不外知识与感情交代之结果"(《文学小言》)。又曰:"文学之事,其内足以摅己,而外足以感人者,意与境二者而已。上焉者意与境浑;其次或以境胜,或以意胜。苟缺其一,不足以言文学。"(《人间词·乙稿序》)这就是说,外在的景物人事,人心的喜怒哀乐,都必须经过作者的认识和感情的作用,才能形成一定的意蕴,构成作品的内容。

叶嘉莹《王国维及其文学批评》第 221 页(广东人民出版社 1982 年)

《人间词话》中所标举的"境界",其含义应该乃是说,凡作者能把自己所感知之"境界",在作品中作鲜明真切的表现,使读者也可得到同样鲜明真切之感受者,如此才是"有境界"的作品。所以欲求作品之"有境界"，则作者自己必须先对其所写之对象有鲜明真切之感受。至于此一对象则既可以为外在之景物，也可以为内在之感情；既可为耳目所闻见之真实之境界，亦可以为浮现于意识中之虚构之境界。但无论如何却都必须作者自己对之有真切之感受，始得称之为"有境界"。如果只因袭模仿，则尽管把外在之景物写得"桃红柳绿"，把内在之感情写得"肠断魂销"，也依然是"无境界"。

冯友兰《中国近代美学的奠基人——王国维》（《中国哲学史新编》第六册第 192-193 页，人民出版社 1989 年）

这里所说的景就是一个艺术作品所写的那一部分自然，称之为景，是对情而言。对情而言则曰景，对意而言则谓之境，这条是说一个艺术作品还要表达一种情感。意、境、情三者合而为一，浑然一体，这才成为一个完整的意境。

浑然一体是就实际上的艺术意境说的。美学作为一种理论，则需把它们分割起来做进一步的分析。王国维《词话》所做的就是这个工作。

杨坤绪《中西美学融会的启端——王国维融会中西美学思想历程的考察》（《文艺研究》1991 年第 1 期）

王国维所谓的"真景物"就是叔本华所指的理念，王国维所谓的"真感情"就是叔本华所指的纯粹主体。而这理念又不是脱离个别事物的概念，而是显于个别事物中的理念；这纯粹主体，也不是抽象的一般的人，而是"沉浸于直观"、"自失于对象中"的主体；这样，对象是可直观的，又是超时空、超根据律的；主体沉于对象中，又是超利害、超意志的；两者融合把"现象中徜恍不定的东西拴在永恒的理念中"。

周锡山《王国维美学思想研究》第 192-193、195-198 页（中国社会科学出版社 1992 年）

王国维有时越出自己的境界之定义，论述到境界的其他意义上的用法。这样的言论共有三则。其一曰：（本则引文略）。这里第一个"境"一般指景物这个"境界"，但王国维不同意，他认为部分可指景物，另一部分即此言中第二个境界，指人之喜怒哀乐之感情，是"人心中之一境界"。最后谈到的"境界"，才是王国维诗学与美学之本义。

王国维对境界的构成的主要内容提到了三个方面。

其一是情和景。他在这方面的阐述最丰富。（按，其二、其三见第七、第四二则汇评）

他早在《文学小言》中即提出：

> 文学中有二原质焉；曰景，曰情。前者以描写自然及人生之事实为主，后者则吾人对此种事实之精神的态度也。故前者客观的，后者主观的也；前者知识的，后者感情的也。自一方面言之，则必吾人之胸中洞然无物，而后其观物也深，而其体物也切，即客观的知识，实与主观的感情为反比例。自他方面言之，则激烈之感情，亦得为直观之对象、文学之材料，而观物与其描写之也，亦有限之快乐伴之。要之，文学者，不外知识与感情交代之结果而已。苟无敏锐之知识与深邃之感情者，不足与于文学之事。（《文学小言》四，拙编《王国维文学美学论著集》第25页）

其景和情的内容和性质的划分，可用下表作为归纳：

| 景 | 以描写自然及人生之事实为主 | 客观的 | 知识的 |
| 情 | 吾人对此种事实之精神的态度 | 主观的 | 感情的 |

值得注意的是，景并非指单纯的自然景物，景同时指"人生之事实"。这个"人生"，不单是个体的人生，而且也是群体的人生。群体的人生就组成了社会和社会环境。因此王国维所说的"景"兼指自然景物和社会环境。他又补充说明，作家诗人"必吾人之胸中洞然无物"，也即不带任何主观的框框和成见或偏见，不带任何主观色彩和私心杂念，"而后其观物也深，而其体物也切，即客观的知识，实与主观的感情为反比例"。进一步阐释了现实主义的创作原则。同时又认为，"激烈之感情，亦得为直观之对象、文学之材料"。此应指抒情作品之作者之感情，在作为审美主体的同时在作品中又作为审美的客体而出现。而在叙事体作品中，一般只能将作品中的人物的感情，作为"直观之对象"和"文

学之材料"。

由上又可知，"景"与"境"不同，景指客观的知识的自然及人生之事实，而境则"非独谓景物也，喜怒哀乐，亦人心中之一境界"。手稿此句作"感情亦人心中之境界"，则兼情景两者而言。在这样的基础上，王国维在此则中接着又宣布了境界的两个重要构成因素：

> 故能写真景物、真感情者，谓之有境界。否则谓之无境界。

而且他将这真景物、真感情这两个构成要素紧密联系在一起，如影随形，不得分离。这个观点也是他一贯所有的，他早在《文学小言》中即说过：

> 诗人体物之妙，侔于造化，然皆出于离人孽子征夫之口，故知感情真者，感物也真。（《文学小言》八，拙编《王国维文学美学论著集》第27页）

将感物真与感情真看作是必然联系、不可分割的统一体；在这个基础上又提出诗人的创造力可与造物媲美（也即人们常说的"巧夺天工"）这样光辉的结论！并提出诗人的创作成就产生于离人孽子征夫所欲表达之感情。离人、孽子，各个阶级、阶层都有，征夫则显指劳动人民和下层士兵。王国维对这些人的感情的极度重视和尊重，将其感情视之为创作的源泉，充分说明他热爱人民、尊重人民的真挚感情，超越旧时代一般封建文人的孤芳自赏、"体验自我"或自居为高劳动人民一等的旧意识，与西方资产阶级中的进步作家如尊重、同情劳动人民的玛丽·巴顿、狄更斯、维克多·雨果、列夫·托尔斯泰等同属高层次的思想水平和认识水平。

王国维对"真景物、真感情"的"真"，有极高的要求。他反复强调：

> 词人之忠实，不独对人事宜然，即对一草一木，亦须有忠实之意，否则所谓游词也。（《人间词话未刊稿》四五）

屈子感自己之感，言自己之言者也。(《文学小言》十)

屈子之后，文学上之雄者，渊明其尤也。韦、柳之视渊明，其如贾、刘之视屈子乎！彼感他人之所感，而言他人之所言，宜其不如李、杜也。(同上一一)

宋以后之感自己之感，言自己之言者，其唯东坡乎！(同上一二)

唐、五代、北宋之词，所谓"生香真色"。若云间诸公，则彩花耳。(《人间词话未刊稿》二四)

以上第一则强调作家对自然、人生必须抱忠实即极度真实、真挚的态度，因为"感情真者"，才能做到"感物也真"。中间三则申述感物真并感情真者必须真实反映，即"感自己之感，言自己之言"。而"感自己之感，言自己之言"，极为不易，能达到这个最高标准者仅屈原、陶潜、李白、杜甫和苏轼少数人而已。最后一则要求文学作品在描写自然、人生这些客观事物时必须达到"生香真色"的水平，也即要写出活生生的真实的自然和人生，犹如要香气馥郁、色彩鲜艳的真花，而不是用彩纸扎就的假花。这些要求有多高！而千言万语，归结成一句：真实，是文学的生命。所以他一再指出诗至唐中叶以后衰落，词至南宋以后衰落，都因堕落为"羔雁之具"，"即诗词兼擅如永叔、少游者，亦词胜于诗远甚，以其写之于诗者，不若写之于词者之真也"。"此亦文学升降之一关键也。"(《人间词话未刊稿》二)

前曾引及王国维对有境界的标准，其中头两个即"其言情也必沁人心脾，其写景也必豁人耳目"，其三大标准中，情、景即占其二，并且只有写真情真景者才能沁人心脾、豁人耳目，且更能达到情、景和语言三大高标准的原因仍在于"以其所见者真也，所知者深也"，而"所知者深"的前提，亦显然在于"所见者真"。王国维认为"大家之作"的成功，最后在于真，而作品的失败和一种文体的衰落，最后也在于不真或失去真，可见王国维确实是将真视为文学的生命的。

又由于真感情和真景物往往是密不可分的，故而他认为"词家多以景寓情"(《人间词话未刊稿》一六)。这也即著名的"情景交融"的原理。王国维在这方面论述不多,后来仅在《人间词·乙稿序》"意与境浑"时再次论及。他同时又认为也有"专作情语而绝妙者"(同上)。

周祖谦《王国维"境界"说与"兴趣""神韵"说之关系试解》(《河北学刊》1998年第2期)

何谓真景物?王氏未作界定,而解者意见纷纭;或以为真景物不是纯客观的,"而是包含着作家思想感情的情景交融的景物";或认为真景物是作者由外在景物所得的"一种发自内心的真切之感受";或联系叔本华的美学观念作解,释之为"不复是某种偶然的特殊的单独的个体,而是'代表其物之全种'的'个象',即充分显示其物之'内在本性'或'理念'的个体形象"。这些见解都不无一定道理,却又似不够完整。综合王氏散见于各处的相关言论,笔者以为,真景物当指由创作主体对外在物象的真切感受和审美观照所把握到的一种形神兼备、虚实相间、个别与一般统一并与真感情相对应的生动、逼真的感性形象。所谓真感情的含义,王氏也不曾作专门说明,但揆之他的有关论述,结合后人的阐发,似可理解为,诗人在和外物的感应交接中所生的一种发自心底、滤除了世务俗趣的纯真自由的审美情感,或曰个性化的人类情感。

解 读

参见汇评中《王国维美学思想研究》的引文。又:

作家要善于观察和体会各类人的思想感情,善于观察和揣摩人们的言语动作所反映和隐含的思想感情。对描写对象要有同情的理解,具有悲天悯人的宽广胸怀。而不是自作高明、居高临下地描写各类人物,结果就会有意无意地歪曲了所描写的人物的思想和感情。因此写出真感情,不仅指作者自己的真感情,也指描写对象的真感情,这是非常艰难的。像《红楼梦》这样的经典巨著,就达到了这个高度,作者高度真实地写出了各类人心中的喜怒哀乐,并将之与人物言语、行动、性格的描写融成一体。

七

"红杏枝头春意闹"[1]，著一"闹"字而境界全出。"云破月来花弄影"[2]，著一"弄"字而境界全出矣。

注 释

[1] 宋祁《玉楼春》(春景)：

> 东城渐觉风光好，縠皱波纹迎客棹。绿杨烟外晓寒轻，红杏枝头春意闹。 浮生长恨欢娱少，肯爱千金轻一笑。为君持酒劝斜阳，且向花间留晚照。

[2] 张先《天仙子》(时为嘉禾小倅，以病眠，不赴府会)：

> 《水调》数声持酒听，午醉醒来愁未醒。送春春去几时回？临晚镜，伤流景，往事后期空记省。 沙上并禽池上暝，云破月来花弄影。重重帘幕密遮灯，风不定，人初静，明日落红应满径。

汇 评

王达津《批判王国维文学批评的哲学根据》(《南开大学学报》1956 年第 2 期)

"红杏枝头春意闹，著一闹字，意境全出"，但我们不能仅仅在闹上欣赏徘徊，因为宋祁的词"绿杨烟外晓寒轻，红杏枝头春意闹"并非超现实，而恰恰是写出诗人对季节变换的体验，同时下阕"浮生长恨欢娱少"也正和这种体验相对照相联系，并不是互相孤立的，而是作者在欢娱少的处境下，对生活的体验。

钱锺书《通感》(《文学评论》1962 年第 1 期)

宋祁和苏轼所以用"闹"字（按指苏轼《夜行观星》"小星闹若沸"），是想把事物的无声的姿态描绘成好像有声音，表示他们在视觉里仿佛获得了听觉的感受。用现代心理学的语言来说，这两句都是"通感"（Synaesthsia）或"感觉移借"的例子。……通感的各种现象里，最早引起注意的也许是触觉和视觉向听觉的挪移。……不过，诗人对事物往往突破了一般经验的感受，有更深刻、更细致的体会，因此也需要推敲出一些新颖、奇特的字法，例如前面所举宋祁和苏轼的两句。

金开诚《〈人间词话〉的"境界说"》（《古典文学论丛》第 2 期，陕西人民出版社 1981 年）

"红杏"一句能使读者联想到整个繁华的春色，连同面对这种春色的人们心头的春意；"云破"一句则使读者联想到整个静美的夜色，连同面对这种夜色的人们心中的幽思。而在王国维看来，词句产生如此巨大的魅力却并非"羚羊挂角，无迹可求"，也不是"不著一字，尽得风流"。从"无迹可求"到"有迹可求"，从"不著一字"到"著一闹字"、"著一弄字"，毫无疑问是向着抒情诗创作规律的可知性迈出可喜的一步。

吴调公《关于古代文论中的意境问题》（《社会科学战线》1981 年第 1 期）

红杏枝头，本来无所谓"闹"，然而由于她的妩媚鲜艳的颜色带来春意，冲破了绿杨烟外的晓寒，这就增加了自然生机和诗人往东城寻春的情趣。照影花枝，本来无所谓"弄"，然而由于原来蔽月的夜云移去，清辉笼罩下的花枝便在微风吹拂和月光移转时婆娑蠕动。月色窥花，花枝弄影，不仅促使诗人把他对穿云之月和照影之花的关切倾注到眼前景物之上，也更成为诗人化身为月和花的情趣。

佛雏《"境界"说的传统渊源及其得失》（《古典文学论丛》第 2 辑，1982 年）

如王氏举出的"红杏枝头春意闹"，著一"闹"字而"境界全出"。著一"闹"字而"春意"盎然而生，全句进入了"质变"，由一般的"赋"而与"兴"结合了，于是境界呈现了。

王文生《王国维的文学思想初探》（《古代文学理论研究》第 7 辑，1982 年）

这里所说的"能感之"，就是指作者特别具有的感受力和观察力；所说的"能写之"，就是指的作者特别具有的表达能力。这是构成有境界的作品不可或缺的条件。所谓"红杏枝头春意闹。著一'闹'字而境界全出"；"云破月来花弄影，著一'弄'字而境界全出"（《人间词话》）就是指的这种表达能力而言的。

冯友兰《中国近代美学的奠基人——王国维》(《中国哲学史新编》第六册第 192 页，人民出版社 1989 年)

所谓意境，正是如那两个字所提示的那样，有意又有境。境是客观的情况，意是对客观情况的理解和情感。……如果只写"红杏枝头"、月下花影，那就是有境而无意，"闹"字和"弄"字把意点出来了，这才出来了意境，这就成为这件艺术作品和它的作者的意境。

陈良运《中国诗学体系论》第 345 页（中国社会科学出版社 1992 年）

我们必须承认，"情"的彻底"物化"，不着主观臆造之痕迹，作品的境界反而更为豁目，"'红杏枝头春意闹'，著一'闹'字，而境界全出。'云破月来花弄影'，著一'弄'字，而境界全出矣。""闹"字与"弄"字，实有作者感情隐含于内，读者直观是见物不见情，可是这两个字又实在是作者对审美对象之动态感受，这一直观感受使审美对象有了活泼的生机。"情"不露任何痕迹的物化而使"境界全出"，对于鉴赏者来说，反而容易得"意境两忘"的妙趣。

周锡山《王国维美学思想研究》第 198-199 页（中国社会科学出版社 1992 年）

王国维对境界的构成的主要内容提到了三个方面。

其二是用词用语。他举例说：（本则引文略）（按，其一、其三见第六、第四二则汇评）。"闹"、"弄"两字分别是原词原句的"词眼"，犹如画龙点睛，使全句"活"了起来，使静态的画面变成动态的画面，或转化成有声的画面，真实、自然地反映了景物和景色之美，符合"其写景也必豁人耳目"和"其词脱口而出，无矫揉妆束之态，以其所见者真，所知者深也"的最高标准，故而用此两词而"境界全出"了。

文字语言是文学的基础。王国维一贯重视作品中语言的作用，他后来在戏曲美学理论中也极其强调元曲的语言之成就。"其词脱口而出"作为境界的三大标准之一，也充分可见其极端的重要性。在语言的高要求中，还包括前节论及的"隔"与"不隔"之说。他批评"如雾里看花，终隔一层"的隔，赞赏"语语如在目前，便是不隔"。

王攸欣《选择·接受与疏离》第 105 页（三联书店 1999 年）

王国维之所以看重"红杏枝头春意闹"和"云破月来花弄影"中的"闹"和"弄"这两个动词，就是因为它们极富表现力地把大自然的欲望和意志活生生地写了出来，这就揭示了各自的本质，因此，王国维击节叹赏：境界全出。

解　读

参见汇评中《王国维美学思想研究》的引文。又：

此则中举例的"闹"字、"弄"字的运用，贯彻了中国古代美学"生气贯注"的创作原则，写出了"红杏"和"花"的生气，写出了天然的情致，生动的景象，故而境界全出矣。

八

境界有大小，不以是而分优劣。[1] "细雨鱼儿出，微风燕子斜"[1]，何遽不若"落日照大旗，马鸣风萧萧"[2]？[2] "宝帘闲挂小银钩"[3]，何遽不若"雾失楼台，月迷津渡"[4]也？[3]

汇　校

① 手稿"不"前有"然"，"优劣"作"高下"。又，此句后原有"宝帘闲挂小银钩"一句。
② 二句原作"五更鼓角声（悲壮），三峡星河影动摇"。后划去。
③ 二句原作"飞絮落花时候，一登楼"。后划去。

注　释

[1] 杜甫《水槛遣心二首》之一：

　　　去郭轩楹敞，无村眺望赊。澄江平少岸，幽树晚多花。细雨鱼儿出，
　　微风燕子斜。城中十万户，此地两三家。

[2] 杜甫《后出塞五首》之二：

朝进东门营，暮上河阳桥。落日照大旗，马鸣风萧萧。平沙列万幕，部伍各见招。中天悬明月，令严夜寂寥。悲笳数声动，壮士惨不骄。借问大将谁？恐是霍嫖姚。

[3] 秦观《浣溪沙》：

漠漠轻寒上小楼，晓阴无赖似穷秋。淡烟流水画屏幽。　自在飞花轻似梦，无边丝雨细如愁。宝帘闲挂小银钩。

[4] 秦观《踏莎行》句，参见第三则注[2]。

汇　评

周煦良《〈人间词话〉评述》（《书林》1980年第1期）

这一则在理解王氏的境界说上也带有关键性。既云"境界有大小，不以是而分优劣"，则也不应根据境界的高低、深浅来分艺术的优劣。但有人评论诗颇喜谈境界高低的，这和王氏的见解就不一样了。

那么撇开王氏不论，能不能讲境界高低呢？我的回答是，看你说的境界指什么。若是写男女相思或者失恋，那就只有写得真实不真实，生动不生动，深刻不深刻之别，没有高低之分。如果所讲的境界是指一种精神气概，表现了作者的精神气质，或者品质，能够给人熏陶，使人受到教育，甚至模铸人的人生观、是非观，那当然有高低之分，价值之别。人们通过艺术要寻找的是不是就是这些呢？人类之珍视艺术是不是为的这个呢？这是牵涉到艺术为了什么的大问题，是每个艺术家避免不了的问题。但是有些漫谈诗词境界高不高的人所想的并不是指的这些。

佛雏《〈人间词话〉五题》（《扬州师院学报》1980年第1期）

境界的小与大，优美与壮美，反映不同的生活（包括自然）形象与意蕴，予人们以不同的审美享受，各有其"美"的特质，但同属"美"的范畴，故一般地讲，不能以优劣分。而且，境界大小或美壮之间，并无不可逾越的鸿沟，"壮"中不能无"美"，"美"中亦可含"壮"，如同前人说的："壮语要有韵，秀语要有骨。"它们往往相互渗透、转化。譬如"细雨鱼儿出"，固属"小"而优美；而如汉乐府"枯鱼过河泣"一首，却"小"而略含"悲愤"（接近于壮美范畴）之意。"落日照大旗，马鸣风萧萧",固属"大"而宏壮,而如"锦江春色来天地,玉垒浮云变古今'"(杜甫《登楼》),却"大"而含有更多的"温丽"成分。"大小"以量言,"美壮"以质言。境界优劣之分,主要在质而不在量,故谈词境"大小"及其优劣,必须进而辨其"美壮"。静安的本意也是如此。

徐复观《王国维〈人间词话〉境界说试评》(《中国文学论集续篇》,台湾学生书局 1981 年)

按写景之大小,各因诗人当时的所遇。从这点说,是不应以此而分优劣的。但大小景的把握,关系于作者的胸襟气度,所以古今能写小景者多,能写大景者少。可以这样说,大诗人能写大景,也能写小景。小名家,则只能写小景;若写大景,便常如《姜斋诗话》中所讥的"张皇使犬"。由此可知,写境之大小,亦未尝不可分优劣。

聂振斌《王国维的意境论》(《美学》第 6 期,上海文艺出版社 1985 年)

意境能否成立,能否美感动人,其基础正在此。而不在于画面之大小,题材之轻重。"境界有大小,不以是而分优劣。'细雨鱼儿出,微风燕子斜。'何遽不若'落日照大旗,马鸣风萧萧'?'宝帘闲挂小银钩',何遽不若'雾失楼台,月迷津渡'也?"也不在于所反映的社会人事之高卑贵贱。虽出自达官贵人之口,反映社会上层之事,如无真情实感,也不足以挂齿。所以他批评了一些诗人词者过于注重工巧、雕琢因而流露出骄矜之气、做作之态,给人一种不自然、不真实之感。像《古诗十九首》这种乐府民歌中的许多诗篇,虽出自娼妇、孽子、征夫之口,反映的是下层社会生活,用语也有不少淫、鄙之处,但历来不被视为淫词、鄙词,其根本原因就在于它们的真切充实动人。大诗人的某些艳语、淫词,不被视为淫、艳,原因也在这里。须知王国维受旧礼教传统的影响是较深的,还沾染了某些贵族习气,然而这里丝毫不见这种阶级偏见,完全从审美的角度进行批评、分析。

姚一苇《艺术的奥秘》第 311—312 页、313 页(漓江出版社 1987 年)

所谓"境界之大与小",王氏云,"境界有大小,不以是而分优劣,'细雨鱼儿出,微风燕子斜',何遽不若'落日照大旗,马鸣风萧萧'?'宝帘闲挂小银钩',何遽不若'雾失楼台,月迷津渡'也?"王氏在此采取了姚鼐的观点，虽然用语不同。姚氏说："自诸子而降，其为文无有弗偏者。其得于阳与刚之美者，则其文如霆如电，如长风之出谷，如崇山峻崖，如决大川，如奔骐骥；其光也如杲日，如火，如金镠铁；其于人也，如凭高视远，如君而朝万众，如鼓万勇士而战之。其得于阴与柔之美者，其为文如升初日，如清风，如云，如霞，如烟，如幽林曲涧，如沦，如漾，如珠玉之辉，如鸿鹄之鸣而入寥廓；其于人也，谬乎其如叹，邈乎其如有思，暧乎其如喜，愀乎其如悲。观其文，讽其音，则为文者之性情形状，举以殊焉。"姚氏用了一大堆的形容语句来区别阳刚与阴柔，实则阳刚者就是王氏所谓的大的境界，而阴柔则是小的境界。大的境界予人以伟大、壮阔、雄浑的感觉，在西洋美学上称之为崇高（sublime）；小的境界予人以细致、幽美、柔和的感觉，称之为秀美（grace）。属于美的范畴的一个基本问题。美虽有不同的范畴，具现为不同的性质，但不含任何价值判断；吾人不可以认为崇高优于秀美，或阳刚优于阴柔。王氏亦有见及此，故他说："境界有大小，不以是而分优劣。"

此间所谓大小之不同实乃高低之别；境界之大小不含评价作用，前已言之；而境界之高低则含有评价作用，即高境界优于低境界。王氏所谓的高境界有二重的含义：第一重为写真景物真感情者，越率真越不隔者越高，反之则相对地降低；第二重为所描写的真景物真感情其共相或一般性越大者越高，反之则相对地降低。是以有如释迦、基督担荷人类罪恶之心情与抱负，则趋乎一己的感情之外，其共相或一般性必最大，境界亦最高。

周锡山《王国维美学思想研究》第 206-207 页（中国社会科学出版社1992 年）

他通过杜甫自己的两首诗和秦观自己的两首词作为例子来比较境界的大小。用同一诗人和词人自己的作品来作比较，是王国维的细心周到之处：同一作者可免去可能因作者大小不同而引起的不对等性。从所举例子来看，所谓境界大，基本上是指阳刚美之境界，也即静安所谓"气象阔大"，有时还能达到"千古壮观"的雄伟极境：

"明月照积雪","大江流日夜","中天悬明月","黄河落日圆",
此种境界,可谓千古壮观。求之于词,唯纳兰容若塞上之作,如《长
相思》之"夜深千帐灯",《如梦令》之"万帐穹庐人醉,星影摇摇
欲坠"。差近之。(《人间词话》五一)

这种用阳刚美也即体现为雄浑、阔大、宏伟,也即一般所说的壮美
(与静安所引入的康德之壮美含义不同)。而境界小,指阴柔美,体现为柔和、
精巧、隽永,也即一般所说的优美(也与静安所引入的康德之优美含义不
同)。

王国维认为境界有大小,不以是而分优劣,即不分阳刚、阴柔之高下。
王国维对戏曲中南北曲的阴柔、阳刚之美一视同仁,也是这种美学观的
正确体现。

刘锋杰、章池《人间词话百年解评》第 56-57 页(黄山书社 2002 年)

在文学史上,豪放派反对婉约派,社会批判型的诗人反对归隐逃世
的山水派诗人,或反之,比比皆是。其间除了文人相轻的意气用事之外,
亦与认识不清文学创作的丰富性与复杂性有着根本的关联。王国维明确
提出境界无大小优劣,肯定境界的美学风格的多样性,并平等对待各种
题材的创作,这对理解与解决这一有争议的美学风格问题有正确的指导
作用。其中,细雨微风与落日马鸣相对举,是表明境界的宏阔与否,并
不影响审美欣赏与评价;宝帘银钩与雾失楼台相对举,是证明境界的清
朗或朦胧,一样产生美的效果。由此可引出一个结论:不论诗人写出的
是什么,只要是美的,就有生命力。美的世界中,没有等级。

解 读

参见汇评中《王国维美学思想研究》的引文。又:

王国维的境界说是在严羽兴趣说和王渔洋的兴趣说的基础上发展起
来的。应该说兴趣说和神韵说对中国诗论和美学都有很大的贡献。叶朗
和叶嘉莹两人对兴趣说和神韵说的批评和否定,都是错误的。"神秘",
没有什么不好,文学理论和创作实践既要有鲜明生动的,也需要有神秘

朦胧的，甚至晦涩也可聊备一格。至于二说滋生的弊病，不能怪罪到二说的本身，任何学说在后世都有人篡改或误用。

王国维能将自己树立的创作和评论原则贯彻始终，他在《宋元戏曲考·元南戏之文章》中说："故元代南北二戏，佳处略同；唯北剧悲壮沉雄，南戏清柔曲折，此外殆无区别。此由地方之风气及曲之体制使然。而元曲之能事，则固未有间也。"对元代南北戏曲的壮阔与优美一视同仁：佳处略同，能事"固未有间"也。

我进而认为，文艺作品必须以优美、柔和、平静为基调，在这个基调上，再有几处突出的、刚烈的雄壮的变调，达到刚柔相济的境界。一部大型作品，必须如此。如果一味强烈、雄壮，一味唱高调，不见高山也不见平地，便会陷入假大空。至于创作短小作品，那么作家诗人在作品的数量上体现这个原则。苏轼、辛弃疾作为豪放派词人，其豪放词是少数，婉约风格的作品是多数。纳兰性德更是如此，王国维举例并高度赞扬的"千古壮观"之词，也仅是寥寥数首而已。所以苏轼《江城子》词说："老夫聊发少年狂。"王国维《晓步》诗也说："一事能狂便少年。"

九

严沧浪[1]《诗话》谓①："盛唐诸公（一作"人"）唯在兴趣，羚羊挂角，无迹可求。故其妙处，透彻玲珑，不可凑拍（当作"泊"），如空中之音，相中之色，水中之影（当作"月"），镜中之象，言有尽而意无穷。"[2]余谓北宋以前之词亦复如是。然沧浪所谓兴趣，阮亭[3]所谓神韵，犹不过道其面目。②不若鄙人拈出"境界"二字为探其本也。③

汇 校

① "谓"，手稿作"曰"。

② 此句原作"阮亭因沧浪此论，遂拈出'神韵'二字，然'神韵'（二

字曾改为"此")二字,不过道其面目。""然",手稿作"但"。

③ "不若",手稿作"不如"。"为",原作"之"。

注　释

[1] 严沧浪:严羽,字仪卿,一字丹丘,号沧浪逋客。邵武(今属福建)人。南宋诗人、诗论家。

[2] 严羽《沧浪诗话·诗辨》:"夫诗有别材,非关书也;诗有别趣,非关理也。然非多读书,多穷理,则不能极其至。所谓不涉理路,不落言筌者,上也。诗者,吟咏情性也。盛唐诸人,惟在兴趣,羚羊挂角,无迹可求。故其妙处,透彻玲珑,不可凑泊,如空中之音,相中之色,水中之月,镜中之象,言有尽而意无穷。"

[3] 阮亭:王士禛(1634—1711),字子真,一字贻上,号阮亭,又号渔洋山人。山东新城(今桓台)人。顺治进士,官至刑部尚书。清初诗人,诗论家。所创立之神韵说诗论,对清代诗坛影响很大。

汇　评

李长之《王国维文艺批评著作批判》(《文学季刊》创刊号,1934 年 1 月)

我们看从前人所谓的兴趣、神韵,其中有一个相同的目的便是要把文学作品中所感到的东西扼要地说出来。但是终于没弄清楚,有意无意之间,那用语带了形容的意味,兴趣啦,神韵啦,倒是有着形容那作品的成功而加上读者的鉴赏的色彩了,王国维却更常识地,更具体地,换上一个"境界",我们很可以知道凡是不清楚而神秘的概念只是学术还在粗糙地征验,所以王国维的用语,可说一大进步。

唐圭璋《评〈人间词话〉》(《斯文》卷一,第 21—22 合期,1941 年 8 月)

严沧浪专言兴趣,王阮亭专言神韵,王氏专言境界,各执一说,未能会通。王氏自以境界为主,而严、王二氏又何尝不各以其兴趣、神韵为主?入主出奴,孰能定其是非?要之,专言兴趣、神韵,易流于空虚;专言境界,易流于质实。合之则醇美,离之则未尽善也。

顾随《论王静安》（1942-1947 年）（《顾随全集·讲录卷》，河北教育出版社 2001 年）

严之兴趣在诗前，王之神韵在诗后，皆非诗之本体。诗之本体当以静安所说为是。

王静安所谓境界，是诗的本体，非前非后。境界是"常"，即"常"即"玄"。

境界者，边境、界限也，过则非是。诗有境界，即有范围。其范围所有之"含"（包藏含蓄），如山东境界内有水有人……合言之为山东。

诗大无不包，细无不举，只要有境界则所谓兴趣及神韵皆被包在内。且兴趣、神韵二字"玄"而不"常"，境界二字则"常"而且"玄"，浅言之则"常"，深言之则"玄"，能令人抓住，可作为学诗之阶石、入门。

顾随《稼轩词说》（1947 年）（《顾随全集·著述卷》，河北教育出版社 2001 年）

王静安先生论词首拈境界，甚为具眼。神韵失之玄，性灵失之疏，境界云者，兼包神韵与性灵，且又引而申之：充乎其类者也。

渔洋论诗力主神韵，静安先生独标境界，且以为较神韵为探其本，苦水则谓境界可以包神韵，而神韵者不过境界之一种，倒不可曰境界即神韵，譬之马为畜，而畜非马也。苦水于古大家之诗，不喜渔洋，二十年来，并渔洋所主神韵遂亦唾弃之。近年始觉渔洋之诗诚不足以言神韵，而渔洋对神韵之认识，亦只在半途，故不独其身后无多沾溉，既其生前，门下亦寂若寒灰。然论中国诗，"神韵"一句终为可取而不可废，盖"神"者何？不灭是；"韵"者何？无尽是。中国之诗实实有此境界，如渊明之"采菊东篱下，悠然见南山"；韦苏州之"落叶满空山，何处寻行迹"；孟襄阳之"微云淡河汉，疏雨滴梧桐"，谓之玄妙，谓之神秘，谓之禅寂，举不如"神韵"二字之得体。

徐翰逢《〈人间词话〉"境界"说的唯心论实质》（《光明日报》1960 年 6 月 12 日）

我们认为王氏的主张，不免本末倒置。只"不过道其面目"者，实为王氏"境界"说本身。我们认为就创作规律来看，就作品中间所呈现的气质与境界来谈，作品的气质（也就是王氏所说的"气格"），实际是作家气质的直接显现。"气质"带有基础性格，"境界"则是已经完成了的观念上的情景。

叶朗《论王国维境界说与严羽兴趣说、叶燮境界说的同异》（《文汇报》1963 年 3 月 2 日）

严羽的"兴趣"，王士禛的"神韵"，王国维的"境界"，都是概括文艺特性的范畴，他们是一线下来的，不同的只是，"兴趣"、"神韵"偏于主观的感受，因此比较朦胧恍惚，显得难于捉摸，不免带上一层神秘色彩，而"境界"则从诗词本身的形象和情感内容着论，因此比较清楚、确定，没有神秘色彩。就这方面说，王国维的境界说比起严羽的兴趣说和王士禛的神韵说来，确是进了一步。

吴奔星《王国维的美学思想——"境界"论》（《江海学刊》1963 年第 3 期）

《人间词话》所说的"境界"，意味着作品反映了日、月、山、川的风貌和喜、怒、哀、乐的心情，虽然是超阶级、超时代的，然而较之所谓"兴趣"、"气质"、"神韵"等难于捉摸的说法，却比较接近现实，显示了艺术必须通过形象来反映现实的根本特征。我以为这就是为什么"有境界，本也"的理由。"境界"说之所以可贵，就是由于它在客观上通向艺术的根本规律，尽管王国维主观上未必意识到这一点。

叶嘉莹《王国维及其文学批评》（第 333-334 页、第 335 页，广东人民出版社 1982 年）

沧浪之所谓"兴趣"，似偏重在感受作用本身之感发的活动；阮亭之所谓"神韵"，似偏重在由感兴所引起的言外之情趣；至于静安之所谓"境界"，则似偏重在所引发之感受在作品中具体之呈现。沧浪与阮亭所见者较为空灵，静安先生所见者较为质实。这是从他们所标举的词语义界之不同，所可见到的差别。如果就他们三个人对诗歌中这种重要质素之体认而言，则沧浪及阮亭所标举的，都只是对于这种感发作用模糊的体会，所以除了以极玄妙的禅家之妙悟为说外，仅能以一些缥缈恍惚的意象为喻，读者既对其真正之意旨难以掌握，因而他们二人的诗说，遂都滋生了许多流弊；至于静安先生，则其所体悟者，不仅较之前二人为真切质实，而且对其所标举之"境界"，也有较明白而富于反省思考的诠释。

如果说诗歌之生命在于"心"与"物"相感的一种作用，那么"气质"二字之所指，只是作者心灵所本具的一种气质，而"神韵"之所指，则只是作品写成后的一种效果。一为作品之前所已具，一在作品完成之后方具有。而静安先生所提出的"境界"，则是指诗人之感受在作品中具体的呈现，如此则所谓"境界"，自然便已经同时包括了作者感物之心的资质与作品完成后表达之效果了。所以说"有境界，而二者随之矣"。可见静安先生对于诗歌中这种感发之生命，较之以前的说诗人，确实乃是有着更为真切深入之体认的。

袁行霈《论意境》（《文学评论》1980 年第 4 期）

所谓兴趣，指诗人的创作冲动，兴致勃发时那种欣喜激动的感觉。所谓神韵，指诗人寄诸言外的风神气度。所谓性灵，指诗人进行创作时那一片真情、一点灵犀。而这些都是属于诗人主观精神方面的东西。王国维高出他们的地方，就在于他不仅注意到诗人主观情意的一面，同时又注意到客观物境的一面；必须二者交融才能产生意境。

聂振斌《王国维的意境论》（《美学》第 6 期，上海文艺出版社 1985 年）

为什么说"兴趣"、"神韵"是"道其面目"，而"意境"方是"探其本"呢？王国维未直接阐明这种不同，但在分析"古雅"时曾说过："凡吾人所加于雕刻书画之品评，曰神，曰韵，曰气，曰味，皆就第二形式言之者多，而就第一形式言之者少。文学亦然。""第一形式"指优美与宏壮，"第二形式"指"古雅"。"第一形式"通过"第二形式"的表现，才成为艺术。所以只谈"古雅"，还未深入到艺术的"原质"。王国维认为"一切之美皆形式之美也"，美的本质存在于事物的形式本身。就文学艺术来说，属于"第一形式"的优美与宏壮是被表现的"内容"，属于"第二形式"的古雅是表现的形式；前者是本质，后者是现象。所以，要探索文学艺术的本质，必须通过"第二形式"深入到"第一形式"。只谈论神、韵、气、味这些属于"古雅"范围内的内容，就是没有深入到文艺的根本。王国维对"兴趣"说和"神韵"说的批评是有道理的。

周锡山《王国维美学思想研究》第 191-192 页（中国社会科学出版社 1992 年）

此论境界在诗学和美学上之无与伦比的崇高地位。这样的评价有独尊境界之弊。境界并不能包含神韵，尽管两者颇有联系，甚至也有许多共通之处。神韵也是探本之论。

但通过王国维与以上诸人的比较，我们可以认定王国维关于境界的定义很明确，明显与前人有继承关系，与他们不同的是，王国维关于境界有全面的论述：定义、范围、诸种范畴、达到的标准与构成。凡此种种，前人皆有所不及。所以，作为一个完整的美学理论，境界说确是王国维所首倡。

孙维城《对王国维"隔"与"不隔"的美学认识》（《文艺研究》1993 年第 6 期）

王国维这段话的意思，我认为首先是肯定了兴趣说、神韵说与境界说的内在联系与承传关系，因为它们都注意到了心物两造。其次，认为二说不及境界说，探其本源，因为二说只注重心的一面、情的一面，而忽略了物的一面、景的一面。其实，王国维以前的意境论亦复如是，李渔说："词虽不出情景二字，然二字亦分主客。情为主，景是客。"（《窥词管见》）第三，王国维的最大贡献在于对意境两浑的不隔境界的肯定，表现出他对古代文化哲学的深刻理解，这使得他比所有意境论者站得要高。从这个意义上，我们就能理解他为什么要删去"一切景语皆情语"的著名论断了。

解 读

参见汇评中《王国维美学思想研究》的引文。又：

我认为，中国古典美学有十大名著：陆机《文赋》、钟嵘《诗品》、刘勰《文心雕龙》、司空图《二十四诗品》、严羽《沧浪诗话》、《金圣叹全集》（周锡山编校，4 册 220 万字，江苏古籍出版社 1985 年；6 卷导读解读本近 320 万字，并同时出版单行本 6 种，万卷出版公司 2009 年）、王渔洋《带经堂诗话》、叶燮《原诗》、刘熙载《艺概》和王国维《人间词话》。《人间词话》中引用了以上多部著作。

严羽《沧浪诗话》是一代诗学名著。他建立了兴趣说、妙悟说理论，这里主要引用了兴趣说的重要观点。

研究家认为，"兴趣"的含义，为审美主体为审美对象所激发的情兴意味，人的情性在与一定的境遇、景物感应时所生的审美情趣。用在诗歌领域，则指诗歌形象所蕴含的神情意味，或者说，是诗的兴象和情致结合所产生的情趣和韵味。"兴趣"的意义，在于它是从作家的文艺创作应该表达什么的角度对文艺的规定，也就是对文艺的内在的审美本质的规定。严羽的《沧浪诗话》是把"兴趣"当作诗的本质、当作诗的内在审美特质而提出的。

"镜中之象，水中之月"，又简称为"镜花水月"，意为：诗中不能呆板求实却又鲜明生动的诗歌意象。或即古人所说的"意似"、"神似"。

神韵，最早是绘画理论的概念，后进入文学理论，至清代王渔洋发展为著名的神韵说，神韵指事外有远致，描绘景色要有余味，风格追求清雅、平淡、悠远、柔和、含蓄等等。但神韵说要求"弦外之音"等，与意境有共通之处。对此，我已有长文《王士禛的诗论与神韵说》(《古典文学研究论丛》第 6 辑，人民文学出版社 1987 年）详论，有兴趣的读者可以参阅。

一 〇

太白[1]纯以气象胜。"西风残照，汉家陵阙"[2]，寥寥八字，遂关千古登临之口。①后世唯范文正[3]之《渔家傲》[4]，夏英公[5]之《喜迁莺》[6]，差足继武，②然气象已不逮矣。③

汇 校

① 此句手稿作："……寥寥八字，独有千古。"

② "足"，手稿作 "堪"。
③ "已" 下原有 "远" 字。

注　释

[1] 太白：李白（701-762），字太白，号青莲居士。祖籍陇西成纪（今甘肃秦安东），其先人于隋末流寓安西都护府之碎叶城（今吉尔吉斯斯坦境内巴尔喀什湖之南的楚河流域），他即出生于此。唐代大诗人。

[2] 李白《忆秦娥》：

箫声咽，秦娥梦断秦楼月。秦楼月，年年柳色，灞陵伤别。　乐游原上清秋节，咸阳古道音尘绝。音尘绝，西风残照，汉家陵阙。

[3] 范文正：范仲淹（989-1052），字希文，谥文正，北宋著名政治家、文学家。其古文名著有《岳阳楼记》、《严先生祠堂记》等。

[4] 范仲淹《渔家傲》（秋思）：

塞下秋来风景异，衡阳雁去无留意。四面边声连角起。千嶂里，长烟落日孤城闭。　浊酒一杯家万里，燕然未勒归无计。羌管（一作笛）悠悠霜满地。人不寐，将军白发征夫泪。

[5] 夏英公：夏竦（984-1050），字子乔，曾为宰相，封英国公，北宋词人。

[6] 夏竦《喜迁莺》：

霞散绮，月垂钩。帘卷未央楼。夜凉银汉截天流，宫阙锁清秋。瑶阶曙（一作瑶台树），金茎露，凤髓香盘烟雾。三千珠翠拥宸游，水殿按《凉州》。

汇　评

佛雏《〈人间词话〉四题》（《扬州师院学报》1979 年第 1 期）

"气象"，指弥漫于诗词中生活画面之上的某种总的气氛，与作者本身的某种情思、倾向，两者互相融合而形成的一种诗的（同时也是诗人的）基本风格、情调。

吴小如《诗词札丛》第 168 页（北京出版社 1988 年）

记得王国维在《人间词话》中评李白《忆秦娥》"西风残照，汉家陵阙"二句，说"寥寥八字，遂关千古登临之口"；又评南唐冯延巳词，说他"虽不失五代风格，而堂庑特大"。宋人赵令畤《侯鲭录》卷七引苏轼评柳永《八声甘州》"渐霜风凄紧，关河冷落，残照当楼"三句，认为"不减唐人高处"（吴曾《能改斋漫录》卷十六则作晁补之语）。这些评语，实质上是有着共同之处的。即自唐宋以来，词的背景十有八九总局限在女子的香闺绣阁那种小天地之中，使读者的视野无从开拓。"花间"一派的词作，这一情况尤其严重，温庭筠当然也不例外。李白的《忆秦娥》和柳永的《八声甘州》，从主题看，写的仍是游子思妇相思离别之苦，冯延巳的词基本上也离不开男女之情。可是在他们这类词中，却把背景摆在琐窗朱户、珠帘绣阁以外的比较辽阔的地方，给读者展示出一幅辽远空旷的场景，于是被称为"堂庑特大"或"不减唐人高处"了。用这些评语来看这首温词，也完全适合。无论是"江楼"、"海月"或高城、烟岛，背景都比较恢宏开阔，非珠帘翠幕、画堂深院所能比拟。这就先给人以一种心明眼亮的感受。尽管作者所描写的思想感情仍不外乎相思离别之类，但在不同的背景下使读者所引起的共鸣便自不同，仿佛这种思想有了深度，感情有了浓度，不那么流于纤巧细碎，一味缠绵悱恻了。

周锡山《王国维美学思想研究》第 142-143、179-180 页（中国社会科学出版社 1992 年）

王国维给李白词以极高评价：（本则引文略）。

关于署名李白的词，究竟是李白的作品还是无名氏托名的作品，词学研究家各持己见，迄今尚无定论。王国维无疑属于承认派。根据他对《忆秦娥》"西风残照，汉家陵阙"的精当分析，至少此词似乎的确只有像李白这样的大家手笔才有可能写出，而且其雄伟苍凉之高岸境界，与李白诗作的气魄，也颇相似。王国维虽然高度称颂李太白《忆秦娥》之气象阔大，但这仅是特殊的个例，以静安看来，从词的总体说，"词至李后主而眼界始大，感慨遂深"。这又反衬静安对李白的极高评价。

气象与格调有基本共同点，静安也喜以"气象"作为评论的一个重要标准。如他评"太白纯以气象胜"，批评范仲淹等与李白相比，"气象已不逮矣"。与李煜"眼界始大，感慨遂深"相比，"《金黄》、《浣花》，能有此气象耶！"（《人间词话》一五）认为《诗经》、屈赋和唐诗、宋词中的一些佳作"气象皆相似"（《人间词话》三〇）。又借前人之言来描绘两种"气象"（《人间词话》三一，引文略）：第一种气象为昭彰、爽朗，与豪放有关，东坡之词即豪放，这是一种高品格的词风。第二种气象"韵趣高奇"，即静安赞白石词之"格韵高绝"，也与品格有关。此亦可见气象与品格有基本的共通之处。

刘锋杰、章池《人间词话百年解评》第 69 页（黄山书社 2002 年）

从此则词话始，王国维多对文学史上的诗词名家加以评点，评点标准之一就是"气象"。所谓"气象"，当指作品的整体风貌与格局。按王国维的要求，似是气象雄浑宏阔者为上品，故其将李白的"西风残照，汉家陵阙"推为"以气象胜"的典范。该词由伤别而诉怀国念阙之思，箫声、柳色、月影本有忧伤之情，但至"咸阳古道"意象的出现，并最后推向西风残照、汉家陵阙，虽满蓄悲凉之情，却在场面宏大辽远，境界浑然一片之中，叫人感慨不尽，将悲凉一转而为悲壮，成千古绝唱，使后来者无出其右。范仲淹《渔家傲》虽然也是气象浑茫之作，如塞下秋来、四面边声、千嶂、长烟落日、家万里等描写，笼括不同空间入词，且此种种空间又都充满悲情，境界极其开阔，然意象繁多且意不均，又落笔在个人感慨，就使全词不能像李词那样，给人步步紧逼、步步开拓之感，并最后指向高远，终而只能称为阔大，不以雄浑苍茫见长。夏竦的《喜迁莺》虽有"夜谈银汉截天流"的横绝一陈的豪迈，又有"三千珠翠拥宸游"的补足一笔的汪洋浩荡，但毕竟"三千珠翠"还有脂粉香，不及"四面边声"雄大，遂使词的气象又逊一筹。"四面边声"本受千嶂的桎梏，不及"西风残照"的无限苍茫，结果是：《忆秦娥》胜于《渔家傲》，《渔家傲》胜于《喜迁莺》。宋严羽尝言："唐人与本朝人诗，未论工拙，直是气象不同。"（《沧浪诗话·诗辨》）王国维又给以了一次证明。

解 读

参见汇评中《王国维美学思想研究》的引文。又：

气象，指某时代的文学作品特有的精神风貌，意近品格、风格。这里的气象指作品中反映的客观事物的本质精神及其外在表现，这个表现创造了雄浑壮阔的艺术世界、氛围和精神风貌。

王国维这里提到的《渔家傲》的作者范仲淹（989-1052）是北宋杰出政治家、军事家、文学家。他作为文学家，以写《岳阳楼记》和《严先生祠堂记》两篇宏文闻名后世，他的词也有很高成就。特别是王国维所举例的这首边塞词《渔家傲》，词风慷慨苍凉，在宋初词坛上别树一帜。因词中有"将军白发征夫泪"等神情悲凉的语句，爱写婉约词的欧阳修调侃其为"穷塞主"。范仲淹受命任职西北，领兵守边，令敌丧胆，西夏人不敢入侵，说"小范老子胸中自有数万甲兵"。我们从"燕然未勒归无计"的白发将军身上看到作者"先天下之忧而忧，后天下之乐而乐"的崇高精神。范仲淹也善写婉约词，《苏幕遮》的名句："碧云天，黄叶地，秋色连波，波上寒烟翠。"被千古名著《西厢记》略为改动后，用于《长亭送别》中："碧云天，黄花地，西风紧，北雁南飞。晓来谁染霜林醉？总是离人泪。"各呈其美。

一 一

张皋文[1]谓飞卿[2]之词"深美闳约"[3]，余谓此四字唯冯正中[4]足以当之。刘融斋[5]谓飞卿词"精艳（当作'妙'）绝人"[6]，①差近之耳。

汇　校

① 句首原有"唯"字。

注　释

[1] 张皋文：张惠言（1761-1802），字皋文，江苏武进（今常州市）人。清代经学家、词人、词论家。嘉庆进士，官翰林院编修。

[2] 飞卿：温庭筠（812-866），原名岐，字飞卿。太原（今属山西）人。

唐代著名诗人、词人。

[3] 张惠言《词选叙》云："自唐之词人李白为首，其后韦应物、王建、韩翃、白居易、刘禹锡、皇甫松、司空图、韩偓并有述造，而温庭筠最高，其言深美闳约。"

[4] 冯正中：冯延巳（903-960），一名延嗣，字正中，谥忠肃。广陵（今江苏扬州）人。南唐中主（李璟）时，官至丞相。南唐词人。

[5] 刘融斋：刘熙载（1813-1881），字伯简，号融斋。江苏兴化人。道光进士。曾官广东学政等，后主上海龙门书院。清代学者。有文论名著《艺概》。

[6] 刘熙载《艺概·词曲概》："温飞卿词精妙绝人，然类不出乎绮怨。"

汇 评

龙榆生《选词标准论》（《词学季刊》卷一第2号，1933年8月）

庭筠之词多为应歌而作；即就风格论，亦所谓"香而软"（《北梦琐言》）者。王国维氏，即不以张氏之论为然。其所著《人间词话》云："张皋文谓：'飞卿之词，深美闳约。'予谓此四字，惟冯正中足以当之。刘融斋谓'飞卿词精妙绝人'，差近之耳。"

温词情致之婉美，结构之精密，辞藻之清艳，的是出色当行；而张氏必欲以《风》、《骚》体格附益之，即为此体开山作祖，未免涉于穿凿，作者本意殆不其然。

饶宗颐《〈人间词话〉平议》（1953年）（《澄心论萃》第211页，上海文艺出版社1996年）

王氏以张皋文评飞卿词"深美闳约"四字许冯正中，又称其堂庑特大。予诵正中词，觉有一股莽苍苍之气，《鹊踏枝》数首，尤极沉郁顿挫。词云"不辞镜里朱颜瘦"，鞠躬尽瘁，具见开济老臣襟抱。"为问新愁，何事年年有？"则进退亦忧之义。"独立小桥"二句，岂当群飞刺天之时，而能自保其贞固，其初罢相后之作乎？另一首"惊残好梦"，似悔讨闽兵败之役（保大五年事）。"谁把钿筝移玉柱"，则叹旋转乾坤之无人矣。语中无非寄托遥深，非冯公身份不能道出。如此等词，安可仅就字面欣赏耶？张皋文谓"延巳为人，专蔽固嫉，又敢为大言"，于其词颇致讥议；陈廷焯亦然。独冯蒿庵谓："周师南侵，国势岌岌，翁负才略，不能有所匡救，危苦烦乱之中，郁不自达者，一于词发之。"（四印斋刊本序）而张孟劬亦谓："正中身仕偏朝，知时不可为。所作蝶恋花诸阕，幽咽惝恍，如醉如迷。此皆贤人君子，不得志发愤之所为作也。"（《曼陀罗寱词》序）窃以为冯张之说可信。惜阳春之本事年代无可考，兹所发微，未必尽符事实，读者可取夏承焘所撰《冯正中年谱》参照之。

叶嘉莹《王国维及其文学批评》第 367-368 页（广东人民出版社 1982 年）

我们从《人间词话》中可以见到，其评飞卿词，首先说飞卿不足以当"深美闳约"四字的评语，以为飞卿词不过"精艳绝人"而已。"深美闳约"与"精艳绝人"的分别所在，我以为主要的乃在于后者不过但指外表辞藻之华美而已，而前者则除了外表辞藻之"美"之外，似乎还该更有着"深"与"闳"与"约"的深厚、丰富和含蕴，而词话又说"深美闳约"四字"唯正中足以当之"，这是王国维先生认为飞卿不及正中的一个原因。

叶嘉莹《王国维及其文学批评》第 446-448 页（广东人民出版社 1982 年）

张皋文的《词选》与王国维的《人间词话》对于飞卿之所以有不同的评价，便因为张皋文往往把自己的偶然之联想便指为作者之用心，因此便不免有牵强附会之处，而王国维则只从飞卿词之纯艺术性之成就立论，因此只评飞卿词为"句秀"，称其"精艳绝人"，又以"画屏金鹧鸪"来比拟飞卿的词品。"画屏金鹧鸪"原来就是一种不具生命和个性的，徒以其精美之外形供人赏玩的艺术品而已。而中国诗中有一部分作品，如南朝的宫体诗，晚唐五代的词，它们的性质就很像这种徒然供人赏玩而并无鲜明之个性的画屏上的金色的鹧鸪鸟。飞卿词在这一类作品中，虽然乃是表现之艺术最为精美，予人之联想最为丰富的一位作者，然而在风格上言之，他毕竟仍然是属于晚唐五代徒供歌唱赏玩的艳词之作者，不过，他确实乃是所有的"金鹧鸪"中最精美的一只"金鹧鸪"，而且是美到具有着某种像喻意味的。至于端己的成就，则在于他能把个人之生命感情带到了不具个性的徒供歌唱的艳词之内，写成了真正属于一己抒情的诗篇，他的好处第一在于感情之深挚真切，其辞藻虽不及飞卿之精艳绝人，然而清新劲健，别具活泼之生命与鲜明之个性，所以《人间词话》乃称其"情深语秀"，而且将之比拟为"弦上黄莺语"。"黄莺语"自然是有活泼之生命的，即使那乃是人所弹奏出来的如"黄莺语"一样的弦音，这一分流利生动的弦音中也是充满着弹奏之人的感情与生命的，而这种鲜明真切的个性的表现便正是端己词的特色。从不具个性的艳曲，到具有鲜明个性的情诗，这是晚唐五代词在意境方面第一度的演进。至冯正中的词，则独以意境之深美闳约见长。我在前面已曾把正中与端己做过比较，说端己所写的乃是感情之事迹，是有拘限的，正中所写的则是感情之境界，是没有拘限的。斯固然矣，但是我却未曾把正中与飞卿在这方面做过比较，其实飞卿词之易于引起人丰富之联想，从表面看来似乎也是不为现实所拘限的，与端己之写现实情事者当然不同，而与正中之不为现实所拘限者反若有相似之处，我想这也许正是张惠言《词选》之所以把"深美闳约"四字的评语归给飞卿，而《人间词话》却要将这四个字的评语归给正中的缘故。其实飞卿之不为现实所拘与正中之不为现实所拘，虽看似相似，其实乃大有不同之处。飞卿之不为现实所拘，乃因其根本不做主观现实之叙写，往往只是一些纯美的意象的组合，他的词之所以能引起读者某一种深美闳约之感受可能只是由于读者对那些纯美的意象所生的一种联想，而并不能因此就指为作者一定有此深美闳约之意蕴，张惠言一类的读者就是因为把自己的联想便认为是作者的意蕴，所以乃把"深美闳约"四字的评语归给了飞卿，而王国维却因为飞卿词除了精美的辞藻外并不能证明其确实有如张惠言所说之意蕴，因乃认为飞卿不足以当此四字之评语，而把这四个字的评语归给了正中，因为正中之不为现实所拘限，才确实乃是因其本身具有深美闳约之意蕴而非仅只是由于读者之联想而已。正如我在前面所言，正中词所表现的乃是一种经过酝酿提炼以后的，有着综合性体认的感情之境界，他的情意虽不为现实所拘限，然而却是确实有着某种主观深挚之情意的，也就是说如果以作者真正具有的意蕴而言，正中才是当得起"深美闳约"四个字评语的一个作者。

周锡山《王国维美学思想研究》第143-144页（中国社会科学出版社 1992年）

王国维所引清张惠言（皋文）之原文为：（引文见注[3]）。后来清周济至近人唐圭璋等，皆持其说。从写情词的范围看，温词亦当得起"深美闳约"四字。王国维认为温词不配，唯冯延巳可当，也是一派之说，要非定论。当然，冯延巳也确足以当之，但不能说他是唯一能当之者。刘熙载（融斋）《艺概·词曲概》云"温飞卿词精妙绝人，然类不出乎绮怨"。静安写作"精艳绝人"，固记忆有误，亦因他本人持"精艳绝人"的观点，已有成见在胸，故而错引一字。但这个评价无疑是确当的。

解　读

参见汇评中《王国维美学思想研究》的引文。

一二

"画屏金鹧鸪"[1]，飞卿语也，其词品似之。"弦上黄莺语"[2]，端己[3]语也，其词品亦似之。正中词品，若欲于其词句中求之，①则"和泪试严妆"[4]殆近之欤。

汇　校

① 这两句，手稿为："若正中之词品，欲于其词中求之……"

注　释

[1] 温庭筠《更漏子》：

柳丝长，春雨细，花外漏声迢递。惊塞雁，起城乌，画屏金鹧鸪。　香雾薄，透帘幕，惆怅谢家池阁。红烛背，绣帘垂，梦长君不知。

[2] 韦庄《菩萨蛮》（五首）其一：

红楼别夜堪惆怅，香灯半卷流苏帐。残月出门时，美人和泪辞。

琵琶金翠羽，弦上黄莺语。劝我早归家，绿窗人似花。

[3] 端己：韦庄（836-910），字端己。长安杜陵（今陕西西安）人。乾宁进士。后仕蜀，官至吏部侍郎兼平章事（宰相）。五代前蜀著名诗人、词人。

[4] 冯延巳《菩萨蛮》：

娇鬟堆枕钗横凤，溶溶春水杨花梦。红烛泪阑干，翠屏烟浪远（一作寒）。　锦壶催画箭，玉佩天涯远。和泪试严妆，落梅飞晓霜。

汇　评

俞平伯《读词偶得·韦端己》（1947 年）（《论诗词曲杂著》，上海古籍出版社 1983 年）

王静安《人间词话》，扬后主而抑温、韦，与周介存异趣。两家之说各有见地，只王氏所谓"画屏金鹧鸪，飞卿语也，其词品似之；弦上黄莺语，端己语也，其词品亦似之"；颇不足以使人心折。鹧鸪黄莺，固足以画温、韦哉？转不如周氏"严妆淡妆"之喻，犹为妙譬也。

叶嘉莹《王国维及其文学批评》301-302 页（广东人民出版社 1982 年）

他以温词中"画屏金鹧鸪"一句来拟喻其风格，而温词风格之特色确实乃在于华美浓丽而缺少鲜明生动的个性，恰似画屏上闪烁着光彩的一只描金的鹧鸪。又以韦词之"弦上黄莺语"一句来拟喻其风格，而韦词风格之特色确实乃在于诚挚真率、出语自然，恰似弦上琴音之如枝上莺啼的自然真切。又以冯词之"和泪试严妆"一句来拟喻其风格，而冯词风格之特色确实乃在于善于秾挚之笔表现悲苦执着之情，一如女子之有和泪之悲而又有严妆之丽。像这些例证，便都是非常贴切的成功的喻示。

姚一苇《艺术的奥秘》第 315 页（漓江出版社 1987 年）

第三，王氏仍采取传统的札记体或语录体之写作方式，成为一种兴到之作，随想随录，从而缺少精密的一贯性，虽属吉光片羽，竟究不是完整的珍宝。这是我国文人之通病，不能以此独责王氏。第四，许多轻率之判断，这亦是我国文人的通病。如作褒贬，往往寥寥数字，即判断

了一篇作品，甚至一个作家之一生，这是一件危险之事。盖一个作家有
许多作品，这许多作品当然不是同一个时期所产生，未曾经过仔细的分
析比较，不可遽下断语。王氏虽属一大天才，但他所下的判断却并非都
使人心折。因此王氏之境界说仍不曾做到精密严谨的程度，只能是一个
粗坯；即使如此，仍具有很大的启示性的作用，对我个人言，尤是如此。

周锡山《王国维美学思想研究》第 144 页（中国社会科学出版社 1992 年）

第二段以温、韦、冯自己的名句来比喻其词品，是一种高明、别出
心裁的评论手段。三种词品的评价，首先都是高层次的评价，其次在此
基础上再作区分、"微调"。静安之意，温、韦、冯又依次递高。这样精
微的区分也是很高明的。

解　读

参见汇评中《王国维美学思想研究》的引文。

<h2 style="text-align:center">一　三</h2>

南唐中主[1]词"菡萏香销翠叶残，西风愁起绿波间"[2]，
大①有"众芳芜秽"、"美人迟暮"[3]之感。乃古今独赏其"细
雨梦回鸡塞远，小楼吹彻玉笙寒"[4]，故知解人正不易得。②

汇　校

① "大"，手稿作"瑟然"，"瑟"又改"萧"。
② "不"下手稿原有"可"字。

注　释

[1] 南唐中主:李璟（916-961），字伯玉。徐州人。五代南唐中主，词人。
[2] 李璟《摊破浣溪沙》:

菡萏香销翠叶残，西风愁起绿波间。还与韶光共憔悴，不堪看。

细雨梦回鸡塞远，小楼吹彻玉笙寒。多少泪珠无限恨，倚阑干。

[3] 屈原《离骚》:"余既滋兰之九畹兮,又树蕙之百亩。畦留夷与揭车兮,杂杜衡与芳芷。冀枝叶之峻茂兮,愿俟时乎吾将刈。虽萎绝其亦何伤兮,哀众芳之芜秽。""日月忽其不淹兮,春与秋其代序。惟草木之零落兮,恐美人之迟暮。"

[4] 马令《南唐书·冯延巳传》记载:"元宗乐府词云:'小楼吹彻玉笙寒',延巳有'风乍起,吹皱一池春水'之句,皆为警策。"元宗尝戏延巳曰:"'吹皱一池春水,干卿何事?'"延巳曰:"未若陛下'小楼吹彻玉笙寒'。元宗悦。"胡仔《苕溪渔隐丛话》引《雪浪斋日记》:"荆公问山谷云:'作小词曾看李后主词否?'云:'曾看。'荆公云:'何处最好?'山谷以'一江春水向东流'为对。荆公云:未若'细雨梦回鸡塞远,小楼吹彻玉笙寒'。又'细雨湿流光'最好。"按:王安石(荆公)误把南唐中主词和冯延巳词当作后主词。

汇 评

俞平伯《读词偶得·南唐中主》(1947 年)(《论诗词曲杂著》,上海古籍出版社 1983 年)

这两句千古艳称,究竟怎样好法,颇有问题。王静安就有点不很了解的神气,但说它不如起首两句呢,那文章也有点近乎翻案。今迳释本文,不加评跋,见仁见知,读者审之。"细雨"句极使我为了难,觉得这是不好改成白话的,与李易安的"帘卷西风"有点仿佛。(可参看《杂拌二·诗的神秘》)梦大概指的是午梦,然而已有增字解经之病,虽然谈词原不必同说经之拘泥。"细雨"与"梦回"只是偶尔凑泊,自成文理。

细雨固不能惊梦,即使雨声搅梦也没有什么味道的,所以万不可串讲。"鸡塞",据胡适说,典出《汉书·匈奴传》,鸡鹿塞,地在外蒙古,但是否即用此典亦属难定,大约词人取其字面,于地理史乘无甚关系。"鸡塞远"与"梦回"似可串讲,而仍以不串为佳。因为假如串起来,就变成唐诗"啼时惊妾梦,不得到辽西"之类,甚至于比它坏。梦中咫尺,醒后天涯,远之谓也。若说梦中确有鸡塞,如何近法,醒后忽然跑远了,非痴人而何？所以什么叫做"细雨梦回鸡塞远"，正式的回答是不言语。
何以？"细雨梦回鸡塞远"就是细雨梦回鸡塞远。您看是多说一句话不是？
"小楼"句却较易释。"彻"字读如元稹《连昌宫词》"逡巡大遍凉州彻"
之彻，犹言吹到尾声也。玉笙寒之"寒"，虚指可，亦可实说。宜从暖立言。
庾信《春赋》"更炙笙簧"，炙笙做甚？"夜深簧暖笙清"，周美成回答得
明白。（见《清真词》）笙可以暖，自然可以寒；暖了好听，冷了呢，或者
未必。断续吹之，无聊之甚；吹之不已，而意固不在吹也。将此句合上
句观其姿态神思，则佳侠含章之美可见矣，惟确实指出既稍稍为难，且
亦不必也。

龙榆生《词学十讲》（1962 年）第 110 页（福建人民出版社 1988 年）

"菡萏香销翠叶残，西风愁起绿波间。"近人王国维以为"大有众芳
芜秽、美人迟暮之感"（《人间词话》卷上），也只是善于运用比兴手法，淡
淡著笔，寓情于景，而读之使人黯然神伤，袅袅余音不断萦绕于灵魂深处，
这境界是十分超绝的。

周振甫《〈人间词话〉初探》（《文汇报》1962 年 7 月 8 日）

更重要的，康德和叔本华论美学都主张超脱利害关系，王氏接受了
这个观点；但他在具体论词时，又不自觉地违反了这个观点。"南唐中主
词'菡萏香销翠叶残，西风愁起绿波间'，大有众芳芜秽、美人迟暮之感。"
（《人间词话》一三）众芳芜秽，美人迟暮，是屈原《离骚》中的话。屈原
正是由于不能超脱利害，要在诗中反映他的政治观点，才写《离骚》。那
么王氏这样说，也就是执着利害、用政治眼光来论词了。至于"菡萏香
销"两句有没有《离骚》中的感慨，那是另一问题，这里不谈。又说：
"'我瞻四方，蹙蹙靡所骋。'诗人之忧生也。'昨夜西风凋碧树，独上高楼，
望尽天涯路'似之。'终日驰车走，不见所问津。'诗人之忧世也。'百草
千花寒食路，香车系在谁家树'似之。"（又二五）像这种忧生、忧世的诗词，
正写出诗人对生活的执着而不是超脱。以上这些观点都是违反叔本华的
理论的。

沈祖棻《宋词赏析》第 95 页（上海古籍出版社 1980 年）

这位著名的文学批评家是敏感地察觉到了这个偏安小国的君主为自

已不可知的前途而发出的叹息的。

吴小如《诗词札丛》第 196 页（北京出版社 1988 年）

首先我们谈谈对王国维评语的体会。荷花一名芙蕖，花朵叫菡萏，果实叫莲子，根叫藕。头两句写的是秋风起后，荷花残败，一片凄凉景象。但王国维的感受，我以为是从荷花的出淤泥而不染的好品质联想而来的。《离骚》说："惟草木之零落兮，恐美人之迟暮。"又说："虽萎绝其亦何伤兮，哀众芳之芜秽。"香草美人，所以比喻君子。秋风萧飒，草木凋零，已足使多愁善感的人伤心；何况连最纯洁美好的荷花也都败残憔悴，可见人之触景生情，忧伤哀怨已达极点。作者之所以选取残荷来抒情，正是从《离骚》一脉相承而来的。

卢善庆《中国近代美学思想史》第 439 页（华东师范大学出版社 1991 年）

为什么这首词受到推崇而又感到能知难得呢？因为这首词贵在有个完整而感人的艺术形象。全词脉络注于一个"残"字。"菡萏香销翠叶残"是荷残也。"西风愁起绿波间"，是秋残也。"还与韶光共憔悴，不堪看"是人在残年对残景，诚然其不堪看也。王国维所说美人迟暮之感就在这里。"细雨梦回鸡塞远"是梦残也。"小楼吹彻玉笙寒"是曲残也。人在残年感已多，"多少泪珠何限恨"，刬更"倚阑干"对此残景乎？全首脉络贯通，概括性强。

周锡山《王国维美学思想研究》第 145-146 页（中国社会科学出版社1992 年）

他在五代词中对中主李璟之词评价很高，甚至将之与屈原相比：（引文略）。

这也是见仁见智的不同观点，难有定论。稍后之吴梅也主静安此说："中宗诸作，自以《山花子》二首为最。""此词之佳在于沈郁。夫'菡萏销翠'、'愁起西风'，与'韶光'无涉也，而在伤心人见之，则夏景繁盛亦易摧残，与春光同此憔悴耳。故一则曰'不堪看'，一则曰'何限恨'。其顿挫空灵处，全在情景融洽，不事雕琢，凄然欲绝。至'细雨''小楼'二语，为'西风愁起'之点染语，炼词虽工，非一篇中之至胜处，而世人竞赏此二语，亦可谓不善读者矣。"（吴梅《词学通论》）

其语气与静安如出一辙。

解　读

参见汇评中《王国维美学思想研究》的引文。

一　四

温飞卿[1]之词，句秀也。韦端己[2]之词，骨秀也。李重
光[3]之词，神秀也。

注　释

[1] 温飞卿：温庭筠。
[2] 韦端己：韦庄。
[3] 李重光：李煜（937-978），字重光，五代南唐后主，世称李后主。著
　　名词人。

汇　评

唐圭璋、潘君昭《论温韦词》（《南京师范学院学报》1962年第1期）
　　应该指出，温词一向被称为"句秀"，即是被认为在篇章结构方面显
得脉络不够分明，然而却时有佳句，这类佳句往往自成一境，像《菩萨蛮》：
　　"水精帘里玻璃枕，暖香惹梦鸳鸯锦。江上柳如烟，雁飞残月天。　藕
丝秋色浅，人胜参差剪。双鬓隔香红，玉钗头上凤。"（其二）
　　前面两句自成一境，后面两句又自成一境；前面写富丽的闺帏，是
居人的处境，后面写凄寂的江天，是离人的处境，两两对照，非常警动，
但中间并没有虚字勾勒。温词大抵用实字写实景实物，构成境界，表达
情意，正因为他不用虚字划清脉络，所以就显得深隐含蓄，不易理解。
　　至于韦词，则是以"明白吐露"见长，直抒其情，一气呵成。试以《女
冠子》为例：

"四月十七,正是去年今日,别君时。忍泪佯低面,含羞半敛眉。 不知魂已断,空有梦相随。除却天边月,没人知。"(其一)

词中写少女对爱人的追忆和别后的心情,先是追忆去年今日离别时节黯然魂销之情,由此接下去描叙了自己在别后魂牵梦萦,无人得知而又无法抑制的相思之情。少女的内心特征,在此流露无遗,而且十分细腻生动。

可以看出,韦词多直抒胸臆,在篇章结构方面,则由于不一味刻画实景实物,不用大量辞藻堆砌,词意连贯,上下一气,所以显得脉络分明,层次清楚,这就是他的词被称为"骨秀"的缘由,这也是韦词胜过花间词的地方。

汤大民《王国维"境界"说试探》(《南师学报》1962 年第 3 期)

鲜明的艺术境界的创造,体现在不可分割的两方面:一曰创意,二曰创辞。创意要体现在辞的创造上。但是创意毕竟是开拓新的艺术境界的最主要标志。因而,王国维认为创意是诗人独创性的灵魂,辞语、格调、韵律等的创新必须服从于意境的要求。所谓"红杏枝头春意闹"著一"闹"字而境界全出,正是因为"闹"字能传出景物的音、色、形组合的生动气韵。他推崇李后主,固然有其阶级偏见,然而所谓"李重光之词,神秀也",从艺术表现上看,却是一语中的。因为李煜的艺术笔锋最善于深入到人的心灵最深处,而又能用具有高度概括性的比喻和形象的语言,把那种抽象的、可感而不可说的感情,真实具体地描绘出来,完成抒情诗人自我心理形象的塑造。

叶嘉莹《王国维及其文学批评》第 285-286 页(广东人民出版社 1982 年)

飞卿之所谓"句秀",自当指其词句之华美如"画屏金鹧鸪"之"精艳绝人"。端己词之所谓"骨秀",则当是指其本质上的内容情意真挚之美而言,至于辞藻一方面则端己词但以本色自然为美,绝不同于飞卿词之藻绘修饰,故称之为"情深语秀"而以"弦上黄莺语"拟之。不过端己之以情意真挚之本质取胜者,虽曰"骨秀",然而其情意却又不免过于落实。至于李后主词则其眼界之大、感慨之深,以及气象之广远,有时竟然可以不为其所写之现实情意所拘限,而有着以精神之生动飞扬涵盖一切之意，故曰"神秀"也。所以按照《人间词话》的例证来看，则所谓"句秀"当是指词句藻饰之美，所谓"骨秀"是指情意本质之美，而所谓"神秀"则当是指精神之生动飞扬足以超越现实而涵盖一切的一种美。

周锡山《王国维美学思想研究》第 144 页（中国社会科学出版社 1992 年）

第三段谓温词句秀，认为其词句华美，情、义不深，不如韦庄词有刻骨铭心之深情，而李煜（重光）则巧夺天工，多神来之笔，罕有人及。

静安认为韦庄词犹如"弦上黄莺语"，赞其清丽婉转而一往情深，故又曾批曰："端己词情深语秀，虽规模不及后主、正中，要在飞卿之上。观昔人颜、谢优劣论可知矣。"（《人间词话附录》六）

解 读

参见汇评中《王国维美学思想研究》的引文。又：

在领会王国维评论韦庄词时，我们必须了解这位作者的全人。韦庄是一位罕见的具有时代责任感和文学家良心的伟大诗人。

僖宗广明元年（880）至中和三年（883），他因应科举，居京洛一带，正值黄巢攻陷洛阳、长安并称帝之时，黄巢于中和三年（883）撤离长安，李克用等入长安，人掠。韦庄于此年离开洛阳，漂泊江南，客居越中。此年他在洛阳创作千古伟作、长篇叙事诗《秦妇吟》。

《秦妇吟》长达 238 句，共一千六百六十六字，是现存唐诗中篇幅最长的诗篇。此诗假托被黄巢部队俘虏，在军中度过三年之久的一个女郎的自述，描写黄巢攻占长安后与官军反复争夺这个京城的战况和京洛一带战乱中老百姓所受的苦难。诗中通过东畿老翁的哭诉，描写当时的惨状。这首诗结构精密，叙述生动，写出历史真相，大受读者欢迎，韦庄因此而被誉为"秦妇吟秀才"，但韦庄惧怕此诗惹祸，集中不收，又戒子孙秘勿外传。但此诗当时流传甚广，一千余年后的 20 世纪初，有两种写本在敦煌石窟中被发现，遗憾的是两本都被西方国家劫走，现分别藏于巴黎国民图书馆和伦敦博物馆。大学者罗振玉和王国维对此诗评价极高，他们向外国学者要来录本，互校后，公之于世，此诗才回到故国。王国维还郑重地写了两篇跋文：《唐写本韦庄〈秦妇吟〉跋》和又跋（收入拙编《王国维集》第一册，中国社会科学出版社 2008、2012 年，和《王国维文学美学论著集》，北岳文艺出版社 1987 年）。

自王国维之后，陈寅恪先生又给《秦妇吟》以极高的评价。他自述："戊辰（1928）之春，俞铭衡（俞平伯，字铭衡）君为寅恪写韦端己《秦妇吟》卷子，张于屋壁。八年以来，课业余暇，偶一讽咏，辄若不解"，研读八年之后，郑重作《韦庄秦妇吟校笺》，予以详尽考释，并予艺术评论。他一再赞誉称颂"此诗为端己平生诸作之冠"，在揭露黄巢军罪恶之同时，也揭露了官军的罪恶，描写的都是真实的景象。"造语既不晦涩，用意尤为深刻，信称佳构"、"生平之杰构，古今之至文"。他又考证史料，指出："端己之诗，流行一世，本写故国乱离之惨状，适触新朝宫闱之隐情。所以讳莫如深，志希免祸，以生平之杰构，古今之至文，而竟垂戒子孙，禁其传布者。"因为前蜀王建是这批官军中的将领之一。"文革"后期，俞平伯在陈寅恪文的基础上，再写文章评论此诗（收入《论诗词曲杂著》，上海古籍出版社 1983 年）。

韦庄还有一些诗歌记录战乱时代的惨况："如今暴骨多于土，犹点乡兵作戍兵。"（《睹军耕者》）"昨日屯军还夜遁，满车空载洛神归。"（《睹军回戈》）官军只会当逃兵，逃兵只会抢劫欺负妇女（洛神，指美貌的少女少妇）。韦庄忧国忧民，写出历史真相；官兵和"（起）义军"，都是害民的盗贼。

韦庄在成都时曾居杜甫草堂故址，所以诗集名为《浣花集》。郑振铎独具只眼地称他"是一位伟大的诗人"（郑振铎《插图本中国文学史》第二册第 427 页，人民文学出版社 1984 年），因为他以诗人的良心写出当世的真相。

<h1 style="text-align:center">一 五</h1>

词至李后主而眼界始大，感慨遂深，遂变伶工之词而为士大夫之词。周介存[1]置诸温、韦之下，[2]可谓颠倒黑白

矣。"自是人生长恨水长东"[3]，"流水落花春去也，天上人间"[4]！《金荃》、《浣花》[5]能有此气象耶！ ①

汇 校

① 手稿此句作"能有此种气象耶！"

注 释

[1] 周介存：周济（1781-1839），字保绪，一字介存，号未斋，晚号止庵。江苏荆溪（今宜兴）人。嘉庆进士，官至淮安府学教授。清代词人、词论家。

[2] 周济《介存斋论词杂著》："毛嫱、西施，天下美妇人也。严妆佳，淡妆亦佳，粗服乱头，不掩国色。飞卿，严妆也；端己，淡妆也；后主则粗服乱头矣。"

[3] 李煜《相见欢》（一作《乌夜啼》）：

　　林花谢了春红，太匆匆。无奈朝来寒雨晚来风。　胭脂泪，留人醉，几时重？自是人生长恨水长东。

[4] 李煜《浪淘沙令》：

　　帘外雨潺潺，春意阑珊。罗衾不耐五更寒。梦里不知身是客，一晌贪欢。　独自莫凭阑，无限江山，别时容易见时难。流水落花春去也，天上人间。

[5] 《金荃》：《金荃集》，温庭筠词集，佚。后人辑本有《金荃词》一卷。《浣花》：《浣花集》，韦庄词集，其弟韦蔼编，是最早的词家专集。

汇 评

唐圭璋《李后主评传》（《读书顾问》创刊号，1934 年 3 月）

中国讲性灵的文学，在诗一方面，第一要算十五《国风》。儿女喁喁，真情流露，并没有丝毫寄托，也并没有丝毫虚伪。在词一方面，第一就要推到李后主了。他的词也是直言本事，一往情深；既不像《花间集》的浓艳隐秀，蹙金结绣；也没有什么香草美人，言此意彼的寄托。

加之他身为国主，富贵繁华到了极点；而身经亡国，繁华消歇，不堪回首，悲哀也到了极点。正因为他一人经过这种极端的悲乐，遂使他在文学上的收成，也格外光荣而伟大。在欢乐的词里，我们看见一朵朵美丽之花；在悲哀的词里，我们看见一缕缕的血痕泪痕。王元美的《艺苑卮言》说："《花间》犹伤促碎，至李王父子而妙矣！"这大概是讲他欢乐时候的言情作品。王国维的《人间词话》说："词至李后主而眼界始大，感慨遂深。"这大概是讲他亡国后的感旧作品。他二人皆能扫除余子，独尊后主，可算是有卓识的赏鉴家。在后主之后一百多年，有女词人李易安；五百多年有纳兰容若。他们二人词的情调，都类似后主。

夏承焘《唐宋词选》第 7 页（中国青年出版社 1959 年）

王国维在《人间词话》中说："词至李后主而眼界始大，感慨遂深。"但他悲叹的是失去了故国和一个国君所拥有的一切，内容与民间作品有很大的距离。但跟《花间集》里的词比起来，他能够从涂饰浮艳的词风中自拔出来，用清丽的语言，白描的手法，高度的概括力，让词走上了抒情的道路。在词的发展史上看来，李煜是一位突出的作家。

林雨华《试论王国维的唯心主义美学观》（《新建设》1964 年第 3 期）

李煜的词，扩大了词的表现力，加深了词的感慨，他把伶工之词变为士大夫之词，经历了一次由"俗"到"雅"的改造和制作。然而，李煜的词并不是一种没有阅历的感慨，而恰恰相反，正是他那帝王生活的变更，引起他的情感的变化。"自是人生长恨水长东"，"流水落花春去也，天上人间！"同他怀恋"晚妆初了明肌雪，春殿嫔娥鱼贯列"的帝王生活是密切相连的。

周锡山《王国维美学思想研究》第 129–130 页（中国社会科学出版社 1992 年）

王国维认为士大夫之词区别于并远高于伶工之词的地方，即眼界大，感慨深。李煜则为此中第一词人。他以温、韦之词作比较。温庭筠《金荃》词温香软玉，脂粉气重，多写个人恋情艳遇，格局颇小。韦庄词清丽优美，也以刻画个人幽微深邃的感情为长。他的《菩萨蛮》等唱叹："洛阳城里春光好，洛阳才子他乡老。"虽举"洛阳才子"，却并非指洛阳才子的群体，而是指自己这个洛阳才子的个体，因此他下面又咏叹"柳暗魏王堤，此时心转迷"，感慨的是"桃花春水渌，水上鸳鸯浴"，迷恋的是江南一带"垆边人似月，皓腕凝霜雪"。抒发的还是小我的感情。李煜则不然，他从小我的悲痛出发，联想到普天下的世事沧桑和人生痛苦，前者为"流水落花春去也，天上人间！"后者为"自是人生长恨水长东"。将封建社会中的历史变迁和人事变幻概括殆尽，天上人间，江河长东，涵盖万古史事，广袤宇宙，眼界之广，感慨之深，的确罕有人及。静安在李煜之前深许李白之词，其评价为："太白纯以气象胜。'西风残照，汉家陵阙'，寥寥八字，遂关千古登临之口。后世唯范文正之《渔家傲》，夏英公之《喜迁莺》，差足继武，然气象已不逮矣。"（《人间词话》一〇）范仲淹的千古名篇《渔家傲》是开两宋豪放词先声的边塞词，其首句即云："塞下秋来风景异"，用"羌笛悠悠霜满地"的充塞时空的音韵来表达数千年"将军白发征夫泪"的悲凉、悲壮情调，慷慨苍凉振人心弦。"西风残照，汉家陵阙"，情调与之相同，而气象则远胜范词，犹如汉朝的气象远胜北宋一般。但与李煜的"天上人间"、江"水长东"相比，显然又远差一大截，甚至不能以道里计。李煜的描写范围与寄托的感慨已至时空之绝顶，达到数学上的所谓"无穷大"，前不见始，后无尽期。

夏中义《世纪初的苦魂》第8-9页（上海文艺出版社1995年）

为什么"词至李后主而眼界始大，感慨遂深"？王氏认为，原因首先是李煜"不失其赤子之心"，"故生于深宫之中，长于妇人之手，是后主为人君所短处，亦即为词人所长处"；故又谓："后主之词，天真之词也；他人，人工之词也。"很明白，王氏判断李煜的第一着眼点，仍是从人类精神方式的类别角度发出的，正因为其"赤子之心"乃属非功利的审美气质，它不适应朝廷政治之亟须，却倒是孕育诗性"天才"之胚胎。但事情并没完。因为混迹宫闱者多矣，不见得个个皆出落为李煜。再说李煜若日子很好过，未遭人生跌宕，从国君沦为阶下囚，他大概也不会"感慨遂深"的。这就是说，胸怀"赤子之心"者虽可写出幽美小诗，"阅世愈浅则性情愈真"；但想写出"眼界始大"的李词，则无血泪淋漓的人生感悟，恐难矣。这亦即说，人生感悟之遥深虽以"赤子之心"作基石，但基石还不是纪念碑。天真少儿无所谓"感慨遂深"，若遇灾变，号啕大哭而已，只有饱经风霜的真性情者才能从生命逆境中悟出真谛。于是，王氏在强调李词为"天真之词"同时，又申明李词为"以血书者也"，并拿宋道君《燕山亭》词作比较曰："然道君不过自道身世之戚，后主则俨有释伽、基督担荷人类罪恶之意，其大小固不同矣。"这无非点明李词虽涉"身世之戚"，但由于感悟甚深，这就使其词境越出了个体性自怜自悯，而赢得更为阔大隽永的艺术气象，即升华为人类体悟生命厄运时的一般诗哲符号。

陈鸿祥《人间词话·人间词注评》第45-46页（江苏古籍出版社 2002 年）

王国维宣称"予于词，五代喜李后主"，"而不喜《花间》"，(《〈人间词话〉附录》二九)，这从他青年时期"一灯荧然，玩古人之作"，填其《人间词》以来，可以说是一以贯之的。而他之所以特"喜李后主"，也不是出于"印象式"的欣赏，实乃基于他对李煜词独具特色的开创性价值的认识，这就是"眼界始大，感慨遂深"。也即是说，词到了李后主，视野开阔，感慨的内容浑厚，因此就将代妓女立言的"伶工之词"变为言情述志的"士大夫之词"，"自是人生长恨水长东"、"流水落花春去也，天上人间"就是验证。李煜的传世名作，多写于亡国之后。他在《相见欢》这首词中，以"林花谢了春红，太匆匆"，写出了他叹惜一国之尊的帝王豪华生活很快结束及留恋故国家园的哀伤；以"无奈朝来寒雨晚来风"，写出了他没法抗拒南唐灭亡的命运，流露了他责怪自己怯懦无能的悲凉心绪；以"胭脂泪，留人醉，几时重"，写出了他对往年好景不再而不堪回首的凄楚；最后，以"自是人生长恨水长东"，写出了他的亡国之恨有如滔滔东流的江水无休无止，透出他难以抑制的悲愤。全词将春残花谢、风紧雨骤、江水奔流等景象融入情中，以情布景，构成了沉哀高远的意境，传达出了词人国亡家破、人生兴衰的万千身世之感，显得阔大雄深。他在《浪淘沙令》这首词中，又写到"流水落花春去也，天上人间"，将自己的绝望之情、凄凉之境完全道破。他从昔日之帝王变成了今日之囚虏，觉得只有在虚幻的梦中才会忘掉自己的这个身份，才能重温一下旧日的欢乐。梦中越是欢乐，就越反衬出现实的凄苦，于是他孤独地凭阑远眺，一声"无限江山"，饱含着多大的痛苦与悔恨！"四十年来家国，三千里地山河"（《破阵子》），由江山已经易主，想到金陵城陷，被俘北上，匆匆一别，再见到故国是很难了，于是慨叹："流水落花春去也"，水不会倒流，"落花"亦一去不复返了。"春去也"，一腔留恋之情，洋溢纸上。今昔对比，如"天上人间"，感到"往事只堪哀，对景难排"（《浪淘沙》），似闻词人凄怆悲哭，这分明是一首以低沉的调子弹奏出来的亡国之君的哀歌。

综上所述，可见李煜作词，确是"思接千载"、"视通万里"（刘勰《文心雕龙·神思》）。其眼界之开阔与感慨之深沉，表现在词里，就成了王国维所谓"太白纯以气象胜"的"气象"，给人的感觉是空间的广阔和时间的悠长。有的词论家说"后主之词，足当太白诗篇，高奇无匹"（谭献《谭评词辨》），并非过誉。王国维所谓"《金荃》、《浣花》，能有此气象耶"，不正是由此而来的吗？

不过，也必须指明，王国维认为周济将后主置于温、韦两人之下，是颠倒了黑白，即认为有意压低了李煜的地位，实系误解。周济说后主之词"粗服乱头"，不掩国色。也就是纵然不事修饰，美人资质未减，实驾温、韦之上。王氏所谓"神秀"，其实正是周氏所谓"粗服乱头"，不掩国色之意。（周溶泉）

解　读

参见汇评中《王国维美学思想研究》的引文。

一　六

词人者，不失其赤子之心者也。[1] 故生于深宫之中，长于妇人之手，[2] 是后主[3]为人君所短处，亦即为词人所长处。①

汇 校

① "即"，手稿作"其"。手稿此句后还有两句："故后主之词，天真之词也；他人（原也"温飞"二字），人工之词也。"

注 释

[1]《孟子·离娄下》："孟子曰：'大人者，不失其赤子之心者也。'"

[2]《汉书·景十三王传》赞曰："昔鲁哀公有言：'寡人生于深宫之中，长于妇人之手，未尝知忧，未尝知惧。'"颜师古注："哀公与孔子言也。事见《孙卿子》。"

[3]后主：李煜。

汇 评

许文雨《钟嵘诗品讲疏　人间词话讲疏》（1937年）第180页（成都古籍出版社1983年）

案此"赤子之心"，谓童心也。与孟子所谓"赤子之心"不同。此说可以王氏他篇之文证之：《静庵文集·叔本华与尼采》篇引叔本华之《天才论》曰："天才者，不失其赤子之心者也。盖人生之七年后，知识之机关，即脑之质与量，已达完全之域，而生殖之机关，尚未发达。故赤子能感也，能思也，能教也，其爱知识也，较成人为深；而其受知识也，亦视成人为易。一言以蔽之曰：彼之知力盛于意志而已。即彼之知力作用，远过于意志之所需要而已。故自某方面观之凡赤子皆天才也，又凡天才自某点观之，皆赤子也。昔海尔台尔（Herder）谓格代（Goethe）曰巨孩，音乐大家穆差德（Mozar）亦终生不脱孩气。休利希台额路尔谓彼曰：彼于音乐，幼而惊其长老，然于一切他事，则壮而常有童心者也。"

佛雏《"境界"说辨源兼评其实质——王国维美学思想批判之二》（《扬州师院学报》1964年第1期）

王氏的"赤子之心"并不脱胎于老子、孟子，而是本于叔本华所谓"天才的童心"（Child like character）。叔本华认为"在儿童期，我们的整个生活诉诸知力远过于诉诸意志"。天才与儿童的共同点"主要表现在天真与崇高的单纯上"。每一位天才都是一个"大孩子"（big child），"他深入这个世界就像深入某种奇异的事物中一样，寻找一种游戏，也正因此，他具有纯客观的兴趣"。王氏所谓"阅世愈浅则性情愈真"就是指的儿童般的"天真与崇高的单纯"；所谓"以自然之眼观物，以自然之舌言情"就是类似小孩寻找游戏的那种"纯客观的兴趣"。在他看，李后主、纳兰容若等人的长处就在他们是个"大孩子"。

叶嘉莹《王国维及其文学批评》第 298-299 页（广东人民出版社 1982 年）

即如《人间词话》评李后主词称其"不失赤子之心"是"为人君所短处，亦即为词人所长处"，又称"东坡之词旷，稼轩之词豪"，以为与二人之"胸襟"有关。像这些品评就并不是盲目地以人格之价值与作品之价值混为一谈，而只是就作者人格性情之某些特质与其风格之某些特质间的关系来立论的。即以后主之词论，其风格之自然真率的一面，与其为人之纯真便确实有着相通之处。而东坡为人之超旷与稼轩之豪健，与他们词中所表现的"旷"与"豪"的风格，当然也有着相当密切的关系。像这种品评如果用之得当，则往往可以自"诗"与"人"的浑然合一中，直探诗歌中感性之生命的源流与命脉之所在，这乃是中国文学批评中极可重视的一种宝贵的传统。

周煦良《〈人间词话〉评述》（《书林》1980 年第 1 期）

"不失其赤子之心"不是李煜的形象，指贾宝玉倒有点相近。更不能是艺术家和词人的条件。

佛雏《〈人间词话〉三题》（《扬州师院学报》1980 年第 3 期）

所谓"赤子之心"，就是指的儿童般的"天真与崇高的单纯"；所谓"为词人所长处"，就是类似儿童寻找游戏的、超乎个人利害关系之上的那种"单纯"的自由的心境。

静安的"赤子之心"说，实隐伏着某种跟封建思想桎梏相对立的个性"自由"、艺术"自由"的要求。这跟儒、道、禅三家的"赤子"内容比，毕竟有其自己的时代特色。在辛亥（1911）东渡日本以前，静安的取自西方的个性解放、艺术独立等思想，跟他固有的封建伦理观念，存在着深刻的矛盾。他曾大声疾呼："今日之时代已入研究自由之时代，而非教权专制之时代。"(《奏定经学科大学文学科大学章程书后》)他引据康德的伦理学名言："当视人人为一目的，不可视为手段"，主张"人之对人"、"对学术"、文艺，均应如此（《论近年之学术界》）。他极力推尊屈原及其楚辞"思想之游戏，更为自由"（《屈子文学之精神》）。可见，静安"赤子之心"说，颇受"西学"的浸染，它跟诗人及其创作挣脱封建束缚而获得的某种"独立"和"自由"，断断不能分开。

佛雏《"境界"说的传统渊源及其得失》（《古典文学论丛》第 2 辑，1982 年）

与"诗人之眼"相应，他又要求诗境的主体具有"赤子之心"："词人者不失其赤子之心者也。故生于深宫之中，长于妇人之手，是后主为人君所短处，亦即为词人所长处。"这一观点本于康德所谓天才本身所具有的"自然性"，以及叔本华所谓天才都是"大孩子"的理论，但亦有其传统渊源。老子取"赤子"的"柔"、"厚"（《老子》），孟子取"赤子"的本然的"善"（《孟子·离娄下》），后来李贽取"赤子"的"绝假纯真"（《童心说》）。王氏则在上述道、儒、禅三家之外，取"赤子"的一个自由的"自我"——也即他所要求的感情的"真"。如云："'昔为倡家女，今为荡子妇。荡子行不归，空床难独守'，'何不策高足，先据要路津。无为久贫贱，辗轲长苦辛'，可谓淫鄙之尤。然无视为淫词鄙词者，以其真也。"适如其自家怀抱，自由自在地豪无扭捏地吐出之，此中有个极端真率的"自我"在。故人们忘其为"淫鄙"，而反觉其美。一个处于自由状态的"自我"，这就是"赤子之心"也即王氏所谓"真感情"的标志。显然，这已逸出儒家"发乎情，止乎礼义"的疆界，而进入个性解放的领域了。那些"意竭于模拟"的诗词作者，惟其"自我"不存，故其感情也往往不"真"或不够"真"。

黄志民《〈人间词话〉"境界"一词含义之探讨》（《台湾学者中国文学批评论文选》，人民文学出版社 1986 年）

王氏所谓的"赤子之心"，似乎是一种纯依知力不受意志左右，纯依主观不受客观影响，纯依直观不杂概念的心理状态；就艺术而言，唯有天才具备此种心态。

具备此种纯真无染的赤子之心，则诗人词人，就能"以自然之眼观物"，以直观去领受这个世界，做到"妙手造文，能使纷沓之情思，为极自然之表现，望之不啻真实之暴露"，而修辞的自然，也就成为理所当然，不待追琢锤炼的了。

袁行霈《中国诗歌艺术研究》第44-45页（北京大学出版社1987年）

李后主如果没有长期宫廷生活的经验，固然写不出反映宫廷生活的作品；但正因为他只有宫廷生活的经验，而与广阔的社会生活很隔膜，所以他的词题材境界都较狭窄。这怎么能说是词人之长处呢？

周锡山《王国维美学思想研究》第131-132、173页（中国社会科学出版社1992年）

又正因优秀诗人是以自己的生命和心血创作，所以他们必须具备一颗赤诚的心，王国维一再倡导赤子说，也就是很自然的了。他译引尼采《查拉斯图拉如是说》首部之一的"灵魂如何而变为骆驼，又由骆驼而变为狮，由狮而变为赤子"的"灵魂之三变"说，接着又译引叔本华《作为意志和表象的世界》第一部"天才者，不失其为赤子之心者也"，"故白其方面观之，凡赤子皆天才也。又凡天才自某点观之，皆赤了也"（《叔本华与尼采》，拙编《王国维文学美学论著集》第62-64页）。在《人间词话》则作为自己的观点，正面提出："词人者，不失其赤子之心者也。故生于深宫之中，长于妇人之手，是后主为人君所短处，亦即词人所长处。"后半则静安作了自己的发挥，我已于前论及，此不重复。王国维读的叔尼著作之英译本，"赤子"一词英译文作childlike character，现在一般中译为"童心"，静安用"赤子"一词，前已言及可能本于《老子》："含德之厚，比于赤子。"孟子认为"大人"者具"赤子之心"。以厚德、善心为赤子之秉性。当然更赞同尼采所说赤子是纯洁和无私——一定程度上即没有心机，和叔本华的"天真与崇高的单纯"。王国维主张诗人要心地纯洁真挚，不计利害地直抒胸臆，对人事和自然、宇宙都能做到"忠实"也即真实赤诚，最后要达到真、善、美，他认为这样才能创造出有境界的大文学。他说过：

> 词人之忠实，不独对人事宜然，即对一草一木，亦须有忠实之意，
> 否则所谓游词也。

赤子的最大特点是真，王国维对文学的最高要求之一也是真。

至于"故生于深宫之中，长于妇人之手，是后主为人君所短处，亦即为词人所长处"一语大受今人批判，更是冤枉。对比贾宝玉，他认为女儿是水做的骨肉，有一股清气，其意实认为女人是纯洁、温柔、善良的化身。宝玉的这个观点极受今人赏识。如果挑剔地看，不要说普天下的女子，即使荣宁二府和大观园内的女人，也有凤姐这样"明是一把火，暗是一把刀"的辣子，王夫人这样昏庸、刚愎的贵妇，赵姨娘这样卑俗、偏狭的浊物，等等，等等。男人也并非皆如宝玉所看轻的浊物，随便举一个例子，譬如说柳湘莲就不是。但宝玉的偏激之论中确有真理，相对来说，女人一般比男人更纯洁、温柔、善良些，因为女人至少心肠更软些，有时还多一些广义的母爱。故而当代研究家和作者曹雪芹一样，对宝玉此论颇为赞赏。曹雪芹甚至认为：

> 因他自幼在姊妹丛中长大，亲姊妹有元春、探春。伯叔的有迎
> 春、惜春，亲戚中又有史湘云、林黛玉、薛宝钗等诸人。他便料定，
> 原来天生人为万物之灵，凡山川日月之精秀，只钟于女儿，须眉男
> 子不过是些渣滓浊沫而已。(《红楼梦》第二十四回)

古近代中外文学大师实际上多持这种观点。屈原本人即用香草美人来彪炳高尚纯洁的品格。意大利但丁将贝尔德丽齐作为引导自己灵魂升入天国的向导，歌德也在《浮士德》中高唱："永恒之女性，引导我上升。"康德甚至说，"多亏有了妇女，我们才能识别人性中美的品德和高尚的品格"。(转引自瓦西列夫《情爱论》)曹雪芹的伟大即体现在将以上观念作生动艺术体现，也颇将宝玉描写成生于深院之中，长于妇人之手，是宝玉为人臣所短处，亦即为封建社会叛逆者之长处。与此相比较，即显出王国维此论的深刻性和独到性。正因李煜生于深宫，长于妇人之手，

他缺乏政治家的权谋机变，不懂什么封建政治，是远不够格的封建君主，但他同时也不懂人世中的狡诈、虚伪、恶浊，保持着一颗纯正的童心、善心，并以此观察和体会宇宙人生；没有也不懂有束缚，故眼界始大，感慨遂深。王国维《人间词话》中对李煜的分析评论与曹雪芹《红楼梦》所描写的贾宝玉形象十分相似，我们固然没有证据可说他直接受到《红楼梦》的影响，但静安不仅读过《红楼梦》，而且是位杰出的红学家，因此他至少在潜意识中已无形受到《红楼梦》的影响，当然也包括西方民主思想的影响。

孙维城《对王国维"隔"与"不隔"的美学认识》（《文艺研究》1993年第 6 期）

而人心的"真"也不是指人的喜怒哀乐（那只是浅表层次的），而是指排除了一切欲念，复归"赤子之心"，"胸中洞然无物，而后其观物也深，而其体物也切"（王国维《文学小言》）。

刘锋杰、章池《人间词话百年解评》第 90-91 页（黄山书社 2002 年）

此则词话借评李煜提出了词人的创作心胸问题。"不失其赤子之心"，是强调诗词创作作为一种审美活动，只有排除世俗的欲念，达到无利害的审美状态，才能创造出审美的艺术品。"赤子之心"，类同李卓吾的"童心"，即"绝假纯真、最初一念之本心"（《童心说》）。因其未被世情所染，不计功利，只说真话不说假话，故有赤子之心者能够放言无忌，裸露本我，满足创作要真诚要真实的条件。相反，一个词人若是人世过深，并被世情所牵，以世俗之眼观世，以世俗之心写作，那就难免见利忘美，重个人得失之表现而失对人类全体之描写，他就做不成一位爱美求美的词人。李煜身为人君，本是利禄中人，但由于生于深宫，长于妇人之手，而对社会人情、国家大事不甚了然，这显然制约了他在政治上的作为，却因此而使他超然世外，更深入地体验自我，体验人性，毫无顾忌地倾诉自己的忧愁与悲伤，成就了创作上的辉煌。特别是后期，由一国之君而成阶下囚，情感更其纯粹，创作更加个人化，作品也更其杰出。李煜之成功，是顺境葆有赤子之心，逆境也葆有赤子之心的结果。

不失赤子之心的主张，体现了王国维的纯美思想。他说过："唯美之为物，不与吾人之利益相关系；而吾人观美时，亦不知有一己之利害。"（《红楼梦评论》）又说："个人之汲汲于争存者，决无文学家之资格。"（《文学小言》）

赤子之心与同说审美心胸的虚静有别。赤子之说强调的是情感的自然状态，是人的真情的源发，故活泼泼的；虚静强调对人的情感进行净化处理，是人的情感的提炼，虽然也能达到审美的境地，但却显得过于沉寂一些。一个是少年人的心理状态，一个是中老年人的心理状态。由虚静说向童心说、赤子之心的发展，正好开启了"五四"新文学运动到来时的个人主义思潮。

解 读

参见汇评中《王国维美学思想研究》的引文。又：

王国维对于李"长于妇人之手"给以高度评价，因此还受到有些学者的批驳。我在《王国维美学思想研究》中作了批驳，见汇评中的引文。我再另举一例来说明。因《百年孤独》而荣获 1982 年诺贝尔文学奖的加西亚·马尔克斯也是"长于妇人之手"的杰出作家，他本人对此作了极高评价，并从自己的成长经历和认识角度作了重要阐发。当新闻记者门多萨问他："在你的这本书（指《百年孤独》）里，狂热昏聩的总是男子（他们热衷于发明、炼金、打仗而又荒淫无度），而理智清醒的总是妇女。这是否是你对两性的看法？"

马尔克斯回答："我认为，妇女们能支撑整个世界，以免它遭受破坏，而男人们只知一味地推倒历史。到头来，人们是会明白究竟哪种做法不够明智的。"

又说："如果不充分估量妇女在我的生平所发挥的重要作用，就不能如实地了解我的一生。我是由我外祖母和许多姨妈抚养长大的，她们轮流着照料我；抚养我的还有那些女仆，在我的童年，是她们给了我许多幸福的时光，因为比起我们家的其他妇女来，她们不说是心眼儿没那么褊狭，起码也要不同得多。我还记得，教会我读书的是一位容貌端丽、举止文雅而又聪明绝顶的女老师，是她促使我萌发了上学的浓厚兴趣的。其实，说实话，我去上学只是为了能看到她。我这一辈子，无论如何，仿佛总有一位女性拉着我的手，在混沌的现实中摸索前进，她们只需借助少许光亮便能辨清方向而认识这种现实，和她们比较起来，男人就大为逊色了。我的这一看法最后竟变成了一种情感，也可以说，几乎成了一种迷信：只要我置身妇女中间，我就感到我不会发生任何坏事。妇女使我产生某种安全感，而如果没有这种安全感，我这辈子所做的美好的事情是一件也做不了的。我认为，对于我来说，我尤其不可能进行写作。当然，这也就是说，我和妇女比和男子相处更为融洽。"（《番石榴飘香》第 119-120 页，三联书店 1987 年）

<h1 style="text-align:center">一 七</h1>

客观之诗人，不可不多阅世，[1]阅世愈深则材料愈丰富、愈变化，《水浒传》《红楼梦》之作者是也。主观之诗人，不必多阅世，[2]阅世愈浅则性情愈真，李后主[1]是也。

汇 校

① 手稿无"多"字。"阅世"原作"知世事"。
② "必"原作"可"，"阅"原作"知"。

注 释

[1] 李后主：李煜。

汇 评

黄昭彦《重读〈人间词话〉》（《文艺报》1959 年第 15 期）

李后主之所以能写出一些忧愤深广、动人肺腑的词来，还不是因为他经历了国破家亡的惨痛。假如他真正一辈子都是"生于深宫之中，长于妇人之手"，岂能有"故国不堪回首月明中"等语？王国维也认为后主之词，"真所谓以血书者"，试问"不多阅世"的"主观诗人"，怎能有这样深切的感情？揆诸前说，岂不是自相矛盾？

脱离现实生活，或者对现实生活视而不见，听而不闻，采取超然旁观的态度，恰恰正是一个艺术家的致命伤。《红楼梦》里面有两句话说得好："世事洞明皆学问，人情练达即文章。"诗人无"主观"、"客观"之分，都必须以"多阅世"为当务之急；反对"多阅世"，光凭"主观精神"作为万应灵符，必然会走到邪路上去的。

周煦良《〈人间词话〉评述》（《书林》1980 年第 1 期）

主客观诗人的区别既站不住，那么以阅世浅深作为主客观诗人的区别或者条件，当然也不能成立。至于"阅世愈浅则性情愈真"一语则是把生活经验看成是闭智塞聪了，谬甚。然古今中外作此谬论者有大哲学家、大宗教家在内，王氏并不是首创者。

姚全兴《略谈〈人间词话〉的艺术论》（《读书》1980 年第 4 期）

首先，他强分诗人为"客观之诗人"和"主观之诗人"，是不恰当的。因为是诗人都应该重视客观现实，又必须发挥艺术的主观能动性，达到主客观的高度统一。其次，说"主观之诗人不必多阅世"等等，更是荒谬。因为诗人不阅世，哪有丰富而真实的感情？李后主恰恰因为是亡国之君，阅世很深，所以有真切感受，写出了颇"有境界"的传世名篇。再如他把"政治家之眼"和"诗人之眼"截然分开也是不对头的。因为诗人首先是要有政治家之眼，理解和分析眼前的现实生活，从而才能有诗人之眼，"通古今而观之"，不立足于现实的诗人，断断不可能有洞察千秋的慧眼的。

佛雏《〈人间词话〉三题》（《扬州师院学报》1980 年第 3 期）

至于"客观之诗人"，指的是史诗、戏曲、小说作家。

也正因"阅世"过浅，这样的葆有"天真与崇高的单纯"的"主观之诗人"，在艺术中可以成为"词中之帝"（王鹏运称后主语）。而在现实生活中，却常常不免要吃尽苦头。叔氏说过："一个诗人（按指抒情诗人）可以对人类认识得最深最透，而对于具体的人们却可以只有一种极不完全的知识。他很容易被诓骗，他是狡黠者手中的一个工具。"这对后主来说，情况也颇相像。后主当然说不上什么"崇高"，但确乎具有"天真"与"单纯"的艺术家气质。试看他在归宋后，一味哀叹"眼泪洗面"，"玉楼瑶殿"之深悲，"一江春水"之长恨，乃至"悔杀潘佑、李平"之公开表白，根本不识"忌讳"为何物。比之"乐不思蜀"的安乐公刘禅，以及"愿得执梃为诸降王长"的刘鋹（南汉后主）之流，在"阅世"这一点上，他的确是"浅"而又"浅"了。然而，在静安看，也许正是在这一点上，倒玉成了这位词学史上的彗星式人物，艺术家——"大孩子"。

在静安，"主观之诗人"，并不意味着，在挥毫时一味凭恃其主观；相反，就审美与创作的态度而言，就抒情内容所具有的普遍性而言，"主观之诗人"及其感情倒应该具备充分的客观性。这从静安把那位也属"大孩子"型的"主观之诗人"、据传是后主"后身"的纳兰容若，称为"自然之眼"、"自然之舌"，也可证明。"自然之眼"者，"纯客观"之"眼"也。（叔本华曾给艺术天才下了一个界说："天才只不过是最完全的客观。"）这样的"主观之诗人"，最能摆脱个人意志、欲望、利害关系等等的羁勒与奴役，而"自由"地进入审美静观，因而独能客观地深窥人类和事物的内在本性；他把自己强烈的"主观的感情"同这种客观的"静观"交织在一起。他所抒发的感情就往往具有"人类之感情"的性质，虽然是高度"个性"化了的。

袁行霈《论意境》（《文学评论》1980 年第 4 期）

其实，不论"客观"或"主观"之诗人，没有丰富的生活阅历，都不可能写出优秀的作品。文学创作当然要出自真情，但这性情是在社会实践中培育的，并不是天生就有的。而性情的真伪则取决于诗人的写作态度，诗人忠实于生活、忠实于艺术、忠实于读者，就有真性情的表现，这同阅世深浅并无关系。

陈鸿祥《〈人间词话〉三考》（《文艺理论研究》1981 年第 2 期）

看起来，他对"主观之诗人"与"客观之诗人"，同等推崇；然而，他又把阅世之深浅，与性情之真伪完全对立：愈深而愈伪，愈浅而愈真。这样，所谓"理想派"之"造境"，就完全成了无本之木的幻影；"主观之诗人"的"有我之境"，也完全成了空中楼阁。王国维，作为一位严谨渊博的学者，在史实之考证上，是尊重客观的；解释上，又往往是主观的。他是在哲学上把主观与客观视为"此亦一是，彼亦一是"，各有道理的二元论者(《静庵文集·论性》)。结果使他顾不上这样一个完全不必"寻他千百度"，而已经"站在阑珊处"的事实：无论是他推崇的"主观之诗人"李后主，或是李清照，他们真正"性情愈真"的"有境界之作"，恰恰产生在亲"阅"了国破家亡之"世"以后。

尚永亮《辨〈人间词话〉之"真"》(《江汉论坛》1983 年第 2 期)

以王氏之论推之，阅世愈浅则性情愈真，性情愈真则赤子之心愈纯，赤子之心愈纯则愈可产生好词章。设使此说得以成立，则后主最为感人之作不当出于被虏之后，而当出于被虏之前；后主赤子之心经臣虏生活后必当破损，其全真之时定为养尊处优之日。然"词话"论及后主词的十余处中，其意所指似皆为后主囚后之词，正是这些佳制，博得了王氏的盛赞。对此，王氏将何以解之？

王运熙、顾易生《中国文学批评史》下册第 555 页(上海古籍出版社1985 年)

这里的"客观之诗人"，某种意义上指叙事诗作者，或"写实派"。他们愈深入考察社会生活，收集材料愈丰富多样，这自然是对的。但他们在阅历世事时难道就不需要怀着真诚之心么？"词人之忠实，不独对人事宜然。即对一草一木，亦须有忠实之意，否则所谓游词也。"《文学小言》评《诗经》中"燕燕于飞"(《邶风·燕燕》)等句云："诗人体物之妙，侔于造化，然皆出于离人、孽子、征夫之口，故知感情真者，其观物亦真。"即指出作者的情感对于观察事物的作用。

王氏所谓"主观之诗人"，某种意义上指抒情诗作者，或"理想派"。"词乃抒情之作，故尤重内美。"所以特别强调了词人须要有一颗真挚的心，即明人李贽所说的"童心"。阅历既广，世故也深，侪啼谄笑，全失天真，这种情况自然也是有的。但是个人性情的"真""伪"与阅世的"浅""深"并不一定成比例，而至性流露常在于身世变故之际。"词至李后主而眼界始大，感慨遂深。"李煜词的感慨深沉正是与眼界扩大有因果关系的。王国维所倾倒的"自是人生长恨水长东"(《乌夜啼》)等名句，都是李煜"一旦归为臣虏，沈腰潘鬓销磨"生活经历了急剧变化后的痛苦呻吟，假使他一直安处于深宫之中而不识干戈，便不可能产生这样"以血书者"一往情深之作。王氏所举的创作实例暴露了他自己这方面理论的缺陷。

周锡山《论王国维及其美学思想》（北岳文艺出版社 1987 年《王国维文学美学论著集》前言，《山西师大学报》1986 年第 2-3 期）

客观诗人系指叙事体文学的作家，主观诗人系抒情诗作者。……杰出的抒情诗人多为阅世尚浅，但对事物敏感，感情丰富而真挚的年轻人，而叙事体文学（戏剧、小说）的伟作巨著往往出之于阅历丰富、洞察世情的中、老年文豪。

周锡山《王国维美学思想研究》第 122-123 页（中国社会科学出版社 1992 年）

王国维（在《文学小言》第一七则）将小说戏曲等叙事体作家称为"专门之诗人"，在《人间词话》（第一七则）中又称为"客观之诗人"：（引文略）。

此则说主观之诗人即抒情诗人"阅世愈浅则性情愈真"，太绝对，有偏颇之处。其本意是指抒情诗人都有纯洁、天真的一面，阅世深了，如果受到虚伪、势利的世态的污染，性情便难真纯，诗就写不好了，尤其是历经曲折、挫折之后，对光明的憧憬、幸福的向往大受抑制，抒情诗所需的奔放的热情，大打折扣甚至丧失殆尽，以至连诗兴也一去难返了。但同时必须看到，"阅世愈浅"并非不"阅世"，只是与客观诗人比较起来显"浅"而言。"多阅世，阅世愈深则材料愈丰富、愈变化"，则从一个特定的也是主要的角度更深入地解释他前已说过的"若夫叙事，则其所需之时日长，而其所取之材料富"的论点。而王国维这段客观、主观诗人的比较，又揭示出中外文艺史上的一个基本事实，抒情诗人多阅世不多的青年男女，而戏剧、小说的成熟作品多出自历经沧桑，洞察世情的中、老年文豪。因此王国维此言在阐发上虽略有缺陷，但总结出一条文艺人才规律，有一定的理论意义。

刘锋杰、章池《人间词话百年解评》第 98-89 页（黄山书社 2002 年）

客观诗人主观诗人一说，是王国维对诗人类型的划分。依据是："文学中有二原质焉：曰景，曰情。前者以描写自然及人生之事实为主，后者则吾人对此种事实之精神的态度也。故前者客观的，后者主观的也；前者知识的，后者感情的也。"(《文学小言》)故知客观诗人，以描写客观社会现实为主，主观诗人，以抒发主体的思想感情为主。何以客观诗人不可不多阅世？因为描写反映较为广阔的社会现实，求物之多之真，特别显得重要，具有深广的生活阅历，熟悉民情世态，且能洞幽察微，无疑会为描写世俗人情提供题材上的保障。而主观诗人以抒写胸中郁积、表达强烈情感为目的，对情之真切与纯粹的要求远比客观诗人更直接更重要。为了不破坏心中纯情而能任性而发，阅世相对少些，无甚大碍，相反，被世俗污染同化，尤其不利于主体真诚品格与率真感情的培养。李煜生于深宫，长于妇人之手，恰恰为其成为一位主观诗人提供了隔离作用，使其回到自我，过一种更加体验化的内心生活成为事实。但应看到，王国维说主观诗人不可多阅世，不是说绝对的不阅世。这表明阅世多少只是相对而言的。李煜词作特别是后期词之所以动人，与其经历了沧桑巨变而成为亡国之君的身世遭遇有关联。这说明，在本质上，只要是诗人就离不开阅世，这是创作的底线，无人能够突破它。主观诗人的阅世，只是没有破坏他的纯真之情罢了。

解　读

参见汇评中拙文《论王国维及其美学思想》和拙著《王国维美学思想研究》的引文，又：

对于这段言论争论评批者众多，争论激烈。

司各特和巴尔扎克做生意破产，尽管他们在作品中洞察世情，在实际生活中却天真并缺乏城府，缺乏管理能力，缺乏市场经济中遨游的素质。《追忆逝水年华》的作者也阅世很少。很少不等于没有，有的论者将原文改作"不"阅世再作批评，犯了增字解经的大忌。王国维的这个观点的基本意思并没有错，请参看汇评中收录的我的观点。

一 八

尼采①谓："一切文学，余爱以血书者。"[1]后主[2]之词，真所谓"以血书者"也。宋道君皇帝《燕山亭》[3]词亦略似之。然道君不过自道身世之戚②，后主则俨有释迦[4]、基督[5]担荷③人类罪恶之意，其大小固不同矣。

汇 校

① 二字前手稿有"德国"。
② "戚"，手稿作"感"。
③ "荷"，手稿作"负"。

注 释

[1] 尼采（1840-1900）：德国哲学家。这里所引的名言在尼采《苏鲁支语录》中："凡一切已经写下的，我只爱其人用血写的书。用血写书，然后你将体会到，血便是经义。"（据徐梵澄译本）

[2] 后主：李煜。

[3] 宋道君皇帝：宋徽宗赵佶（1082-1135），在位25年后，内禅太子赵桓（宋钦宗），因徽宗笃信道教，尊为教主道君皇帝。宋徽宗《燕山亭》（北行见杏花）：

> 裁剪冰绡，轻叠数重，淡著（一作冷淡）胭脂匀注。新样靓妆，艳溢香融，羞杀蕊珠宫女。易得凋零，更多少、无情风雨。愁苦。闲院落凄凉，几番春暮。　凭寄离恨重重，这双燕，何曾会人言语。天遥地远，万水千山，知他故宫何处。怎不思量，除梦里、有时曾去。无据。和梦也、新来不做。

[4] 释迦：释迦牟尼，佛教始祖。

[5] 基督：耶稣基督，基督教始祖。基督教称救世主为"耶稣"。

汇 评

饶宗颐《〈人间词话〉平议》（1953年）（《澄心论萃》第208页，上海文艺出版社1996年）

庚子山云："不无危苦之词，惟以悲哀为主。"穷愁之语易工，古今词人皆莫能外。王氏亦谓其平生最爱如尼采所言以血书者，举后主之词为例。余意以血书者，结沉痛于中肠，哀极而至于伤矣。词则贵轻婉，哀而不伤，其表现哀感顽艳，以"泪"而不以"血"；故"泪"一字，最为词人所惯用（且常用于结句警策之处）。间曾试论："人远泪阑干，燕飞春又残。""旧时衣袂，犹有东风泪。"此伤春之泪也。"残月出门时，美人和泪辞。""为问世间离别泪，何日是滴休时？"此伤别之泪也。"故国梦重归，觉来双泪垂。"此亡国之泪也。"酒入愁肠，化作相思泪。""愁肠已断无由醉，酒未到，先成泪。"此怀旧思乡之泪也。"泪眼问花花不语，乱红飞过秋千去。"此无可告语之泪也。"红烛自怜无好计，夜寒空替人垂泪。"此徒唤奈何之泪也。"细看来不是杨花，点点是，离人泪。""倩何人唤取红巾翠袖，揾英雄泪。"此泪之可以回肠荡气者也。"男儿西北有神州，莫滴水西桥畔泪！""白发书生神州泪，尽凄凉，不向牛山滴。"此泪之可以起顽立懦者也（用杨升庵说）。故泪虽一绪，事乃万族。词中佳句，盖无不以泪书者，已足感人心脾，一唱三叹，特不至于"泪尽而继之以血"耳。

徐翰逢《〈人间词话〉随论》（《人文杂志》1960年第4期）

在这里王氏竟把李煜抒发没落贵族悲苦的他的一己狭窄情感的作品，看作"以血书者"，并且把它们和"救世主"的胸怀作类比。很明显这是一种形式主义看法。无论释迦、基督的教义宗旨如何，也和李煜的自我穷愁哀怨情感状态相异。王氏在这里所提的李煜的词，无疑是指的已经"出于深宫之中，离于妇人之手"的经过危亡困辱以后的作品，其前后矛盾竟又如此。

张文勋《从〈人间词话〉看王国维的美学思想实质》（《学术研究》1964年第3期）

王国维把李后主捧得很高，认为李后主的感情是最真挚的，说他

"俨有释迦基督担荷人类罪恶之意"，说他是一个"不失其赤子之心的词人"，认为李后主之所以成为大词人就在于"情真"，用这样的观点去评价李后主，当然不可能得出正确的结论。我们今天，必须摆脱王国维的这些理论的影响，用阶级分析的方法去评价李后主，才能正确地估计他在文学史上的地位。但令人惊异的是，有些同志还一成不变地搬用王国维的观点去评价李后主，例如吴调公在《论文学的真实性和党性》一书中，认为李煜的"真挚的性格和感情，也有和人民思想感情相通的普遍的一面"。又说："总的说来，他的确是一个人，'不失为赤子之心'的人。"这也说明，肃清王国维的美学观的影响，在今天也是很必要的。

周煦良《〈人间词话〉评述》《〈书林〉1980 年第 1 期》

王氏之偏爱李煜，推崇李煜，到此可以说是登峰造极了。试问李煜的词有哪一首、哪一句，有担负人类罪恶之意？恐怕连丝毫自忏自嗔之意也没有。李煜当然是第一流词家，但不是这样的估价法。

吴调公《关于古代文论中的意境问题》《〈社会科学战线〉1981 年第 1 期》

尽管这里所说的"赤子之心"有悖于人的阶级性，但就抒情类型作品而言，特别要求感情真挚，的确有其必要；而所谓"血书"，也正可以说明真正有意境的作品，境中有人的作品，总是能抒写血泪之情的。

佛雏《〈人间词话〉五题》《〈扬州师院学报〉1980 年第 1 期》

静安引尼采语，似有断章取义之嫌。静安称："后主之词，真所谓'以血书者'也，宋道君皇帝《燕山亭》词亦略似之。"其实此等词中所表现的意志、精神，正是尼采所鄙视、所否定者，并不属于尼采式的"以血书者"的范围。此于尼采本篇中即可得到反证。如云：

"登了最高山峰的人，笑看一切的悲剧，无论是悲剧的表演和悲剧的实际。"

可见，李煜、赵佶之流的"悲剧"及其呻吟，在尼采那里，只能博得一"笑"，而绝不会加以称许。在同篇中尼采又云：

"你们告诉我'生命难于负荷'：怎么你们早晨这样高傲，晚间却这么屈服呢？"

"我们与滴一滴露珠就惊颤了的玫瑰花苞有什么共同的呢？"

看来，李煜、赵佶晚期的词，大都属于尼采所鄙夷的"生命难于负荷"的哀诉。此种"惊颤"的悲吟，同尼采式的"以血书者"，无异南辕北辙。尼采所要求的"以血书者"，指的是写出"勇敢"、"刚强"、"总有着疯狂"的"战士"或者"硕大而崇高"的人之心声或"大笑"，指的是最充溢的"权力意志"的艺术地外现。

唐圭璋《唐宋词简释》第35页（上海古籍出版社1981年）

此首（按指李煜《乌夜啼》"昨夜风兼雨"）由景入情，实写出人生之烦闷。夜来风雨无端，秋声飒飒，此境令人愁绝，加之烛又残，漏又断，伤感愈甚矣。……末两句（"醉乡路稳宜频到，此外不堪行。"）写人世茫茫，众生苦恼，尤为沉痛。后主气象开朗，堂庑特大，悲天悯人之怀，随处流露。王静安谓："道君不过自道身世之戚，后主则俨有释迦、基督担荷人类罪恶之意。"其言良然。

王运熙、顾易生《中国文学批评史》下册第553页（上海古籍出版社1985年）

比李煜于释迦与基督，似乎有点拟于不伦，然而李煜的心血结晶中渗透着强烈的"我之色彩"则是非常明显的。

陈鸿祥《王国维与文学》第181-182页（陕西人民出版社1988年）

那么，什么样的作品，才算达到了"忠实"呢？在王国维看来，最高的忠实，是"血书"。……

王国维所说的"尼采谓"，是"意引"，现在让我们将尼采的有关的话转录在下面：

> 在一切著作中我只爱作者以他的心血写成的著作。以心血著作，并且你可以觉到心血就是一种精神。
> ……
> 那以血和箴言著作的人不愿被诵读，只愿被以心思维。
> （高寒译《查拉斯图拉如是说》第一部之七《读书与著作》）

在尼采的论说中，同时包含了以"血"写书的著作者与以"心"思维的诵读者；王国维则截取了尼采说之半——以"血"写书的著作者。
但在他对李煜（后主）词的论说中，我们可以看到，他自己确是尼采所
期待的以"心"思维的诵读者。

周锡山《王国维美学思想研究》第 131-132、172 页（中国社会科学出
版社 1992 年）

静安极赞"以血书"的文学，也即主张旧时代的文学家既生动真实
而又淋漓尽致地写出自己惨痛的人生经历、沉痛的生活教训或本人深切
观察并体验过的社会和历史的沧桑。李后主的众多名篇中的名句如"深
院静，小庭空。断续寒砧断续风。无奈夜长人不寐，数声和月到帘栊。"
（《捣练子》）写有心事人的不眠之夜；"剪不断，理还乱，是离愁。别是
一番滋味在心头。"（《相见欢》）写别愁离情，万感萦怀；"自是人生长恨
水长东。"（《相见欢》）感叹人生的缺憾长有和永不满足；"问君能有几多
愁，恰似一江春水向东流。"（《虞美人》）形象描绘"故国不堪回首月明
中"的丧国离乡之痛；"独自莫凭栏，无限江山，别时容易见时难，流
水落花春去也，天上人间。"（《浪淘沙》）也概括了旧时代人们去国怀乡
的极其沉痛的血泪之言。李煜词作因其形象意象皆生动、丰富、深刻，
描写全面，典型性强，所以表现出一种具有历史厚度的苍凉感和忧患
意识，能刻骨铭心地写出旧时代普遍存在的痛苦的人生，引起读者的
心弦共鸣，感人至深。至于释迦牟尼和基督耶稣，为当时受苦受难的
人民大众探索救生之道，终生奋斗，不惜牺牲个人一切，试图普救众
生，其赤诚之心和牺牲精神是伟大的，其本人"担荷人类罪恶"的初
衷和宏愿，是值得肯定、尊敬和赞美的。李煜本人并无如此恢宏高远
的精神境界，但因其词作有上述优点，"形象大于思想"，所以反映出
深邃丰厚的人生哲理，具有忧愤深广的特点，客观上确有"担荷人类
罪恶"的一定效果。如其名作《乌夜啼》云："昨夜风兼雨，帘帏飒飒
秋声。烛残漏断频欹枕，起坐不能平。世事漫随流水，算来一梦浮生。
醉乡路稳宜频到，此外不堪行。"此词由景入情，情景交融，写出人生
的苦闷和烦恼，后半首则言旧事如梦，不堪回首。当代词学权威唐圭
璋在其力作《唐宋词简释》中评论此词说："末两句写人世茫茫，众生

苦恼,尤为沉痛。后主词气象开朗,堂庑广大,悲天悯人之怀,随处流露。王静安谓:'道君不过自道身世之戚,后主则俨有释迦、基督担荷人类罪恶之意。'其言良然。"当代论者几乎全部否定静安此论,唯唐圭璋先生给予大力肯定。

刘锋杰、章池《人间词话百年解评》第104-105页(黄山书社2002年)

上几则词话称李煜是一位主观诗人,未曾多阅世,故有赤子之心,发而作词,真纯可爱。此则词话引进尼采的"血书说",既强化了李煜作为主观诗人的身份,表明其内在情感的激烈非同一般,同时也表明主观诗人,只有经历了血风腥雨,自己成为啼血杜鹃,才能声声叫唤吐出沉痛悲怆,动人心魂。另有两点值得注意:一、同为亡国之君,宋徽宗的词作之所以不及李煜词作,是因为他所表达的只是个人的身世之慨,这种个人的身世之慨未能上升到人类普遍情感的高度,故不足以打动千万人的心,因而也就不能成为上品。而李煜的身世之感融汇了人类生存中的失意悲伤,是他个人的,也是人人的,所以一发而为名句,流传千古。二、将李煜与释迦、基督相提并论,是承认李煜所关心者不是个人,而是人类,这是他的眼界宏大。也是认为李煜有担当人类苦难的自觉,正是这种自觉,才使他咀嚼罪恶,咀嚼苦难,成为一位受难的诗人将罪恶与苦难转化成诗,这使他的人生体验与感慨变深。相反,李煜若不能将苦难视作身内物,甚至排斥苦难,就不能深入体验它与表现它,血的经历就不能成为血写的书,那李煜也就降而同于宋徽宗了。王国维引进宗教精神解读中国诗,开辟了一条新的解诗之路。

解 读

参见汇评中《王国维美学思想研究》的引文。又:

根据"形象大于思想"的美学原理和原则,李煜词中即使没有王国维所说的意思,只要作品中有这样的深层次的内涵,王国维的观点就可以成立。更何况,不少论者如词学权威唐圭璋等认为李煜词中的确有这样的意味。

上引尼采的这个观点,是他得意的言论,所以除了在《苏鲁支语录》

（见注［1］）之外，又曾说："在一切著作中，吾所爱者，惟用血写之著作。"
（萧赣译《扎拉图斯特拉如是说·读与写》）

对于王国维极力推崇"以血书者"的观点给以错误批评或误解的也
颇多。连鲁迅也理解错误。他在《怎么写》一文中说："尼采爱看血写的
书。但我想，血写的文章，怕未必有罢。……"但用血写的著作，并非
真是用血写的，而是指作家将自己极其痛苦的经历、经验和感情写在作
品中。尼采及其引用者王国维等人显然是将"血写"的"血"字作为比
喻，比喻作者极其艰难和痛苦的经历和所写的内容是极其艰难和痛苦的
人生。而并非是像有的虔诚信徒那样针刺手指，真的用自己的鲜血来抄
写佛经似的"用血写文章"。毋庸讳言，鲁迅对尼采此言在理解上望文生
义，造成理论失误。

王国维推崇"以血书者"，实即表达了灵魂的痛苦，但并不是自道
个人的痛苦，而是人类的痛苦。对此也有人予以曲解。例如：

夏中义《世纪初的苦魂》（上海文艺出版社 1995 年，北京大学出版社
2006 年）的书题即强调王国维是 20 世纪初的"苦魂"，之所以称为"苦魂"
是因为王国维美学的主要贡献是"人本——艺术美学"，而其"对人本价
值的终极关怀"又体现在王国维因人们不知他是天才而痛苦，并形成了"由
天才情结与人生逆境的严重失衡所酿成的灵魂苦痛"（第 54—55、67 页）。"天
才情结"一语，夏氏于书中一再申述，是他十分得意的结论，也是全书
的主调，故而夏著以"世纪初的苦魂"为书名。这真是一个荒谬绝伦的
奇怪观点。王国维本是个学术天才，因此他何来"天才情结"？夏著说："他
不仅从不讳言自己是'天才'，并还见缝插针地利用一切场合，从各种角
度重申自己无愧为'天才'，既是自慰，亦是自荐，唯恐学界不知道。……
根子乃在于王氏对天才情结的耿耿于怀。"（第 55 页）

除夏中义之外，无人有此怪论，此因王国维在论著中，口气自信、
自负，有时还不乏自傲，这是他在论述时的行文所需，但他从未露出因
别人不知自己是天才而痛苦。王国维为人谦逊，《论语》"人不知而不愠"
是他的基本修养。而且众所周知，人生逆境对于天才来说，往往是使他
艰难玉成的一个条件，而非他成长为天才的阻力，对此王国维本人不仅

深知而且极有体会，更何况天才的胸襟极为宽广，他绝不会为人们是否知道自己是天才而感到灵魂痛苦，他们关心的是整个人类、整个文化乃至整个宇宙。就以王国维来说，他赞赏天才作家和成大事业、大学问者必经过"独上高楼，望尽天涯路"等三种高远境界，"俨有释迦、基督担荷人类罪恶之意"，而不推重"不过自道身世之戚"的心胸"狭小"的作品，其灵魂乃为人类的恶劣处境、学术和艺术的发展艰难、国家的晦暗前途而痛苦，王国维伟著的白纸黑字皆可为证。夏氏此书谬误百出，即以书的题目即已极显荒谬。

一 九

　　冯正中[1]词虽不失五代风格，①而堂庑特大[2]，开北宋一代风气。与中、后二主[3]词皆在《花间》[4]范围之外,宜《花间集》中不登其只字也。②[5]

汇 校

① "风"字，手稿作"气"。
② 此句手稿作："中、后二主皆未逮其精诣。《花间》于南唐人词（五字原作"为蜀人之词"）中虽录张泌作（六字原作"虽间录南唐人作"），而独不登正中只字，岂当时文采为功名所掩耶？"

注 释

[1] 冯正中：冯延巳。
[2] 堂庑特大：气度恢宏，境界开阔高远。
[3] 中、后二主：李璟和李煜。
[4] 《花间》:《花间集》，五代后蜀赵崇祚编，选录晚唐五代温庭筠、韦庄等十八家词，其中除温庭筠、皇甫松、孙光宪外，都是身居西蜀的文人。
[5] 龙榆生（沐勋）《唐宋名家词选》:"《花间集》多西蜀词人，不采二

主及正中词，当由道里隔绝，又年岁不相及，有以致然。非因流派不同，遂尔遗置也。王说非是。"

汇 评

徐翰逢《〈人间词话〉随论》（《人文杂志》1960 年第 4 期）

照我们的看法，冯延巳虽然流传词作较多，的确对北宋初期词风，也有开启作用。但他的词规模既狭小，气象也卑微。对于北宋词坛，主要的也只能说是具有不良影响。冯词除了写离恨别情男欢女爱之外，实在再找不到别的什么内容。即以王氏所称为"最煊赫"的"鹊踏枝"等十数阕来论，我们纵然如何仔细翻检，也不过是只能看到一些"独立小桥风满袖，平林新月人归后"、"撩乱春愁如柳絮，悠悠梦里无寻处"一类无聊的生活。他的情感，也未超出没落贵族范畴。而王氏之所以独称冯词"堂庑特大"，只不过是从形式主义、唯美主义观点出发，看到冯词在篇章构造上、在语言文字运用上，具有前人未能达到的恢宏开阔与精致富丽（"深美闳约"）而已！考其实质，冯延巳词基本上和"花间派"还是同其祖称的。

俞平伯《〈唐宋词选〉前言》（《文学评论》1962 年第 5 期）

"南唐"之变"花间"，变其作风不变其体，仍为令、引之类。如王国维关于冯延巳、李后主词的评述，或不符史实，或估价奇高；但他认为南唐词在"花间"范围之外，堂庑特大，李后主的词，温、韦无此气象，这些说法还是对的。南唐词确推扩了"花间"的面貌，而开北宋一代的风气。

施蛰存《读冯延巳词札记》（《上海师范大学学报》1979 年第 3 期）

余以为令词肇兴于唐，自巷陌新声转而为士夫雅奏。温飞卿出，始为之选声设色，琢句研词，写宫闺婉娈之情，鬯尊俎筝琶之乐，歌词面目，从此一新，流风所被，遂成格局。此后则韦端己领袖蜀西，冯正中导扬江左，榆芬摘藻，纵未必迈越《金荃》，而托物取象，乃庶几继承楚些。比兴之义，于是乎入词矣。韦端己情至而言质，冯正中义隐而辞深，王国维谓"冯正中词堂庑特大，开北宋一代风气"，此即言其于词之内容有所拓展，为宋人之先河也。

周锡山《王国维美学思想研究》第 144 页（中国社会科学出版社 1992 年）

他对冯延巳在词史上的评价也极高，认为冯延巳几可与李璟、李煜鼎足而三，而开北宋风气之功亦已几可与李煜比肩。他在此则手稿中甚至说："中、后二主未逮其精诣。"指出冯词的高度规范性，正因具此规范性，固能开北宋一代风气，为北宋名家所效法。

解　读

参见汇评中《王国维美学思想研究》的引文。

二　〇

正中①[1]词，除《鹊踏枝》《菩萨蛮》十数阕[2]最煊赫外，如《醉花间》之"高树鹊衔巢，斜月明寒草"[3]，余谓韦苏州之"流萤度高阁"[4]，孟襄阳之"疏雨滴梧桐"[5]，不能过也。

汇　校

① 手稿句首有"冯"字。

注　释

[1] 正中：冯延巳。
[2] 冯延巳《阳春集》载《鹊踏枝》十四首，《菩萨蛮》九首，皆系冯之代表作，如久负盛名之一首《鹊踏枝》：

谁道闲情抛掷久？每到春来，惆怅还依旧。日日花前常病酒，敢辞镜里朱颜瘦。　河畔青芜堤上柳，为问新愁，何事年年有？独立小楼风满袖，平林新月人归后。
[3] 冯延巳《醉花间》：

晴雪小园春未到，池边梅自早。高树鹊衔巢，斜月明寒草。　山川风景好，自古金陵道。少年看却老。相逢莫厌醉金杯，别离多，欢会少。

[4] 韦苏州:韦应物(737-约790),京兆长安(今陕西西安)人。唐代诗人。曾为苏州刺史,故称韦苏州。韦应物《寺居独夜寄崔主簿》:

幽人寂无寐,木叶纷纷落。寒雨暗深更,流萤度高阁。坐使青灯晓,还伤夏衣薄。宁知岁方晏,离居更萧索。

[5] 孟襄阳:孟浩然(689或691-740),襄州襄阳(今属湖北)人。唐代诗人。因是襄阳人,故称孟襄阳。王士源《孟浩然集序》云:"(孟浩然)尝闲游秘省,秋月新霁,诸英华赋诗作会。浩然句云:'微云淡河汉,疏雨滴梧桐。'举座嗟其清绝,咸阁笔不复为继。"

汇 评

叶嘉莹《王国维及其文学批评》第402-403页(广东人民出版社1982年)

《人间词话》又说正中词中的某些句子虽韦苏州、孟襄阳不能过,而且举韦之"流萤度高阁"与孟之"疏雨滴梧桐"与正中之"高树鹊衔巢,斜月明寒草"相比较。说到韦、孟之风格,二家原各有其精微繁复的多方面之成就,非本文所暇详论,而如果仅就词话所举的二句诗例来看,则不过只是他们俊朗高远一类的作品而已,这一类风格与前面所说的"和泪试严妆"之于浓丽中见悲凉的风格当然并不相同,可是正中词却往往于其一贯之浓丽而哀伤的风格中,有时忽然流露出一二句俊朗高远的神致来,如其《抛球乐》词之"坐对高楼千万山,雁飞秋色满阑干",及"霜积秋山万树红,倚岩楼上挂朱栊"诸句,便都极有俊朗高远之致。总之正中在情意方面自有其哀伤执着的深厚的一面,可是发而为词却又自有其浓丽的色泽与俊朗的风致。

陈兼与《〈人间词话〉述评》(《词学》第1辑,华东师范大学出版社1981年)

按:正中与韦、孟数语,皆寻常字面,缀一动词"衔"、"明"、"度"、"滴"等字而意境全出,此用字之妙也。正中词每与欧词相混,周介存《宋四家词选》中,将正中《鹊踏枝》中"谁道闲情"、"几日行云"、"庭院深深"、"六曲阑干"四首入于欧作,谓"延巳小人,岂能有此至性"。

陈亦峰乃云:"'庭院深深'一章,他本多作永叔词,细味此阕,与上二章笔墨的是一色,欧公无此手笔。"吾友施蛰存近撰《读冯正中词札记》中,则右周说,仅以正中蝶恋花四首及归自谣并见《乐府雅词》,而归于欧作。由周之说,惟心推理,近于武断,蛰存之说,依据亦尚不足。前人编纂移窃凌乱,不可究诘,正中词之被肢解为尤甚,先生犹能保其煊赫之《鹊踏枝》词,实获我心。

周锡山《王国维美学思想研究》第 144-145 页(中国社会科学出版社 1992 年)

他又通过与唐末大家的比较,评其佳作云:(第二〇、二一、二二、二三则,引文略)。

以上第一则(指第二〇则)词与唐诗名作可并肩媲美,后面三则(第二一、二二、二三则)则举例说明冯词"开北宋一代风气"之功,兼及影响南宋林逋(和靖)等人。

吴洋《人间词话手稿本全编》第 37 页(内蒙古人民出版社 2003 年)

王国维于五代词中独推冯延巳,良有以也。"高树鹊衔巢,斜月明寒草",俊朗清雅,疏散闲约,超然于五代浓丽纤弱的词风,比之韦孟名句,有过之无不及。"鹊衔巢",在细微的声响动作中凸现出宁谧孤独的氛围;"明寒草",一片清冷安静的画面却隐含着嗟叹无语的落寞。冯延巳锻炼词句,举重若轻,看似写景的白描,却隐藏着深深的款曲,所谓"一切景语皆情语"是也。

解 读

参见汇评中《王国维美学思想研究》的引文。

二 一

欧九《浣溪沙》词"绿杨楼外出秋千"[1],晁补之谓只一"出"字,便后人所不能道。[2]余谓此本于正中《上行杯》词"柳外秋千出画墙"[3],但欧语尤工耳。

注　释

[1] 欧九：欧阳修（1007-1072），字永叔，号醉翁，晚年又号六一居士。吉水（今属江西）人。天圣进士，官至枢密副使、参知政事。北宋文学家、史学家。欧阳修《浣溪沙》：

堤上游人逐画船，拍堤春水四垂天。绿杨楼外出秋千。　白发戴花君莫笑，《六么》催拍盏频传。人生何处似尊前。

[2] 晁补之（1053-1110）：字无咎，号归来子。巨野（今属山东）人。元丰进士，曾任吏部员外郎、吏部郎中兼国史编修等职。北宋文学家。吴曾《能改斋漫录》载晁无咎评本朝乐章云："欧阳永叔《浣溪沙》云：'堤上游人逐画船，拍堤春水四垂天。绿杨楼外出秋千。'要皆绝妙。然只一'出'字，自是后人道不到处。"但今人龙榆生《唐宋名家词选》说："唐王摩诘《寒食城东即事》诗云：'蹴鞠屡过飞鸟上，秋千竞出垂杨里。'欧公用'出'字，盖本此。"

[3] 正中：冯延巳。冯延巳《上行杯》：

落梅著雨消残粉，云重烟轻寒食近。罗幕遮香，柳外秋千出画墙。　春山颠倒钗横凤，飞絮入帘春睡重。梦里佳期，只许庭花与月知。

汇　评

顾随《评点王国维〈人间词话〉》（1930 年代）（《顾随全集·著述卷》，河北育出版社 2001 年）

评点曰："一'出'字，似欲将人心端出腔子外也。"

饶宗颐《〈人间词话〉平议》（1953 年）（《澄心论萃》第 213 页，上海文艺出版社 1996 年）

欧阳永叔《浣溪沙》词"绿杨楼外出秋千"，《能改斋漫录》引晁无咎云："只一出字，自是后人道不到。"观堂谓此本于冯正中上行杯词"柳外秋千出画墙"。按王维诗"秋千竞出垂杨里"，冯、欧二公词意出此，彭孙遹《词藻》（卷三）已发之，王氏殆未之见耶？

佛雏《"合乎自然"与"邻于理想"试解》（《古代文艺理论研究》第 4 辑，

（1981 年 10 月）

譬如"绿杨楼外出秋千"、"红杏枝头春意闹"诸句，王氏以为"着"一字（如"出"、"闹"）而"境界全出"。这个"着"，刘熙载谓之"触着"，犹如化学上的触媒，一经"触着"，相关的元素便立即化合，产生质变，"自然之嗫嚅之言语"被解开了，僵固的概念变成活生生的有机体了，因而"境界全出"了。前代主"浑"论者说"句中有'眼'，为诗之一病"，故不许凿开"混沌"。实则"混沌死"，而后心智生，"境界"出。一味求"混"，未必有利于艺术、诗词境界的发展。

周锡山《王国维美学思想研究》第 148 页（中国社会科学出版社 1992 年）

王国维认为欧阳修词脱胎于冯延巳，而其语言之锤炼，功力尤深于冯。他说：（本则和下则，引文略）。论述欧、冯之间的继承与创新关系，颇为精辟。

解 读

参见汇评中《王国维美学思想研究》的引文。又：

工，指文艺作品的内容、语言和形式的工整、精巧、奇妙。如果能做到不工而工，则无意求工，却能达到自然、精美，这是最高的境界。工的反面是拙，拙指呆板、笨拙、拙劣。

二 二

梅圣俞①《苏幕遮》词"落尽梨花春事（当作"又"）了，满地斜（当作"残"）阳，翠色和烟老。"[1]刘融斋谓少游一生似专学此种。②[2]余谓冯正中《玉楼春》词："芳菲次第长相续，自是情多无处足。尊前百计得春归，莫为伤春眉黛促。"[3]永叔一生似专学此种。③[4]

汇 校

① "梅圣俞"，手稿、朴社本、通行本皆作"梅舜俞"。

② "刘融斋"，手稿作"兴化刘氏"。

③ "永叔"，手稿作"少游"。

注　释

[1] 梅圣俞：梅尧臣（1002-1060），字圣俞，宣城（今属安徽）人。北宋诗人。梅尧臣《苏幕遮》（草）：

> 露堤平，烟墅杳。乱碧萋萋，雨后江天晓。独有庾郎年最少。窣地春袍，嫩色宜相照。　接长亭，迷远道。堪怨王孙，不记归期早。落尽梨花春又了。满地残阳，翠色和烟老。

[2] 刘融斋：刘熙载。少游：秦观，字少游，一字太虚，号淮海居士，宋词人。刘熙载《艺概·词曲概》云："少游词有小晏之妍，其幽趣则过之。圣俞《苏幕遮》云：'落尽梨花春又了。满地斜（按应作"残"）阳，翠色和烟老。'此一种似为少游开先。"

[3] 冯正中：冯延巳。冯延巳《玉楼春》：

> 雪云乍变春云簇，渐觉年华堪纵目。北枝梅蕊犯寒开，南浦波纹如酒绿。　芳菲次第长相续，自是情多无处足。尊前百计得春归，莫为伤春眉黛蹙。

> （按：此词未见《阳春集》，四印斋本《阳春集》补遗收入此词，《尊前集》作冯延巳词。又《欧阳文忠公近体乐府》卷二亦载此词，文字略有不同。欧阳修《玉楼春》："雪云乍变春云簇，渐觉年华堪送目。北枝梅蕊犯寒开，南浦波纹如酒绿。　芳菲次第还相续，不奈情多无处足。尊前百计得春归，莫为伤春歌黛蹙。"有多首名词，冯延巳和欧阳修集中都收入，有的难以确定是谁的作品，但施蛰存先生认为皆是欧阳修所作，见下面汇评第一则。）

[4] 永叔：欧阳修。

汇　评

施蛰存《读冯延巳词札记》（《上海师范大学学报》1979 年第 3 期）

混入《阳春集》诸词，皆佳作也。欧阳修十六首尤婉丽缠绵，前人选冯延巳词辄以欧阳诸作当之。朱竹垞《词综》取冯词二十首，其中八首为欧阳所作，一首为韦庄词，一首为张泌词。韦、张二词均见于《花间集》，以朱竹垞之博闻慎学，乃亦信《花间集》中有冯词误入，此不可解也。张惠言《词选》取冯延巳词五首。其《蝶恋花》三首，《清平乐》一首，皆欧阳修所作，《虞美人》一首虽是冯作，非其佳者。周济《词辨》取冯词五首，其《蝶恋花》四首皆欧阳修所作，《浣溪沙》一首则《花间集》中张泌之词也。陈亦峰《白雨斋词话》盛称冯延巳《蝶恋花》四首，以为"极沉郁之致，穷顿挫之妙，情词悱恻，可群可怨"，此四首实亦欧阳修词也。王国维《人间词话》云"冯正中《玉楼春》词'芳菲次第长相续'云云，永叔一生似专学此种"，乃不悟此词正是欧阳修作也。观乎此，可知历来评论冯延巳词者，皆未识冯词真面目也。

叶嘉莹《论欧阳修词》（1982 年）（《唐宋词名家论稿》，河北教育出版社 1997 年）

冯延巳的风格是缠绵郁结，热烈执着；晏殊的风格是圆融温润，澄澈晶莹；至于欧阳修的风格，则是抑扬唱叹，豪宕沉挚。这种不同的风貌，主要表现于其以不同的心性感受，在写作时所结合的不同的声吻。

不过在这种相异的区别中，却也有着某些可以相通之处。即如欧词之抑扬往复深挚沉着之一面，便与冯词之缠绵沉郁之致颇有相近之处；而冯词偶有流连光景之作，如其《抛球乐》词之"逐胜归来雨未晴，楼前风重草烟轻。谷莺语软花边过，水调声长醉里听。款举金觥劝，谁是当筵最有情"一首，便也与晏词之俊朗温润之风格有相近之处。

周锡山《王国维美学思想研究》第 149 页（中国社会科学出版社 1992 年）

王国维对秦观词的具体评价凡四则（本则和《人间词话》第二八、二九、三〇则，引文略）。借刘熙载《艺概》之语，形容秦观词的基本风格。

解 读

参见汇评中《王国维美学思想研究》的引文。

二 三

　　人知和靖《点绛唇》,[1]圣俞《苏幕遮》,①[2]永叔《少年游》三阕为咏春草绝调,[3]不知先有正中②"细雨湿流光"五字,[4]皆能摄春草之魂者也。③

汇 校

① 同第二二则注①。
② 手稿为"冯正中"。
③ "摄",手稿原作"得",后改作"写"。

注 释

[1] 和靖:林逋(967-1028),字君复,卒谥和靖先生,钱塘(今浙江杭州)人。北宋诗人。隐居西湖孤山,赏梅养鹤,终身不娶不仕,故人称"梅妻鹤子"。林逋《点绛唇》(草):

　　　　金谷年年,乱生春色谁为主。余花落处,满地和烟雨。 又是离歌,一阕长亭暮。王孙去。萋萋无数,南北东西路。

[2] 圣俞:梅尧臣。梅尧臣《苏幕遮》:参见第二二则注[1]。

[3] 吴曾《能改斋漫录》:"梅圣俞在欧阳公座,有以林逋《草》词'金谷年年,乱生青草谁为主'为美者。圣俞因别为《苏幕遮》一阕。欧公击节赏之,又自为一词云:'阑干十二独凭春,晴碧远连云。千里万里,二月三月,行色苦愁人。 谢家池上,江淹浦畔,吟魄与离魂。那堪疏雨滴黄昏,更特地、忆王孙。'盖《少年游》令也。不惟前二公所不及,虽置诸唐人温、李集中,殆与之为一矣。"

[4] 正中:冯延巳。冯延巳《南乡子》

　　　　细雨湿流光,芳草年年与恨长。烟锁凤楼无限事,茫茫。鸾镜鸳衾两断肠。 魂梦任悠扬,睡起杨花满绣床。薄幸不来门半掩,斜阳。负你残春泪几行。

汇 评

金开诚《〈人间词话〉的"境界说"》（《古典文学论丛》第 2 辑，陕西人民出版社 1981 年）

《人间词话》中曾称赞林逋的《点绛唇·草》、梅尧臣的《苏幕遮·草》、欧阳修的《少年游·草》以及冯延巳的"细雨湿流光"句，说它们"皆能摄春草之魂者也"。比较这些咏草之词，便可以发现它们是从不同角度来突出春草的各种不同的特征，以及它们与不同事物的联系，于是便产生不同的境界，表达了互有差异的感情和思绪。因此王国维所说的自然之物写之于文学及美术中"必遗其关系限制之处"，确实是一种重要的艺术提炼、概括的方法；当然，所谓"遗其关系限制之处"，并非把事物孤立起来加以描写，只不过是说为了突出事物的某一特征和某种联系，而撇开其余的属性和其余的联系而已。

佛雏《"合乎自然"与"邻于理想"试解》（《古代文艺理论研究》第 4 辑，1981 年 10 月）

所谓"魂"与"神理"，其实都指以"春草"与"荷"的某一侧面，代表各自的全体族类之一种"永恒的形式"，充分显示各自的内在"本质力量"之一种"单一的感性图画"，简言之，就是"理念"。"细雨湿流光"五字何以"能摄春草之魂"？此"五字"似从唐人"草色全经细雨湿"句（王维）演化而来。大抵春草得"细雨"而愈怒苗、愈碧润，远望千里如茵，"光"影"流"动，若与天接，值"落花"、"残春"之际，独俨然为"春色主"。"五字"画出了"春草"的无可遏抑的蓬勃生机，恣意滋蔓的自由态势，即此便是"春草"（作为一种具有强大繁殖力与蔓延力的草本植物）本身的"使自己得到客观化的那种本质力量"——理念了，即是"春草之魂"了。

佛雏《"境界"说的传统渊源及其得失》（《古典文学论丛》第 2 辑，1982 年）

王氏举例云："美成《青玉案》按，当作《苏幕遮》)词：'叶上初阳干宿雨。水面清圆，一一风荷举'，此真能得荷之神理者。"他称冯延巳的"细雨

湿流光"为"能摄春草之魂者"。这个"神理"、"魂",即是那种"代表
其物之一种之全体"的个象的美。它存于外物（如"荷"、"春草"）本身，
而往往在此物与他物的对待关系中、运动中，得到某种最充分的显现。

冯友兰《中国近代美学的奠基人——王国维》（《中国哲学史新编》第
六册第 193 页，人民出版社 1989 年）

王国维很欣赏冯延巳写春草的那一句词："细雨湿流光"，认为这是
"摄春草之魂"。春草本来是没有魂的，所谓春草之魂就是词人的意境。
这一句不但写了春草，也写了作者的感情。

刘锋杰、章池《人间词话百年解评》第 121 页（黄山书社 2002 年）

此处所列，均为词中咏春草的绝唱。词境都在清冷凄楚间。有意味
的是，词人都写了春草的无边无际，又都在日暮黄昏时节写春草，使得
伤春惜春之情，借黄昏时春草的无限铺展，似生长，又似即将睡去，所
成词境深婉幽曲。王国维认为写草时应能"摄春草之魂"，这是主张意境
的创造，应该离形得神，方能在一个更高的层面上达到形神兼备。

解 读

末句说能摄春草之魂，是很高的评价。连没有生命的春草，也能将
其灵魂抓来，放入自己的作品中，说明能描绘最精细、微妙、生动、
活泼的景象。此言在哲学上受道家和佛教的影响，道佛两家都认为花草
树木皆有生命和灵魂。

二 四

《诗·蒹葭》[1]一篇最得风人深致[2]。晏同叔之"昨夜西
风凋碧树，独上高楼，望尽天涯路"[3]意颇近之。但一洒落，
一悲壮耳。

注 释

[1]《诗·秦风·蒹葭》：

　　蒹葭苍苍，白露为霜。所谓伊人，在水一方。溯洄从之，道阻且长。溯游从之，宛在水中央。

　　蒹葭凄凄，白露未晞。所谓伊人，在水之湄。溯洄从之，道阻且跻。溯游从之，宛在水中坻。

　　蒹葭采采，白露未已。所谓伊人，在水之涘。溯洄从之，道阻且右。溯游从之，宛在水中沚。

[2] 风人深致：风人，即诗人。《诗经》有十五国风。深致：达到精微、精深的境界。

[3] 晏同叔：晏殊（991-1055），字同叔，临川（今属江西）人。景德进士，庆历年间官至集贤殿学士、同平章事兼枢密使（宰相）。谥元章。北宋人。晏殊《鹊踏枝》（一作《蝶恋花》）：

　　槛菊愁烟兰泣露，罗幕轻寒，燕子双飞去。明月不谙离恨苦，斜光到晓穿朱户。　昨夜西风凋碧树，独上高楼，望尽天涯路。欲寄彩笺兼尺素，山长水阔知何处。

汇　评

李长之《王国维文艺批评著作批判》（《文学季刊》创刊号，1934年1月）

　　同是一样的情境，然而终有分别的，即在作者个性。故："诗《蒹葭》一篇最得风人深致。晏同叔之'昨夜西风凋碧树，独上高楼，望尽天涯路'意颇近之。但一洒落，一悲壮耳。"我以为这是中国印象批评的极致，确乎是中国所特有而作了几千百年的传统了的。这种方法，是由作品中得到作者的个性，由作者的个性以了解作品，所得的遂是不分作品不分作者的一种混同的印象，复由经济的艺术的字眼而表现之。流弊当然是大的，因为容易骗人，也容易自己受骗。缘故在很容易流入不确切而模糊。没有鉴赏天才的人，也可以说出似是而非的话，争论起来，又往往都不着边际。不过，王国维却确是保持了那好处，而没染上毛病的。更如王国维批评欧阳修："永叔：'人间自是有情痴，此恨不关风与月，直须看尽洛城花，始与东风容易别'，于豪放之中有沉着之致，所以尤高。"虽然用普通的形容字，却极其中肯，极其深透。

另一种方法，是即用那人作品的话语，来代表那人作品的气象，如"'画屏金鹧鸪'，飞卿语也，其词品似之。'弦上黄莺语'，端己语也，其词品亦似之。正中词品，若欲于其词句中求之，则'和泪试严妆'，殆近之软"；又如："梦窗之词，余得取其词中一语以评之曰：'映梦窗凌乱碧。'玉田之词，余得取其中之一语以评之曰：'玉老田荒。'"好坏的印象，都可用这种方法。自然，在批评家这些地方，是把作品的真相真价合而为一了的。我说这种印象的批评，在中国很早，钟嵘的《诗品》，便已经发展得很好了，他批评陶潜："至如'欢言酌春酒，日暮天无云'，风华清靡，岂直为田家语耶！古今隐逸诗人之宗也。"那方法完全是为王国维所保存了的，任何样的学术，不能劈空而存在的，在现在还有国界的世界，一国所特有的长处，倒也应该发挥了去，以备广大的人类文化之建立之采择的。

叶嘉莹《王国维及其文学批评》第 291 页（广东人民出版社 1982 年）

诗经之《蒹葭》一篇与上述晏殊的二句词，正好同样都是具有使读者产生"高举远慕"之情的作品，这大概便是《人间词话》既称《蒹葭》一篇有"风人深致"，又称晏殊的二句词"意颇近之"的缘故了。至于何以二者间又有"一悲壮"、"一洒落"的区别，则我们也可以从《人间词话》中找到一些足资参考的说法。《人间词话》曾提出过"有我"与"无我"的二种境界，又曾说有我之境所表现的多为"悲壮"之情，无我之境则多为"优美"之情。如以上引晏殊词与《诗经·蒹葭》篇相较，便可发现晏殊所用的"凋"、"独上"、"望尽"等字，都不仅雄壮有力，且这些动词亦都隐含一种与外物对立的类似"有我之境"的意味。可是《蒹葭》一篇则所用的"苍苍"、"凄凄"、"采采"等对物的叙写，与"溯回"、"溯游"等对人的叙写，都较为平和从容，并无人与物对立的明显迹象。其所表现的只是一种缥缈恍惚的追寻而已，而且在渺茫中还颇有一种潇洒之致，这可能乃是其所以被静安先生认为"洒落"，而不同于晏殊词之"悲壮"的缘故。

陈鸿祥《"境界"探源——〈人间词话〉续考》（《江海学刊》1985 年第 5 期）

所以，泛而言之，或谓"'风人'即诗人"。然王氏在这里所称之"风人"，自应有其特定所指，那便是《诗经》"十五国风"中那些无名氏作者，如以今语名之，或可称为"民间歌手"，而有异于一般所说的"诗人"。所谓"最得风人深致"，意即最能体现"民间歌手"特色，深入"民间歌谣"堂奥的诗作。这与他推崇原始民族的艺术的观点是完全一致的，也是他文艺观中最值得重视的一个特点。

万云骏《王国维〈人间词话〉"境界说"献疑》(《文学遗产》1987 年第 4 期)

据我们看来，"隔"就是隐，就是表现象外之象，言外之意，读者一时不容易把握，因此说是"隔"。殊不知从诗词意象的审美特质来看，"隔"正所以表现它们的烟水迷离之致。"隔"如何造成？正由于形象的"间隔化"，宗白华说："唐代李商隐的诗，则可以说是一种'隔'的美。"(《美学散步》) 由于王国维的诗词鉴赏能力颇高，所以他虽在理论上否定了"隔"的美，但在实际上对具有"间隔化"的美的诗词句子，还是能欣赏的。如《诗·蒹葭》一篇，王氏说它最得风人深致。这诗所以说"最得风人之致"，主要表现在诗人追寻他日夜思念的伊人，有迷蒙的秋水为隔，因此在行动上是可望而不可即，在思想上则充分表现了他迷离惝恍之情。似乎无从望见，但又仿佛可以望见。像这样的诗就可以说是属于"隐"而不是属于"秀"。

周锡山《王国维美学思想研究》第 139 页 (中国社会科学出版社 1992 年)

他认为"《诗·蒹葭》一篇最得风人深致"。又说此篇之风格为"洒落"。此承刘熙载《艺概·诗概》"雅人有深致，风人骚人亦各有深致"之说，也是将《诗经》、屈赋皆视为最早最高典范的传统说法。

程亚林《近代诗学》第 196-197 页 (湖南人民出版社 2000 年)

在他看来，那描绘为求忽而"在水一方"，忽而"宛在水中央"的"伊人"而反复"溯洄从之"、"溯游从之"这种百折不挠精神的《蒹葭》诗体现了一种不计利害、专心致志、纵情一往的"洒落"情怀，而"独上高楼"云云，则体现了一种明知"山长水阔知何处"，达不到目的，依然"独上高楼，望尽天涯路"的"悲壮"情怀。

实际上，"悲"中已包孕了"慈"，包孕了"壮"。以"忧生忧世"

之"悲"为起点，人将获得一种以生命的价值和意义为本位的人生境界。

这，大抵就是王国维的"忧生忧世"观念和"悲慈而壮"说的内涵。

正因为有这些意识，王国维对表达了"忧生忧世"感和承担人生苦难、在人生旅途上含泪行进这种悲壮精神的作品就情有独钟。在《人间词话》中，他最为称道的词都具有这种性质。

比如，他认为李白《忆秦娥》一词中"西风残照，汉家陵阙"八个字，"关千古登临之口"，极有"气象"，就是因为它含蕴了一种"时间摧毁一切"的伤痛。说范仲淹《渔家傲·秋思》词和夏竦《喜迁莺令》"差足继武"李词就是因为前者描绘了"长烟落日孤城闭"、"将军白发征夫泪"的景象，象征着人间征战的残酷；后者极写唐末已毁的未央宫昔日的繁华景象，也包含与《忆秦娥》一词同样的伤痛。

他以"和泪试严妆"概括冯延巳的词的境界，并称冯词"堂庑特大"，就是因为"和泪试严妆"透露出了一种强颜欢笑的悲壮。

他认为李璟《浣溪沙》一词中"菡萏香销翠叶残，西风愁起绿波间"两句比"细雨梦回鸡塞远，小楼吹彻玉笙寒"两句要好，就是因为前两句表达的"众芳芜秽、美人迟暮之感"是一种具有普遍性的人类伤痛之情，后两句表达的不过是思妇个体的情感而已；也正是按这种标准，他认为李煜词高于宋徽宗《燕山亭·北行见杏花》一类词，并特别称赞李煜那些表达了人类普遍哀情的词句，如"自是人生长恨水长东"、"流水落花春去也，天上人间"等等。在他看来，李煜词"真所谓以血书者也"、"俨有释迦基督担荷人类罪恶之意"。秦观词因为"凄婉"、"凄厉"，表达了"古之伤心人"情怀，也得到了他的称赞。

总之，敢于直面人生痛苦、展示人生真相，并在直面、展示中表达了一种承担的悲壮，是他心仪的文艺作品共同的内涵。

他自己自矜的词作，如《浣溪沙·天末同云》，显示的就是人生的残酷；《蝶恋花·百尺楼头》展示的就是人生飘忽；《蝶恋花·昨夜梦中》表达的就是美好理想可望而不可即的痛苦。

希望人直面痛苦并让生命从痛苦中矗立起来，很可能是王国维对文艺功用的最大期望。

解 读

参见汇评中《王国维美学思想研究》的引文。又：

李砾讲得对，风人之致即民歌之情(《〈人间词话〉辨》第84页)。致，情致。《诗经》中的"国风"即是采自各地的民歌。王国维极其重视民歌，并给以极高评价，他对敦煌的研究，对《敦煌曲子词》的研究和评论，都体现了这种精神。

二 五

"我瞻四方，蹙蹙靡所骋。"[1]诗人之忧生也。"昨夜西风凋碧树，独上高楼，望尽天涯路。"[2]似之。"终日驰车走，不见所问津。"[3]诗人之忧世也。"百草千花寒食路，香车系在谁家树。"[4]似之。

注 释

[1]引文见《诗·小雅·节南山》第七章。

[2]晏殊《蝶恋花》句，参见第二四则注[3]。

[3]陶潜《饮酒二十首》之二十：

　　羲农去我久，举世少复真。汲汲鲁中叟，弥缝使其淳。凤鸟虽不至，礼乐暂得新。洙泗辍微响，漂流逮狂秦。诗书复何罪，一朝成灰尘。区区诸老翁，为事诚殷勤。如何绝世下，六籍无一亲。终日驰车走，不见所问津。若复不快饮，空负头上巾。但恨多谬误，君当恕醉人。

[4]冯延巳《鹊踏枝》：

　　几日行云何处去？忘却归来，不道春将暮。百草千花寒食路，香车系在谁家树？　泪眼倚楼频独语。双燕飞来，陌上相逢否？撩乱春愁如柳絮，悠悠梦里无寻处。

汇　评

林雨华《试论王国维的唯心主义美学观》《《新建设》1964 年第 3 期）

在 1908 年至 1910 年所写的《人间词话》中，他引用《诗经·小雅·节南山》第七章的诗句和陶渊明《饮酒》诗句，以为这是诗人"忧生"和"忧世"的作品。像《蒹葭》中所表现的诗人忧世之感，他称之为"洒落"；像《蝶恋花》的茫然情绪，他称之为"悲壮"，他的观点中，"忧生"、"忧世"已经紧紧地同社会斗争结合着。他对于"忧生"和"忧世"的观点的说明，显示了比以前的"解脱"观点，富有更多的社会斗争的成分。

王运熙、顾易生《中国文学批评史》下册第 553 页（上海古籍出版社 1985 年）

王国维在《红楼梦评论》中曾大量推衍叔本华美学理论，《人间词话》此处也承其余绪，但也表现出不同的倾向，虽崇扬了"无我之境"，而所击节叹赏的又颇多属于"有我之境"而"关系"到"生活之欲"的作品。前述冯延巳、秦观的词句外，又如：

"我瞻四方，蹙蹙靡所聘。"诗人之忧生也。"昨夜西风凋碧树。独上高楼，望尽天涯路"似之。"终日驰车走，不见所问津。"诗人之忧世也。"百草千花寒食路，香车系在谁家树"似之。

永叔："人间自是有情痴，此恨不关风与月。""直须看尽洛城花，始与东风容易别。"于豪放之中有沉着之致，所以尤高。

古诗云："谁能思不歌？谁能饥不食？"诗词者，物之不得其平而鸣者也。

这些诗词中表现的忧世悯生的精神，积极追求和执着的留恋，饥者歌其食的不平之鸣，都与所谓"全离意志关系"是背道而驰了。

周锡山《王国维美学思想研究》第 170-171 页（中国社会科学出版社 1992 年）

王国维对诗歌的内容，包括思想内容、社会内容，尤其是人生内容，是极端重视的。他在《红楼梦评论》中一再强调："美术（艺术）之务，在描写人生之苦痛与其解脱之道。""而美术中以诗歌、戏曲、小说为其顶点，以其目的在描写人生故。"在《屈子文学之精神》中申述："诗之为道，既以描写人生为事，而人生者，非孤立之生活，而在家族、国家及社会中之生活也。""诗歌者，描写人生者也。（用德国大诗人希尔列尔[今译席勒]之定义。）此定义未免太狭，今更广之曰'描写自然及人生'。"在《奏定经学科大学文学科大学章程书后》中指出："特如文学中之诗歌一门，尤与哲学有同一之性质。其所欲解释者，皆宇宙人生上根本之问题。"又于《叔本华之哲学及其教育学说》中宣布："诗歌之所写者，人生之实念，故吾人于诗歌中，可得人生完全之知识。"甚至："吾人欲知人生之为何物，则读诗歌贤于历史远矣。"（《叔本华之哲学及其教育学说》，拙编《王国维文学美学论著集》第89页）他将诗歌所描写、反映的范围不仅划入国家、社会和人生，甚至圈入宇宙，广阔无垠，而其间特别重视的是人生。

他对人生的基本看法是充满着痛苦，故而满怀忧虑，对"诗人之忧生也"、"诗人之忧世也"的诗作特别推崇。

刘锋杰、章池《人间词话百年解评》第128页（黄山书社2002年）

此则词话对词的表现内容加以区分，分忧生之作与忧世之作。忧生是对生命的忧患，抒写个体对生命的理想、焦虑、追求、失望。所表现的主题比较抽象，比较具有哲理性，它会追问人是什么，人从何处来，人到何处去。忧生往往表现个体面对宇宙所产生的感慨，一种无法挥除的孤独感贯注其间，它的情调总是悲怆的。忧世是对人世的忧患，以抒写人情世态、展示人世百相为底本，揭示人世的困厄、艰难、凋敝。它所面对的大多是人世的痛苦，并展示这种痛苦，揭示个人与社会的对立、冲突，主题具有社会性，具有充分的爱心。王国维未在二者间作高下优劣的划分，但其个人的词作及喜爱应是忧生之作。这符合王国维也是一位哲人的身份与心性特点。

在文学史上，"生年不满百，常怀千岁忧"，是忧生之作；陈子昂的"前不见古人，后不见来者，念天地之悠悠，独怆然而涕下"，也是忧生之作。屈原的《离骚》，杜甫的"三吏三别"，则是忧世之作。但二者都同是诗人忧患意识的产物。但忧生之作的情感不可排解，难免是悲观的，孤独的；忧世之作的情感是广大的，热烈的，渴望解决世事的艰难，即使诗人明白这是难以实现的目标，还是踽踽独行，执着不减。但对大诗人而言，忧生也是忧世，忧世也是忧生，前者强化了诗的普世性，后者强化了诗的超越性，如此，则诗境雄大而高古，有它的现实的忧患，也有它的永恒的忧患。

解 读

参见汇评中《王国维美学思想研究》的引文。又：

忧生忧世的作家就是爱国忧民、善良高尚、有时代责任感的作家。任何时代，最杰出的作品也都是此类作品。但有时在作品中表现得很隐蔽。

二 六

古今之成大事业、大学问者，必经过三种之境界。① "昨夜西风凋碧树，独上高楼，望尽天涯路。"[1] 此第一境也。② "衣带渐宽终不悔，为伊消得人憔悴。"[2]③此第二境也。"众里寻他千百度，回头蓦见（当作"蓦然回首"），那人正（当作"却"）在灯火阑珊处。"[3]④此第三境也。此等语皆非大词人不能道。然遽以此意解释诸词，恐晏、欧诸公所不许也。⑤

汇 校

① "必"，手稿作"罔不"。《二牖轩随录·人间词话选》首句改为："成就一切事，罔不历三种境界。"
② "第"，朴社本作"弟"。"境"，手稿作"境界"。下同。
③ 引语后手稿尚注有"欧阳永叔"四字。
④ 引语后手稿尚注有"辛幼安"三字。
⑤ "恐"字后，手稿尚有"为"字。

注　释

[1] 晏殊《蝶恋花》句，参见第二四则注[3]。

[2] 柳永《蝶恋花》：

> 独倚危楼风细细，望极春愁，黯黯生天际。草色烟光残照里，无人会得（一作"无言谁会"）凭阑意。　拟把（一作"也拟"）疏狂图一醉，对酒当歌，强乐还无味。衣带渐宽终不悔，为伊消得人憔悴。

[3] 辛弃疾《青玉案》(元夕)：

> 东风夜放花千树，更吹落，星如雨。宝马雕车香满路。凤箫声动，玉壶光转，一夜鱼龙舞。　蛾儿雪柳黄金缕，笑语盈盈暗香去。众里寻他千百度，蓦然回首，那人却在，灯火阑珊处。

汇　评

李广田《谈文艺欣赏》(《李广田散文》第2集，中国广播电视出版社1994年)

照他的意思，第一首是说眼光远大，立定目标；第二首是说锲而不舍，虽败不馁；第三者是说"踏破芒鞋无觅处，得来全不费工夫"，是成功的愉快。这当然不是词人的原意，所以王国维接着说，"此等语皆非大词人不能道。然遽以此语解诸词，恐晏欧诸公所不许也。"晏欧诸公所不许是一事，而自己凭了欣赏而有所创造，这实在是一种最高的享受，一种很大的愉快。

佛雏《评王国维的"三境"说》(《扬州师院学报》1979年第2期)

就文艺言，"三境"说讲的是艺术家修养与创作的阶段性与艰苦性，它涉及形象思维中的质的飞跃问题。它借用三种诗"境"，形象地表述了一切艺术意境从最初酝酿、中经反复艰苦的艺术实践，以致最后飞跃地圆满达成这一创作过程。

"三境"说的特点在于：把顿悟（在艺术上古人称为"妙悟"，指艺术思维中的质变，由此而构成艺术美）与渐修（指辛勤的艺术修养）二者辩证地统一起来，而这种顿悟或妙悟本身总跟某种玄学体系不能完全分开。

佛雏《"境界"说的传统渊源及其得失》（《古典文学论丛》第 2 辑，1982 年）

王氏的"三境"说讲了诗境（不限于诗境）构造中的"顿渐"问题。"昨夜西风"的第一境，"衣带渐宽"的第二境，写"渐"的艰辛过程，逐境深入，俨有"美的理想"所在，不惜以身殉之之慨。"众里寻他千百度，蓦然回首，那人却在，灯火阑珊处"的第三境，写"顿"，于山穷水尽、千呼万唤中，作为"美的理想"化身的"那人"终于宛然在目了。"渐"包括对"美的理想"的无比执着，以及异常艰辛的"千百度"的生活实践与艺术实践。"顿"或飞跃，是量的辛勤积累的必然结果，是通由实践而从必然走向自由的正当历程。从生活美到艺术美，作为从旧到新的一种运动过程，不经过质的飞跃，是不可能实现的。"顿"则苦尽甘来，"神来著形"（白居易语）。它意味着艺术思维处于高度紧张凝聚状态的一刹闪光，它标志着诗境及其"美的理想"的最后圆满的达成。

冯友兰《中国近代美学的奠基人——王国维》（《中国哲学史新编》第六册第 193 页，人民出版社 1989 年）

王国维在这里先说是"三种境界"，后来又说是"三境"。如果把境界了解为意境，那就只能称为三境。因为所说的三阶段是客观上本来有的，其中并没有意，所以不能称为意境。不过，王国维把这三阶段和词人的那几句词联系起来，那就是对于三阶段有理解，有感情，王国维的那一段话就成为有意境了。但是，这不是原来的词人的意境，而是王国维的意境。意境和境是不同的，二者不是同义语。了解这个不同，对于了解什么是意境大有帮助。

王苏《王国维"境界说"的禅宗意蕴》（《中州学刊》1990 年第 3 期）

我们再来看《坐禅三昧经》所载"四禅"（或称"四禅定"），初禅阶段，参禅者能排除烦恼、欲望的干扰，得到一种从烦暴的现实中脱身而出的喜悦；在二禅阶段，这种喜悦逐渐转化，成为身心的一种自然属性，达到"戒"（或言达无欲界），王国维的第一境"昨夜西风凋碧树，独上高楼，望尽天涯路"与之很相像。"西风"、"凋碧树"这种烦暴的现实，使人有无尽的烦恼从而产生欲望，只有"独上高楼"才能排除干扰，从现实中解脱出来。而"望尽天涯路"则是从现实中解脱后的心理暂时平衡，是作为解脱自然属性的转化和固定。在三禅阶段，这种还带有事物色彩的喜悦消失了，只留下内在的、纯净的、自然的乐趣。表现为王国维的第二境"衣带渐宽终不悔，为伊消得人憔悴"，从"凋碧树"的自然现实，转化为人自身变化"衣带渐宽"、"人憔悴"，从而"独上高楼，望尽天涯路"带有事物色彩的喜悦消失，到"人定"（或言五色界）。在平静、纯净、自然的乐趣中寻求寄托，但这不仅是一种寄托，而是更高的乐趣。到了四禅阶段，这种乐趣也归于无有，遂达到了无欲、无念、无喜、无忧的境界，得到了澄澈透明的智慧。静安先生的第三境正表达了得到"慧"（或言无欲五色界），获得智慧的"顿悟"。"众里寻他千百度"表达了"慧"的艰辛，"回头蓦见，那人正在灯火阑珊处"无疑是智慧的"顿悟"。

周锡山《王国维美学思想研究》第 270、271、315–317 页（中国社会科学出版社 1992 年）

王国维根据自己自学、研究和创造经历的体会，将高级层次发展到创造层次的过程，概括成为三个境界说，即本书第五章所引"昨夜西风凋碧树，独上高楼，望尽天涯路"。"衣带渐宽终不悔，为伊消得人憔悴。""众里寻他千百度，蓦然回首，那人却在，灯火阑珊处。"这三个境界借用宋代晏殊《蝶恋花》、柳永《蝶恋花》和辛弃疾《青玉案》三首名词中的妙句。这三首都是爱情词，写得缠绵悱恻，感情极其真挚深沉。王国维认为读书、研究也应像爱情那样真挚，热烈、深沉，那样一往情深，付出自己的全副身心。所以他借用这些宋词的名句，强调一个人读书、研究必须高瞻远瞩，不畏艰难劳苦，具有坚忍意志、牺牲精神和献身精神，最后终于有可能在有意、无意中得到重大收获。

……

他说："晏同叔之'昨夜西风凋碧树，独上高楼，望尽天涯路'"意颇近《诗·蒹葭》，但词意"悲壮"。对晏殊此词的看法独特而恰切。试想，在金风肃杀万木萧条之时，落英缤纷，黄叶飞舞，那怀念远方情人的纤纤女子，独上百尺高楼，眺望着无穷无尽的天涯之路，其一往情深，义无反顾之情意，在绵绵不断的情思之中的确带有悲壮的情怀。静安正是从"悲壮"处着眼，借用此语形容成大事业大学问者刚走上创造之路时既背水求战又未卜胜负存亡的悲壮情调。这令人想起马克思说科学的入口处犹如面对地狱之门的著名比喻，这样破釜沉舟的决心，也充满着悲壮之情。

……

对艺术家、美学家和一切学问家、有成就者本身的成长道路，尼采曾作过很有意义的观察。尼采认为"通向智慧"之路有三个必经的阶段。第一阶段是"合群时期"，崇敬、顺从、仿效随便哪个比自己强的人。第二阶段是"沙漠时期"，束缚最牢固的时候，崇敬之心破碎了，自由的精神茁壮生长，一无牵挂，重估一切价值。第三阶段是"创造时期"，在否定的基础上重新进行肯定，然而这肯定不是出于我之上的某个权威，而仅仅是出于我自己，我就是命运，我手中抓着人类的阄。(《尼采全集》第13卷，第39-40页。转引自周国平《尼采：在世纪的转折点上》，上海人民出版社1986年第一版，第5页)

由于尼采看不起普通人，所以他以上所观察到的是"超人"和天才们的"通向智慧"之路。尽管是"超人"和天才，他们在第一阶段也必须"崇敬、顺从、仿效随便哪个比自己强的人"，这是虚心学习的阶段。这三个阶段是肯定、否定、再肯定，也即顺从、怀疑、创造的三阶段，比较正确全面地概括了一切人才的成才道路。

王国维提出的治学"三种之阶级"与尼采同中有异。相同的是，观察研究的对象是"古今之成大事业、大学问者"，也是天才，因为本书前已论及王国维认为只有天才才能成大事业和大学问；王国维也认为这些天才必经"三种之阶级"或"三种之境界"，也是三个阶段。不同的是，王国维比尼采的出发点站得更高，他的第一阶段即："昨夜西风凋碧树，独上高楼，望尽天涯路"。此时，前人的成就犹如已凋之碧树，时代赋予我们重任，希望我们在以后的岁月中新树开花，做出新的贡献；"独上高楼"，写出有志者既站在前人成就（高楼）的基础上，又要作出独特创造，在独立前进时必临的孤独、慎独的精神境界。"望尽天涯路"充分描绘了有志者遥望前程感到任重而道远，但能否成功又实难保证的苍凉的感觉和悲壮之豪情相交织的复杂感情。第二阶段，"衣带渐宽终不悔，为伊消得人憔悴"，写出摸索、探索之艰巨、艰苦和百折不回之精神。第三阶段写出成功，和成功的必然之中的偶然性。"众里寻他千百度，蓦然回首，那人却在，灯火阑珊处。"末句写出独到的发现和创造，常在出人意表之处，形象地写出成功的艰巨、不易和偶然的色彩。内中隐寓着更多的豪情壮志满怀，历经千辛万苦，走过了第一和第二阶段，结果在进入第三阶段的过程中，或走上弯路与岔道，或众里寻他千百度时缺了最后几度甚至最末一度而功差一篑（由于意志不足停步或客观原因未能继续甚至因突然去世而"出师未捷身先死，长使英雄泪满襟"，等等），或虽寻足千百度，"那人"仍并未出现。这种种的失败者也是人类文明史上的勇者，而在大事业与大学问的领域中，失败者大大超成功者。在刚上征途之时，无人能有必胜之把握。王国维的三阶段隐寓着成功者的负面。王国维此说比尼采更形象，含义更丰富。

王国维可能不露痕迹地套用、借用了尼采的三个阶段说并加以创造性的提高，也更可能由于当时客观条件的限制并未读到尼采此说而进行的独立创造。不管如何，尼、王的治学、创作三个阶段说有异曲同工之妙，也有各呈千秋之意义。

程亚林《近代诗学》第195-196页（湖南人民出版社2000年）

第一种境界，就是"悲"的境界，就是深感人生处困境之中，不知何去何从甚至无路可走的境界，望尽天涯，但见东西南北四处是路，但哪一条是正路？哪一条可通向目的地？却莫知所从，只感到迷茫惆怅。第二种境界，则是周密思考、仔细斟酌之后，择一而从，并全神贯注、奋力拼搏、为之"憔悴"、为之历尽艰辛的境界。当然，这种选择，如前所说，已包含正义之德、博爱之怀，只能是有益于全人类的事业，而不可能是为一己之私利、满足个体欲望的事业。在这种选择中，渗透了承担人类苦难而又为解除人类苦难尽绵薄之力的悲壮精神。第三种境界，是一种成功的境界，但也是一种可能性境界。蓦然回首，象征目的的对象可能在"灯火阑珊"之处，但也可能不在，更可能蓦然之间并未回首，而与成功失之交臂，并因此承受失败的惨痛。因而，能否达到目的，能否成功，具有一定偶然性，重要的是痛苦过，为有益于人类的事业奋斗过，提高了生命的质量。

也许正因为如此，王国维认为第一种境界中就已包含了"独上高楼"、四处探寻的"悲壮"。

金德万《研究生课程讲义》（二十二）（"湖北天空网"，湖北省社会科学院主办）

至（按：原作笔误，应作"自"）来说读书、做学问，莫过于王国维在《人间词语》中的那段话：（引文略）。

王国维这一段话，解释的人真不少。理解得透彻，说得深入的，我举两例说明。一是李广田先生，他这样解释：（引文见本节汇评第一则）。

另有周锡山先生说，我撮述如下：（引文同汇评所引的周锡山《王国维美学思想研究》中全部文字）。

上述对三境界说的解释精粹而深沉，颇得王国维原意。

我还另有一种说。我以为三境界乃知之、好之、乐之。第一境界，西风扫清落叶，登高远望，一览众山小，理解无所阻隔，无所障碍，界限分明，是为知之。第二境界，废寝忘食，流连忘返，即使日渐消瘦，沉迷而无怨言，自是所谓"好之"。第三境界，道出了"山穷水尽疑无路，柳暗花明又一村"的乐趣。孔子说："知之者不如好之者，好之者不如乐之者"（《论语·雍也》）。实在说出了读书做学问之三境界的关系。是读书有至乐也。

季羡林《王国维三境界说要补天资与机遇》（《季羡林先生语录》，《光明日报》2009年7月19日）

王静安在《人间词话》中说：（引文略）。静安先生第一境写的是预期。第二境写的是勤奋。第三境写的是成功。其中没有写天资和机遇。我不敢说，这是他的疏漏，因为写的角度不同。但是，我认为，补上天资与机遇，似为更全面。我希望，大家都能拿出"衣带渐宽终不悔"的精神来从事做学问或干事业，这是成功的必由之路。

解 读

金德万先生说得对，的确，综合李广田、拙著和金德万先生的三种解读，王国维三种境界说的深远含义已经表述得很全面了。

二 七

永叔"人间（当作"生"）自是有情痴，此恨不关风与月"。"直须看尽洛城花，始与（当作"共"）东（当作"春"）风容易别。"[1]于豪放之中有沈著[2]之致，所以尤高。

注 释

[1]永叔：欧阳修。欧阳修《玉楼春》：

尊前拟把归期说，未语春容先惨咽。人生自是有情痴，此恨不关风与月。 离歌且莫翻新阕，一曲能教肠寸结。直须看尽洛城花，始共春风容易别。

[2]沈著："沈"通"沉"，沉着。

汇 评

叶嘉莹《王国维及其文学批评》第291–292页（广东人民出版社 1982 年）

如果从这几句话的声情口吻来看，我们就会发现其所用的"自是"、"直须"等语，虽口吻上颇为豪放，然而却实在隐含有一种极为深挚固执的感情在内，与一般狂放之词之只有虚伪夸张而全无深挚之情者有所不同，所以欧阳修这几句词中所表现的感情，很可能乃是使其被认为于豪放中有沉着之致的主要缘故。

叶嘉莹《论欧阳修词》（1982 年）（《唐宋词名家论稿》，河北教育出版社 1997 年）

这对欧词而言，实在是极能掌握其特色的一段评语，欧词之所以能具有既豪放又沉着之风格的缘故，就正因为欧词在其表面看来虽有着极为飞扬的遣玩之兴，但在内中却实在又隐含有对苦难无常之极为沉重的悲慨。赏玩之意兴使其词有豪放之气，而悲慨之感情则使其词有沉着之致。这两种相反而又相成之力量，不仅是形成欧词之特殊风格的一项重要原因，而且也是支持他在人生之途中，虽历经挫折贬斥，而仍能自我排遣慰藉的一种精神力量。这正是欧阳修的一些咏风月的小词，所以能别具深厚感人之力的主要缘故。

叶嘉莹《论欧阳修〈玉楼春〉词一首》（《迦陵论词丛稿》，河北教育出版社 1997 年）

欧阳修这一首《玉楼春》词，明明蕴含有很深重的离别的哀伤与春归的惆怅，然而他却偏偏在结尾写出了"直须看尽洛城花，始共春风容易别"的豪宕的句子。在这二句中，不仅他要把"洛城花"完全"看尽"，表现了一种遣玩之意兴，而且他所用的"直须"和"始共"等口吻也极为豪宕有力。然而"洛城花"却毕竟有"尽"，"春风"也毕竟要"别"，因此在豪宕之中又实在隐含了沉重的悲慨。所以王国维在《人间词话》中论及欧词此数句时，乃谓其"于豪放之中有沉着之致，所以尤高"。其实"豪放中有沉着之致"不仅道中了《玉楼春》这一首词这几句的好处，而且也恰好正说明了欧词风格中的一点主要的特色，那就是欧阳修在其赏爱之深情与沉重之悲慨两种情绪相摩荡之中，所产生出来的要想以遣玩之意兴挣脱沉痛之悲慨的一种既豪宕又沉着的力量。

周锡山《王国维美学思想研究》第 271-272 页（中国社会科学出版社 1992 年）

王国维对欧阳修词的独到的鉴赏眼光，极见功力。他说："余谓冯正中《玉楼春》词：'芳菲次第长相续，自是情多无处足。尊前百计得春归。莫为伤春眉黛促。'永叔一生似专学此种。"指出欧之诗、词、文十分多情（"自是情多无处足"），但并不沉溺于"伤春"。这是因为欧之成就在于：

> 永叔"人间（生）自是有情痴，此恨不关风与月"。"直须看尽洛城花，始与（共）东（春）风容易别。"于豪放之中有沉著之致。所以尤高。

以上《玉楼春》词中之四句，后两句，看尽洛城花，气派豪迈，与春风决然相别，语意豪爽，的确描绘出一种豪放的性格。但前面"人生自是有情痴，此恨不关风与月"两语，前语之情感深沉执着，后语之胸襟宽广豪宕，因此静安赞美其"于豪放之中有沈著之致"。欧词以婉约见长，已为公论，可是静安看出欧词在婉约之中竟有豪放，而且其豪放之中绝无粗浅之弊而有沈著之致，真是独具只眼，见解精湛，令人感佩。

解　读

参见汇评中《王国维美学思想研究》的引文。又：

王国维只评欧词，我们必须对欧阳修全人作一个全面了解，才能真正理解王国维的论点和欧词、欧阳修。欧阳修是宋代杰出的政治家、史学家，古文运动的主将和文坛领袖，是中国文学史上古文创作成就最高的作家之一，被明人列入"唐宋八大家"之一，《醉翁亭记》《丰乐亭记》、《秋声赋》、《朋党论》、《五代史伶官传序》等都是千古名作。其诗也是宋代和中国文学史上的一流著作。

二　八

冯梦华[1]《宋六十一家词选·序例》①谓："淮海[2]，小山[3]，古之伤心人也，②其淡语皆有味，浅语皆有致。"[4]余谓此唯淮海足以当之。小山矜贵有余，但可方驾子野[5]、方回[6]未足抗衡淮海也。③

汇　校

① 手稿与通行本皆缺"例"字。

② "古"字前手稿有"真"字。

③ "小山矜贵有余"后，手稿作："但稍胜方回耳。（手稿此处删去"古今词中天才，少游一人而已。"）古人以秦七、黄九或小晏、秦郎并称，不

图老子乃与韩非同传。"

注 释

[1] 冯梦华：冯煦（1843-1927），字梦华，号蒿庵，江苏金坛人。光绪进士，官至安徽巡抚。近代词人、词论家。

[2] 淮海：秦观。

[3] 小山：晏几道（约1030-约1106），字叔原，号小山，临川（今属江西）人。晏殊第七子。北宋词人。

[4] 冯煦《蒿庵论词》云："淮海、小山，真古之伤心人也。其淡语皆有味，浅语皆有致，求之两宋词人，实罕其匹。"

[5] 子野：张先（990-1078），字子野，乌程（今浙江湖州）人。北宋词人。历官都官郎中，晚年退居乡间。

[6] 方回：贺铸（1052-1125），字方回，卫州（今河南汲县）人。北宋词人。曾任泗州、太平州通判，晚年退居苏州。

汇 评

叶嘉莹《论秦观词》（1984年）（《宋词名家论稿》，河北教育出版社1997年）

他们二人所见之不同，我以为主要是由于冯氏乃但就其外表之情事与文辞言之，而王氏则是就其内在之意蕴言之的缘故。盖以就外表之情事与文辞言，则晏几道所写的"梦后楼台高锁"（《临江仙》）与"醉别西楼醒不记"（《蝶恋花》）之类的词，其所表现的寂寞孤独与相思离别之情，固亦有"伤心"之意；而其所使用的清丽婉转之言辞，固亦可称之为"淡语有味，浅语有致"。是则冯氏之言，固亦不为无见。只不过若就深一层之意蕴言之，则小山所写之伤心，原来只不过是对往昔歌舞爱情之欢乐生活的一种追忆而已，而秦观所写的"飞红万点愁如海"（《千秋岁》）和"为谁流下潇湘去"（《踏莎行》）一类的词，则其所表现的便不仅是对往昔欢乐的追怀，而已是对整个人生之绝望的悲慨和对整个宇宙之无理的究诘。如此的"伤心"，才真正是心魂摧抑的哀伤。至于其在早期词作中以情景相生所叙写的细致的感受，和在后期词作中以幻景提示的象喻的情意，其"淡语有味，浅语有致"，也才是更深一层的意味和姿致。这正是王国维之所以认为冯氏之评语"唯淮海足以当之"，而刘熙载之《艺概》也曾说"少游词有小晏之妍，而幽趣则过之"的缘故。

周锡山《王国维美学思想研究》第172页（中国社会科学出版社1992年）

面对痛苦的现实，他同意冯煦（梦华）之说，赞赏诗词作者成为"古之伤心人也"（唯淮海足以当之），即所谓"伤心人别有怀抱"。甚至认为作品"沉痛"的作者乃"天以百凶成就一词人"。他在给一些词人作以上具体评价时，有时并不确切，但其提出的这些带原则性的美学观点是正确的，乃或有指导性的意义。

吴洋《人间词话手稿本全编》第71页（内蒙古人民出版社2003年）

晏几道的词语浅意深，词致缠绵，意境幽婉，虽有题材狭小之嫌，亦属个性使然。后世知音者独赏其"伤心人"本色，始知白玉微瑕，未足成讼也。

解 读

参见汇评中《王国维美学思想研究》的引文。

二 九

　　少游词境，最为凄婉，至"可堪孤馆闭春寒，杜鹃声里斜阳暮"[1]，则变而凄厉①矣。东坡赏其后二语，[2]犹为皮相。

汇 校

① 四字手稿原作"凄而厉"。

注 释

[1] 少游：秦观。此为《踏莎行》句，参见第三则注[2]。

[2] 东坡:苏轼(1037-1101),字子瞻,号东坡居士,北宋大文学家。胡仔《苕
溪渔隐丛话》引惠洪《冷斋夜话》:"少游到郴州,作长短句(按:即《踏
莎行》,引文略)。东坡绝爱其尾两句(按:即"郴江幸自绕郴山,为谁流
下潇湘去"),自书于扇曰:'少游已矣,虽万人何赎。'"

汇 评

朱光潜《诗的隐与显》(《关于王静安先生的〈人间词话〉的几点意见》,《人
间世》第1期,1934年4月)

专就这一首词说,王的趣味似高于苏,但是他的理由却不十分充足。
"可堪孤馆闭春寒"二句胜于"郴江幸自绕郴山"二句。不仅因为它"凄
厉",而尤在它能以情御才而才不露。"郴江"二句虽亦具深情,究不免
有露才之玷。"前日风雪中,故人往此去","平畴交远风,良苗亦怀新",
"但屈指西风几时来,又不道流年暗中偷换",都是不露才之语。"树摇幽
鸟梦","桃花乱落如红雨","大江东去,浪淘尽千古风流人物",都是露
才之语。这种分别虽甚微而却极重要。以诗而论,李白不如杜甫,杜甫
不如陶潜;以词而论,辛弃疾不如苏轼,苏轼不如李后主,分别全在露
才的等差。中国诗愈到近代,味愈薄,趣愈偏,亦正由于情愈浅,才愈
露。诗的极境在兼有平易和精练之胜。陶潜的诗表面虽然平易而骨子里
却极精练,所以最为上乘。白居易止于平易,李长吉姜白石都止于精练,
都不免较逊一筹。

唐圭璋《评〈人间词话〉》(《斯文》卷一,第21-22合期,1941年8月)

东坡赏少游之"郴江幸自绕郴山,为谁流下潇湘去"两句,亦以
其情韵绵邈,令人低回不尽。而王氏讥为皮相,可知王氏过执境界之说,
遂并情韵而忽视之矣。"可堪孤馆闭春寒,杜鹃声里斜阳暮"二句固好,
但东坡所赏者,亦岂皮相?东坡既赏耆卿所写之"霜风凄紧,关河冷
落,残照当楼"境界,以为唐人高处,不过如此。而又赏少游郴江二
句,可知东坡以境界情韵并重,不主一偏也。且前人所谓缠绵悱恻,
在合于温柔敦厚之旨者,皆就情韵言之;苟忽视情韵,其何以能令人
百读不厌?

陈咏《略谈"境界"说》（《光明日报》1957 年 12 月 7 日）

"境界"这一概念，不单有形象与感情的内容，而且也有"气氛"这一意义。

王国维说："少游词境，最为凄婉。至'可堪孤馆闭春寒，杜鹃声里斜阳暮'，则变而凄厉矣。"

这里"词境"即词的境界。凄婉、凄厉不是指形象的具体鲜明性，也不是指景物描述中所流露的作者的感情，而是指形象所产生的一种艺术气氛。

刘逸生《宋词小札》第 155 页（广东人民出版社 1981 年）

按，少游"郴江"两句含意极为深刻。郴江本来是绕着郴山转的，为什么它又流到潇湘那边去了？这是一个打比。比喻自己原是一员小京官，在京都安分守己地干下去就行了，为什么偏要卷进政治旋涡里去，落得这种可怜的下场呢？苏轼是领会这个意思的，所以有意把这两句写在自己的扇子上。（见《冷斋夜话》）还说："少游已矣！虽万人何赎。"他自己不是也慨叹过"我被聪明误一生"吗？他应当也痛感到"为谁流下潇湘去"的失策。所以王国维认为苏轼欣赏此二语为"皮相"（即肤浅），那还是未真正领会秦少游心中的惨痛的。

叶嘉莹《王国维及其文学批评》第 292 页、第 292-293 页（广东人民出版社 1982 年）

《词话》第二十九则所引少游词之"可堪孤馆闭春寒，杜鹃声里斜阳暮"数句，其所以被认为"凄厉"，及其所以与少游词通常所表现的"凄婉"不同，则可能是因为"孤馆"、"春寒"、"杜鹃"诸意象，原来便都已表现得极为悲苦凄凉，而少游却更于"孤馆"与"春寒"之间加一"闭"字，又于"斜阳"下加一"暮"字，遂使原有的凄苦之感更为强厉，几全无苏解喘息之余地。这与少游一般词作于凄凉中仍具含蓄温婉之致的风格，自是有所不同，这大概便是这两句词被称为"凄厉"的主要原因了。

如其以晏殊之二句词与《诗经·蒹葭》一篇相比较，而特别指出一"悲壮"一"洒落"；又提出欧阳修词之"于豪放中有沉着之致"，以别于一般豪放之词；又注意到秦少游"孤馆"一句词之"凄厉"与其一般作风之"凄婉"者不同。像这种精微的分辨，固正如俞平伯评《人间词话》之所云："几全是深辨甘苦，惬心贵当之言，固非胸罗万卷者不能道"，然而却也正因这种辨别过于精微，且这种用一二形容词来做说明的方式又过于简单抽象，因此这种批评方式虽有其独到洞彻之处，却可惜除了能唤起修养感受与评者相近之人的一种共鸣的欣喜以外，对于一般读者而言，则实在常不免有模糊含混莫测高深之感。

叶嘉莹《论秦观词》（1984 年）（《唐宋词名家论稿》，河北教育出版社1997 年）

王国维在其《人间词话》中，虽然也曾赞美秦观这一首《踏莎行》词，谓其"词境""凄厉"，但王氏所称美者，只是前半阕结尾的"可堪孤馆闭春寒，杜鹃声里斜阳暮"两句，而却认为苏轼之欣赏此后半阕结尾的这两句词是"犹为皮相"。其原因我以为就正由于在这首词中，实在只有"可堪孤馆闭春寒"两句，是从现实之景物，正面叙写其贬谪之情境，而其他诸句，则多为象喻或用典之语，这与王氏平时所主张的"以自然之眼观物，以自然之舌言情"的欣赏标准，当然不甚相合。何况此词末二句，又写得如此隐曲而无理，因之王氏对于苏轼之欣赏此两句词的心情，乃不能完全理解，所以乃谓之为"皮相"。而苏轼之欣赏此两句词，则很可能是因为苏轼也是一个亲自经历了远贬迁谪的人，所以尽管此二句词写得隐曲而且无理，苏轼读之却自然引起了一种直觉的感动。

周锡山《王国维美学思想研究》第 193 页（中国社会科学出版社 1992 年）

词"境"凄婉、凄厉之"境"，一般研究者释为"风格"，也可说是艺术特色。这也已越出"境"在境界说中的意义而进入了广义。王国维将秦观词列入凄婉、凄厉的风格范围，范围即疆域这个原义的同义词。王国维这里的"境"字亦显系使用此字的原义而走向广义。当然，这样的用法，其中隐藏着"列入"或者说划入某种风格的"范围"这么一个转折，找到其原意便多了一层周折。

黄维樑《中国古典文论新探》第 100 页（北京大学出版社 1996 年）

由此看来，情景也好，情境也好，意境也好，境界也好，名虽有别，其实则一。文学作品的元素，大别之既为此二者，此二者合起来，乃等于作品的全部内涵。批评者说某一作品如何如何，等于说它所给人的整体印象如何如何。《人间词话》说"少游词境最凄婉"，等于说秦观的词，整体上予人凄婉的感觉。又说：马致远的"枯藤老树昏鸦，小桥流水人家，古道西风瘦马，夕阳西下，断肠人在天涯""深得唐人绝句妙境"，其实即谓读马致远这首小令，与读唐人绝句所得的印象相同，可以一"妙"字概括之。《人间词话》的境字或境界二字，其用法与其他诗话词话的，完全一样，道理在此。而这种批评法，正是印象式批评（impressionistic criticism）的批评法。印象式批评之为印象式批评，端在于批评者但求从作品取得一个笼统的印象，而不作精细的分析。意境等语，甚至其他常见的意象、气象等等，正是这种笼统的批评方式下的产物。

解 读

参见汇评中《王国维美学思想研究》的引文。又：

皮相，这里指苏轼的评论只是浮面的见解，并没有抓住原作的实质。

三 〇

"风雨如晦，鸡鸣不已。"[1]"山峻高以蔽日兮，下幽晦以多雨。霰雪纷其无垠兮，云霏霏而承宇。"[2]"树树皆秋色，山山尽（当作"唯"）落晖。"[3]"可堪孤馆闭春寒，杜鹃声里斜阳暮。"[4]气象皆相似。

注 释

[1]《诗经·郑风·风雨》：

> 风雨凄凄，鸡鸣喈喈。既见君子，云胡不夷？
>
> 风雨潇潇，鸡鸣胶胶。既见君子，云胡不瘳？
>
> 风雨如晦，鸡鸣不已。既见君子，云胡不喜？

［2］屈原《楚辞·九章·涉江》中句。

［3］王绩《野望》：

> 东皋薄暮望，徙倚欲何依？树树皆秋色，山山唯落晖。牧人驱犊返，猎马带禽归。相顾无相识，长歌怀采薇。

［4］秦观《踏莎行》句，参见第三则注［2］。

汇 评

陈咏《略谈"境界"说》（《光明日报》1957 年 12 月 12 日）

所谓"气象皆相似"实即指词中的景色造型固然各有不同，但它们所渲染出来的艺术气氛却都是凄厉哀惨的。

叶嘉莹《王国维及其文学批评》第 284－285 页（广东人民出版社 1982 年）

"风雨如晦，鸡鸣不已"与"可堪孤馆闭春寒，杜鹃声里斜阳暮"诸句之所以被称为"气象皆相似"，便正是因为这些句子中所表现的精神的压抑困苦和意象的凄凉晦暗，都极为相似的缘故。而东坡词及白石词与渊明诗及薛收赋的"气象"之所以相近，被称为"略得一二"，便也正是因为东坡词中所表现的精神与意象之开朗洒脱，与昭明太子所称述的渊明诗之"抑扬爽朗"、"跌宕昭彰"之"气象"相接近，而白石词中所表现的精神与意象之峭拔孤寒，也正与王无功所称述的薛收赋之"韵趣高奇"、"嵯峨萧瑟"之"气象"相接近的缘故。至于太白词与后主词，则静安先生但称其"气象"而并未对其为何种之气象加以说明，则是因为"气象"二字如前所言，除了指作品中不同之精神与意象以外，原来还有兼指规模之意。太白之所以被称为"纯以气象胜"，便正因为其"西风残照，汉家陵阙"二句，所表现的精神与意象既然都极为寥廓高远，而其时间感与空间感所呈现的规模也极为宏大的缘故。至于后主词的"自是人生长恨水长东"及"流水落花春去也，天上人间"诸句的气象，静安先生之所以认为其非《金荃》、《浣花》所能及，当然也正因为这些词句的精神与意象所表现的哀感既都极为深广，而其自"花"之飘零，"水"之长逝，以及于"人生"之无常的意念之飞跃，与其"天上人间"四字所标示的苍茫无尽之空间，其所呈现的规模也同样极为宏大的缘故。这种"气象"，当然绝不是《金荃》、《浣花》诸词仅写狭隘的闺阁儿女之情的作品所能比拟的。所以我们说《人间词话》所提出的"气象"一词，该是指作者之精神透过作品中之意象与规模所呈现出来的一个整体的精神风貌。

周锡山《王国维美学思想研究》第 139-140 页（中国社会科学出版社 1992 年）

又评《诗经·郑风·风雨》、屈原《九章·涉江》、唐王绩《野望》诗和秦观《踏莎行》之句云：（引文略）。此谓以上诸作所表现的大致相似的雄浑苍茫中透出沉郁悲凉的气象。

解　读

参见汇评中《王国维美学思想研究》的引文。

三　一

昭明太子[1]称陶渊明[2]诗"跌宕昭彰，独超众类，抑扬爽朗，莫之与京"。[3]王无功称薛收赋"韵趣高奇，词义晦远，嵯峨萧瑟，真不可言"。[4]词中惜少①此二种气象，前者唯东坡[5]，后者唯白石[6]，略得一二耳。

汇　校

① "少"，手稿原作"未有"。

注　释

[1] 昭明太子：萧统（501-532），字德施，南兰陵（今江苏常州西北）人。南朝梁武帝长子，武帝天监元年立为太子，未即位而去世，谥昭明，世称昭明太子。文学家。

[2] 陶渊明（365 或 372 或 376-427）：一名潜，字元亮，私谥靖节，浔阳柴桑（近江西九江）人。东晋诗人。

[3] 萧统《陶渊明集·序》："其文章不群，词采精拔，跌宕昭彰，独超众类，抑扬爽朗，莫与之京。横素波而傍流，干青云而直上。语时事则指而可想，论怀抱则旷而且真。"

[4] 王无功：王绩（585-644），字无功，号东皋子，绛州龙门（今山西河津）人。唐代诗人。薛收：字伯褒，谥献，河东汾阴（今山西万荣西）人。隋诗人薛道衡之子，隋末唐初文学家。《王无功集》卷下《答冯子华处士书》："吾往见薛收《白牛溪赋》，韵趣高奇，词义旷远，嵯峨萧瑟，真不可言。壮哉！邈乎扬、班之俦也。高人姚义常语吾曰：'薛生此文，不可多得，登太行，俯沧海，高深极矣。'"

[5] 东坡：苏轼。

[6] 白石：姜夔（约1155-约1221），字尧章，号白石道人，鄱阳（今江西鄱阳）人。南宋词人。

汇 评

叶嘉莹《王国维及其文学批评》第284页（广东人民出版社1982年）

而东坡词及白石词与渊明诗及薛收赋的"气象"之所以相近，被称为"略得一二"，便也正是因为东坡词中所表现的精神与意象之开朗洒脱，与昭明太子所称述的渊明诗之"抑扬爽朗"、"跌宕昭彰"之"气象"相接近，而白石词中所表现的精神与意象之峭拔孤寒，也正与王无功所称述的薛收赋之"韵趣高奇"、"嵯峨萧瑟"之"气象"相接近的缘故。

聂振斌《王国维文学思想述评》第174页（辽宁大学出版社1986年）

以上（按指《人间词话》第一〇、一五、三〇和本则）所引可推知，"气象"，乃气势景象之谓。气象这个范畴本身，就包含着阔大、深邃、高渺的性质，非纤细、轻柔、精巧，如精巧的花园、柔弱的细柳、潺潺的小溪、啁啾的细语……可堪称谓。他所援引的例句，不是描写高山峻岭，茫茫无涯；就是风雨晦明，变化无穷；再不就是声色凄厉，震撼山谷。他所下的断语，或说"遂关千古登临之口"，或曰"眼界始大，感慨遂深"，或言"有傍素波干青云之概"。这些无不说明：气象乃是一种壮观。它令人从"大象""大"中，直感到"力"之无穷，"势"之磅礴；从静到动，从动到无限，因此它具有崇高性（包括悲剧性），非具高瞻远瞩的眼界、直干云霄的气概，不能对此作出审美把握（包括创造与鉴赏两个方面），故王国维说，"宁后世醒醒小生所可拟耶"！

气象与神，二者都标示意境美的特质，因此王国维把它们都视为意境标准的重要规定。但二者是有区别的。首先，范围有宽狭之分，神是一切意境美（不论其大小）所具有的特质，气象则是"大"美——壮美所具之特色，"小"美——优美是不具此特色的。其次，神偏重于主观方面，气象偏重于客观方面，因此，在审美中神侧重于"感"，而气象侧重于"观"。当然主、客和观、感，在审美实践中是密不可分的，不能作机械的理解。

周锡山《王国维美学思想研究》第 140 页（中国社会科学出版社 1992 年）

静安引萧统和王绩之言，评陶潜诗、唐代薛收赋说：（引文略）。跌宕昭彰、抑扬爽朗与高奇、旷远、嵯峨，和前引之雄浑苍凉，皆属阔大之范畴，故都可称为气象。同中有异，此段中二种气象，前者潇洒，后者萧瑟，品味不同。两者比较，陶诗高于薛赋，则自不待言。至于东坡，略得陶诗之气象一二，指的是苏词，并非指东坡全人。东坡之诗文，则与陶诗属同一高度，故而静安在《文学小言》中将屈陶杜苏并提。王国维对苏轼的评价是完整而严密的。苏词固然旷达，但豪放中常带悲凉，悲凉中却隐寓悲观与执着。如《江城子》"老夫聊发少年狂"，也仅仅是"聊发"；《念奴娇》前半气象阔大，而末段却说："故国神游，多情应笑我，早生华发。人间如梦，一尊还酹江月。"皆远不及陶潜及自己的散文如《前赤壁赋》、《贾谊论》之潇洒。静安虽高许苏词，但与陶诗相比，看出其间差别，亦可谓独具只眼。

解　读

参见汇评中《王国维美学思想研究》的引文。又：

南北朝时诗评家对陶诗评价不高，刘勰《文心雕龙》不提陶诗，钟嵘《诗品》列陶为"中下"。萧统此序首次给陶诗以极高评价。

三　二

词之雅、郑，在神不在貌。^①永叔^[1]、少游^[2]虽作艳语，终有品格。方之美成^[3]，便有淑女与倡伎之别。^②

汇　校

① "神"下原有"理"。"貌"原作"骨相"。

② "淑女"，手稿原作"贵妇人"。

注　释

[1]永叔：欧阳修。

[2]少游：秦观。

[3]美成：周邦彦（1056-1121），字美成，号清真居士，钱塘（今浙江杭州）人。北宋词人。

汇　评

吴奔星《王国维的美学思想——"境界"论》（《江海学刊》1963年第3期）

不在形式上回避"艳语"、"淫词"、"鄙语"，主张从本质上判断语言的"雅郑"。……"词之雅郑，在神不在貌"，意味着从本质上看问题。只要能表现"真景物、真感情"，即使"淫鄙之尤"也可以。雅郑关键在于一"真"字。

周锡山《王国维美学思想研究》第178页（中国社会科学出版社1992年）

王国维在重视内容和技巧的基础上极其重视作品的品格。品，指作品应达到的高品位。格，指作品应具备的高格调。作品的品格，一是作者本人的品格和作品内容的结合的结果，即审美主体与审美客体完美结合才能达到的。达到的途径是审美主体的品格向审美客体潜移默化地渗透，再由后者即作品反映出前者即作者的品格。没有高度的技巧，作者空有雄心壮志，眼高手低，力不从心，也无法达到，作者的品格无法转化成作品的品格。作品的品格反映作者的品格，用作者和作品的真实性作为桥梁，使两者具有一致性或统一性，我国古代美学家据此建立了"诗品犹如人品"的著名美学原理。王国维的论品格，始终贯穿着这个重要的美学原理。

方智范、邓乔彬、周圣伟、高建中《中国词学批评史》第 474 页（中国社会科学出版社 1994 年）

且不论欧、秦与周邦彦是否真有如此明确的分界线，但"雅、郑"之别的提出，用于论词领域，确有袭旧而出新之义，也知王国维毕竟难以摆脱古老的道德批评传统，而且这毕竟有充分的合理性。

解　读

参见汇评中《王国维美学思想研究》的引文。又：

王国维批评周邦彦的词是"倡伎"，接着在第三三、三四和三六则，对周邦彦的词连续做了否定性的评价。这些评价都是偏颇的。除以上正式发表的《人间词话》以外，他在他所藏的《词辨》所作之眉批则有二条（即本书《人间词话附录》之第二四、二六则）论及周邦彦，也给以严厉批评。但《人间词话未刊稿》中有两则，即第一七则和第四二则一再称赞周邦彦词，后来在《清真先生遗事》中，对周邦彦的词评价极高，参见本书《人间词话附录》第一四、一五、一六、一七、一八则。

三　三

美成^{①[1]}深远之致不及欧、秦^[2]，唯言情体物，穷极工巧，故不失为第一流之作者。但恨创调之才多，创意之才少耳。

汇　校

① 手稿作"美成词"。

注 释

[1]美成：周邦彦。

[2]欧、秦：欧阳修、秦观。

汇 评

任访秋《王国维〈人间词话〉与胡适〈词选〉》（《中法大学月刊》卷七第 3 期，1936 年）

词在风格上所分的派别最显著是豪放与温婉。豪放一派即胡先生所说，乃是开自东坡至朱敦儒辛稼轩陆游为一大宗派。温婉派乃词之本来面目，自飞卿以下，逮永叔少游以迄美成，虽渐臻深刻绵密，而其本质未变。静安本系词人，对词之看法自不专就内容，亦必顾及形式，宜其独欧秦也。胡先生系从内容上去批评，于是苏辛就占了上风。要之两人对文学本身之认识，并无如何大的不同也。

俞平伯《清真词释》上卷（1947 年）（《论诗词曲杂著》，上海古籍出版社1983 年）

王静安《人间词话》尚以为美成劣于欧、秦，而于《遗事》，则曰："词中老杜，断非先生不可。"盖亦自悔其少作矣。（《词话》在先，《遗事》在后，见赵斐云先生撰王年谱。）知人论世，谈何容易。

沈祖棻《宋词赏析》第 130 页（上海古籍出版社 1980 年）

对于周邦彦《清真集》的评价，古今论者分歧较多，甚至同一个人在不同的时间里也会作出截然相反的结论来。如王国维在其《人间词话》中对周词评价并不太高，而后来作《清真先生遗事》，竟将他比作诗中"集大成"的杜甫，就是一例。我们认为：这种矛盾大体上反映了周词本身窄狭贫乏的思想内容和其精美复杂的艺术技巧之间的矛盾。若就内容而论，就难以对它肯定过多；如以技巧而言，则周词上承柳永，下开史达祖、吴文英，在语言的运用、篇章的组织诸方面，确有独到之处。如果要对它作全面的评价，这两方面都是应该顾到的。

祖保泉《关于王国维三题》(《安徽师大学报》1980 年第 1 期)

王氏对周美成的这种评论颇为中肯。前人论美成词，有只从内容的某一方面着眼，全盘加以否定。如刘熙载说："美成词信富艳精工，只是当不得个'贞'字。是以士大夫不肯学之，学之则不知终日意萦何处矣。"又有人不管内容如何，只从创作技巧方面着眼，对美成词极力颂扬。如沈义父说："凡作词当以清真为主。盖清真最为知音，且无一点市井气，下字运意，皆有法度，往往自唐、宋诸贤诗句中来，而不用经史中生硬字面，此所以为冠绝也。"这里说美成作词，下字运意有法度，是实情；说他的词无市井俗气，就经不住检验了。读美成词，有时总令人感到：他不过让肉麻的内容裹在精致的语言里罢了。如《少年游》（"并刀如水"），就是个显著的例子。王氏综括前人对美成词的看法，从内容与形式统一的原则出发，作了那样的评价，我以为是中肯的、公允的。

解 读

他虽承认周邦彦为第一流作者，但对周词作了批评，后来又改正了自己的观点。参见《人间词话附录》关于周邦彦的多则论述。

三 四

词忌用替代字。①美成《解语花》之"桂华流瓦"[1]境界极妙，惜以"桂华"二字代"月"耳。梦窗[2]以下，则用代字更多。其所以然者，非意不足，则语不妙也。盖意足则不暇代，语妙则不必代。②此少游之"小楼连苑"，"绣毂雕鞍"[3]所以为东坡所讥也。[4]

汇 校

① "忌"字前手稿有"最"字。

② 手稿中，"盖"字后的两句颠倒。

注 释

[1] 美成：周邦彦。所引之语见周邦彦《解语花》（上元）：

风销焰蜡，露浥烘炉，花市光相射。桂华流瓦。纤云散，耿耿素娥欲下。衣裳淡雅。看楚女、纤腰一把。箫鼓喧，人影参差，满路飘香麝。　　因念都城放夜。望千门如昼，嬉笑游冶。钿车罗帕。相逢处，自有暗尘随马。年光是也。唯只见、旧情衰谢。清漏移，飞盖归来，从舞休歌罢。

[2] 梦窗：吴文英（约1200-约1260），字君特，号梦窗，晚年又号觉翁，四明（今浙江鄞县）人。南宋著名词人。

[3] 少游：秦观。所引之语见秦观《水龙吟》：

小楼连苑（一作远）横空，下窥绣毂雕鞍骤。朱帘半卷，单衣初试，清明时候。破暖轻风，弄晴微雨，欲无还有。卖花声过尽，斜阳院落，红成阵，飞鸳甃。　　玉佩丁东别后。怅佳期、参差难又。名缰利锁，天还知道，和天也瘦。花下重门，柳边深巷，不堪回首。念多情，但有当时皓月，向人依旧。

[4] 东坡：苏轼。俞文豹《吹剑三录》云："东坡问少游别后有何作？少游举'小楼连苑横空，下窥绣毂雕鞍骤'。坡曰：'十三个字只说得一个人骑马楼前过。'"同时黄昇《花庵词选》也有同样记载。

汇 评

朱光潜《诗的隐与显（关于王静安先生的〈人间词话〉的几点意见）》
（《人间世》第1期，1934年4月）

王先生论隔与不隔的分别，说隔"如雾里看花"，不隔为"语语都在目前"，也嫌不很妥当。因为诗原来有"显"和"隐"的分别，王先生的话，偏重"显"了。"显"与"隐"的功用不同，我们不能要一切诗都"显"。说概括一点，写景的诗要显，言情的诗却要"隐"。梅圣俞说诗"状难写之景如在目前，含不尽之意见于言外"，就是看到写景宜显写情宜隐的道理。写景不宜隐，隐易流于晦；写情不宜显，显易流于浅。谢朓"余霞散成绮,澄江静如练",杜甫的"细雨鱼儿出,微风燕子斜",以及林逋的"疏影横斜水清浅,暗香浮动月黄昏"。诸诗在写景中为杰作,妙处正在能"显",如梅圣俞所说的"状难写之景如在目前"。秦少游的《水龙吟》首二句"小楼连苑横空,下窥绣毂雕鞍骤",东坡讥诮他说:"十三个字只说得一个人骑马楼前过。"它的毛病也就在不显。

李泽厚《意境谈》(《光明日报》1957 年 6 月 9 日、16 日)

有形象,生活的真实才能以即目可见具体可感的形态直接展示在人们前面,使"语语都在目前"。这样,才能"不隔",而所以"隔",主要就是用概念、用逻辑替代了形象的缘故。(隔与不隔还有情感的问题,此处暂略。)所以,钟嵘、王国维都一致反对用代字("桂华流瓦,境界极妙,惜以桂华代月耳"),反对用典故等等,就是这个道理。

周振甫《诗词例话》第 32 页(中国青年出版社 1962 年)

对于王国维的批评,不应该理解作他反对一切用代字,应该看他的主要方面,即反对用代字作为一种写词的方法。至于"桂华流瓦,纤云散,耿耿素娥欲下","桂华"代月光,"素娥"代月儿。纤云散了,月儿更亮了。月光在瓦上流动,为什么说境界极妙?这首词是写元宵的灯市,"花市光相射","箫鼓喧,人影参差",灯光照耀,游人拥挤,在这时候,作者周邦彦(美成)还注意到月光照在宫殿的琉璃瓦上,光彩闪耀,像在流动一样。当时作者在荆南,回想京里元宵节的热闹情形,想到"桂华流瓦",含有对京城的怀念,有感情,所以说有境界吧。因此,"桂华"改成"月华"也可以。不必定用代字。用"月华"比"桂华"更不隔,还是王国维说得对。

徐复观《王国维〈人间词话〉境界说试评》(《中国文学论集续篇》,台湾学生书局 1981 年)

王氏此一说法,出于钟嵘《诗品》序:"观古今胜语,多非补假,皆有直寻。"不过王氏说得更清楚,但也说得更狭隘。周邦彦不用"月华流瓦",而用"桂华流瓦",大概不能说是意不足,语不妙,而是为了增加一点气氛。若"桂华"两字也犯隔,则何以又能"境界极妙"。姜白石以"波心荡,冷月无声"的凄清之景,表现他当时凄清之情。"数峰清苦,商略黄昏雨"，这是"数峰"的拟人化；"高树晚蝉，说西风消息"，这也是"晚蝉"的拟人化；这都是文学艺术之所以成为文学艺术的条件之一。何以是"雾里看花，终隔一层"？且王氏既以所引白石三词，皆"格韵高绝"，岂有真正犯隔的，而能得到这种表现效果？如不隔与格韵高绝，是对立而不相通，则我宁舍不隔而取格韵高绝。欧阳修由眼前所见的春草，而联想到"谢家池上，江淹浦畔"，以增加他当时的一番感慨气氛，这也是诗词表现中常用的手法，何以"则隔矣"？所以王氏对此问题，因参之未透，便把活句变成死语了。

金启华《诗词论丛》第 135 页（湖北人民出版社 1984 年）

《解语花》（上元）"风销焰蜡，露浥烘炉，花市光相射。桂华流瓦。纤云散，耿耿素娥欲下"都给人一种鲜明、生动、绮丽的印象，如见其景，如闻其声，一开始就抓住了读者。

黄保真《王国维"境界说"的内涵及层次》（《辽宁师范大学学报》1987 年第 1 期）

王国维把境界物化的程度，非常精确地概括为"隔"与"不隔"。凡"不隔"者，其共同特点是能把艺术境界活脱脱地表现于语言文字，凡"隔"者，都是使事、用典，让人读来如猜哑谜，根本构不成完整生动的图画。所以王氏论词的创作，反对用"代替字"。

吴小如《诗词札丛》第 254-255 页（北京出版社 1988 年）

下面"桂华流瓦"一句，人们多受王国维《人间词话》的影响，认为"境界"虽"极妙"，终不免遗憾，"惜以'桂华'二字代月耳"。特别是王氏对词中用代字的意见是十分苛刻的。他说："词忌用替代字。……其所以然者，非意不足，则语不妙也。盖意足则不暇代，语妙则不必代。"这就使人觉得周邦彦此词此句真有美中不足之嫌了。我曾反复推敲，觉得《人间词话》的评语未必中肯，至少是对词用代字的意见未必适用于这首周词。诚如王氏所云，那只消把"桂"字改成"月"字，便一切妥当。然而果真改为"月华流瓦"，较之原句似反觉逊色。个中三昧，当细求之。我认为，这首词的好处，就在于没有落入灯月交辉的俗套。作者一上来写灯火通明，已极工巧之能事；此处转而写月，则除了写出月色的光辉皎洁外，还写出它的姿容绝代，色香兼备。"桂华"一语，当然包括月中有桂树和桂子飘香（如白居易［忆江南］："山寺月中寻桂子"）两个典故，但更主要的却是为下面"耿耿素娥欲下"一句作铺垫。既然嫦娥翩翩欲下，她当然带着女子特有的香气，而嫦娥身上所散发出来的香气正应如桂花一般，因此这"桂华"二字就不是陈词滥调了。这正如杜甫在《月夜》中所写的"香雾云鬟湿"，着一"香"字，则雾里的月光便如簇拥云鬟的嫦娥出现在眼前，而对月怀人之情也就不言而喻。昔曹植《洛神赋》以"凌波微步，罗袜生尘"的警句刻画出一位水上女神的绰约仙姿，杜甫和周邦彦则把朦胧或皎洁的月光比拟为呼之欲下的月中仙女，皆得异曲同工之妙。周词这写月的三句，"桂华"句宛如未见其容，先闻其香；"纤云散"则如女子搴开帷幕或揭去面纱，然后水到渠成，写出了"耿耿素娥欲下"。如依王说，不用"桂华"而径说"月明"，则肯定不会有现在这一栩栩如生的场面，读者也不会有飘飘欲仙的感受。我上面所说的美成此词设想新奇，构思巧妙，正是指的这种表现手法。

解　读

此则说境界极妙，又批评其用代字。适当地使用代字，可以丰富艺术表现的手段。这里既然承认此词境界极妙，说明其使用代字还是成功的。

三　五

沈伯时[1]《乐府指迷》云："说桃不可直说破'桃'①，须用'红雨'、'刘郎'[2]等字；说柳不可直说破'柳'，须用'章台'、'灞岸'等字。"②若唯恐人不用代字者。③果以是为工，④则古今类书俱在，又安用词为耶？宜其为《提要》所讥也。⑤[3]

汇 校

① 手稿"说"字后缺一"破"字。

②"字",手稿作"事"。

③"代"前手稿有"替"。

④"果"前手稿原有"若",被删。

⑤ 手稿无"其"字。

注 释

[1] 沈伯时:沈义父,字伯时。南宋词论家。

[2] 刘郎:刘禹锡(772-842),字梦得,洛阳(今属河南)人。唐代著名诗人、哲学家。他曾任监察御史,因参加进步的王叔文集团,反对宦官和藩镇割据失败而被贬朗州司马,迁连州刺史。离开京城十余年后,回京任职,他作《游玄都观诗》,前篇有"玄都观里桃千树,总是刘郎去后载",后篇有"种桃道士今何在,前度刘郎又重来"。表示自己不屈的意志,成为千古名句。刘郎是指刘禹锡。但周振甫认为,刘郎是指刘晨和阮肇,见汇评。

[3]《四库提要》"乐府指迷"条云:"又谓:说桃须用'红雨'、'刘郎'、'玉筋'等字,说发须用'绿云'等字,说簟须用'湘竹'等字,不可直说破。其意欲避鄙俗,而不知转成涂饰,亦非确论。"

汇 评

周振甫《诗词例话》第31页(中国青年出版社1962年)

比方沈义父的《乐府指迷》主张用代字,确实有片面性,举的例子也不一定恰当。比方用"红雨"、"刘郎"来代桃,其实"红雨"是指桃花乱落,要是讲桃花盛开,就不能用"红雨";"刘郎"是讲刘晨、阮肇入山采药,迷了路,在山上采桃子吃,后来碰到仙女的故事,更不宜随便用。至于"章台柳"指唐朝长安章台街上的歌女柳氏,更不宜随便用来代柳树;"灞岸"是长安灞桥,唐朝人多在这里折柳送别,也不宜随便用来指柳树。再像他主张用代字的说法，更不妥当，所以《四库全书总目提要》批评他："其意欲避鄙俗，而不知转成涂饰，亦非确论。"涂饰好像面上搽粉点胭脂，反而把原来的美掩盖了，这就是王国维反对的隔。但说沈义父的用意在"避鄙俗"，恐不确切。沈在《乐府指迷》的开头说："用字不可太露，露则直突而无深长之味。"就是认为写词要含蓄、婉转，不要显露、直突，这个意思还是可取的，只是他的说法有毛病。

陈鸿祥《人间词话·人间词注评》第100-101页（江苏古籍出版社 2002年）

王国维反对用"替代字"，这是立足于他推尊元曲"语语如在目前"，主张"最自然之文学"，是他的"境界"说中最具民主性精华的论述之一。他在"词忌用替代字"，举秦观用替代字被苏轼"所讥"之例后，紧接着写下因硬要"用代字"而被《四库全书总目提要》《所讥》的《乐府指迷》，这是有感而发，有针对性而言。从《人间词话》手稿上可以看到，在"忌用"前尚有一"最"字，虽在手定时删掉了，但也说明他对此"深恶痛绝"，并由感性归为冷静的理性思辨。其用意是为了反对南宋以降，迄于晚清，"砌字"、"垒句"、不事创新的陈腐词风，意欲昭示在词的创作上推陈出新的宏才远志。所以，我们肯定他的"忌用"之说，但也不可陷入另一种片面性。事实上，王国维并不一概反对用替代字。例如，他认为"咏物之词，自以东坡《水龙吟》为最工"（《人间词话》手定本三八）。而在他赞赏的这首《水龙吟》中的"落红难缀"句，"红"便是"花"的代字。这里的一个"红"字，用得多么醒目。"不恨此花飞尽，恨西园落红难缀"，这是"惊心"之"红"。词中"梦随风万里，寻郎去处，又还被莺呼起"，则是融化了唐代诗人金昌绪的《春怨》诗意："打起黄莺儿，莫教枝上啼。啼时惊妾梦，不得到辽西。"融化唐诗，可谓浑然天成。读者即使不知唐诗，也可以自然领会诗人的感情。如能看出词中用典，则更觉意味深厚。这正是"天才"化腐朽为神奇之"工"。

即使对《乐府指迷》所说"用代字"，也要具体分析。如其中"论词四标准"说："用字不可太露，露则直突而无深长之味。"含蓄、婉转是一种美。用替代字也可以达此审美效果。王晋卿意夺苏轼收藏的"仇池石"，苏以诗拒之，诗句有"欲留嗟赵弱，宁许负秦曲。传观慎勿许，间道归应速"，用"完璧归赵"故事，言辞委婉，绵里藏针，含而不露。由此可见，用替代字，用典使事，能融化如自己出，也是好的。周振甫在《诗词例话》中说："总之，写景的诗词，以少用代字或典为宜。感事抒怀的作品，意思多，感情深，而诗词的篇幅短，容纳不下，需要加以浓缩，那就免不了要用代字、用典，一切看具体情况而定。"这无疑是很有道理的。（张松林）

解　读

《乐府指迷》固然讲的过于绝对，但反对者对代字一律否定，也过于绝对。总之，辨证的中庸是最重要的处理原则，凡事都不要走极端，不要以偏概全。

三　六

美成《青玉案》（当作《苏幕遮》）词："叶上初阳干宿雨，水面轻圆，一一风荷举。"[1]此真能得荷之神理者。觉白石《念奴娇》、《惜红衣》二词[2]犹有隔雾看花之恨。

注　释

[1] 美成：周邦彦。所引之句在周邦彦《苏幕遮》中：

燎沉香，消溽暑。鸟雀呼晴，侵晓窥檐语。叶上初阳干宿雨，水面清圆，一一风荷举。　故乡遥，何日去？家住吴门，久作长安旅。五月渔郎相忆否？小楫轻舟，梦入芙蓉浦。

[2] 白石：姜夔。其《念奴娇》：

（予客武陵，湖北宪治在焉。古城野水，乔木参天。予与二三友日荡舟其间，薄荷花而饮，意象幽闲，不类人境。秋水且涸，荷叶出地寻丈，因列坐其下，上不见日，清风徐来，绿云自动。间于疏处窥见游人画船，亦一乐也。裓来吴兴，数得相羊荷花中。又夜泛西湖，光景奇绝。故以此句写之。）

闹红一舸，记来时、尝与鸳鸯为侣。三十六陂人未到，水佩风裳无数。翠叶吹凉，玉容销酒，更洒菰蒲雨。嫣然摇动，冷香飞上诗句。　日暮青盖亭亭，情人不见，争忍凌波去。只恐舞衣寒易落，愁人西风南浦。高柳垂阴，老鱼吹浪，留我花间住。田田多少，几回沙际归路。

又，姜夔《惜红衣》：

（吴兴号水晶宫，荷花盛丽。陈简斋云："今年何以报君恩，一路荷花相送到青墩。"亦可见矣。丁未之夏，予游千岩，数往来红香中，自度此曲，以无射宫歌之。）

簟枕邀凉，琴书换日，睡余无力。细洒冰泉，并刀破甘碧。墙头唤酒，谁问讯城南诗客。岑寂。高柳晚蝉，说西风消息。虹梁水陌，鱼浪吹香，红衣半狼藉。维舟试望，故国眇天北。可惜渚边沙外，不共美人游历。问甚时同赋，三十六陂秋色。

汇　评

佛雏《辨"有我之境"与"无我之境"》（《文艺理论研究》1990年第1期）
叔氏曾就这两者（"我"的纯粹主体与"物"的理念）的相需为用（同时出现，无可分离），打了个比方："它们可以比作'虹'（按指物的理念）与'太阳'（按指纯粹主体）"，"它们是必然的互相关联的"。王氏称："美成《青玉案》（当作《苏幕遮》）词：'叶上初阳干宿雨，水面清圆，一一风荷举'，此真能得荷之神理者。"这里的"荷"，在突破"宿雨"的抑制后，得到"初阳"、微"风"的亲切梳弄，在三者的相互交错中，呈现出"清圆"，摇漾、飘飘欲"举"的美的风姿。"荷"的这一具有典型意味的美的风姿或者"神理"，在叔氏看，就正是"荷"本身的"理念"的显现（也即叔氏的作为宇宙人生本体的"意志"在"荷"这一事物中所得到的"充分的客观化"，即此便是美）。这里的"荷"，好比天上的"虹"，只有诗人精神的"太阳"，才能照出这种彩"虹"的美。无论叔氏或王氏，他们的体系当然不会容许他们谈论"荷"或"虹"本身的美在人类社会发展中所取得的社会意义的。

佛雏《王国维"自然"说二题》（《扬州师院学报》1981 年第 1 期）

又，静安所谓"不隔"，只是要求艺术家、诗人以"肫挚之感情"为"素地"，自由地独创地传达出自然本身的内在本性，或者"神理"，或者"魂"，而不是讲一切的"境"都得透剔明亮，不许有任何朦胧处、晦处，好像"斫却月中桂，清光应更多"（杜甫）。绝非如此。"文善醒，诗善醉。醉中语亦有醒时道不到者。"（刘熙载）"醉"何尝"隔"于深情？"朝行远望，青山佳色，隐然可爱，其烟霞变幻，难以名状。及登临非复奇观，惟片石数树而已。远近所见不同。妙在含糊，方见作手。"（谢榛）"含糊"适足凝成妙景。凡此皆属之"自然"范畴之内。静安深赏"韵趣高寄，词义晦远，嵯峨萧瑟，真不可言"的美，而称词家惟"白石略得一二"，又"白石不失为狷"。静安于白石，盖"爱而知其恶"，对白石之犹有所"隔"，于"自然神妙"处终于未达一间，托之于"运会"，其"深惜之"之意仍是清晰可见的。

佛雏《"境界"说的传统渊源及其得失》（《古典文学论丛》第 2 辑，1982 年）

也应指出，王氏此处的"神理"，如果同康、叔的"理念"或"美之预想"联系起来，那就也具有一定的"先天"色彩。

孙维城《对王国维"隔"与"不隔"的美学认识》（《文艺研究》1993年第 6 期）

周邦彦《苏幕遮》词"叶上初阳干宿雨。水面清圆，一一风荷举"，王国维赞为"能得荷之神理"，是为"不隔"。此句写出雨后初阳逐渐晒干荷上宿雨，又清又圆的荷叶由于水珠渐渐消失而渐渐在风中举起。动态地、细腻如发地表现了荷的神韵，见出观物之深，状物之神。作者心中没有存了一个以荷表现人的精神品貌的想法，没有比兴寄托，比德象征，不同于司马迁《屈原贾生列传》以荷赞屈原，周敦颐《爱莲说》以莲比君子；只是全身心地沉入到宇宙大化中去，才能够自由地表现荷花中有我，我中有荷花的大自然与我相融相浑、莫辨彼此的神境，表现人类与大自然共有的生命本体。这才是"不隔"之境。

解 读

王国维表扬周邦彦词的个别精品，并极赞其写出事物的"神理"。这是对优秀作品的最高评价了。

三 七

东坡《水龙吟》咏杨花，[1]和韵而似元唱，质夫词，[2]元唱而似和韵。①才之不可强也如是！

汇 校

① 手稿此段作："东坡杨花词和韵而似元唱，质夫词元唱而似和韵。""元唱"原皆作"首创"。

注 释

[1] 东坡：苏轼。其《水龙吟》（次韵章质夫杨花词）：

似花还似非花，也无人惜从教坠。抛家傍路，思量却是，无情有思。萦损柔肠，困酣娇眼，欲开还闭。梦随风万里，寻郎去处，又还被、莺呼起。 不恨此花飞尽，恨西园、落红难缀。晓来雨过，遗踪何在？一池萍碎。春色三分，二分尘土，一分流水。细看来，不是杨花，点点是离人泪。

[2] 质夫：章楶（? -1106），字质夫，官至资政殿学士。北宋词人。章楶《水龙吟》：

燕忙莺懒芳残，正堤上、柳花飘坠。轻飞乱舞，点画青林，全无才思。闲趁游丝，静临深院，日长门闭。傍珠帘散漫，垂垂欲下，依前被、风扶起。 兰帐玉人睡觉，怪春衣、雪沾琼缀。绣床旋满，香球无数，才圆却碎。时见蜂儿，仰粘轻粉，鱼吞池水。望章台路杳，金鞍游荡，有盈盈泪。

汇 评

吴宏一《王静安境界说的分析》（《台湾学者中国文学批评论文选》，人民文学出版社 1986 年）

对于境界说，我们已有比较清楚的认识，它是主自然的，在写作技巧上先要做到"不隔"，然后才能表现真景物、真感情，所以不隔是境界的先决条件。然而，要不隔，要语语如在目前，这似乎不是一般人所能做到的，因为白描的作品，最容易流于浅俗鄙陋，如果要"状难写之景，如在目前；含不尽之意，见于言外"，那就非天才不可，所以王静安又特别重视天才，而比较忽视学力。王静安说东坡《水龙吟·咏杨花》，和韵而似元唱，那就是因为东坡才高所致，故所题虽咏杨花，却只见东坡情性。同样的，词话中之论白居易吴伟业之优劣，梅溪、梦窗、玉田、草窗诸家词之失于肤浅，也都可以窥见他是极重视天才的。

解 读

元唱是首创性的艺术成就，也即原创，处于艺术与学术最高的地位。例如，鲁迅、胡适对《儒林外史》的评价极高，钱锺书反对，原因即其原创性不够。钱先生先从方法论上指出，"近世比较文学大盛，'渊源学'（chronology）更卓尔自成门类，虽每失之琐屑，而有裨于作者与评者皆不浅。""评者观古人依傍沿袭之多少，可以论定其才力之大小，意匠之为因为创。"后一句说的是观察作者创造力的大小。从这个意义上，他继前人之后，发现吴敬梓沿用古人旧材料不少，也就是说创造力不是最上乘的。原文有云："中国旧小说巨构中，《儒林外史》蹈袭依傍处最多。"有多少？除"已见有人拈出者"之外，还有第七回二处，第十三回一处，第十四回一处，第四十六回一处。沿袭的有情节，也有对话。另有袭用古人诗句处。据此，钱先生指出："近人论吴敬梓者，颇多过情之誉。"李国涛《钱锺书文涉鲁迅》说：这个"近人"是指谁呢？看来只能是指胡适和鲁迅。……我看，可能更多地是指鲁迅吧。从钱文看，我以为他的指证是确凿的。一一列举，一一对证，无可辩解。（《光明日报》2001 年

6 月 15 日）（周锡山编著《中国小说史略》释评第 190-191 页，上海文化出版社
2005 年；钱锺书《小说说小》,《钱锺书散文》第 524-528 页，浙江文艺出版社
1997 年）

三 八

　　咏物之词，自以东坡《水龙吟》①[1]为最工，邦卿《双双
燕》[2]次之。白石《暗香》、《疏影》[3]，格调虽高，然无一
语②道着，视古人"江边一树垂垂发"③[4]等句何如耶？

汇 校

① 此下手稿有"咏杨花"。
② "一语"，手稿作"片语"。
③ 此句后手稿尚有引文两句："竹外一枝斜更好"[5]，"疏影横斜水清
　　浅"[6]。按："格调虽高"后，手稿已删去一段："而境界极浅，情味索然，
　　乃古今均视为名作，自玉田推为绝唱[7]，后世遂无敢议之者，不可解
　　也。试读林君复、梅舜俞春草诸词[8]，工拙何如耶？"

注 释

[1] 东坡：苏轼，其《水龙吟》参见第三七则注 [1]。
[2] 邦卿：史达祖，字邦卿，号梅溪，汴（今河南开封）人。曾为韩侂胄堂吏，
　　掌文书。南宋词人。史达祖《双双燕》(咏燕)：
　　　　过春社了，度帘幕中间，去年尘冷。差池欲住，试入旧巢相并。
　　还相雕梁藻井，又软语商量不定。飘然快拂花梢，翠尾分开红影，芳径，
　　芹泥雨润。爱贴地争飞，竞夸轻俊。红楼归晚，看足柳昏花暝。应
　　自栖香正稳，便忘了，天涯芳信。愁损翠黛双蛾，日日画栏独凭。
[3] 白石：姜夔。姜夔《暗香》、《疏影》：
　　　　（辛亥之冬，予载雪诣石湖。止既月，授简索句，且征新声，作此两曲。

石湖把玩不已，使工伎隶习之，音节谐婉，乃名之曰《暗香》、《疏影》。）

《暗香》：

旧时月色，算几番照我，梅边吹笛。唤起玉人，不管清寒与攀摘。何逊而今渐老，都忘却、春风词笔。但怪得、竹外疏花，香冷入瑶席。　江国，正寂寂。叹寄与路遥，夜雪初积。翠尊易泣，红萼无言耿相忆。长记曾携手处，千树压、西湖寒碧。又片片、吹尽也，几时见得？

《疏影》：

苔枝缀玉，有翠禽小小，枝上同宿。客里相逢，篱角黄昏，无言自倚修竹。昭君不惯胡沙远，但暗忆、江南江北。想佩环、月夜归来，化作此花幽独。　犹记深宫旧事，那人正睡里，飞近蛾绿。莫似春风，不管盈盈，早与安排金屋。还教一片随波去，又却怨、玉龙哀曲。等恁时、重觅幽香，已入小窗横幅。

[4] 引语见杜甫《和裴迪登蜀州东亭送客逢早梅相忆见寄》：

东阁官梅动诗兴，还如何逊在扬州。此时对雪遥相忆，送客逢春可自由。幸不折来伤岁暮，若为看去乱乡愁。江边一树垂垂发，朝夕催人自白头。

[5] 引语见苏轼《和秦太虚梅花》：

西湖处士骨应槁，只是此诗君压倒。东坡先生心已灰，为爱君诗被花恼，多情立马待黄昏，残雪消迟月出早。江头千树春欲暗，竹外一枝斜更好。孤山山下醉眠处，点缀裙腰纷不扫。万里春随逐客来，十年花送佳人老。去年花开我已病，今年对花还草草。不知风雨卷春归，收拾余香还界昊。

[6] 引语见林逋《山园小梅》：

众芳摇落独喧妍，占尽风情向小园。疏影横斜水清浅，暗香浮动月黄昏。霜禽欲下先偷眼，粉蝶如知合断魂。幸有微吟可相狎，不须檀板共金樽。

[7] 张炎《词源》："诗之赋梅，惟和靖一联（指林逋《山园小梅》"疏影横斜水清浅，暗香浮动月黄昏"）而已。世非无诗，不能与之齐驱耳。词

之赋梅，惟姜白石《暗香》、《疏影》二曲，前无古人，后无来者，自立新意，真为绝唱。太白所谓：'眼前有景道不得，崔颢题诗在上头。'诚哉是言也。"

［8］见第二三则注［1］。

汇　评

周振甫《诗词例话》第31—32页（中国青年出版社1962年）

王国维反对用代字，为了避免隔，为了使词的形象鲜明"有境界"，这个意思是好的。但他并不一概反对所有的代字和用典，比方《人间词话》认为"咏物之词，自以东坡《水龙吟》为最工"。但《水龙吟》里"落红难缀"，"红"是"花"的代字；"梦随风万里，寻郎去处，又还被莺呼起"，就用唐代金昌绪《春怨》："打起黄莺儿，莫教枝上啼。啼时惊妾梦，不得到辽西。"这是用典。可见代字和用典，在诗词里很难避免。诗词受韵律的限制，比方要说"桃花乱落"，是四个字，但限于字数，只能用两个字时，用"红雨"正好，所以一切都不该绝对化。王国维反对的，只是把用代字作为一种写词的方法提出罢了，只是主张都要用代字罢了，这个意见是对的。

陈兼与《〈人间词话〉述评》（《词学》第1辑，华东师范大学出版社1981年）

按：词之咏物，始于北宋，而盛于南宋，南宋人咏物，皆有寄托，先生似一不屑意。白石《暗香》、《疏影》二首咏梅中如"长记曾携手处，千树压西湖寒碧，又片片吹尽也，几时见得？""昭君不惯胡沙远，但暗忆江南江北。想佩环月夜归来，化作此花幽独。"寄情深远，谓"无一语道着"，未免存有成见。又如同时王碧山之《眉妩·新月》"故山夜永，试待他窥户端正。"《水龙吟·牡丹》"把酒花前，剩拼醉了，醒来还醉。怕洛中春色，匆匆又入杜鹃声里。"《齐天乐·咏蝉》"病翼惊秋，枯形阅世，消得斜阳几度？"《无闷·雪意》"怅短景无多，乱山如此，欲唤飞琼起舞，怕搅碎纷纷银河水。"皆有无限故国之思与身世之感。诗词中之咏物，本非高体，观唐宋人之咏物诗，往往雕镂入于纤巧，极少上乘之作，独南宋咏物词，情景交融，物我俱化，气体特为高大，使咏物一体，成为南宋词之一特色。如上所举白石、碧山之句，岂让东坡、邦卿专美于前耶？

方智范、邓乔彬、周圣伟、高建中《中国词学批评史》第 478 页（中国社会科学出版社 1994 年）

至如《暗香》、《疏影》二词，在隐约的意象背后，寄托着作者的家国之感和身世之叹，其"思表纤旨，文外曲致"，辞婉而意微，实比直露无余为好。从吴文英到周密、王沂孙、张炎等人，多以咏物词寄托情志，这固是惧于文网，避时之所忌，但更是藏情于内，欲露不露，是反复缠绵、深加锻炼的结果。

解 读

王国维对南宋词的评论，对南宋名家用上深恶痛疾的语气，都失之于苛。

三 九

白石写景之作，如"二十四桥仍在，波心荡，冷月无声。"[1]"数峰清苦，商略黄昏雨。"[2]"高树晚蝉，说西风消息。"[3]虽格韵高绝，然如雾里看花，终隔一层。梅溪、梦窗[4]诸家写景之病，皆在一隔字。北宋风流，渡江遂绝①，抑真有运会存乎其间耶？②

汇 校

① "渡江"，手稿作"过江"，"遂"前有"而"。"绝"原作"尽"。四句手稿原作："如清真流萤（以上五字原删），梅溪《绮罗香》咏春雨亦然，皆未得五代北宋人自然之妙。"

② "运会"，手稿作"风会"。

注 释

[1]白石：姜夔。引语见姜夔《扬州慢》：

（淳熙丙申至日，予过维扬。夜雪初霁，荠麦弥望。入其城，则四顾萧
条，寒水自碧。暮色渐起，戍角悲吟。予怀怆然，感慨今昔，因自度此曲。
千岩老人以为有黍离之悲也。）

淮左名都，竹西佳处，解鞍少驻初程。过春风十里，尽荠麦青青。
自胡马窥江去后，废池乔木，犹厌言兵。渐黄昏，清角吹寒，都在
空城。　杜郎俊赏，算而今、重到须惊。纵豆蔻词工，青楼梦好，难
赋深情。二十四桥仍在，波心荡、冷月无声。念桥边红药，年年知
为谁生？

[2]姜夔《点绛唇》（丁未冬过吴松作）：

燕雁无心，太湖西畔随云去。数峰清苦，商略黄昏雨。　第四桥边，
拟共天随住。今何许？凭栏怀古，残柳参差舞。

[3]姜夔《惜红衣》句，参见第三六则注[2]。
[4]梅溪、梦窗：史达祖、吴文英。

汇 评

唐圭璋《评〈人间词话〉》（《斯文》卷一第21—22合期，1941年8月）

王氏既倡境界之说，而对于描写景物，又有隔与不隔之说。推王氏
之意，则专赏赋体，而以白描为主；故举"池塘生春草"、"采菊东篱下"
为不隔之例。主赋体白描，固是一法。然不能谓除此一法外，即无他法
也。比兴亦一法，用来言近旨远，有含蓄，有寄托，香草美人，致慨
遥深，固不能斥为隔也。东坡之《卜算子·咏鸿》，碧山之《齐天乐·咏
蝉》，说物即以说人，语语双关，何能以隔讥之。若尽以浅露直率为不隔，
则亦何贵有此不隔！后主天才卓越，吐属自然，名隽高华，后人不从凝
练入手，而漫思效颦，其不流为浅露直率者几希。

白石天籁人力，两臻绝顶。所写景物，往往遗貌取神，体会入微。
而王氏以隔少之，殊为皮相。"二十四桥仍在，波心荡，冷月无声。"极

写扬州乱后凄凉境界，令人感伤，何尝有隔？"数峰清苦，商略黄昏雨。"则写云山幽静，万籁俱寂境界。"清苦"、"商略"，皆从山容云意体会出来，极细极妙，亦不能谓之为隔。

"高树晚蝉，说西风消息"，写晚蝉多情，能说西风消息，笔墨极灵动。而王氏亦概以隔少之，是深刻细微之描写皆有隔矣。王氏知爱白石"淮南皓月冷千山，冥冥归去无人管"两句，而不知爱此数处，亦不可解。他如"千树压西湖寒碧"、"冷香飞上诗句"，亦何尝非妙语妙境，岂能谓之隔耶？王氏盛称稼轩《贺新郎·送茂嘉十二弟》词，以为语语有境界。然是篇罗列荆轲、苏武、庄姜、陈皇后、昭君故事，依王氏见解，正隔之至者，何以又独称之？

王氏极訾白石，尚不止此。观其言曰："白石有格而无情"，又曰：白石"无言外之味，弦外之响"，又曰："白石之旷在貌，……可鄙也。"又曰："白石《暗香》、《疏影》……无一语道着。"凡此所论，真无一语道着。白石以健笔写柔情，出语峭拔俊逸，格既高，情亦深，其胜处在神不在貌，最有言外之味，弦外之响。即以抒情而言，其断句如："春未绿，鬓先丝，人间别久不成悲。谁教岁岁红莲夜，两处沉吟各自知。"何等沉痛！又如别词云："日暮，望高城不见，只见乱山无数。韦郎去也，怎忘得玉环分付？第一是早早归来，怕红萼无人为主。"亦深情缱绻，笔妙如环。他如自度名篇，举不胜举，而《暗香》、《疏影》两词，尤为精深美妙。盖这两词句句是梅，而言外之意，在暗忆君国，故更觉匆沉郁勃，一寄之于词。或谓"昭君不惯胡沙远"，与梅无关，不知此用唐王建咏梅诗意，亦非无关也。宋于庭谓："白石念念君国，似杜陵之诗。"谭复堂亦以为一有骚辨之余，皆非虚言。戈顺卿、陈亦峰更誉之为词圣，须不免过当，然王氏抑之如此，亦未免太偏矣。

吴征铸《评〈人间词话〉》（《斯文》卷一第 21-22 合期，1941 年 8 月）

铸按：既以境界为主，则不当以隔与不隔为优劣之分。何则？雾里看花，倘花之美为雾所隔，则此隔诚足为病矣。今以常理言，花在雾中，颜色姿态各呈特异之观；雾之于花，不似屏障之于几案，截然为二物：

盖早已融成一片，共现一冲和静穆之境。此境之美，无待言也。于词"数峰清苦，商略黄昏雨"，此静安先生所讥为隔者。数峰立于黄昏雨中，此犹花之本质也。加上"清苦"、"商略"等形容词，此犹花上有雾，读者于此两句，不觉其雕饰，反觉其浑融。又何伤于隔乎？眼前景色，与心中情意，各有其隐显之时，亦各有其优美之处。隐显之分，即隔与不隔也。就山水之美而言，千岩竞秀，万壑争流，此不隔之境也。云海晨看，烟村晚泊，此隔之境也。就人物之美而言，明眸转睐，皓齿发歌，此不隔之境也；绣幄香风，纱窗烟语，此隔之境也。

汤大民《王国维"境界"说试探》（《南师学报》1962 年第 3 期）

但王氏处处贬低白石，对他的名句，也以一"隔"字骂倒，怕也有点偏激。"二十四桥仍在，波心荡，冷月无声"，"数峰清苦，商略黄昏雨"，仍不失"清空"境界的魅力。白石的诗词很注意听觉形象的塑造，特别具有音乐旋律的美质，要捕捉他境界的神理，单从视觉形象特性上提出要求，恐怕不够。更何况白石也有许多运用白描手法创造本色境界的佳作，他的《诗说》也认为"雕刻伤气，敷衍露骨"而要求"意中有景，景中有意"。王氏以偏激对待白石，未免不公。

吴奔星《王国维的美学思想——"境界"论》（《江海学刊》1963 年第 3 期 ）

在境界上我们并不提倡"隔"，但是对于"隔"却须作具体分析，如果意境神秘、晦涩、朦胧，如同猜谜，当然要排斥；如果仅仅由于文字障碍（或用典，或用代字，或者篇幅长一些等等），经过疏理，仍然可以理解，能够激动人心，就不一定是"隔"。如他所指摘的姜白石的"二十四桥仍在，波心荡，冷月无声"、"数峰清若，商略黄昏雨"、"高树晚蝉，说西风消息"，境界极其耐人寻味，评为"雾里看花，终隔一层"，实欠公允。这些词句，作者都用了拟人的手法，因而比较含蓄，虽非"脱口而出"，却也不难理解。这也是艺术风格之一，如果斥之为"隔"，并将它与"不隔"的境界对立起来，势必影响艺术风格的多样性。

佛雏《王国维"自然"说二题》（《扬州师院学报》1981 年第 1 期）

白石咏扬州一词，凄音雅调，终不离乎名士风流的吐属。它给予读者某种"美"的遐想，似乎多于感情上的重压。"波心"、"冷月"究竟荡漾着业已惊破的"青楼"绮"梦"，还是"废池乔木"的《黍离》深悲，殊难作出清晰的回答。"心不怡之长久兮，忧与忧其相接"（《哀郢》），如果白石此词有"雾"可寻，也许就在这个"相接"处。

白石自是一代才人。值南渡偏安之局已定，上下宴安，"剩水残山"，歌舞不辍。他以翰墨乐章见重于当时名流，为贵介家上宾；妙鉴于"苗发"之微（"辨别法帖，察人苗发"），殚心于"一字"之叶（见白石《满江红》），吹箫度曲，从容游宴；虽旅食依人，而潇洒自若（所谓"虽居逆旅，不害飞仙"）。他一生低头于"美"，几乎以精心熔铸各种艺术的"美"，为其平生唯一职志。昔人称："天意君须会，人间要好诗。"（白居易《读李、杜诗集因题卷后》）白石似乎深深"会"得此"意"，其诗、词、乐曲、书艺，尽"雅"尽"美"，无论已；乃至《诗说》一序亦托诸"啖黄精粥"的"异人"，其词中诸小序亦如"越女新妆"，不修饰到极度的"明艳"不止。"玉笙凉夜隔帘吹，卧看花梢摇动一枝枝"（白石《虞美人·赋牡丹》），可以窥见整个人生风调。他虽也讲"凄凉心事"，讲"清苦"、"寂寞"，似都不离乎"淡淡的哀愁"，意若借此"冷香"，使之"飞上诗句"而已。他反复企羡的先贤，乃是"三生杜牧"与"第四桥边"的"天随子"。故白石有狷介之操，而乏高远之志，"一襟诗思"有余，而"忧生之嗟"与家国之痛毕竟微嫌不足。静安称其"气体雅健"在此，而"局促"、"情浅"亦未尝不在此。

饶宗颐《〈人间词话〉平议》（《文辙——文学史论集》，台湾学生书局1991年；《澄心论萃》第209页，上海文艺出版社1996年）

王氏论词，标隔与不隔，以定词之优劣，屡讥白石之词有"隔雾看花"之恨。又云："梅溪梦窗诸家写景之病，皆在一隔字。"予谓"美人如花隔云端"，不特未损其美，反益彰其美，故"隔"不足为词之病。宋玉《神女赋》："时容与以微动兮，志未可乎得原；意似近而既远兮，若将来而复旋。"词之言近旨远，缠绵跌宕，感人之深，正复类此。《文心雕龙·隐秀》篇："文之英蕤，有秀有隐。隐者，文外之重旨；秀者，篇中之独拔。隐以复志为工，秀以卓绝为巧。"移以论词，最为切当。

词者意内而言外，以隐胜，不以显胜。寓意于景，而非见意于景。盖词义有双重：有表义，有蕴义。表义，即字面之所指；蕴义，即寄托之所在，所谓重旨复意者是也。"高树晚蝉，说西风消息。""波心荡，冷月无声。"言外别有许多意思，读者不徒体味其凄苦之词境，尤当默会其所以构此凄苦之境之词心。此其妙处，正在于隔。彦和云："情立词外曰隐，状溢目前曰秀。"（《岁寒堂诗话》引刘氏语，为《雕龙》佚文）王氏论词，有见于秀（《人间词话》云："飞卿之词，句秀也；端己之词，骨秀也；重光之词，神秀也。"）而无见于隐，故反以隔为病，非笃论也。词之性质，"深文隐蔚，秘响傍通"，故以曲为妙，以复见长，不能单凭直觉，以景证境。吾故谓王氏之说，殊伤质直，有乖意内言外之旨。若夫"晦塞为深，虽奥非隐"，如斯方为词之疵累。质言之，词之病，不在于隔而在于晦。

周锡山《王国维美学思想研究》第 141、178-179 页（中国社会科学出版社 1992 年）

王国维对南宋词的总体评价很低。他在总评南宋词时常喜将其与北宋词作比较。

王国维以"品格"（《人间词话》三二）作为评论作者和作品的重要标准。也常单独以"格调"评论，如他认为"古今词人格调之高无如白石"（《人间词话》四二），他表示姜夔是他所喜好的二、三南宋词人之一，即因其人格调高绝。反映到词作中，王国维认为"白石写景之作，如'二十四桥仍在，波心荡，冷月无声'，'数峰清苦，商略黄昏雨'，'高树晚蝉，说西风消息'"之类，皆"格韵高绝"。（本则）将格与韵连在一起。韵，这里主要指节奏、音韵，作品的音乐性效果，也兼指作者作品的风韵气度。由于中国传统文论一贯重视"气"，甚至认为"文以气为主"，故静安有时也将气和格连在一起，称作"气格"。（《人间词话未刊稿》二〇）他称颂优秀之作"格高千古"（《人间词话未刊稿》一七），有时又称"风调高古"（《人间词话未刊稿》三六）。而观察品格，"在神不在貌"（《人间词话》三二），如欧阳修、秦观虽作艳语，终有品格。

夏中义《世纪初的苦魂》第 34 页（上海文艺出版社 1995 年）

白石之"隔"似是一个接受美学现象，即白石不是按王氏"境界"程式来写的，他是忧世非忧生，咏物而非抒怀，凄恻郁结而非清新疏朗，不是像"红杏枝头春意闹"那样"豁人耳目"，而是要求读者像嗅玫瑰那样嗅出词中情结的芬芳，这就亟须读者投入更丰饶、更蕴藉的心智想象与情调揣摩，而不是直接给人的官能一个鲜亮印象。是的，与王氏"境界"式造型相比，白石的景物造型确实朦胧，但这朦胧不是因为意气不足而施放的人工烟幕，而实在是有难言之衷但又不能不吐，于是就曲折而晦远。这就是说，在白石词的内容和形式之间并不"隔"。但酷爱豁朗的王氏又委实看不惯乃至看不懂，似有"雾"将王氏与白石词"隔"开了。主客体之间的审美交流于是受阻。这是王氏无力同化所致。这在接受美学上叫"不合形式性"，即：当读者不具备足以观赏作品的特定形式这份素养时，必然地，他也就消化不了这作品，于是作品也就不能变成他的审美对象；相应地，面对此作品，他也就失去了审美主体资格。显然，此"隔"之责任不在作者，而在读者。王氏读白石如"雾里看花"看不清，那是他眼力不够，视野不宽，故无法领略白石词之朦胧美，这与欧阳公之"隔"相反，因为王氏一眼便瞅出对象症结之所在。看来，用"境界"这一钥匙确可打开唐、五代、北宋诸家的诗词之锁，很灵，但还未灵到万能程度，故用它来对付白石便失灵。然而，王氏的自我感觉又特好，他并未觉察到自身的不完善，相反，却用同一"隔"字，将白石与欧阳公捆在一起，殊不知同一术语完全可能含义不一，这又近乎是先掘陷阱，后让自己失足而不自知。

孙维城《隔境——一个重要的意境范畴》（《文史知识》1995 年第 6 期）

这里明确表示了对姜词以及南宋词以情隔景的厌弃，称为"写景之病，皆在一'隔'字"。比如姜词《点绛唇》："燕雁无心，太湖西畔随云去。数峰清苦，商略黄昏雨。第四桥边，拟共天随住。今何许？凭栏怀古，残柳参差舞。"词前有小序："丁未冬过吴松作。"这首词中出现的景有燕雁、云、山峰、雨、残柳等，但都没有自己的形态，更不用说物的精神、生气了。燕雁无心而随云去，实际写的是作者自己的襟期洒落，欲与天随子陆龟蒙共游。冬天本无燕雁，如何无心？如何随云？可见姜词对景的虚拟、轻视。数峰清苦，表现的也是人的清瘦，只勉强让人感到山的瘦小，无草木，而不能展示物的生动画面。残柳，更渗透了作者的主观色彩。这样的词，表面一本正经地咏物写景，实际自我意识太强，是咏怀，念念不忘于表德，所写景物不但无神，甚至无形，从而疏远、冷淡了大自然。王国维曾经称赞《敕勒歌》"写景如此，方为不隔"，强调景的真。近人钱振锽深有体会地说："静安言之病在隔，词之高处为自然。予谓隔只是不真耳。"（《词话》）而以情隔景，违反了景真的原则。

解 读

参见本则和第一则汇评中《王国维美学思想研究》的引文。

四 〇

问"隔"与"不隔"之别，①曰：陶[1]、谢[2]之诗不隔，延年[3]则稍隔矣；②东坡[4]之诗不隔，山谷[5]则稍隔矣。"池塘生春草"[6]，"空梁落燕泥"[7]等二句③，妙处④唯在不隔。词亦如是。即以一人一词论，如欧阳公《少年游》（咏春草）上半阕云⑤："阑干十二独凭春，晴碧远连云。二月三月，千里万里（按，此两句倒置），行色苦愁人。"语语都在目前⑥，便是不隔。至云：⑦"谢家池上，江淹浦畔"，则隔矣。白石《翠楼吟》："此地。宜有词仙，拥素云黄鹤，与君游戏。玉梯凝望久，叹芳草、萋萋千里。"便是不隔。至"酒祓清愁，花消英气"[8]，则隔矣。然南宋词虽不隔处，比⑧之前人，自有浅深⑨厚薄之别。⑩

汇 校

① 手稿原作"问'真'与'隔'之别"。

② "陶、谢"二句，手稿原作："渊明之诗不隔（二字原作'真'），韦、

柳则稍隔矣。"

③ "二句"，手稿无"二"字。

④ "妙处"原作"其妙"。

⑤ "云"，手稿作"曰"。

⑥ "都在目前"，手稿原作"可以直观"。

⑦ 此句以下，《二牖轩随录》"人间词话选"改作："至换调（一作头）云：
'谢家池上，江淹浦畔，吟魄和离魂。'使用故事，便不如前半精彩。
然欧词前既（一作半）实写，故至此不能不拓开。若通首如此，则成笑柄。
南宋人词则不免通体皆是'谢家池上'矣。"

⑧ "比"手稿作"较"。

⑨ 手稿作"深浅"。

⑩ 此则手稿本天头删去：以一人之词论，如白石《咏蟋蟀》："露湿铜铺，
苔侵石井，都是曾听伊处。"便不隔。

注 释

[1] 陶：陶渊明。

[2] 谢：谢灵运（385-433），陈郡阳夏（今河南太康）人，移籍会稽。东
晋名将谢玄之孙，袭封康乐公，世称谢康乐，南北朝诗人。

[3] 延年：颜延之（384-456），字延年，琅琊临沂（今属山东）人。官至
金紫光禄大夫。南朝宋诗人，与谢灵运齐名，时称"颜谢"。

[4] 东坡：苏轼。

[5] 山谷：黄庭坚（1045-1105），字鲁直，自号山谷道人，又号涪翁，分宁
（今江西修水）人。治平进士，以校书郎为《神宗实录》检讨官。
北宋诗人。他出于苏轼门下，而与苏轼齐名，世称"苏黄"。

[6] 此句见谢灵运《登池上楼》：

潜虬媚幽姿，飞鸿响远音。薄霄愧云浮，栖川怍渊沉。进德智
所拙，退耕力不任。徇禄反穷海，卧病对空林。衾枕昧节候，褰开
暂窥临。倾耳聆波澜，举目眺岖嵚。初景革绪风，新阳改故阴。池
塘生春草，园柳变鸣禽。祁祁伤豳歌，萋萋感楚吟。索居易永久，

离群难处心。持操岂独古，无闷征在今。

《南史·谢惠连传》："（谢灵运）尝于永嘉西堂思诗，竟日不就，忽梦惠连，即得'池塘生春草'，大以为工。常云：'此语有神功，非吾语也。'"

[7]语见薛道衡《昔昔盐》。薛道衡（540-609），字玄卿，河东汾阴（今山西万荣西）人。历仕北齐、北周，隋时官司隶大夫，后为炀帝所害。

薛道衡《昔昔盐》：

> 垂柳覆金堤，蘼芜叶复齐。水溢芙蓉沼，花飞桃李蹊。采桑秦氏女，织锦窦家妻。关山别荡子，风月守空闺。恒敛千金笑，长垂双玉啼。盘龙随镜隐，彩凤逐帷低。飞魂同夜鹊，倦寝忆晨鸡。暗牖悬蛛网，空梁落燕泥。前年过代北，今岁往辽西。一去无消息，那能惜马蹄。

[8]白石：姜夔。姜夔《翠楼吟》：

> （淳熙丙午冬，武昌安远楼成，与刘去非诸友落之，度曲见志。予去武昌十年，故人有泊舟鹦鹉洲者，闻小姬歌此词。问之，颇能道其事。还吴，为予言之。兴怀昔游，且伤今之离索也。）
>
> 月冷龙沙，尘清虎落，今年汉酺初赐。新翻胡部曲，听毡幕元戎歌吹。层楼高峙，看槛曲萦红，檐牙飞翠。人姝丽，粉香吹下，夜寒风细。　　此地，宜有词仙，拥素云黄鹤，与君游戏。玉梯凝望久，叹芳草、萋萋千里。天涯情味，仗酒祓清愁，花销英气。西山外，晚来还卷，一帘秋霁。

汇　评

毅永《王静安先生之文学批评》（《学衡》第64期，1928年）

明先生第一形式第二形式之论，则可以言先生隔不隔之说矣。余谓先生隔不隔之说，亦出于其美学上之根据。何以言之？曰自然之景物，其优美者如碧水朱花，宏壮者如疾风暴雨，其接于吾人之审美力也，直接用第一形式，故觉其真切而不隔。一切艺术，以必须用第二形式而间接诉诸吾人审美力故，故其第二形式若与第一形式完全一致和谐，则吾人恍若不知其前者之存在，而亦觉其意境之真切而不隔。反是，二种形式不能完全和谐一致，则生障蔽。而吾人蔽于其第二形式，因不能见有第一形式，或仅能见少分之第一形式，皆是隔也。且隔不隔之说，与真不真之说，有以异乎？曰：无以异也。未有真而隔，亦未有不真而能不隔者。故先生隔不隔之说，是形式之论，意境之论。而真不真之说，则根本之论也。文学之真者，写情则沁人心脾，写景则如在目前，未有或隔者也。凡诗词砌垒则隔，故梦窗之词最隔。强棣事则隔，故山谷之诗视东坡稍隔。古诗名篇少用典，故不隔。诗品所谓"思君如流水既是即目，高台多悲风亦惟所见，清晨登陇首羌无故实，明月照积雪讵出经史，观古今胜语，多非补假，皆由直寻"者是也。凡标举兴会不屑屑辞藻，则不隔。

朱光潜《诗的隐与显（关于王静安先生的〈人间词话〉的几点意见）》（《人间世》第 1 期，1934 年 4 月）

依我看来，隔与不隔的分别就从情趣和意象的关系中见出。诗和一切其他艺术一样，须寓新颖的情趣于具体的意象。情趣与意象恰相熨帖，使人见到意象便感到情趣，便是不隔。意象含糊或空洞，情趣浅薄，不能在读者心中产生明了深刻的印象便是隔。比如"谢家池上"是用"池塘生春草"的典，"江淹浦畔"用《别赋》"春草碧色，春水绿波，送君南浦，伤如之何？"的典。谢诗江赋原来都不隔，何以入欧词便隔呢？因为"池塘生春草"和"春草碧色"数句都是很具体的意象，都是很新颖的情趣。欧词因春草的联想而把它们拉来硬凑成典故，"谢家池上，江淹浦畔"，意象既不明了，情趣又不真切。

钱锺书《论不隔》（《学文》月刊一卷第三期，1934 年 7 月）

按照"不隔"说讲，假使作者的艺术能使读者对于这许多情感、境界或事物得到一个清晰的、正确的、不含糊的印象，像水中印月，不同雾里看花，那么，这个作者的艺术已能满足"不隔"的条件：王氏所谓"语语都在目前，便是不隔"，所以，王氏反对用空泛的辞藻，因为空泛的辞藻是用来障隔和遮掩的，仿佛亚当和夏娃的树叶，又像照相馆中的衣服，是人人可穿的，没有特殊的个性，没有显明的轮廓

（contour）。

好的文艺作品，按照"不隔"说，我们读着须像我们身所经目所击着一样。我们在此地只注重身经目击，至于身所经目所击的性质如何，跟"不隔"无关。此点万不可忽视，否则必起误解。譬如，有人说"不隔"说只能解释显的、一望而知的文艺，不能解释隐的、钩深致远的文艺，这便是误会了"不隔"。"不隔"不是一桩事物，不是一个境界，是一种状态（state），一种透明洞彻的状态——"纯洁的空明"，譬之于光天化日；在这种状态之中，作者所写的事物和境界得以无遮隐地暴露在读者的眼前。作者艺术的高下，全看他有无本领来拨云雾而见青天，造就这个状态……隐和显的分别跟"不隔"没有关系。比喻、暗示、象征，甚而至于典故，都不妨用，只要有必须这种转弯方法来写到"不隔"的事物。

吴征铸《评〈人间词话〉》（《斯文》卷一第 21–22 合期，1941 年 8 月）

是静安先生以目前语浑成语为不隔，凡用典用事或加以人工修琢者，皆隔也。（尚有多条皆本此立论，不具引。）夫自然美妙之语，孰不知其可爱？然而不能废用典用事者。推原其故，则有谋篇一道存焉。文章天成，妙手偶得。偶得者不能常得也。欣赏自然，忽有灵感，援笔铺笺以赴之。或有自然美妙之语出，一二语三四语无定也。然而文学一事，舍内容外，当有形式。一二断句，不能成篇。于是不得不以人事足成之。"池塘生春草"诚可谓天籁矣。其对句"园柳变鸣禽"，一变字不知经几许推敲而后定也。"空梁落燕泥"，亦可谓天籁矣，其上数语则为"恒敛千金笑，长垂双玉啼，盘龙随镜隐，彩凤逐帷低，飞魂同夜鹊，倦寝忆晨鸡"。乃尽雕琢之致。千金双玉，尤南宋词之法也。古诗句数多寡不定，通篇自然浑成者，十九首以下，尚不易多见。况词之句数声调，均有一定之格律乎。故知一人一词。不隔语与隔语相杂者不得已也。今日论词而曰自然美妙之句为前人说完，固庸儒之说，若曰作词必完全求美妙，一切人工可废，则亦为不知甘苦之言，皆不足信也。自然与人工，隔与不隔，在一篇中配搭得宜，实有相得益彰之妙。

饶宗颐《〈人间词话〉平议》（1953）（《澄心论萃》第 209-210、215 页，
上海文艺出版社 1996 年）

王氏论词，标隔与不隔，以定词之优劣，屡讥白石之词有"隔雾看花"
之恨。又云："梅溪梦窗诸家写景之病，皆在一隔字。"予谓"美人如花
隔云端"，不特未损其美，反益彰其美，故"隔"不足为词之病。宋玉
《神女赋》："时容与以微动兮，志未可乎得原；意似近而既远兮，若将来
而复旋。"词之言近旨远，缠绵跌宕，感人之深，正复类此。《文心雕龙》
隐秀篇："文之英蕤，有秀有隐。隐者，文外之重旨；秀者，篇中之独拔。
隐以复志为工，秀以卓绝为巧。"移以论词，最为切当。词者意内而言外，
以隐胜，不以显胜。寓意于景，而非见意于景。盖词义有双重：有表义，
有蕴义。表义，即字面之所指；蕴义，即寄托之所在，所谓重旨复意者
是也。"高树晚蝉，说西风消息。""波心荡，冷月无声。"言外别有许多
意思，读者不徒体味其凄苦之词境，尤当默会其所以构此凄苦之境之词
心。此其妙处，正在于隔。彦和云："情立词外曰隐，状溢目前曰秀。"（《岁
寒堂诗话》引刘氏语为《雕龙》佚文）王氏论词，有见于秀，（《人间词话》云："飞
卿之词，句秀也；端己之词，骨秀也；重光之词，神秀也。"）而无见于隐，故
反以隔为病，非笃论也。词之性质，"深文隐蔚，秘响傍通"，故以曲为妙，
以复见长，不能单凭直觉，以晕证境。吾故谓王氏之说，殊伤质直，有
乖意内言外之旨。若夫"晦塞为深，虽奥非隐"，如斯方为词之疵累。质
言之，词之病，不在于隔而在于晦。（与观堂同时之况蕙风，亦论词境。其说云：
"词有穆之一境，静而兼厚重大也。"又云："词境以深静为至。此中有人，如隔蓬山，
思之思之，遂由浅而见深。盖写景与言情，非二事也。善言情者，但写景而情在
其中。此等境界，唯北宋人词往往有之。"此诚深造自得之言。）我心写兮，言
不尽意，而百世之下，读者之于我心，或契或否，如人饮水，冷暖自知。
由浅入深，未始以不"隔"为妙。

观堂论词，颇伸北宋而诎南宋（如云："北宋风流，渡江遂绝。""南宋词
虽不隔处，比之前人，自有浅深厚薄之别。"）。夫五代、北宋词，多本自然，
时有真趣；南宋词则间出镂刻，具见精思。即北宋末叶，过于求工者，
已多斧凿痕迹，渐开南宋之先路。一切文学之进化，先真朴而后趋工巧。

观汉魏诗之高浑，下逮宋齐，则以雕镂为美，斯其比也。（德人论诗区为
Volkpoesie 与 Kunstpoe-sie 二者，以见古今风格有真朴与工巧之殊，所论正相似。）
故南北宋词，初无畛域之限。其由自然而臻于巧练，由清泚而入于秾挚，
乃文学演化必然之势，毋庸强为轩轾。论诗而伸唐诎宋，清叶燮已深加
非议（见《原诗》）。持以质王氏，宁不哑然失笑？周止庵于两宋词颇有优
劣之论（如谓："南宋则下不犯北宋拙率之病，高不到北宋浑涵之诣。""南宋有门径，
似深而转浅；北宋无门径，似易而实难。"），语尚宏通，王氏殆受其暗示，而
变本加厉，益为偏激矣。

夏承焘《词评十论》（《文学评论》1962 年第 1 期）

又如举欧阳修《少年游》咏春草，说上片不隔，下片"谢家池上，
江淹浦畔"便隔了，其实这二句滥用典故，了无感情，其病不仅是"隔"。
他说姜夔词"二十四桥仍在，波心荡，冷月无声"，"数峰清苦，商略黄
昏雨"，"高树晚蝉，说西风消息"等句，都是"如雾里看花，终隔一层"，
却把谢灵运的诗放入"不隔"之列，也令人不易索解。

周振甫《诗词例话》第 28 页（中国青年出版社 1962 年）

谢灵运《登池上楼》："池塘生春草，园柳变鸣禽。"这两句话不用
典故，容易懂，写出蓬勃春意。薛道衡《昔昔盐》："暗牖悬蛛网，空梁
落燕泥。"也不用典，写出楼中少妇因丈夫出征一去无消息，寂寞孤苦的
心情。欧阳修《少年游》的上半阕，写一个妇女凭高望远，语语都在目前，
所以是不隔。陶渊明《饮酒》第五的"采菊东篱下"，也是真切地写出所
见所感。斛律金的《敕勒歌》写阴山下的景色"天似穹庐"等句，不仅
写得很形象，也写出草原风光。

这里举"谢家池上，江淹浦畔"为隔的例，主要是因为它用典。谢
灵运有"池塘生春草"句，所以"谢家池上"就是指春草。江淹的《别赋》
里有"春草碧色，春水绿波，送君南浦，伤如之何！"因此"江淹浦畔"
也是指春草。这样用典不容易懂，表情不真切，所以说隔。

吴奔星《王国维的美学思想——"境界"论》（《江海学刊》1963 年第
3 期）

"隔"与"不隔"之别，照王国维的解释，决定于语言。"语语都在目

前，便是不隔"；否则，就是"隔"。这种观点，钟嵘《诗品》已开其端："至乎吟咏情性，亦何贵于用事？'思君如流水'，既是即目；'高台多悲风'，亦惟所见；'清晨登陇首'，羌无故实；'明月照积雪'，讵出经史？观古今胜语，多非补假，皆由直寻。"王国维的"语语都在目前"就是钟嵘的直寻胜语。这是创造不隔的艺术境界的方法之一，加以总结，是应该的；但是王国维因此而抹杀其他的表现手法，却未必正确。

伍蠡甫《诗与画——形象思维漫谈》（《上海文艺》1978 年第 2 期）

"隔"和"不隔"是指诗中运用逻辑思维和形象思维所产生的不同效果。

叶嘉莹《王国维及其文学批评》第 251 页（广东人民出版社 1982 年）

《人间词话》境界说之基础原是专以"感受经验"之特质为主的，因此要想求得一篇作品能够达到"有境界"的标准，就不得不具备两个条件，其一是作者对其所写之景物及情意须具有真切之感受，其二是对于此种感受又须具有能予以真切表达之能力。如果我们对于《人间词话》这种境界说的基本理论有了认知，我们自然便会明白静安先生所提的"隔"与"不隔"之说，其实原来就是他在批评之实践中，以"境界说"为基准来欣赏衡量作品时所得的印象和结论。如果在一篇作品中，作者果然有真切之感受，且能做真切之表达，使读者亦可获致同样真切之感受，如此便是"不隔"。反之，如果作者根本没有真切之感受，或者虽有真切之感受但不能予以真切之表达，而只是因袭陈言或雕饰造作，使读者不能获致真切之感受，如此便是"隔"。

金开诚《〈人间词话〉的"境界说"》（《古典文学论丛》第 2 辑，陕西人民出版社 1981 年）

"隔"与"不隔"，当然是相对于境界的表达而言的，因此，凡是能用真挚的语言写出鲜明形象、抒发深情厚谊的，便是"不隔"；反之，语言非本色，形象不明朗，情意不真切，则不论如何穷极工巧，格韵高绝，都应归于"隔"的一类。

佛雏《王国维"自然"说二题》（《扬州师院学报》1981年第1期）

至于"谢家池上,江淹浦畔"、"酒祓清愁,花消英气"之所以为"隔",也无非借现成的"古雅"来替换独特的创造,从"天真的儿童般的语言"转为虽经"雅化"而仍属抽象思辨的语言,因而"直观"、"自然"隐没了,仿佛从"水中"又回到"船"上了。

佛雏《"境界"说的传统渊源及其得失》（《古典文学论丛》1982年第2辑）

所谓"隔"与"不隔",同诗人对赋比兴的态度运用,关系甚为密切。如前所述,我国传统文论有个重比兴而轻赋的倾向。"比兴"重得太过,一旦与"赋"脱节,就势必产生"隔"。这点六朝的钟嵘早已看出,所谓"若专用比兴,患在意深,意深则词踬"（《诗品序》）。王氏的"隔"似从钟嵘的"踬"化出。王氏对"语语都在目前"的"赋",如"中天悬明月"（杜甫）,"长河落日圆"（王维）,"甘做一生拼,尽君今日欢"（牛峤）之类,给以高度重视;而对那些满篇"比兴"之作,则深致不满。

王氏"隔"与"不隔"的论点,基于艺术的"直观"的本性,境界作为"第二自然"必须具备的"自然性"（康德把"自然性"作为"天才"艺术家的本性特点之一）。"不隔",则达到王氏所要求的直观性与"自然性"。"不隔",则主客体之间互相映照,吻合无间,其景其情,均构成主动的直观,读者得由此而进窥"物"的"神理"与"人"的情致。"隔"则反是,搬故实,使代字,种种"矫揉妆束",使得主客体之间,横塞着一道雾障,因而破坏了境界的直观性与"自然性"。

王振铎《论王国维的"境界"说》（《文学论丛》1982年第13辑）

所谓"不隔",有两层意思。一是"观物"、"观我"时要"直观",中间不要有什么雾障阻隔。用王国维的诗句来说,就是"偶开天眼觑红尘,可怜身是眼中人"。把来自客体方面的吸引、诱惑和来自主体方面的欲望、追求都统统抛开,使物我直接观照。这样,观景则明晰清真,观情则深切动人。倘使"写景"，如"雾里看花"就"隔"；若是明彻、精细地写出景物的神理、活趣，就像在你目前一样，便"不隔"。写情如果勉强作态或掩饰伪造，就"隔"；若像古诗十九首那样，直写出真情本性、勾画出人的灵魂意趣和动机，就像一颗活的心在跳动一样，便"不隔"。二是"景"与"情"要交融密合，浑然一体，最好使人分不出"景语""情语"之别，以至于"意境两忘，物我一体"，这便是"不隔"；如果"景"与"情"之间融合得不自然、有阻塞，那便"隔"了。

尚永亮《辨〈人间词话〉之"真"》（《江汉论坛》1983 年第 2 期）

"隔"者，词意隐晦，情感欠真，脱离自然之谓也；"不隔"者，用语简当，情真意切，最能体现自然之旨趣也。所谓"语语都在目前"，即王氏论"不隔"之标准，它要求对事物进行直观把握，要求以具体鲜明的词语描写其特征，要求以喷涌而出的情感抒发怀抱，使其与人的感受一拍即合，毫无距离。简言之，即单刀直入，开门见山。

黄志民《〈人间词话〉"境界"一词含义之探讨》（《台湾学者中国文学批评论文选》，人民文学出版社 1986 年）

王氏"不隔"的说法，重在表现技巧上所能达到的效果。然而即使有再佳的技巧，作品内容是有其时间、空间之条件的，其产生如此，其感人的效果亦复如此。在某一时空条件之下，被认为具有"不隔"效果的作品，是否能被另外一个时空里的人们所领会感动，恐怕不是一个可以很容易回答的问题；一种基于个人私欲与他人愿望无关的作品，纵使在技巧上"不隔"，能否引起他人的共鸣，也是一个值得思考的问题。是故不隔的说法，似乎应更进一步就其作品的精神内涵去考虑，而不应仅就其技巧上的不隔。能经历时空、超越人我限制的伟大作品，必定是其中蕴含着人类共通而崇高的情操，启引着人类共通的理想，这才是真正的"不隔"。

万云骏《王国维〈人间词话〉"境界说"献疑》（《文学遗产》1987 年第 4 期）

据我们看来，"隔"就是隐，就是表现象外之象，言外之意，读者一时不容易把握，因此说是"隔"。殊不知从诗词意象的审美特质来看，

"隔"正所以表现它们的烟水迷离之致。"隔"如何造成？正由于形象的"间隔化"。宗白华说："唐代李商隐的诗，则可以说是一种'隔'的美。"（《美学散步》）由于王国维的诗词鉴赏能力颇高，所以他虽在理论上否定了"隔"的美，但在实际上对具有"间隔化"的美的诗词句子，还是能欣赏的。如《诗·蒹葭》一篇，王氏说它最得风人深致。这诗所以说"最得风人之致"，主要表现在诗人追寻他日夜思念的伊人，有迷蒙的秋水为隔，因此在行动上是可望而不可即，在思想上则充分表现了他迷离惝恍之情。似乎无从望见，但又仿佛可以望见。像这样的诗就可以说是属于"隐"而不是属于"秀"。

潘知常《王国维"意境"说与中国古典美学》（《中州学刊》1988年第1期）

人们往往认为王国维的"隔"与"不隔"，是指的语言表现上的"不使隶事之句"，"不用粉饰之字"，这固然不失为一得之见。但倘若剖析之，仍可发现叔本华的影响。叔本华认为："每件艺术作品，其真实的目的，在于向我们显示生活与事物的真实面目（按：理念），而由于客观与主观的种种偶然性的雾障。"（177节王国维亦云："唯诗歌一道，虽借概念之助，以唤起吾人之直观，然其价值全存于其能否直观与否。"《叔本华之哲学及其教育学说》）这种对意境的直观性、自然性的要求，奠定在"隔"与"不隔"的理论基础上，所谓"不隔"，在于用一种客观的精神来处理自然，以便让自然的内在本性——理念——获得尽可能清晰的、自由的、充分的显示。所谓"隔"，则往往掺杂某种"主观的精神"，并把它强加在自然客体上，因而自然的"真实面目"的展示，常常蒙上一定的"雾障"，"犹之西子蒙不洁"。故"隔"则"理念"晦，"境界"不复"全出"了。

王苏《王国维"境界说"的禅宗意蕴》（《中州学刊》1990年第3期）

静安先生的"隔"无非是诗人写影子；这是一般诗人所做到的，然而都不能做到表达"真景物"和写人的"真感情"，只能如"雾里看花"。就是说诗人与真实事物真实感情中间有一障，这样使欣赏者与真实事物真实感情之间也有一堵无形的"障"，这种"障"影响了诗人与读者的情感交流，影响了诗人描述事物的效果，使诗作不能具有"境界"，不能成其高格。

陈良运《中国诗学体系论》第 344 页（中国社会科学出版社 1992 年）

"不隔"，并不是对"自然中之物"如实的复现和摹写，因为物与物之间也有利害之关系，由此互相之间亦有种种限制，打个比方，云可遮月，亦可托月，遮月对月来说就是一种限制，自然界各种各样的景物，无不有各种利害关系，如果执着于实写，欧阳修笔下的"二月三月"之"晴碧远连云"，于春天多雨的江南便有纯属偶然或不真实之感。因此，虽然直观地表现美之对象，诗人亦须于对象有所超脱，而这超脱又不违背自然之法则。实际上，王国维在这里也是谈一个"能入"、"能出"的问题，不过是针对具体表现对象而言，他还用另一种说法表示了这个意思，即"诗人必有轻视外物之意，故能以奴仆命风月。又必有重视外物之意，故能与花鸟共欢乐"。"轻视"与"重视"，超脱与直观，是艺术的辩证统一，总体表现便是"不隔"，若缺其一，便会造成"隔"。

孙维城《对王国维"隔"与"不隔"的美学认识》（《文艺研究》1993年第 6 期）

"不隔"有两层内涵，表层指语言的真诚、自然；而深层意蕴指事物的本真、本源。在这个意义上，物的"真"不是指我们眼前所见的无生命的自然，也不是指打上主观烙印的"人化"的自然，而是指充满着原始灵性的自然。

张节末《法眼、"目前"和"隔"与"不隔"——论王国维诗学的一个禅学渊源》（《文艺研究》2000 年第 3 期）

王国维的"隔"与"不隔"，虽也论写情，但似乎主要就写景而论。《人间词话》第 39 条评姜夔"写景之作……如雾里看花，终隔一层"，又评史达祖、张炎诸家"写景之病，皆在一'隔'字"。第 40 条说"语语都在目前便是不隔"，前半句王氏原稿作"语语可以直观"，可见"不隔"是指写景应达到如在目前的直观。显然，这是心物关系论域中的问题。王氏之使用"隔"与"不隔"的词语，显得颇为突兀，为什么他会选择这个"隔"字来作为写景好坏的判断标准呢？我以为，对此一问题作追根寻源的探究，与把握王国维的美学思想是极其必要的。以上，我已经尝试着从法眼一系"一切成见"的禅法为"隔"的理论找寻内证，虽然不敢说就是如此，但是却有几分把握。所谓"隔"，绝不是单纯指观看不清楚、描写不清晰、意象迷糊，或是细节不真实，而是达不到"语语都在目前"的境界。"语语都在目前"，即是作感性直观。欧阳修《六一诗话》引梅尧臣语云："状难写之景，如在目前；含不尽之意，见于言外。"梅氏、欧氏要求写景"如在目前"，王氏"语语都在目前"显然有本于此。不过，我还可以从禅宗语录中找出若干证据，以证明"目前"的提法其实来自禅宗。

钱谷融《"隔"与"不隔"》（《文汇报》2002 年 3 月 2 日）

为什么"隔"了就不好，"不隔"就好呢？因为，不隔就是你的注意力专注、集中在对象身上，你与对象凝为一体，中间毫无隔阂。全凭直觉，没有理智的干扰，这就是美。美是只有在直觉中才能感受到，才能获得的。一脱离了直觉，也就失去了美。济慈（John Keats）说："美就是真，真就是美。"这个真，就是本真，就是事物的本来面目。就是不假雕饰，不经人为的诠解，不加入任何主观情意作用的事物的本来面目。任何事物本身都是一个独立自足的个体，都是一个完满的存在。也就是说，都是美的。你能直接与事物本身接触，也就接触到了美。

解 读

王国维基本上是一个现实主义的理论家和创作家。现代主义兴起后，崇奉凌乱的写作理路，朦胧的意象，意识流的描写，不仅晦涩（隔），而且令人不知所云（晦涩到极点）。当然，读者也就极少。不少喜爱者，也只是赶时髦的好龙叶公，买回书，装饰书架，没有真正读过。谓予不信，请看——在北京大学多年讲授现代主义文学名著的吴晓东指出："但实际上这种对现代主义小说的阅读热情只是一种表面现象。真正认真阅读的人并不多。最大的原因是现代主义小说形式上的复杂、晦涩，很多小说是很难读下去的，现代主义小说使阅读不再是一种消遣和享受，阅读已成为严重甚至痛苦的仪式，是一种吃力的活儿，……让许多人包括专业研究者望而生畏的事情。"(《从卡夫卡到昆德拉——20世纪的小说和小说家》第4页，三联书店2003年）于此反观王国维的隔与不隔理论，其基本的含义是很对的。

四 一

"生年不满百，常怀千岁忧。昼短苦夜长，何不秉独游？"[1]"服食求神仙，多为药所误；不如饮美酒，被服纨与素。"[2]写情如此，方为不隔。"采菊东篱下，悠然见南山。山气日夕佳，飞鸟相与还。"①[3]"天似穹庐，笼盖四野。天苍苍，野茫茫，风吹草低见牛羊。"[4]写景如此，方为不隔。

汇 校

① 此句下，手稿原有"此中有真意，欲辨已忘言"。

注 释

[1]《古诗十九首》之十五：

　　生年不满百，常怀千岁忧。昼短苦夜长，何不秉烛游？为乐当及时，何能待来兹。愚者爱惜费，但为后世嗤。仙人王子乔，难可与等期。

[2]《古诗十九首》之十三：

　　驱车上东门，遥望郭北墓。白杨何萧萧，松柏夹广路。下有陈死人，杳杳即长暮。潜寐黄泉下，千载永不寤。浩浩阴阳移，年命如朝露。人生忽如寄，寿无金石固。万岁更相送，圣贤莫能度。服食求神仙，多为药所误。不如饮美酒，被服纨与素。

[3]陶潜《饮酒》二十首之五句，参见第三则注［3］。

[4]《敕勒歌》：

　　敕勒川，阴山下。天似穹庐，笼盖四野。天苍苍，野茫茫，风吹草低见牛羊。

汇 评

周振甫《诗词例话》第 28 页（中国青年出版社 1962 年）

这里举出《古诗十九首》中的"生年不满百"等句，主要是说明作者把心里的真实感情表达出来，一点不掩饰。前四句说人生短促，还不如及时行乐。后四句说求仙虚幻，还不如饮酒和讲究衣着。王国维认为这些话是很可鄙的，一般人是不肯说的，作者敢于不加掩饰地说出来所以说不隔。王国维同过去的很多文人一样，认为像《古诗十九首》那样能够把真情写出来就是好诗。其实光是不隔不能决定一首诗的好坏。像上举的两首，由于作者的志趣低下，只能给读者带来不好影响，虽然写得真切不隔，并不可贵。

姚一苇《艺术的奥秘》第 310–311 页（漓江出版社 1987 年）

王氏在此所谓的隔与不隔系指语言上的率真，要"语语都在目前，便不是隔"。又云，"'生年不满百，常怀千岁忧，昼短苦夜长，何不秉烛游？''服食求神仙，多为药所误，不如饮美酒，被服纨与素。'写情如此，方为不隔。'采菊东篱下，悠然见南山。山气日夕佳，飞鸟相与还。''天似穹庐，笼盖四野。天苍苍，野茫茫，风吹草低见牛羊。'写景如此，方为不隔。"自此看来，语言的表现方式似乎与境界无关，其实不然；王氏虽不曾将隔与不隔与境界之间建立某种确定的关联性，但是并非无痕迹可循。王氏之论白石，"白石写景之作，如：'二十四桥仍在，波心荡，冷月无声''数峰清苦，商略黄昏雨''高树晚蝉，说西风消息'。虽格韵高绝，然如雾里看花，终隔一层。"又云，"古今词人格调之高无如白石，惜不于意境上用力，故觉无言外之味，弦外之响，终不能与于第一流之作者也。"又王氏之论代字，"词忌用替代字，美成解语花之'桂华流瓦'，境界极妙，惜以桂华二字代月耳。"雾里看花，是隔，词用代字，是隔。同时自语言上之隔，构成境界之隔；境界上之隔又足以影响境界之有无或高低。这与王氏一贯主张写真景物真感情相符，即不可矫揉造作，亦即不可隔。

解 读

王国维这里极赞少数民族的民歌《敕勒歌》。王国维重视民歌。他也极其重视少数民族的研究，他在史学研究中，连续发表了研究匈奴的经典论文和《西胡考》、《西胡续考》、《萌（蒙）古考》、《胡服考》等一系列论文，对北方少数民族的起源和发展作了详尽的论说。

四 二

古今词人格调之高，无如白石。[1] 惜不于意境上用力，故觉无言外之味，弦外之响，①终不能与于第一流之作者也。②

汇 校

① 此句后手稿删去一句："终落第二手。"
② 此句手稿作："其'志清峻'则有之，其'旨遥深'则未也。"

注 释

[1] 白石：姜夔。

汇 评

汤大民《王国维"境界"说试探》（《南师学报》1962 年第 2 期）

沈去矜云："男中李后主，女中李易安，极是当行本色。"李煜是词家本色派宗主，在艺术表现上，他学习唐代民间词的白描手法，创造出具有惊人艺术魅力的意境。王国维所推重的正是这种本色当行。他要求作词"不隔"，做到"语语如在目前"，以创造鲜明、生动的真实形象。但是，他批评白石云："惜不于意境上用功，故觉无言外之味，弦外之响，终不能与于第一流之作者也。"显然，王氏主张境界明朗自然与含蓄凝练的辩证统一。含蓄由于同明朗自然联系在一起，就不是"含而不露"，故弄玄虚，叫人猜上半天才能明了其意，一旦明了，也就无味，而是一睹即明，却又余味不尽。即所谓"深衷浅貌，短语长情"，艺术容量极其深广。

高梅森《王国维的"境界"说——读〈人间词话〉札记》（《河北日报》1962 年 10 月 9 日）

王国维所谓写情不隔就是要求明白、透彻、自然、真实。有人认为不隔就是显，从而指责王国维不重视艺术的隐与含蓄。应该指出，王氏并不排斥含蓄，相反，他把含蓄作为境界的必要条件。他说："古今词人格调之高，无如白石。惜不于意境上用力，故觉无言外之味，弦外之响。"他在分析元人杂剧的意境时也说："语语明白如画，而言外有无穷之意。"所以我认为，既要明白，又要含蓄，这才是他全面的观点。

叶嘉莹《王国维及其文学批评》第 287 页（广东人民出版社 1982 年）

"格调"乃是指品格之高下而言的，但品格之高下又有两种之不同：一种是本质的过人，在情意感受方面不同于流俗，这也就是《人间词话》开端之所说的"有境界则自成高格"的表现；另一种则是文字高雅不同于流俗，这也就是白石词被称为格调高的缘故。不过文字之高雅毕竟不同于境界之真挚，此所以静安先生虽然也赞美白石之格调高，而却同时又特加指出"惜不于意境上用力"之故。

祖保泉《关于王国维三题》（《安徽师大学报》1980 年第 1 期）

我以为这看法与姜词的实际是符合的。姜白石一生是个高级清客，寄食四方。对社会，在他好像没有承担什么责任（他也没要求自己承担什么责任），他只游离在社会生活的旋涡之外。什么异族侵略，山河破碎，人民流离，都很少在他脑里盘旋。因而他的词的内容，绝大多数是较为空洞的个人情趣，极少数的略略带有时代色彩。他的《扬州慢》、《凄凉犯》词，算是接触到了异族入侵问题，但那也只是一片声息而已。关心自己民族的感情，在他的思想河流中，只是一圈浪纹，偶有浮现，旋即消失。王国维说白石词"无内美"，总算击中了要害。应该说，王氏对白石词的这一看法，是极有见地的。

黄保真、成复旺、蔡钟翔《中国文学理论史》（五）第 293 页（北京出版社 1987 年）

"格调高"，是艺术家精神气质的特点和艺术修养的高度，在艺术形式中的物化；"境界浅"则是在艺术境界的形成阶段早就确定了的。艺术家的艺术修养的高低，表现在物化过程中，即为驾驭语言文字和物质材料的能力，这能力只能影响已在头脑中形成的境界的物化程度，而不能把本来形成的极浅的意境深化。

周锡山《王国维美学思想研究》第 199-200、201 页（中国社会科学出版社 1992 年）

王国维对境界的构成的主要内容提到了三个方面。

第三是"言外之味，弦外之响"：（本则引文略，其一、其二见第六、第七则汇评）其意为，如有意境就能令人觉言外之味，弦外之响。反过来看"言外之味，弦外之响"就成了有意境的一个重要构成。

"言外之味，弦外之响"可以分解为三个层次。第一个是语言层次，即要求语言或含蓄，或多义，或表面层次与深层层次有比兴关系，或做到以少胜多，以有限之词能表达无限之意，也即他所赞同的严羽《沧浪诗话》中所谓"言有尽而意无穷"。（《人间词话》九）如"西风残照，汉家陵阙"，虽如写景，实则暗蕴大唐帝国自鼎盛开始走向衰落的一种感寓，此即"言外之味"和"弦外之响"。第二个是感情层次，作品借此产生"情味深长"（《人间词话附录》五）、"情深语秀"（《人间词话附录》六）的出色效果，即在简要的画面、短小的篇幅中传达丰富、复杂、深邃甚至变化多端的心理和感情。第三是意蕴层次，在内容上达到"寄兴深微"（《人间词话未刊稿》二七），"观物之微，托兴之深"，"言近而旨远，意决而辞婉"（《人间词·甲稿序》）的深度。这与第一层次的语言，有时也直接有联系。如上述"西风残照，汉家陵阙"两句，在语言上讲是含蓄，从内容上讲，这种感寓即寄兴深微，这个"兴"，是对大唐帝国已露衰象之命运的一种深沉而有远见的关切与忧虑。

"言外之味，弦外之响"与情景交融也有很大关系，因为它往往是通过情景交融的描写来达到的或才能达到的，而情景交融有时也需产生言外之味、弦外之响，才能充分舒展其本身之魅力。

"言外之味，弦外之响"的要求，充分体现了我国传统美学中以少胜多、以简驭繁、以静寓动、言近旨远的美学原则。

"言外之味，弦外之响"既要求作者用精练、简要、含蓄的语言表达丰富、复杂、深邃的内容，又要做到"语语如在目前"和"不隔"，言情沁人心脾，写景在人耳目，述事如其口出，即表达明快，明白，两者要达到高度的辩证统一，难度极高。

从以上境界说组成的几项极高要求来看，的确只有极少数第一流作者才能勉力达到。难怪王国维宁肯失之于苛，如对已经一般人评为第一流词人的姜夔都批评甚多，不肯将"有意境"轻许与人。

境界的构成，除上述直接与境界相关的条件外，还有众多基础条件。这些基础条件即前节诗学总论中涉及的全部内容，尤其如作者的胸襟、学问、德行、品格和雅量高致及其在作品中的反映如气格、格调、风骨等，除高超的艺术手段外，还要"寄兴深微"（《人间词话未刊稿》二七），甚至能"郁伊惝恍，令人不能为怀"（《人间词话未刊稿》二八）；有时也有兴到之作，内容上不一定有深意，不能"深文罗织"（《人间词话未刊稿》二九），但必须自然"清新"（《人间词话未刊稿》三一），平淡而不枯槁。

王国维的另一些美学理论如前曾论及的赤子说，出入说和他十分看重的自然说，都应看作是作为最高层的境界说的基础理论。

马正平《生命的空间——〈人间词话〉的当代解读》第 297 页（中国社会科学出版社 2000 年）

这里的"意境"就是当诗人、艺术家在现实生活的人、事、物中，超越了这个别的一人、一事、一物而突然感"悟"到宇宙和人生的"真理"（即普遍规律、哲理）后产生的恍兮惚兮的模糊不清的美感心理状态"观美之状态"，这种"状态"，是一种审美的情感状态。就是王氏在《孔子之美育主义》一文中所说的"境界"的心理状态，亦即他在《红楼梦评论》中所讲的"优美之情"和"壮美之情"，这一切就是对叔本华所说的"直观"或"静观"时的心理情感状态的另一种称谓而已。

解　读

参见汇评中《王国维美学思想研究》的引文。

四 三

南宋词人，白石^[1]有格而无情，剑南^[2]有气而乏韵，其堪与北宋人颉颃者，唯一幼安^[3]耳。近人祖南宋而祧北宋，以南宋之词可学，北宋不可学也。学南宋者，不祖白石，则祖梦窗^[4]，以白石、梦窗可学，幼安不可学也。学幼安者，率祖其粗犷、滑稽，以其粗犷、滑稽处可学，佳处不可学也。① 幼安之佳处，在有性情、有境界；即以气象论，亦有"横素波、干青云"^[5]之概，宁后世龌龊小生所可拟耶？②

汇 校

① 此句后手稿尚有一句："同时白石、龙洲学幼安之作且如此，况他人乎？"

② "幼安之佳处"一段，手稿作："其实幼安词之佳者，如《摸鱼儿》、《贺新郎》（送茂嘉）、《青玉案》（元夕）、《祝英台近》等，（原有"其"）俊伟幽咽固（原作"处"）独有千古（此下原作"白石、梦窗宁能道其只字耶？"），其他豪放之处亦有'横素波，干青云'之概，宁梦窗辈龌龊小生所可语耶？"

注 释

[1] 白石：姜夔。

[2] 剑南：陆游（1125-1210），字务观，号放翁，山阴（今浙江绍兴）人。南宋著名爱国诗人。

[3] 幼安：辛弃疾（1140-1207），字幼安，号稼轩，历城（今山东济南）人。他出生时，家乡山东以北被金兵占领。二十一岁时参加抗金义军，不久南归南宋，历任湖北、江西、湖南、福建和浙东安抚使等职。一生有志于抗金，为南宋著名爱国词人。

[4] 梦窗：吴文英。

[5] 萧统《陶渊明集·序》赞美陶潜的作品"横素波而傍流，干青云而直上"。

汇 评

吴征铸《评〈人间词话〉》（《斯文》卷一第 21-22 合期，1941 年 8 月）

推原静安先生之严屏南宋，盖亦有其苦心。词自明代中衰以后，至清而复兴。清初朱（竹垞）厉（樊榭）倡浙派，重清虚骚雅而崇姜张。嘉庆时张皋文立常州派，以有寄托尊词体，而崇碧山。晚清王半塘、朱古微诸老，则又提倡梦窗，推为极则。有清一代词风，盖为南宋所笼罩也。卒之学姜张者，流于浮滑；学梦窗者，流于晦涩。晚近风气，注重声律，反以意境为次要。往往堆垛故实，装点字面，几于铜墙铁壁，密不通风。静安先生目击其弊，于是倡境界为主之说以廓清之，此乃对症发药之论也。……静安先生救世之意，反足以误世矣。吾欲为先生进一解曰：词以境界为主，但不以隔不隔分优劣。五代两宋词，各有不同之境界，学者各就性之所近以师之可也。

饶宗颐《〈人间词话〉平议》（1953 年）（《澄心论萃》第 211-212 页，上海文艺出版社 1996 年）

王氏颇讥白石词，盖受周止庵说影响，而沾沾于计较南北宋优劣，似先有一成见横梗胸中。其云："暗香疏影，格调虽高，然无一语道着。"不知此两阕佳处，在于行间运用杜句，而神明变化，直以古诗开阖之法为词，惝恍迷离，自然高妙（白石论诗有理、意、想、自然四种高妙。云："写出幽微，如清潭见底，曰'想高妙'；非奇非怪，剥落文采，知其妙而不知所以妙，曰'自然高妙'。"此二境界，其所作词正自复尔也）。为作词开一新法门。北宋词家，喜檃栝诗话，特见创格。有就原句略改者，如："寒鸦千万点，流水绕孤村；斜阳欲落处，一望暗销魂。"此隋炀帝《野望》诗，而淮海改作小词（见《珊瑚网》引莫云卿《笔塵》。杨升庵《词品》引《铁围山丛谈》但举"寒鸦"、"流水"二句，云全篇不传，无名氏《词评》及彭孙遹《词统源流》所引俱断句。按汤衡序《于湖词》，谓："元祐诸公，嬉弄乐府，寓以诗人句法，发自坡公。"夏承焘云："此殆指水调歌头之檃栝韩诗，定风波之裁成杜句。"

淮海出自苏门，亦东坡之法乳也。他如美成，亦多用唐人诗句入律。陈氏《直斋书录解题》论之已详）。然此尚为其易，若白石则为其难。《暗香》、《疏影》二首全以虚字传神，转折翻腾。比之于文，如由骈入散，又进一境，论词似当于此处着眼，不宜于区区一二秀句絜长量短也。（止庵谓："白石以诗法入词，门径浅狭。"论实未允。至暗香二词，从当前景物造端，借梅花兴咏，以寓家国之思。杜诗："东阁官梅动诗兴，还如何逊在扬州。"同是江南偏安之局，故词中人自比何逊，乃垂垂渐老，其何以堪！不管清寒，欲与攀摘，而寄与路遥，可胜浩叹！本思折梅，聊寄一枝，以传春消息，奈江国寂寂，无人愀睐何！则翠樽共对，但有悲泣，红萼无言，徒相忆而已耳。是则至于不可言说，亦不忍复言说矣。伤匡复之无望，怀忠悃而难忘，其音可谓既哀以思。疏影剪裁咏怀古迹句，或疑昭君与梅无关。郑大鹤曾举王建塞上咏梅诗以证之。慨南渡之宴安，发二帝之悲愤。方道君在北，闻番人吹笳笛，口占眼儿媚，有云："春梦绕胡沙。家山何处？忍听羌笛，吹彻梅花。"[见《南烬纪闻》]是词中用胡沙及玉龙哀曲诸字眼，似即暗指其事。篱角黄昏，有半壁河山意。一片随波去，则叹护花之无人，不胜今昔盛衰之感矣！极吞吐难言之苦，全赖若干虚字，传神入妙。）

周振甫《〈人间词话〉初探》（《文汇报》1962 年 8 月 15 日）

白石写景之作，如"二十四桥仍在，波心荡，冷月无声"，"数峰清苦，商略黄昏雨"，"高树晚蝉，说西风消息"，虽格韵高绝，然如雾里看花，终隔一层。（又三九）

南宋词人，白石有格而无情……近人祖南宋而祧北宋，以南宋之词可学，北宋不可学也。学南宋者，不祖白石，则祖梦窗，以白石、梦窗可学，幼安不可学也。（又四三）

这里，他一方面肯定姜夔的词格韵高绝，另一方面又指出他写得隔，在真感情上有所不足。他在这里说的，虽然不专指浙派词，但确实击中浙派词的缺点，对"近人祖南宋"的作者是有救弊的作用的。

叶嘉莹《王国维及其文学批评》第 288、289-290 页（广东人民出版社 1982 年）

关于放翁词，一般来说大多认为他乃是以气势之豪放见长的……然则《人间词话》中评放翁词之所谓"有气而乏韵"，其"气"字之所指自当是作者雄慨超爽之精神在词中所造成的一种豪放之气势。至于所谓"韵",则据这则词话来看,可见"韵"之为物必当为放翁之所短。关于此点,如果就放翁词本身来看,则其所短正在于过分偏于豪放发扬,因而乃缺乏了一种含蓄蕴藉之美。

……是故婉转曲折之表现方式,应是作品能够有"韵"的另一个重要原因。如果以这二种条件来衡量放翁词,我们就会发现放翁之词,无论就情意本身方面而论,或就表现技巧方面而论,似乎都不免有言之过尽,缺少余味的现象,既乏深微幽远之意,也少婉转曲折之致。这可能乃是放翁词之所以被《人间词话》认为"有气而乏韵"的主要原因。由此可见《人间词话》中所说的"韵"字,该是指作品中一种含蕴不尽的余味而言的。

冯友兰《中国近代美学的奠基人——王国维》(《中国哲学史新编》第六册第 198 页,人民出版社 1989 年)

艺术作品最可贵之处是它所表达的意境。一个大艺术家有高明的天才,伟大的人格,广博的学问,有很好的预想,作出来的作品自然也有很高的意境,这是不可学的。王国维认为,北宋的词所以高于南宋者就在于有很高的意境,后者只在格律技巧上用功夫,后人都学南宋,不学北宋,因为意境是不可学的,格律技巧是可以学的,但是如果仅在格律技巧上取胜,那就不是艺术,至少不是艺术的上乘。

周锡山《王国维美学思想研究》第 152-153、155-156 页(中国社会科学出版社 1992 年)

(在本则中)他又给几位南宋词名家作比较具体的总体分析评论:(引文略)。

王国维认为辛弃疾在南宋词人中属异乎寻常的唯一佼佼者,"其堪与北宋之颉颃者,唯一幼安耳"。"幼安之佳处,在有性情、有境界,即以气象论,亦有'横素波、干青云'之概,宁后世龌龊小生所可拟耶?"手稿此则又谓"俊伟幽咽固独有千古,其他豪放之处亦有……"对其赞赏备至,他还曾说:"南宋只爱稼轩一人。"(《词辨》眉批,《人间词话附录》二六)与东坡相比,两人都"狂"(《人间词话》四六),都有"雅量高致"(同上四五），都有"胸襟"，但"东坡之词旷，稼轩之词豪"（同上四四）。苏辛并列为豪放词人，而两人比较，苏之胸襟豁达（尽管有时还不够潇洒），辛之豪气逼人，两人确有这样的同中之异。

静安除总评稼轩词有性情、有境界、有气象外，又列举三词从三个角度评价其成就：其词章法极妙，属于能品兼神品，更妙在非有意为之，属于自然天成，其用韵开北曲四声通押之先例；尤其神妙的是，他那丰富出奇的想象力，竟然道出今人才知的科学事实：（下见第四七则汇评中的拙著引文）。

谢桃坊《宋词辨》第 81—82 页（上海古籍出版社 1999 年）

王国维于南宋词人中只赞赏辛弃疾，见到其佳处在于"有性情，有境界"。梁启超的批评采取了具体的分析，着重探讨了辛词的社会意义。他还将苏轼与姜夔看作是稼轩一派的，对他们的词评价也很高，认为："这一派的词，除稼轩外，还有苏东坡、姜白石。都是大家。苏辛同派，向来词家都已公认；我觉得白石也是这一路，他的好处不在微词，而在壮采，但苏、姜所处地位与辛不同。辛词自然格外真切，所以我拿他做这派的代表。"

由于梁启超采用了社会学批评方法，较能发现辛词的社会意义，揭示辛词的思想远比以往的词学家更为深刻。

解 读

参见汇评中《王国维美学思想研究》的引文。

四 四

东坡[1]之词旷，稼轩[2]之词豪。无二人之胸襟而学其词，犹东施之效捧心也。①

汇 校

① 此句手稿原作："白石之旷在文字而不在胸襟。"

注 释

［1］东坡：苏轼。

［2］稼轩：辛弃疾。

汇 评

聂振斌《王国维的意境论》（《美学》第 6 期，上海文艺出版社 1985 年）

从王国维的具体点评看。"隔"与"不隔"主要表现在语言的运用、景物的描绘与情感的表达三个方面。概括地说，所谓"隔"就是有雕饰痕迹，给人以"凑泊"之感；所谓"不隔"就是自然浑成，给人以真切感。"不隔"的具体表现是：语言生动、准确、明朗，"语语都在目前"；情思（表现为气势）连贯通畅，一气呵成；景物（形象）鲜明、具体、完整。与此相反，"隔"则表现为语言拼凑、晦涩；情思断断续续，不相通连；形象模糊，零碎。要做到"不隔"，首先，也是最根本的，诗人必须真诚，胸襟坦荡，要有"赤子之心"，保持高尚情操，不仅对人生要"忠实"，要"真挚"，而且也"能与花鸟共忧乐"，从而才能写出"真感情"和"真景物"，创造美的境界。他最反对言不由衷，矫情做作，写那种无聊的赝品。"人能于诗词中不为美刺投赠之篇，不使隶事之句，不用粉饰之字，则于此道已过半矣。"与此思想相联系，他反对刻意模拟，形式主义地去学别人的技巧、章法而勉强为之，那会弄巧成拙。他说："东坡之词旷，稼轩之词豪。无二人之胸襟而学其词，犹东施之效捧心也。"此乃至理之言。其次，必须锤炼语言，推敲用字。他认为，关键的一字用得恰到好处，会无限地丰富内容的含蕴，点染出意境来。

周锡山《王国维美学思想研究》第 149 页（中国社会科学出版社 1992 年）

他对苏轼词的总体看法是"东坡之词旷"而且"狂"，而其词以"胸襟"为基础，"雅量高致"贯穿其中，"有伯夷、柳下惠之风"（见下则）。"旷"和"狂"，即今人所称的"豪放"，抓住了苏词的基本风格。如果没有胸襟和雅量高致（见下则），那么豪放词就流于浅薄和粗疏，含蕴不深，寄意不远，淡而无味。静安的以上评价抓住了东坡词的要害。

解 读

参见汇评中《王国维美学思想研究》的引文。又：

东施捧心，即东施效（仿效）颦。丑女东施，是美女西施的邻里，《太平寰宇记》（卷九六）载越州诸暨县巫里有西施家、东施家，后人乃确指丑女为东施。《庄子·天运》："故西施病心而矉（同"颦"，皱眉）其里，其里之丑人见而美之，归亦捧心而矉其里。其里之富人见之，坚闭门而不出；贫人见之，挈妻子而去亡走。彼知矉美，而不知矉之所以美。"东施见西施胃痛时皱着眉毛和捧着肚子的神态非常美，她就学样，结果更显其丑。后以"东施捧心"、"东施效颦"这两个成语，比喻不自量力地胡乱模仿，效果适得其反。

王国维用这个成语讥刺文艺创作中的拙劣模仿者的可笑。王国维虽然为人温柔敦厚，但他写文章，也不乏辛辣的文风。

本则说明，大作家是无法模仿的，要成为大作家，首先要人品高尚，随之便能胸襟极其开阔，这是大作家的首要条件，达不到这一点，就只能东施效颦，画虎不成反类犬。

王国维这段言论受到刘熙载和陈廷焯的启发。刘熙载《艺概·词曲概》说："东坡词具神仙出世之姿。"又说："稼轩词龙腾虎掷。""稼轩豪杰之词。"陈廷焯《白雨斋词话》说："东坡心地光明磊落，忠爱根于性生，故词极超旷，而意极和平。稼轩有吞吐八荒之概，而机会不来，正则可以为郭、李，为岳、韩，变则即桓温之流亚，故词极豪雄，而意极悲郁。苏辛两家各自不同，后人无东坡胸襟，又无稼轩气概，漫为规抚，适形粗鄙。"又说："东坡一派，无人能继。稼轩同时则有张、陆、刘、蒋辈，后起则有遗山、迦陵、板桥、心余辈；然愈学稼轩，去稼轩愈远。稼轩自有真耳，不得其本，徒逐其末，以狂呼叫嚣为稼轩，亦诬稼轩甚矣。"

四 五

读东坡、稼轩[1]词，须观其雅量高致，有伯夷、柳下惠之风。[2] 白石[3] 虽似蝉蜕尘埃，然终不免局促辕下。①

汇 校

① 此二句手稿作："然如韦、柳之视陶公，非徒有上下床之别。""非徒"
句原作"其高下固殊矣"。

注 释

[1] 东坡、稼轩：苏轼、辛弃疾。
[2] 语见《孟子·尽心下》："孟子曰：'圣人，百世之师也，伯夷、柳下
惠是也。故闻伯夷之风者，顽夫廉、懦夫有立志。闻柳下惠之风者，
薄夫敦、鄙夫宽。奋乎百世之上、百世之下，闻者莫不兴起也，非
圣人而能若是乎？而况于亲炙之者乎？'"
[3] 白石：姜夔。

汇 评

顾随《稼轩词说》（1947 年）（《顾随全集·著述卷》，河北教育出版社
2001 年）

曹公诗曰："老骥伏枥，志在千里，烈士暮年，壮心未已"，真是
名句，必如是乃可谓之慷慨悲歌耳。然而虽曰"志在千里"，无奈仍是
"伏枥"；虽曰"壮心不已"，无奈已到"暮年"。千古英雄成败尚在其次，
唯有冉冉老至，便是廉颇能饭、马援据鞍，总是可怜可悲。倒是稼轩
此《鹧鸪天》一章，有些像一个老实头，既然本分又本色，遂令人觉
得"志在千里"、"壮心不已"之为多事也。且道如何是稼轩老实头处：
《老学庵笔记》记上官道人之言曰："为国家致太平，与长生不死，皆
非常人所能。然且当守国使不乱，以待奇才之出，卫生使不夭，以须
异人之至。不乱不夭皆不待异术，惟谨而已。"苦水理会得甚的叫做治
天下与长生？今日权假此一段话头来谈文，且与天下学人共作个商量。
大凡为文，要有高致，而且此所谓高致，乃自胸襟见解中流出，不假
做作，不尚装饰，亦且无丝毫勉强，有如伯夷，柳下惠风度始得，不

然便又是世之才子名士行径，尽是随风漂泊底游魂，依草附木底精灵，其于高致乎何有？但奇才异人间世而一出，吾人学文固须识好丑，尤不可不知惭愧。是以发愿虽切，着眼虽高，而步武却决不可乱，则"谨"是已，所谓老实头也。耳之所闻，目之所见，心之所感，虽一草一木，一花一叶，一毫端，一微尘，发而为文，苟其诚也，自有其不可磨灭者在，又何必定要鞭笞鸾凤，呼吸风雷，始为惊世骇俗底神通乎？依此努力，堆土为山，积水成河，久而久之，自有脱胎换骨、白日飞升之日，否亦不失为束身自好之君子。如其不然，躁急者趋于叫嚣，庸弱者流于轻浮，自命为才情，自命为风雅，其粗俗更不可耐，则不肯"守国使不乱"、"卫生使不夭"之害也，尚何有乎治天下与长生不死也耶？葛藤半日，毕竟于此小词何处见得稼轩之谨之老实？夫稼轩之人为英雄，志在用世，尽人而知。今也谢事归来，老病侵寻，其为此词，微有叹惋，无大感慨，已自难能；且也不学仙、不学佛，是以既不觅长生不老之药亦不求解脱生死的禅，只将老年情味，酿作一杯清酒，结成一个橄榄，细细品嚼，吞咽下去，亦常人非仙佛故，亦英雄能担荷故。

方智范、邓乔彬、周圣伟、高建中《中国词学批评史》第 473 页（中国社会科学出版社 1994 年）

《人间词话》虽对词人词作的评判不无偏颇，却是遵循着"知人论世"的古老原则。王国维从人品、胸襟出发，提出了词的"雅、郑之别"。他说：

"东坡之词旷，稼轩之词豪。无二人之胸襟而学其词，犹东施之效捧心也。"

"读东坡、稼轩词，须观其雅量高致，有伯夷、柳下惠之风。"

充分肯定了苏、辛的胸襟、雅量、高致，无其"善"则不得其"真"，是无法以学致之的。

解 读

雅量，即胸襟开阔，堂庑特大。高致，即有忧生忧世、悲天悯人的怀抱，甚至有担荷人类罪恶之意。

四 六

苏、辛^[1]词中之狂，白石^[2]犹不失为狷，若梦窗、梅溪^[3]、玉田^[4]、草窗^[5]、中（应作“西”）麓^[6]辈，面目不同，同归于乡愿而已。^①

汇 校

① 此段手稿作：“东坡、稼轩，词中之狂；白石，词中之狷也。梦窗、玉田、西麓、草窗之词，则乡愿而已。”《二牖轩随录·人间词话选》用手稿语句，其末句改作“若梅溪、梦窗、草窗、玉田、西麓、竹山之词，则乡愿而已。”

注 释

[1] 苏、辛：苏轼、辛弃疾。

[2] 白石：姜夔。

[3] 梦窗、梅溪：吴文英、史达祖。

[4] 玉田：张炎（1248-1314年以后），字叔夏，号玉田、乐笑翁，临安（今浙江杭州）人。南宋词人。

[5] 草窗：周密（1232-1298），字公谨，号草窗、四水潜夫等，吴兴（今属浙江）人。宋末曾任义乌县令等职，宋亡不仕。南宋词人。

[6] 中麓：应作“西麓”，陈允平，字君衡，一字衡仲，号西麓，南宋词人。

汇 评

任访秋《王国维〈人间词话〉与胡适〈词选〉》（《中法大学月刊》卷七第3期，1936年）

静安先生对苏辛虽亦称许，但彼尚不认为他们为词坛正宗。其言云："苏辛词中之狂，白石犹不失为狷。若梦窗梅溪玉田草窗西麓辈，面目不同，同归于乡愿而已。"

但所谓"中行"是谁呢？在默默中，自然指的是后主永叔同少游啦。可是胡先生就大大的不然了。他说："永叔尚脱不了《花间》藩篱"，"少游有时尚不免于俗"。而不大为静安所称道的希真同放翁，倒很被他所赞许。

许文雨《钟嵘诗品讲疏 人间词话讲疏》（1937 年）第 202—203 页（成都古籍出版社，1983 年影印本）

按：狂者进取，狷者则有所不为，虽非中道之士，而孔门固犹有取。苏辛之词，大抵皆具豪放之致，而白石之词刘熙载譬诸"藐姑冰雪"，其与苏辛之异，亦犹狷之殊狂也。至吴文英（梦窗）、史达祖（梅溪）、张炎（玉田）、周密（草窗），及明人李开先（中麓）之词，大抵好修为常，性灵渐隐，亦犹乡愿之色厉内荏，似是而非。害德害文，不妨同喻。

吴奔星《王国维的美学思想——"境界"论》（《江海学刊》1963 年第 3 期）

王国维肯定苏、辛词独树一帜的风格，并指出南宋以后的词趋向衰替，是有一定根据的。但他对吴文英等词人的批评，缺少具体分析，况且把不同风格的词人（如张炎与吴文英在风格上就有所差别），放在一起，斥之为"同失之肤浅"、"才分有限"，就非常笼统，没有什么说服力。

佛雏《王国维诗学研究》第 163 页（北京大学出版社 1987 年）

他之所以宁取词中的"狂"、"狷"，而深恶"乡愿"，甚至将南宋末期诸家词比之"腐烂制艺"，持论之"苛"如此，理由就在，"狂"、"狷"虽失之偏，犹有其自家"美"的理想在，而"乡愿"则俯仰依人，非无可非，刺无可刺。

方智范、邓乔彬、周圣伟、高建中《中国词学批评史》第 474 页（中国社会科学出版社 1994 年）

以"狂"目苏、辛，以"狷"评白石，可称得当，而以"乡愿"称梦窗以下诸人，则言之太过了。《论语·阳货》云："乡愿，德之贼也。"《孟子·尽心下》："非之无举也，刺之无刺也，同乎流俗，合乎污世，居之似忠信，行之似廉洁，众皆悦之，自以为是，而不可与入尧舜之道，故曰:'德之贼'也。"王国维未免因"论世"之不足而对"知人"苛求,但憎厌"乡愿"而首肯"狂狷",无疑是为词人的人格、道德修养树立了又一正确标准。与之相关,《文学小言》反对"模仿之文学"、"文绣的文学"、"铺啜的文学",《词话》反对"词亦为羔雁之具",痛诋"游词",都出于对"同乎流俗,合乎污世"之"伪"的憎厌,这当然也是值得肯定的。

解 读

王国维赞成写作品要"狂",《论语集解》说:"狂者进取于善道。"另外,狂者有锐气,有朝气,所以苏轼要"老夫聊发少年狂",王国维则说"一事能狂便少年"。

狷(juàn),洁身自好。《国语·晋语二》:"小心狷介,不敢行也。"韦昭注:"狷者,守分有所不为也。"

乡愿,原作乡原(yuàn),原,通"愿"。指言行不符、伪善欺世的人。语出《论语·阳货》:"乡原,德之贼也。"孟轲释"乡原"为"同乎流俗,合乎污世,居之似忠信,行之似廉洁,众皆悦之,自以为是,而不可与入尧舜之道"(见《孟子·尽心下》)。旧时也用以指胆小怕事、不分是非的人。如此评价吴文英等人,未免过分了。

四 七

稼轩《中秋饮酒达旦,用〈天问〉体作〈木兰花慢〉以送月》曰[1]:"可怜今夜[2]月,向何处,去悠悠?是别有人间,那边才见,光景东头。"[1]词[3]人想象,直悟月轮绕地之理,[4]与科学家[5]密合,可谓神悟。[6]

汇 校

① 此两句手稿作:"稼轩中秋饮酒达旦,用《天问》体作送月词,调寄《木兰花慢》云。"

② "夜"字,手稿作"夕"。

③ "词"手稿作"诗"。

④ "悟"曾改为"说"。"理"手稿作"事理"。

⑤ "科学家",手稿作"科学上"。

⑥ 此句后手稿还有一段说明："(此词汲古阁刻《六十家词》失载)。黄荛圃所藏元大德本亦阙,复(后?)属顾涧苹就汲古阁抄本中补之,今(原有"此本")归聊城杨氏海源阁,王半塘四印斋所刻者是也。但汲古阁抄本与刻本不符,殊不可解,或子晋于刻词后始得抄本耳。"

注 释

[1] 稼轩:辛弃疾。辛弃疾《木兰花慢》:

(中秋饮酒将旦,客谓前人诗词有赋待月,无送月者,因用《天问》体赋。)

可怜今夕月,向何处、去悠悠? 是别有人间,那边才见,光景东头? 是天外,空汗漫,但长风浩浩送中秋。飞镜无根谁系? 姮娥不嫁谁留? 谓经海底问无由,恍惚使人愁。怕万里长鲸,纵横触破,玉殿琼楼。虾蟆故堪浴水,问云何玉兔解沈浮? 若道都齐无恙,云何渐渐如钩?

汇 评

刘斯奋《辛弃疾词选》第 154 页（广东人民出版社 1984 年）

其实,诸如"飞镜无根谁系"、"云何渐渐如钩"等,均涉及科学问题,并已为今天所解答了的。《天问》:《楚辞》篇名。战国楚人屈原作。是对天的质问。或说系"援天命以发问"。全篇由一百七十多个问题组成,包括自然现象、神话传说、历史人物等方面,反映出深刻的探索精神,并保存许多神话传说的资料。

周锡山《王国维美学思想研究》第 152-153、155-156 页（中国社会科学出版社 1992 年）

……尤其神妙的是,他那丰富出奇的想象力,竟然道出今人才知的科学事实:处于与我们地球另一边的地方,另有一个人间,我们月亮下沉之时，他们正是东升之时。辛氏在世时，西半球已有北、南美洲之印第安人与其他土人。辛弃疾伟大的想象力真正达到了"想落天外"之奇境，无怪静安要赞其神悟。辛词的这一成就，也是静安论词眼光敏锐深邃之独到发现，这也颇令人敬佩。

解 读

参见汇评中《王国维美学思想研究》的引文。

四 八

周介存[1]谓："梅溪[2]词中喜用'偷'字，足以定其品格。"刘融斋谓："周旨荡而史意贪。"[3]此二语令人解颐。

注 释

[1] 周介存：周济（1781-1839），字保绪，一字介存，号未斋，晚号止庵。江苏荆溪（今宜兴）人。嘉庆进士，官至淮安府学教授。清代词人、词论家。著有《词辨》、《介存斋论词杂著》。本则引语见《介存斋论词杂著》。

[2] 梅溪：史达祖。

[3] 刘融斋：刘熙载。刘熙载《艺概·词曲概》云："周美成词，或称其无美不备。余谓论词莫先于品。美成词信富艳精工，只是当不得一个贞字。是以士大夫不肯学之，学之则知终日意萦何处矣。""周美成律最精审，史邦卿句最警炼，然未得为君子之词者，周旨荡而史意贪也。"周美成，周邦彦。史邦卿，史达祖。

汇 评

佛雏《"合乎自然"与"邻于理想"试解》（《古代文艺理论研究》第 4 辑，1981 年）

故诗词中的"自然"，境界的客体，须跟主体之高尚"人格"、"德行"

相适应、相表里。反之，所谓"梅溪词中喜用'偷'字，足以定其品格"，所谓"周（邦彦）旨荡而史（达祖）意贪"，以至深恶"儇薄"，痛诋"游词"，皆针对"美"、"善"相离而发。

解 读

王国维赞成以作者的品格来决定作品的评价，文品与人品的一致性，这个原则是对的，但我们还是要强调凡事不能绝对化，我们还要遵循另一条重要的原则：不能因人废言。

四 九

介存①[1]谓：梦窗[2]词之佳者，如"水光云影，摇荡绿波，抚玩无斁，追寻已远。"[3]余览梦窗《甲乙丙丁稿》中，实无足当此者；有之，其②"隔江人在雨声中，晚风菰叶生秋怨。"[4]二语乎。

汇 校

① 手稿前有"周"字。
② 手稿"其"下有"唯"。

注 释

[1] 介存：周济。
[2] 梦窗：吴文英。
[3] 周济《介存斋论词杂著》云："梦窗非无生涩处，总胜空滑。况其佳者，天光云影，摇荡绿波；抚玩无斁，追寻已远。"
[4] 吴文英《踏莎行》：
  润玉笼绡，檀樱倚扇。绣圈犹带脂香浅。榴心空叠舞裙红，艾枝应压愁鬟乱。　午梦千山，窗阴一箭。香瘢新褪红丝腕。隔江人在雨声中，晚风菰叶生秋怨。

汇　评

黄拔荆《词史》上卷第 282 页（福建人民出版社 1989 年）

周济《介存斋论词杂著》认为梦窗词之佳处，如"天光云影，摇荡绿波，抚玩无斁，追寻已远"。王国维《人间词话》认为其"隔江人在雨声中，晚风菰叶生秋思"（《踏莎行》）二语，确足当周济的评语。

冯煦在《宋六十一家词例言》中也认为"梦窗之词丽而则，幽邃而绵密。脉络井井，而卒焉不得其端倪"。陈洵在《海绡说词》中指出："飞卿严妆，梦窗亦严妆，惟其国色，所以为美，若不观其倩盼之质，而徒眩其珠翠，则飞卿可侬，何止梦窗？玉田所谓'拆碎不成片段'者，眩其珠翠耳。"

如果把梦窗的词的内容和形式统一起来看，尤其弄清其写作背景，辨明其寓意，那么他的词的艺术成就不是张炎一句话所可以抹杀的。

解　读

吴文英《梦窗甲乙丙丁稿》四卷，有词近三百五十首，词作之丰富，居辛弃疾之后为南宋第二位。梦窗词意境深远，工力精至，蕴藉雅丽，迥然非常人可及。历代对其词的评价，分歧很大。赞赏他的人，举他为宋词的四大领袖之一，称其词之密处"能令无数丽字一一生动飞舞，如万花为春"。"其佳者，天光云影，摇荡绿波，抚玩无斁，追寻已远。"为之倾倒。而批评他的人，认为其词外表极美而内容空洞，文理隐晦不通，讥之为"如七宝楼台，炫人眼目，碎拆下来，不成片段"。两种观点至今仍争论激烈。但对梦窗词之美，两派却并无异议。实际上梦窗词并非文理不通，而是他在叙述时常使用时空跳跃式的交错杂糅的新方法，与西方现代派文艺倒颇有暗合之处。一些西方现代派作家发现自己的许多创新手法，在我国古典诗词中常可看到，惊叹佩服之至。吴文英词也可说是其中的典型吧。

五 〇

梦窗之词,余①得取其词中之一语以评之曰:"映梦窗,凌（当作"零"）乱碧。"[1]玉田之词,余②得取其词中之一语以评之曰:"玉老田荒。"[2]

汇 校

① "余",手稿作"吾"。
② "余",手稿作"亦"。

注 释

[1]梦窗:吴文英。其《秋思》（荷塘,为括苍名姝求赋其听雨小阁）:

堆枕香鬟侧。骤夜声,偏称画屏秋色。风碎串珠,润侵歌板,愁压眉窄。动罗箧清商,寸心低诉叙怨抑。映梦窗,零乱碧。待涨绿春深,落花香汛,料有断红流处,暗题相忆。　欢酌。檐花细滴。送故人、粉黛重饰。漏侵琼瑟,丁东敲断,弄晴月白。怕一曲《霓裳》未终,催去骖凤翼。叹谢客、犹未识。漫瘦却东阳,灯前无梦到得。路隔重云雁北。

[2]玉田:张炎。其《祝英台近》（与周草窗话旧）:

水痕深,花信足,寂寞汉南树。转首青荫,芳事顿如许。不知多少消魂,夜来风雨。犹梦到、断红流处。　最无据。长年息影空山,愁人庾郎句。玉老田荒,心事已迟暮。几回听得啼鹃,不如归去。终不似、旧时鹦鹉。

汇 评

叶嘉莹《王国维及其文学批评》第302页（广东人民出版社1983年）
即如其以梦窗词中之"映梦窗,凌乱碧"一句来比拟梦窗词的风格,又以玉田词中之"玉老田荒"一句来喻示玉田词之风格,这些例证就使人有不尽贴切适当之感。因为一则这两句词本身原来就不能提供给读者明确的意象，再则这二句词中的"凌乱"、"老"、"荒"等字，所给予读者的也依然是抽象的说明而并非具体的感受。何况梦窗词及玉田词之风格也绝非"凌乱"一词及"老"、"荒"二字之所能尽，三则这二句词中恰好包含有两个作者的别号"梦"、"窗"、"玉"、"田"，因此就不免会使人觉得静安先生之所以择取了这二句词，来喻示梦窗及玉田二家词，并不是因为意象贴切，而只是因其恰好镶嵌有二人名字之巧合而已。像这种模糊影响的喻示，就充分显现出了这种评说方式的缺点所在，所以吴文祺便曾批评过这二则词话说："这种断章取义的批评法，未免有点近于文字的游戏了。"

杨海明《张炎词研究》第 210 页（齐鲁书社 1989 年）

王氏之论，虽不免有它失之于偏颇之处（比如他偏好"不隔"的风格而一概排斥"隔"的作品，即是一例），但抉剔姜、张词的缺点，却是入木三分的——当然也有过分严厉和苛求之处。张炎词意境不够深厚，情性有歉而雕琢过甚，看似高格响调而往往不耐人细思等等，这些毛病，也统都在王国维批评姜词的评语中一并被揭示了出来。

刘少雄《南宋姜吴典雅词派相关词学论题之探讨》第 75-76 页（台湾大学出版委员会 1995 年）

王氏之所以用如此尖刻的语气批判玉田与梦窗，或者广泛地说，王氏之所以有尊北抑南的意向，细加分析，是与其个人的生命情调、文学史观和当时的词学环境，有莫大的关系。王国维撰《人间词话》，正值三十出头才气方盛之时，那时他在思想方面曾受本华哲学的影响，重天才而轻模仿，因此，自然与讲求声律形式、首重功力技巧的南宋词不能相契应。再者，王国维有一套独特的文学史观，以为"文体通行既久，染指遂多，自成习套。豪杰之士，亦难于其中自出新意"（《人间词话》）。因此，根据王氏这一"文体递变"的理论看宋词，唐五代是自然发展、浑成时期，有境界的佳作遂多；而清真南宋以后，词往往铺张扬厉，已是文体衰蔽之时，姜吴诸家之作，技巧不免掩盖了真性情，作品的价值也就不高了。这种文学史观的形成，当然是有其时代背景的。有清以来，浙常二派的末学，学玉田的流为浮滑，学梦窗的失于晦涩，终至气困意竭、浅薄局促。对这样的词学环境，王国维提倡境界之说，严厉抨击南宋诸家，实有其一番欲挽狂澜于既倒的深意在。

南宋姜吴体派在王国维的诠释下，完全换上了一副新面貌。在浙派与常派之重形式技巧与情意内容的诠释角度外，王氏更直指作者的意识，并考虑到透过作品而对读者产生感发作用的美学特质的问题，他对南宋典雅派诸家的批判不免严苛，但也不能否认这比浙常二派的体认实更推深了一层。

谢桃坊《宋词辨》第 288、111–112 页（上海古籍出版社 1999 年）

王国维先生对南宋词是存在艺术偏见的，对于张炎词更无好评。他说："玉田之词，余得取其词中之一语以评之曰：'玉老田荒。'"（《人间词话》）这个权威性的评断在词学界影响很大，以致现在也认为张炎之词"更多的是闲适之音和'玉老田荒'的迟暮之感"。"玉老田荒"的确是张炎后期生活中所感到的，不只在其《祝英台近》中这样表示，另外在其《踏莎行》中也感到"田荒玉碎"。这是词人一生事业无成，老大意拙，心事迟暮的现实感受，反映了他精神的痛苦。从本文上面的论述中可以看出：若以"玉老田荒"简单地概括为张炎的词品，无论就其艺术风格和思想内容方面，都显然是不恰当的，也不能说明什么问题。张炎不仅从理论上总结了宋词的创作经验，而且在自己的创作实践中转益多师、集各家之长，根据自己的审美兴趣在新的历史文化条件下形成了自己独特的艺术风格。张炎所处的时代，他的家世、个人的生活遭遇和政治态度，使他在词中表现了自己特具的爱国的思想情感。他的作品跨出了婉约词的狭窄范围，取材比较广泛，它们具有一定的社会现实意义和一定的人民性。在宋元之际的众多词人中张炎不愧是成就最卓著的词人。就其艺术渊源、艺术风貌和就宋词发展的观点来看，张炎词都是宋词的延续部分，所以可以认为张炎是宋代最后一位词人，也是宋词的光辉结束者。

"映梦窗，零乱碧"是吴文英《秋思·荷塘为括苍名姝求赋其听雨小阁》中的词语，以之作为梦窗词之词品，只可能是读梦窗词所得的一点粗浅的直觉和印象而已，似乎以为它像梦幻一样朦胧华丽。在王国维先生看来此正失之于"隔"。但这种粗浅的感受是不能代替严肃的批评的。吴文英生活的历史时期正是南宋后期国势逐渐衰弱而走向灭亡的时代，是主和道路确立并由史弥远与贾似道相继专权的黑暗时代，是封建理学得到提倡而禁锢人们思想的时代。在这个时代，吴文英看不到生活的希望，而自己又怀才不遇，没有政治上的出路，落魄困踬，于是他便在艺术世界中追求自己的理想。梦窗词反映了南宋灭亡前的现实，抒写了封建制度重压之下知识分子的不幸遭遇，以恋爱的悲剧深刻地控诉了不合理的封建制度。梦窗词具有浓厚的悲剧气氛，但是它的艺术表现则与白石词相异。在艺术渊源上，吴文英与姜夔不是同出一路子。他是将唐诗自韩愈以来李贺、李商隐的险怪晦涩的诗风引入词中来的，而且重新提倡温庭筠以来《花间》之浓艳词风，并对周邦彦缜密的艺术特点作了发展。这样，再加上词人特殊的气质、艺术修美与历史文化的特点而形成梦窗词独特的艺术面貌，在南宋婉约词的发展过程中完成了"返南宋之清泚，为北宋之秾挚"的转变。吴文英属于那种情感丰富而又执着内向的人，感受纤细而富于神奇浪漫的幻想，喜艳丽之美而尤好雕饰，词意特别晦涩，形成秾挚绵丽的艺术风格。他的词与唐诗中李贺、李商隐诗一样难于骤解，甚至难解，但总给人以精美的艺术感受，是艺术中的"阳春白雪"。吴文英以自己独创的艺术风格居于姜夔之后、张炎之前，继姜夔之后对婉约词又进行了艺术革新。

解　读

张炎，号玉田。他的词论名作《词源》宗姜夔，以清空为尚，而不满吴文英的质实。他的词作有流丽晓畅、清空雅正的特色，特别是他的咏物词，体物细致入微，刻画神貌无遗，表达委婉曲折，在技巧上达到极高的境地。

王国维不满意清末民初诸名家推崇以精雕细刻、技巧为宗的南宋词，主张学习唐五代词，取法乎上，至少不要独宗南宋，学习对象应该多样化，这是很有道理的。但为此而极力贬低南宋词，攻其一点，不及其余，甚至予以丑化，矫枉过正，是有偏颇的。王国维独尊元曲，彻底否定明清传奇，犯的也是同样的毛病。

五 一

"明月照积雪"[1]，"大江流日夜"①[2]，"中天悬明月"②[3]，"黄河落日圆"[4]，此种境界，可谓千古壮观。③求之于词，唯纳兰容若[5]塞上之作，④如《长相思》之"夜深千帐灯"[6]，《如梦令》之"万帐穹庐人醉，星影摇摇欲坠"[7]，差近之。

汇 校

① 此句后手稿尚有："澄江净如练"，"山气日夕佳"，"落日照大旗"三句。

② 此句后手稿尚有"大漠孤烟直"一句。

③ "此种"，手稿作"此等"。"壮观"，手稿作"壮语"。

④ "唯"，手稿作"则"。"容若"原作"侍卫"。

注 释

[1]谢灵运《岁暮》：

　　殷忧不能寐，苦此夜难颓。明月照积雪，朔风劲且哀。运往无淹物，年逝觉已催。

[2]谢朓《暂使下都夜发新林至京邑赠西府同僚》：

　　大江流日夜，客心悲未央。徒念关山近，终知反路长。秋河曙耿耿，寒渚夜苍苍。引领见京室，宫雉正相望。金波丽鳷鹊，玉绳低建章。驱车鼎门外，思见昭丘阳。驰晖不可接，何况隔两乡。风云有鸟路，江汉限无梁。常恐鹰隼击，时菊委严霜。寄言蹑罗者，寥廓已高翔。

[3]杜甫《后出塞》五首之二句，参见第八则注[2]。

[4]黄河落日圆：应为"长河落日圆"。王维《使至塞上》：

　　单车欲问边,属国过居延。征蓬出汉塞,归雁入胡天。大漠孤烟直,
长河落日圆。萧关逢候骑,都护在燕然。

[5] 纳兰容若:纳兰性德(1655—1685),字容若,号楞伽山人,满洲正黄
旗人,康熙进士,官至一等侍卫。清代著名词人。

[6] 纳兰性德《长相思》:

　　山一程,水一程。身向榆关那畔行,夜深千帐灯。　风一更,
雪一更。聒碎乡心梦不成,故园无此声。

[7] 纳兰性德《如梦令》:

　　万帐穹庐人醉,星影摇摇欲坠。归梦隔狼河,又被河声搅碎。还睡,
还睡,解道醒来无味。

汇　评

方智范、邓乔彬、周圣伟、高建中《中国词学批评史》第 465 页（中
国社会科学出版社 1994 年）

　　“境界”作为《人间词话》中的“探本”之论,有鲜明的理论色彩,
有其基本含义。但是,由于王国维对其未作明确的理论界说,而是通过
品评实例以明其义;且“境界”又在此书中多次出现,表义不同,易使
人产生歧见。《删稿》中说:“有境界,本也。气质、神韵,末也。有境
界而二者随之矣。”但有时境界仅限于景物,如《词话》第八则:“境界
有大小,不以是而分优劣。‘细雨鱼儿出,微风燕子斜。’何不若‘落日
照大旗,马鸣风萧萧。’‘宝帘闲挂小银钩’,何遽不若‘雾失楼台,月迷
津渡’也。”第五十一则:“‘明月照积雪’、‘大江流日夜’、‘中天悬明月’、
‘黄（长）河落日圆’,此种境界,可谓千古壮观。”这里的“境界”及“境
界有大小”之论,与王夫之《姜斋诗话》“有大景,有小景,有大景中小
景”之说,似并无区别。

解　读

　　东晋二谢是中国山水诗的创始人,杜甫与王维名列诗歌成就最高的
唐代的成就最高的三大诗人（另一位是李白）之中。纳兰性德不能与杜甫、

王维相比，故说"差近之"，评价还是有分寸的。

五　二

纳兰容若^[1]以自然之眼观物，以自然之舌言情。^①此由初入中原，未染汉人风气，故能真切如此。^②北宋以来，一人而已。^③

汇　校

① 手稿此句作："以自然之笔写情。"

② 此下原有："后此如《冰蚕词》，便无余味。"

③ "北宋"两句，手稿作："同时朱、陈、玉、顾诸家，便有'文胜则史'之弊。"

注　释

[1] 纳兰容若：纳兰性德。

汇　评

任访秋《王国维〈人间词话〉与胡适〈词选〉》（《中法大学月刊》卷七第 3 期，1936 年）

静安的主张能够"以自然之眼观物，以自然之舌言情"这样的才算"有境界"，才算是第一流的作品。

佛雏《"境界"说的传统渊源及其得失》（《古典文学论丛》1982 年第 2 辑）

所谓："以物观物"，或如王氏说的"以自然之眼观物，以自然之舌言情"，就传统看，似本于庄子的"以天合天"。其中后一个"天"，指体现外物本身内在本性（即物之"天"）的纯粹形式；前一个"天"，则是一位不但撤去一切"庆赏爵禄"、"非誉巧拙"之见，而且达到"辄然忘吾有四肢形体"的纯粹的"人"，即自然（天）化了的"人"，或"无我"（庄子所谓"丧我"）的"人"。

王文生《王国维的文学思想初探》（《古代文学理论研究》第 7 辑，1982 年）

他同时认为，人的本性是真，自然流露是真；而世情染之则假，矫揉造作则假。其观点相当于李贽的《童心说》，李贽以童心为真心，而闻见道理只能令人失去童心而使之假。这与王国维所说："阅世愈浅，则性情愈真"是一个意思。至于王国维提倡"自然之眼"，"自然之舌"，也就与袁宏道所说"信心而出，信口而谈"（《与张幼于》，《袁中郎全集》卷二十二）；"信腕信口，皆成律度"（《雪涛阁集序》，《袁中郎全集》卷一）的意思相通。

尚永亮《辨〈人间词话〉之"真"》（《江汉论坛》1983 年第 2 期）

王氏言"意境"，未曾离真；言真又未曾离"自然"。"自然"实乃真之内涵，而真又确为"境界"之核心，故治"词话"者不惟于"境界"上用力，更当于"自然"之真上用力。

孙维城《对王国维"隔"与"不隔"的美学认识》（《文艺研究》1993 年第 6 期）

王国维对这种充满灵性的自然有本能的领悟，他称赞保留了原始灵性的少数民族民歌《敕勒歌》"写景如此，方为不隔"，称赞纳兰容若"以自然之眼观物，以自然之舌言情。此由初入中原，未染汉人风气，故能真切如此"。凡此种种，可看出王国维对野性自然的认同与回归。

周锡山《王国维美学思想研究》第 163—164 页（中国社会科学出版社 1992 年）

王国维对清词的评论也值得注意。

在清词中，王国维对纳兰性德评价最高，其次是王士禛和他自己的《人间词》（后又改称《苕华词》）。

他评论纳兰词的言论凡三则，他在《人间词·乙稿序》中结合对清词的总体评价，论述纳兰说：（引文略）。

一般研究家多注意纳兰的言情、悼亡之作，将其看作为婉约名家。王国维将其沉郁苍凉的塞上之作评为千古壮观，是独具慧眼的。

张节末《法眼、"目前"和"隔"与"不隔"——论王国维诗学的一个禅学渊源》（《文艺研究》2000 年第 3 期）

"诗人之眼"不为政治利害关系所羁束，能以纯粹直观来观照历史，具有审美的超越感；"自然之眼"则是指天真的观照。王氏所云这两种"眼"，道出了进行纯粹直观的主体的某些特点。须指出的是，此种含义之"眼"其词源出于佛教。

解　读

参见汇评中《王国维美学思想研究》的引文。又：

纳兰性德出身于满族豪门，身为"承平少年，乌衣公子"，22岁中进士，极得康熙重视，任一等侍卫，多次随康熙出巡，前程无量。他博学，善骑射，不仅多才，而且文武双全。为人慷慨仁爱，轻财好义，对所爱女子多情诚笃，对朋友肝胆相照。诗人吴汉槎因事流放东北宁古塔，顾贞观为作《金缕曲》词，他阅后深受感动，极力相助，终让其还乡。惜天弃奇才，年仅三一，即英年早逝，令人遗憾。

五　三

陆放翁[1]跋《花间集》[2]，谓："唐季①、五代，诗愈卑，而倚声②辄简古可爱。能此不能彼，未可(当作"易")以理推也。"《提要》驳之，谓"犹能举七十斤者，举百斤则蹶，举五十斤则运掉自如。"[3]其言甚辨。然谓词必易于诗，③余未敢信。善乎陈卧子[4]之言曰："宋人不知诗而强作诗，故终宋之世无诗。然其欢愉愁苦(当作"怨")之致，动于中而不能抑者，类发于诗余，故其所造独工。"[5]五代词之所以独胜，亦以此也。④

汇　校

① "唐季"，朴社、中华书局本皆作"唐宋"。
② "倚声"，手稿作"倚声者"。
③ "词"，手稿作"词格"。"易"，手稿作"卑"。
④ "五代词"二句，手稿作："唐季、五代之词独胜，亦由（原作"如"）此也。"

注　释

[1] 陆放翁：陆游。

[2]《花间集》，参见第十九则注[4]。

[3]《四库全书总目提要》"花间集"条云："后有陆游二跋。……其二称：
'唐季五代，诗愈卑，而倚声者辄简古可爱。能此不能彼，未易以理
推也。'不知文之体格有高卑，人之学力有强弱。学力不足副其体格，
则举之不足；学力足以副其体格，则举之有余。律诗降于古诗，故
中晚唐古诗多不工，而律诗则时有佳作。词又降于律诗，故五季人
诗不及唐，词乃独胜。此犹能举七十斤者，举百斤则蹶，举五十斤
则运掉自如，有何不可理推乎？"

[4] 陈卧子：陈子龙（1608-1647），字卧子，号大樽，松江华亭（今上海松江）
人。崇祯进士。抗清将领，明末诗人。

[5] 陈子龙《王介人诗余·序》："宋人不知诗而强作诗。其为诗也，言
理而不言情，故终宋之世无诗焉。然宋人亦不免于有情也。故凡其
欢愉愁怨之致，动于中而不能抑者，类发于诗余。故其所造独工，
非后世可及。"

汇　评

叶嘉莹《王国维及其文学批评》第 265-266 页（广东人民出版社 1982 年）
从这两则记叙来看便可知前人对于文学演进之现象虽也曾注意及
之，然而或者不能言其所以然如陆游，或者语焉而不详如陈卧子，直
至静安先生以前，从来没有任何人对这种文学演进的现象加以理论的
说明。不仅如此，甚至连陆游这种对演进现象的提出，有时还会招致
一些崇古薄今之人的非议和曲解，如《四库提要·花间集提要》即曾
驳斥陆游说：

"后有陆游二跋……其二称：'唐季五代诗愈卑……未易以理推也。'
不知文之体格有高卑，人之学力有强弱。学力不足副其体格则举之不足，
学力足以副其体格则举之有余。律诗降于古诗，故中晚唐古诗多不工，

而律诗则时有佳作。词又降于律诗，故五代人诗不及唐，词乃独胜。此犹能举七十者举百斤则蹶，举五十斤则运掉自如，有何不可理推乎？"

像《提要》这种说法，就是盲目尊崇往古的"后不如前"的观念，将一切演进都全部加以抹杀的典型例证。所以静安先生在第五十三则词话中，曾驳斥《提要》说："然谓词必易于诗，余未敢信。"更在第五十四则词话再一次说："故谓文学后不如前，余未敢信。"这种说法在静安先生当日提出时，实在乃是极富于革命精神的，所以李长之便曾经说王氏"提出史的文学时代的观念，是后来文学革命的导火线"。而且也正因为静安先生有这种文学演进之历史的观念，所以才能对宋元之戏曲、明清之小说都予以和古代文学同等的重视，因而写出了他著名的《〈红楼梦〉评论》和《宋元戏曲史》。这种见地和成就，对于中国后来的白话文学运动，以及小说戏曲之研究当然都有极大的影响。谷永便曾经以为提倡白话文学及考证《水浒》《红楼梦》等小说的胡适，乃是"生后于先生，而推先生之波澜者"。所以《人间词话》所提出的文学演进之历史观，在静安先生的文学批评中，应该也是极值得重视的一种论点。

　　周锡山《王国维美学思想研究》第 146 页（中国社会科学出版社 1992 年）
　　王国维对五代词的总体看法是："善乎陈卧子之言曰：'宋人不知诗而强作诗，故终宋之世无诗。然其欢愉愁苦（当作'然'）之致，动于中而不能抑者，类发于诗余，故其所造独工。'五代词之所以独胜，亦以此也。"（本则中的引语，手稿末二句作："唐季五代之词独胜，亦由此也。"）他曾宣布："予于词，五代喜李后主、冯正中，而不喜《花间》。"（《人间词话附录》三六）这符合他一贯崇尚自然、清丽，比浓艳华美一流评价更高的美学趣味。温庭筠乃风格华丽浓艳的花间派的鼻祖，宜乎其置温于韦、冯、李诸人之下。又说："五代词以帝王为最工。"（《人间词话附录》八）帝王当然是指李璟、李煜中、后二主。

解　读

　　参见汇评中《王国维美学思想研究》的引文。

五 四

四言敝而①有楚辞，楚辞敝而有五言，五言敝而有七言；古诗敝而有律、绝，律、绝敝而有词。②盖文③体通行既久，染指遂多，自成习套④。豪杰之士，亦难于其中自出新意，⑤故遁而作他体，⑥以自解脱。⑦一切文体所以始盛中⑧衰者，皆由于此。故谓文学后不如前⑨，余未⑩敢信，但就一体论，则此说固无以易也。

汇 校

① "而"下手稿原有"后"，下同。
② "五言"原作"五古"，"古诗"原作"五七古"。
③ 手稿中，"文"字为"一"字。
④ "习套"，手稿作"陈套"。
⑤ 手稿无"其"字。
⑥ 手稿"故"字后有"往往"二字。"作"原为"为"。
⑦ 此句手稿作："以发表其思想感情。"
⑧ "中"，手稿作"终"。
⑨ "后不如前"，手稿作"今不如古"。
⑩ "未"手稿作"不"。

汇 评

瞿永《王静安先生之文学批评》（《学衡》第 64 期，1928 年）

凡一种文学其发展之历程必有三时期：（一）为原始的时期，（二）为黄金的时期，（三）为衰败的时期，此准诸世界而同者。原始的时期真而率，黄金的时期真而工，衰败的时期工而不真，故以工论文学未有不推崇第二期及第三期者；以真论文学未有不推崇第一期及第二期者。先生夺第三期之文学的价值而予之第一期，此千古之卓识也。

饶宗颐《〈人间词话〉平议》（1953年）（《澄心论萃》第215页，上海文艺出版社1996年）

一切文学之进化，先真朴而后趋工巧。观汉魏诗之高浑，下逮宋齐则以雕镂为美，斯其比也。……故南北宋词，初无畛域之限，其由自然而臻于巧练，由清泚而入于秾挚，乃文学演化必然之势，毋庸强为轩轾。论诗而伸唐绌宋，清叶燮已深加非议（见《原诗》），持以质王氏，宁不哑然失笑？周止庵于两宋词颇有优劣之论……语尚宏通。王氏殆受其暗示，而变本加厉，益为偏激矣。

叶嘉莹《王国维及其文学批评》第263-264页（广东人民出版社1982年）

我们可以看到静安先生乃是有着极明白的文学演进之历史观的。他不仅有见于每一时代有每一时代新兴之文学，而且更指出了文学演进的主要原因乃是由于任何一种文体，在通行既久之后，经过多人之尝试和使用，自然便不免会逐渐趋于定型，成为一种习套。于是当一切可行之途径尝试俱穷之后，后之作者一则既更无发展开拓之余地，再则又现有许多既成的习套摆在眼前，于是才气不足的作者自然便不免养成一种因袭模仿之风，而丧失了一切文学作品原来所最需要的创造的精神和能力，所以豪杰之士遂不免遁而作他体。这种论见实在道出了古今中外一切文学体式贫久必趋于变的根本原因之所在。这种论见之提出，在中国当日只知尊崇往古、鄙薄新异的旧传统观念的束缚下，乃是极值得重视的。

陈兼与《〈人间词话〉述评》（《词学》第1辑，华东师范大学出版社1981年）

按：文体有嬗变，惟无难易。提要重诗而轻词，以为词易于诗，陈卧子以宋无诗，故有词，先生以一体之文学，后不如前，皆属一偏之论。至文体之始盛终衰，先生所言，亦偏于文人之主观方面，谓穷而别谋出路。其实文人之思想，大都顽固守旧，非有外力之压迫，不肯改其故步。以词论，在古乐府中已有先有词而后配乐及先有曲而后制词二种，后者即为填词之滥觞。隋、唐之世，民歌盛行，外国音乐亦渐输入，所谓"胡夷里巷之曲"，已普遍流行于民间，而文人学者坚持所谓"中夏正声"、"六义要旨"而耻言胡曲，所作仍不出律绝之诗。乐工为便于配乐，必须加以衬字与泛声，中已掺杂若干外来之曲调，而不自知。历时既久，律绝诗句益不能满足人民群众之要求，迫使文人不得不改变方法，亦按起拍子填词，词之被压抑而延迟发展若干年矣。故文体之递变，实由于时代客观之要求与促进，非文人之自觉自动也。

周锡山《王国维美学思想研究》第 167—168 页（中国社会科学出版社 1992 年）

王国维论诗歌即诗词曲的发展大致有三条线索或曰角度。第一是时代。他说：

> 凡一代有一代之文学：楚之骚，汉之赋，六代之骈语，唐之诗，宋之词，元之曲，皆所谓一代之文学，而后世莫能继焉者也。（《宋元戏曲考·序》）

这是从文学发展的时代性成就角度所下的结论。这个结论，的确符合中国文学发展包括诗歌发展的基本事实。王国维"一代有一代之文学"的观点曾受过清代著名学者焦循的启发，焦循说过：

> 余尝自楚骚以下至明八股，撰为一集。汉则专取赋，魏晋六朝至隋则专录其五言诗，唐则专录其律诗，宋专录其词，元专录其曲，明专录其八股，一代还其一代之所胜。（焦循《易余籥录》卷十五）

王国维曾概括转述这段言论，高度赞赏"焦氏谓一代有一代之所胜"，认为"焦里堂《易余籥录》之说，可谓具眼矣"（《宋元戏曲考·十二·元剧之文章》）。焦循是清代著名经学家，却也十分重视通俗戏曲，曾撰《花部农谭》，记叙和评论他在扬州地区经眼欣赏的刚兴起的地方戏即当时正与"雅部"昆剧争胜斗艳而被士大夫所看不起的所谓"花部"。他的"代胜说"中将元曲亦列入，故王国维对之非常赞赏。王国维将诗体文学并与之有关的赋、骈讲究对仗、音韵的诗体文章归纳成各代文学，比焦循原文更严密完整。"一代有一代之文学"也比"一代有一代之胜"更科学，这个观点总结了带有规律性的文学发展观，不仅适用于中国，西方也是如此。众所周知，马克思赞美古希腊悲剧和莎士比亚诗剧就某些方面说是一种规范和不可企及的范本，或者说是不可逾越的高峰。马克思认为，希腊史诗之所以具有永久的魅力，就是因为它充分反映了西方古代民族中发展得最完美的人类童年时代，真实再现了历史上这个永不复返的阶段的生活，就艺术与社会生产力及其中介关系来说，它同希腊社会的特定发展形势是结合在一起的，也即认为它们是自己时代的产物，故而后代只能产生自己的文学高峰，不能与前人争锋。王国维"而后世莫能继焉者也"一语，闪现出理论大师的思辨光辉，虽不及马克思的论述全面、深刻、系统，但也探到了文学发展的这个本质性问题。我们可以批评王国维"一代有一代之文学"漏掉《诗经》和漠视明清传奇，但无法否认他列举的史实和规律性的结论。今日诗人作家无法写出与前人相比的辞赋、杂剧、传奇，也是一个有力的反证。

王国维又从文体角度探索诗歌的发展规律：（本则引语略）。

刘少雄《南宋姜吴典雅词派相关词学论题之探讨》第 322 页（台湾大学出版委员会，1995 年）

按照这一种"文体递变"的理论看宋词，早期的词体，由民间而起，文人染指未多，词法未立，作者因情而写文，比较能作真切自然的表现，故有境界的佳作遂多；但清真出，法度渐严，南宋诸家更有意为文，律精语密，铺张扬厉的结果，便使得词体伸展的空间受限，容易掩盖了真性情，词体变成了"羔雁之具"，则词也敝，而不得不被他体所取代了。除了文体的因素外，王氏以为南宋典雅派词家之作所以有隔而境界不高，还有一个原因是"虽时运使然，亦其才分有限也"；这样一来，主客观因素皆如此，"词道之熄"便成定局了。文学体势的发展确实有其客观的限制性。我们审诸各种文类的发展，前期的作品固然富文体初期特有的天然之趣，后期之作亦多能在限制中显现出属于其时代的美感特质。这两种形态的美，我们可以因个人的喜好而有所偏爱，但不能因偏于某方而完全抹杀另一方的成绩，甚至否认其为美的一种。王国维说唐中叶以后诗及南宋以后词为"羔雁之具"，实乃强烈、偏激的言论，最易引起争端。

黄霖、周兴陆《王国维〈人间词话〉导读》第 34 页（上海古籍出版社 1998 年）

从文学的外部关系看，文学随时代的发展而发展，每一个时代都有表现其时代精神的文学样式，故"一代有一代之文学"。从文学自身内部因素看，每一种文体都有从尝试到盛大到落入习套而衰敝这样一个始盛终衰的过程。正是这种文学外部和内部关系的紧张，导致文体的嬗递，推动文学的发展。四言敝而有《楚辞》，《楚辞》敝而有五言，五言敝而有七言，古诗敝而有律绝，律绝敝而有词。王国维这种文体演变观是对明末清初顾炎武"诗体代降"说的发挥，不过更侧重于文体自身规律而已。顾炎武说：

"诗文之所以代变，有不得不变者。一代之文，沿袭已久，不容人人皆道此语。今且千数百年矣，而犹取古人之陈言，一一向模仿之，是以为诗，可乎？故不似则失其所以为诗，似则失其所以为我。李杜之诗，所以独高于唐人者，以其未尝不似，而未尝似也。知此者可与言诗也已矣。"（《日知录》卷二十一"诗体代降"条）

顾、王之论，都是从中国文学发展史实中概括出文体的演变规律。王国维所说的"自成习套"，主要是指前人反复为之，渐成"习惯"的一些形式技巧上的格套框式。后人难以脱离窠臼，别开生面，于是，此种文体便渐渐失去其艺术生命。

谢桃坊《宋词辨》第 105-106 页（上海古籍出版社 1999 年）

不可否认一种文体使用的时间愈长久，意象、结构及表现方法经过多次的重复因袭，必将影响艺术的创新而出现许多平庸敷衍的作品。但是，这仅仅是文学发展过程中极其表面的一种现象，不能说明文学史上许多复杂的问题。比如说，所谓"古诗敝而有律绝"，而事实上却是唐代律绝兴盛的同时古诗经过改进也取得了空前的艺术成就。李白、杜甫、韩愈、白居易、李贺的许多名篇正是古体诗。所谓"至南宋以后，词亦为羔雁之具，而词亦替矣"，而事实上在数百年之后的清代又出现了词的复兴时期。即以南宋词而论，南宋初年的中兴词人、中期的辛派词人及宋季词人的爱国主义光辉作品便有重大的社会意义，而南宋婉约词的题材有所扩大并不断进行了艺术创新，南宋的词人与作品的数目也大大超过了五代与北宋，可谓词的兴盛时期。因此，具有极端抽象性质的文体演进论是无法解释这些问题的。正如马克思所说："发生、繁荣和衰亡乃是极其一般、极其模糊的观念，在那里真是可以塞进一切的东西，但是用这些空泛的观念什么东西也不能了解。"文体演进论正是关于文学的发生、繁荣和衰亡的空泛的观念。1912 年，王国维先生于《〈宋元戏曲考〉序》云："凡一代有一代之文学，楚之骚、汉之赋、六朝之骈语、唐之诗、宋之词、元之曲，皆所谓一代之文学而后世莫能继焉者也。"这种"一代之文学"的观点是与其文体演进论自相矛盾的。按照文体演进论则南宋词已是词的衰败时期，成为应酬的"羔雁之具"的游词，不值得肯定；但若以"一代之文学"而论，则南宋词乃两宋词之重要部分又应当予以肯定了。这种深刻的矛盾暴露了文体演进论的严重缺陷。

刘锋杰、章池《人间词话百年解评》第 235-236 页（黄山书社 2002 年）

在不能合理解释文学史之变化者的眼中，文学史只能以其自然的演化为标志；在能够深刻解释文学史之变化者的眼中，文学史即是一有机的文学史。若说陆游属前类，王国维则属后类。此则词话旨在说明文体的始盛终衰的原因。 种文体通行既久，经多人使用与多方面的开拓，其表情达意的内在空间自会变窄，表情达意的方式也将趋于定型，这对继续运用这一文体的作家构成了巨大的限制与挑战。才弱者，只能沿袭因循，在习套面前了无生气；才大者，寻求新的发展，弃旧而图新，遂造就新文体，新气象。这种有生必有死、有新必有旧的文学演化观，对扭转重古贱今的保守思想是一种有力的针砭。王国维曾说"凡一代有一代之文学"（《宋元戏曲考》），正是基于文体变迁而作出的总结。

当然，文体变迁对创作的具体影响不是绝对的。天才作家运用旧的文体仍然能够写出天才作品。在举世词作平庸之际，也是在小说与戏曲文体已经创造出众多杰作之后，纳兰性德的大漠荒寒之作，情到意到，辞到境到，依然创造了一片生机活力。故知王国维的文体兴衰之说，只是有机文学史的一个部分而非全体。文学史的发展要素将是多方面的，且是在多方面的合力作用之下，才呈现出它的发展景观的。上则所说情与词的关系就是其中之一。

解 读

参见汇评中《王国维美学思想研究》的引文。又：

作为成熟的理论家，看一切问题皆不可绝对化，不能有偏见。一代有一代之文学，宋词代表了有宋一代的突出成就，但与之同时，宋代不仅是词，即使诗，也处于一流地位，对此，缪钺《论宋诗》(上海辞书出版社《宋诗鉴赏辞典·代序》)有精辟深入的长篇阐述。

五 五

诗之《三百篇》[1]、《十九首》[2]，词之五代、北宋，皆无题也；非无题也，诗词中之意不能以题尽之也。自《花庵》[3]、《草堂》[4]每调立题，并古人无题之词亦为作题。①如观一幅佳山水，而即曰此某山某河，可乎？②诗有题而诗亡，词有题而词亡。然中材之士，鲜能知此而自振拔者矣。③

汇 校

① "亦为作题"，手稿作"亦为之作题"。又，此句后手稿尚有一句："其可笑孰甚。"接下又有已删去一段："诗词之题目本为自然及人生。自古人误以（原作"用"）为美刺、投赠、咏史、怀古之用，题目既误，诗亦自不能佳。后人才不及古人，见古名、大家亦有此等作，遂遗其独到之处而专学此种，不复知诗词之本意。于是豪杰之士不得不变其体格，如楚辞、汉（原有"初"字）之五言诗、唐五代北宋之词，皆是也。故此等文学皆无题。"
② 手稿无此数句。"某河"，朴社本和遗书本作"某水"。
③ "鲜"，手稿原作"岂"。"矣"，原作"哉"。

注　释

[1] 诗之《三百篇》:指《诗经》,我国第一部诗歌总集,现存诗三百零五篇,故称。

[2] 十九首:《古诗十九首》,汉代无名氏作品。梁代萧统（昭明太子）收入《文选》,题为《古诗十九首》。

[3]《花庵》:《花庵词选》,词总集,共二十卷,选唐五代和两宋的作品,南宋词人黄昇编。黄昇,号玉林,又号花庵词客。

[4]《草堂》:《草堂诗余》,词总集,题何士信编集。原编二卷,今传本前后二集,各二卷,主要选录宋人词,间有唐、五代作品。

汇　评

佛雏《〈人间词话〉五题》（《扬州师院学报》1980 年第 1 期）

静安此说,其理论基础亦本于叔本华。叔氏云:"艺术从世界前进的长流中拔出它的静观的对象,并使之孤立在这一长流之前",在这里,"时间的行进停息了,各种关系对它来说也消失了"。叔氏把科学比作"一根无限延伸的地平线",而艺术则为"一根垂直线,它可以在前者任何一点上加以割断"。因而,"前者好比暴风雨,它猛烈冲击,没有个开端,也没有目的,压迫、摇撼、卷走在它之前的每一事物;后者则好比静静的太阳光柱一直穿射过暴风雨而不受其影响"。在叔氏看,艺术的客体并非特定的单个事物,而是作为某类事物之"永恒的形式"的"理念";它孤立于历史的"长流"之外,而不受任何"时间"、"关系"的限制。既如此,标志着具体物象、具体时间、具体关系,从而卷入历史行进的"长流"之中的"诗题"和"词题",就跟艺术的对象、审美静观的客体之特性,完全扞格不合了。美丽的"太阳光柱"被"暴风雨"卷走了。从这里,引出"诗亡"、"词亡"的结论,也就完全可以理解了。

陈兼与《〈人间词话〉述评》（《词学》第 1 辑,华东师范大学出版社 1981 年）

按:五代以前词无题,北宋之初已有于词调外加以小题者,不过寥寥数字，点明时间、地点及作词之对象而已，如张先之木兰花题为"乙卯吴兴寒食"，晏殊之山亭柳题为"赠歌者"，至苏轼则多有题，且加小序。后乃启姜夔之长题，其征召一阕，题序长至四百余字。词之有题，亦词之发展，盖所涉既繁，加题说明，未始为害，若词中已有之语，题又重复言之，有伤格局。古人词本无题，为之加题，更为多事。

周锡山《王国维美学思想研究》第 185 页（中国社会科学出版社 1992 年）

此言阐述中国诗歌史的一个规律性现象，即诗词曲在初创之时皆无题。可是"诗有题而诗亡，词有题而词亡"二语太绝对，且也不符合诗歌发展之史实。删去之手稿在叙述时还有矛盾：一、题目本为自然人生而不能以美刺、投赠、咏史、怀古等，那么诗词不是应该无题而是要避免误题而已；二、静安本人之诗也有美刺、投赠、咏史、怀古之作，那么他是否也将自己作为促使"诗亡"的罪人乎？三、古代名家大家既亦有此等作品，怎么可说有题即令诗词亡？后人才不及古人故不可作有题诗词，那么如才及古人呢？那就可以作了？也即诗词之亡非因有题而乃无才。这才是正确的结论。静安自觉此段不妥，业已删去，但留下的定稿，亦难服人。

解 读

参见汇评中《王国维美学思想研究》的引文。又：

王国维这里又犯绝对化的毛病。需要指出的是，这也是古人的通病，他们为了讲得醒目有力，往往用上绝对化、矫枉过正的语句。这也是性情中人常犯的毛病，今人也多如此。

五 六

大家之作，其言情也必沁人心脾，[①]其写景也必豁人耳目，其词脱口而出，无[②]矫揉妆束之态。以其所见者真，[③]所知者深也。[④]诗词皆然。[⑤]持此以衡古今之作者，可无大误矣。[⑥]

汇　校

① "沁人心脾"，手稿原作"入人肺腑"。

② 手稿"无"下有"一"。

③ "真"原作"深"。

④ "深"字后原有"故"字，被删。

⑤ 此句手稿无。

⑥ "可无大误矣"，手稿作"百不失一"。此句后手稿还有一句："此余所以不免有北宋后无词之叹也。"

汇　评

金开诚《〈人间词话〉的"境界说"》（《古典文学论丛》第 2 辑，陕西人民出版社 1981 年）

试把"所见者真，所知者深"与严羽的一个著名论点"禅道惟在妙悟，诗道亦在妙悟"（《沧浪诗话》郭校本页一）相比。可以清楚地看到，严氏所强调的纯粹是主观意识内部的活动，光靠"妙悟"来作诗，总有泉干水涸的时候；而《词话》的"见真"、"知深"基本上符合艺术创作中的反映论原理，假如真正能够做到作者所要求的"词人之忠实，不独对人事宜然，即对一阜一木，亦须有忠实之意"，那么创作活动便会有取之不尽的源泉；而且创造境界的奥秘也就更加变得可以认识了。

解　读

在《宋元戏曲考》第十二章《元剧之文章》中，他又说：

然元剧最佳之处，不在其思想结构，而在其文章。其文章之妙，亦一言以蔽之，曰：有意境而已矣。何以谓之有意境？曰：写情则沁人心脾，写景则在人耳目，述事则如其口出是也。古诗词之佳者，无不如是，元曲亦然。

因是针对戏曲和叙事体文学而言，故而用"述事则如其口出"，代替评论诗歌的"其词脱口而出"。参见第一则解读。

钱锺书先生举中外小说中的佳例说:《儿女英雄传》第十五回描摹邓九公姨奶奶衣饰体态,极侔色揣称之妙,有云:"雪白的一个脸皮儿,只是胖些,那脸蛋子一走一哆嗦,活脱儿一块凉粉儿。"刻画肥人,可谓状难写之景,如在目前。按:披考克(T. L. Peacock)写罗宾汉事小说(*Maid Marian*)第十章状一胖和尚战栗如肉汁或果汁冻之颤动(The little friar quaked like a jelly),迭更司《旅行笑史》(*Pickwick Papers*)第八章状肥童点头时,双颊哆嗦如白甜冻(The train of nods communicated a blancmange like motion to his fat cheeks),与"活脱儿一块凉粉儿"取譬正同。(《小说说小》,《钱锺书散文》第515页)

五 七

人能于诗词中不为美刺、投赠之篇,①不使隶事之句,不用粉②饰之字,则于此道已过半矣。

汇 校

① "美刺、投赠"后,手稿尚有"怀古、咏史"四字。"篇",原作"作"。
② "粉",手稿作"装"。

汇 评

吴奔星《王国维的美学思想——"境界"论》(《江海学刊》1963年第3期)
他认为应景、应酬之作,如"感事怀古等作,当与寿词同为词家所禁也"。其所以当禁,大概是因为"社会上之习惯,杀许多之善人;文学上之习惯,杀许多之天才"吧。在他看来,"美刺投赠"是"文学上之习惯,这种坏习惯",是会"杀许多之天才"的。
刘少雄《南宋姜吴典雅词派相关词学论题之探讨》第259页(台湾大学出版委员会1995年)
这完全是针对南宋词有隔之病而发的。但隔或不隔既然是境界有无

的问题，则纵使不用代字、使事而不为事所使、不过分修饰、意象能作
直接而显豁的表现,这些还是不能确保其必能达到不隔的境地的,情之真、
意之切才是重要的关键。

解　读

美刺,歌颂、讽刺。投赠,赠人之诗词,即专门为赞美在世的某人（上
司、师长、亲友和同僚等）而创作并书赠的诗词作品,或者相互吹捧的诗文,
尤指为了寻求晋身之阶,送吹捧的诗文给当权者。隶事,用典故。粉饰,
不顾事实地夸张地赞美。

五　八

以《长恨歌》之壮采, 而所①隶之事, 只 "小玉双成"[1]四字, ②
才有余也。梅村歌行[2], 则非隶事不办。③[3] 白、吴[4]优劣,
即于此见, 不独作诗为然④, 填词家亦不可不知也。

汇　校

① "所",手稿原作 "不"。
② "只" 前原有 "所用者"。"字" 前原有 "代"。
③ "办",手稿作 "可",原作 "能作"。
④ 此句句首手稿有 "此" 字。

注　释

[1] 小玉双成:白居易《长恨歌》中有 "金阙西厢叩玉扃,转教小玉报
　　双成"。小玉:吴王夫差女;双成:董双成,神话传说中西王母的侍
　　女。诗中借指仙山宫阙中太真（杨贵妃）的侍女。
[2] 梅村:吴伟业（1609-1672）,字骏公,号梅村,太仓（今属江苏）人。
　　明崇祯进士。入清后官国子监祭酒。清初著名诗人。
[3] 吴伟业擅长长篇歌行,名诗有《圆圆曲》《鸳湖曲》《永和宫词》《楚

两生行》等。王国维批评其诗隶事（用典）太多，失之堆砌。

[4] 白、吴：白居易、吴伟业。白居易（772-846），字乐天，晚号香山居
    士。其先太原（今属山西）人，后迁下邽（今陕西渭南东北）。贞元进士，
    历官杭州刺史、苏州刺史、刑部尚书等。唐代大诗人。

汇　评

周振甫《诗词例话》第 29 页（中国青年出版社 1962 年）

白居易的《长恨歌》写杨贵妃和唐明皇的故事，里面只有"小玉""双
成"用典；吴伟业写了很多叙事诗，其中的《圆圆曲》写陈圆圆的故事，
是继承《长恨歌》的写法的，里面却用了大量典故；也就是《长恨歌》
不隔而梅村歌行隔，所以说梅村歌行不如《长恨歌》。从这些作品来看，
王国维虽然只着眼在用典上，但他这样讲还是有理由的，不过这并不是说，
用了典就是隔，就是不真切。

刘锋杰、章池《人间词话百年解评》第 248-249 页（黄山书社 2002 年）

隶事即用典。王国维肯定白居易《长恨歌》的少用典，反对吴伟业
的堆砌典故，这与其反对用典的一贯立场相吻合。但这不能理解成王国
维反对一切作家在一切情形下的使用典故。若如此，则《长恨歌》用两
典也应在反对之列了。王国维对于化句式的用典，显然较为宽容。"'西
（当作秋）风吹渭水，落日（当作叶）满长安。'美成以之入词，白仁甫以
之入曲，此借古人之境界为我之境界者也。然非自有境界，古人亦不为
我用。"（《人间词话未刊稿》第一五则）就提出了一个用典的标准问题。当
一个诗人已经自有境界，这个境界又能吸收、融化古代典故，此时，他
去用典也就不会成为他在表达上的障碍；相反，与其自有境界不能融合，
这个典故也就不能成为他的自有境界的有机部分而不分彼此了。辛弃疾
词是以用典多而著称的，但辛词却得到了王国维的首肯，这清楚地表明
了王国维在用典的问题上还是灵活的。王国维判断用典的当与不当，不
是以是否用典来作标准的，而是看此典的使用，是否增加了诗歌的表现
能力，若有利于境界的创造，他还是赞同的。王国维实际上反对的是用
死典，硬用典，因为这对创造境界没有帮助，也与其辞脱口而出的真切

相冲突。王国维对用典的态度，影响了后来的"五四"文学革命，胡适大力反对用典，与王国维的意图是一致的。

解 读

王国维在给日本著名汉学家铃木虎雄（字豹轩）的信中说："前作《颐和园词》一首，虽不敢上希白傅，庶几追步梅村。盖白傅能不使事，梅村专以使事为工。然梅村自有雄气骏骨，遇白描处尤有深味，非如陈云伯辈但以秀媚见长，有肉无骨也。"对吴梅村所取得的艺术成就，仍有恰当评价。

五 九

近体诗[1]体制，以五七言绝句为最尊，律诗次之，排律最下。盖此体于寄兴言情，两无所当，殆有韵之骈体文耳。词中小令如绝句，长调似律诗，若长调之《百字令》《沁园春》等，则近于排律矣。①

汇 校

① 手稿此条与通行本差别颇大，兹全录于下："诗中体制以五言古及五、七言绝句为最尊，七古次之，五、七律又次之，五言排律为最下。盖此体于寄兴（原作"写景"）言情均不相适，殆与骈体文等耳。词中小令如五言古及绝句，长调如五、七律，若长调之《沁园春》等阕，则近于五排矣。"（"词中小令"以下，原作："长调之视小令，亦犹［下原有"诗中"］七古之视五古及绝句也。"）

注 释

[1] 近体诗：又称今体诗，唐代形成的律诗和绝句的通称，以区别于唐代以前已产生的诗的形式"古体诗"。

汇　评

陈兼与《〈人间词话〉述评》（《词学》第 1 辑，华东师范大学出版社 1981 年）

按：诗中排律之体最下，固矣。词中小令比之绝句，长调拟之律诗，亦甚切当。但谓百字令沁园春近于排律，则未敢雷同。百字令音调高亢，沁园春多四字对句，气势宏伟，东坡、稼轩在此二调中，有不少激动人心之辉煌作品，何得与诗之排律相持并论。先生工小令，其作品有五代、北宋风格，论词关于小令者，多中腠理，长调尚非当行。

吴宏一《王静安境界说的分析》（《台湾学者中国文学批评论文选》，人民文学出版社 1986 年）

王静安之喜爱小令，可以说是和他的境界说深相关联，因为想在作品中含有不尽之意，那非小令不可。篇幅短，才可以使意味深远，令人抚玩无极；篇幅长，则往往才气不足，不得不隶事用典，排比敷衍，在文字上用功夫。故篇幅短，才能具有"兴象风神"；篇幅长，则宜于咏物酬应。然则，王静安喜五代北宋而不喜南宋词的问题也就此迎刃而解了。王静安于词喜爱五代北宋，是以其为小令也，为无题之作也；王静安不喜南宋之作，以其为咏物酬应也，非自然的也。

解　读

王国维批评用典过多的作品，这个创作原则是对的。这种掉书袋的毛病，即使大家如辛弃疾也不免。但有时还必须这样做，譬如批评当局当世的作品，不能太直率，以免受到迫害，只能用隐晦的手段，这时就靠用典来掩饰。

六　〇

诗人对宇宙人生①，须入乎其内，又须出乎其外。入乎其内，故能写之；出乎其外，故能观之。入乎其内，故有生气；②

出乎其外，故有高致。③美成[1]能入而不能出④，白石[2]以降，于此二事皆未梦见。

汇 校

① "诗人"，手稿原作"词人"。"宇宙人生"，手稿作"自然人生"。
② "有生气"，原作"生气勃勃"。"勃勃"又原作"勃然"。
③ "有高致"，原作"元著超超"。
④ 手稿和遗书本作"不能出"，通行本作"不出"。

注 释

[1] 美成：周邦彦。
[2] 白石：姜夔。

汇 评

刘任萍《境界论及其称谓来源》（《人间世》第 17 期，1945 年）

意思就是说，作者对于外物的态度，宜倾注于中，使感受深刻；又宜逍遥于外，使照境周澈。原来，往往一个作者的内心与内境，未能尽相符合。壅塞的时候，则耳目之前，而未能凝通，自不能达到观照精微的境界。要是能入乎内则物我协和，自能感见精微，思致澈切，不至于放怀空虚，一物无得。另一方面言之，当内心倾注外境，每患于思见执着，不免刻迹于一端，以致"密则无际，疏则千里"，不能使观感达到周圆的境界。若能出乎其外，则整个的都看出来，自然不至拘限一隅，着一漏万矣。总之，能如此，谓之有境界，有如此境界，即有真境之文字。

陈牧《"衣带渐宽终不悔，为伊消得人憔悴"》（《山花》1962 年第 9 期）

所谓"入乎其内"，就像现在所说的"钻进去"，也就是说的分析。这样才能进入事物内部对各个部分作直接的观察，作具体的分析，只有如此，才能获得丰富的感觉材料，以达到"所见者真"，写出来才可能"有生气"。所谓"出乎其外"，就像现在所说的"提起来"，也就是说的综合。

这样才能对事物的全体及其与他事物的联系作综合的观察，作全面的概括，只有如此，才能揭示事物的本质，以达到"所见者深"，才有可能选出既合乎自然又比自然更高的"有高致"的境界。而分析和综合结合起来，就是一把解剖刀。

吴奔星《王国维的美学思想——"境界"论》（《江海学刊》1963 年第 3 期）

所谓"入乎其内"，意味着了解人生。对人生有深入的理解，才能创造有"生气"（形象鲜明有生活气息）的艺术境界。所谓"出乎其外"，意味着高于生活，比现实站得高，才不致成为爬行的现实主义，才能创造出有"高致"（具有充分典型意义和独特风格）的艺术境界。

徐中玉《古代文论中的出入说》（《古代文学理论研究》第 1 辑）

正是在前人论说的基础上，王国维写出了他更深入一层的看法。……王氏这段话的贡献，在于他进一步明白论说了作家对宇宙人生为什么必须入又必须出的道理。

……

如果说为识庐山真面目，最终还得走出庐山的圈子，那么很多作家也懂得，为了描写人生，最终也应尽量做到比较冷静、客观，比如说，你已经欢乐了，痛苦了，这就是你已经"入"了，而你若要充分真实、深刻地反映出所经欢乐、痛苦的本质和价值，你还必须"出"，即尽可能冷静下来，得以比较客观地反复回味全面思量之后才动手写作。在欢乐或痛苦的当时，如果马上下笔，同反复回味、全面思量，甚至时过境迁以后再来描写当时的欢乐或痛苦，不但深浅偏全可以大不相同，评量也可以显然两样。

……

痛定思痛，冷静而非冷淡，把那些当时认为重要而后来看出从全局或性质来评量其实并不那么有意义的东西去掉，代之以真正有价值的、深刻有味的东西，作家就能产生出艺术作品来了。

……

根本的道理仍在于"出"后可以静观默察。"入"时感情容易激动，注意往往片面，不能全面、历史地分析、研究认识问题，不易达到艺术真实，不能认识事物的深处。真处深处，其实也就是高处。

……

文学是人学。人们活动的性质和价值，往往要经过一段时期，有时要经过较长时期，才能明白地显现出来。社会上一时的毁誉，作家自己目前的爱憎（即使大体已置身是非利害之外）每还不足以折是非之中。这是因为人们的活动进程，特别是那些具有历史意义的重要活动进程，并不能在很短的时期中结束，还在延续下去，只凭一时一节的接触体会是很难抓住要领的。人们活动的价值也是多方面的，直接的价值正在发生较多作用时，间接的影响、另方面的意义很难被看到，情况变化后，间接的、另方面的价值可能取代而占显著的地位。这在当时很难预料，以后就能逐渐发现，并予以适当的估价了。有些活动，在原来的历史条件下形成的一种看法，一旦出现了另一种历史条件，看法也会发生变化，可能原来的看法有很多缺点，甚至是错误的。一人一家的利害，一时一事的利害，都有碍于作家观利害之变。活动还在继续，利害难免转化，体会不深，看法不准，急就章转瞬即成明日黄花，大家不要看，自己也懊悔，白白浪费许多生命、精力，对社会没有益处。这样的经验、教训，古今都不少。

出乎其外，能取得思想上的较高成就，也能达到艺术上的较高收获。鲁迅这样说过：

"沪案以后，周刊上却有极锋利肃杀的诗，其实是没有意思的。情随事迁，即味同嚼蜡。我以为感情正烈的时候，不宜作诗，否则锋芒太露，能将'诗美'杀掉。"（《两地书》三十二）

"感情正烈的时候"，在"入"之中。"能将'诗美'杀掉"，是说此时"不宜作诗"，除思想认识上的原因，同时还有艺术表现上的原因。此时写诗，由于感情激动，容易流于呼号、叫喊、议论，倾筐倒箧，一泄无余，缺乏诗的特点，违反艺术表现的规律。

……

搞文艺创作，"入"需要时间，"出"也需要时间，"入"与"出"加在一起，一般需要较多较长的时间。究竟需要多少，因题因人而异，不能呆说，但原则总是不能求之过急。过急了，只能产生急就章、白花时间、精力，落得没有好的作用。

"入"，对于要写一部反映时代巨变的大作品的作家来说，尤其需要对社会生活认真钻研许多时间。因为他必须广泛深入细致地去观、体验、分析、研究各色各样人物的性格和相互关系，时代风貌和斗争特点，等等。公式化概念化、雷同一律，根本原因就是没有"入"，或"入"得不深。

"出"，对于已被表面现象、局部观感、狭隘经验束缚得很紧的作家来说，也不是容易做到的，客观变化迟缓，主观思想停滞，加在一起尤其不易"出乎其外"。

……

文艺创作既然要求"入乎其中"，又要求"出乎其外"，入、出都需一定的时间，时间、火候不到，强作必然不好，因此从作家方面说，他应该享有"能事不受相迫促"的自由和权利。

雷茂奎《〈人间词话〉"境界"说辨识》（《文学评论》丛刊第3辑，1979年）

他这番见解的局限在于：没能指出世界观对"入内"、"出外"的决定作用。世界观的不同，"生气"与"高致"就定然相反。同时，他说的"入其内"的生活，完全不是我们所说的社会人生，火热的现实斗争，而是不与人意志相关的、客观的自然景物。这是要弄清楚的。不能望文生义，牵强附会。

但是，尽管如此，他谈到的作家与生活的关系，理想与现实的关系，出于生活又高于生活，作家既要"与花鸟共忧乐"，又要"以奴仆命风月"等理论，实在是可稀罕的，接触到了艺术辩证法的某些规律。即使在今天，对我们仍有启发意义。

敏泽《中国文学理论批评史（下）》第1158页（人民文学出版社1981年）

要求深入所谓"宇宙人生"，体验它，以便"写之"，又要求不要被它所局限，"出乎其外"，站在更高的角度进行观察。这些意见无疑也是相当精辟，值得我们重视的，对于我们今天也仍然是有参考意义的。他所说的"客观之诗人不可不多阅世，阅世愈深，则材料愈丰富，愈变化"。除了"客观之诗人"这一说法明显不妥外，整个说意见也是精辟的。

佛雏《"境界"说的传统渊源及其得失》（《古典文学论丛》第 2 辑，1982 年）

"入乎其内"，指诗人必须摆脱俗"我"，而后达到由表及里，体物入微。王氏所谓"重视外物"，"与花鸟共忧乐"，即就这种"入"而言。

"出乎其外"，则指诗人的"自我"主宰外物。诗人就外物（创作对象）本身的美加以升华，使之与"入"的某种襟度、风致自然谐和，使人"观"之，既似其物，又若不似其物，具有比此物更多得多的东西，于是呈现一种令人玩抚不尽的特殊情味，而诗人的"自我"即在其中。王氏所谓"轻视外物"，"以奴仆命风月"，即就这种"出"而言。

王文生《王国维的文学思想初探》（《古代文学理论研究》第 7 辑，1982 年）

这里所说的"能入"，也就是指作者必须对事物进行认真的观察、体验，从而获得亲切的感受。……因此，除了"能入"，还需"能出"。还需把自己所感受之情绪放到一定距离去观照。

王振锋《论王国维的"墙界"说》（《文学论丛》第 13 辑，1982 年）

王氏所谓"诗人"是"天才"；所谓"入内"是"我"的物化；所谓"出外"是"解脱"；所谓"宇宙人生"是"意志"或"欲"的表象形式。但若只从"境界"本身的范围之内来看，这个辩证法的合理内核，却不能不突破其哲学体系的僵硬躯壳而放出耀眼的亮光。

尚永亮《辨〈人间词话〉之"真"》（《江汉论坛》1983 年第 2 期）

而所谓"高致"，亦即"境界"，乃是由入到出这一过程的高度结晶。

聂振斌《王国维的意境论》（《美学》第 6 辑，上海文艺出版社 1985 年 9 月）

"入"就是"入世"，"出"即"出世"。阅世愈深入，了解到内在本质，才能写得真切，有生气。但是，又要能"出世"，即能超脱，不为利害蒙心，才能对宇宙人生采取静观的态度，也才能使作品的神韵高致。"入世"与"出世"是作家必具的两个方面，而不是像前面那种各持一面的说法了，因此具有普遍意义。

叶朗《中国美学史大纲》第 633-634 页（上海人民出版社 1985 年）

"入乎其内"，确有观察社会生活状况，掌握丰富的创作素材这样一层含义，但是更深一层的含义却是要体验到生活的本质在于"欲"，在于"痛苦"。有此体验，才能"出乎其外"，力求摆脱这种痛苦，忘掉物我之关系，排除一切功利的念头，采取一种超然物外、漠然静观的态度。这就是"出乎其外，故能观之"，这就是"出乎其外，故有高致"。

周锡山《博大精深，学贯中西的境界说》（《名作欣赏》1987年第4期）

"入乎其内"即深入体察宇宙（自然界）人生，从外部形貌到本质神理都获得深透的认识，这样才能在心目中形成活生生的映象和形象。"入乎其内"才能观察和体会细致入微，纤毫毕见。这是尊重客观现实，忠实于事物本来面目和深入生活的基本态度。但仅这些还不够，还必须"出乎其外"。"出乎其外"，一则在时间和空间上与描写对象（人物、感情、社会、人生及作者自己的个人经历等）保持适当距离，有一种反思的事态，以免因一时冲动而态度过激，情绪战胜理智；二则作者摆脱利害关系和个人欲念，高举远慕，超尘遗世，以极高的情致和意念对待自然和人生并给予描绘反映；三则可运用哲学或哲理的眼光、站在历史的高度来观察、评价和描写或欣赏，不将自己的眼光囿于浅层或小小的一角，而能高瞻远瞩，并具有穿透力。

陈良运《王国维"境界"说之系统观》（《社会科学战线》1991年第2期）

"美成能入不能出"，他"能入"，是因为他"言情体物，穷极工巧"；"不能出"，是他的词作缺乏"深远之致"，"创调之才多，创意之才少"，因而远不及欧阳修与秦观。他专为周邦彦词写的一则眉批亦云："美成词多作态，故不是大家气象，若同叔、永叔虽不作态，而一笑百媚生矣。此天才与人力之别也。"这就是说，能入不能出的"写境"，易犯"穷极工巧"与多作态的毛病；而能入能出者，或"于豪放中有沉着之致，所以尤高"，或"淡语皆有味，浅语皆有致"。

凤文学《龚自珍、王国维"出入说"辨析》（《安徽师大学报》1991年第4期）

他提出"能入"，就是要人们深刻体味个人的哀乐，然后由个人的身世之感中走出来，推向人类的普遍感情。他认为李煜词与宋徽宗词境界"大小固不同"，原因就在于宋徽宗的词只写了自己的身世之戚，没有超越个人的荣辱、悲苦，也就是说，他只"入"而未能"出"。李煜不同，他俨然有释迦、基督担荷人类罪恶之意，超越了个人情感的狭小天地，进而"以人类之感情为一己之感情"，具有极大的普遍性和概括力，就是说，他既能入，又能出，所以比宋徽宗的词更具有审美价值。

王氏所说的"入"，是为了了解、认识自然之物的关系限制，认清对象本身及其与主体的利害关系；而他所说的"出"，则是为了审美而切断主体与对象的利害关系。按照这种观点，他的"出入说"，主要立足于审美，而且有把审美与求真、向善对立起来的倾向。

卢善庆《中国近代美学思想史》第435页（华东师范大学出版社1991年）

"入乎其内，出乎其外"，从原则本身看，无疑是正确的。然而，作者须有正确的世界观，而又参加火热的斗争，才真能"入乎其内"，在文学上反映出生活真实的面目来。如果世界观是反动的，立场是反动的，就不能不对现实生活加以歪曲，纵然"入乎其内"，也不中用。而所谓"出乎其外"，也必然是在正确的世界观指导之下，从现实出发，而又高于现实，用他的崇高伟大的理想来推动社会前进，永远走在生活的最前面。假如世界观是反动的，它只能把前进的社会拉到后面，纵然"出乎其外"，也没有什么"高致"可言。

周锡山《王国维美学思想研究》第177—178页（中国社会科学出版社1992年）

这也是一种一家之言，以篇幅长短来定诗、词诸体之尊卑，恐难以服众。词中长调即如静安所例举之《百字令》，也即《念奴娇》，如苏轼"大江东去"一首，乃千古名作，文天祥和萨都剌的步韵之作，亦各呈千秋。毛泽东的《沁园春·雪》更乃独步千古、气势恢宏的伟作。擅长于写哪一种体裁，既要根据作品内容的需要，又与作者的气质、性格、风格和喜好乃至人生经历有密不可分之关系。即以唐诗为例，李白善写七绝与七古，杜甫喜撰七律，两人的成就难分高下而所擅之体则明显有别。这些事实不啻打破了王国维所作的这个带有理论性的总结。

夏中义《世纪初的苦魂》第13页（上海文艺出版社1995年）

何谓"入乎其内"？"内"乃诗人在日常境遇中所积累的人生体验（素材），诸如印象、情绪、梦幻、狂欢、哀怒、苦闷、遗恨等；"入乎其内"，就是将上述曾牵动诗人衷肠的、毛茸茸的素材再体验一番，

"故有生气"。但诗人若想写出杰作，还得"出乎其外"，即不拘泥素材原型，相反，还得将素材放到终极关怀这一层面作审美观照，源于素材，又高于素材，"故有高致"。美成词言情体物，穷极工巧，堪称一流，为何他在王氏心中仍比"至情至性"的苏、辛低一档次？因为他"能入而不能出"。

陈伯海《生命体验的审美超越——〈人间词话〉"出入"说索解》(《文艺理论研究》2002 年第 1 期)

研读《人间词话》的人，多关注其"境界"说，而相对忽略其"出入"说，偶有论及，也只是作为一个局部性问题来加以考虑，这是很不够的。"出入"说在王国维的诗歌美学理论中占有重要的位置。如果说，"境界"说构成其诗学的审美本体论，那么"出入"说便是其诗学的审美活动论。诗歌的审美本体是在诗人的审美活动中建立起来的，从这个意义上说，不了解"出入"说，就不可能全面、透彻地把握王国维的"境界"说及其整个诗学理论体系，更难以充分、合理地估价他在中国诗学建设上的贡献。

"入"和"出"的具体内涵又是指的什么呢？依据上引两段文字的解说，"入乎其内"意味着"重视外物"，它要求诗人全身心地融入对象世界("与花鸟共忧乐")，给予真切的表达("能写之")，这才能使写出的作品具有活生生的情趣("有生气")；"出乎其外"则意味着"轻视外物"，要以超越的姿态对待所描写的事象("以奴仆命风月")，通过凝神观照("能观之")，以求得对宇宙人生更深一层的领会("有高致")。两者都是说的审美主体与审美客体之间的关系，不过一注重在生命的内在体验，一着眼于精神的超越性观照，于是有了"入"和"出"的分别，而又共同构成完整的审美活动所不可缺少的两个环节。

"入"就是要打破诗人与对象世界之间的阻隔，"入乎其内"才能拥抱对象世界，才能形成真切的人生体验，也才能做到写情写景"语语都在目前"，所以"不隔"便成了"入乎其内"得以实现的标志，亦即诗歌境界有无的表征。我们看《人间词话》里所举"不隔"的例句，皆为诗人富于生命体验的作品；而作者一再表示对姜夔等人词作的"隔"的不满，也正好同他关于"白石以降，于此二事(按指"入"与"出")皆未梦见"的说法相印证。且无论他对白石诸人的评价是否过苛，他这种以"入乎其内"为创造"境界"的首要步骤的见解，应该是很分明的。

在王国维那里，"入"并非意味着简单地摄取外在事象，更重要的是要融入自己的心灵，形成自己的独特感受，以与对象世界在生命的律动上交感共振，因此，"出"也不仅仅意味着超越所描写的事象，同时还意味着超越自己的具体感受，让个人的生命体验转移、升华到一个新的层面上来。而要做到这一点，就需要对自己的实际感受进行观照和反思，所谓"出乎其外，故能观之"，说的便是这个意思。

我们知道，在王国维的美学思想体系中，"观"之一字实具有很重要的意义。他常用"观"来指称人的审美思维活动。在托名樊志厚所写的《人间词·乙稿叙》中，有一段较完整的表述："文学之事，其内足以摅己而外足以感人者，意与境二者而已。（引文中略）而观我之时，又自有我在。"这里所说的"意"与"境"，约略相当于古人常讲的情与景；两者结合而成的"意境"，则大体接近于《人间词话》里标举的"境界"。按照王氏的解说，"意境"的生成在于"能观"，而由于不同的作品"或以境胜，或以意胜"，其审美观照的侧重点也就有了"观物"与"观我"的差别。但正如"一切景语皆情语也"，"观物"无非是"观我"的一种凭借，即所谓"非物无以见我"。于是"我"成了审美观照的主要对象，而"观我之时，又自有我在"的命题便顺理成章地提了出来。这样一来，就有了两个"自我"：一个是被观照的"我"，也就是与对象世界融为一体，产生喜怒哀乐等情意活动的"我"；另一个则是作为观照主体的"我"，亦即站在对象世界之外，对各种事象及自身的情意活动进行审美静观的"我"。王氏以前者为"意志"的"我"（所谓"我之自身，意志也"），而称后者为"纯粹无欲之我"。在诗人"入乎其内"地对宇宙人生作种种探索和体验时，前者（情意主体）起着活跃、能动的作用，后者（审美主体）则暂时隐伏不现。而当他"出乎其外"地观照、反思自己的人生感受时，情意的"我"因与所感受的事象相结合，转化成被观照的客体，观照者遂由审美主体来担任了。两个"自我"的区分以及审美观照阶段审美主体对情意主体的超越，是我们把握王氏"出乎其外"一语的关键，也是《人间词话》"出入"说的精义之所在。

从构成王氏诗学的重要理论基础的"出入"说来看，人的审美活动是一个由生命体验向自我超越不断发展和升华的过程，在这一活动中说建构起来的审美本体——"境界"，便也有了多重复杂的规定性。……可见对于"境界"说的较为全面的认识，是不能离开"出入"说的正确阐发的。

……再看紧接一则文字所说的："无我之境，人惟于静中得之；有我之境，于由动之静时得之。"其"动"与"静"的提法，实际上相当于"入"与"出"，即情意的发动和超越性的静观。据王氏之言，则"有我"与"无我"的歧异仅限于情意发动状态之不同（一动一静），而两种境界的最终成立均须归之于审美静观，不也是说得很明白了吗？

《人间词话》"出入"说的提出，在中国诗学由传统向现代的演化过程中，亦有其深远的意义。

而今王氏引入西方哲理，将审美的超越理解为对个人生命体验的重新观照和品味，并借助这一反思式的观照以实现其由一己身世之感向"人生之理念"或"人类全体之感情"的飞跃，这就有了传统诗学所不具备的近代人的意识，而"出入"说所概括的审美活动论因亦成为中国近代美学思想的肇端。不仅如此，更由于王氏审美活动论的终极指向是"人生的理念"，他对这一活动的承担者——诗人——感受之"真"，也就产生了独特的要求，不但不同于传统以政教、伦理为本位的"情志"或"情性"，亦且有别于一般"性灵"论者标举的那种带有随机触发性质的"性灵"。

不过我们决不能无限夸大叔本华思想对王氏诗歌美学的影响，后者毕竟还有承受民族传统这一面，并因此而构成了对叔本华理论的限制与反改造。……时下学界多关注于王氏接受叔本华影响的一面，而相对于忽略其自身的创造性。

他所创立的"生命体验的自我超越"的命题，用以解说审美活动的过程，则不仅在中国近现代美学史上有开创意义，且至今仍值得我们深思与借鉴。

解 读

参见汇评中周锡山《博大精深，学贯中西的境界说》和《王国维美学思想研究》的引文。又：

生气，指文艺作品中富有生命活力的蓬勃舒发的气势和力量。高致，见第四五则解读。

陈伯海先生"时下学者多关注于王氏接受叔本华影响的一面，而相对于忽略其自身的创造性"一语很重要！受钱锺书的影响，叶嘉莹、（谭）佛雏之著作皆有此病。佛雏《王国维诗学研究》（北京大学出版社 1987 年版）甚至全书致力于寻找叔本华言论与王国维观点的对应之处，夏中义《世纪初的苦魂》（上海文艺出版社 1995 年版、后改名《王国维：世纪苦魂》，北京大学出版社 2006 年版）根据佛雏此书（但他不予说明）说王国维的所有观点照搬叔本华，是叔本华言论经过他"译介"的"再创"。夏氏此论荒谬，我已有《迷失于"再创（译介）"与独创之间》（《中国比较文学》1996 年第 2 期，周锡山《王国维美学思想研究》，中国社会科学出版社 2017 年版）给予批评。

六 一

诗人必有轻视外物之意，故能以奴仆命风月。[①]又必有重视外物之意，故能与花鸟共[②]忧乐。

汇 校

① 此句手稿原作"清风明月役之如奴仆"。
② "共"，手稿作"同"。

汇 评

羊春秋、周乐群《试论王国维的唯心主义美学及其文艺批评——兼评方步瀛先生对王国维文艺批评的评价》（《华中师院学报》1959 年第 1 期）

另一条是："诗人必有轻视外物之意，故能以奴仆命风月；又必有重视外物之意，故能与花鸟共忧乐。"所谓"轻视外物"，就是要作家超然物外，不为现实生活的利害关系所干扰，才能驱使自然界的景物，奔赴腕底，为我服务；所谓"重视外物"，就是要有"物我同一"、"神与物接"的宁静心境，才能神游物外，物我两忘，不知何者为"花鸟"之忧乐，何者为个人的悲欢。这种带有浓厚的神秘主义色彩的超阶级、超政治观点，显然是极端虚伪、极端反动的。

吴奔星《王国维的美学思想——"境界"论》（《江海学刊》1963 年第 3 期）

这就是说，诗人必须站在现实的高峰，居高临下，争取反映现实的主动权（所谓"以奴仆命风月"）；同时，又要密切注视现实，不脱离生活，争取和客观事物打成一片（所谓"能与花鸟共忧乐"）。

所有这些论点，既"入乎其内"，又"出乎其外"；既轻视外物，又重视外物，都是王国维对诗人与现实的关系问题的理解，显示出他的美学思想具有朴素的唯物的因素和初步的辩证的观点。凡此，都是王国维比他的先行者严沧浪、王渔洋、袁子才等高明的地方。不过，王国维所理解的现实或人生，是非常狭隘的，只不过"风月"与"花鸟"一类身边琐事。所谓"以奴仆命风月"，"与花鸟共忧乐"，充分暴露出他对诗人与现实的关系问题的理解，存在严重的阶级的局限性。

雷茂奎《〈人间词话〉"境界"说辨识》（《文学评论》丛刊第 3 辑，1979 年）

所谓"轻视外物"者，即能站在高处观察生活，研究生活，取舍生活，驾驭生活。所谓"重视外物"者，又要求进入生活，感受生活，融化生活，以自己的感情与花鸟共忧乐，同呼吸，这样才能赋予花鸟以"我"的感情。

聂振斌《王国维的意境论》（《美学》第 6 期，上海文艺出版社 1985 年 9 月）

这是从情感态度上要求诗人敢于驾驭自然之物，充分发挥自由创造的主动性，同时又必须把情感移注于自然之物之中，以自然之物为依托，不使情感落空，达到"物我两忘"、浑然一体。

周锡山《博大精深，学贯中西的境界说》（《名作欣赏》1987 年第 4 期）

文学家既能居高临下，凌驾自然之上，驱使一切景、物为自己的创作服务；又能与外物平等，设身处地了解、体会、深入客观世界，并与客观世界打成一片，读作品也便有身临其境身同感受的妙悟。

周锡山《王国维美学思想研究》第 182、187 页（中国社会科学出版社 1992 年）

王国维的出入说与他的众多诗学观点有联系。如《人间词话》中紧接出入说的第六一则："诗人必有轻视外物之意，故能以奴仆命风月。又必有重视外物之意，故能与花鸟共忧乐。""轻视外物"故能对之居高临下，与"出乎其外"的态度有关，而"重视外物"且"与花鸟共忧乐"则显已"入乎其内"，并与花鸟的情感打成一片无分彼此了。

这（指此则）不仅有上述字面意义，而且前已论及，与其所指出入说有关，另外，"轻视外物"与游戏、诙谐和超逸的创作态度有联系，而"重视外物"显与热心、严重和精实之精神相通。

解 读

参见汇评中的《博大精深，学贯中西的境界说》和拙著《王国维美学思想研究》的引文。又：

本则轻视与重视并用，是艺术辩证法在理论创造中的高明运用。王国维自己是创作诗词的高手，他的这种理论总结，金针度人，对创作者有极大的指导作用。能与花鸟共忧乐，要求诗人作家对描写对象有理解的同情，善于换位思考，能够深入体察世故人情，并能在极细微处下功夫。

六 二

"昔为倡家女，今为荡子妇。荡子行不归，空床难独守。"[1]"何不策高足，先据要路津？无为久贫（当作"守穷"）贱，轗轲长苦辛。"[2]可谓淫鄙之尤。然无视为淫词鄙词者，以其真也。五代、北宋之大词人亦然①，非无淫词，读之者但觉其亲切动人②；非无鄙词，但觉其精力弥满。③可知淫词与鄙词之病，非淫与鄙之病④，而游词⑤[3]之病也。"岂不尔思，室是远而。"
而子曰"未之思也，夫何远之有？"[4]恶其游也。

汇　校

① 五字手稿原作"大家"。

② 此句手稿作："然读之者但觉其沈（原作"真"）挚动人。"

③ 手稿"但觉"前有一"然"字。

④ 手稿"之"字后有"为"字。下同。

⑤ 手稿原缺"词"字。

注　释

[1] 引文见《古诗十九首》之二：

青青河畔草，郁郁园中柳。盈盈楼上女，皎皎当窗牖。娥娥红
粉妆，纤纤出素手。昔为倡家女，今为荡子妇。荡子行不归，空
床难独守。

[2] 引文见《古诗十九首》之四：

今日良宴会，欢乐难具陈。弹筝奋逸响，新声妙入神。令德唱
高言，识曲听其真。齐心同所愿，含意俱未申。人生寄一世，奄忽
若飙尘。何不策高足，先据要路津？无为守穷贱，轗轲长苦辛。"轗
轲"同"坎坷"。

[3] 游词：金应珪《词选后序》："规模物类，依托歌舞。哀乐不衷其性，
虑叹无与乎情。连章累篇，义不出乎花鸟。感物指事，理不外乎酬应。
虽既雅而不艳，斯有句而无章。是谓游词。"

[4]《论语·子罕》："唐棣之华，偏其反而。岂不尔思，室是远而。子曰：
未之思也，夫何远之有？"

汇　评

朱光潜《诗的隐与显（关于王静安先生的〈人间词话〉的几点意见）》

（《人间世》第1期，1934年4月）

豁达者和滑稽者都能诙谐，但是却有分别。豁达者的诙谐是从悲剧中看透人生世相的结果，往往沉痛深刻，直入人心深处。滑稽者的诙谐起于喜剧中的乖讹，只能取悦于浮浅的理智，乍听可惊喜，玩之无余味。豁达者的诙谐之中有严肃，往往极沉痛之致，使人猝然见到，不知是笑好还是哭好，例如古诗："何不策高足，先据要路津？无为守穷贱，轗轲长苦辛！"看来虽似作随俗浮沉的计算而其实是愤世嫉俗之谈。表面虽似诙谐而骨子里却极沉痛。

徐翰逢《〈人间词话〉随论》（《人文杂志》1960 年第 4 期）

作为素以清朝遗老自命、"五四"以后还做过溥仪南书房行走的王氏，自然不会对于封建社会"逐臣弃妻"（沈德潜语）的不幸遭遇寄予同情。他把这种在一定程度上代表中下层知识分子与被残害的妇女的对于当时代的愤懑的诗句（沈德潜在"古诗源"笺注中也说："据要津，乃诡词也。古人感愤，每有此种"）说成是"淫词、鄙词"，他认为只是"以其真"，所以就无人看作"淫"、"鄙"。实际则是以此说法来为北宋词人的铅华脂粉作品开脱。

佛雏《"境界"说辨源兼评其实质——王国维美学思想批判之二》（《扬州师院学报》1964 年第 19 期）

可见，所谓"人类之感情"无非是那个罪恶的生活意志、欲望（即所谓"人类内在本性"）所必然引起的"人生长恨"，以及作为这种"长恨"之伴奏的短暂的欢乐；而这些，"如同人本身一样是不变的"，诗人的任务即在对此"不变的"感情或本性，作出"真切的表现"。叔本华认为"自然的真符号"是一个循环的不变的"圆环"，社会也如此，故他对历史的价值极度贬抑，他的书中没有任何历史的发展变化的分析。王国维在另一文中也认为"历史之所记述，诗人之所悲歌"，无非"善恶二性之争斗"，而这种"争斗"实意味着作为生活本质的"意志"或"欲"本身的争斗。王氏称"荡子行不归，空床难独守"、"何不策高足，先据要路津"等为"真"，而不以"淫词鄙词"目之，正在于这种"淫鄙"本身乃是生活"意志"或"欲"的不加掩饰的"真切"表现，换言之，"人类内在本性"的"真切"表现。故离开叔本华的意志哲学、悲观主义，就不可能真正理解王氏所谓"真感情"。这种"真感情"既无阶级因素，也无时代因素，是个注定了的万古不变"人生长恨"、"人类罪恶"或者"人类内在本性"的纯粹表现形式。它并不同于早期资产阶级"人性论"者的"人性"的"真"，而是叔本华(没落资产阶级的一位代言人)式的"意志"的"真"。前者还有个资产阶级式的个性解放的要求；后者的终极目的则在揭示罪恶意志的真相，从而达到否定意志、否定感情的宗教境界。其"真"的实质不过如此。

佛雏《〈人间词话〉三题》(《扬州师院学报》1980年第3期)

"游词"之病，在于有"诙谐"而无"严肃"；以冷心肠出之，而乏"肺挚之感情"。这已经不属于"天才——大孩子"的"游戏"范畴，而沦于伧夫、狎客之流无聊的"逢场作戏"之作了。静安宁取"荡子行不归，空床难独守"的"真"淫哇，而不要"只解道'奶奶兰心蕙性'"的"轻薄子"，意亦在此。

"唐棣之华，偏其反而。岂不尔思，室是远而。"孔子责其"未思"，乃是从"仁远乎哉"的角度，而作出的一种伦理判断。《唐棣》的作者诚然荏弱，有点"畏途峥岩不可攀"，"待飔下"而又不忍飔下，故发出此种遗憾绵绵的叹息，亦自有其情在。唐人"还君明珠双泪垂，恨不相逢未嫁时"句，亦不过"岂不尔思，室是远而"的强化的产物而已。这究与"奶奶兰心蕙性"的甜言蜜语不类。静安"恶其游"，则是全从孔氏立论了。

金开诚《〈人间词话〉的"境界说"》(《古典文学论丛》第2辑，陕西人民出版社1981年)

这段话说明王氏是不承认思想情操有高低、雅俗、美丑之分的，也不懂得各个时代的诗作是必须联系它的具体历史背景评价的；他所强调的只有一个抽象不变的"真"字。这种理论如果能够成立，则许多淫秽恶俗的黄色作品无不可以肯定——只要它们写得真实，而它们之中有许多是的确写得非常真实的。

王振铎《论王国维的"境界"说》(《文学论丛》第13辑，1982年)

所谓"不游"，是要求文艺创作不要离开人的本性和品格。无论是高尚的，豪爽的，或是旷达的，狂狷的，甚至是贪鄙的，淫荡的，只要各呈其真性情,忠实地写它出来,宣示于人,"但觉其亲切动人",那就"不游"。否则,如金应珪所说:"规模物类,依托歌舞,哀乐不衷其性,虑叹无与乎情。连章累篇,义不出乎花鸟。感物指事,理不外乎应酬。虽既雅而不艳,斯有句而无章,是谓游词。""游词"颇类乎今天人们所说的假话、空话、大话。

王文生《王国维的文学思想初探》(《古代文学理论研究》第 7 辑,1982 年)

又如他说:"'昔为倡家女,今为荡子妇;荡子行不归,空床难独守','何不策高足,先据要路津? 无为守贫贱,辘轳常苦辛。'可谓淫鄙之尤,然无视为淫词鄙词者,以其真也。"(《人间词话》)这里引用的两组诗句,前者表现了明显的欲念,后者表现了明显的功利,但王国维却以其"真"而对它作了肯定。由此可见,文学的"真",是他衡量文学作品的最高标准。它虽是从他的超功利的文学观引申而来,却又突破了他的超功利的文学观的范围。

吴宏一《王静安境界说的分析》(《台湾学者中国文学批评论文选》,人民文学出版社 1986 年)

王静安的所谓游词,是就表现的技巧而言的,只要表现之技巧能够恰到好处的话,即使是内容淫鄙的题材,也可以有境界的;反之,动辄使用隶事之句,粉饰之字,表现技巧也不能恰到好处的话,那么内容虽然含有诗情画意,也必不能予以读者真实的感受。孔子说:"辞达而已矣。"所谓辞达,也就是说表现的技巧要恰到好处,过犹不及,都是不合乎真实、自然的。

黄志民《〈人间词话〉"境界"一词含义之探讨》(《台湾学者中国文学批评论文选》,人民文学出版社 1986 年)

只要是"真"而不"游",则淫鄙的内容和文辞都不足为病,可见王氏心目中的"真",只要在事实上存在就可以,并不含有对于景物或感情本身在道德意义上的价值判断。

程亚林《王国维境界说的内在矛盾》(《文艺理论研究》1986 年第 6 期)

他标举的有些真境界却不能包容到"美"境界中去。如:"昔为倡家女,今为荡子妇。荡子行不归,空床难独守";"甘作一生拼,尽君今日欢";"衣带渐宽终不悔,为伊消得人憔悴";"昼短苦夜长,何不秉烛游";"不如饮美酒,被服纨与素";"何不策高足,先据要路津?

无为久贫贱，辘轳长苦辛"；"谁能思不歌？谁能饥不食"等等，这些诗句，或表现了明显的欲念，或表现了诱人的功利，或宣扬及时行乐，或愤激地不平则鸣，或"淫"或"鄙"，或"俗"或"怒"，是既不否定生存意志，又不超功利，更不自思改悔以求超脱的。它肯定世俗生活，膜拜人间乐事，相信欲望可以在现实生活中通过放纵或争斗来实现，而实现了欲望便是得到了幸福，显然不是超然物外的无我之境和包孕着挣脱意志束缚之努力的有我之境，而如同美学上的"眩惑"一样，"使吾人自纯粹知识出，而复归于生活之欲"，决非美的境界，但王国维却肯定它们"真"、"不隔"、"易巧"、"绝妙"，还说它们"亲切动人"、"精力弥满"，是不美而真的境界。

黄保真、成复旺、蔡钟翔《中国文学理论史》（五）第 287 页（北京出版社 1987 年）

"游"就是假，就是既无真性又无真情，惟利禄虚名是求。王国维论文艺喜"真"而恶"游"，其见解，虽然立足于"纯粹美学"，但却突破了叔本华美学的樊篱，而把"纯粹美学"民族化了；其材料虽然得之于传统理论，但却赋予了新的理论意义，而把传统理论深刻化了。从"能入"、"能出"到喜"真"、恶"游"，王国维的纯粹文艺哲学又沿着民族化的方向前进了。

陈良运《王国维"境界"说之系统观》（《社会科学战线》1991 年第 2 期）

王氏对情真之审美界定，还有一个颇为破格的观点，那就是大凡情真之语，不必因其格调不高以"淫鄙"责之，《古诗十九首》中"昔为倡家女，今为荡子妇。荡子行不归，空床难独守。"表现了女子难以克制的情欲，"何不策高足，先据要路津？无为久贫贱，辘轳长苦辛。"表现了诗人不甘贫贱而生发的权利之求，从思想上评价，"可谓淫鄙之尤，然无视为淫词、鄙词者，以其真也"。这两首诗中，有着人的生命力的冲动，真而不作假，使人读后但觉其"亲切动人"、"精力弥满"。情不真的作品，王氏贬为"游词"，"哀乐不衷其性，虑叹无与乎情"是"游词之症"；治"游"，需诗人大胆、率直地表现自己的真情实感，"词人之忠实，不独对人事宜然，即对一草一木，亦须有忠实之意，否则，所谓‘游词’也"。

周锡山《王国维美学思想研究》第 174 页（中国社会科学出版社 1992 年）

静安所引的清人金应珪（郎甫）《词选后序》为"游词"释义说：（引文见注［3］）。为酬应而性、情不真，可见游词之病即虚假、不真。王国维认为虽淫、鄙却因真而令人熟视无睹，乃至淫、鄙之病不在淫、鄙，也是病在游词即不真，那么不真乃是创作之大敌，甚至是创作诸病之万恶之首了！可见，王国维论诗歌之内容，包括赤子说，最后皆围绕着真实性这个轴心旋转；真与不真是区分和衡量诗歌和一切文艺作品之优劣的最重要的标准。

总之，王国维认为诗歌和一切艺术的最重要的内容是人生，衡量诗歌内容的价值之最重要的标准是真实。

谢桃坊《宋词辨》第 44-45 页（上海古籍出版社 1999 年）

这提出了"真"的标准，但仅仅反映了接受者对一般文学艺术作品的最低要求。此外，主体对爱情的态度是判断艳词价值的重要标准。大致"人们在处理性方面的问题时，常具体而微地表现出他在生活的其他层次上的反应和态度。一个人若能对爱欲对象锲而不舍，我们便不难相信他在追求别的东西时，也一样能成功"。王国维在《人间词话删稿》里同样谈到主体的态度问题，他说："故艳词可作，唯万不可作儇薄语。"同是艳词，可以表现出主体真诚执着的态度，也可能是轻薄游戏的。这应是判断艳词品格的重要标准。

解　读

参见汇评中《王国维美学思想研究》的引文。又：

精力弥满，精神或精气的力量充沛。精气，指人或物所具有的出自生命本根的精神活力。真的作品，便体现了这种活力。

六　三

"枯藤老树昏鸦，小桥流水平沙[1]，古道西风瘦马。夕阳西下，断肠人在天涯。"此元人马东篱[2]《天净沙》小令也。寥寥数语，深得唐人绝句妙境。有元一代词家，皆不能办此也。①

汇　校

① 手稿无此条。

注　释

[1] 小桥流水平沙：据《历代诗余》，别本皆作"小桥流水人家"。

[2] 马东篱：马致远（1250？-1321 至 1324 间），字千里，号东篱，大都（今北京）人。曾任江浙行省官吏。元代著名散曲家和戏曲家。

汇　评

吴小如《诗词札丛》第 301 页（北京出版社 1988 年）

这首小令的情调比较低沉，但是艺术上却有它独到的地方。近人王国维在他写的《人间词话》里曾经评价这首小令说："寥寥数语，深得唐人绝句妙境。"所谓唐朝人的绝句妙境，就是指用经济的语言描绘出生动的事物形象，通过概括而巧妙的艺术构思，写出复杂而深厚的情感。这首小令在艺术上的主要成就，就在于诗人并没有很吃力地去刻画这个游子的思想感情，只是平淡无奇地勾出了一幅深秋景象的图画，可是这种景物描写却给人以强烈的感染，让读者自然揣摩到诗人的灵魂深处。

解　读

传统的观点将元曲中成就最高的作家列为四大家，元曲四大家为关马郑白，即关汉卿、马致远、郑德辉、白朴（仁甫）。这是从元曲中的杂剧创作的成就和影响的角度排列的。由于王实甫获得了"作词章，风韵美，士林中等辈伏低。新杂剧，旧传奇，《西厢记》天下夺魁"的非凡声誉，王实甫列于元曲四大家之上。而从元曲中的散曲的角度看，马致远（号东篱）列为第一，所以王国维在《人间词话》发表以上评论后，在《宋元戏曲考》又说："《天净沙》小令，纯是天籁，仿佛唐人绝句。马东篱《秋思》一套，周德清评之以为万中无一，明王元美等亦推为套数中第一，诚定论也。此二体虽与元杂剧无涉，可知元人之于曲，天实纵之，非后世所能望其项背也。"给以最高的评价。

六 四

白仁甫[1]《秋夜梧桐雨》剧[2]，沈雄悲壮，为元曲冠冕。然所作《天籁词》①[3]，粗浅之甚，不足为稼轩[4]奴隶。岂创者易工而因者难巧欤？抑人各有能有不能也？读者观欧、秦[5]之诗远不如词，足透此中消息。②

宣统庚戌九月，脱稿于京师宣武城南寓庐。国维记。

汇 校

① "天籁"，手稿原作"兰谷"。

② 手稿此条为："白仁甫《秋夜梧桐雨》剧，奇思（原作"高情"）壮采，为元曲冠冕（四家原作"第一等著作"，又曾作"不可多得也"）。然其词干帖质实，但有稼轩之貌而神埋索然。（原作："则步武稼轩，仅得形似。竹垞尊之，以比玉田。余谓其浅薄正与玉田等耳。"）曲家不能为词，犹词家之不能为诗。读（原作"观"）永叔、少游诗可悟。"

注 释

[1] 白仁甫：白朴（1226-1306 年后），字仁甫，一字太素，号兰谷。祖籍隩州(今山西河曲县东北)，生于金朝南京(今河南开封)。元代著名戏曲家。

[2]《秋夜梧桐雨》：即《梧桐雨》，全名是《唐明皇秋夜梧桐雨》，是元杂剧代表作之一，取材于唐人陈鸿的小说《长恨歌传》，描写唐明皇李隆基与杨贵妃爱情的悲剧故事。

[3]《天籁词》：即《天籁集》，白朴词集。

[4] 稼轩：辛弃疾。

[5] 欧、秦：欧阳修、秦观。

汇　评

胡世厚《白朴论考》第 91 页（中州古籍出版社 1991 年）

白朴是元曲大家。由于曲名太盛，其在元代词坛的声望也就不大为人注意。其实，他不仅是一位卓越的杂剧与散曲作家，而且也是一位著名词人，是元代词坛的代表作家。然而近七百年来，人们关注最多的是他的杂剧与散曲，而对他的词作却没有给予应有的重视。近代学者王国维甚或认为白朴"所作《天籁集》，粗浅之甚，不足为稼轩奴隶"（《人间词话》）。辛弃疾词工意境，而王国维论词又唯重"意境"二字，故其推重稼轩。白朴词篇篇"皆自肺腑流出"，率意而为，真实自然，可谓是"我手写我心"，因而同样具有独特的价值。王国维贬低白朴词作，未免失之偏颇。

周锡山《王国维美学思想研究》第 159 页（中国社会科学出版社 1992 年）

他对金元词中的元好问、萨都剌诸家皆未予置评，而在《人间词话》最后一条以白朴为例批评元词并兼评宋诗说：（引文略）。此则之手稿为：（见汇校注 [2]，引文略）。参阅以上两条，可见静安对宋诗和元词的基本评价。在评论中他有附带总结出两条创作规律：创者易工而因者难巧，即如白朴、欧阳修这样的一代作手亦"人各有能有不能"。此论发人深省。

解　读

金代的元好问，元代的萨都剌，都是著名词人，《人间词话》中不予置评，是令人奇怪的。白朴的词，不及这两位的成就。秦观（少游）的诗，在宋代算不上一流，元好问《论诗三十首》第二十四首评秦观诗："'有情芍药含春泪，无力蔷薇卧晚波。'（秦观《春日》绝句）拈出退之《山石》诗，始知渠是女郎诗。"钱锺书《宋诗选注》肯定其诗"修辞却非常精致"，但批评说："内容上比较淡薄，气魄也显得狭小。"

但是，欧阳修的古文、诗、词的卓著艺术成就都处于宋代和中国文学史的大家地位，说他的诗不及词，这个艺术判断是不准确的，是王国维的一个失误。

人间词话未刊稿

一

白石之词，余所最爱者亦仅二语，曰："淮南皓月冷千山，冥冥归去无人管。"[1]

注　释

［1］白石：姜夔。引语见姜夔《踏莎行》：

（自沔东来，丁未元日，至金陵，江上感梦而作）

燕燕轻盈，莺莺娇软，分明又向华胥见。夜长争得薄情知？春初早被相思染。　别后书辞，别时针线，离魂暗逐郎行远。淮南皓月冷千山，冥冥归去无人管。

解　读

未刊稿不是定论，是王国维最终决定舍弃的言论。以本则来说，王国维对姜夔词显然不仅最爱所引之二语。

二

诗至唐中叶以后，殆为羔雁之具[1]矣。故五代、北宋之诗，① 佳者绝少，② 而词则为其极盛时代。即③诗词兼擅如永叔、少游[2]者，亦④词胜于诗⑤远甚，以其写之于诗者，不若写之于词者之真也。至南宋以后，词亦为羔雁之具，而同亦替矣。⑥
此亦文学升降之一关键也。⑦

汇　校

① 《文学小言》十三，"诗"下有注："除一二大家外。"
② 四字原作"无复佳者"。
③ 《文学小言》作"其"
④ 通行本此句句首无"亦"字。《文学小言》作"佳"。
⑤ 四字《文学小言》作"诗不如词"。
⑥ "矣"下《文学小言》有注："除稼轩一人外。"
⑦ 此句《文学小言》作："观此足以知文学盛衰之故矣。"

注　释

[1] 羔雁，即小羊与大雁，是古代卿大夫相见时赠送的礼品。羔雁之具，
　　比喻应酬的礼品，即应酬品。
[2] 永叔、少游：欧阳修、秦观。

汇　评

周锡山《王国维美学思想研究》第 147 页（中国社会科学出版社 1992 年）

以上（指本则即《人间词话未刊稿》二和《人间词话未刊稿》第三六、四二则，
引文略）又从真实、重意和作品的整体审美诸角度，给北宋词以总体上
的高度评价。

解　读

参见汇评中《王国维美学思想研究》的引文。又：

王国维认为唐中叶之后，诗歌已经没落，五代北宋之诗除苏轼这样
的一二大家之外，已经沦为应酬品了。即使像欧阳修（永叔）和秦观（少
游）这样诗词都擅长的人，也都诗歌远不及其所写之词。至南宋之后，
除了辛弃疾一人之外，词也成为应酬品了，于是词也没落了。

羔雁，即小羊与大雁，是古代卿大夫相见时赠送的礼品。羔雁之具，比喻应酬的礼品，即应酬品。

为应酬而写诗词，的确没有价值。尽管盛唐是中国诗歌的高峰，后世都不能相及，但晚唐和北宋以及以后，也并非没有好诗，南宋之后也有好词，还有不少有颇高和很高艺术成就的诗词名家。王国维此言也有很大的偏颇。才子之言，为了讲得醒目，往往会走极端。我们只要记得王国维的真意是反对应酬的没有真感情没有独创的诗歌就行了。

<h2 style="text-align:center">三</h2>

曾纯甫[1]中秋应制作《壶中天慢》词，自注云："是夜西兴亦闻天乐。"谓宫中乐声①闻于隔岸也。毛子晋[2]谓："天神亦不以人废言。"近②冯梦华[3]复辩其诬。不解"天乐"二字文义，殊笑人也！

汇 校

① "乐声"原作"作乐"。
② "近"手稿原作"近时"。

注 释

[1] 曾纯甫：曾觌（1110-1180），字纯甫，南宋词人。
[2] 毛子晋：毛晋（1599-1659），子晋，常熟（今属江苏）人。明末清初藏书家、出版家。
[3] 冯梦华：冯煦（1843-1927），字梦华，号蒿庵，江苏金坛人。光绪进士，官至安徽巡抚。近代词人。编有《宋六十家词选》。

汇 评

陈鸿祥《人间词话·人间词注评》第 192 页（江苏古籍出版社 2002 年）

王国维曾赏赞辛弃疾中秋夜"送月词"中想象"与科学家密合"（参

见《人间词话》手定稿之四七),而此则词话斥责后人将曾觌中秋夜进呈朝廷"月词"注中"天乐"解为"天神"之荒诞无稽,指出:所谓"西兴亦闻天乐",不过是说"宫中乐声,闻于隔岸"。盖"西兴"在今浙江萧山市西,与钱塘江北之杭州隔岸相望。南宋建都杭州,旧称武林。古书中虽有"钧天广乐"之说,而这里所谓"天乐",却是指中秋夜杭州宫中所奏乐曲,在西兴亦能"闻"之。"近冯梦华"即冯煦,辛亥革命后在上海当"寓公",混迹"遗老"群中舞文弄墨,所谓为曾觌"辩诬",即其所作《宋六十一家词选例言》中举姜夔自称用平韵写《满江红》词为"迎送神曲",以证"宋人好自神其说",真是愈辩愈"诬"!其所以如此,即在于不解"天乐"二字文义。附庸风雅,学风浮躁,望文生义,莫此为甚。

解　读

曾觌作《壶中天》词,前有小序:"此进御月词也。上皇大喜曰:'从来月词不曾用金瓯事,可谓新奇。'赐金束带紫番罗水晶碗,上亦赐宝盏。至一更五点还宫。是夜西兴亦闻天乐焉。"王国维解释,"天乐"指的是隔岸听到的宫中乐声。毛晋《海野词》跋:"(曾觌)不时赋词进御,赏赉甚渥。至进月一词,西兴共闻天乐,岂天神亦不以人废言耶?"而冯煦于《介存斋论词杂著·复堂词话·蒿庵论词》中引曾觌"是夜西兴亦闻天乐"后说:"子晋遂谓天神亦不以人废言。不知宋人每好自神其说。"皆未细察原意,将"天乐"文义弄错。

四

梅溪、梦窗、中仙[1]、玉田、草窗、西麓诸家,[1]词虽不同,然同失之肤浅。虽时代使然,亦其才分有限也。近人弃周鼎而宝康瓠,实难索解。

汇　校

① "中仙",手稿原已删去。

注　释

[1] 梅溪、梦窗、中仙、玉田、草窗、西麓：即南宋词人史达祖、吴文英、王沂孙、张炎、周密、陈允平。

解　读

"斡弃周鼎，宝康瓠"，语出西汉贾谊《吊屈原文》。周鼎，是西周用青铜所铸的大鼎，在鼎上记录重大事件，上面的文字称为金文、钟鼎文。作为周王朝的传国宝鼎，是国家权力的象征，是国之重器，因此"问鼎"意味着觊觎周王朝的政权。现存的周鼎，是国宝级的文物。康瓠，是一种瓦制的小口大腹的盛酒器皿，是当时的家用普通器物。此语的意思近人不学五代北宋词，而学南宋词，这是轻重颠倒、贤愚颠倒、本末倒置的愚蠢行为。

五

余填词不喜作长调，尤不喜用人韵。偶尔游戏，作《水龙吟》咏杨花，用质夫[1]、东坡[2]倡和韵，作《齐天乐》咏蟋蟀，用白石[3]韵，皆有"与晋代兴"①之意。余之所长殊②不在是，世之君子宁以他词称③我。④

汇　校

① 四字手稿写作"与晋楚争霸"。
② "殊"原作"则"。
③ "称"原作"美"。
④ 此条通行本未载。

注　释

[1] 质夫：章棨，字质夫。

［2］东坡：苏轼。

［3］白石：姜夔。

汇　评

陈鸿祥《人间词话·人间词注评》第 195 页（江苏古籍出版社 2002 年）

王国维填词"不喜作长调"，而多小令。故此则词话，实为他的"夫子自道"。据笔者统计，他所作《人间词》甲、乙稿，有词一百〇四首，长调仅有《西河·垂柳里》、《摸鱼儿·秋柳》、《贺新郎·月落飞乌鹊》、《八声甘州慢·直青山缺处》、《水龙吟·杨花》(以上甲稿)、《扫花游·疏林挂日》、《齐天乐·蟋蟀》(以上乙稿)等数首。即使这几首，亦仅属"游戏"之作。这是因为，他填词的"用意"，是"不胜古人，不足与古人并"（《人间词·甲稿序》），故"尤不喜用人韵"。他虽然借"咏物之词"中"最工"的苏轼《水龙吟》咏杨花韵，咏"开时不与人看"的杨花；又以被称为"寓家国无穷之感"的姜夔《齐天乐》咏蟋蟀韵，咏"天涯已自愁秋极"的蟋蟀，但这都是偶尔为之。值得注意的是，说到"用质夫、东坡倡和韵"、"用白石韵"，他在手稿中最初写的是，"与晋楚争霸"，意即欲"胜古人"，这当然也对；旋即改为"与晋代兴"，其"意"就更高了一层。这不仅表明，"一代有一代之文学"，后人不应因袭前人，用我们今天的话来说，因袭前人，乃是文学"教条主义"；同时表明，他之偶用"人韵"，乃为称扬先辈前贤，而绝不是要借古人之名以自重。这也才称得上真正大家风范。若以此观比竞攀名人古人之门，并据以招摇的后世种种"龌龊小生"，能不惭惶煞人也欤哉！

解　读

王国维自认为自己的这篇和韵作品继承了前人的长处，与苏轼、姜夔的原作可以媲美。但他强调自己不喜欢作长调，尤其不喜欢用别人的韵作和韵之作。在清末民初的中国文坛，王国维的词作绝大多数是小令，的确获得很高的艺术成就。

六

余友沈昕伯（纮）[1]自巴黎寄余《蝶恋花》一阕云："帘外东风随燕到，春色东来，循我来时道。一霎围场生绿草，归迟却怨春来早。　锦绣一城春水绕，庭院笙歌，行乐多年少。著意来开孤客抱，不知名字闲花鸟。"此词当在晏氏父子[2]间，南宋人不能道也。

注　释

[1] 沈纮，字昕伯，王国维在东文学社就学时的同学。

[2] 晏氏父子：北宋词人晏殊和晏几道父子。晏几道，字叔原，号小山，是晏殊第七子。

解　读

本则评论其学友之伤春之词，在艺术上与晏殊父子的风格接近。晏殊脍炙人口的名篇如《浣溪沙》："一曲新词酒一杯，去年天气旧亭台，夕阳西下几时回？无可奈何花落去，似曾相识燕归来。小园香径独徘徊。"沈氏此词，显然受其影响。

七

樊抗夫①[1]谓余词如《浣溪沙》之"天末同云"、《蝶恋花》之"昨夜梦中"、"百尺高（原作"朱"）楼"、"春到临春"等阕②[2]，凿空而道，开词家未有之境。余自谓才不若古人，但于力争第一义处，古人亦不如我用意耳。③

汇　校

① "夫"手稿作"父"。

② 原作"数曲"。

③ 此条通行本未载。

注　释

[1] 樊抗夫：樊炳清，字抗夫，王国维在东文学社就学时的同学。

[2] 王国维《浣溪沙》：

天末同云黯四垂，失行孤雁逆风飞。江湖寥落尔安归？　陌上
金丸看落羽，闺中素手试调醢，今朝欢宴胜平时。

《蝶恋花》：

昨夜梦中多少恨。细马香车，两两行相近。对面似怜人瘦损，
众中不惜搴帷问。　陌上轻雷听隐辚，梦里难从，觉后那堪讯？蜡
泪窗前堆一寸，人间只有相思分。

百尺朱楼临大道。楼外轻雷，不闲昏和晓。独倚阑干人窈窕，
闲中数尽行人少。　一霎车尘生树杪。陌上楼头，都向尘中老。薄
晚西风吹雨到，明朝又是伤流潦。

春到临春花正妩。迟日阑干，蜂蝶飞无数。谁遣一春抛却去，
马蹄日日章台路。　几度寻春春不遇。不见春来，那识春归处？斜
日晚风杨柳渚，马头何处无飞絮。

解　读

此则借友人的评论，申明自己的词作在原创性（第一义）方面"开词
家未有之境"。

八

叔本华①[1]曰："抒情诗，少年之作也；叙事诗及戏曲，
壮年之作也。"[2]余谓：抒情诗，国民幼稚时代之作也；叙事诗，
国民盛壮时代之作也。故曲则古不如今。（元②曲诚多天籁，然其思
想之陋劣，布置之粗笨，千篇一律，令人喷饭。至本朝之《桃花扇》[3]、《长生殿》[4]

诸传奇，则进矣。）词则今不如古。盖一则以布局为主，一则须仁兴而成故也。③

汇　校

① 前原有"德人"二字。

② 原为"元人"。

③ 此条通行本未载。

注　释

[1] 叔本华（1788-1860），德国唯意志论哲学家。

[2] 叔本华："少年人仅仅只适于作抒情诗，并且要到成年人才适于写戏剧。至于老年人，最多只能想象他们是史诗的作家。"（《作为意志和表象的世界》，石冲白译，第348页，商务印书馆1983年）

[3]《桃花扇》是清代著名戏曲家孔尚任（1648-1718）的著名传奇作品。

[4]《长生殿》是清代著名戏曲家洪昇（1645-1704）的著名传奇作品。

汇　评

周锡山《王国维美学思想研究》第169页（中国社会科学出版社1992年）

第三，他又从人类思维发展的阶段方面观察诗歌的发展轨迹：（本则引文略）。此处所引叔本华之言，颇符合文艺创作之规律，而王氏自己的发挥，似言之不能成理。西方的叙事诗很早即开始发达了，西方戏剧在古希腊即已臻高度成熟，当时也都属本民族的"少年之作"。我国则抒情诗发达得早，且长期保持极高水平，至元代以后走上了下坡路。作为叙事诗的一种，戏曲本身诞生得比较晚。这是中西文学发展史的不同现象。静安生前未将此则词话手稿发表，可能他也自认为不成熟吧。

解　读

参见汇评中《王国维美学思想研究》的引文。又：

王国维这里否定中国戏曲的成就，后来他改变了看法，特著《宋元戏曲考》(又名《宋元戏曲史》),给元杂剧以极高评价。

参见《人间词话》第一七则客观之诗人和主观之诗人一节的解读。

九

北宋名家以方回^[1]为最次,其^①同如历下^[2]、新城^[3]之诗,非不华瞻,惜少真味。^②

汇 校

① "其"上原有"读"。

② 此句后手稿已删去一段:"至宋末诸家,仅可譬之腐烂制艺,乃诸家之享重名者且数百年,始知世之幸人不独曹蜍、李志也。"

注 释

[1] 方回:贺铸(1052-1125),字方回,号庆湖遗老,卫州(今河南汲县)人。北宋词人。

[2] 历下:李攀龙(1514-1570),字于鳞,号沧溟,山东历城人。嘉靖进士,官至河南按察使。明代文学家,与王世贞同为"后七子"首领。

[3] 新城:王士禛(1634-1711),字子真,一字贻上,号阮亭,又号渔洋山人。山东新城(今桓台)人。清代著名诗人、诗论家。

汇 评

周锡山《王国维美学思想研究》第165页(中国社会科学出版社1992年)
他曾评贺铸之词:(本则引文略)。这里他对贺铸之词和李攀龙、王渔洋之诗皆批评为"少真味",这个批评,尤其是对王渔洋诗歌的批评是欠公正的。不过,他承认贺铸是北宋名家,承认贺词和李、王之诗"华瞻",并将渔洋词列为清词第二,居朱、陈之上,是不同流俗的真知灼见。渔洋小令在当时文坛传颂一时,甚至因名句"郎似桐花,妾似桐花凤"而获"王桐花"之美誉,此乃著名的文坛佳话。

值得注意的是，王国维所推崇的渔洋和纳兰，与静安自己一样，都是善填小令的名家。

解　读

参见汇评中《王国维美学思想研究》的引文。

一〇

散文易学而难工，骈文难学而易工，近体诗易学而难工，古体诗难学而易工；小令易学而难工，长调难学而易工。

汇　评

周锡山《王国维美学思想研究》第 177 页（中国社会科学出版社 1992 年）

与诗词写作技巧相关，王国维根据自己的写作经验，还就诸体之难易发表个人见解：（本则引文略）。

在诗歌中，他认为篇幅短的近体诗、小令难工，古体诗和长调一类篇幅长的易工。王国维在性格上喜欢攻难的，他作诗绝大多数为近体，干词则明言喜欢小令，显然也与他的知难而上的性格有关。

解　读

参见汇评中《王国维美学思想研究》的引文。

一一

古诗云："谁能思不歌？谁能饥不食？"[1]诗词者，物之不得其平而鸣者也。[2]故"欢愉之辞难工，愁苦之言易巧"。[3]

注　释

[1]引文见郭茂倩编《乐府诗集·子夜歌》。

谁能思不歌？谁能饥不食？日冥当户倚，惆怅底不忆？

［2］韩愈《送孟东野序》："大凡物不得其平则鸣……人之于言也亦然。有不得已者而后言，其歌也有思，其哭也有怀。凡出乎口而为声者，其皆有弗平者乎？"

［3］韩愈《荆谭倡和诗序》："夫和平之音淡薄，而愁思之声要妙，欢愉之词难工，而穷苦之言易好也。是故文章之作，恒发于羁旅草野。至若王公贵人，气满志得，非性能而好之，则不暇以为。"

汇 评

周锡山《王国维美学思想研究》第 169-170 页（中国社会科学出版社 1992 年）

他对人生的基本看法是充满着痛苦，故而满怀忧虑，对"诗人之忧生也"、"诗人之忧世也"（《人间词话》二五）的诗作特别推崇，并认为：（本则引文略）。

中国古代文论和美学，自司马迁提出发愤著书说，至韩愈的不平则鸣，欧阳修的穷而后工，金圣叹的忧患著书和怨毒著书说，成为一个直面人生、抒写真实和抨击黑暗的现实主义传统，是中国美学的光辉遗产。王国维崇拜司马迁，推重欧阳修，前已言之，这里，他节引韩愈《送孟东野序》："大凡物不得其平则鸣，……人之于言亦然。有不得已者而后言，其歌也有思，其哭也有怀。凡出乎口而为声者，其皆有弗平者乎？"和《荆谭倡和诗序》："夫和平之音淡薄，而愁思之声要妙，欢愉之辞难工，而穷苦之言易好也。是故文章之作，恒发于羁旅草野。至若王公贵人，气满志得，非性能而好之，则不暇以为。"这一方面与其苦痛说有联系，也可以说是苦痛说的一个部分，其间与其所持人类生来即痛苦的观点，有相通和相关之处，另一方面，他对社会的黑暗、人世的不平，不能容新世界观与新人生观出的政治及社会上之兴味，（《文学小言》第一则，抽编《王国维文学美学论著集》第 24 页）杀许多之善人的社会上之习惯（《人间词话未刊稿》一二），等等，持深恶痛绝和彻底否定之态度，有力地反映了他的正确的带有强烈批判精神的美学观。

解　读

参见汇评中《王国维美学思想研究》的引文。又：

朱彝尊《紫云词序》说："昌黎子曰：'欢愉之辞难工，愁苦之言易好。'斯亦善言之诗矣。至于词，或不然。大都欢愉之词，工者十九，而言愁苦者，十一焉。故诗际兵戈俶扰流离琐尾，而作者愈工。词则宜于宴喜逸乐，以歌咏太平，此学士大夫并存焉而不废也。"陈廷焯《白雨斋词话》反对说："诗以穷而工，倚声亦然。故仙词不如鬼词，哀则幽郁，乐则浅显也。"

<h1 style="text-align:center">一　二</h1>

社会上之习惯，杀许多之善人。文学上之习惯，杀许多之天才。①

汇　校

① "天才"曾改为"诗人"，后复原。遗书本后尚有："昔人论诗词，有景语情语之别，不知一切景语皆情语也。"

汇　评

周锡山《王国维美学思想研究》第60-61页（中国社会科学出版社1992年）

其次，天才面对黑暗、落后的社会和人欲横流、人心不古的世风，无力解决而只能倍感痛苦，于是天才和痛苦结下了不解之缘，为此，王国维特创立苦痛说给以阐发。与此相联系，天才的第三个局限在于"抑真理之战胜必待于后世，而旷世之天才不容于同时"。(《叔本华之哲学及其教育学说》，抽编《王国维文学美学论著集》第75页）天才们虽手持真理，但其创立的"新世界观与新人生观出，则往往与政治及社会上之兴味不能相容"。(《文学小言》一）而天才们又因历史条件所限而无力战胜邪恶、反动势力和强大的习惯势力，不宁唯是，他们又无力保护自己，所以自己还往往落得被杀的下场。王国维感慨："社会上之习惯，杀许多之善人。文学上之习惯，杀许多之天才。"天才多是"善人"，故而被杀的"许多之善人"中也不乏天才。天才之大受迫害而无力保护自己，鲁迅对此似也有同感，他曾说；

> 忘了几年以前了，有一位诗人开导我，说是愚众的舆论，能将天才骂死，例如英国的济慈就是。我相信了。(《花边文学·推己及人》)

鲁迅此言虽有调侃成分，但也不乏真意。

解 读

参见汇评中《王国维美学思想研究》的引文。

一 三

词之为体，"要眇宜修"[1]，能言①诗之所不能言，而不能尽言诗之所能言。诗之境阔，词之言长。

汇 校

① "言"原作"达"。

注 释

[1] 引文见屈原《九歌·湘君》："君不行兮夷犹，蹇谁留兮中洲，美要眇兮宜修。"

汇 评

周锡山《王国维美学思想研究》第 169-170 页（中国社会科学出版社1992 年）

在文学体裁的发展方面，他看到不同体裁的不同表现特色和能力，体裁的多样化丰富了诗歌的表现手段和能力。如论诗、词之不同说：(本则引文略)。

上引《人间词话未刊稿》八则一段，触及剧曲的叙事性，与诗词的抒情性的表现方面不同。从总体上说，剧曲是叙事体作品，"以布局为主"，也即结构最为重要。西方美学家也公认戏剧艺术中以结构为最重要，故称戏剧为结构之艺术。而词是抒情文学，"须伫兴而成"，必须兴会淋漓之时方能写作。静安抓住了两者的基本差别。此则则阐释词与诗之不同。就大体而言，如诗有时可叙事，有时可议论，词都不能，此为"不能尽言诗之所能言"。词贵蕴藉，"以道贤人君子幽约怨悱不能自言之情，低回要眇以喻其致"(张惠言《词选序》)。故"能言诗之所不能言"。词的观照和取材范围不及诗之广阔博大，但在抒发情感上却比诗更为曲折宛转，深入细微，幽远悠长，故静安说"诗之境阔，词之言长"。这些都是从不同体裁的表达手段及其各有所长的角度来观察文学艺术体裁的发展。

陈鸿祥《人间词话·人间词注评》第210–211页(江苏古籍出版社2002年)

词称"长短句"，这是从形式讲的，主要用以与唐诗，即每句五言或七言有固定格式的律诗、绝诗作出区别。那么，词不同于诗的艺术特点是什么？王国维依然运用"拈出"法，以屈原赋里的名句概括之，曰："词之为体，要眇宜修。""眇"，在这里可作"精美"解，"修"就是打扮，可引申为"创意"。郭沫若今译此句为"打扮得多么美好呵"(郭沫若《屈原赋今译·九歌》)，虽不能遽以论词，但借以喻词，恰似姑娘不同于妇人，其"打扮"更须从"眇"与"修"上下功夫。

应当指出，王国维为词所下"要眇宜修"的"定义"，是有针对性的，就是旧称词为"绮语"。所谓词者，"缘情造端，兴于微言"，"极命风谣里巷男女哀乐，以道贤人君子幽约怨悱不能言之情"(张惠言《词选序》)，说法虽有变化，实皆未脱出"绮语"范围。然而，在王国维看来，"词至后主而眼界始大，感慨遂深"。"花间派"及其前的"伶工之词"，从李煜以后，到苏轼的"诗人之词"，早已非"里巷"、"男女"的"绮语"了。

　　王国维对诗词皆有精深造诣。早年,他"诗学剑南(陆游)",写"人间诗"直抒"人生哀乐";嗣后,他"为制新词髭尽断",写"人间词"而"往复幽咽,动摇人心"(《人间词·甲稿序》)。故他称词"能言诗之所不能言,而不能尽言诗之所能言",既是对"要眇宜修"这个词的"定义"所作的界说,也是他自己在诗词写作中的"妙悟"。不惟如此。他还在词中以自嘲的口吻写道:"本事新词定有无,这般绮语太胡卢。"(《人间词·乙稿·浣溪沙》)"胡卢"者,掩口而笑,哑然失笑之谓也。这都表明,他不赞成旧称词为"绮语",而要作"新词"去"开前人未有之境"。他说自己的《人间词》"言近而指远",则正是"诗之境阔,词之言长"的最好证明。他的这些论说,对于我们今天正确学习和鉴赏中国古典诗词的艺术特点,仍有莫大的启迪。

解　读

　　参见汇评中《王国维美学思想研究》的引文。

一　四

　　言气质,[①]言神韵,不如言境界。有境界,[②]本也;[③]气质、[④]神韵,末也;有境界而二者随之矣。[⑤]

汇　校

① 此处手稿原有"言格律"。《二牖轩随录》"气质"改为"气格"。
② 手稿删去"有"字。
③ 原作"为本"。下"末也",原作"为末也"。
④ 手稿此有"格律"。
⑤ 手稿"二"作"三","随"上原有"自"。

解　读

　　气质,一般指人的心理素质,心理活动的动力特征。文艺作品的内容及其蕴含的精神气势。

一 五

"西（当作"秋"）风吹渭水，落日（当作"叶"）满长安。"[1]美成[2]以之入词，白仁甫[3]以之入曲。此借古人之境界为我之境界者也。然非自有境界，古人亦不为我用。

注 释

[1] 引文见贾岛《忆江上吴处士》：

闽国扬帆去，蟾蜍亏复园。秋风生渭水，落叶满长安。此地聚会夕，当时雷雨寒。兰桡殊未返，消息海云端。

[2] 美成：周邦彦。周邦彦《齐天乐·秋思》："渭水西风，长安乱叶，空忆诗情宛转。"

[3] 白仁甫：白朴。白朴《双调得胜乐·秋》："玉露冷，蛩吟砌。听落叶西风渭水。寒雁儿长空嘹唳。陶元亮醉在东篱。"白朴《梧桐雨》杂剧第二折《普天乐》："伤心故园，西风渭水，落日长安。"

汇 评

周锡山《王国维美学思想研究》第 208-209、329 页（中国社会科学出版社 1992 年）

古人之境界，指古人和前人作品中所创造、达到的境界；我之境界，指我们自己在创作中所追求、所达到的境界。王国维在这里提出了一种"借古人之境界为我之境界"的创作方法，总结出我国文艺创作的一条突出的经验，加以理论描述，对诗人作家极有启发作用，有益于使用此法的自觉性。他又同时指出运用此法的前提是"自有境界"，否则"古人亦不为我用"。有了这个补充，这个借用（古人、前人，也可推广至他人）境界就有了严密的完整性。如果缺乏这样的基础，那么就成了抄袭，至少也属于"不能观古人之所观，而徒学古人之所作"的"伪文学"（《人间词·乙稿序》,即《人间词话附录》三〇)之一种。

王国维在提出"借古人之境界为我之境界"这个创作方法时,所举之例全为借用前人有境界的名句,此类佳例,在中国古代文学中举不胜举。而且是我国所独有,因为国外诗歌恐怕很少有化用前人成句之作。我国诗歌创作中,也有全篇辑集前人诗句而成诗的,尤其是集唐诗之句而成绝句为多,称为"集唐"诗。撰写集唐的名家,古代如王安石,近人如瞿秋白,本身都是杰出诗人。"集唐"可谓一种"借古人之境界为我之境界"的特殊形式。如观照整个中国文学史,使用此法者并不限于化用前人成句。如王昭君题材,单是诗作有千余首。白居易"黄金何日赎蛾眉"等,都同情昭君出塞、流落胡地的不幸遭遇,亦寓怀才不遇之深意,王安石《明妃曲》二首则抗议昏君不识人才,"君不见咫尺长门闭阿娇,人生失意无南北","君恩自浅胡自深",赞赏昭君主动请求出塞,开拓生路之举;马致远《汉宫秋》杂剧虚构昭君在汉胡边界投河自尽,表达了反抗民族压迫的斗争精神,而曹禺根据周恩来建议创作的话剧《王昭君》则让女主角承担促进民族团结的重任。这些都是"自有境界"之作者、"借古人之境界为我之境界"的作品。因此,怀古诗、历史剧和历史小说之成功者都是这个创作方法和美学原则的出色体现。利用我与古人的时代差异,写好同一意象和题材的新的时代特色、新的更深的认识,也即写出新意。

其次,意境说中的一些重要理论成果是典型论所缺乏或者无法包容的,这些理论成果不仅是我国古代文学和美学辉煌成果的总结,而且也完全适用于当代中外的文学和艺术作品,有着重大的启示作用和指导意义。

例如意境说中"借古人之境界为我之境界"的理论意义即并不限于引用诗人之名句,也并不仅限于诗歌领域,更不仅限于中国之文艺作品。如英国诗人雪莱的诗剧《解放了的普罗米修斯》(1819)沿用了古希腊埃斯库罗斯《普罗米修斯三部曲》(仅存第一部《被缚的普罗米修斯》,公元前479-前478;后二部《被释放的普罗米修斯》和《带火的普罗米修斯》已失传,仅知故事大略),但是雪莱改变了妥协的结局,以表达法国革命失败后英国资产阶级革命家对封建反动势力的强烈憎恨和决心反抗、斗争到

底的情绪以及必胜的信心。这种借用前人同一题材进行改造以反映新的
时代精神的创作方法，即借古人之境界为我之境界的一种用法。又如莎
士比亚的名剧《安东尼与克利奥佩屈拉》(1607) 极受人们欣赏，萧伯纳
故意要向莎士比亚挑战，他创作了《恺撒和克利奥佩屈拉》(1898)，刻
画同一人物克利奥佩屈拉的性格和她与罗马巨头的关系，反其意而用之，
同时也揭露了资本主义社会前期阶段的丑恶，获得成功，也是用的此法。
莎士比亚所有的戏剧皆据前人作品改编，歌德《浮士德》则采用欧洲传
统常用的浮士德题材，他们都用自己的才智写出新的面貌、新的精神，
犹如中国古诗中的王昭君题材，白居易、欧阳修、王安石和马致远的杂
剧等都写出新意，都是这个美学原理的或成功或光辉的实践。

张旭东《落日满长安》《车上读书记（三）》,《东方早报》2010 年 3 月 21 日）
王国维《人间词话》将贾岛诗"秋风吹渭水，落叶满长安"误记作"西
风吹渭水，落日满长安"。坊间诸本有注出亦有径改者。然若能容异量之
美，当能赏此佳句。八水相绕，斜阳欲落，粼粼折射，光满故城，颇能
写出昔日故都之秋日黄昏。静安之误误出一种美来。余居西安久，读此句，
北中国日暮时分凄凉色泽流连目前挥之不去。陈声聪《兼于阁诗话》录
王允晳（碧栖）辽阳道中《水龙吟》一阕中"地冷无花，城空多雁，斜
阳千里"句，此处"平铺千里"正可为彼处"光满故城"作注。

而此句并非静安臆造，元李致远散套《一枝花》云："白云留故山，
晓月流清涧。西风吹渭水，落日满长安。龙虎痴顽，正要别真赝，都来
方寸间。"岂一时瞥见留下痕迹？

解　读

参见汇评中《王国维美学思想研究》的引文。

一　六

词家多以景寓情。其专作情语而绝妙者，如牛峤[1]之
"甘（当作"须"）作一生拼，尽君今日欢。"[2] 顾敻[3] 之"换

我心，为你心，始知相忆深。"[4]欧阳修之"衣带渐宽终不
悔，为伊消得人憔悴。"[5]美成之"许多烦恼，只为当时，
一饷留情。"[6]此等词，古今曾不多见。①余《乙稿》中颇
于此方面有开拓之功。②

汇　校

① 遗书本"古今"作"古今词人"，通行本改作"求之古今人词中"。
② 通行本无此句。

注　释

［1］牛峤：字松卿，五代前蜀词人。

［2］此句见牛峤《菩萨蛮》：

　　玉楼（一作炉）冰簟鸳鸯锦，粉融香汗流山枕。帘外辘轳声，敛
眉含笑惊。　柳阴烟漠漠，低鬓蝉钗落。须作一生拼，尽君今日欢。

［3］顾夐：五代后蜀词人。

［4］此句见顾夐《诉衷情》二首之一：

　　永夜抛人何处去？绝来音。香阁掩，眉敛，月将沉。　争忍不
相寻？怨孤衾。换我心为你心，始知相忆深。

［5］欧阳修《蝶恋花》，见第二六则注［2］。

［6］美成：周邦彦。此句见周邦彦《庆宫春》：

　　云接平冈，山围寒野，路回渐转孤城。衰柳啼鸦，惊风驱雁，
动人一片秋声。倦途休驾，淡烟里、微茫见星。尘埃憔悴，生怕黄
昏，离思牵萦。　华堂旧日逢迎。花艳参差，香雾飘零。弦管当头，
偏怜娇凤。夜深簧暖笙清。眼波传意，恨密约、匆匆未成。许多烦恼，
只为当时，一饷留情。

汇　评

周锡山《情景交融说的中西进程简叙》(《文艺理论研究》2004年第6期）
清中期的方东树《昭昧詹言》对情景交融说做出了重大贡献，论述

甚多。他正式提出了"情景交融"的概念，为这个美学理论赋予最为准确的命名。

他又主张"景中见情"，主张在景物的描绘中显现作者的思想情怀。《昭昧詹言》："《秋夜》，起四句叙。'北窗'四句景，而五六又于景中见情，甚妙。"所引《秋夜》，为谢朓所作："秋夜促织鸣，南邻捣衣急。思君隔九重，夜夜空伫立。北窗轻幔垂，西户月光入。何知白露下，坐视阶前湿。谁能长分居，秋尽冬复及。""景中见情"，又指"景中皆有情"，即指描写的景物都渗透着作者的情思。《昭昧詹言》卷七："《临高台》，此因登高临望而思乡也。起二句，先点题情，得势倒点题面。以下四句，皆登望中之景。而景中皆有情，景亦活矣，非同死写景。此古人用法用意之深妙处。"所引《临高台》，也为谢朓所作："千里常思归，登台临绮翼。才见孤鸟还，未辨连山极。四面动清风，朝夜起寒色。谁知倦游者，嗟此故乡忆。"景因有情而活，否则即死，指出景因有情而获得生命力，是一个精新的观点。

他更认为"景中有情，万古奇警"，指出能够写出最富有感情的景句，就可成为千古巧作。

解　读

周锡山《情景交融说的中西进程简叙》，又：

"境界—意境"说中的一个重要的理论，即情景交融说。本则言及情景交融说中的"以景寓情"，即景中有情。

一　七

长调自以周、柳、苏、辛①[1]为最工。美成《浪淘沙慢》二词[2]，精壮顿挫，已开北曲[3]之先声。若屯田之《八声甘州》[4]，玉局②之《水调歌头》（中秋寄子由）[5]，则仁兴之作，格高千古，不能以常词③论也。

汇 校

① 四字原作"美成、稼轩"。

② "玉局",通行本作"东坡"。

③ "常词",通行本作"常调"。

注 释

[1]周、柳、苏、辛:周邦彦、柳永、苏轼、辛弃疾。

[2]美成:周邦彦。周邦彦《浪淘沙慢》:

昼阴重,霜凋岸草,雾隐城堞。南陌脂车待发,东门帐饮乍阕。
正拂面、垂杨堪揽结。掩红泪、玉手亲折,念汉浦离鸿去何许,经
时信音绝。 情切。望中地远天阔。向露冷风清,无人处、耿耿寒漏咽。
嗟万事难忘,唯是离别。翠尊未竭。凭断云留取,西楼残月。 罗
带光销纹衾叠。连环解、旧香顿歇。怨歌永、琼壶敲尽缺。恨春去、
不与人期,弄夜色,空余满地梨花雪。

万叶战,秋声露结,雁度沙碛。细草和烟尚绿,遥山向晚更碧。
见隐隐云边新月白,映落照、帘幕千家。听数声、何处倚楼笛,装
点尽秋色。 脉脉。旅情暗自消释。念珠玉、临水犹悲戚,何况天涯客。
忆少年歌酒,当时踪迹。岁华易老。衣带宽、懊恼心肠终窄。 飞
散后、风流人阻,蓝桥约、怅恨路隔。马蹄过、犹嘶旧巷陌。叹往事、
一一堪伤,旷望极,凝思又把阑干拍。

[3]北曲:指宋金以来北方诸宫调、散曲和杂剧所用的各种曲调,声调
刚健朴实、豪放雄壮。元杂剧基本上用北曲,所以也用来专指元杂剧。

[4]屯田:柳永,官至屯田员外郎,故世称柳屯田。柳永《八声甘州》:

对潇潇,暮雨洒江天,一番洗清秋。渐霜风凄紧,关河冷落,
残照当楼。是处红衰翠减,苒苒物华休。惟有长江水,无语东流。 不
忍登高临远,望故乡渺邈,归思难收。叹年来踪迹,何事苦淹留。
想佳人,妆楼颙望,误几回、天际识归舟。争知我、倚阑干处,正
恁凝愁。

［5］玉局：苏轼，他曾提举玉局观。《宋史·苏轼传》，"徽宗立，（从琼州）移廉州，改舒州团练副使，徙永州。更三大赦，遂提举玉局观，复朝奉郎。"苏轼《水调歌头》中秋寄子由：

（丙辰中秋，欢饮达旦，大醉，作此篇，兼怀子由。）

明月几时有，把酒问青天。不知天上宫阙，今夕是何年。我欲乘风归去，又恐琼楼玉宇，高处不胜寒。起舞弄清影，何似在人间。 转朱阁，低绮户，照无眠。不应有恨，何事长向别时圆。人有悲欢离合，月有阴晴圆缺，此事古难全。但愿人长久，千里共婵娟。

汇 评

周锡山《王国维美学思想研究》第 135 页（中国社会科学出版社 1992 年）

他在《人间词话未刊稿》中有两则评到周词。第十七则称赞周邦彦说：（引文略）。王国维认为元杂剧即北曲为最高之文学，那么此言对周词长调在中国词曲史上的重要意义的评价也够高的了。

解 读

参见汇评中《王国维美学思想研究》的引文。又：

柳永和苏轼的这两首词久负盛名，吴曾《能改斋漫录》引晁无咎评本朝乐章云："世言柳耆卿曲俗，非也。如《八声甘州》云：'渐霜风凄紧，关河冷落，残照当楼。'此真唐人语不减高处矣。"胡仔《苕溪渔隐丛话》（后集）云："中秋词，自东坡《水调歌头》一出，余词尽废。"

一 八

稼轩《贺新郎》词（送茂嘉十二弟）[1]章法绝妙，且语语有境界，此能品而几于神①者。然非有意为之，故后人不能学也。

汇 校

① 四字原作"中之最上"。

注 释

[1] 稼轩：辛弃疾。辛弃疾《贺新郎》别（一作送）茂嘉十二弟：

（鹈鴂、杜鹃，实两种，见《离骚补注》。）

绿树听鹈鴂。更那堪、鹧鸪声住，杜鹃声切。啼到春归无寻处，苦恨芳菲都歇。算未抵、人间离别。马上琵琶关塞黑，更长门翠辇辞金阙。看燕燕，送归妾。　将军百战声名裂。向河梁回头万里，故人长绝。易水萧萧西风冷，满座衣冠似雪。正壮士、悲歌未彻。啼鸟还知如许恨，料不啼、清泪长啼血。谁共我，醉明月！

解 读

"有意为之"的反面即"无意为工"，非有意为之，即无意为工。

杨慎《词品》引陈子宏论辛弃疾《贺新郎》（送茂嘉）云："此词尽集许多怨事，全与李太白拟恨赋手段相似。……盖曲者曲也，固当以委曲为体，然徒狃于风情婉娈，则亦易厌。回视稼轩所作，岂非万古一清风哉！"陈廷焯《白雨斋词话》云："稼轩词，自以《贺新郎》别茂嘉十二弟一篇为冠。沈郁苍凉，跳跃动荡，古今无此笔力。"

一 九

稼轩《贺新郎》词："柳暗凌波路，送春归猛风暴雨，一番新绿。"[1]又，《定风波》词："从此酒酣明月夜，耳热。"[2]"绿"、"热"二字皆作上去用，与韩玉《东浦词·贺新郎》以"玉"、"曲"叶"注"、"女"，《卜算子》[3]以"夜"、"谢"叶"食"（当作"节"）、"月"，已开北曲四声①通押之祖。

汇 校

① "四声"原作"上去入"。

注　释

[1] 稼轩：辛弃疾。辛弃疾《贺新郎》：

柳暗凌波路。送春归，猛风暴雨，一番新绿。千里潇湘葡萄涨，
人解扁舟欲去。又樯燕、留人相语。艇子飞来生尘步，唾花寒、唱
我新番句。波似箭，催鸣橹。　黄陵祠下山无数。听湘娥、泠泠曲罢，
为谁情苦。行到东吴春已暮。正江阔潮平稳渡。望金雀，觚棱翔舞。
前度刘郎今重到，问玄都、千树花存否。愁为倩，么弦诉。

[2] 辛弃疾《定风波》：

金印累累佩陆离，河梁更赋断肠诗。莫拥旌旗真箇去，何处？
玉堂元自要论思。　且约风流三学士，同醉，春风看试几枪旗。从
此酒酣明月夜，耳热，那边应是说依时。

[3] 韩玉字温甫，南宋词人，著有《东浦词》。韩玉《贺新郎》咏水仙：

绰约人如玉。试新妆、娇黄半绿，汉宫匀注。倚傍小栏闲竚立，
翠带风前似舞。记洛浦，当年俦侣。罗袜尘生香冉冉，料征鸿、
微步凌波女。惊梦断，楚江曲。　春工若见应为主。忍教都、
闲亭邃馆，冷风凄雨。待把此花都折取，和泪连香寄与。须信道、
离情如许。烟水茫茫斜照里，是骚人、《九辨》《招魂》处。千古恨，
与谁语？

韩玉《卜算子》：

杨柳绿成阴，初过寒食节。门掩金铺独自眠，那更逢寒夜。　强
起立东风，惨惨梨花谢。何事王孙不早归，寂寞秋千月。

解　读

北曲，即元曲。北曲产生于金末和蒙古时期。蒙古在公元 1234 年消
灭金朝，于 1271 年建立元朝。在金灭至元立之间的 37 年，史称蒙古时期。
北曲最繁荣、艺术水平最高的时期在金末和蒙古时期，学术界将这个时
期的北曲，与元朝的北曲合称为元曲。元曲包括散曲和杂剧。元曲照理
应该包括元末的南曲戏文，简称南戏，名作有《荆钗记》《刘志远白兔记》、

《拜月亭》、《杀狗记》和《琵琶记》。但明人言及元曲，一般不包括"荆刘拜杀"，而称之为"四大传奇"，和《琵琶记》一起看作是明传奇的作品，而将明初的杂剧，看作是元杂剧的一部分，所以明代臧懋循的《元曲选》选了明初的杂剧6种。古人在戏曲分期方面，不按朝代分。但王国维在《宋元戏曲考》中将它们称为元南戏，作为元曲的一部分。

二 〇

谭复堂[1]《箧中词选》谓："蒋鹿潭[2]《水云楼词》与成容若[3]、项莲生[4]二①百年间分鼎三足。"然《水云楼词》小令颇有境界，长调惟存气格。《忆云词》亦精实有余，②超逸不足，③皆不足与容若[5]比，然视皋文[6]、止庵[7]辈，则偶乎远矣。

汇 校

① 手稿原作"三"。又此句原作："国朝之词唯成容若、项莲生、蒋鹿潭……"
② 通行本无"亦"字。"精实"原作"充实"。
③ 九字原作："虽谐婉有余，终鲜独到之处。"

注 释

[1] 谭复堂：谭献（1830-1901），字仲修，号复堂，浙江仁和（今杭州）人。同治举人，曾官安徽歙县等地知县。近代词人、词论家。
[2] 蒋鹿潭：蒋春霖（1818-1868），字鹿潭，江苏江阴人。曾为淮南盐官等。清代词人，著有《水云楼词》。
[3] 成容若：纳兰性德。
[4] 项莲生：项鸿祚（1798-1835），字莲生，浙江钱塘（今杭州）人。清代词人，著有《忆云词甲乙丙丁稿》。
[5] 容若：纳兰性德。

[6] 皋文：张惠言（1761-1802），字皋文，江苏武进（今常州市）人。嘉
庆进士，官翰林院编修。清代经学家、文学家。著有《茗柯词》。

[7] 止庵：周济，参见第四八则注[1]。

汇 评

周锡山《王国维美学思想研究》第 187 页（中国社会科学出版社 1992 年）

精实与超逸，《人间词话未刊稿》批评"《忆云词》亦精实有余，超
逸不足，皆不足与容若比。"（《人间词话未刊稿》二〇）精实与严重和热心
有一定关系，超逸与游戏和诙谐有一定关系，当然远非尽然。精实，可
看作"意胜"；超逸，也可看作"有隽上清越之致"。（《人间词话附录》一
〇）精实可以说是"切近得当"，超逸则"意远语疏"（《人间词话未刊稿》
三六）。

解 读

参见汇评中《王国维美学思想研究》的引文。

二 一

贺黄公（裳）[1]《皱水轩词筌》云："张玉田《乐府指迷》[2]，
其调叶宫商、铺张藻绘抑亦可矣，至于风流蕴藉之事，真
属茫茫，如啖官厨饭者，不知牲牢之外别有甘鲜也。"此语
解颐。①

汇 校

① 四字原删。又，此条通行本未载。

注 释

[1] 贺黄公（裳）：贺裳，字黄公，清代词论家。
[2]《乐府指迷》：误，应为张炎（字玉田）《词源》。

汇 评

陈鸿祥《人间词话·人间词注评》第 227 页（江苏古籍出版社 2002 年）

王国维为什么对贺裳《皱水轩词筌》讥刺张炎《词源》如"啖官厨饭"。盖《词筌》论词，"以含蓄为佳"，主张写"真情实境"，显与张炎《词源》强调"清空"相左。所谓"官厨饭"，犹后世所说"大锅饭"，而"牲牢"即孟子所云"牲杀"（《孟子·滕文公下》），杀牲祭祀。人到了"啖官厨饭"，讨吃"牲牢"的残羹余汁，当然谈不上什么"甘鲜"了。故王国维谓之"此语解颐"，其借贺以贬张之意，是很鲜明的。

二 二

周保绪（济）[1]《词辨》云："玉田[2]近人所最尊奉，才情诣力亦不后诸人，终觉积谷作米、把缆放船，无开阔手段。"又云："叔夏[3]所以不及前人处，只在字句上著功夫，不肯换意。""近人喜学玉田，亦为修饰字句易，换意难。"①

汇 校

① 此条通行本未载。

注 释

[1] 周保绪（济）：周济。
[2] 玉田：张炎。
[3] 叔夏：张炎。

二 三

词家时代之说，盛①于国初。竹垞[1]谓词至北宋而大，至南宋而深。后此词人，群奉其说，②然其中③亦非无具眼者。④周保绪[2]曰："南宋下不犯北宋拙率之病，高不到北宋浑涵之诣。"又曰："北宋词多就景叙情，故珠圆玉润，四照玲珑。至稼轩、白石[3]，一变而为即事叙景，使深者反浅，曲者反直。"潘四农（德舆）[4]曰："词滥觞于唐，畅于五代，而意格之闳深曲挚则莫盛于北宋。词之有北宋，犹诗之有盛唐；至南宋则稍衰矣。"刘融斋（熙载）[5]曰："北宋词用密亦疏，用隐亦亮，用沈亦快，用细亦阔，用精亦浑。南宋只是掉转头来。"可知此事自有公论。虽止庵[6]词颇浅薄，⑤潘、刘[7]尤甚，然其⑥推尊北宋，则与明季云间诸公[8]同一卓识也。

汇 校

① "盛"原作"始"。

② 此句原作"近人为所欺者×××（大半？）"（末两字模糊不清）。

③ "其中"原作"国朝词人"。

④ 此句下原有："宋尚木征璧曰：'词至南宋而繁，亦至南宋而敝。'"

⑤ "虽止庵词"四字原作"保绪三君子"。又"词"下原有"拙滞"。"浅薄"后删去"殊少佳趣"。

⑥ "然其"，通行本作"然甚"。又末二句手稿原作"然其言则不可废也。"

注 释

[1] 竹垞：朱彝尊（1629-1709），字锡鬯，号竹垞，浙江秀水（今嘉兴）人。清代文学家。

[2] 周保绪：周济。引文见周济《介存斋论词杂著》。

[3] 稼轩、白石：辛弃疾、姜夔。

[4] 潘四农：潘德舆（1785-1839），字彦辅，号四农，江苏山阳（今淮安）人。清代文学家，诗论家。引文见潘德舆《养一斋集·与叶生名沣书》。

[5] 刘融斋：刘熙载。引文见刘熙载《艺概·词曲概》。

[6] 止庵：周济。

[7] 潘、刘：潘德舆、刘熙载。

[8] 云间诸公：明末词人陈子龙、宋徵舆、李雯称"云间三子"。三人皆

为松江华亭（今上海松江）人，云间乃松江的别称。引文见陈子龙《陈卧子先生安雅堂稿·三子诗余序》。

汇　评

周锡山《王国维美学思想研究》第 151 页（中国社会科学出版社 1992 年）

王国维对南宋词的总体评价很低。他在总评南宋词时常喜将其与北宋词作比较：（引本则和《人间词话》第三九则，略）。

前也曾引及静安的观点："诗至唐中叶以后，为羔雁之具矣。……至南宋以后，词亦为羔雁之具，而词亦替矣。"批评南宋词沦为应酬之作，又在赞扬北宋词"有篇有句"的同时，批评南宋词"有篇而无句"。而且"南宋词虽不隔处，比之前人，自有浅深厚薄之别"（《人间词话》第三九则）。讥其不及北宋词深厚而表现为浅薄。

陈鸿祥《人间词话·人间词注评》第 232 页（江苏古籍出版社 2002 年）

那么，王国维为什么要称赏"云间诸公"呢？实际上，他在这里引用了同样"盛于国初"的王士禛之说："云间数公，论诗持格律，崇神韵，然拘于方畅，泥于时代，不免为识者所少，其于词亦不欲涉南宋一笔，佳处在此，短处亦在此。"（《花草蒙拾》）如果说王国维自称"拈出境界，为探其本"，主要是针对严羽"以禅说诗"的"兴趣"说；那么，他论"境界为本"，而"兴趣、格律、神韵"为"末"，显然由王士禛对"云间数公"的这些批评而引发的；他评陆"词家时代之说"，则更是针对王士禛所谓"泥于时代"、"不欲涉南宋一笔"的指责。因为，陈子龙等"云间三子"，认为词"始于唐末"而"极于北宋"，曾遭王士禛讥斥，说："近日'云间'作者论词，有云：五季唐风，入宋便开元曲，故尚意小令，冀复古音，屏去宋调，庶防流失。仆谓：此论虽高，殊属孟浪。"（《花草蒙拾》）由此可见，王士禛讥之为"虽高"、斥之为"孟浪"的这些话，在王国维看来，恰恰是"卓见"！不惟如此。王国维自称填词"不喜长调"，《人间词》之长处在"小令"即短调；又在词话中屡述北宋词已开"北曲先声"或为"北曲之祖"，等等，皆可窥知他颇以"云间诸公"，引为"同嗜"。

解　读

参见汇评中《王国维美学思想研究》的引文。

二　四

　　唐、五代、北宋之词,所谓① "生香真色"。②[1]若云间诸公,③[2]则彩花④耳。湘真[3]且然,况其次也⑤者乎!

汇　校

① "所谓",通行本作"可谓"。原作"之所长",被划去。
② "色"下原有"四字"。
③ "公"下原有"之词"。
④ "彩花",通行本作"綵花",用异体字。
⑤ "次也"原作"下"。

注　释

[1] 引文见王士禛《花草蒙拾》:"'生香真色人难学',为'丹青女易描,真色人难学'所从出。千古诗文之诀,尽此七字。"

[2] 云间诸公:指被称为"云间三子"的明末词人陈子龙、宋徵舆、李雯,参见上则注[8]。

[3] 湘真:陈子龙(1608-1647),字卧子,号大樽,松江华亭(今上海松江)人。崇祯进士。南明抗清将领,文学家。有词集《湘真阁》和《江篱槛》,今佚。王士禛《花草蒙拾》说:"陈大樽诗首尾温丽,《湘真词》亦然。然不善学者,镂金雕琼,如土木被文绣耳。"

汇　评

周锡山《王国维美学思想研究》第160-161页(中国社会科学出版社

1992 年）

　　王国维对明词的评论，除引前人提及的刘基词高于高启等外，仅有三次，主要观点发表在《庚辛之间读书记·桂翁词》一文中。明词水平不高，词家目为"不入列"，如晚清陈廷焯《白雨斋词话》云："词至于明，而词亡矣。伯温（刘基）、季迪（高启），已失古意，降至升庵（杨慎）辈，句琢字炼，枝枝叶叶为之，益难语于大雅。自马浩澜（马洪）、施阆仙（施绍莘）辈出，淫词秽语，无足置喙。明末陈人中（陈子龙），能以浓艳之笔，传凄婉之神，在明代已算高手，然视国初诸老，已难同日而语，更何论唐宋哉！"静安论词，颇喜标新立异。对词学研究家颇为重视的金元词一笔扫倒，即是一例。对明词之评价，在总体上他当然无力挽狂澜于既倒，但对其中几个词人，他发出与众不同之音调：

　　　　有明一代，乐府道衰，《写情》、《扣弦》，尚有宋、元遗响。仁、宣以后，兹事几绝，独文愍以魁硕之才，起而振之，豪壮典丽，与于湖、剑南为近。方其得路，入正郊庙，出扈禁跸，一词朝传，万口暮诵，同时名公皆摹拟其体格，门生故吏争相传刻。虽居势使然，抑其风采文采，自有以发之者欤？（《庚辛之间读书记·桂翁词》，拙编《王国维文学美学论著集》第 231 页）

　　《写情》、《扣弦》分别为刘基和高启的词集，静安誉其"尚有宋、元遗响"，显与陈廷焯"已失古意"针锋相对。后面称颂桂翁词，其作者夏言（1482-1548），字公谨，别号桂洲，谥文愍，官至首辅。他为恢复河套失地一事，被严嵩等谗言获罪而罹杀身之祸。著名传奇《鸣凤记》将他作为戏中的重要角色，让其与严嵩正面冲突，让他演出了第三出《夏公命将》、第五出《忠佞异议》、第六出《二相争朝》等，尽力歌颂他的忠爱国家的精神。王国维感叹夏言："洎夫再秉钧衡，独任边事，主疑于上，谗间于下，至于白首而对狱吏，朝衣而赴东市，进无帷盖之报，退靡盘水之恩，君臣之际，厥为酷矣！帝杀其躯，天夺其胤，怙权不如介溪，而刑祸为深；文采过于《钤山》，而著述独晦；身后之事，又可悲矣。然没不二十年，南都坊肆，乃复梓其遗集。……岂文章事业，自有公论，不可泯灭者欤？又以知生前诸刻，非尽出于属吏之贡谀也。"
（同上第 231-232 页）王国维以史学家兼文学家的双重眼光给予精当的
品评。

他对明词的第三次评论是针对明末陈子龙等云间派词人的。他一面
赞扬"云间诸公"，"推尊北宋"之"卓识"（《人间词话未刊稿》二三），一
面批评其词作不佳：（本则引文，略）。

明末陈子龙、宋徵舆、李雯称"云间三子"，以陈子龙（有词集《湘真阁》，
今已佚）为其首。

静安对宋徵舆亦并未全盘否定，我后有论及。静安这里引渔洋论词
名言，王渔洋《花草蒙拾》说："'生香真色人难学'，为'丹青女易描，
真色人难学'所从出。千古诗文之诀，尽此七字。"又批评云间数公论诗
拘泥于时代，"于词亦不欲涉南宋一笔，佳处在此，短处亦坐此"。与静
安观点不同，可与静安此论参看。前引陈廷焯《白雨斋词话》有关陈子
龙的评论，也与静安的看法角度不同而批评相同。

陈鸿祥《人间词话·人间词注评》第 233-234 页（江苏古籍出版社 2002 年）

此则词话，仍引王士禛之说，而专论"云间诸公"词。王士禛对于
陈子龙等人的词论，虽颇多非议讥评，而对于他们的词，却甚表赞赏，
认为陈子龙词"神韵天然，风味不尽，如瑶台仙了，独立却扇吋"，简直
同"藐姑仙子"的姜夔一样高古，所以他又说《湘真词》"首尾温丽，然
不善学者，镂金雕琼，正如土木被文绣耳"（《花草蒙拾》），意谓"高"得
非常人能"攀"。显然，他的这些论述，均本于"神韵"。

王国维论词既以"境界"为本，故对此又作了正相反对的论述。他
虽称赞陈子龙等人的词论中有"卓识"，而对于王士禛以"神韵"评述他
们的词，却颇不以为然。所谓"神韵"、"风味"、"温丽"，在他看来，充
其量只是"彩花耳"。亦即"云间诸公"作词虽"不欲涉南宋一笔"，但对"极
盛"的北宋词，并未探及其"本"，而仅得其"末"。所以，他赞同王士
禛所引"生香真色人难学"，并在初稿中概括唐、五代、北宋词之所长，
即在"生香真色"四字。因为，这正是他崇尚的"天然"，正合他要求的
"不隔"即"真"。然而，王士禛所谓"瑶台仙子，独立却扇"，却是他贬

斥的白石词格调虽高，如"雾里看花"、"终隔一层"。既"隔"，当然谈不上"生香真色"，无非是采插花瓶、供一时玩赏的非真之花了。

综上所述，我们可以看到：王国维由清初"词家时代之说"，引出对北南宋词褒贬之争，并两论"云间诸公"，实非尽为"云间"，而本于"时代"，即"一代有一代之文学"的进化观，故强调不可泥于古人陈说，此其一；其二，他借"词家时代之说"，从词史发展的角度，论述了被认为其词行而"本朝词派始成"（谭献语）的朱彝尊以南宋词为"至极"的偏颇，进而借"云间诸公"，抨击了被尊为清初文坛盟主的王士禛"神韵"说。这也显示了他不被"群奉其说"的权威所惑，敢于挑战"宗师"、"盟主"的学者独立精神。其所以为第一流大学问家之真谛在此；其"境界"说之所以充满崭新的时代精神，盖亦在此焉。

解　读

参见汇评中《王国维美学思想研究》的引文。

二　五

《衍波词》[1]之佳者，颇似贺方回[2]。虽不及容若[3]，要在锡鬯[4]、其年[5]之上。①

汇　校

① "锡鬯、其年"，通行本作"浙中诸子"。

注　释

[1]《衍波词》：王士禛词集。
[2]贺方回：贺铸。
[3]容若：纳兰性德。
[4]锡鬯：朱彝尊。
[5]其年：陈维崧（1625-1682），字其年，号迦陵，宜兴（今属江苏）人。

清代词人。朱彝尊、陈维崧等人即通行本所说的浙中诸子。

汇　评

周锡山《王国维美学思想研究》第 164-165 页（中国社会科学出版社 1992 年）

除纳兰性德以外，在清词中他最欣赏王渔洋（1634-1711）的《衍波词》：（本则引语略）。他认为王渔洋的词虽不及纳兰性德（容若），但在朱彝尊、陈维崧之上，那么在清词中也算排到第二了，并可及上宋词名家贺铸（方回）。

陈鸿祥《人间词话·人间词注评》第 235-236 页（江苏古籍出版社 2002 年）

王国维对王士禛"神韵"说虽屡加贬斥，但在此则词话中对其词有所肯定。之所以认为"颇似贺方回"，可能由其词集名"衍波"而生联想。贺铸有"贺梅子"之称，盖得于其名句"梅子黄时雨"，而此名句又出于其以"凌波"起头的《青玉案》（一作《横塘路》），词云："凌波不过横塘路，但目送、芳尘去。锦瑟年华谁与度？月桥花榭，琐窗朱户，惟有春知处。　碧云冉冉蘅皋暮，彩笔新题断肠句。试问闲愁都几许？一川烟草，满城风絮，梅子黄时雨。"王国维很欣赏贺铸的这首词。他为前妻莫氏去世而作的悼亡词《蝶恋花》，上片首句"冉冉蘅皋春又暮"，即借贺词"碧云（一作"飞云"）冉冉蘅皋暮"；次句"千里生还、一诀成终古"，则取贺词"彩笔新题断肠句"之意而化用之。王士禛有《点绛唇·春词》云："水满春塘，柳绵又蘸黄金缕。燕儿来去，几阵梨花雨。　情似黄丝，历乱难成就。凝眸处，白红树，不见西洲路。"有的学者将此词与贺词相比，以为"融景入情，丰神独绝"（许雨文《人间词话讲疏》附补遗）。这或许就是《衍波词》中之"佳者"吧？实则，如以贺词为"凌波"，王词只在"衍"其"波"，故王国维说"颇似"。

然而，就词论词，王士禛《衍波词》仍在朱彝尊、陈维崧的《朱陈村词》之上。这是王国维的评价。而罗刊《遗书》本词话改为"浙中诸子之上"，就成较为含混的泛指了。揣其缘由，则可能由于清初诗词以"朱王"并称，皆一代宗师；而陈维崧则以诗词与王士禄、王士禛兄弟唱和，因而名声大噪，有"江左三凤凰"之誉。所以，一般地说来，朱、王、陈三子，很难有轩轾之分、优劣之别。然而，如同评南宋词独尊稼轩，评清代词惟有纳兰，乃是王国维"不胜古人，不足与古人并"的独立之见。故他称王词"要在锡鬯、其年之上"，无非是说王士禛词中的"佳者"不过如此，更何况他人？后世妄称"大师"、"泰斗"、"巨擘"，在不断追求着"三境界"的王氏眼里，直如粪土耳。

至于到了晚年，王国维以"胜朝遗老"自居，并"奉召"入宫，被逊帝溥仪封了个"紫禁城骑马"而诚惶诚恐，自以为"有清三百年"享此"殊荣"者惟清初以布衣入召的朱彝尊，亦即自比"竹垞第二"。这就仿佛被马克思的理论伙伴恩格斯评为天才诗人而兼为政治庸人的歌德，是其"庸人"的一面；但并不能掩去其"自由之思想"、"独立之精神"的学者品格。这都是后话了。

解　读

参见汇评中《王国维美学思想研究》的引文。

二　六

近人词，如复堂词[1]之深婉、彊村词[2]之稳秀，皆在吾家半塘翁①[3]上。彊村学梦窗[4]而情味较梦窗反胜，盖有临川[5]、庐陵[6]之高华，而济（手稿为"济之"）以白石[7]之疏越者。学②人之词，斯为极则。③然古人自然神妙处，尚未梦见。④

汇　校

① "吾家半塘翁"，通行本作"半塘老人"。

② "学"前原有"虽"。

③ 此下原有："惜境界稍劣，不然，便当独步本朝矣。"（原作"设境界稍深，便当独步国朝矣。"）

④ 四字原作："便尚未能梦见。""梦见"通行本作"见及"，又遗书本误
将此则与第二五则相连。

注 释

[1] 复堂词：谭献词集。

[2] 彊村词：朱孝臧词集。朱孝臧（1857-1931）；原名祖谋，字古微，号
彊村，彊江归安（今吴兴）人。光绪进士，官礼部侍郎。近代词人。

[3] 半塘老人：王鹏运（1849-1904），字幼霞、佑遐，号半塘、鹜翁，广
西临桂人。同治举人，官至礼科掌印即事中。近代词人。

[4] 梦窗：吴文英。

[5] 临川：王安石（1021-1086），字介甫，晚号半山，临川（今属江西）人。
北宋著名政治家、改革家、文学家，

[6] 庐陵：欧阳修，庐陵（今江西吉水）人。

[7] 白石：姜夔。

汇 评

程亚林《近代诗学》第 236 页（湖南人民出版社 2000 年）

关于"学人之词"，他则提到了晚清四大家之一朱孝臧（一名祖谋，
字古微，号彊村）的词。他说：（引本则，略）。

彊村词当时得到了极高的评价。有人说它可比北宋范仲淹、苏轼、
欧阳修的词或"绝似少陵夔州后诗"。王国维对它的评价也不低，既说它
有王安石、欧阳修词的"高华"和姜夔词的"疏越"，又尊之为学人之词
的"极则"。但他又清醒地意识到，这毕竟是"学人之词"，"学人之词"
能达到的最高水平也就是这样子了，它与没有"学人"气，最好的词比起
来终隔一尘，因为"古人自然神妙处，尚未见及"，一就是有"学人"的
斧凿之迹。这与他推崇"赤子之心"、"自然之眼"、"自然之舌"的思想一
脉相承，也要求学人对自己的词作应有自知之明。

陈鸿祥《人间词话·人间词注评》第 238-239 页（江苏古籍出版社 2002 年）

此则述彊村词而兼及复堂、半塘。复堂即谭献，自题《复堂词》卷首，

引周邦彦"流潦妨车毂"、"衣润费炉烟",又引辛弃疾"不知筋力衰多少,只觉新来懒上楼"等句,说"填词者试于此消息之"(谭献《复堂词话》之四)。王国维谓其词"深婉",亦可由此探其"消息"。半塘即王鹏运,尤以词著称,有苏(轼)、辛(弃疾)遗风。彊村即朱祖谋,曾为《半塘定稿》作序说,"君词导源碧山,复历稼轩、梦窗,以还清真之浑化,与周止庵氏契若针芥。"这里所说碧山,即南宋晚期词人王沂孙,清人对其词评价甚高,说"咏物词至王碧山,可谓空前绝后"(陈廷焯《白雨斋词话》)。半塘"导源"碧山而回归"流潦妨车毂"的清真(周邦彦)之"浑化",应该说评价是很高的。其实,复堂、半塘,皆彊村前辈。朱祖谋原攻诗,后因交结"半塘老人"王鹏运而转为词,并以彊村词名家。王国维说彊村在半塘之上,这大概是称道其有"出蓝之胜"吧?刘毓盘《词史》曾举彊村小令《天门谣词》。词云:"交径新阴小。试吟袖、剩寒犹峭。人意好、为当楼残照。 奈芳事、轻随春去早。满路香尘酥雨少。随处到,恨罗袜不如芳草。"春寒、残照、芳草、香尘,清新不露。故王国维谓之"隐秀",并认为他学南宋吴文英(梦窗)而"情味"反胜于吴文英。所谓彊村词兼有王安石、欧阳修之"高华"、姜夔之"疏越",是说朱祖谋之词爽朗而有韵致。有的学者曾举朱氏所选《宋词三百首》中王安石《桂枝香》词,以其词首"登高送目,正故国晚秋,天气初肃,千里澄江似练,翠峰如簇"诸句,比拟彊村词之"高华"、"疏越",这是对的。

那么,何为"学人之词"?近人钱锺书有道:"然静安博极群书,又与沈乙庵游,而自少至老,所作不为海日楼之艰僻,勿同程春海以来所谓学人之诗者。"(《谈艺录·王静安诗》)说王国维"自少至老"作诗不为沈增植(海日楼)之艰涩冷僻,也不同于清初程恩泽(春海)之类"学人之诗",这是中肯的。惟所谓与沈曾植(乙庵)"游",那已是王国维丙辰(1916)自日本京都返回上海,写出了《殷卜辞中所见先公先王考》、《殷周制度论》等甲骨文研究"最伟著"而饮誉中外学界以后的事情了。王氏之所以与之"游",乃是出于对这位前辈"遗老"的礼敬,至于学问方面,则谓之"志大才疏",可一语尽之矣。而所谓"学人之诗"，当出诸"学人之词"。实则，这也是谭献论"分鼎三足"中提出的。谭氏原话为："阮亭、葆酚一流，为才人之词；宛邻、止庵一派，为学人之词；惟三家是词人之词。"（《复堂词话》之一〇一）"三家"者，即"分鼎三足"的蒋春霖、纳兰性德、项莲生，这是"词人之词"；其他如王士禛（阮亭）、钱芳标（葆酚），乃"人才之词"；而以张惠言（宛邻）、周济（止庵）为"学人之词"的代表。然则，"学人之词"者，犹昔日鲁迅所称之"教授小说"、今世风行之"学者散文"，盖以其身份为"学者"（教授），或稍有"学问"之故。

当王国维写作词话的时候，复堂、半塘皆已去世，而彊村正转入唐、宋词的辑录。王氏不仅在词话中称赞彊村为"学人之词"的"极则"，又在辛亥（1911）以后所作《彊村校词图》序中称扬朱氏"以词雄海内，复汇辑宋元人词集成数百种"之业绩（《彊村校词图序》，《观堂集林》卷二三，《遗书》第四册）。由此又可显见：在学术上不畏权威、持独立之见，与对前辈真才实学之敬重，不狂不鄙，两者是一致的。其治学、论人风范，足启后辈。故略述词话中"学人之词"及所举晚清诸家词如上。

解　读

学人之词，指学者创作的词，凭词法而作，与第一流的大家名家相比艺术水准不高，在创作上并未真正入门，是业余的水平，因此说他们对古人自然高妙之处，尚未梦见。

二　七

宋直方①[1]《蝶恋花》："新样罗衣浑弃却，犹寻旧日春衫著。"[2]谭复堂《蝶恋花》："连理枝头侬与汝，千花百草从渠许。"[3]可谓寄兴深微。②

汇 校

① "直方"，手稿误作 "尚术"。遗书本从手稿，亦误。

② 《二牖轩随录·人间词话选》此条，句首加："国朝人词，余最爱。""谭"
前有 "及"。"可谓" 句改作："以为最得风人之旨。"

注 释

[1] 宋直方：宋徵舆（1618—1667），字直方。清代词人。

[2] 宋徵舆《蝶恋花》：

宝枕轻风秋梦薄。红敛双蛾，颠倒垂金雀。新样罗衣浑弃却，
犹寻旧日春衫著。　偏是断肠花不落。人苦伤心，镜里颜非昨。曾
误当初青女约，祗今霜夜思量着。（据谭献辑《箧中词》）

[3] 谭复堂：谭献。谭献《蝶恋花》：

帐里迷离香似雾。不烬炉灰，酒醒闻余语。连理枝头侬与汝。
千花百草从渠许。　莲子青青心独苦。一唱将离，日日风兼雨。豆
蔻香残杨柳暮。当时人面无寻处。（据《清名家词·复堂词》）

二 八

《半塘丁稿》[1]和冯正中[2]《鹊踏枝》十阕[3]，乃《鹜翁词》
之最精者。①"望远愁多休纵目"等阕，郁伊惝怳，令人不能为怀。
《定稿》只存六阕[4]，殊为未允。②

汇 校

① 此下原有 "如 '似雪杨花吹又散，东风无力将春限。'"

② 四字原作 "未为允也"。通行本加 "也"。

注 释

[1]《半塘丁稿》：王鹏运，号半塘老人，又号鹜翁，《半塘丁稿》、《半塘

定稿》，乃其自编词集。

［2］冯正中：冯延巳。

［3］王鹏运《鹊踏枝》：

（冯正中《鹊踏枝》十四阕，郁伊惝怳。义兼比兴，蒙耆诵焉，春日端
居，依次属和。就均成词。无关寄托，而章句尤为凌杂。忆云生云："不
为无益之事，何以遣有涯之生？"三复前言，我怀如揭矣。时光绪丙申
三月二十八日。录十。）

落蕊残阳红片片。懊恨比邻，尽日流莺转。似雪杨花吹又散，
东风无力将春限。　慵把香罗裁便面。换到轻衫，欢意垂垂浅。襟
上泪痕犹隐见，笛声催按《梁州遍》。

斜日危阑凝竚久。问讯花枝，可是年时旧？浓睡朝朝如中酒，
谁怜梦里人消瘦。　香阁帘栊烟阁柳。片霭氤氲，不信寻常有。休
遣歌筵回舞袖，好怀珍重春三后。

谱到《阳关》声欲裂。亭短亭长，杨柳那堪折。挑莱湔裙春事
歇，带罗羞指同心结。　千里孤光同皓月。画角吹残，风外还呜咽。
有限坠欢争忍说，伤生第一生离别。

风荡春云罗样薄。难得轻阴，芳事休闲却。几日啼鹃花又落，
绿笺莫忘情深深约。　老去吟情浑寂寞。细雨簪花，空忆灯前酌。隔
院玉箫声乍作。眼前何物供哀乐。

漫说目成心便许。无据杨花，风里频来去。怅望朱楼难寄语，
伤春谁念司勋误。　枉把游丝牵弱缕。几片闲云，迷却相思路。锦
帐珠帘歌舞处，旧欢新恨思量否？

昼日恹恹惊夜短。片霭欢娱，那惜千金换。燕睨莺颦春不管，
敢辞弦索为君断。　隐隐轻雷闻隔岸。暮雨朝霞，咫尺迷银汉。独
对舞衣思旧伴，龙山极目烟尘满。

望远愁多休纵目。步绕珍丛，看笋将成竹。晓露暗垂珠簌簌，
芳林一带如新浴。　簪外青山森碧玉。梦里骖鸾，记过清湘曲。自
定新弦移雁足，弦声未抵归心促。

谁遣春韶随水去。醉倒芳尊，忘却朝和暮。换尽大堤芳草路，

倡条都是相思树。　蜡烛有心灯解语。泪尽唇焦，此恨消沈否。坐对东风怜弱絮，萍飘后日知何处。

　　对酒肯教欢意尽。醉醒恹恹，无那饮春困。锦字双行笺别恨，泪珠界破残妆粉。　轻燕受风飞远近。消息谁传？盼断乌衣信。曲几无憀闲自隐。镜奁心事孤鸾鬓。

　　几见花飞能上树。难系流光，枉费垂杨缕。筝雁斜飞排锦柱。只伊不解将春去。　漫讶心情粘地絮。容易飘扬，那不惊风雨。倚遍阑干谁与语？思量有恨无人处。（据《半塘词稿·鹜翁集》）

[4]《半塘定稿》内存《鹊踏枝》六阕，删去注［3］中之第三、第六、第七、第九共四阕。

解　读

　　郁伊，抑郁、忧闷。《文心雕龙·辨骚》说屈原的《离骚》："故其叙情怨，则郁伊而易感。"恌恍，又作恌怳，失意。《楚辞·远游》："恌（悲伤）恌怳而乖怀。"王国维用此语评论王鹏运《鹊踏枝》词所表达的内容和艺术风格。

二　九

　　固哉，皋文[1]之为词也！飞卿《菩萨蛮》①[2]、永叔《蝶恋花》[3]、子瞻《卜算子》[4]，皆兴到之作，有何命意？皆被皋文深文罗织。阮亭《花草蒙拾》[5]谓："坡公命宫磨蝎[6]，生前为王珪、舒亶辈[7]所苦，身后又硬受此差排②。"[8]由今③观之，受差排者，独一坡公已耶？

汇　校

① 此语下原有"应制之作，有何命意"。
②"身"原作"死"。"此"原作"此等"。
③"今"原作"皋文之言"。

注 释

[1]皋文：张惠言。

[2]飞卿：温庭筠。温庭筠《菩萨蛮》：

小山重叠金明灭，鬓云欲度香腮雪。懒起画蛾眉，弄妆梳洗迟。　照花前后镜，花面交相映。新帖绣罗襦，双双金鹧鸪。

张惠言《词选》评此词云："此感士不遇也。篇法仿佛《长门赋》，而用节节逆叙。此章从梦晓后领起'懒起'二字，含后文情事，'照花'四句，《离骚》初服之意。"（按：屈原《离骚》："进不入以离尤兮，退将复修吾初服。"）

[3]永叔：欧阳修。欧阳修《蝶恋花》，也有不少人认为是冯延巳《鹊踏枝》。参见第三则注[1]。此词张惠言《词选》作欧阳修词，并评云："'庭院深深'，闺中既以邃远也。'楼高不见'，哲王又不寤也。'章台游冶'，小人之径。'雨横风狂'，政令暴急也。'乱红飞去'，斥逐者非一人而已，殆为韩、范作乎？"（按：韩、范指韩琦、范仲淹。）

[4]子瞻：苏轼。苏轼《卜算子》：

缺月挂疏桐，漏断人初静，谁见幽人独往来，缥缈孤鸿影。　惊起却回头，有恨无人省。拣尽寒枝不肯栖，寂寞沙洲冷。

张惠言《词选》评此词云："此东坡在黄州作。鲖阳居士云：'缺月'，刺明微也。'漏断'，暗时也。'幽人'，不得志也。'独往来'，无助也。'惊鸿'，贤人不安也。'回头'，爱君不忘也。'无人省'，君不察也。'拣尽寒枝不肯栖'，不偷安于高位也。'寂寞沙洲冷'，非所安也。此词与《考槃》诗极相似。"（按：《考槃》见《诗经·卫风》。《毛传》云："《考槃》，刺庄公也。不能继先公之业，使贤者退而穷处。"）

[5]阮亭：王士禛。《花草蒙拾》是王士禛的词话著作。

[6]命宫磨蝎：磨蝎，天上星宿名。命宫磨蝎是说命运属于称为"磨蝎"的模式，命运不佳，命定要受到种种挫折和折磨。苏轼《东坡志林》云："退之诗云：'我生之辰，月宿直（南）斗。'乃知退之磨蝎为身宫，

而仆乃以磨蝎为命，平生多得谤誉，殆是同病也。"

[7] 王珪、舒亶：北宋词人，翰林学士。苏轼因反对王安石变法，在有
的诗歌中反映了变法的弊端，"以事不便民者不敢言，以诗托讽，庶
有补于国"，受到御史李定、王珪、舒亶和何正臣等人的诬告，他们
断章取义，深文罗织，上奏章弹劾，苏轼被捕下狱。此事称为乌台诗案，
又因苏轼当时徙知湖州，故又称湖州诗案（《宋史·苏轼传》）。

[8] 王士禛《花草蒙拾》引桐阳居士的解释（见注[4]）后，批评说："村
夫子强作解事，令人欲呕。""仆尝戏谓：坡公命宫磨蝎。湖州诗案，
生前为王珪、舒亶辈所苦，身后又硬受此差排耶？"

解 读

兴到之作，指诗人触景生情，触物起兴，产生强烈的感情、强烈的
创作冲动，从而创作出成功的诗词，并不是预先想要写诗，所以说"兴
到之作，有何命意？"

<h2 style="text-align:center">三 〇</h2>

贺黄公[1]谓："姜论史词，不称其'软语商量'，而称（当
作"赏"）其'柳昏花暝'[2]，固知不免项羽学兵法之恨。"然"柳
昏花暝"自是欧、秦[3]辈吐属①，后句为胜。②吾从白石，不
能附和黄公矣。

汇 校

① "吐属"，通行本改为"句法"。
② 此句原作："然二句境界自以后句为胜。"又曾改为："前句画工之笔
后句化工之笔。"因而此句通行本改作："前后有画工化工之殊。"

注 释

[1] 贺黄公：贺裳，字黄公，清代词人。引文见贺裳《皱水轩词筌》。

[2] 姜、史：姜夔、史达祖。史达祖《双双燕》咏燕：

> 过春社了，度帘幕中间，去年尘冷。差池欲往，试入旧巢相并。
> 还相雕梁藻井。又软语、商量不定。飘然快拂花梢，翠尾分开红影。 芳
> 径。芹泥雨润。爱贴地争飞，竞夸轻俊。红楼归晚，看足柳昏花暝。
> 应自栖香正稳。便忘了，天涯芳信。愁损翠黛双蛾，日日画阑独凭。

[3] 欧、秦：欧阳修和秦观。

解 读

项羽学兵法之恨，《史记·项羽本纪》："项籍少时，学书不成，去，学剑，又不成。项梁怒之。籍曰：'书足以记名姓而已。剑一人敌，不足学，学万人敌。'于是项梁乃教籍兵法，籍大喜，略知其意，又不肯竟学。"意指学习没有长心，学什么都半途而废，并未真正学会。这里批评其为半懂不懂的外行之见。

三 一

"池塘春草谢家春[1]，万古千秋五字新。传语闭门陈正字[2]，可怜无补费精神。"此遗山[3]《论诗绝句》也。美成、白石、①梦窗、玉田[4]辈当不乐闻此语。

汇 校

① "美成、白石"，手稿原已删去。

注 释

[1] "池塘生春草"是谢灵运《登池上楼》中的名句，全诗见《人间词话》第四〇则注[6]。

[2] 陈正字:陈师道（1053-1102）,字履常,一字无己,号后山居士,彭城（今
    江苏徐州）人。曾官徐州教授、太学博士、秘书省正字,北宋诗人。

[3] 遗山:元好问（1190-1267）,字裕之,自号遗山山人,秀容（今山西忻县）
    人。金代文学家。

[4] 梦窗、玉田：吴文英和张炎。

解 读

这里引用元好问的名著《论诗绝句》中的名言来评论。前已言及,
元好问是王国维极为赞赏的学问、创作、人品皆优的"豪杰之士"之一。

三 二

朱子[1]《清邃阁论诗》谓："古人有句,①今人诗更无句,
只是一直说将去。这般②一日作百首也得。"余谓北宋之词③有
句,南④宋以后便无句。如玉田、草窗[2]之⑤词,所谓"一日
作百首也得"者也。

汇 校

① 朱熹此句原文作："古人诗中有句。"
② "这般",朱熹原文作"这般诗"。
③ "之词"原作"以前"。
④ "南"原作"北"。
⑤ "之"原作"诸"。

注 释

[1] 朱子：朱熹（1130-1200）,字元晦,号晦庵,别号考亭、紫阳,徽州
    婺源（今属江西）人,侨居建阳（今属福建）。南宋哲学家、思想家、
    教育家、文学家。

[2] 玉田、草窗：张炎和周密。

汇 评

周锡山《王国维美学思想研究》第 165-166 页（中国社会科学出版社
1992 年）

（此则，引文略）引朱熹、周济《介存斋论词杂著》、潘德舆《与叶生
名沣书》、刘熙载《艺概·词曲概》的言论，反驳朱彝尊（竹垞）的观点，
尤不满并反驳"近人祖南宋而祧北宋，以南宋之词可学，北宋不可学也"
（《人间词话》四三）的倾向。"此事自有公论"（《人间词话未刊稿》二三）即
针对朱彝尊和这种倾向而发。还又写过但又删去："金郎甫作《词选后序》，
分词为淫词、鄙词、游词三种，词之弊尽是矣。五代、北宋之词，其失
也淫；辛、刘之词，其失也鄙；姜、张之词，其失也游。"（《人间词话删稿》
一二）。

解 读

参见汇评中《王国维美学思想研究》的引文。

<h2 style="text-align:center">三 三</h2>

朱子[1]谓："梅舜（应作"圣"）俞[2]诗，不是平淡，乃是枯槁。"
余谓草窗、玉田[3]之词亦然。

注 释

[1] 朱子：朱熹。
[2] 梅圣俞：梅尧臣。
[3] 草窗、玉田：周密、张炎。

汇 评

陈鸿祥《人间词话·人间词注评》第 252 页（江苏古籍出版社 2002 年）
这是继续借朱熹的话，贬责南宋以后词。梅尧臣与欧阳修同时，其

诗以深远古淡著称。但朱老夫子却以为不是"平淡",乃是"枯槁"。王国维说周密、吴文英"亦然"。这是因为:平淡犹"冲淡",是司空图《诗品》中之一品。按照前人的解释,唯陶渊明的诗文,当得"冲淡"二字(参见司空图《二十四诗品·冲淡》孙联奎注)。"枯槁"则不同,犹如庄子所说"心如死灰,形似槁木",诗词到了"枯槁",哪里还谈得上"境界"?只能有"貌"无"神",徒然"雕琢",纵然有"格",亦属无"情"。当然我们今天来看王氏对"白石以降"的南宋词人的这些贬语,也应有分析地对待。即从追求境界之"不隔",追求文学之自然而言,他贬得很对;但历史地评价南宋词,则不可一概以朱熹"枯槁"之论否定之。

解 读

平淡,指具有语言明白晓畅,但内蕴深厚丰富,韵味淡远深长,美蕴其中的艺术意境或风格,或这样的语句、作品。枯槁,指枯瘦、干瘪、枯干,是枯燥无味的作品。

三 四

"自怜诗酒瘦,难应接,许多春色。"[1]"能几番游?看花又是明年。"[2]此等语亦算警句耶?[3]乃值如许费力。①

汇 校

① "费力",通行本作"笔力"。

注 释

[1] 此句出史达祖《喜迁莺》:

> 月波疑滴。望玉壶天近,了无尘隔。翠眼圈花,冰丝织练,黄道宝光相直。自怜诗酒瘦,难应接、许多春色。最无赖,是随香趁烛,曾伴狂客。 踪迹。漫记忆。老了杜郎,忍听东风笛。柳院灯疏,梅厅雪在,谁与细倾春碧。旧情拘未定,犹自学、当年游历。

怕万一，误玉人、夜寒帘隙。

[2] 此句出张炎《高阳台》：

> 接叶巢莺，平波卷絮，断桥斜日归船。能几番游，看花又是
> 明年。东风且伴蔷薇住，到蔷薇、春已堪怜。更凄然。万绿西泠，
> 一抹荒烟。　当年燕子知何处。但苔深韦曲，草暗斜川。见说新
> 愁，如今也到鸥边。无心再续笙歌梦，掩重门、浅醉闲眠。莫开帘，
> 怕见飞花，怕听啼鹃。

[3] 陆辅之《词旨》："警句凡九十二则"，其中有"自怜诗酒瘦，难应
接许多春色"和"见说新愁，如今也到鸥边"，"莫开帘，怕见飞花，
怕听啼鹃"。（后二句和"能几番游？看花又是明年"，均出于张炎《高阳台》，
见注[2]。）此条似即对此而言。

汇　评

周锡山《王国维美学思想研究》第 158 页（中国社会科学出版社 1992 年）

王国维将宋末之词则一笔扫倒，至谓："至宋末诸家，仅可譬之腐
烂制艺，乃诸家之享重名且数百年，始知世之幸人不独曹蜍、李志也。"（《人
间词话未刊稿》九之注②删稿）此言太重，静安在手稿内业已删去。他对宋
末诸家的否定中有两个例外，一是文天祥词，一是宋末遗民词。其评文
天祥词说：（本则引文，略）。对文天祥（文山）词评价颇高，认为远在宋末"享
重名且数百年"的蒋捷（圣与）、张炎（叔夏）、周密（公谨）诸人之上，"犹
如明之刘基之词高于高启（季迪）、杨基（孟载）"。

陈鸿祥《人间词话·人间词注评》第 253—254 页（江苏古籍出版社
2002 年）

做学问要"小题大做"，王国维考金甲文字，往往数百字文章，用
万卷书功夫，故被他的学生赞为"狮子搏兔用全力"。写诗词如"小题
大做"，以掩其才疏乏情，不免落入矫妆作态、"无病呻吟"之"游"。
周济评梅溪即史达祖"甚有心思"、用笔"尖巧"，然以"喜用'偷'字"
而定其"品格"不高（《介存斋论词杂著》之一七）；又谓玉田即张炎"才
本不高，专恃磨砻雕琢"（同上，附录《宋四家词选目录序论》）。王国维在

这则词话里，特举史词《喜迁莺》之"自怜诗酒瘦"，张词《高阳台·西湖春思》之"看花又是明年"诸句，反诘："此等语亦算警句耶？"上，均属用笔尖巧、才情空疏之句。

既然如此，"乃值如许费力"，亦即何必"小题大做"，装腔作势？王国维的最后这句话，是有所指的。元代陆行直撰《词旨》称作词有四"贵"，即"命意贵远，用字贵便，造语贵新，炼字贵响"，并摘出九十二例"警句"，其中就有史词《喜迁莺》之"自怜诗酒瘦"、张词《高阳台·西湖春感》之"怕见飞花，怕听啼鹃"，作为"造语"、"炼字"之范例，这就值得商榷了。谭献论词，有"运掉虚浑"之说。所谓"虚浑"，即司空图"返虚入浑、积健为雄"，属于诗品中第一品"雄浑"（司空图《二十四诗品》）。赏赞诗词之"雄浑"，本没有错。然而，谭献复以张炎《高阳台·西湖春感》词为范例，夸其"接叶巢莺"起句，"一气旋折，作壮词须识此法"（《复堂词话》之一八），岂非成了无稽之谈？"语不惊人死不休"，这是历来诗人之所求。王国维推重诗词"名句"，当然也包括"警句"；然而，其句必须有可"警"之处。他所谓"笔力"，即含"积健为雄"之意。故特举"自怜"、"看花"，告诫诗人词家，"力"须费在"值"处，方可"炼"出真正雄浑的"壮词"、足以"惊人"的"警句"。

解　读

参见汇评中《王国维美学思想研究》的引文。

三　五

文文山[1]词，①风骨甚高，亦有境界。远在圣与[2]、叔夏、公谨[3]诸公之上。②亦如明初诚意伯[4]词，非季迪[5]、孟载[6]诸人所敢望也。③

汇 校

① 手稿原作"明初（原作"词"）刘诚意同"。
② 此句原作"要在宋末（曾改为'王、张'）诸公之上"。
③ "敢望"原作"能及"。

注 释

[1] 文文山：文天祥（1236-1282），字履善，又字宋瑞，号文山。吉州庐陵（今江西吉安）人。宝祐进士，南宋抗元英雄，诗人。

[2] 圣与：王沂孙（约1230年左右－约1289至1291），字圣与，号碧山、中仙，会稽（今浙江绍兴）人。南宋诗人。

[3] 叔夏、公瑾：张炎、周密。

[4] 诚意伯：刘基（1311-1375），字伯温，封诚意伯，浙江青田人。明初政治家，文学家。

[5] 季迪：高启（1336-1374），字季迪，长州（今江苏苏州）人。明初著名诗人。

[6] 孟载：杨基（1326-1378后），字孟载，号眉庵。原籍嘉定州（今四川乐山）人。元末曾入张士诚幕，明初官山西按察使，后削职，谪为输作，卒于工所。明初诗人。

汇 评

祖保泉、张晓云《王国维与人间词话》第127-128页（上海古籍出版社1990年）

刘基是明代的开国功臣之一，同时又是诗文兼长的作家，他的词能抒发真情实感，在"乐府道衰"的明代，确实算是数得着的。而高启、杨基等人的词却往往缺乏真情，所以王国维说他们不能与刘基相比。然而就整部词史来说，王国维是认为"北宋后无词"的，因此说刘基的词很好，也只是就其时代相对而言的。

夏言的词属于粗犷豪放一流，明人王世贞在《艺苑卮言》中已经指出了他的特点和不足，"公谨（夏言）最号雄爽，比之稼轩，觉少精思"（转引自《明词综》卷三）。王国维说夏言"与于湖、剑南为近"，可见他的看法与王世贞相同，也是一种有保留的赞赏——《人间词话》中指出过"剑南有气而乏韵"，可以作为此处的注脚。

陈鸿祥《人间词话·人间词注评》第 255-256 页（江苏古籍出版社 2002 年）

王国维这则词话评"文文山词"之"风骨"，才是真正的"雄浑"，真正的"返虚入浑，积健为雄"，从手稿墨迹看，此则初论刘基，而以"宋末诸公"作比，后改为论文天祥，而以诗风"沉郁顿挫"著称的刘基陪衬之。由此可证，王国维论"有境界则自成高格"，第一位的是人格。王国维论诗词文学，除推崇屈原、陶潜等"豪杰之士"以外，还十分注重气节。他早年作咏史诗，曾有"崖山波浪浩无涯"之句（《咏史二十首》之一八），咏的是南宋端宗二年（1279），在元军追杀中，陆秀夫背了小皇帝赵昺在广东新会的崖山投海自尽史事。文天祥则是在此之前，即德祐初年（1275）以左丞相督师抗元，战败被俘，威武不屈，从容就义，被元世祖叹为"真男子"。他临刑前所作《正气歌》，传颂千古。他的词如《满江红·代王夫人作》之"想男儿慷慨，嚼穿龈血"，足可与岳飞《满江红·怒发冲冠》之"一日请缨提锐旅，一鞭直渡清河洛"比美，当然远非南宋末王、张、周诸家词"所敢望"的了。

由论文天祥词"亦有境界"，我们还可以进而领悟，王国维"境界"说以及他的文学批评，绝非如"今人"给他"包装"的那样"卓荦"遗世、超然"人间"；忧生忧世、关注国运民脉，乃贯注于其毕生的学术（包括文学）业绩之中。

解 读

参见汇评中《王国维美学思想研究》的引文。

三 六

宋《李希声诗话》曰：[1]"唐（当作"古"）人作诗，正以风调高古为主，虽意远语疏，皆为佳作。后人有切近的当、气格凡下者，终使人可憎。"余谓北宋词亦不妨疏远，若梅溪[2]以降，正所谓"切近的当、气格凡下"者也。

注 释

[1] 李希声：李惇，字希声，北宋诗人。引文见魏庆之《诗人玉屑》，郭绍虞《宋诗话辑佚》。

[2] 梅溪：史达祖。

解 读

气格，气指气质，格指格调，参见《人间词话》第一、第三九则的解读。

三 七

自竹垞[1]痛贬《草堂诗余》[2]而推《绝妙好词》[3]，后人群附合①之。不知《草堂》虽有亵诨之作，②然佳词恒得十之六七。《绝句好词》则除张、范、辛、刘[4]诸家外，十之八九皆极无聊赖之词。甚矣，人之贵耳贱目也。③

汇 校

① "附合"，通行本作"附和"。

② 通行本无"之"字。

③ "目"下原有"者之多"。手稿此句后已删去一段："古人云：'小好小惭，大好大惭。'洵非虚语。"遗书本无最后二句，而补上手稿删去的一段。

注 释

[1] 竹垞：朱彝尊。

［2］《草堂诗余》：参见《人间词话》第五五则注［4］。

［3］《绝妙好词》：词总集，南宋末周密编。选录南宋初期张孝祥至仇远
　　　词共一百三十二家近四百首。

［4］张、范、辛、刘：张孝祥、范成大、辛弃疾、刘过，均为南宋词人。

三 八

　　《提要》载："《古今词话》六卷，国朝沈雄纂。雄，字
偶僧，吴江人。是编所述，上起于唐，下迄康熙中年。"然维
见明嘉靖[1]前合口本《笺注草堂诗余》林外《洞仙歌》[2]下
引《古今词话》云："此词乃近时林外题于吴江垂虹亭。"①（明
刻《类编草堂诗余》亦同。）（案：升庵[3]《词品》云："林外，字岂尘。有《洞
仙歌》书于垂虹亭畔，作道装，不告姓名，饮醉而去，人疑为吕洞宾[4]。传入
宫中，孝宗[5]笑曰：'"云崖洞天无锁"。"锁"与"老"叶均，则"锁"音"扫"，
乃闽音也。'侦问之，果闽人林外也。"《齐东野语》[6]所载亦略同。）则《古
今词话》宋时固有此书，岂雄窃此书而复益以近代事欤？②又，
《季沧苇书目》[7]载《古今词话》十卷，而沈雄所纂只六卷，
益证其非一书矣。③

汇 校

① 此句后原有："林外何时人虽不可考，要为宋人之词。"

② "岂"原作"抑沈"。"近代"原作"国朝之"。此句后原有："记之以广
　　异闻。（此处原有"顷读"）明俞仲茅（彦）《爱国词话》、竹垞《词综》，
　　亦各引《古今词话》云云。按，仲茅明万历辛丑进士，益知《历代诗余·词
　　话》与《笺注草堂诗余》所引，此决非沈雄之书矣。"

③ 此条通行本未载。

注 释

［1］嘉靖：明世宗朱厚熜年号（1522-1566）。

［2］林外：字岂尘，南宋词人，著有《懒窝类稿》。林外《洞仙歌》：

　　飞梁压水，虹影澄清晓。桔里渔村半烟草。今来古往，物是人非，天地里，唯有江山不老。　雨中风帽。四海谁知我。一剑横空几番过。按玉龙、嘶未断，月冷波寒。归去也、林屋洞天无锁。认云屏烟障是吾庐，任满地苍苔，年年不扫。

［3］升庵：杨慎（1488-1559），字用修，号升庵，明代文学家。

［4］吕洞宾：民间传说中八仙之一，名岩，号纯阳子。

［5］孝宗：南宋孝宗赵眘（1163-1189 年在位）。

［6］《齐东野语》：笔记，南宋周密撰。

［7］《季沧苇书目》：季振宜撰。季振宜，字诜兮，号沧苇，清代藏书家。

三 九

　　"君王枉（当作"忍"）把平陈业，换得（当作"只换"）雷塘数亩田。"[1] 政治家之言也。"长陵亦是闲丘陇，异日谁知与仲多？"[2] 诗人之言也。政治家之眼，域于一人一事；诗人之眼，则通古今而观之。① 词人观物，须用诗人之眼，不可用政治家之眼。故感事、怀古等作，当与寿词同为词家所禁也。

汇 校

① "古今"下原有"全体"，又曾改为"宇宙"。

注 释

［1］此句见唐代诗人罗隐《炀帝陵》诗：

　　入郭登桥出郭船，红楼日日柳年年。君王忍把平陈业，只换雷塘数亩田。

　　《隋书·炀帝纪》：隋炀帝杨广死后，宇文化及将他"葬吴公台下"，"大唐平江南之后改葬雷塘"。

［2］此句见唐代诗人唐彦谦《仲山》诗：

千载遗踪寄薜罗，沛中乡里汉山河。长陵亦是闲丘垅，异日谁
知与仲多？

汇 评

陈鸿祥《人间词话·人间词注评》第264页（江苏古籍出版社2002年）

这两首诗，题材本同属于凭吊帝王开国业绩，为什么又有了"政治
家之眼"与"诗人之眼"之分呢？王国维的意思是，炀帝虽有平陈之业，
然而他死后转瞬间隋朝覆亡，故此诗限于吊"只换雷塘数亩田"的杨广
一人，不可移于他人；刘邦则不同，他伟绩丰功，死后也只是与凡常之
人一样换来一抔黄土，成了荒冢枯骨，故此诗虽凭吊一人，却能引发古
往今来、贵贱不同之人的共同感慨。

王国维纵观古今诗人、政治家，还曾发过这样的感慨："生百政治家，
不如生一大文学家。何则？政治家与国民以物质上之利益，而文学家与
以精神上之利益。夫精神之于物质，二者孰重？且物质上之利益，一时
的也；精神上之利益，永久的也。"（《静庵文集·教育偶感》）他生当物欲
横流的清末，故发这样的感慨。然而，真正能懂得"诗人之眼"，不囿于
"一时"的"物质上之利益"的，又有多少呢？这又难怪他要感叹"天才"
者的"不幸"了！

四 〇

宋人小说，多不足信。如《雪舟脞语》谓：台州知府唐
仲友眷官妓严蕊奴，朱晦庵①[1]系治之。及晦庵移去，提刑岳
霖行部至台，蕊乞自便。岳问曰："去将安归？"蕊赋《卜算子》
词云"住也如何住"云云。[2]案：此词系仲友戚②高宣教作，
使蕊歌以侑觞者，见朱子《纠③唐仲友奏牍》[3]。则《齐东野语》[4]
所纪④朱、唐公案，⑤恐亦未可信也。

汇 校

① "晦庵"原作"子"。
② 原作"亲戚"。
③ "纠"原作"参"。
④ 六字原作"他书之关涉"。
⑤ "案"后原有"者"。

注 释

[1] 朱晦庵：朱熹。

[2] 邵桂子《雪舟脞语》云："唐悦斋仲友字与正，知台州。朱晦庵为浙东提举，数不相得，至于互申。寿皇问宰执二人曲直。对曰：'秀才争闲气耳。'悦斋眷官妓严蕊奴，晦庵捕送图圄。提刑岳商卿霖行部疏决，蕊奴乞自便。宪使问：'去将安归？'蕊奴赋《卜算子》，末云：'住也如何住，去也终须去。若得山花插满头，莫问奴归处。'宪笑而释之。"（据涵芬楼本陶宗仪《说郛》）

　　严蕊，字幼芳，南宋天台（今浙江天台）营妓。善诗词，有《如梦令》、《鹊桥仙》、《卜算子》等词传世。严蕊《卜算子》：

　　不是爱风尘，似被前身误。花开花落自有时，总是东君主。　去也终须去，住也如何住。若得山花插满头，莫问奴归处。（《夷坚支志》庚巷十）

[3] 朱熹《按唐仲友第四状》云："每遇仲友筵会，严蕊进入宅堂，因此密熟，出入无间，上下合干人并无阻节。今年二月二十六日宴会，夜深，仲友因与严蕊踰滥，欲行落籍，遣归婺州永康县亲戚家。说与严蕊'如在彼处不好，却来投奔我'。至五月十六日筵会，仲友亲戚高宣教撰曲一首，名《卜算子》，后一段云：'去又如何去，住又如何住。但得山花插满头，休问奴归处。'"（《朱子大全》）

[4] 周密《齐东野语》"朱唐交奏本末"条云："朱晦庵按唐仲友事，或云吕伯恭尝与仲友同书会有隙，朱主吕，故抑唐，是不然也。盖

唐平时恃才轻晦庵，而陈同父颇为朱所进，与唐每不相下。同父
游台，尝狎籍妓，嘱唐为脱籍，许之。偶郡集，唐语妓云：'汝果
欲从陈官人耶？'妓谢。唐云：'汝须能忍饥受冻乃可。'妓闻大恚。
自是陈至妓家，无复前之奉承矣。陈知为唐所卖，亟往见朱。朱问：
'近日小唐云何？'答曰：'唐谓公尚不识字，如何作监司？'朱衔之，
遂以部内有冤狱，乞再巡按。既至台，适唐出迎少稽，朱益以陈
言为信。立索郡印，付以次官。乃摭唐罪具奏，而唐亦作奏驰上。
时唐乡相王淮当轴。既进呈，上问王。王奏：'此秀才争闲气耳。'
遂两平其事。"

汇 评

陈鸿祥《人间词话·人间词注评》第266-267页（江苏古籍出版社2002年）
那么，什么是"宋人小说"呢？应当注意到：王国维撰近代文学
批评史上的第一篇"大批评"，也是对中国古典小说高峰之作《红楼梦》
的第一篇"大评论"，虽然提到"诗歌、戏曲、小说"，批评"自我朝
考证之学盛行，而读小说者，亦以考证之眼读之"，即承认《红楼梦》
乃"小说"，但具体到《红楼梦》之书，则称之为"绝大著作"、"宇宙
之大著述"、"我国美术上之唯一大著述"；《人间词话》虽也提到《水
浒传》、《红楼梦》，但那是举以作为"客观之诗人，不可不多阅世"的
范例（参见《人间词话》手定稿之一七）。也即是说，他是严格按照"抒情
的文学"与"叙事的文学"来划分抒情诗（包括楚辞、诗词等）与叙事
传（包括戏曲、史诗等），惟《红楼梦》、《水浒传》才可与史诗一起列入
"叙事的文学"，具有"纯文学之资格"（参见《文学小言》之一四、一五、
一六）。鲁迅讲中国小说史，开宗明义第一句是："小说之名，昔者见于
庄周之云'饰小说以干县令'（《庄子·外物》），然按其实际，乃琐屑之
言，非道术所在，与后来所谓小说者固不同。"（《中国小说史略》）所谓"琐
屑之言，非道术所在"，不就是"脞语"、"野语"吗？由此可知，王国
维笔下之"小说"，实可分为二：一是"纯文学"意义上的小说，其代
表作如《红楼梦》、《水浒传》；二是早见于庄子书中的"小说"，包括

后来的"宋人小说",即野史、笔记等。用今天的说法,前者属于西方"话语"中的"叙事文学",后者才是中国固有"文本"中的"小说",故鲁迅说"与后来所谓小说者固不同"。王国维的研究虽只及于"叙事文学"中的戏曲,但他对小说的见解,与鲁迅吻合,是完全现代的。

四 一

唐、五代之词,有句而无篇。南宋名家之词,①有篇而无句。有篇有句,唯李后主[1]降宋后之作,及永叔、子瞻、少游、美成、稼轩数人[2]而已。

汇 校

① "名"原作"大"。

注 释

[1] 李后主:李煜。
[2] 永叔、子瞻、少游、美成、稼轩:指欧阳修、苏轼、秦观、周邦彦、辛弃疾。

汇 评

周锡山《王国维美学思想研究》第 135、186 页(中国社会科学出版社 1992 年)

他在未刊稿第四一则又赞扬周氏说:(引文略)。这个总体评价也够高的,将周邦彦与李煜、欧阳修、苏轼、秦观和辛弃疾并列为"有篇有句"的六大家之中。

"有句"指有警句。"有篇"指整篇没有败笔、平庸之笔,且布局谋篇俱佳,故而全篇皆好。王国维将有篇放在有句之上,重视诗歌全篇的整体美学效应。而其中最高的是有篇有句,既整体谐美又不乏名句、佳句、警句,他认为这只有六个词人才能臻此佳境。

解 读

参见汇评中《王国维美学思想研究》的引文。

四 二

唐、五代、北宋之词家，倡优①也；南宋后之词家，俗子②也；二者其失相等。然词人之词，③宁失之倡优，不失之俗子。以俗子之可厌，较倡优为甚故也。

汇 校

① "倡优"前原有"侏儒"，下同。
② "俗子"前原有"鄙夫"，下同。又，"子"原作"吏"，第一个"夫"原作"儒"。
③ 通行本"然"作"但"。"词人"前原有"大"。

汇 评

周锡山《王国维美学思想研究》第 166 页（中国社会科学出版社 1992 年）
他对南宋词名家的总体评论是：（本则引文略）。这是从缺点方面比较，南宋也远不及前人。

解 读

参见汇评中《王国维美学思想研究》的引文。

四 三

《蝶恋花》（独倚危楼）[1]一阕，见《六一词》[2]，亦见《乐章集》[3]。余谓：屯田[4]，轻薄子，只能道"奶奶兰心蕙性"[5]耳。"衣带渐宽终不悔，为伊消得人憔悴"。①此等语，固非欧公不能道也。②

汇 校

① 通行本无此二句。
② 通行本将此两句误作"原注"。按，两句原为正文。

注 释

[1] 参见《人间词话》第二六则注[2]。
[2]《六一词》：欧阳修词集。
[3]《乐章集》：柳永词集。
[4] 屯田：柳永。
[5] 奶奶兰心蕙性：语见柳永《玉女摇仙佩》佳人：

> 飞琼伴侣，偶别珠宫，未返神仙行缀。取次梳妆，寻常言语，有得许多姝丽。拟把名花比。恐旁人笑我，谈何容易。细思算、奇葩艳卉，惟是深红浅白而已。争如这多情，占得人间，千娇百媚。　须信画堂绣阁，皓月清风，忍把光阴轻弃。自古及今，佳人才子，少得当年双美。且恁相偎倚。未消得、怜我多才多艺。愿奶奶、兰心蕙性，枕前言下，表余深意。为盟誓，今生断不孤鸳被。

四 四

　　读《会真记》[1]者，恶张生之薄幸而恕其奸非；读《水浒传》[2]者，恕宋江之横暴而责其深险，此人人之所同也。故艳词可作，唯万不可作儇薄语。龚定庵[3]诗云："偶赋凌云偶倦飞，偶然闲慕遂初衣。偶逢锦瑟佳人问，便说寻春为汝归。"[4]其人凉薄无行，跃然纸墨间。①余辈读耆卿[5]、伯可[6]词，亦有此感，②[7]视永叔、希文[8]小词何如耶？

汇　校

① "墨"原作"笔之"。

② 此句下原有："视美成之以俗媚为工者更属可厌。"

注　释

[1]《会真记》:即《莺莺传》,元稹（779-831）著,唐传奇小说名作之一。叙张生与莺莺爱情故事。董解元《西厢记诸宫调》和王实甫《西厢记》均取材于此,但改变了张生原来始乱终弃、薄幸奸非的恶劣形象。

[2]《水浒传》:元末明初的著名长篇小说,施耐庵著。描写官逼民反、以宋江为首的绿林好汉逼上梁山的起义故事。

[3]龚定庵:龚自珍（1792-1841）,又名巩祚,字璱人,号定庵,浙江仁和（今杭州）人。道光进士,官礼部主事。清代思想家、文学家。

[4]龚自珍《己亥杂诗三百十五首》,见《龚自珍全集》第 522 页,上海人民出版社 1975 年。

[5]耆卿:柳永。

[6]伯可:康与之,字伯可,南宋绍兴年间词人。

[7]张炎《词源》云:"词欲雅而正,志之所之,一为情所役,则失其雅正之音,耆卿、伯可不必论,虽美成亦有所不免,……所谓淳厚日变成浇风也。"

[8]永叔、希文:欧阳修、范仲淹。

汇　评

佛雏《〈人间词话〉三题》（《扬州师院学报》1980 年第 3 期）

至于静安称"艳词可作,唯万不可作俦薄语",因举龚自珍"偶逢锦瑟佳人问,便说寻春为汝归"一诗,而斥其"凉薄无行"（《人间词话》卷下）。这却要分别观之。龚氏《己亥杂诗》三百十五首,感时抚事,怫郁悲愤,"以血书者"尽多,何以静安一概熟视无睹,而独拈出一首出于无可奈何的颓然遣兴之作，以概其人的道德全貌？把一位"三百年来第一流，飞仙剑客古无俦"（柳亚子赞龚词句）的思想家、诗人，拿来同惯作软媚"艳词"的柳耆卿、康伯可之流等量齐观，尽管持之有故，似觉有欠公允。此缘静安对龚氏之"昌昌大言"变法，早就"白眼"相加，此处聊借《偶赋》一诗发之。显然，这已逸出一般的审美判断，甚至伦理判断之外了。

周锡山《王国维美学思想研究》第 123-124 页（中国社会科学出版社 1992 年）

他指责张生"奸非"、宋江"横暴"，暴露出其思想保守和有偏见的一面。张生追求纯正的、有一定自由色彩的爱情，宋江领导农民军打击贪官豪强，都是值得歌颂的进步和正义行动。可是张生在《会真记》小说中，为了自己向上爬而抛弃莺莺，背叛了自己的情感，辜负少女的一片真心，故而王国维认为张生"薄幸"可"恶"而前情（因与莺莺真心相恋而秘密同居，即王氏所说的"奸非"）可"恕"。宋江对自己贴心兄弟也常有虚情假意并玩弄权术的一面（古今一般论者于此未加注意和批判，王国维之前，只有金圣叹全面深入观察宋江此人并给予系统批评，参见拙文《金批〈水浒〉宋江论》，《山西师大学报》1988 年 2 期），王国维认为这是宋江的"深险"之处，必须指责，而对其"横暴"（打家劫舍，冲撞州府）亦认为可"恕"。这样的基本立场和观点是大致正确的。王国维并不反对而且是非常赞赏情真意切的爱情诗词，他本人也老于此道，不少情词写得精彩动人和一往情深。需要注意的是，此则结论为："故艳词可作，唯万不可作僭薄语。"爱情诗词可以写，但必须情深语蜜，动人心弦，绝对不可出语轻薄淫狎，污染读者心灵（王国维在《红楼梦评论》中称之为"眩惑"）。这从卫护文学作品和艺术语言的纯洁性和强调作家诗人的责任感角度立论，显示王国维一贯爱护文学的真诚纯洁和坚持真理、正义的原则立场。

解　读

参见汇评中《王国维美学思想研究》的引文。又：

在清人中，他对龚自珍没有好感，本则给予严厉的批评。王国维引用的诗句，的确有值得批评的地方，王国维的批评是正确的。但对于龚诗不能以偏概全，他的总体成就是很高的，名篇佳什很多。例如《己亥杂诗》中的名句："我劝天公重抖擞，不拘一格降人才。""落红不是无情物，化作春泥更护花"等等。

四 五

词人之忠实，不独对人事宜然，即对一草一木，亦须有忠实之意；否则所谓游词也。

解 读

本则生动地显示了王国维强调真、真挚、真诚的文学观。

四 六

读《花间》《尊前集》[1]，令人回想徐陵[2]《玉台新咏》[3]；读《草堂诗余》，令人回想韦縠《才调集》[4]；读朱竹垞《词综》[5]，张皋文、董子远①[6]《词选》，令人回想沈德潜《三朝诗别裁集》[7]。

汇 校

① "子远"，手稿误作"晋卿"。

注 释

[1]《尊前集》：词集，辑唐、五代词，编者佚名。

[2] 徐陵：字孝穆（507-583），南北朝梁、陈文学家。编选《玉台新咏》。

[3]《玉台新咏》：诗歌总集，徐陵编选，收录轻和柔靡之作颇多。

[4] 韦縠：五代后蜀文学家。《才调集》：诗歌总集，韦縠编选。所选为唐代各时期诗歌，偏重男女情爱，风格浓艳。

[5] 朱竹垞:朱彝尊。《词综》:词总集。朱彝尊编，汪森增定。选录唐、宋、

元词六百余家，二千二百五十多首。朱、汪为清代浙派词学的创始者，论词主张"醇雅"，推崇南宋姜夔等格律派词人。

[6] 张皋文、董子远：张惠言、董毅。董毅字子远，张惠言外孙。继张氏《词选》，编成《续词选》。《词选》：词总集。张惠言编选。选录唐、五代、宋四十四家词一百十六首。《续词选》，董毅编。选录一百二十首。张惠言为清代常州词派的创始者，论词强调"比兴"，反对"苟为雕琢曼辞"。但解词常有深文罗织、牵强附会之弊。《词选》和《续词选》对于词的选录和解释体现了编选者的这种美学思想。

[7] 沈德潜：字确士（1673-1769），号归愚，江苏长洲（今吴县）人。乾隆进士，曾任内阁学士兼礼部侍郎。清代文学家。《三朝诗别裁集》即《唐诗别裁集》、《明诗别裁集》和《清诗别裁集》的总称。沈德潜编选。沈氏论诗提倡"温柔敦厚"的"诗教"，反对淫靡，这种观点成为他编选的宗旨。

四　七

明季、国初诸老[1]之论词，大似袁简斋[2]之论诗，其失也纤小而轻薄。竹垞[3]以降之论词者[4]，大似沈归愚[5]，其失也枯槁而庸陋。①

汇　校

①"陋"原作"俗"。

注　释

[1] 指陈子龙、李雯、宋徵舆，宋徵璧、邹祗谟、彭孙遹、贺裳，朱彝尊、汪森等人。

[2] 袁简斋：袁枚（1716-1797），字子才，号简斋、随园老人，浙江钱塘

（今杭州）人。乾隆进士，曾任江宁等地知县。清代著名文学家。

[3] 竹垞：朱彝尊。

[4] 指张惠言、周济、谭献、冯煦诸人。

[5] 沈归愚：沈德潜。

四 八

东坡[1]之旷在神，白石[2]之旷在貌。白石如王衍，口不言阿堵物，而暗中为营三窟之计[3]，此其所以可鄙也。

注 释

[1] 东坡：苏轼。

[2] 白石：姜夔。

[3] 王衍：字夷甫，西晋政治家。刘义庆《世说新语》：“王夷甫雅尚玄远，常嫉其妇贪浊，口未尝言‘钱’字。妇欲试之，令婢以钱绕床不得行。夷甫晨起，见钱阂行，呼婢曰：‘举却阿堵物。’”阿堵，六朝时俗语，意为“这个”、“这个东西”。因这个典故，后世就将“阿堵”作为钱的代称。

汇 评

陈鸿祥《人间词话·人间词注评》第 279-280 页（江苏古籍出版社 2002 年）

此则词话，在手稿中原紧接在论东坡、稼轩“雅量高致”、白石“局促辕下”，论“苏、辛词中之狂”、“白石犹不失为狷”，论“东坡之词旷，稼轩之词豪”（参见《人间词话》手定稿之四五、四六、四四）之后，故应参比而读之。“旷”与“豪”，皆属于“雅量高致”，非白石之“局促辕下”可比。这里复以姜夔，比之于西晋末的王衍。盖王衍妻妾成群却好谈老庄，家财万贯却口不言钱。王国维以“阿堵物”与“营三窟”对举，斥姜夔之“可鄙”，则是取陆游诗意。陆游自号放翁，曾有诗明其“不营三窟”、“何须直一钱”之志，应属于“旷”了。王国维早年诗赠罗振玉，有“差喜平生同一癖，宵深爱诵剑南诗"之句（《题友人三十小像》之一）。他"诗学剑南"，对放翁"不必秦人始是仙"之"旷"，是赏赞的。"旷"即豁达豪放，以之反比出入权门、沉湎诗酒的姜夔，可谓"切近的当"，适见其"旷"在"貌"，实乃"待价而沽"的"假清高"是也。

四 九

"纷吾既有此内美兮，又重之以修能。"[1]文学①之事，于此二者不可②缺一。然词乃抒情之作，故尤重内美。无内美而但有修能，则白石[2]耳。

汇 校

① "文学"，通行本作"文字"。
② "不可"，通行本改为"不能"。手稿前原有"均"字，已划去。

注 释

[1] 引言见屈原《离骚》。
[2] 白石：姜夔。

汇 评

周锡山《王国维美学思想研究》第 186 页（中国社会科学出版社 1992 年）

内美与修能，见《人间词话未刊稿》第四九则。此指诗人作家在思想境界即胸襟、抱负，性格、气质，与技巧之间不可替代的关系，前者为主和后者为辅的主次关系。

陈鸿祥《人间词话·人间词注评》第 281-282 页（江苏古籍出版社 2002 年）

王国维先则以白石之"旷"在"貌"，揭其"貌"内之"可鄙"；此则复以屈原《离骚》中诗句，析其无"内美"而但有"修能"。屈原的这两句诗，原是在《离骚》开头，自述"帝高阳之苗裔兮"的家世，继述"名余曰正则兮，字余曰灵均"之后说的。"纷吾既有此内美兮"，"纷"本意为"多"、"盛",所谓"落叶缤纷",用以喻其"美"非同一般,是超常之美。故从美学的角度上说,"内美"也就是王国维译述德意志之大诗人希尔列尔《论人类美育之书简》(今译席勒《审美教育书简》)所说的"最高之理想,在于美丽之心"(Beautiful Soul,今译"美丽的灵魂")(参见《孔子之美育主义》)。用今天的话说,即美好的心灵。

那么,何谓"又重之以修能"?"修能",也有解"能"为"态",即姿态、外表。因紧接此句下,尚有"扈江离与辟芷兮,纫秋兰以为佩",带有披盛装、戴饰物之意。东汉王逸《离骚章句》,则注"修能"为"绝远之能",后来多数学者采纳。今人王力注"修,长。能,才。修能,等于说长才"(王力《古代汉语》修订本第二册)。应该说,这是符合屈辞本意的。

如前所述,王国维论诗词文学,推重人格,认为"三代以下之诗人,无过于屈子、渊明、子美、子瞻者。此四子者,苟无文学之天才,其人格亦自足千古。故无高尚伟大之人格而有高尚伟大之文学者,殆未之有也。"(《文学小言》之六,《静安文集续编》)"高尚"相对于"卑下",人格来之于心灵,故王国维复述屈原"美之心"说:"屈子之自赞曰:廉贞。余谓:屈子之性格,此二字尽之矣。"(《屈子文学之精神》,《静安文集续编》)姜夔既有"暗中营三窟之计",则其缺乏"廉贞"之美,是很显然的。自南宋张炎《词源》赞白石词"清空"以来,直至清代词家,每将其捧为"藐姑仙人",俨然不食人间烟火。实则,其词之"高格",也只"高"在貌,其"神"即"人格"并不高。由此可知,"无内美而但有修能",反过来说就是虽有才而缺德。王国维肯定白石之词才,而贬其词品,皆缘于此。

解 读

参见汇评中《王国维美学思想研究》的引文。

五 〇

诗人①视一切外物，皆游戏之材料也。然其游戏，则以热心为之。故诙谐与严重二性质，亦不可缺一也。

汇 校

① "诗人"后原有"对"，手稿已删去。

汇 评

周锡山《王国维美学思想研究》第 187 页（中国社会科学出版社 1992 年）

诙谐指幽默、轻松，严重指端庄严肃。游戏指前者，兼及无意为之之意；热心指后者，兼及有意、认真之意。两者兼顾，看法辩证而全面。

陈鸿祥《人间词话·人间词注评》第 283-284 页（江苏古籍出版社 2002 年）

此则在《人间词话》手稿中，原紧接于论诗人"必有轻视外物之意"，"又必有重视外物之意"之后，实皆立足于"游戏论"，故应参比而读之。

"游戏论"是近代西方美学中的重要理论，也是王国维攻究西方哲学、美学、伦理学，引进西方文艺美学理论以"释证"中国诗词文学的重要论说之一。他在评述叔本华与尼采的美学观时，最初提到了席勒的"游戏冲动说"。然后，在《文学小言》里，明确提出："文学者，游戏的事业也"，认为"人之势力用于生存竞争而有余，于是发而为游戏"，这就是英国斯宾塞继席勒"游戏冲动说"之后，按照达尔文"生存竞争"的"进化论"，把游戏与艺术归结为"过剩精力（王译"剩余势力"）的发泄。于是"游戏论"也被称"席勒—斯宾塞说"（朱光潜《西方美学史》下卷）。正是本于"游戏论"，席勒认为"人同美只应是游戏，人只应同美游戏"（《审美教育书简》第十五信）。王国维认为，诗人文学家"对其自己之感情及所观察之事物而摹写之、咏叹之，以发泄所储蓄之势力。故民族文化之发达，非达一定之程度，则不能有文学，而个人之汲汲于争存者，决无文学家之资格也。"(《文学小言》之三）他抨击"的文学"，反对文学沦为"羔雁之具"，皆本于"游戏论"。

这样看来，王国维在《人间词话》里写入"游戏论"，决非后世"醒醍小生"的"游戏人生"，而是严密的美学论述。在词话写作的同时，他还有两篇关于"游戏论"的译著。一篇是通过他主编的《教育世界》杂志，译述了《哥罗宰氏之游戏论》。"哥罗宰"，今通译谷鲁斯（Groos，1861-1946），谷氏同提出著名"移情说"的立普斯（Lipps，1851-1941）一样，是从心理学观点出发研究美学的德国美学家，他的《动物的游戏》(1898)《人类的游戏》(1901)对教育学、美学均有重大影响。另一篇是王国维吸取席勒、斯宾塞、谷鲁斯三家学说，撰写的《人间嗜好之研究》。他运用"游戏论"的观点，考察文学美术（艺术）不外"势力之欲之发表"，指出：喜剧（即滑稽剧）令人笑，而笑者必其势力强于被笑者；悲剧则将人生中久被压抑的势力"筐倾倒之"，从而达到"势力之快乐"，而真正的大诗人，则又以人类之感情为其自己之感情，故其作品能达到"发表人类全体之感情"（《人类嗜好之研究》,《静安文集续编》)。由此，我们就会懂得，王国维之所以要在这则词话中强调"然其游戏，则以热心为之"，就是要摒斥后世"傀薄"的"戏说"；他所谓"诙谐与严重二性质"，就是要求诗人作家，无论为喜剧，为悲剧，都要以发表"人类全体之感"为己任，以"民族文化之发达"为"天职"。王国维不但这样要求，而且通过词话写作与戏曲研究，作出了光辉的实践，足为后世楷模。

解　读

参见汇评中《王国维美学思想研究》的引文。又：

游戏说是源于西方美学的一个重要学说，由康德首肇其端，又有席勒大加发挥。王国维赞赏游戏说并做了引进工作。这是他对我国近代美学学科建设的重要贡献之一。参见拙著《王国维美学思想研究》第三章《美学总论》"三、游戏说"。

人间词话删稿

一

双声、叠韵之论盛于六朝，唐人犹多用之，至宋以后则渐不讲，并不知二者为何物。乾、嘉间[1]，吾乡周松霭（手稿误作"蔼"）[2]先生（春）著《杜诗双声叠韵谱括略》，正千余年之误，可谓有功文苑者矣。其言曰："两字同母，谓之双声，两字同韵，谓之叠韵。"余按：用今日各国文法通用之语表之，则两字同一子音者谓之双声。（如《南史·羊元保传》之"官家恨狭，更广八分。"官、家、更、广四字，皆从 k 得声。《洛阳伽蓝记》[3]之"狞奴慢骂"，狞、奴二字皆从 n 得声，慢、骂二字皆从 m 得声是也①）两字同一母音者，谓之叠韵。（如梁武帝[4]之②"后牖有朽柳"，后、牖、有三字，双声而兼叠韵，有、朽、柳三字，其母音皆为 u。刘孝绰[5]之"梁皇长康强"，梁、长、强三字，其母音皆为［原作 ian］ang 也。）自李淑[6]《诗苑》伪造沈约[7]之说，以双声叠韵为诗中八病之二，后世诗家多废而不讲，亦不复用之于词。余谓苟于词之荡漾处多（手稿无"多"字）用叠韵，促节处用双声，则其铿锵可诵必有过于前人者。惜世之专讲音律者，③尚未悟此也。

汇 校

① 通行本无"是"字。

② 通行本无"之"字。

③ "世之"，原作"白石玉田诸家"。

注　释

[1]乾、嘉：乾隆（1736-1795），清高宗弘历年号。嘉庆（1796-1820），
　　　清仁宗颙琰年号。

[2]周松霭：周春（1729-1815），字屯兮，号松霭，浙江海宁人。清代学者。

[3]《洛阳伽蓝记》：北魏杨（一作羊）衒之撰。此书追叙北魏兴盛时洛
　　　阳城内外伽蓝（梵语"佛寺"）的兴隆景象，兼叙当时社会、古迹和
　　　艺文等。

[4]梁武帝：萧衍（464-549），字叔达，南兰陵（今江苏常州西北）人。南
　　　朝梁代创立者，诗人。

[5]刘孝绰：原名冉（481-539），小字阿士，彭城（今江苏徐州）人。南
　　　朝梁代诗人。曾为昭明太子《文选》作序。

[6]李淑：字献忠，北宋文学家，著有《诗苑类格》，今佚。

[7]沈约（441-513）：字休文，吴兴武康（今浙江德清武康镇）人。历仕宋、
　　　齐两代，后助梁武帝登位，为尚书仆射，封建昌县侯，后官至尚书令。
　　　南朝梁代史学界、文学家。

汇　评

陈鸿祥《人间词话·人间词注评》第287页（江苏古籍出版社2002年）
　　王国维的这则词话，辨诗词声韵，实亦为褒扬同乡前辈周春之学术
业绩。周氏淡泊名利，潜心著述。盖其学术颇与王氏有关者有三：一曰
地方志纂辑。王氏于丙辰（1916）自日本返回上海，应邀参与编修浙江省
志，曾多次返海宁查阅史志，十分赞赏周氏之《海昌胜览》（海宁旧称海昌）。
二曰《红楼梦》考辨。《红楼梦》问世之初，周氏即撰总题为《阅红楼笔记》
的数万言之书。卷首称：乾隆庚戌（1790）秋闻知《红楼梦》之名，壬子（1792）
冬在苏州购得新刻《红楼梦》之书。周氏通阅全书，辨其非为"纳兰太傅"
（即纳兰容若）作，并考书中"林如海"，即江宁织造、曹雪芹之父楝亭。
又云："贾假甄真、镜花水月，本不必求其人以实之。"（参见黄濬《花随
人圣庵摭忆》所记"周松霭《阅〈红楼梦〉笔记》"条）王国维作《〈红楼梦〉

评论》，虽与此书无直接渊源关系，然而，中国第一部考"红"与第一篇评"红"之作，皆出于海宁州府（今海宁市盐官镇），岂不是一件文坛盛事！

三曰：声韵之学，即被王国维写入本则词话的周氏《杜诗双声叠韵谱括略》。周氏认为，所谓"双声、叠韵为诗中八病之二"，乃是宋人李淑《诗苑》伪造的"沈约之说"。王国维因而赞其"正千余年之误"，是"有功文苑"之举。

二

昔人但知双声之不拘四声，①不知叠韵亦不拘平、上、去三声。凡字之同母音者，②虽平仄有殊，皆叠韵也。

汇　校

① "昔"，通行本作"世"。
② 通行本误作"同毋者"。

三

昔人论诗词，有景语、情语之别，不知一切景语皆情语也。

汇　评

吴洋《人间词话手稿本全编》第 85 页（内蒙古人民出版社 2003 年）

文学作品所关注的始终是人本身，即使是写景之作，也不能抹杀景物背后那双情感的眼睛，"一切景语皆情语"确为的论。

解　读

此则言论，前人论说已多，所以王国维删去了。此论是情景交融说的重要论点。可参看拙文《情景交融说的中西进程简述》（《文艺理论研究》

2004 年第 6 期）。

四

"岂不尔思，室是远而。"孔子讥之。[1] 故知孔门而用词，则①"甘（当作"须"）作一生拼，尽君今日欢。"[2] 等作，必不在见删之数。②

汇 校

① "则"下原有"牛峤之"。
② 此语原作："必不从删诗之数。"此条通行本未载。

注 释

[1] 参见第六二则最后。
[2] 参见未刊稿第一六则开首。

五

"暮雨潇潇郎不归"[1]，当是古词，未必即白傅[2]所作。故白诗云："吴娘夜（当作"暮"）雨潇潇曲，自别苏州（当作"江南"）更不闻"[3] 也。

注 释

[1] 此句出白居易《长相思》：

> 深画眉，浅画眉，蝉鬓鬅鬙云满衣。阳台行雨回。巫山高，巫山低，暮雨潇潇郎不归。空房独守时。

[2] 白傅：白居易。
[3] 白居易《寄殷协律》：

> 五岁优游同过日，一朝消散似浮云。琴侍酒伴皆抛我，雪月花

时最忆君。几度听鸡歌白日，亦曾骑马咏红裙，吴娘暮雨潇潇曲，
自别江南更不闻。

六

　　和凝[1]《长命女》词："天欲晓，宫漏穿花声缭绕，窗里
星光少。　冷霞寒侵帐额，残月光沈树杪。梦断锦闱空悄悄，
强起愁眉小。"此词前半，不减夏英公《喜迁莺》[2]也。此词
见《乐府雅词》[3]，《历代诗余》[4]选之。①

汇　校

①"此词见……"二句通行本无。

注　释

[1] 和凝（898-955）：字成绩，郓州须昌（今山东平阴、汶上）人。历仕五
　　　代梁、唐、晋、汉、周各朝。五代词人。
[2] 夏英公：夏竦。夏竦《喜迁莺》，参见《人间词话》第一○则注
　　　[5][6]。
[3]《乐府雅词》：词总集，南宋曾慥编。三卷，拾遗二卷，选录宋代词
　　　人三十四家作品。
[4]《历代诗余》：即《御选历代诗余》，词总集。清康熙四十六年（1707）
　　　沈辰垣等奉敕编。凡一百二十卷，内有词一百卷，辑录唐至明词
　　　九千多首。又录"词人姓氏"和"词话"各十卷。

七①

　　"《提要》[1]:王明清《挥麈录》[2]载曾布[3]所作《冯燕歌》，
已成套数，与词律殊途。"
　　毛西河[4]《词话》谓："赵德麟令畤[5]作《商调鼓子

词》②[6]谱《西厢》传奇，为杂剧之祖。"然《乐府雅词》卷首所载秦少游[7]、晁补之[8]、郑彦能（名仅）[9]《调笑转踏》[10]，首有"致语"，末有"放队"，每调之前有口号诗，甚似曲本体例。无名氏《九张机》[11]亦然。至董颖《道宫薄媚》[12]大曲③咏西子事，凡十只曲，皆平仄通押，竟是套曲，此可与《弦索西厢》④[13]同为曲家之筚路[14]。曾氏置诸《雅词》[15]卷首，所以别之于词也。颖字仲达，绍兴[16]初人，从汪彦章[17]、徐师川[18]游。彦章为作《字说》，见《书录解题》。⑤[19]

汇　校

① 此则手稿已删去。

② "商调"下原作："《蝶恋花》十二首，咏《会真记》事。"

③ "大曲"原作"词"，"媚"原误为"娇"。

④ "弦索"原作"董解元"。

⑤ 此条通行本未载。

注　释

[1]《提要》：《四库全书总目提要》。

[2] 王明清（1127-1214）：字仲言，著有《挥麈录》和《清林诗话》等。

[3] 曾布：字子宣，曾巩弟，官至宰辅。

[4] 毛西河：毛奇龄（1623-1716），字大可，号初晴，又因郡望称西河。浙江萧山人。清代经学家、文学家。著作宏富，诗文有《西河文集》《西河合集》，另有《西河词话》、《毛西河论定西厢记》等，又作戏曲（传奇）二种。

[5] 赵德麟：赵令畤，字德麟，北宋词人。

[6] 王国维《戏曲考原》："赵德麟（令畤）之商调《蝶恋花》，述《会真记》事，几十阕，并置原文于曲前，又以一阕起，一阕结，之视后世戏曲之格律，几于具体而微。……原词具载《侯鲭录》中……德麟此词，毛西河《词

话》已视为词曲之祖。"商调《蝶恋花》，文繁不录。

[7] 秦少游 : 秦观。

[8] 晁补之（1053–1110）: 字无咎，号归来子，巨野（今属山东）人。元丰进士，曾任吏部员外郎、礼部郎中、兼国史编修等职。北宋词人。

[9] 郑彦能 : 郑仅，字彦能，北宋词人。

[10]《调笑转踏》: 原载曾慥编《乐府雅词》，王国维《戏曲考原》、《唐宋大曲考》曾引用，文繁不录。

[11] 无名氏《九张机》:

（《醉留客》者，乐府之旧名;《九张机》者，才子之新调。凭夏玉之清歌，写掷梭之春怨。章章寄恨，句句言情，恭对华筵，敢陈口号。）

一掷梭心一缕丝，连连织就九张机。从来巧思知多少，苦恨春风久不归。

一张机。织梭光景去如飞。兰房夜永愁无寐。呕呕轧轧，织成春恨，留著待郎归。

两张机。月明人静漏声稀。千丝万缕相萦系。织成一段，回文锦字，将去寄呈伊。

三张机。中心有朵耍花儿。娇红嫩绿春明媚。君须早折，一枝浓艳，莫待过芳菲。

四张机。鸳鸯织就欲双飞。可怜未老头先白。春波碧草，晓寒深处，相对浴红衣。

五张机。芳心密与巧心期。合欢树上枝连理。双头花下，两同心处，一对化生儿。

六张机。雕花铺锦半离披。兰房别有留春计。炉添小篆，日长一线，相对绣工迟。

七张机。春蚕吐尽一生丝。莫教容易裁罗绮。无端剪破，仙鸾彩凤，分做两般衣。

八张机。纤纤玉手住无时。蜀江濯尽春波媚。香遗囊麝，花房绣被，归去意迟迟。

九张机。一心长在百花枝。百花共作红堆被。都将春色，藏头裹面，不怕睡多时。

轻丝。象床玉手出新奇。千花万草光凝碧。裁缝衣著，春天歌舞，飞蝶语黄鹂。

春衣。素丝染就已堪悲。尘世昏污无颜色。应同秋扇，从兹永弃。无复奉君时。

歌声飞落画梁尘。舞罢春风卷绣茵。更欲缕成机上恨。尊前忽有断肠人。敛袂而归，相将好去。

（同前。）

一张机。采桑陌上试春衣。风晴日暖慵无力。桃花枝上，啼莺言语，不肯放人归。

两张机。行人立马意迟迟。深心未忍轻分付。回头一笑，花间归去，只恐被花知。

三张机。吴蚕已老燕雏飞。东风宴罢长洲苑。轻绡催趁，馆娃宫女，要换舞时衣。

四张机。咿哑声里暗颦眉。回梭织朵垂莲子。盘花易绾，愁心难整，脉脉乱如丝。

五张机。横纹织就沈郎诗。中心一句无人会。不言愁恨，不言憔悴，只恁寄相思。

六张机。行行都是耍花儿。花间更有双蝴蝶。停梭一晌，闲窗影里，独自看多时。

七张机。鸳鸯织就又迟疑。只恐被人轻裁剪。分飞两处，一场离恨，何计再相随。

八张机。回纹知是阿谁诗。织成一片凄凉意。行行读遍，厌厌无语，不忍更寻思。

九张机。双花双叶又双枝。薄情自古多离别。从头到底，将心萦系，寄过一条丝。

［12］董颖《道宫薄媚》：董颖，字仲达，南宋初词人。《道宫薄媚》原载曾慥编《乐府雅词》，王国维《唐宋大曲考》、《戏曲考原》、《宋元

戏曲考》均曾引用，文繁不录。

[13]《弦索西厢》：即《西厢记诸宫调》，金代董解元作，故又名《董西厢》。

[14] 筚路：筚路蓝缕，语出《左传·宣公十二年》："筚路蓝缕，以启山林。"后世用以形容创业之艰辛。王国维用此语形容鼓子词，大曲、诸宫调为元杂剧的形成开辟了道路，杂剧的体制是从这些艺术形式发展演化而成的。参见下面一则。

[15] 曾氏：曾慥，字端伯，自号至游子、至游居士，南宋词人。编有《乐府雅词》。

[16] 绍兴（1131-1162）：南宋高宗赵构年号。

[17] 汪彦章：汪藻（1079-1154），字彦章，德兴（今属江西）人。崇宁进士，曾任翰林学士。南宋词人。

[18] 徐师川：徐俯（？-1140），字师川，黄庭坚甥，南宋诗人。

[19]《书录解题》：即《直斋书录解题》，南宋陈振孙（号直斋）撰。

八

宋人遇令节、朝贺、宴会、落成等事，①有"致语"一种，②亦谓之"乐语"，亦谓之"念语"。宋人③如宋子京、欧阳永叔、苏子瞻、陈师道、文宋瑞集中皆有之。④[1]《啸余谱》列之于词曲之间。其式：先"教坊致语"⑤（四六文），次"口号"（诗），次"勾合曲"（四六文），次"勾小儿队"（四六文），次"队名"（诗二句），次"问小儿"、"小儿致语"，次"勾杂剧"（皆四六文），次"放队"（或诗或四六文）。若有女弟子队，则勾女弟子队如前。[2] 其所歌之词曲与所演之剧，⑥则自伶人定之。⑦少游、补之《调笑》乃⑧并为之作词。⑨则自伶人定之。曲中楔子、科白、上下场诗，犹是致语、口号、勾队、放队之遗也，此⑩程明善[3]《啸余谱》所以列"致语"于词曲之间者也。⑪

汇 校

① 此句原作"《啸余谱》于词曲之间"。
② "致语"曾改作"杂剧"。此句下原作："且歌且舞，有小儿队，有女弟子队，先以致语，继以口号诗，然后小儿队与女弟子队致语，合队演剧，演毕散队。"
③ "人"原作"初"。
④ "有之"原作"有致语"。
⑤ "教坊"原作"一人"。
⑥ "词"原作"曲"。"演"原作"舞"。
⑦ 此句原作"放队"。
⑧ "乃"后原有"一种燕乐"，又曾改为"以词代诗或四六文"。
⑨ "词"后原有："元人杂剧遂以曲代词。程明善《啸余谱》以为杂剧曲本自此出也。"
⑩ "此"原作"故"。
⑪ 此条通行本已删。

注 释

［1］宋子京、欧阳永叔、苏子瞻、陈师道、文宋瑞：北宋词人宋祁、欧阳修、苏轼、陈后山和文天祥。
［2］参见王国维《戏曲考原》。
［3］程明善：字若水，明代文学家。

九

明顾梧芳刻《尊前集》二卷[1]，自为之引①，并云："明嘉禾顾梧芳编次"。毛子晋刻《词苑英华》疑②为梧芳所辑。朱竹垞跋称，吴下得吴宽手钞本，取顾本勘之，③靡有不同，因定为宋初人编辑。《提要》两存其说。案《古今词话》[2]云：

“赵崇祚《花间集》载温飞卿《菩萨蛮》甚多，合之吕鹏《尊前集》，不下二十阕。”今考顾刻所载飞卿《菩萨蛮》五首，除"咏泪"一首外，皆《花间》所有，知顾刻虽非④自编，⑤亦非复吕鹏所编之旧矣。⑥《提要》又云："张炎《乐府指迷》虽云唐人有《尊前》、《花间集》，然《乐府指迷》真出张炎与否，盖未可定。陈振孙《书录解题》'歌词类'以《花间集》为首，注曰：此近世倚声填词之祖，而无《尊前集》之名。不应张炎见之，而陈振孙不见。"然《书录解题·阳春录（应为集）》条下，引高邮崔公度语曰："《尊前》、《花间》往往谬其姓氏。"公度公（当作"元"）祐[3]间人，《宋史》有传。则北宋固有此书，不过直斋未见耳。⑦

又案，黄昇《花庵词选》李白《清平乐》下注云："翰林应制。"又云："案：唐吕鹏《遏云集》载应制词四首，以后二首无清逸气韵，疑非太白所作。"云云。今《尊前集》所载太白《清平乐》词有五首，岂《尊前集》一名《遏云集》，而四首五首之不同，乃花庵所见之本略异欤？又，欧阳炯[4]《花间集序》谓："明皇朝有李太白应制《清平乐》四首。"则唐末时只有四首，岂末一首为梧芳所羼入，非吕鹏之旧欤？⑧

汇 校

① "引"原作"序"。

② "疑"前原有"遂"。

③ 此句原作"勘以顾本"。

④ "虽非"原作"乃所"，"所"又改为"非"。

⑤ 此句后原有"或口（此字模糊不清）有增减"。

⑥ "之旧"原作"如直斋《书录解题》所谓《尊前》、《花间》者"。

⑦ "则"下原作"直斋虽未见此书，亦知"。

⑧ 此条通行本未载。

注 释

[1]《尊前集》：词总集，不著编者姓名。共收录唐五代词家三十余人，词二百余首。

[2]《古今词话》：六卷，清代沈雄编。参见未刊稿第三八则。

[3] 元祐（1086-1094）：北宋哲宗赵煦年号。

[4] 欧阳炯（896-971）：益州华阳（今四川成都）人。历仕前、后蜀，入宋后曾任翰林学士。词人。

一〇

楚辞之体，非屈子[1]所创也，《沧浪》①[2]、《凤兮》[3]之歌已与《三百篇》异。然至屈子而最工。五七律始于齐、梁而盛于唐，词源于唐而大成于北宋。故②最工之文学，非徒善创，亦且善因。③

汇 校

① "沧浪"二字原作"狂接舆"。

② "故"字后原有"一代"。

③ 此条通行本未载。

注 释

[1] 屈子：屈原。

[2]《沧浪》：见《孟子·离娄》："沧浪之水清兮，可以濯我缨。沧浪之水浊兮，可以濯我足。"

[3]《凤兮》：见《论语·微子》："楚狂接舆歌而过孔子曰：'凤兮！凤兮！何德之衰？往者不可谏，来者犹可追。已而！已而！今之从政者殆而！'"

汇　评

周锡山《王国维美学思想研究》第 169 页（中国社会科学出版社 1992 年）

最后一言非常精辟，充满辩证精神，是王国维文学发展论的强有力的一笔。善创善因当然并不局限于在同一文体中，其范围是整个文艺领域，甚至是跨学科的。

陈鸿祥《人间词话·人间词注评》第 304-305 页（江苏古籍出版社 2002 年）

《楚辞》是继《诗经》之后，我国编纂最早、影响最大的诗歌总集。郭沫若以其与罗、王并列为现代金甲文字研究四大（"四堂"）的大手笔，考论"屈子文学"，落笔第一句是："中国有史以来的第一个伟大的诗人要推数屈原。"（《屈原研究》，《历史人物》）诚哉，斯言也！《诗经》以《国风》闻名，而《楚辞》则以屈原《离骚》彪炳于中国文学史，故昭明《文选》专置"骚体"。

王国维论述"一代有一代之文学"，则谓："楚之骚，汉之赋，六代之骈语，唐之诗，宋之词，元之曲，皆所谓一代之文学。"（《宋元戏曲考序》）他述及白朴《秋夜梧桐雨剧》"沈雄悲壮"与《天籁词》"粗浅之甚"，已提出"创者易工而因者难巧"（《人间词话》手定稿之六四），这是就同一诗人作家而言。在这则词话中，他举《楚辞》之体，追溯《沧浪》、《凤兮》之歌，而论"创"与"因"之关系，则是从一代又一代之文学的嬗递发展立论。

何谓"善创"、"善因"？这里所说之"创"，盖谓"原创"。故所谓"善因"，乃相对于"因循守旧"、"因袭固陋"而言，用我们今天的话来说，便是既要继承，又要创新。王国维论"屈子文学之精神"，已提到了载入《论语》的《凤兮歌》之歌者接舆，借以区别南北方文学的不同特色。屈原既为南方的楚人，故其诗篇充分体现了楚国人文、风物、民俗、宗教等特色，开创一代之文学，即"楚之骚"，这是他的"善创"；然而，"屈子南人而学北方之学者也"。接舆、孺子之歌，已不同于《诗经》之"风"，实启后来之"骚"体。这就足以说明：屈原是"创"中有"因"，他的"骚"体，不是凭空而"创"。在王国维看来，"周秦之间之大诗人，不能不独数屈子"

的原因，即在于他汲取了《诗经》以来,流传于南北方的丰富的文学营养,
"变三百篇之体而为长句, 变短什而为长篇, 于是感情之发表更为宛转矣"
(《静安文集续编·屈子文学之精神》)。

再从齐梁诗与唐诗、唐诗与宋词之关系来看。杜甫自述写诗"颇
学阴何苦用心",诗中多处咏及南北朝诗, 如说"窃攀屈宋宜方驾, 恐
与齐梁作后尘"(《戏为六绝句》之五)。又说"李侯有佳句,往往似阴铿"(《与
李十二白同寻范十隐居》)。"阴何"即何逊、阴铿,为梁、陈间诗人,以"何
阴"齐名。阴铿尤以五言诗著称,有唐人绝句风味。王国维正是总结
了李白、杜甫及其他唐代诗人之五七言诗与齐梁诗,苏轼、辛弃疾及
其他宋代词人之词与唐诗的"因""创"关系,提出了"最工之文学",
不仅应"善创",更要"善因"。这是符合文体发展规律,有着积极的
辩证精神的卓见。

解　读

参见汇评中《王国维美学思想研究》的引文。

一　一

《沧浪》、《凤兮》二歌[1], 已开楚辞体格。①然楚辞之最
工者,推屈原、宋玉[2],而后此王褒[3]、刘向[4]之词不与焉。
五古之最工者,实推阮嗣宗[5]、左太冲[6]、郭景纯[7]、陶渊明,
而前此曹、刘[8],后此陈之昂、李太白[9]不与焉。词之最工
者,实推后主、正中、永叔、②少游、美成[10],而前此温、韦,
后此姜、吴③[11],皆不与焉。④

汇　校

① "体格"原作"之体"。
② "永叔"后原有"子瞻"。
③ "姜、吴"原作"吴、张"。

④ 通行本此二句作"而后此南宋诸公不与焉"。

注 释

[1]《沧浪》、《凤兮》:参见上则注[2][3]。

[2]宋玉:战国时楚国辞赋家。

[3]王褒(? -前61):字子渊,蜀资中(今四川资阳)人。宣帝时为谏大夫。西汉辞赋家。

[4]刘向(约前77-前6):本名更生,字子政,沛(今江苏沛县)人。汉皇族楚元王刘交四世孙。西汉著名经学家、目录学家、文学家。

[5]阮嗣宗:阮籍(210-263),字嗣宗,陈留尉氏(今属河南)人。曾为步兵校尉。三国魏诗人。

[6]左太冲:左思(约250-约305),字太冲,齐国临淄(今属山东)人。西晋文学家。

[7]郭景纯:郭璞(276-324),字景纯,河南闻喜(今属山西)人。东晋训诂学家、文学家。

[8]曹、刘:指曹植、刘桢,两人并称为曹刘。曹植(192-232),字子建,沛国谯县(今安徽亳县)人。曹操第三子,封陈王,世称陈思王,著名诗人。刘桢(? -217),字公幹,东平(今属山东)人。为曹操丞相掾属。汉末建安诗人。

[9]陈子昂(661-702):字伯玉,梓州射洪(今属四川)人。唐代诗人。李太白:李白(701-762),唐代大诗人。

[10]后主、正中、永叔、少游、美成:即李煜、冯延巳、欧阳修、秦观、周邦彦。

[11]姜、吴:姜夔、吴文英。

一 二

　　金郎甫[1]作《〈词选〉后序》,分词为淫词、鄙词、游词三种,词之弊,尽是矣。五代、北宋之词,其失也淫;辛、刘[2]之词,其失也鄙；姜、张[3]之词，其失也游。①

汇　校

① 此条通行本未载。

注　释

[1] 金朗甫：金应珪，清代词人。
[2] 辛、刘：辛弃疾、刘过。
[3] 姜、张：姜夔、张炎。

解　读

　　金应珪《词选后序》说："近世为词，厥有三蔽：义非宋玉而独赋蓬发，谏谢淳于而唯陈履舄，揣摩床笫，污秽中冓，是谓淫词，其蔽一也。猛起奋末，分言析字，诙嘲则俳优之末流，叫啸则市侩之盛气，此犹巴人振喉以和阳春，鼃蝈怒嗌以调疏越，是谓鄙词，其蔽二也。规模物类，依托歌舞，哀乐不衷其性，虑叹无与乎情，连章累篇，义不出乎花鸟，感物指事，理不外乎酬应，虽既雅而不艳，斯有句而无章，是谓游词，其蔽三也。"（据《词选》）陈廷焯《白雨斋词话》说："（金氏）此论深中世病，学人必破此三蔽，而后可以为词。"王国维继承了陈廷焯的观点，或者说与他的观点相同。

人间词话附录

一

蕙风词[1]小令似叔原，长调亦在清真、梅溪间[2]，而沈痛过之。彊村[3]虽富丽精工，犹逊其真挚也。天以百凶成就一词人，果何为哉！[4]

（赵万里录自《蕙风琴趣》评语）

注　释

[1] 蕙风：况周颐（1859-1926），原名况周仪，以讳宣统溥仪名，而改"仪"为"颐"，字夔笙，号蕙风，广西临桂人。光绪举人，官内阁中书。近代词人。

[2] 清真、梅溪：周邦彦、史达祖。

[3] 彊村：朱孝臧。

[4] 滕咸惠注：况氏中光绪五年乡试后，官内阁中书，后入两江总督张之洞、端方幕，辛亥革命后居上海，成为所谓"胜朝遗老"，词中多寄寓眷恋清王朝之情。这就是王氏所说的"沈痛"。况氏晚年生活困顿，至无以举炊、卖书度日。《浣溪沙》（无米）："逃墨翻教突不黔，瓶罍何暇耻蓾盐。半生辛苦一时甜！传苦枯萤共宁耐，无怜饥鼠误窥觇，顽夫自笑为谁怜！"《秋宵吟》（卖书）："似怨别侯门，玉容深锁。字里珠尘，待幻作山头饭颗。"所以王氏说"天以百凶成就一词人"（《人间词话新注》第121-122页）。

汇 评

陈鸿祥《人间词话·人间词注评》第309-310页（江苏古籍出版社2002年）

况周颐为前清举人，官"内阁中书"。辛亥（1911）以后，他与朱祖谋等在上海充"海上寓公"，以"遗老"自居，编书卖文为生。王国维丙辰（1916）自日本回国，在上海哈同花园"仓圣明智大学"任教，兼编《学术丛编》，况氏则任"学报"编辑，同时助编《艺术丛编》。王氏在致罗振玉书信中说，"夔笙恐须在此报中作文，又兼金石美术事"，因其人"光景现复奇窘故也"，"乙老言其人性气极不佳"（《王国维全集·书信》第54页，中华书局1984年版）。不久，王氏又在致罗振玉书信中说，以三小时连作二篇克鼎等金石跋文，此乃"为况夔笙代笔。夔笙盖为人捉刀以易米者，而永又为代之"，又说"二跋共得千字"，这是由于"买文者以多为贵"，"可笑也"（《书信》第227页）。由上述书信，可略窥三点：一、况氏穷书生，不同于朱祖谋、"乙老"即沈曾植等在前清官大有家产，故虽混迹"遗老"群中，而生活"奇窘"；二、王国维在另一书信曾说"夔笙在沪上颇不理于人口"，亦即落宕文人，"性气不佳"，故颇被"乙老"等有地位"寓公"所鄙视；三、况氏"为人捉刀以易米"，而王氏"又为代之"，以助其"易米"，解"无米之炊"的困境。

况周颐壮年未得其志，晚年穷愁潦倒。其悲愁之情，亦可于词中见之。例如，他曾自编词集《玉梅词》，以"被寒欺"的"玉梅"自比，作了首《减字浣溪沙》，词云："绿鬓还堪照酒卮。青袍随分被寒欺。隔年春事玉梅知。 冻树翻鸦疑叶坠，惊风卷雪作尘飞。门前车马意迟迟。"所谓"意迟迟"，不就是感叹世态炎凉么？文如其人，词如其人。王国维夸赞"蕙风小令"，认为颇与耿介孤傲的北宋词人晏几道相似，而长调中抒发的"沉痛"之情，超过了北宋晚期的周邦彦和南宋前期的史达祖；又以其词与彊村词相比，认为后者"虽富丽精工，犹逊其真挚"，并因而感叹"天以百凶成就一词人，果何为哉"。所谓"百凶"，殆即世事蟠蜿、命运坎坷。然则，王国维论蕙风词之"真挚"、"沉痛"，实乃表示了他对况氏遭际的深切同情，亦寄寓了彼此惺惺相惜之意。盖《人间词话》写于王氏三十而立之壮岁，故"精力弥满"、锐气逼人；而其后词论，则大抵作于清将亡或已亡之后。"萧瑟秋风今又是，换了人间"。这是我们今天读《观堂词论》，所应持的"知人论世"的基本认识。

解　读

天以百凶成就一词人，这主要是指民族、国家的困苦的灾难，在这个前提下，也包括诗人词人个人的痛苦。例如杜甫经历了安史之乱的诗歌，辛弃疾在山河沦落，因为抗金之志落空，悲愤地以词表达了自己的心灵痛苦。"国家不幸诗家幸，吟到沧桑便是工。"也表达了相似的意思。其中又包含着"愁苦之词易工"的创作规律。

二

蕙风《洞仙歌》(秋日游某氏园)及《苏武慢》(寒夜闻角)二阕[1]，境似清真[2]，集中他作，不能过之。

(赵万里录自《蕙风琴趣》评语)

注　释

[1] 况周颐《洞仙歌》(秋日独游某氏园)：

一晌闲缘借。便意行散缓，消愁聊且。有花迎径曲，鸟呼林罅。秋光取次披图画。恣远眺、登临台与榭。堪潇洒。奈脉断征鸿，幽恨翻萦惹。　忍把。鬓丝影里，袖泪寒边，露草烟芜，付与杜牧狂吟，误作少年游冶。残蝉肯共伤心语。问几见，斜阳疏柳挂？谁慰藉？到重阳、插菊携萸事真假。酒更赊，更有约、东篱下。怕蹉跎霜讯，梦沈人悄西风乍。

况周颐《苏武慢》寒夜闻角：

愁入云遥，寒禁霜重，红烛泪深人倦。情高转抑，思往难回，凄咽不成清变。风际断时，迢递天街，但闻更点。枉教人回首，少年丝竹，玉容歌管。　凭作出、百绪凄凉、凄凉惟有，花冷月闲庭院。

珠帘绣幕，可有人听？听也可曾肠断？除却塞鸿，遮莫城乌，替人惊惯。料南枝明日，应减红香一半。

［2］清真：周邦彦。

<h1 style="text-align:center">三</h1>

蕙风[1]"听歌"诸作，自以《满路花》[2]为最佳。至《题香南雅集图》[3]诸词，殊觉泛泛，元一言道著。

（赵万里录自《丙寅日记》所记先生论学语）

注　释

［1］蕙风：况周颐。

［2］况周颐《满路花》（彊村有听歌之约，词以坚之）：

　　虫边安枕箪，雁外梦山河。不成双泪落、为闻歌。浮生何益，尽意付消磨。见说寰中秀，曼睩修蛾。旧家风度无过。　凤城丝管，回首惜铜驼。看花余老眼，重摩挲。香尘人海，唱彻《定风波》。点鬓霜如雨，未比愁多。问天还问嫦娥。（梅郎兰芳以《嫦娥奔月》一剧蜚声日下）

［3］况周颐"听歌"之曲有多首，如《戚氏》（沤尹为畹华索赋此调，走笔应之）：

　　伫飞鸾。萼绿仙子彩云端。影月娉婷，浣霞明艳，好谁看。华鬘。梦寻难。当歌掩泪十年闲。文园鬓雪如许，镜里长葆几朱颜？缟袂重认，红帘初卷，怕春暖也犹寒。乍维摩病榻，花雨催起，著意清欢。　丝管。赚他婵娟。珠翠照映，老眼太辛酸。春宵短、系骢难稳，栩蝶须还。近尊前，暂许对影香南。笛语遍写乌阑。番风渐急，省识将离，已忍目断关山。（畹华将别去，道人先期作虎山之游避之。）念我沧江晚。消何逊笔，旧恨吟边。未解清平调苦，道苔枝、翠羽信缠绵。剧怜画罨瑶台，醉扶纸帐，争遣愁千万。算更无，月地云阶见。谁与诉、鹤守缘悭。甚素娥、暂缺能圆。更芳节、后约是今番。耐清寒惯，梅花赋也，好好纫兰。

汇　评

陈鸿祥《人间词话·人间词注评》第 315 页（江苏古籍出版社 2002 年）

此则评述况周颐"《听歌》诸作"，盖"歌"者，京昆戏曲耳。况氏于《满路花》词尾自注曰："梅郎兰芳《嫦娥奔月》一剧，蜚声日下。"所谓"日下"，京都之谓也。朱彝尊有《日下旧闻》，记辽代以来建都北京史事。词中"凤城"，亦谓京都。可知《听歌》诸词，皆作于清亡前后，况氏在北京，与朱祖谋（彊村）等友人相约观梅兰芳早年名剧《嫦娥奔月》，有感而作。其第二首《戚氏》，"萼绿仙子彩云端"，"影月娉婷，浣霞明艳"，所记亦当为《嫦娥奔月》。词中所注"畹华索赋"、"畹华将别去"云云，当皆指"梅郎"。盖梅兰芳（1894–1961），号畹华，八岁学戏，十岁（1904）在北京广和楼演出《天河配》，十三岁（1907）即搭班，登台演旦角，宣统末年（1910）北京各界公推"菊榜"列为"探花"。由况氏二词，亦可见其当日名噪京师盛况。王国维晚年（1926）与赵万里"论学"而述及况氏《听歌》，读之令人有"白头宫女说天宝"之感。但被他评为"殊觉泛泛，无一语道著"的蕙风《题南香雅集图》，却可以视为有关近代梨园，尤其是"梅派"戏曲的"纪实"，故略缀数语如上。

解　读

畹华，即梅兰芳。况周颐的听歌之曲，有多首是描绘梅兰芳的，除以上两首之外，另如《八声甘州》（《葬花》一剧属梅郎擅场之作，为赋两调）和《莺啼序》（梅郎自沪之杭，有重来之约。其信然耶？宇宙悠悠，吾梅郎之外，孰可念者。万人如海，孰知念吾梅郎者……）。

四

彊村词[1]，余最赏其《浣溪沙》"独鸟冲波去意闲"二阕[2]，笔力峭拔，非他词可能过之。

（赵万里录自《丙寅日记》所记先生论学语）

注　释

［1］彊村：朱孝臧。

［2］朱祖谋《浣溪沙》（二阕）：

独鸟冲波去意闲，瑰霞如赭水如笺。为谁无尽写江天。　并舫风弦弹月上，当窗山髻挽云还。独经行地未荒寒。

翠阜红厓夹岸迎，阻风滋味暂时生，水窗官烛泪纵横。　禅悦新耽如有会，酒悲突起总无名。长川孤月向谁明？

解　读

峭拔，原指地势、山势高峻而陡直，形容笔墨雄健超脱。

五

（皇甫松）[1] 词，黄叔旸 [2] 称其《摘得新》二首 [3] 为有达观之见 [4]。余谓不若《忆江南》二阕 [5] 情味深长，在乐天、梦得 [6] 上也。

（自此条至第十三条皆录自王国维生前自辑本《唐五代二十一家词辑》）

注　释

［1］皇甫松："松"一作"嵩"，字子奇，唐代词人。

［2］黄叔旸：黄昇，字叔旸，号玉林。南宋词人。

［3］皇甫松《摘得新》：

酌一卮。须教玉笛吹。锦筵红蜡烛，莫来迟，繁红一夜经风雨，是空枝。

摘得新。枝枝叶叶春。管弦兼美酒，最关人。平生都得几十度，展香茵。

［4］见沈雄《古今词话》。

［5］皇甫松《忆江南》：

兰烬落，屏上暗红蕉。闲梦江南梅熟日，夜船吹笛雨潇潇。人语驿边桥。

楼上寝，残月下帘旌。梦见秫陵惆怅事，桃花柳絮满江城。双髻坐吹笙。

[6] 乐天、梦得：唐代著名诗人白居易、刘禹锡。王国维认为皇甫松之《忆江南》的艺术成就在白居易、刘禹锡词之上。

白居易《忆江南》：

江南好，风景旧曾谙。日出江花红胜火，春来江水绿如蓝。能不忆江南？

江南忆，最忆是杭州。山寺月中寻桂子，郡亭枕上看潮头。何日更重游？

江南忆，其次忆吴宫。吴酒一杯春竹叶，吴娃双舞醉芙蓉。早晚得相逢。

刘禹锡《忆江南》：

春去也，多谢洛阳人。弱柳从风疑举袂，丛兰裛（一作浥）露似霑巾。独坐亦含颦。

春去也，共惜艳阳年。犹有桃花流水上，无辞竹叶醉尊前。惟待见青天。

汇 评

周锡山《王国维美学思想研究》第186-187页（中国社会科学出版社1992年）

静安因持苦痛说，推重文学家中的"伤心人"（《人间词话》第二八则）和沉痛、怨苦之辞，前已有论及。但他又推重东坡、稼轩之豪、旷，不否认"达观"，并不主张一味悲切。伤心与达观是静安唯一未同时对举、实则理应成对之范畴。

解　读

参见汇评中《王国维美学思想研究》的引文。又：

王国维既欣赏伤心人，又推崇达观，可见他的美学思想充溢着可贵的辩证精神。

六

端己[1]词情深语秀，虽规模不及后主、正中[2]，要在飞卿[3]之上。观昔人颜、谢[4]优劣论可知矣。

注　释

[1]端己：韦庄。

[2]后主、正中：李煜、冯延巳。

[3]飞卿：温庭筠。

[4]颜、谢：颜延之、谢灵运。

七

（毛文锡）[1]词比牛、薛诸人[2]殊为不及。叶梦得[3]谓："文锡词以质直为情致，殊不知流于率露。诸人评庸陋词者，必曰此仿毛文锡之《赞成功》[4]而不及者。"[5]其言是也。

注　释

[1]毛文锡：字平圭，五代前蜀词人。

[2]牛、薛：牛峤、薛昭蕴，五代前蜀"花间派"词人。

[3]叶梦得（1077-1148）：字少蕴，号石林居士，原籍吴县（今属江苏苏州），居乌程（今浙江吴兴）。绍圣进士，绍兴年间任江东安抚制置大使，

兼知建康府，行宫留守。南宋文学家。

[4] 毛文锡《赞成功》：

　　海棠未坼，万点深红。香包缄结一重重。似含羞态，邀勒春风。
蜂来蝶去，任绕芳丛。　昨夜微雨，飘洒庭中。忽闻声滴井边桐。
美人惊起，坐听晨钟。快教折取，戴玉珑璁。

[5] 语见沈雄《古今词话》所引，文字与此则略有不同。

八

　　（魏承班）[1]词逊于薛昭蕴、牛峤，而高于毛文锡，然皆不
如王衍[2]。五代词以帝王为最工，岂不以无意于求工欤？

注　释

[1] 魏承班：五代前蜀词人。

[2] 王衍：初名宗衍，字化源，五代前蜀后主。

解　读

　　无意于求工，即创作态度自然纯真，不必刻意用力，却因天才奔腾，
故能自由写出卓越的作品。参见《人间词话》二一的解读。

九

　　（顾）夐[1]词在牛给事[2]、毛司徒[3]间。《浣溪沙》"春
色迷人"一阕[4]，亦见《阳春录》[5]，与《河传》、《诉衷情》
数阕[6]，当为夐最佳之作矣。

注　释

[1] 顾夐：五代后蜀词人。

[2] 牛给事：牛峤。

［3］毛司徒：毛文锡。

［4］顾敻《浣溪沙》：

> 春色迷人恨正赊，可堪荡子不还家。细风轻露着梨花。　帘外
> 有情双燕飏，槛前无力绿杨斜。小屏狂梦极天涯。

［5］《阳春录》即《阳春集》，冯延巳词集。

［6］顾敻《河传》：

> 燕飏。晴景。小窗屏暖，鸳鸯交颈。菱花掩却翠鬟欹，慵整。
> 海棠帘外影。　绣帏香断金。无消息。心事空相忆。倚东风。春正浓。
> 愁红。泪痕衣上重。

> 曲槛。春晚。碧流纹细，绿杨丝软。露花鲜，杏枝繁，莺啭。
> 野芜平似剪。　直是人间到天上。堪游赏。醉眼疑屏障。对池塘。
> 惜韶光。断肠。为花须尽狂。

> 棹举。舟去。波光渺渺，不知何处。岸花汀草共依依。雨微。
> 鹧鸪相逐飞。　天涯离恨江声咽。啼猿切。此意向谁说。倚兰桡。
> 独无聊。魂销。小炉香欲焦。

> 《诉衷情》：

> 香灭帘垂春漏永，整鸳衾。岁带重。双凤。缕黄金。　窗外月光临。
> □沈沈。□断肠无处寻。□□负春心。（此为第二首，另一首见《人间
> 词话未刊稿》第一六则注［4］）。

一　〇

（毛熙震）[1]周密《齐东野语》称其词"新警而不为儇薄"[2]。
余尤爱其《后庭花》[3]，不独意胜，即以调论，亦有隽上清越
之致，视文锡蔑如也。

注　释

［1］毛熙震：五代后蜀词人。

［2］见沈雄《古今词话·词评》卷上引周密语。

［3］毛熙震《后庭花》：

　　莺啼燕语芳菲节。瑞庭花发。昔时欢宴歌声揭。管弦清越。　自从陵谷追游歇。画梁尘黦。伤心一片如珪月。闲锁宫阙。

　　轻盈舞妓含芳艳。竞妆新脸。步摇珠翠修娥敛。腻鬟云染。　歌声慢发开檀点。绣衫斜掩。时将纤手匀红脸。笑拈金靥。

　　越罗小袖新香蒨。薄笼金钏。倚栏无语摇轻扇。半遮匀面。　春残日暖莺娇懒。满庭花片。争不教人长相见。画堂深院。

解　读

　　新警，又作警新，诗文中的语意新颖、警策（精练扼要而含意深切）动人。薄，浅薄。隽上，隽拔，俊逸挺秀。清越，声音清畅高扬；容貌神采清秀出众。

<h1 style="text-align:center">一　一</h1>

　　（阎选）[1]词唯《临江仙》第二首[2]有轩翥[3]之意，余尚未足与作者也。

注　释

［1］阎选：五代后蜀词人，以布衣称阎处士。

［2］阎选《临江仙》：

　　十二高峰天外寒。竹梢轻拂仙坛。宝衣行雨在云端。画帘深殿，香雾冷风残。　欲问楚王何处去？翠屏犹掩金鸾。猿啼明月照空滩。孤舟行客，惊梦亦艰难。

［3］轩翥：见楚辞《远游》："雌蜺便娟以增挠兮，鸾鸟轩翥而翔飞。"

解　读

　　轩翥，飞举的样子。此是屈原《远游》中的用词，见注［3］。此因阎选《临江仙》词有忧生忧世之意，所以给他这个评价。

一 二

昔沈文悫[1]深赏（张）泌[2]"绿杨花扑一溪烟"[3]为晚唐名句[4]。然其词如"露浓香泛小庭花"[5]，较前语似更幽艳。

注 释

[1]沈文悫：沈德潜，谥文悫。

[2]张泌：五代南唐词人，官舍人，故称张舍人。

[3]张泌《洞庭阻风》：

空江浩荡景萧然，尽日孤蒲泊钓船。青草浪高三月渡，绿扬花扑一溪烟。情多莫举伤春目，愁极兼无买酒钱。犹有渔人数家住，不成村落夕阳边。

[4]见《唐诗别裁》张蠙《夏日题老将林亭》后沈德潜评语。张蠙，字象文，由后唐入蜀，以诗著称。

[5]张泌《浣溪沙》：

独立寒阶望月华，露浓香泛小庭花。绣屏愁背一灯斜。云雨自从分散后，人间无路到仙家。但凭梦魂访天涯。

解 读

幽艳：幽深而艳丽。

一 三

（孙光宪[1]词）昔黄玉林[2]赏其"一庭花（当作"疏"）雨湿春愁"[3]为古今佳句[4]。余以为不若"片帆烟际闪孤光"[5]尤有境界也。

注 释

[1] 孙光宪（？-968）：字孟文，自号"葆光子"，五代荆南词人。有词八十余首，王国维辑为《沈中丞词》。

[2] 黄玉林：黄昇。

[3] 孙光宪《浣溪沙》：

揽镜无言泪欲流，凝情半日懒梳头。一庭疏雨湿春愁。 杨柳只知伤怨别，杏花应信损娇羞，泪沾魂断轸离忧。

[4] 见沈雄《古今词话·词评》卷上引黄昇语。

[5] 孙光宪《浣溪沙》：

蓼岸风多橘柚香，江边一望楚天长。片帆烟际闪孤光。 目送征鸿飞杳杳，思随流水去茫茫，兰红波碧忆潇湘。

一 四

（周清真）[1]先生于诗文无所不工，然尚未尽脱古人蹊迳。平生著述，自以乐府为第一。词人甲乙，宋人早有定论，惟张叔夏[2]病其意趣不高远。然北宋人如欧、苏、秦、黄[3]，高则高矣，至精工博大，殊不逮先生。故以宋词比唐诗，则东坡[4]似太白[5]，欧、秦似摩诘[6]，耆卿似乐天，方回、叔原[7]则大历十子[8]之流，南宋惟一稼轩[9]可比昌黎[10]。而词中老杜[11]，则非先生不可。昔人以耆卿比少陵[12]，犹为未当也。

（录自《清真先生遗事·尚论三》）

注 释

[1] 周清真：周邦彦。

[2] 张叔夏：张炎。

[3] 欧、苏、秦、黄：欧阳修、苏轼、秦观、黄庭坚。

［4］东坡：苏轼。

［5］太白：李白。

［6］欧、秦:欧阳修、秦观。摩诘，唐代大诗人王维（699–759），字摩诘。
　　　诗、书、画皆臻一流，苏轼誉之为"诗中有画，画中有诗"。

［7］方回、叔原：贺铸、晏几道。

［8］大历十子：唐大历年间卢纶、钱起等十位诗人。

［9］稼轩：辛弃疾。

［10］昌黎：韩愈。

［11］老杜：杜甫。

［12］少陵：杜甫。

汇 评

周锡山《王国维美学思想研究》第137页（中国社会科学出版社1992年）
　　指出周词之精工博大为宋人第一，是"词中老杜"，即词中集大成者。
又认为其词"摹写物态，曲尽其妙"。给周词以极高和最高评价。

解 读

　　参见汇评中《王国维美学思想研究》的引文。

一 五

　　（清真）[1]先生之词，陈直斋[2]谓其多用唐人诗句栝入律，
浑然天成。张玉田[3]谓其善于融化诗句。然此不过一端，不
如强焕[4]云："模写物态，曲尽其妙。"为知言也。

（录自《清真先生遗事·尚论三》）

注 释

［1］清真：周邦彦。

［2］陈直斋：陈振孙，号直斋，南宋藏书家。

［3］张玉田：张炎。

［4］强焕：南宋文学家。其语见毛刻《片玉词·序》。

汇　评

　　周锡山《王国维美学思想研究》第 137 页（中国社会科学出版社 1992 年）又认为其（周邦彦）词"模写物态，曲尽其妙"。

解　读

　　参见汇评中《王国维美学思想研究》的引文。

一　六

　　山谷[1]云："天下清景，不择贤愚而与之，然吾特疑端为我辈设。"[2]诚哉是言。抑岂独清景而已，一切境界，无不为诗人设，世无诗人，即无此种境界。夫境界之呈于吾心而见于外物者，皆须臾之物，惟诗人能以此须臾之物，镌诸不朽之文字，使读者自得之；遂觉诗人之言，字字为我心中所欲言，而又非我之所能自言，此大诗人之秘妙也。境界有二：有诗人之境界，有常人之境界。诗人之境界，惟诗人能感之而能写之，故读其诗者亦高举远慕，有遗世之意。而亦有得有不得，且得之者亦各有深浅焉。若夫悲欢离合、羁旅行役之感，常人皆能感之，而惟诗人能写之。故其入于人者至深，而行于世也尤广。先生（清真）之词，属于第二种为多，故宋时别本之多，他无与匹。[3]又和者三家，注者二家。[4]（强焕本亦有注，见毛跋。）自士大夫以至妇人女子，莫不知有清真，[5]而种种无稽之言，亦由此以起，[6]然非入人之深，乌能如是耶？

　　　　　　　　　　　　　　　　（录自《清真先生遗事·尚论三》）

注　释

[1] 山谷：黄庭坚。

[2] 见释惠洪《冷斋夜话》。

[3] 王国维《清真先生遗事·著述二》云："案先生词集，其古本则见于《景
定严州继志》《花庵词选》者曰《清真诗余》。见于《词源》者曰《圈
法美成词》。见于《直斋书录》者曰《清真词》，曰《曹杓注清真词》。
又与方千里、杨泽民《和清真词》合刻者曰《三英集》(见毛晋《方
千里和清真词跋》)。子晋所藏《清真集》，其源亦出宋本，加以溧水本，
是宋时已有七本。别本之多，为古今词家所未有。"

[4] 宋人和《清真词》全词者有方千里、杨泽民《和清真词》以及陈允平
《西麓继周集》三家。宋人注《清真词》者有曹杓、陈元龙两家。曹
注已佚，陈注即《彊村丛书》本《片玉集》。

[5] 当时读者对周邦彦词评价极高，如陈郁《藏一话腴》云："周邦彦字
美成，自号清真，百年来以乐府独步。贵人、学士、市侩、妓女，(皆)
知美成词为可爱。"

[6] 宋人笔记记周邦彦逸事甚多。王国维在《清真先生遗事·事迹一》
中一一考辨辩诬，指出其皆为无稽之谈。王国维于《清真先生遗事·尚
论三》云："先生立身颇有本末，而为乐府所累。遂使人间异事皆附
苏秦，海内奇言尽归方朔。"

汇　评

周锡山《王国维美学思想研究》第 209—210 页（中国社会科学出版社
1992 年）

这里所阐述的诗人之境界与常人之境界的关系有两个层次：其一，
诗人之境界是艺术美，常人之境界是生活美，两者是艺术美与生活美的
关系。其二，诗人之境界本身还可解析为两个层次，这是指诗人所面对
的审美客体的境界。诗人所面对的是所要描写的客观世界和人的精神世
界的总和——"一切境界"。这个"一切境界"，即"诗人之境界"，因为"一

切境界,无不为诗人设,世无诗人,即无此境界。"那么这个"诗人之境界"本身即可解析为"诗人之境界"与"常人之境界"这两个层次。第一层,"诗人之境界,惟诗人能感之而能写之"。但在将"能感之"的生活真实上升为"能写之"的艺术真实时,"亦有得,有不得,且得之者各有深浅焉"。诗人之境界层次很高,"故读其诗者亦高举远慕,有遗世之意"。第二层,"若夫悲欢离合、羁旅、行役之感,常人皆能感之",而诗人在这方面与常人一样能感之;诗人也有这样的"常人之境界","而惟诗人能写之"。而诗人写出后,又将常人之境界转化为诗人之境界了。诗人能将"须臾之物,镌诸不朽之文字,使读者自得之,遂觉诗人之言,字字为我心中所欲言,而非我也所能言",指出大诗人能将生活之真实提炼、升华为艺术之真实,将生活美转化为艺术美的高明手段。王国维又高度评价常人之境界之作"入于人者至深,而行于世也尤广",高度肯定周邦彦词善写、多写常人之境界,所以其词作版本之多,为宋人第一。此论中之"一切境界"和"常人之境界"乃指广义之境界。而诗人之境界在此也用广义,实则似应兼备广、狭两义。

解 读

参见汇评中《王国维美学思想研究》的引文。

一 七

楼忠简[1]谓先生(清真)妙解音律,惟王晦叔[2]《碧鸡漫志》谓:"江南某氏者,解音律,时时度曲。周美成与有瓜葛。每得一解,即为制词。故周集中多新声。"则集中新曲,非尽自度。然顾曲名堂,不能自已,[3]固非不知音者。故先生之词,文字之外,须兼味其音律。惟词中所注宫调,不出教坊十八调之外,则其音非大晟乐府之新声,而为隋、唐以来之燕乐,固可知也。今其声虽亡,读其词者,犹觉拗怒之中,自饶和婉。曼声促节,繁会相宜;清浊抑扬,辘轳交往。两宋之间，一人而已。

（录自《清真先生遗事·尚论三》）

注　释

[1] 楼忠简：楼钥（1137-1213），字大防，号攻媿主人。南宋文学家。

[2] 王晦叔：王灼，字晦叔，号颐堂，南宋文学家。本则所引"江南某氏"
　　　七句，见王灼《碧鸡漫志》卷二。

[3] 楼钥《攻媿集·清真先生文集序》云："（周邦彦）风流自命，又性好
　　　音律，如古之妙解，顾曲名堂，不能自已。"

汇　评

周锡山《王国维美学思想研究》第 138 页（中国社会科学出版社 1992 年）
指出周词传播最广，深入人心。对其词之音律成就，也给以最高
评价。

他认为清真词无论在文字上还是在音律上，其艺术手法的规范化、
集大成方面为"词中老杜"，"两宋之间，一人而已"，给以至高无上的评
价，论述的语言带有极度的崇敬，甚至言必称"先生"，与《人间词话》
中褒中带贬并公开宣布"不喜美成"相比，前后判若两人。通过两者对
比，可以看出王国维在短时期内能迅速摆脱自己的偏见，并公开修正自
己的不正确观点，具有严肃学者高尚的风度。他在文艺理论、美学理论
作出重大修正、摒弃早期不正确观点而重新得出结论的共有两个，一个
是对周邦彦的评价，一个是对中国戏曲的评价。具体变化可参阅下面《戏
曲美学》一章。

解　读

参见汇评中《王国维美学思想研究》的引文。又：

陈鸿祥先生说，王国维对周邦彦词的评价，"前后的观点并未判若两
人"（《人间词话·人间词》第 343 页）。我认为从"不喜美成"到特地撰写《清
真先生遗事》，并对其赞颂备至，这前后的态度的确判若两人。

一 八

伪词最多，强焕本所增，强半皆是。如《片玉词》上《青玉案》"良夜灯光簇如豆"一阕[1]，乃改山谷《忆帝京》[2]词为之者，决非先生作。①

（录自《清真先生遗事·尚论三》）

汇 校

① 通行本将此条作为注文，而其正文内容系由陈乃乾录王国维旧藏《片玉词》眉间批语："《片玉词》'良夜灯光簇如豆'一首乃改山谷《忆帝京》词为之者，似屯田最下之作，非美成所宜有也。"

注 释

[1] 周邦彦《青玉案》：

良夜灯光簇如豆。占好事、今宵有。酒罢歌阑人散后。琵琶轻放，语声低颤，灭烛来相就。　玉体偎人情何厚。轻惜轻怜转唧留。雨散云收眉儿皱。只愁彰露，那人知后，把我来僝僽。

[2] 黄庭坚《忆帝京·私情》：

银烛生花如红豆。占好事、而今有。人醉曲屏深，借宝瑟、轻招手。一阵白风，故灭烛、教相就。　花带雨、冰肌香透。恨啼乌、辘轳声晓。岸柳微凉吹残酒。断肠时、至今依旧。镜中消瘦。那人知后，怕夯你来僝僽。

一 九

（《云谣集·杂曲子》[1]）《天仙子》词[2]，特深峭隐秀，堪与飞卿、端己[3]抗行。

（录自《观堂集林·唐写本云谣集·杂曲子跋》）

注　释

[1]《云谣集·杂曲子》：敦煌石窟藏唐人抄本，共 30 首，为现存最早词总集，主要为民间作品。

[2]《天仙子》：

燕语啼时三月半。烟蘸柳条金线乱。五陵原上有仙娥，携歌扇。香烂漫。留住九华云一片。　犀玉满头花满面。负妾一双偷泪眼。泪珠若得似珍珠，拈不散。知何限？串向红丝应百万。

燕语莺啼惊教（觉）梦。羞见鸾台双舞凤。天仙别后信难通，无人问，花满洞。休把同心千遍弄。巨耐不知何处去？正是花开谁是主？满楼明月夜三更，无人语。泪如雨。便是思君肠断处。

[3]飞卿、端己：温庭筠、韦庄。

解　读

敦煌曲子词，为唐代的民间作品，风格清新流丽，朴素自然。王国维以其敏锐的艺术眼光，最早给以极高的评价。他除了在理论上阐发其成就外，还曾热情地用诗歌歌颂。如《题敦煌所出唐人杂书六绝句》（之三）说："虚声乐府擅缤纷，妙悟新安迥出群。茂倩漫收双绝句，教坊原有《凤归云》。"王国维是 20 世纪初中国敦煌学的创建者之一。

二　〇

有明一代，乐府道衰，《写情》、《扣舷》[1]，尚有宋、元遗响，仁、宣[2]以后，兹事几绝。独文愍（夏言）[3]以魁硕之才，起而振之，豪壮典丽，与于湖[4]、剑南[5]为近。[6]

（录自《观堂外集·庚辛之间读书记·桂翁词跋》）

注　释

[1]《写情》、《扣舷》:《写情集》、《扣舷集》，分别是明文人刘基、高启的词集。

[2] 仁宣:指明仁宗朱高炽（1424-1425 年在位）和明宣宗朱瞻基（1425-1435 年在位）。

[3] 文愍：夏言（1482-1548）字公谨，官至首辅，谥文愍。明代诗人，著有《桂洲集》

[4] 于湖：张孝祥（1132-1170），字安国，号于湖居士，乌江（今安徽和县乌江镇）人。绍兴进士，官荆南、湖北安抚使。南宋词人，著有《于湖集》。

[5] 剑南：陆游。

[6] 陈廷焯《白雨斋词话》云:"词至于明，而词亡矣。伯温（刘基）、季迪（高启），已失古章。降至升庵（杨慎）辈，句琢字炼，枝枝叶叶为之，益难语于大雅。自马浩澜（马洪）、施阆仙（施绍莘）辈出，淫词秽语，无足置喙。明末陈人中（陈子龙）能以浓艳之笔，传凄婉之神，在明代便算高手。然视国初诸老，已难同日而语，更何论唐宋哉。"

汇　评

陈鸿祥《人间词话·人间词注评》第 338 页（江苏古籍出版社 2002 年）

明代以小说、戏剧著称，一般文学史几乎不提词。所以，王国维感叹"有明一代，乐府道衰"。夏言以其才学、地位，决意振兴，写出了一些所谓"豪壮典丽"之词，王国维将其词与南宋的张孝祥、陆游（剑南）相比。实际上，就连王氏为之作跋，认为"实贵溪夏文愍公言所作"的《桂翁词》都"不提作者姓名"，足见此道式微。夏言的某些"典丽之词"之所以"朝传万口，暮颂同时"，究竟是"居势"使然，抑或因其"风采文采"？王氏跋中也不免提出了疑问。

解　读

本则指出明代的词的创作最薄弱。词产生于唐，五代、两宋的成就最高。金元词，也有元好问、萨都刺等名家。清代的成就虽不如五代两宋，但也超过金元，除纳兰性德等大家之外，另有王士禛、朱彝尊、陈维崧、龚自珍等人，直至晚清，名家辈出。

二　一

欧公[1]《蝶恋花》"面旋落花"云云[2]，字字沉响，殊不可及。

（陈乃乾录自王国维旧藏《六一词》眉间批语）

注　释

[1] 欧公：欧阳修。
[2] 欧阳修《蝶恋花》：

面旋落花风荡漾。柳重烟深，雪絮飞来往。雨后轻寒犹未放，春愁病酒成惆怅。　枕畔屏山围碧浪。翠被华灯，夜夜空相向。寂寞起来褰绣幌，月明立在梨花上。

汇　评

陈鸿祥《人间词话·人间词注评》第339页（江苏古籍出版社2002年）
此为观堂赏词之语，属于读其词而"味其音律"者。盖"沉响"即前论清真词所谓"曼声促节"、"清浊抑扬"；论双声、叠韵所谓"荡漾""促节"，"则其铿锵可诵，必有过于前人者"。

二　二

温飞卿[1]《菩萨蛮》："雨后却斜阳，杏花零落香。"[2]少游之[3]"雨余芳草斜阳，杏花零落（当作"乱"）燕泥香。"[4]虽自此脱胎①，而实有出蓝之妙。

（陈乃乾录自王国维旧藏《词辨》眉间批语）

汇 校

① "脱胎"，原文作"出"。

注 释

［1］温飞卿：温庭筠。

［2］温庭筠《菩萨蛮》：

> 南园满地堆轻絮，愁闻一霎清明雨。雨后却斜阳，杏花零落香。　无言匀睡脸，枕上屏山掩。时节欲黄昏，无聊独倚（一作闭）门。

［3］少游：秦观。

［4］秦观《画堂春》春情：

> 东风吹柳日初长。雨余芳草斜阳。杏花零落燕泥香。睡损红妆。　宝篆暗消鸾凤，画屏紫（一作云）绕潇湘。暮寒轻透薄罗裳，无限思量。

二 三①

白石[1]尚有骨，玉田[2]则一乞人耳。

（陈乃乾录自王国维旧藏《词辨》眉间批语）

汇 校

① 此则为《周氏词辨》中《介存斋论词杂著》之眉批，周氏原文为："近人颇知北宋之妙，然终不免有姜、张二字横亘胸中。岂知姜、张在南宋亦非巨擘乎？论词之人，叔夏晚出，既与碧山同时，又与梦窗别派，是以过尊白石，但主清空。后人不能细研词中曲折深浅之故，群聚而和之，并为一谈，亦固其所也。"

注 释

[1] 白石：姜夔。

[2] 玉田：张炎。

二 四①

美成[1]词多作态，故不是大家气象。若同叔、永叔[2]，虽不作态，而"一笑百媚生"[3]矣。此天才与人力之别也。

（陈乃乾录自王国维旧藏《词辨》眉间批语）

汇 校

① 此则为《周氏词辨》中《介存斋论词杂著》之眉批，周氏原文为："美成思力独绝千古，如颜平原书，虽未臻两晋，而唐初之法至此大备。后有作者，莫能出其范围矣。"

注 释

[1] 美成：周邦彦。

[2] 同叔、永叔：晏殊、欧阳修。

[3] "一笑百媚生"：语出白居易《长恨歌》："回眸一笑百媚生，六宫粉黛无颜色。"

汇 评

陈鸿祥《人间词话·人间词注评》第342-343页（江苏古籍出版社 2002年）

王国维借白居易《长恨歌》名句"回眸一笑百媚生，六宫粉黛无颜色"，以喻二家词之"不作态"，这也正是他在自己的词里写"众里嫣然通一顾，人间颜色如尘土"（《人间词·甲稿》之《蝶恋花·窈窕燕姬》），以喻自然本真。

应当指出，王国维写《人间词话》，不惟浏览了唐、五代、两宋诸家词，而且囊括了自刘勰、钟嵘、沈括以后，唐宋直至清代的文论诗（词）话，阅而批之，故他批《词辨》，当与词话写作同时。"美术者，天才之制作也"（《静安文集续编·古雅之在美学上之位置》）。"美术"即广义上的艺术，包括文学，这是自康德以后西方流行的"天才观"，也是王国维论文学艺术的基本见解。他虽然并不否定"人力"，认为凭人工制作的"古雅"也有其一定的艺术价值。但更认为，真正的"大文学"，应该是天才的"制作"，抒情的诗词，尤须有天才。周邦彦的词"多作态"，如借用他在上述《蝶恋花》词里的话，便是"当面吴娘夸善舞，可怜总被腰肢误"。所以，"穷极工巧"，凭"人力"而不是"天才"制作的美成词，虽"不失为第一流之作者"，但却"不是大家气象"。数年过去，随着对词曲，尤其是对"叙事的文学"即戏曲研究的深入，王国维的美学观渐趋"中国化"，文艺见解更臻于成熟。他在庚戌（1910）、辛亥（1911）之间写"读书记"，撰《清真先生遗事》，正是反映了他以"中国化"观点所作的"学术反思"。然而，如前所说，他虽把清真比为"词中老杜"，也只是从"工巧"即"人力"上说的，而对其词的艺术评价，则仍然维持在第二种，即不是"大家气象"，不是"天才之制作"的"常人之境"。说明他前后的观点并未"判若两人"。

解 读

此则对周邦彦词批评严厉，是过激之论。这是王国维早期的评论，后来纠正了自己的错误观点，对他的评价极高。参见下则。

二 五

周介存[1]谓："白石[2]以诗法入词，门径浅狭，如孙过庭[3]书，但便后人模仿。"①[4]予谓②近人所以崇拜玉田[5]，亦由于此。

（陈乃乾录自王国维旧藏《词辨》眉间批语）

汇　校

① 此引文为周氏原文，故原文无"周介存谓"。

② 原文为眉批，故无"予谓"，系陈乃乾所加。

注　释

[1] 周介存：周济。此语见其《介存斋论词杂著》之二三。

[2] 白石：姜夔。

[3] 孙过庭：字虔礼，一作名虔礼，字过庭。吴郡（治今江苏苏州）人，一作陈留（今河南开封）人，或作富阳（今属浙江）人。唐代书法家、书学理论家。

[4] 引文见周济《介存斋论词杂著》。

[5] 玉田：张炎。

二　六①

予于词，五代喜李后主、冯正中，②[1]而不喜《花间》。宋③喜同叔、永叔、子瞻、少游，④[2]而不喜美成[3]。南宋只爱稼轩[4]一人，⑤而最恶梦窗、玉田[5]。介存[6]《词辨》所选词⑥，颇多不当人意⑦，而⑧其论词则多独到之语。始知天下固有具眼人，非予一人之私见也。⑨

（陈乃乾录自王国维旧藏《词辨》眉间批语）

汇　校

① 此则原为王国维于《周氏词辨》卷末所撰之跋文。

②④⑤ 原文句首皆有"于"字。

③ "宋"，原文为"北宋"。

⑥ 原文为"介存此选"。

⑦ 原文为"颇多不当人意之处"。

⑧ 原文"然"。

⑨ 此后还有一句："因书于后。"

注　释

[1] 李后主、冯正中：李煜、冯延巳。

[2] 同叔、永叔、子瞻、少游：晏殊、欧阳修、苏轼、秦观。

[3] 美成：周邦彦。

[4] 稼轩：辛弃疾。

[5] 梦窗、玉田：吴文英、张炎。

[6] 介存：周济。

汇　评

周锡山《王国维美学思想研究》 第 136 页（中国社会科学出版社 1992 年）

总结王国维对周邦彦的以上评价，起先他认为周不失为第一流作者，有篇有句，长调最工，开北曲之先声，言情体物穷极工巧，有创调之才，其佳者境界极妙，能得物之神理。其缺点是缺创意之才，用代字而语不妙，好作艳语而缺品格，其词多作态，故不是大家气象，与晏、欧、秦相比，深远之致和自然之态皆不及，有淑女与娼妓之别、天才与人力之别。

不过两年以后，王国维于 1906 年撰写《清真先生遗事》除考证其生平事迹和著述情况外，又有《尚论》，评述其政治表现、人生道路和诗文词作。此时，他对周邦彦文学成就的评价已臻至高无上之极境，可与杜甫等相侔。见前面第一四、一五、一六、一七则。

解　读

参见汇评中《王国维美学思想研究》的引文。

二　七 [1]

（朱希真）《满路花·风情》[2] 无限风情，令人玩索。

（陈鸿祥从王国维旧藏《草堂诗馀》眉批录出）

注　释

[1] 陈鸿祥原注：按，《草堂诗馀》系辛亥前观堂在"学学山海居"批校的词集之一（参见《庚辛之间读书记·草堂诗馀》，《遗书》第五册）。笔者所见观堂旧藏《草堂诗馀》，卷首有观堂手题"草堂诗馀"四字。罗振常《跋》云："明人刻《草堂诗馀》最多，此为顾从敬本，明末所刻。"观堂"尝据此本校正嘉靖本，想见此本之佳"，云云。

[2] 朱希真：朱敦儒，字希真（一作希直），南宋词人，著有《樵歌》，今所见《百家词》本《樵歌》上下卷、四印斋本《樵歌》三卷，均无此词。惟周邦彦《片玉集》载有此首《满路花·风情》，原词为："帘烘泪雨干，酒压愁城破，冰壶防饮渴。培残火，朱消粉褪，绝胜新梳裹。不是寒宵、短日上三竿。孱人。犹要同卧。　如今多病，寂寞章台左。黄昏风弄雪，门深锁。兰房密忧，万种思量过。也须知有我，着甚情悰。你但忘了人呵！"按，据观堂旧藏《草堂诗馀》卷二，《百家词》本《片玉集》卷八，"密忧"作"密爱"。（据陈鸿祥原注）

汇　评

陈鸿祥《人间词话·人间词注评》第350-351页（江苏古籍出版社2002年）

近人谢无量（1884-1963）论述宋代女性之词，云："乐府变而有词，词至宋而极盛。故宋妇人多工词者。当时以词被于弦管，上自闺阁，下逮娼妓，皆习为词，亦风气使然矣。"（《中国妇女文学史》，中华书局1916年版）观堂所批此首《满路花》，由"如今多病，寂寞章台左"等语看，当可视为女性词，且属于谢氏所云"下逮"类；《草堂诗馀》又有孙夫人《中调风中柳·闺情》，词云："销减芳容，端的为郎烦恼。鬟慵梳，宫妆草草，别离情绪，待归来都告，怕伤郎又还休道。　利锁名缰，几阻当年欢笑，更那堪鳞鸿信杳。蟾枝告折，愿从今须早，莫辜负风帏人老。"观堂批曰："柔情一片"，当属于谢氏所云"上自"类。观堂特以"无限风情"批此《满路花》，盖以词中残火、朱消、黄昏、风雪，无不写残花败柳、寂寞凄苦之情。盖《草堂诗馀》所载《满路花》副题作《风情》，而《片玉集》卷八《满路花》副题作《思情·仙吕》，《风情》当为原题，"朱希真"或为另人，且系风尘女子。王氏跋《片玉词》既疑清真《诉衷情》乃为李师师而作，则此首《满路花》或系周邦彦据青楼女子之词而改定者。又，朱希真此词与"柔情一片"的孙夫人词不同。盖孙词在怨夫"利锁名缰"，而朱词则于"黄昏风弄雪，门深锁"中所发那一声"但忘了人呵"，可谓字字是血，声声是泪；故说"令人玩索"，实乃出于无限同情啊！

解　读

风情，兼有风采、风神和怀抱、意趣之意。

二　八[1]

朱竹垞[2]《蝶恋花·重游晋祠题壁》[3]。其"天涯芳草"二句[4]南宋后即不多见，无论近人。

（罗振常录自王国维旧藏《箧中词》批语）

注　释

[1] 陈鸿祥题注：此为补遗之三，罗振常录自观堂旧藏《箧中词》批语。
（据《观堂诗词汇编》，《人间词话》补遗）

[2] 朱竹垞：朱彝尊。

[3] 晋祠：在山西太原市西南悬瓮山麓。原祠为纪念晋国开国君主唐叔虞而建。唐太宗李世民于贞观二十年（646）御制晋祠铭，立碑于祠。有圣母殿、唐叔祠、关帝庙、水母楼等，其中圣母殿建于宋天圣

（1023-1032）年间。现为国家重点文物保护单位。（据陈鸿祥原注）

[4]"天涯"句：见朱彝尊《蝶恋花·重游晋祠题壁》：

> 十里浮岚山近远。小雨初收，最喜春沙软。又是天涯芳草遍，年年汾水看归雁。　系马青松犹在眼。胜地重来，暗记韶华变。依旧纷纷凉月满，照人独上溪桥畔。

汇　评

陈鸿祥《人间词话·人间词注评》第352-353页（江苏古籍出版社2002年）

王国维对朱彝尊编《词综》，既肯定其"词家时代之说"，又不赞成其对南宋词之"工"的褒扬，并对其"痛贬《草堂诗馀》而推《绝妙好词》"等论说，亦多有批评。但对竹垞词，却间有好评。就这首晋祠题壁的《蝶恋花》而言，王国维为何特别推崇"'天涯芳草'二句"？其实，这是化用前人诗词。"天涯"句可见于苏轼《蝶恋花》上片，云："花褪残红青杏小，燕子飞时，绿水人家绕。枝上柳绵吹又少，天涯何处无芳草。"汾水即山西汾河，系黄河第二大支流，典出汉武帝幸河东、回望帝京长安而作《秋风辞》。其辞曰："秋风起兮白云飞，草木黄落兮雁南归。兰有秀兮菊有芳，怀佳人兮不能忘。泛楼船兮济汾河，横中流兮扬素波。箫鼓鸣兮发棹歌，欢乐极兮哀情多，少壮几时兮奈老何！"（沈德潜《古诗源》卷二）故竹垞的"天涯芳草"、"年年汾水"，确可推为"借古人之境界，为我之境界"的又一佳例。词人"暗记韶华变"的心境，非常自然地流露笔底，而无丝毫"矫揉装饰"之态。除此之外，观堂特赏竹垞此词，实出于怀念被谥为"忠壮"的远祖王禀，于北宋靖康元年（1126）金兵围困太原城，"独公率麾下决战突围而出"，并在"胡骑追之，力战不懈，部曲尽亡"的危急中，"负太原庙中太宗御容赴汾水而死"（《补家谱忠壮公传》，见《观堂集林》卷二三）的壮烈殉国之举。故"天涯芳草"二句中之"年年汾水看归雁"，尤足勾起观堂家国、身世之感。这当然更非"崇拜玉田"雕琢、"模仿梦窗"秾丽的"近人"即清末词人所能及的。

二　九

郭茂倩《乐府诗集》"近代曲辞"中，有滕潜《凤归云》二首，皆七言绝句，此（按指《云谣集·杂曲子》中的《凤归云》二首）则为长短句。此犹唐人乐府见于各家文集、《乐府诗集》者多近体诗，而同调之见于《花间》、《尊前》者，则多为长短句。盖诗家务尊其体，而乐家只倚其声，故不同也。《天仙子》，唐人皇甫松所作者不叠，此则有二叠；《凤归云》二首，句法与用韵各自不同，然大体相似，可见唐人词律之宽。

（周锡山录自《唐写本〈云谣集·杂曲子〉跋》）

三　〇

"夜阑更秉烛，相对如梦寐"（杜甫《羌村》诗）之于"今宵剩把银釭照，犹恐相逢是梦中"（晏几道《鹧鸪天》词），"愿言思伯，甘心首疾"（《诗·卫风·伯兮》）之于"衣带渐宽终不悔，为伊消得人憔悴"（欧阳修《蝶恋花》词）：其第一形式同；而前者温厚，后者刻露者，其第二形式异也。一切艺术，无不皆然，于是有所谓雅俗之区别起。

（周锡山录自《古雅之在美学上之位置》）

三　一

（《云谣集·杂曲子》中）又有《天仙子》一首云：

燕语莺啼三月半，烟蘸柳条金线乱。五陵原上有仙娥，携歌扇，香烂漫，留住九华云一片。　犀玉满头花满面，负妾一双偷泪眼。泪珠若得似真珠，拈不散，知何限，串向红丝应百万。

此一首，情词婉转深刻，不让温飞卿、韦端己，当是文人之笔。

（周锡山录自《敦煌发见唐朝之通俗诗及通俗小说》）

三　二

《南唐二主词》，南宋长沙书肆有刊本，以后五百年未见再刻，国初无锡侯文灿始重刻于《名家词》中。余曾将《南词》本校勘一过，并从总集中搜补十二阕，则近岁番禺沈氏刊于《晨风阁丛书》者是也。余跋其后云：

> 右《南词》本《南唐二主词》，与常熟毛氏所抄、无锡侯氏所刻，同出一源，犹是南宋初辑本，殆即《直斋书录解题》所著录，长沙书肆所刊行者也。《直斋》云："卷首四阕：《应天长》、《望远行》各一，《浣溪沙》二，中主所作，重光尝书之，墨迹在盱江晁氏。"今此本正同。其余诸词，半从真迹入录，且著其所藏之家。如《浪淘沙》下云："传自池州夏氏。"《采桑子》下云："二词墨迹，在王季宫判院家。"《玉楼春》下云："以后二词，传自曹功显节度家，云：'墨迹旧在京师梁门外，李王寺一老尼处，故敝难读。'"《感新恩》下云："以下六首真迹，在孟郡王家。"是全书卅七首中，其十五首出自真迹。又，其所举"王季宫判院"、"曹功显节度"、"孟郡王"，皆南宋初叶间人。"王季宫"疑"王季海"之讹，季海，王淮字也；《宋史·宰辅表》：王淮以淳熙三年七月，同知枢密院事；次年五月，除参知政事。此云"王季宫判院"，则编录此

书时，季海正知枢密院事也。又，"曹功显"，曹勋字。《宋史》勋本传，则以绍兴二十九年拜昭信军节度使。又，《外戚传》：孟忠厚以绍兴七年封信安郡王。是三人皆高、孝间人。此书为孝宗淳熙中所编辑矣。

后主工书，其墨迹流传者，宋人甚珍之。故殁后百余年，后人犹得辑其词为一集，则词反因书以传矣。

（周锡山录自《二牖轩随录》）

三 三

王铚《默记》载李后主之死，祸由徐铉。然铉作后主挽词二篇，乃至哀痛。其一云："倏忽千龄尽，冥茫万事空。青松洛阳陌，荒草建康宫。道德遗文在，兴衰自古同。受恩无补报，反袂泣途穷"；其二曰："土德承余烈，江南广旧恩。一朝人事变，千古信书存。哀挽周原道，铭旌郑国门。此身虽未死，寂寞已销魂。"字字血泪，与夫反颜若不相识者异矣。

（周锡山录自《二牖轩随录》）

三 四

汪水云[1]《湖山类稿》[2]中，有集句《忆王孙》词九阕，语甚凄婉，为瀛德祐事[3]作也。

其一曰：
汉家宫阙动高秋，人自伤心水自流。今日清明独上楼。恨悠悠，白尽梨园弟子头。

其二曰：

吴王此地有楼台，风雨谁知长绿苔。半醉闲吟独自来。
小徘徊，惟见江流去不回。

其三曰：

长安不见使人愁，物换星移几度秋。一自佳人坠玉楼。
莫淹留，远别秦城万里游。

其四曰：

阵前金甲受降时，园客争偷御果枝。白发宫娃不解悲。
理征衣，一片春帆带雨飞。

其五曰：

鹧鸪飞上越王台，烧接黄云惨不开。有客新从赵地回。
转堪哀，岩畔古碑空绿苔。

其六曰：

离宫别苑草萋萋，对此如何不垂泪。满槛山川漾落晖。
昔人非，惟有年年秋雁飞。

其七曰：

上阳宫里断肠时，春半如秋意转迷。独坐纱窗刺绣迟。
雨沾衣，不见人归见雁归。

其八云：

华清宫树不胜秋，云物凄凉拂曙流。七夕何人望斗牛。
一登楼，水远山长步步愁。

其九云：

　　武陵无树起秋风，千里黄云与断蓬。人物萧条市井空。思无穷，惟有青山似洛中。

　　九词均天然凑合，无集句之迹，殆可与谢任伯克家原词相颉颃。谢词云：

　　萋萋芳草忆王孙，柳外楼高空断魂。杜宇声声不忍闻，欲黄昏。雨打梨花深闭门。

　　实为徽、钦北狩[4]而作，真千古绝调也。

（周锡山录自王国维著《二牖轩随录》）

注　释

[1] 汪水云：汪元量（1241–1317后），字大有，号水云，钱塘（今浙江杭州）人。宋元间诗人、词人。度宗时（1264–1274），为宫廷乐师。德祐二年（1276），南宋皇朝投降元军后，被俘，随皇室北迁并留居燕京。后求为道士，南归钱塘，终其余年。诗存四百余首，多记叙亡国、北徙之见闻和情怀，沉郁悲壮，内容周详丰富，时人誉为"宋亡之史诗"（李珏《湖山类稿跋》）。词存五十余首，《莺啼序·重过金陵》、《六州歌头·江都》等名作，传诵一时。王国维著有《书〈宋旧宫人诗词〉、〈湖山类稿〉、〈水云集〉后》一文（收入周锡山编校《王国维文学美学论著集》和《王国维集》第一册，中国社会科学出版社2008、2012年），对汪元量的爱国热肠和诗词创作有翔实论析。

[2] 《湖山类稿》：诗词别集，汪元量（其居楼题"湖山好景"）著。五卷，前四卷收诗二百零三首；末卷收词二十八首。有多种版本，今人孔凡礼校点本《增订湖山类稿》有多种附录资料，内容最为完备。汪元量另有《水云集》，诗别集，一卷，诗二百三十余首。与《湖山类稿》的内容互有增损。

［3］瀛德祐事：指宋恭帝（1271-1323，1274-1276 年在位），任皇帝时，因年仅 4-6 岁，由谢太后临朝听政。德祐二年正月，由谢太后代他奉表降元。五月，被执北去，降封瀛国公。后出家为僧，法名合尊，居吐蕃（今西藏）萨迦寺。元至治三年（1323），为元英宗所杀。

［4］徽、钦北狩（shòu）：狩，打猎，特指君主冬天打猎。此指宋徽宗和宋钦宗父子于靖康二年（1127），京城汴京被金兵攻陷，他们被金人俘虏，押送北去，北宋灭亡。在受尽屈辱和折磨后，宋徽宗于 1135 年死于五国城（今黑龙江依兰），宋钦宗于 1161 年也死于此。

三　五

词调最长着，为《莺啼序》，词人为之者甚少，亦不能工。汪水云《重过金陵》一阕，悲凉委（一作凄）婉，远在梦窗之上。因梦窗但知堆垛，羌无意故也。汪词曰：

> 金陵古都最好，有朱楼迢递。嗟倦客、又此凭栏高，槛外已少佳致。更落尽梨花，飞尽杨花，春也成憔悴。问青山、三国英雄，六朝奇伟？麦甸葵邱，荒台废（一作败）垒，鹿豕衔枯荠。正潮打孤城。寂寞斜阳影里。听楼头，哀笳怨角，未把酒、愁心先醉。渐夜深，月满秦淮，烟笼寒水。　凄凄惨惨，冷冷清清，灯火渡头市。慨商女不知兴废，隔江犹唱《庭花》，余音娓娓（一作亹亹[1]）。伤心千古，泪痕如洗。乌衣巷口青芜路，认依稀、王谢旧邻里。临春结绮，可怜红粉成灰，萧索白杨风起。　因思畴昔，铁锁千寻，漫沈江底。挥羽扇，障西尘，便好角巾私第。清谈到底成何事？回首新亭，风景今如此。楚囚对泣何时已。叹人间、今古真儿戏。东风岁岁还来，吹入钟山，

几重苍翠。

元王学文作《摸鱼儿》一阕《送汪水云入湘》，其词曰："记当年舞衫零乱，《淋铃》忍按新阕。杜鹃枝上东风急，点点泪痕凝血。芳信歇。念初试琵琶，曾识《关山月》。怨弦易绝。奈笑罢鼙生，曲终愁在，谁解寸肠结。浮云事，又作南柯梦彻。一簪聊寄华发。乾坤桑海无穷事，不历昆明初劫。谁共说。都付于焦桐，写入梅花叠。黄花送客，休更问湘魂，独醒何在，沈醉浩歌发。"

（周锡山录自《二牖轩随录》）

注 释

[1] 亹亹（wěi wěi）：不停止，行进的样子。

三 六

先生（按指朱祖谋）既以词雄海内，复汇刊宋、元人词集成数百种。铅椠之役，恒在松江歇浦间。而顾似"彊村"名是图，图中风物，亦作苕霅间意，盖以志其故乡之思云尔。夫封嵎之山，于《山经》为浮玉，上古群神之所守，五湖四水拥抱其域，山川清美。古之词人张子同、子野、叶少蕴、姜尧章、周公谨之伦，胥卜居于是。千秋万岁后，其魂魄犹若可招而复也。

（周锡山录自《彊村校词图序》）

三 七

落落盘根真得地。涧畔双松，相背呈奇态。势欲拼飞终复坠，苍龙下饮东溪水。 溪上平冈千叠翠。万树亭亭，争作拏云势。总为自家生意遂，人间爱道为渠媚。

（周锡山录自《苕华词·蝶恋花》）

三 八

夜永衾寒梦不成，当轩减尽半天星，带霜宫阙日初昇。 客里欢娱和睡减，年来哀乐与词增，更缘何物遣孤灯？

（周锡山录自《苕华词·浣溪沙》）

三 九

窈窕燕姬年十五。惯曳长裾，不作纤纤步。众里嫣然通一顾，人间颜色如尘土。 一树亭亭花乍吐。除却"天然"，欲赠浑无语。当面吴娘夸善舞，可怜总被腰肢误。

（周锡山录自《苕华词·蝶恋花》）

四 〇

余之于词，虽所作尚不及百阕，然自南宋以后，除一二人外，尚未有能及余者，则平日之所自信也。虽比之五代、北宋之大词人，余愧有所不如，然此等词人亦未始无不及余之处。

（周锡山辑自《自序二》）

四 一

光、宣之间为小词，得六七十阕，戊午（1918）夏日小疾无聊，录存二十四阕，题曰《履霜词》。呜呼！所以有今日之坚冰者，非一朝一夕之故矣。四月晦日，国维书于海上寓庐之永观堂。

（《履霜词》自跋，据周一平《王国维的号"人间"辨新》，《近代史研究》1985 年第 4 期）

四　二

病中录得旧词二十四阕，末章甚有"苕华""何草"之意呈请教正，并加斧削之（为）幸。

（《致沈曾植》，出处同上）

四　三

《人间词话》乃弟十四五年前之作，当时曾登《国粹学报》，与邓君（按指《国粹学报》主编邓实）如何约束，弟已忘却，现在翻印，邓君想未必有他言。但此书弟亦无底稿，不知其中所言如何，请将原本寄来一阅，或者所删定，再行付印，如何？（但不必由弟出名。）

（周锡山辑自《致陈乃乾（1925 年 8 月 29 日）》）

四　四

王君静安[1]将刊其所为《人间词》，诒书告余曰："知我词者莫如子，叙之亦莫如子宜。"余与君处十年矣，比年以来，君颇以词自娱。余虽不能词，然喜读词，每夜漏始下，一灯荧然，玩古人之作，未尝不与君共。君成一阕，易一字，未尝不以讯余。既而暌离，苟有所作，未尝不邮以示余也。然则余于君之词，又乌可以无言乎？夫自南宋以后，斯道之不振久矣。元、明及国初诸老，非无警句也，然不免乎局促者，气困于雕琢也。嘉、道[2]以后之词，非不谐美也，然无救于浅薄者，意竭于摹拟也。君之于词，于五代喜李后主、冯正中[3]，于北宋喜永叔、子瞻、少游、美成[4]，于南宋除稼轩、白石[5]外，所嗜盖鲜矣。尤痛诋梦窗、玉田[6]，谓梦窗砌字，玉田垒句，一雕琢，一敷衍，其病不同，而同归于浅薄。六百年来词之不振，实自此始。其持论如此。及读君自所为词，则诚往复幽咽，动摇人心，快而沈，直而能曲。不屑屑于言词之末，而名句间出，殆往往度越前人。至其言近而指远，意决而辞婉，自永叔以后，殆未有工如君者也。君始为词时，亦不自意其至此，而卒至此者，天才，非人之所能为也。若夫观物之微，托兴之深，则又君诗词之特色，求之古代作者，罕有伦比。呜乎！不胜古人，不足以与古人并，君其知之矣。世有疑余言者乎，则何不取古人之词，与君词比类而观之也？光绪丙午三月，山阴樊志厚[7]叙。

（《人间词·甲稿序》，录自《海宁王静安先生遗书》）

注　释

[1] 王静安：王国维。

[2] 嘉、道：嘉庆（1796-1820）、道光（1821-1850），分别为清仁宗颙琰和清宣宗旻宁的年号。

[3] 李后主、冯正中：李煜、冯延巳。

[4] 永叔、子瞻、少游、美成：欧阳修、苏轼、秦观、周邦彦。

[5] 稼轩、白石：辛弃疾、姜夔。

[6] 梦窗、玉田：吴文英、张炎。

[7] 樊志厚：即樊抗夫、樊炳清，字抗夫，王国维在东文学社就学时的同学。

汇　评

周锡山《王国维美学思想研究》第 158 页（中国社会科学出版社 1992 年）
王国维对南宋词诸名家的一概否定并"犹痛诋梦窗、玉田。谓梦窗砌字，玉田垒句，一雕琢，一敷衍，其病不同，而同归于浅薄。六百年来词之不振，实自此始。"充满偏见，失之于苛，并暴露了王国维自己的理论局限。他只欣赏也只能欣赏现实主义及其所包含的浪漫主义一路，对吴文英时空交错的新颖手法，未领会其高明。对朦胧之隔，也以现实主义派的美学眼光给以批评，未免方枘圆凿，格格不入。对李清照词这样的大家之作，未有一语置评，更似不应。

李晓华《人间总是勘疑处——关于转型期经典文论〈人间词话〉的写作》第 94 页、第 95-97 页（电子科技大学出版社 2009 年）

若夫观物之深，托兴之深，则又君之诗词之特色。

"观物"受的是叔本华的影响，而"托兴"则中国的诗歌传统，这里已经能见出《人间词话》中西融会的端绪了。此处特别强调"则又君诗词之特色"是与前面互相参证的，前面说的是王国维词作与所有优秀词作的共性，这里特别点出的王国维词作的个性，即"观物之深"这点是与"古代作者，罕有能比"的。王国维的许多词作都有此特点，如《祝英台近·月初残》、《如梦令·点滴空阶》、《浣溪沙·路转峰回》、《点绛唇一·高峡流云》、《浣溪沙·天末同云》、《蝶恋花·辛苦钱塘》、《蝶恋花·满地霜华》等。

将《人间词·甲稿序》与《人间词话》比较，笔者认为有这样几个方面至少明示了两者写作与内容上的相关。

第一，"天也，非人之所能为"的天才之意，与《人间词话》的"大诗人"、"大词人"等思想一致。"因大诗人所造之境，必合乎自然，所写之境，亦必邻于理想故也。"（手稿第 32 则）"古今之成大事业、大学问者，必经过三种之境界。"（手稿第 2 则）"大家之作，其言情也必沁人心脾，其写景也必豁人耳目。"（手稿第 7 则）"然无视为淫词、鄙词者，以其真也。五代北宋之大词人亦然。"（手稿第 123 则）

第二，天才都不应谦虚，只有庸常之人才以谦逊自慰。《人间词话》手稿第 24 则："余填词不喜作长调，尤不喜用人韵。偶尔游戏，作《水龙吟》咏杨花用质夫、东坡倡和韵，作《齐天乐》咏蟋蟀用白石韵，皆有与晋代兴之意。然余之所长殊不在是，世之君子宁以他词称我。""与晋代兴"与《甲稿序》"不胜古人，不足以与古人并"之意相同。《人间词话》手稿第 26 则："樊抗夫谓余词《浣溪沙》之'天末同云'、《蝶恋花》之'昨夜梦中'、'百尺朱楼'、'春到临春'等阕，凿空而道，开词家未有之境。

余自谓才不若古人，但于力争第一义处，古人亦不如我用意耳。"可见王
国维对自己的天才一点都不谦逊。这样也才真正是"取古人之词，与君
词比类而观"。

第三，"人之观物之浅深明暗之度不一，故诗人之阶级亦不一"（《叔
本华与尼采》所引叔本华的原话），观物越深便越是大诗人，《人间词》之特
色"观物深"、"托兴深"，自是属于大诗人。语意与《人间词话》手稿第
7 则非常相近。"大家之作，其言情也必沁人心脾，其写景也必豁人耳目。
其辞脱口而出，无矫揉妆束之态。以其所见者真，所知者深也。诗词皆
然。持此以衡古今之作者，可无大误也。""诗人之阶级"与《文学小言》
"古今之成大事业、大学问者，不可不历三种之境界"意思相近，而《文
学小言》此则又直接成为《人间词话》"三境界说"的母本。

第四，"著作不足以悦时人，至以自赏而已"（《叔本华与尼采》所引叔
本华的原话），王国维代樊氏作序，正是名符其实的"自赏"。实际上就是
针对梦窗、玉田之病，而学其所喜者之长，"惟大诗人见他人之见解之肤
浅，而此外尚多描写之余地，始知己能见人之所不能见，而言人之所不
能言。"此等自赏之语已能见出《人间词话》之雏形，如"名句间出，殆
往往度越前人"句尤可见出与《人间词话》"有境界则自有名句"的关系。
"取古人之词，与君词比类而观。"正是不要谦逊，不要只"自知之明"，
应该如一切"大诗人"一样"自述""功绩"。这正是王国维"填词自娱"
的目的所在。此内容与 1905 年的《文学小言》4、5、7、10 等则有内容
上的相应。而《人间词话》又与《文学小言》内容相近。

第五，《甲稿序》中认为词道不振的原因，对唐、五代、北宋等大
词人的"喜"，对南宋以下玉田、梦窗诸人的不喜甚至恶，与《人间词话》
同。"局促、雕琢、浅薄"等皆因模拟。所以在《人间词话》中反对词用
替代字，主张不隔等。

至此，作为《人间词》"自赏"与"胜古人"功绩"自述"的《人间词话》
手稿的写作便成为可能。开篇第一则为《诗·蒹葭》一篇，最得风人深致，
所比者为"诗经·蒹葭"与晏同叔之"昨夜西风凋碧树"，因"观物之深，
托兴之深"而有"言近而指远，意决而辞婉"的"风人深致"，此即"大

诗人"也。

解　读

参见汇评中《王国维美学思想研究》的引文。又：

言近而旨远，即言外之意，韵外之致。

<h1 style="text-align:center">四　五</h1>

去岁夏，王君静安[1]集其所为词，得六十余阕，名曰《人间词甲稿》，余既叙而行之矣。今冬，复汇所作词为《乙稿》，丐余为之叙。余其敢辞，乃称曰：文学之事，其内足以摅己，而外足以感人者，意与境二者而已；上焉者意与境浑，其次或以境深，或以意深，苟缺其一，不足以言文学。原夫文学之所以有意境者，以其能观也。出于观我者，意余于境；而出于观物者，境多于意。然非物无以见我，而观我之时，又自有我在。故二者常互相错综，能有所偏重，而不能有所偏废也。文学之工不工，亦视其意境之有无与其深浅而已。自夫人不能观古人之所观，而徒学古人之所作，于是始有伪文学。学者便之，相尚以辞，相习以模拟，遂不复知意境之为何物，岂不悲哉！苟持此以观古今人之词，则其得失，可得而言焉。温、韦[2]之精绝，所以不如正中者，意境有深浅也。珠玉所以逊六一[3]，小山所以愧淮海者[4]，意境异也。美成晚出[5]，始以辞采擅长，然终不失为北宋人之词者，有意境也。南宋词人之有意境者，唯一稼轩[6]，然亦若不欲以意境胜。白石[7]之词，气体雅健耳，至于意境，则去北宋人远甚。及梦窗、玉田[8]出，并不求诸气体，而惟文字之是务，于是词之道熄矣。自元迄明，益以不振。至于国朝，而纳兰侍卫[9]以天赋之才，崛起于方兴之族，其所为词，悲凉顽艳，独有得于意境之深，可谓豪杰之士，奋

乎百世之下者矣。同时朱、陈[10]，既非劲敌；后世项、蒋[11]，
尤难鼎足。至乾、嘉[12]以降，审乎体格韵律之间者愈微，而
意味之溢于字句之表者愈浅。岂非拘泥文字，而不求诸意境之
失欤？抑观我观物之事自有天在，固难期诸流俗欤？余与静安，
均夙持此论。静安之为词，真能以意境胜，夫古今词人以意胜
者，莫若欧阳公[13]；以境胜者，莫若秦少游[14]；至意、境两浑，
则惟太白、后主、正中数人足以当之。静安之词，大抵意深于
欧[15]，而境次于秦[16]。至其合作，如《甲稿·浣溪沙》之"天
末同云"[17]、《蝶恋花》之"昨夜梦中"[18]、《乙稿·蝶恋花》
之"百尺朱楼"[19]等阕，皆意境两忘，物我一体；高蹈乎八
荒之表，而抗心乎千秋之间；骎骎乎两汉[20]之疆域，广于三
代[21]、贞观[22]之政治，隆于武德[23]矣。方之侍卫[24]，岂
徒伯仲。此固君所得于天者独深，抑岂非致力于意境之效也。
至君词之体裁，亦与五代、北宋为近，然君词之所以为五代、
北宋之词者，以其有意境在。若以其体裁故，而至遽指为五代、
北宋，此又君之不任受。固当与梦窗、玉田[25]之徒，专事摹
拟者，同类而笑之也。光绪三十三年十月，山阴樊志厚[26]叙。

（《人间词·乙稿序》，出处同上）

注　释

[1] 王静安：王国维。

[2] 温、韦：温庭筠、韦庄。

[3] 珠玉、六一：晏殊、欧阳修。

[4] 小山、淮海：晏几道、秦观。

[5] 美成：周邦彦。

[6] 稼轩：辛弃疾。

[7] 白石：姜夔。

[8][25] 梦窗、玉田：吴文英、张炎。

［9］纳兰侍卫：纳兰性德。

［10］朱、陈：朱孝臧、陈维崧。

［11］项、蒋：项鸿祚、蒋春霖。

［12］乾、嘉：乾隆（1736-1795），清高宗弘历的年号。嘉庆（1796-1820），
清仁宗颙琰的年号。

［13］欧阳公：欧阳修。

［14］秦少游：秦观。

［15］欧：欧阳修。

［16］秦：秦观。

［17］［18］［19］参见《人间词话未刊稿》第七则注［2］。

［20］两汉：指西汉和东汉。

［21］三代：指夏、商、周。

［22］贞观（627-649）：唐太宗的年号。

［23］武德（618-626）：唐高祖的年号。

［24］侍卫：纳兰性德。

［26］参见上则注［7］。

汇　评

周锡山《王国维美学思想研究》第210-213、327-329页（中国社会科
学出版社1992年）

意与境，这是一对特殊的范畴，王国维将意境也即境界这个整体范
畴中的两个相辅相成的组成部分拆开来对举，并作了以下分析：

> 文学之事，其内足以摅己而外足以感人者，意与境二者而已。
> （中略）文学之工不工，亦视其意境之有无与其深浅而已。

这里共有四层意思：

一、文学之事，意与境两者而已；对作者来说，"内足以摅己"，对
读者来说，"外足以感人"。意，主要指作者的主观性的思想、感情、意

识和观点，等等。境，主要指作品所描写、反映的客观性的自然景物、社会、历史、人物等等。作者本人的思想感情，在抒情诗中如是描写、反映的内容，那么也应划入客观性的"境"的范围中去，因为王国维说过："境非独谓景物也，喜怒哀乐，亦人心中之一境界。故能写真景物、真感情者，谓之有境界。"这个"真感情"既可指作品中人物的感情，亦可指作者抒发自己感情的抒情诗中的作者之感情。

二、文学作品只有意与境两者而已，但两者不可缺一，如缺其一，不能成为文学作品。也即必须主客观皆有，缺一不可。其中，以意与境浑者为最高，其次或以境胜，或以意胜。意与境浑，指作者与作品的意图、内容与形式达到高度统一，也即能完美结合，统一和结合到乳水交融的"浑"的程度，无法分离和分清彼此，此乃上乘。其次是境胜或意胜，两者并不十分平衡。《人间词·乙稿序》此文下面又具体举例说："夫古今词人以意胜者，莫若欧阳公；以境胜者，莫若秦少游，至意、境两浑，则惟太白、后主、正中数人足以当之。"静安认为欧阳修词的思想格调更高，而秦观词的艺术技巧更见精深。两者都臻极致并能完美结合者唯李白、李煜、冯延巳等数人而已。

三、优秀文学作品之所以有意境的原因，是因为"其能观也"。而"观"又可分为两种。

> 出于观我者，意余于境；而出于观物者，境多于意。然非物无以见我，而观我之时，又自有我在。故二者常互相错综，能有所偏重，而不能有所偏废也。

这段言论非常重要，它是《人间词话》中有我之境和无我之境的重要补充。

意境来自"观"，即观察。作家们出入宇宙人生，认真、深刻、全面、细致地观察自然、人生，观之有得且深，才能写出有意境的作品。而"观"又分两种。一种"出于观我者，意余于境"，此即"有我之境，以我观物，故物皆著我之色彩"，"物皆著我之色彩"，即"意余于境"。另一种，"出于观物者，境多于意"，此即"无我之境，以物观物，故不知何者为我，何者为物"，我已隐入于物中，故"境多于意"。这里不仅补充说明了有我之境和无我之境的含义，而且强调两者也不可缺一，因为"非物无以见我，而观我之时，又自有我在"。有我、无我都是相对的，而并非是绝对的。其结论是，有我之境和无我之境，"二者常互相错综"，即有机结合的，"能互相偏重，而不能有所偏废也"。这个结论全面而辩证，无懈可击。这也等于是说，优美与壮美在同一部作品中常互相错综地结合在一起，能互相偏重，但不能偏废、缺一。前已指出，王国维认为《红楼梦》即优美与壮美结合、壮美多于优美的作品。当代有些论者批评王国维"无我之境"是宣扬不可能存在的"完全"、"纯粹"无我云云，并因用此指责他搞唯心主义，完全是论者自己没有认真揣摩静安全部观点而匆忙作出的凿空之论。

四、"文学之工不工，亦视其意境之有无与其深浅而已。"他用意境之有无、深浅作为评价作品是否优秀的标准。这是对以上第一层意思即"文学之事"仅"意与境二者而已"的补充。对此，我们前已有过评述，此不重复。

意境说的世界性意义——

王国维的意境说是中国传统美学的最后总结。意境说不仅是我国传统美学的优秀遗产，对当今中国美学仍有重大的建设作用，对中国当代文艺创作仍有重要的指导作用，而且对世界美学的发展也有重大的意义。

因此，王国维的意境（境界）说既是中西美学结合的范例，又是中印文化结合的范例，意境（境界）说是以中为主、三美（中印西三大文化体系和美学体系）皆具的美学理论。这是迄今为止的世界文学批评史和美学史上绝无仅有的三美结合的典范，是世界比较文学史和比较美学史上的一个伟大创造！其辉煌的意义亦由此可见。

其次，意境说中的一些重要理论成果是典型论所缺乏或者无法包容的，这些理论成果不仅是我国古代文学和美学辉煌成果的总结，而且也完全适用于当代中外的文学和艺术作品，有着重大的启示作用和指导意义。（此段《人间词话未刊稿》第一五则汇评已引，下略）

温儒敏《中国现代文学批评史》第 22 页（北京大学出版社 1993 年）

这里，王国维把意与境看作是构成文学本质关系，并从根本上决定了文学的审美性质与效果的两方面基本因素。所谓"意"，指主观方面的各种因素，包括情感、想象、理解、兴趣，等等，其中情感是最主要的，对其余诸种因素起渗透、贯穿和主导的作用，"境"则指艺术创造的形象、画面、景象，等等，是"意"的依托与具体表现。二者互相融汇，浑然一体，才能形成审美的世界，即意境或境界。如果二者不那么和谐一致，无论意胜于境或境胜于意，都不能达到最高的审美效果。传统文论中有"情景交融"、"形神兼备"一类的说法，与王国维的"意境"说比较接近。但有情景交融的艺术形象不一定都有意境。

解 读

参见汇评中《王国维美学思想研究》的引文。又：

本书开首一则谈境界，末尾一则谈意境，恰好以境界始而以意境终，贯穿了王国维的意境——境界说理论。

关于意境说的世界性意义，另有一个更重要的层次：我于"1989·上海·中国古代文论第六届研讨会"上指出：我们应该以中国文艺理论来研究和评论西方文艺名著，作为中国文论的发展方向之一。接着我在《王国维美学思想研究》中作了初步的尝试，又在《论王国维的伟大学术成就对当代世界的价值》一文中指出：

我们可以用意境（境界）说理论来分析和解读西方名著，如上述所示。20 世纪初以来，在王国维的首创下，我们已能娴熟运用西方文论和美学来分析、解读和评价中国文艺名著。现在，我们也可用中国的文论和美学理论来分析、解读、评价西方文艺名著；同时引导当代创作界自觉以传统文论和美学为指导，提高创作水平，并逐步吸引西方文艺家重视中国文论的指导作用。笔者一贯认为当代中国的文艺创作未臻世界一流，文艺家缺乏传统文化包括传统文艺理论和美学修养是主要原因之一。（北京大学、清华大学、香港大学、台湾"清华大学"中文系联合主办"1997·北京·纪念王国维诞辰 120 周年学术研讨会"论文，收入《纪念王国维诞辰 120 周年学术研讨会论文集》，广州：广东教育出版社 1999 年；又刊《广州师院学报》1998 年第 8 期。）

我将出版专著《中国之石与西方之玉——中国文论评论和研究西方文艺名著举隅》来初步完成我自己提出的这个任务。

人间词话选
（原刊于王国维《二牖轩随录》中）

余于七八年前，偶书词话数十则。今检旧稿，颇有可采者，摘录如下。

词以境界为最上。有境界，则自成高格，自有名句。五代、北宋之词所以独绝者在此。

言气格，言神韵，不如言境界。境界，本也。气格、神韵，末也。境界具，而二者随之矣。

有造境，有写境。此理想与写实二派之所由分。然二者颇难区别。因大诗人所造之境，必合乎自然，所写之境，必邻乎理想故也。

境非独谓景物也，情感亦人心中之一境界。故能写真景物、真感情者，谓之有境界，否则谓之无境界。

"红杏枝头春意闹"，著一"闹"字，而境界全出。"云破月来花弄影"，著一"弄"字，而境界全出矣。

境界有大小，然不以是而分优劣。"细雨鱼儿出，微风燕子斜"，何遽不若"落日照大旗，马鸣风萧萧"。"宝帘闲挂小银钩"，何遽不若"雾失楼台，月迷津渡"也。

《诗·蒹葭》一篇，最得风人深致。晏同叔之"昨夜西风凋碧树。独上高楼，望尽天涯路"，意颇近之。但一洒落，一悲壮耳。

"我瞻四方，蹙蹙靡所骋"，诗人之忧生也。"昨夜西风凋碧树。独上高楼，望尽天涯路"似之。"终日驰车走，不见所问津"，诗人之忧世也。"百草千花寒食路，香车系在谁家树"似之。

成就一切事，罔不历三种境界："昨夜西风凋碧树。独上高楼，望尽天涯路。"此第一境也。"衣带渐宽终不悔，为伊消得人憔悴。"此第二境也。"众里寻他千百度，回头蓦见（应为"蓦然回首"），那人正（应为"却"）在，灯火阑珊处。"此第三境也。此等语，均非大词人不能道。然遽以此意解诸词，恐为晏、欧诸公所不许也。

太白词，纯以气象胜。"西风残照，汉家陵阙"，寥寥八字，遂关千古登临之口。后世惟范文正之《渔家傲》、夏英公之《喜迁莺》差堪继武，然气象已不逮矣。

温飞卿之词，句秀也。韦端己之词，骨秀也。李后主之词，神秀也。词至李后主，而境界始大，感慨遂深，遂变伶工之词，而为士大夫之词。宋初晏、欧诸公，皆自此出，而花间一派微矣。

冯正中词，除《鹊踏枝》、《菩萨蛮》数十阕最煊赫外，如《醉花间》之"高树鹊衔巢，斜月明寒草"，虽韦苏州之"流萤渡高阁"、孟襄阳之"疏雨滴梧桐"，不能过也。

"画屏金鹧鸪"，飞卿语也，其词品似之。"弦上黄莺语"，端己语也，其词品亦似之。若正中词品，欲于其词求之，则"和泪试严妆"殆近之欤？

欧阳公《浣溪沙》词"绿杨楼外出秋千"，晁补之谓："只一'出'字，便后人所不能道。"余谓此本于正中《上行杯》词："柳外秋千出画墙"，但欧语尤工耳。

少游词境，最为凄婉。至"可堪孤馆闭春寒，杜鹃声里斜阳暮"，则变而凄厉矣。东坡赏其后二语，尤为皮相。

"风雨如晦，鸡鸣不已。""山峻高以蔽日兮，下幽晦以多雨。霰雪纷其无垠兮，云霏霏而承宇。""树树皆秋色，山山尽落晖。""可堪孤馆闭春寒，杜鹃声里斜阳暮。"气象皆相似。

美成词，深远之致，不及欧、秦，唯言情体物，穷极工巧，故不失为第一流之作者。但恨创调之才多，创意之才少耳。

词最忌用替代字。美成《解语花》之"桂华流瓦"，境界极妙，惜以"桂华"二字代"月"耳。梦窗以下，则用代字更多。其所以然者，非意不足，则语不妙也。盖语妙则不必代，意足则不暇代。此少游之《水龙吟》首二语，所以为东坡所讥也。

美成《青玉案》（应为《苏幕遮》）词"叶上初阳干宿雨。水面清圆，一一风荷举。"此真能得荷之神理者。觉白石《念奴娇》、《惜红衣》二词，犹有隔雾看花之恨。

南宋词人，白石有格而无情，剑南有气而乏韵。其堪与北宋人颉颃者，唯一幼安耳。近人祖南宋而祧北宋，以南宋之词可学，北宋不可学也。学南宋者，不祖白石，则祖梦窗，以白石、梦窗可学，幼安不可学也。学幼安者，率祖其粗犷滑稽，以其粗犷滑稽处可学，佳处不可学也。同时白石、龙洲学幼安之作且如此，况其他乎？其实幼安词之佳者，俊伟幽咽，独有千古，其他豪放之处，亦有"横素波、干青云"之概，岂梦窗辈龌龊小生所可语耶？

东坡之词旷，稼轩之词豪。无二人之胸襟，而学其词，犹东施之效捧心也。

读东坡、稼轩词，须观其雅量高致，有伯夷、柳下惠之风。白石虽似蝉蜕尘埃，终不免局促辕下。

昭明太子称陶渊明诗"跌宕昭彰，独超众类，抑扬爽朗，莫之与京"。王无功称薛收赋"韵趣高奇，词义晦远，嵯峨萧瑟，真不可言"。词中惜少此二种气象，前者坡词近之，后者唯白石略得一二耳。

白石写景之作，如"二十四桥仍在，波心荡、冷月无声"、"数峰清苦，商略黄昏雨"、"高树晚蝉，说西风消息"，虽格韵高绝，然如雾里看花，终隔一层。梅溪、梦窗诸家写景之作，其病皆在一"隔"字。北宋风流，过江遂绝，抑真有风会存乎其间耶？

东坡、稼轩，词中之狂。白石，词中之狷。若梅溪、梦窗、草窗、玉田、西麓、竹山之词，则乡愿而已。

问"隔"与"不隔"之别，曰："生年不满百，常怀千岁忧。昼短苦夜长，何不秉烛游？""服食求神仙，多为药所误。不如饮美酒，被服纨与素。"写情如此，方为不隔。"采菊东篱下，悠然见南山。山气日夕佳，飞鸟相与还。""天似穹庐，笼盖四野。天苍苍，野茫茫，风吹草低见牛羊。"写景如此，方为不隔。词亦如之。如欧阳公《少年游·咏春草》云："阑干十二独凭春，晴碧远连云。三月二月，千里万里，行色苦愁人"，语语皆在目前，便是不隔；至换头云："谢家池上，江淹浦畔，吟魄与离魂"，使用故事，便不如前半精彩。然欧词前既实写，故至此不能不拓开，若通体如此，则成笑柄。南宋人词，则不免通体皆是"谢家池上"矣。

国朝人词，余最爱宋尚木（原作直方）《蝶恋花》"新样罗衣浑弃却，独寻旧日春衫著"，及谭复堂之"连理枝头侬与汝，千花百草从渠许"，以为最得风人之旨。

近人词如复堂之深婉，彊村之隐秀，当在吾家半塘翁之上。彊村学梦窗，而情味较梦窗反胜，盖有临川、庐陵之高华，而济以白石之疏越者。学人之词，斯为极则。然于古人自然神妙处，尚未梦见。

《半塘丁稿》和冯正中《鹊踏枝》十曲，乃《鹜翁词》之最精者。"望远愁多休纵目"等阕，郁伊惝恍，令人不能为怀。《定稿》只存六阕，殊为未允。

词总集，如《花间》、《尊前》，行于宋世。南宋迄明，盛行《草堂诗余》。自朱竹垞力诋《草堂》，而推重周草窗之《绝妙好词》。其实《草堂》瑕瑜互见，宋人名作，大抵在焉。《绝妙好词》，则如碔砆，无瑕可指，而可观之词甚少。竹垞《词综》，自南宋以后，其病略同。皋文《词选》，又扬其波，固陋弥甚矣。

词至元人，皆承南宋绪余，殆无足观。然曲中小令，却有绝妙者，如无名氏《天净沙》云："枯藤老树昏鸦，小桥流水人家。古道西风瘦马，夕阳西下，断肠人在天涯。"此等语，非当时词家所能道也。

元人曲中小令，以无名氏《天净沙》为第一，套数则以马东篱之《双调·夜行船》为第一。兹录其词如左：

〔夜行船〕百岁光阴如梦蝶，重回首往事堪嗟。昨日春来，今朝花谢。急（隋树森《全元散曲》作"争"）罚盏，夜阑灯灭。

〔乔木查〕（想）秦宫汉阙（据隋树森《全元散曲》本），都做了衰草牛羊野。不恁渔樵无话说。纵荒坟横断碑，不辨龙蛇。

〔庆宣和〕投至狐踪至兔窟，多少豪杰。鼎足三分半腰折，魏耶？晋耶？

〔落梅花〕天教富，不待奢。无多时好天良夜。看钱奴，硬将心似铁，空辜负锦堂风月。

〔风入松〕眼前红日又西斜，疾似下坡车。晓来青镜添白发，上床和鞋履相别。莫笑鸠巢计拙，葫芦提一就装呆。

〔拨不断〕利名竭，是非绝，红尘不向门前惹，绿树偏宜屋角遮，青山正补墙东（隋树森《全元散曲》本作"墙头"）缺，竹篱茅舍。

〔离亭宴煞〕蛩吟一枕才宁贴（隋树森《全元散曲》本作"蛩吟罢一党才宁贴"），鸡鸣万事无休歇。争名利，何年是彻。密匝匝蚁排兵，乱纷纷蜂酿蜜，急穰穰（隋村森《全元散曲》本作"攘攘"）蝇争血。裴公绿野堂，陶令白莲社。爱秋来那些？和露摘黄花，带霜烹紫蟹，煮酒烧红叶。人生有限杯，几个登高节？嘱付与顽童记者：便北海探吾来，道东篱醉了也。

周德清《中原音韵》中载此阙，以为"万中无一"。不虚也。

附录

《人间词话》手稿和本编、通行本条目次序对照表

手稿	本编	通行本	手稿	本编	通行本
1	二四	24	18	二〇	20
2	二六	26	19	二一	21
3	一〇	10	20	三六	36
4	一一	11	21	未三	删 5
5	一三	13	22	四二	42
6	一九	19	23	未四	删 35
7	五六	56	24	未五	未载
8	三三	33	25	未六	删 36
9	三四	34	26	未七	未载
10	三五	35	27	三七	37
11	四三	43	28	未八	未载
12	四九	49	29	未九	删 6
13	未一	删 1	30	未一〇	删 7
14	五〇	50	31	一	1
15	删一	删 2	32	二	2
16	删二	删 3	33	三	3
17	未二	删 4	34	未一一	删 8

手稿	本编	通行本
35	六	6
36	四	4
37	五	5
38	未一二	删 9
39	五五	55
40	二八	28
41	五七	57
42	五八	58
43	未一三	删 12
44	五一	51
45	未一四	删 13
46	七	7
47	未一五	删 14
48	八	8
49	删三	删 10
50	删四	未载
51	未一六	删 11
52	二二	22
53	二三	23
54	五九	59
55	未一七	删 15
56	未一八	删 16
57	一二	12
58	删五	未载
59	未一九	删 17

手稿	本编	通行本
60	四七	47
61	未二○	删 18
62	三一	31
63	三二	32
64	未二一	未载
65	未二二	未载
66	未二三	删 29
67	未二四	删 20
68	未二五	删 21
69	未二六	删 22
70	未二七	删 23
71	未二八	删 24
72	未二九	删 25
73	四八	48
74	未三○	删 26
75	三八	38
76	三九	39
77	四○	40
78	二九	29
79	九	9
80	四一	41
81	未三一	删 27
82	六四	64
83	未三二	删 28
84	未三三	删 29

手稿	本编	通行本
85	未三四	删 30
86	未三五	删 31
87	删六	删 32
88	未三六	删 33
89	删七	未载
90	删八	未载
91	未三七	删 34
92	删九	未载
93	未三八	未载
94	五三	53
95	未三九	删 37
96	未四〇	删 38
97	未四一	删 40
98	未四二	删 41
99	四五	45
100	四六	46
101	未四三	删 42
102	未四四	删 43
103	未四五	删 44
104	一四	14
105	一五	15

手稿	本编	通行本
106	一六	16
107	一七	17
108	一八	18
109	删一〇	未载
110	三〇	30
111	删一一	删 39
112	未四六	删 45
113	未四七	删 46
114	四四	44
115	未四八	删 47
116	二七	27
117	六〇	60
118	二五	25
119	未四九	删 48
120	六一	61
121	未五〇	删 49
122	删一二	未载
123	六二	62
124	五二	52
125	五四	54
无	六三	63

俞平伯《重印人间词话序》

（北京朴社 1926 年印本）

　　作文艺批评，一在能体会，二在能超脱。必须身居局中，局中人知甘苦；又须身处局外，局外人有公论。此书论诗人之素养，以为"入乎其内，故能写之；出乎其外，故能观之"。吾于论文艺批评亦云然。

　　自来诗话虽多，能兼此二妙者寥寥；此重刊《人间词话》之意义也。虽只薄薄的三十页，而此中所蓄几全是深辨甘苦惬心贵当之言，固非胸罗万卷者不能道。读者宜深加玩味，不以少而忽之。

　　其实书中所暗示的端绪，如引而申之，正可成一庞然巨帙，特其耐人寻味之力或顿减耳。明珠翠羽，俯拾即是，莫非瑰宝，装成七宝楼台，反添蛇足矣。此日记短札各体之所以为人爱重，不因世间曾有 masterpieces，而遂销声匿迹也。

　　作者论词标举"境界"，更辨词境有隔不隔之别；而谓南宋逊于北宋，可与颉颃者惟辛幼安一人耳……凡此等评衡论断之处，俱持平入妙，铢两悉称，良无间然。颇思得暇引申其义，却恐"佛头著粪"，遂终于不为；而缀此短序以介绍于读者。

一九二六，二，四，平伯记。

戚法仁《人间词话》补笺序
（北京文化学社 1928 年印本）

　　词者，曲子词之省称。其乐则燕乐二十八调，其体则肇自盛唐，初为民间歌谣，即《云谣集》杂曲子是也。中唐之世，刘、白试作，寥寥短章，体格未备。及晚唐五季，作手实繁，《握兰》《金荃》，哀然成帙。降而两宋，此体大盛，苏、辛为豪放之祖，周、秦开婉约之宗，轶先越后，蔚为绝学；而论词之书，亦推宋人最精。张玉田《词源》二卷，艺林推重，珍逾南金，其书精研律吕，剖析毫芒，后人继作，万难企及；惟论词之处，则支离殊少条贯，且门户太狭，专主清空，失之偏宕。厥后元、明二代，若陆辅《词旨》、杨升《词品》外，作者尚众；然皆疏略，少所发明。清人论述，《白雨斋》及《蕙风词话》，最为时人推重。然求其推究文心，尽极精微，且本末赅备，条贯厘然者，海宁王氏《人间词话》一编，尤有所长，论词主境界，不为虚无要渺之谈。其书旧有注本；然而诠释弗精，义蕴不显。于是成都薄仲山先生为之补笺，取王氏之说而引申之，诠解详尽，妙达词心，斯实艺苑之南针，匪特有功王氏一家之书也。惟海宁治词，功力悉在小令，故《词话》之作，于南宋诸家深致诋诃。然俞仲茆云："唐诗三变愈下。"宋词殊不然，欧、苏、秦、黄，足当高、岑、王、李，南渡以后，矫矫陆健，即不得称中宋晚宋也。尝试论之：梅溪思路隽爽，用笔轻灵，快剪风樯，了无滞迹，持救平钝之病，诚为良剂。梦窗以丽赡之才，吐沉雄之思，其开阖顿挫，潜气内转，正与美成同法。草窗、玉田，功力并胜，且身茹亡国之痛，凄怆悲吟，不能自已，其词《一萼红·登蓬莱阁》、《高阳臺·西湖春感》，类有寄托，非同泛响。今一例抹煞，诋为乡愿，平情而论，实失之苛。至于《清真》一集，极沈郁顿挫之观，两宋之世，一人而已。王氏少之。及后更著《清真先生遗事》，乃尽反前说，殆亦悔其少作。今备论其得失如此，俾读斯编者知所去取云尔。宿迁戚法仁序。

王国维诗学理论重要观点摘录

通论之部

（一）诗的本体论

学有三大类：科学，史学，文学

学有三大类，曰：科学也，史学也，文学也。凡记述事物而求其原因，定其理法者，谓之科学。求事物变迁之迹而明其因果者，谓之史学。至出入二者间，而兼有玩物适情之效者，谓之文学。然各科学有各科学之沿革，而史学又有史学之科学（如刘知几《史通》之类）。若夫文学，则有文学之学（如《文心雕龙》之类）焉，有文学之史（如各史文苑传）焉，而科学、史学之杰作亦即文学之杰作。故三者非斠然有疆界，而学术之蕃变，书籍之浩瀚，得以此三者括之焉。（《国学丛刊序》）

美术使人超然于利害之外，而得自由之乐

吾人之知识与实践之二方面，无往而不与生活之欲相关系，即与苦痛相关系。兹有一物焉，使吾人超然于利害之外，而忘物与我之关系。此时也，吾人之心无希望，无恐怖，非复欲之我，而但知之我也。此犹积阴弥月而旭日杲杲也；犹覆舟大海之中，浮沉上下，而飘著于故乡之海岸也；犹阵云惨淡，而插翅之天使赍平和之福音而来者也；犹鱼之脱于罾网，鸟之自樊笼出，而游于山林江海也。然物之能使吾人超然于利

害之外者，必其物之于吾人无利害之关系而后可，易言以明之，必其物非实物而后可。然则非美术何足以当之乎？夫自然界之物，无不与吾人有利害之关系，纵非直接亦必间接相关系者也。苟吾人而能忘物与我之关系而观物，则夫自然界之山明水媚，鸟飞花落，固无往而非华胥之国，极乐之土也。岂独自然界而已，人类之言语动作，悲欢啼笑，孰非美之对象乎？然此物既与吾人有利害之关系，而吾人欲强离其关系而观之，自非天才，岂易及此？于是天才者出，以其所观于自然人生中者，复现之于美术中，而使中智以下之人，亦因其物之与己无关系，而超然于利害之外。是故观物无方，因人而变。濠上之鱼，庄、惠之所乐也，而渔父袭之以网罟；舞雩之木，孔、曾之所憩也，而樵者继之以斤斧。若物非有形，心无所住，则虽殉财之夫，贵私之子，宁有对曹霸、韩幹之马，而计驰骋之乐，见毕宏、韦偃之松，而思栋梁之用，求好逑于雅典之偶，思税驾于金字之塔者哉？故美术之为物，欲者不观，观者不欲。而艺术之美所以优于自然之美者，全存于使人易忘物我之关系也。(《红楼梦评论》)

美之性质：可爱玩而不可利用

美之性质，一言以蔽之，曰：可爱玩而不可利用者是已。虽物之美者有时亦足供吾人之利用，但人之视为美时，决不计及其可利用之点。其性质如是，故其价值亦存于美之自身，而不存乎其外。(《古雅之在美学上之位置》)

"象在而遗其形，心生而无所住"

且夫张而必弛者，文武之道；劳而求息者，含生之情。然走狗斗鸡，颇乖大雅；弹棋博簺，易入机心。若夫象在而遗其形，心生而无所住，则岂有对曹霸、韩幹之马，而计驰骋之乐；见毕宏、韦偃之松，而思栋梁之用？会心之处不远，鄙吝之情聿销，诚遣日之良方，亦息肩之胜地。(《〈中国名画集〉序》)

审美观照及其境界中的"二原质"

美之为物,不关于吾人之利害者也。吾人观美时亦不知有一己之利害。德意志之大哲人汗德(今译康德)以美之快乐为不关利害之快乐(Disinterested pleasure)。至叔本华而分析观美之状态为二原质:(一)被观之对象,非特别之物,而此物之种类之形式;(二)观者之意识,非特别之我,而纯粹无欲之我也。(《意志及观念之世界》第一册二百五十三页)何则?由叔氏之说,人之根本在生活之欲,而欲常起于空乏;既偿此欲,则此欲以终;然欲之被偿者一,而不偿者十百;一欲既终,他欲随之,故究竟之慰藉终不可得。苟吾人之意识而充以嗜欲乎?吾人而为"嗜欲之我"乎?则亦长此辗转于空乏、希望与恐怖之中而已,欲求福祉与宁静,岂可得哉!然吾人一旦因他故,而脱此嗜欲之网,则吾人之知识已不为嗜欲之奴隶,于是得所谓"无欲之我"。无欲故无空乏,无希望,无恐怖,其视外物也,不以为与我有利害之关系,而但视为纯粹之外物。此境界唯观美时有之。苏子瞻所谓"寓意于物"(《宝绘堂记》);邵子曰:"圣人所以能一万物之情者,谓其能反观也。所以谓之反观者,不以我观物也;不以我观物者,以物观物之谓也。既能以物观物,又安有我于其间哉?"(《皇极经世·观物内篇》七)此之谓也。

其咏之于诗者,则如陶渊明云:"采菊东篱下,悠然见南山。山气日夕佳,飞鸟相与还。此中有真意,欲辨已忘言";谢灵运云:"昏旦变气候,山水含清晖。清晖能娱人,游子憺忘归";或如白伊龙(今译拜伦)云:

> "I live not in myself, but I become
> Portion of that around me ; and to me
> High mountains are a feeling."

皆善咏此者也。(《孔子之美育主义》)

审美境界乃物质境界与道德境界之津梁

夫岂独天然之美而已,人工之美亦有之。宫观之瑰杰,雕刻之优美雄丽，图画之简淡冲远，诗歌、音乐之直诉人之肺腑，皆使人达于无欲之境界，故泰西自雅里大德勒（今译亚里士多德）以后，皆以美育为德育之助……及德意志之大诗人希尔列尔（今译席勒）出，而大成其说，谓人日与美相接，则其感情日益高，而暴慢鄙倍之心日益远。故美术者科学与道德之生产地也。又谓审美之境界乃不关利害之境界，故气质之欲灭，而道德之欲得由之以生。故审美之境界乃物质之境界与道德之境界之津梁也。于物质之境界中，人受制于天然之势力；于审美之境界则远离之；于道德之境界则统御之（希氏论人类美育之书简）。(《孔子之美育主义》)

文学者，游戏的事业也

文学者，游戏的事业也，人之势力，用于生存竞争而有余，于是发而为游戏。婉娈之儿，有父母以衣食之，以卵翼之，无所谓争存之事也，其势力无所发泄，于是作种种之游戏。逮争存之事亟，而游戏之道息矣。唯精神上之势力独优，而又不必以世事为急者，然后终身得保其游戏之性质。而成人以后，又不能以小儿之游戏为满足，于是对其自己之感情及所观察之事物，而摹写之，咏叹之，以发泄所储蓄之势力。故民族文化之发达，非达一定之程度，则不能有文学。而个人之汲汲于争存者，决无文学家之资格也。(《文学小言》)

诗歌者，描写自然及人生者也

诗歌者，描写人生者也（用德国大诗人希尔列尔之定义）。此定义未免太狭，今更广之曰：描写自然及人生，可乎？然人类之兴味，实先人生而后自然。故纯粹之模山范水，流连光景之作，自建安以前，殆未之见。而诗歌之题目皆以描写自己之感情为主；其写景物也，亦必以自己深邃之感情为之素地，而始得于特别之境遇中，用特别之眼观之。故古代之诗所描写者，特人生之主观的方面，而对人生之客观的方面及纯处于客观界之自然，断不能以全力注之也。故对古代之诗，前之定义宁苦其广，而不苦其隘也。(《屈子文学之精神》)

"诗歌者，感情的产物也"

诗歌者，感情的产物也。虽其中之想象的原质（即知力的原质），亦须有肫挚之感情为之素地，而后此原质乃显。故诗歌者实北方文学之产物，而非儇薄冷淡之夫所能托也。观后世之诗人，若渊明，若子美，无非受北方学派之影响者，岂独一屈子然哉！岂独一屈子然哉！（《屈子文学之精神》）

古代南方文学之想象力"伟大丰富"

然南方文学中，又非无诗歌的原质也。南人想象力之伟大丰富，胜于北人远甚。彼等巧于比类而善于滑稽。故言大，则有若北溟之鱼；语小，则有若蜗角之国；语久，则大椿冥灵；语短，则蟪蛄朝菌。至于襄城之野，宅圣皆迷；汾水之阳，四子独往：此种想象决不能于北方文学中发见之。故《庄》《列》书中之某部分，即谓之"散文诗"，无不可也。夫儿童想象力之活泼，此人人公认之事实也。国民文化发达之初期亦然。古代印度及希腊之壮丽之神话，皆此等想象之产物。以我中国论，则南方之文化发达较后于北方，则南人之富于想象，亦自然之势也。此南方文学中之诗歌的特质之优于北方文学者也。（《屈子文学之精神》）

领悟"真理"与创造"意境"

今夫人积年月之研究，而一旦豁然悟宇宙人生之真理，或以胸中惝恍不可捉摸之意境，一旦表诸文字、绘画、雕刻之上，此固彼天赋之能力之发展，而此时之快乐决非南面王之所能易者也。（《论哲学家与美术家之天职》）

何谓"意境"

然元剧最佳之处，不在其思想结构，而在其文章。其文章之妙，亦一言以蔽之，曰：有意境而已矣。何以谓之有意境？曰：写情则沁人心脾，写景则在人耳目，述事则如其口出是也。古诗词之佳者，无不如是，元

曲亦然。明以后，其思想结构，尽有胜于前人者，唯意境则为元人所独擅。（《宋元戏曲考》）

诗歌与哲学之异同

特如文学中之诗歌一门，尤与哲学有同一之性质。其所欲解释者，皆宇宙人生上根本之问题，不过其解释之方法：一直观的，一思考的；一顿悟的，一合理的耳。读者观格代（今译歌德）、希尔列尔（席勒）之戏曲，所负于斯披诺若（斯宾诺莎）、汗德（康德）者如何，则思过半矣。（《奏定经学科大学文学科大学章程书后》）

"哲学与美术之所志者，真理也"

夫哲学与美术之所志者，真理也。真理者，天下万世之真理，而非一时之真理也。其有发明此真理（哲学家），或以记号表之（美术）者，天下万世之功绩，而非一时之功绩也。唯其为天下万世之真理，故不能尽与一时一国之利益合，且有时不能相容，此即其神圣之所存也。（《论哲学家与美术家之天职》）

哲学综合真、善、美三者而论其原理

教育学者，实不过心理学、伦理学、美学之应用。心理学之为自然科学，而与哲学分离，仅曩日之事耳。若伦理学与美学，则尚俨然为哲学中之二大部。今夫人之心意，有智力，有意志，有感情。此三者之理想，曰真、曰善、曰美。哲学实综合此三者而论其原理者也。教育之宗旨亦不外造就真、善、美之人物。故谓教育学上之理想，即哲学上之理想，无不可也。（《哲学辨惑》）

"感情之最高之满足，必求之文学美术"

人于生活之欲外，有知识焉，有感情焉。感情之最高之满足，必求之文学美术。知识之最高之满足，必求诸哲学。叔本华所以称人为"形而上学的动物"，而有形而上学的需要者，为此故也。（《奏定经学科大学文

学科大学章程书后》)

诗歌写善恶二性的"内界之争"

夫岂独宗教而已，历史之所记述，诗人之所悲歌，又孰非此善恶二性之争斗乎？但前者主纪外界之争，后者主述内界之争，过此以往，则吾不知其区别也。(《论性》)

"美术者，上流社会之宗教也"

若夫上流社会，则其知识既广，其希望亦较多，故宗教之对彼，其势力不能如对下流社会之大，而彼等之慰藉不得不求诸美术。美术者，上流社会之宗教也。(《去毒篇》)

"一切之美，皆形式之美也"

一切之美，皆形式之美也。就美之自身言之，则一切优美皆存于形式之对称、变化及调和；至宏壮之对象，汗德（康德）虽谓之无形式，然以此种无形式之形式能唤起宏壮之情故，谓之形式之一种，无不可也。就美术之种类言之，则建筑、雕刻、音乐之美之存于形式，固不俟论；即图画、诗歌之美之兼存于材质之意义者，亦以此等材质适于唤起美情故，故亦得视为一种之形式焉。释迦与马利亚庄严圆满之相，吾人亦得离其材质之意义，而感无限之快乐，生无限之钦仰，戏曲、小说之主人翁及其境遇，对文章之方面言之，则为材质；然对吾人之感情言之，则此等材质又为唤起美情之最适之形式。故除吾人之感情外，凡属于美之对象者，皆形式而非材质也。(《古雅之在美学上之位置》)

"优美"与"宏壮"的区别

美学上之区别美也，大率分为二种：曰优美，曰宏壮。自巴克及汗德（康德）之书出，学者殆视此为精密之分类矣。至古今学者对优美及宏壮之解释，各由其哲学系统之差别而各不同。要而言之，则前者由一对象之形式不关于吾人之利害，遂使吾人忘利害之念，而以精神之全力沉浸于此对象之形式中。自然及艺术中普通之美，皆此类也。后者则由一对象之形式越乎吾人知力所能驭之范围，或其形式大不利于吾人，而又觉其非人力所能抗，于是吾人保存自己之本能，遂超越乎利害之观念外，而达观其对象之形式。如自然中之高山大川、烈风雷雨，艺术中伟大之宫室、悲惨之雕刻象、历史画、戏曲、小说等，皆是也。此二者，其可爱玩而不可利用也同。(《古雅之在美学上之位置》)

"眩惑"与"优美""壮美"相反

至美术中之与二者（指优美、壮美）相反者，名之曰眩惑。夫优美与壮美皆使吾人离生活之欲，而入于纯粹之知识者；若美术中而有眩惑之原质乎，则又使吾人自纯粹之知识出，而复归于生活之欲。如粔籹蜜饵，《招魂》《启》《发》之所陈；玉体横陈，周昉仇英之所绘；《西厢记》之《酬柬》《牡丹亭》之《惊梦》，伶元之传《飞燕》，杨慎之赝《秘辛》：徒讽一而劝百，欲止沸而益薪，所以子云有靡靡之诮，法秀有绮语之诃。虽则梦幻泡影，可作如是观，而拔舌地狱专为斯人设者矣。故眩惑之于美，如甘之于辛，火之于水，不相并立者也。吾人欲以眩惑之快乐，医人世之苦痛，是犹欲航断港而至海，入幽谷而求明，岂徒无益，而又增之。则岂不以其不能使人忘生活之欲，及此欲与物之关系，而反鼓舞之也哉？眩惑之与优美及壮美相反对，其故实存于此。(《红楼梦评论》)

时、空、因果，"知物之式"

笃生哲人，凯尼之堡。息彼众喙，示我大道。观外于空，观内于时。诸果粲然，厥因之随。凡此数者，知物之式，存于能知，不存于物。匪言之艰，证之维艰。云霾解驳，秋山巉巉。赤日中天，烛彼穷阴。丹凤在霄，百鸟皆暗。谷可如陵，山可为薮。万岁千秋，公名不朽！(《汗德（康德）像赞》)

"天眼所观，万物一身"

觥觥先生，集其大成。载厚其址，以筑百城。刻桷飞甍，俯视星斗。

懦夫骇焉，流汗却走。天眼所观，万物一身。搜源去欲，倾海量仁（但指其学说言）。嗟予冥行，百无一可。欲生之戚，公既诏我。公虽云亡，公书则存。愿言千复，奉以终身。(《叔本华像赞》)

"一切物之自身，皆意志也"

叔本华于知识论上奉汗德（康德）之说，曰：世界者，吾人之观念也。一切万物，皆由充足理由之原理决定之，而此原理，吾人知力之形式也。物之为吾人所知者，不得不入此形式。故吾人所知之物，决非物之自身，而但现象而已。易言以明之，吾人之观念而已。然则物之自身，吾人终不得而知之乎？叔氏曰：否！他物则吾不可知，若我之为我，则为物之自身之一部，昭昭然矣。而我之为我，其现于直观中时，则块然空间及时间中之一物，与万物无异；然其现于反观时，则吾人谓之意志而不疑也。而吾人反观时，无知力之形式行乎其间，故反观时之我，我之自身也。然则我之自身，意志也。而意志与身体，吾人实视为一物。故身体者，可谓之意志之客观化，即意志之入于知力之形式中者也。吾人观我时，得由此二方面；而观物时，只由一方面，即唯由知力之形式中观之，故物之自身，遂不得而知。然由观我之例推之，则一切物之自身，皆意志也。叔本华由此以救汗德批评论之失，而再建形而上学。(《叔本华之哲学及其教育学说》)

"美之知识，'实念'(理念)之知识也"

于是叔氏更由形而上学，进而说美学。夫吾人之本质，既为意志矣，而意志之所以为意志，有一大特质焉，曰：生活之欲。何则？生活者，非他，不过自吾人之知识中，所观之意志也。吾人之本质，既为生活之欲矣，故保存生活之事，为人生之唯一大事业。且百年者，寿之大齐，过此以往，吾人所不能暨也，于是向之图个人之生活者，更进而图种姓之生活。一切事业皆起于此。吾人之意志，志此而已；吾人之知识，知此而已。既志此矣，既知此矣。于是满足与空乏，希望与恐怖，数者如环无端，而不知其所终。目之所观，耳之所闻，手足所触，心之所思，无往而不与吾人之利害相关，终身仆仆而不知所税驾者，天下皆是也。

然则此利害之念，竟无时或息欤？吾人于此桎梏之世界中，竟不获一时救济欤？曰：有。唯美之为物，不与吾人之利害相关系，而吾人观美时，亦不知有一己之利害。何则？美之对象，非特别之物，而此物之种类之形式；又观之之我，非特别之我，而纯粹无欲之我也。夫空间、时间，既为吾人直观之形式，物之现于空间者皆并立，现于时间者皆相续，故现于空间、时间者，皆特别之物也。既视为特别之物矣，则此物与我利害之关系，欲其不生于心，不可得也。若不视此物为与我有利害之关系，而但观其物，则此物已非特别之物，而代表此物之全种，叔氏谓之曰"实念"。故美之知识，"实念"之知识也。而美之中，又有优美与壮美之别。今有一物，令人忘利害之关系，而玩之而不厌者，谓之曰优美之感情。若其物直接不利于吾人之意志，而意志为之破裂，唯由知识冥想其理念者，谓之曰壮美之感情。然此二者之感吾人也，因人而不同。其知力弥高，其感之也弥深。独天才者，由其知力之伟大，而全离意志之关系，故其观物也，视他人为深，而其创作之也，与自然为一。故美者，实可谓天才之特许物也，若夫终身局于利害之桎梏中，而不知美之为何物者，则滔滔皆是。且美之对吾人也，仅一时之救济，而非永远之救济。此其伦理学上之拒绝意志之说，所以不得已也。（《叔本华之哲学及其教育学说》）

（二）诗的创作论

美术之目的：描写"人生之苦痛"，求得"暂时之平和"

美术之务，在描写人生之苦痛与其解脱之道，而使吾侪冯生之徒，于此桎梏之世界中，离此生活之欲之争斗，而得暂时之平和。此一切美术之目的也。（《红楼梦评论》）

大诗人"以人类之感情，为其一己之感情"

若夫最高尚之嗜好，如文学美术，亦不外势力之欲之发表。希尔列尔（席勒）既谓儿童之游戏，存于用剩余之势力矣，文学美术，亦不过成人之精神的游戏，故其渊源之存于剩余之势力，无可疑也。且吾人内界之思想感情，平时不能语诸人，或不能以庄语表之者，于文学中，以无人与我一定之关系故，故得倾倒而出之。易言以明之，吾人之势力，所不能于实际表出者，得以游戏表出之是也。若夫真正之大诗人，则又以人类之感情，为其一己之感情。彼其势力充实，不可以已，遂不以发表自己之感情为满足，更进而欲发表人类全体之感情。彼之著作，实为人类全体之喉舌。而读者于此，得闻其悲欢啼笑之声，遂觉自己之势力亦为之发扬而不能自已。故自文学言之，创作与赏鉴之二方面，亦皆以此势力之欲，为之根柢也。文学既然，他美术何独不然。(《人间嗜好之研究》)

文学者，"知识与感情交代之结果"

文学中有二原质焉：曰景，曰情。前者以描写自然及人生之事实为主，后者则吾人对此种事实之精神的态度也。故前者客观的，后者主观的也；前者知识的，后者感情的也。自一方面言之，则必吾人之胸中洞然无物，而后其观物也深，而其体物也切，即客观的知识，实与主观的感情，为反比例。自他方面言之，则激烈之感情，亦得为直观之对象、文学之材料，而观物与其描写之也，亦有无限之快乐伴之。要之，文学者，不外知识与感情交代之结果而已。苟无锐敏之知识与深邃之感情者，不足与于文学之事，此其所以但为天才游戏之事业，而不能以他道劝者也。(《文学小言》)

"天下之事物，非由全不足以知曲，非致曲不足以知全"

一切艺术悉由一切学问出，古人所谓"不学无术"，非虚语也。夫天下之事物，非由全，不足以知曲，非致曲，不足以知全。虽一物之解释，一事之决断，非深知宇宙人生之真相者不能为也；而欲知宇宙人生者，虽宇宙中之一现象，历史上之一事实，亦未始无所贡献。故深湛幽渺之思，学者有所不避焉；迂远繁琐之讥，学者有所不辞焉。事物无大小，无远近，苟思之得其真，纪之得其实，极其会归，皆有裨于人类之生存福祉。己不竟其绪，他人当能竟之；今不获其用，后世当能用之。此非苟且玩愒之徒，所与知也。(《国学丛刊序》)

"静中观我原无碍"

小斋竟日兀营营，忽试霜蹄四马轻。萤火时从风里堕，雉垣偏向电边明；静中观我原无碍，忙里哦诗却易成。归路不妨冒雷雨，兹游快绝冠平生。(《静安诗稿·五月二十三夜出阊门驱车至觅渡桥》)

"感情真者，其观物亦真"

"燕燕于飞，差池其羽"，"燕燕于飞，颉之颃之"，"睍睆黄鸟，载好其音"，"昔我往矣，杨柳依依"：诗人体物之妙，侔于造化，然皆出于离人孽子征夫之口。故知感情真者，其观物亦真。(《文学小言》)

"美术者，天才之制作也"

"美术(按指艺术)者，天才之制作也"，此自汗德(康德)以来百余年间学者之定论也。(《古雅之在美学上之位置》)

大文学有赖于天才、学问、德性

天才者，或数十年而一出，或数百年而一出，而又须济之以学问，帅之以德性，始能产真正之大文学。此屈了、渊明、子美、子瞻等所以旷世而不一遇也。(《文学小言》)

学须才，才须学

夫学须才也，才须学。是以右相丹青，坐卧僧繇之侧；率更翰墨，徘徊索靖之旁。近世画师，罕窥其迹，见华亭而求北苑，执娄水以觅大痴，既模仿之不知，于创作乎何有！(《〈中国名画集〉序》)

古雅作家"能雅而不能美且壮"

若夫优美及宏壮，则非天才，殆不能捕攫之而表出之。今古第三流以下之艺术家，大抵能雅而不能美且壮者，职是故也。以绘画论，则有若国朝之王翚，彼固无艺术上之天才，但以用力甚深之故，故摹古则优，而自运则劣，则岂不以其舍其所长之古雅，而欲以优美、宏壮与人争胜也哉？以文学论，则除前所述匡、刘诸人外，若宋之山谷。明之青邱、历下、国朝之新城等，其去文学上之天才盖远，徒以有文学上之修养故，其所作遂带一种典雅之性质。而后之无艺术上之天才者，亦以其典雅故，遂与第一流之文学家等类而观之。然其制作之负于天分者十之二三，而负于人力者十之七八，则固不难分析而得之也。(《古雅之在美学上之位置》)

第二形式能使"本不美者"获得艺术价值

虽第一形式之本不美者，得由其第二形式之美（雅），而得一种独立之价值。茅茨土阶，与夫自然中寻常琐屑之景物，以吾人之肉眼观之，举无足与于优美若宏壮之数。然一经艺术家（绘画若诗歌）之手，而遂觉有不可言之趣味。此等趣味，不自第一形式得之，而自第二形式得之，无疑也。绘画中之布置，属于第一形式，而使笔使墨，则属于第二形式。凡以笔墨见赏于吾人者，实赏其第二形式也。此以低度之美术（如法书等）为尤甚。三代之钟鼎，秦汉之摹印，汉魏六朝唐宋之碑帖，宋元之书籍等，其美之大部，实存于第二形式。吾人爱石刻，不如爱真迹，又其于石刻中，爱翻刻不如爱原刻，亦以此也。(《古雅之在美学上之位置》)

古代北方诗人的特点与"欧穆亚之人生观"

若北方之人，则往往以坚忍之志，强毅之气，持其改作之理想，以与当日之社会争；而社会之仇视之也，亦与其仇视南方学者无异，或有甚焉。故彼之视社会也，一时以为寇，一时以为亲，如此循环，而遂生欧穆亚（Humour）之人生观。《小雅》中之杰作，皆此种竞争之产物也。且北方之人，不为离世绝俗之举，而日周旋于君臣父子夫妇之间。此等在在界以诗歌之题目，与以作诗之动机。此诗歌的文学，所以独产于北方学派中，而无与于南方学派者也。(《屈子文学之精神》)

诗人的人格与其作品的关系

三代以下之诗人，无过于屈子、渊明、子美、子瞻者。此四子者，

苟无文学之天才，其人格亦自足千古。故无高尚伟大之人格，而有高尚伟大之文学者，殆未之有也。(《文学小言》)

"画之高下，视其我之高下"

夫绘画之可贵者，非以其所绘之物也，必有我焉以寄于物之中。故自其外而观之，则山水、云树、竹石、花草，无往而非物也；自其内而观之，则子久也，仲圭也，元镇也，叔明也，吾见之于墙而闻其謦咳矣。且子久不能为仲圭，仲圭不能为元镇，元镇、叔明不能为子久、仲圭，则以子久之我，非仲圭之我，而仲圭、元镇、叔明三人者，亦各自有其我故也。画之高下，视其我之高下。一人之画之高下，又视其一时之我之高下。……所谓真我者，得之于天，不以境遇易。(《二田画𪧦记》)

"其所写者即其所观，其所观者即其所畜者"

善画竹者亦然。彼独有见于其原，而直以其胸中潇洒之致，劲直之气，一寄之于画。其所写者，即其所观；其所观者，即其所畜者也。物我无间，而道艺为一，与天冥合，而不知其所以然。故古之工画竹者，亦高致直节之士为多，如宋之文与可、苏子瞻，元之吴仲圭是已。(《此君轩记》)

名家书画中各有"我"在

石田之画，荟蔚沈厚，得气之夏；其所写者，虽小草拳石，而有土厚水深之势。南田之画，融和骀荡，得气之春；其所写者，虽枯木断流，而皆有苏生旁出之意。此其不能相为者也。其于书也亦然。石田之书，瘦硬如黄山谷；南田之书，秀媚如褚登善。而二田之书，又非登善、山谷之书也。彼各有所谓我者在也。(《二田画𪧦记》)

"浑浑焉，浩浩焉，日摩挲耽玩于其中"

(罗子期) 笃嗜篆刻。其家所蓄，有秦、汉古钤印千百钮，及近世所出古钤印谱录数十种。子期年幼而志锐，浑浑焉，浩浩焉，日摩挲耽玩于其中。其于世之所谓高名厚利，未尝知也；世人虚憍鄙倍之作，未尝见也。其泽于古也至深，而于今也若遗。故其所作，于古人准绳规矩，无毫发遗憾，乃至并其精神意味之不可传者而传之。其伎如庖丁之解牛，痀偻丈人之承蜩，纵指之所至，无不中者。其全于天者欤？其诸不为风俗所转，而能转移风俗者欤？风俗之转移，艺术之幸，抑非徒艺术之幸也？（《待时轩仿古钤印谱序》）

"东家与西舍，假得紫罗襦。主者虽不索，跬步终趑趄"。

文章千古事，亦与时荣枯。并世盛作者，人握灵蛇珠。朝菌媚初日，容色非不腴。飘风夕以至，零落委泥涂。且复舍之去，周流观石渠。蔽亏东观籍，繁会南郭竽。譬如贰负尸，桎梏南山隅。恒干块犹存，精气荡无余。小子曾无状，亦复事操觚。自忘宿瘤质，揽镜学施朱。东家与西舍，假得紫罗襦。主者虽不索，跬步终趑趄。且当养毛羽，勿作南溟图。（《静安诗稿·偶成》）

叙事文学取材富，"非天才而又有暇日者不能"

抒情之诗，不待专门之诗人，而后能之也。若夫叙事，则其所需之时日长，而其所取之材料富。非天才而又有暇日者不能。此诗家之数之所以不可更仆数，而叙事文学家，殆不能及百分之一也。（《文学小言》）

"不有言愁诗句在，闲愁那得暂时消"

拼飞懒逐九秋雕，孤耿真成八月蜩。偶作山游难尽兴，独寻僧话亦无聊。欢场祇自增萧瑟，人海何由慰寂寥。不有言愁诗句在，闲愁那得暂时消。（《静安诗稿·拼飞》）

剧中脚色依气质而分类

自气质言之，则亿兆人，非有亿兆种之气质，而可以数种该之。此数种者，虽视为亿兆人气质之标本，可也。吾中国之言气质者，始于《洪范》三德，宋儒亦多言"气质之性"，然未有加以分类者。独近世戏剧中之脚色，隐有分类之意，虽非其本旨，然其后起之意义如是，不可诬也。脚色最终之意义，实在于此。以品性必观其人之言行而后见，而气质则可于容貌、声音、举止间一览而得故也。(《古剧脚色考》)

我国剧中脚色之分，隐与额伦"气质"说相合

罗马医学大家额伦，谓人之气质有四种：一、热性，二、冷性，三、郁性，四、浮性也。我国剧中脚色之分，隐与此四种合。大抵"净"为热性，"生"为郁性；"副净"与"丑"，或浮性而兼冷性，或浮性而兼热性。虽我国作戏曲者，尚不知描写性格，然脚色之分，则有深意存焉。(《录曲余谈》)

文学天才与遗传

至其(指叔本华)谓父之知力，不能遗传于子者，此尤与事实大反对者也。兹就文学家言之：以司马迁、班固之史才，而有司马谈、班彪为之父。以枚乘之能文，而有枚皋为之子。且班氏一家，男则有班伯、班叔等，女则前有婕妤，后有曹大家，此绝非偶然之事也。以王逸之辞赋，而有子延寿，其《鲁灵光殿赋》且驾班、张而上之。以蔡邕之逸才，而有女文姬。而曹大家及文姬之子，反不闻于后世，则又何也？魏武雄才大略，诗文雄杰，亦称其人。文帝、陈思，固不愧乃父矣；而幼子邓哀王仓舒，以八龄之弱，而发明物理学上比重之理(《魏志·邓哀王传》注)；至高贵乡公髦，犹有先之余烈，其幸太学之问，使博士不能置对(《魏志》)，又善绘事，所绘《卞庄刺虎图》，为宋代宣和内府书画之冠(《铁围山丛谈》)。又孰谓知力之不能自祖、父遗传乎？至帝王家文学之足与曹氏媲美者，厥惟萧氏。梁武帝特妙于文学，虽不如魏武，固亦六代之儔也。昭明继起，可拟五官。至简文帝、元帝，而诗文之富，度越父兄矣。邵陵王纶、武陵王纪，亦工书记。独豫章王综，自疑为齐东昏之子，宫甲未动，遽然北窜，然其"钟鸣落叶"之曲，读者未始不可见乃父之遗风焉。此后南唐李氏父子，亦颇近之。至于扬雄之子，九年而与《玄》文；孔融之儿，七岁而知家祸，融固所谓"小时了了"者也。隋之河汾王氏，

宋之眉山苏氏，亦皆父子兄弟，回翔文苑。苏过《斜川集》之作，虽不若而翁，固不愧名父之子也。至一家父子之以文学名者，历史上尤不可胜举，则知力之自父遗传，固自不可拒也。(《书叔本华遗传说后》)

"曲""白"相生

元剧之词，大抵曲白相生；苟不兼作白，则曲亦无从作，此最易明之理也。今就其存者言之，则《元曲选》中百种，无不有白，此犹可诿为明人之作也。然白中听用之语，如马致远《荐福碑》剧中之"曳剌"，郑光祖《王粲登楼》剧中之"点汤"，一为辽金人语，一为宋人语，明人已无此语，必为当时之作无疑。至《元刊杂剧三十种》，则有曲无白者诚多；然其与《元曲选》复出者，字句亦略相同，而有曲白相生之妙，恐坊间刊刻时，删去其白，如今日坊刊脚本然。盖白则人人皆知，而曲则听者不能尽解。此种刊本，当为供观剧者之便故也。且元剧中宾白，鄙俚蹈袭者固多，然其杰作如《老生儿》等，其妙处全在于白，苟去其白，则其曲全无意味。欲强分为二人之作，安可得也？且周宪王时代，去元未远，观其所自刊杂剧，曲白俱全，则元剧亦当如此。愈以知臧说之不足信矣。(《宋元戏曲考》)

"新学语"必然随新思想的输入而输入

近年文学上有一最著之现象，则新语之输入是已。夫言语者，代表国民之思想者也。思想之精粗广狭，视言语之精粗广狭以为准，观其言语，而其国民之思想可知矣。周、秦之言语，至翻译佛典之时代，而苦其不足；近世之言语，至翻译西籍时，而又苦其不足。是非独两国民之言语间，有广狭精粗之异焉而已。国民之性质，各有所特长，其思想所造之处各异，故其言语，或繁于此而简于彼，或精于甲而疏于乙。此在文化相若之国犹然，况其稍有轩轾者乎？(《论新学语之输入》)

日本所造译西语之汉文，宜适当采用

言语者，思想之代表也。故新思想之输入，即新言语输入之意味也。

十年以前，西洋学术之输入，限于形而下学之方面，故虽有新字、新语，于文学上尚未有显著之影响也。数年以来，形上之学渐入于中国，而又有一日本焉，为之中间之驿骑。于是日本所造译西语之汉文，以混混之势，而侵入我国之文学界。好奇者滥用之，泥古者唾弃之，二者皆非也。……日人所定之语，虽有未精确者，而创造之新语，卒无以加于彼，则其不用之也谓何!……日本人多用双字，其不能通者，则更用四字以表之，中国则习用单字：精密不精密之分，全在于此。(《论新学语之输入》)

"抽象与分类二者，皆我国人之所不长"

我国人之特质，实际的也，通俗的也。西洋人之特质，思辨的也，科学的也，长于抽象而精于分类，对世界一切有形无形之事物，无往而不用综括（Generalization）及分析（Specification）之二法，故言语之多，自然之理也。吾国人之所长，宁在于实践之方面，而于理论之方面，则以具体的知识为满足。至分类之事，则除迫于实际之需要外，殆不欲穷究之也。……故我中国有辩论，而无名学，有文学，而无文法，足以见抽象与分类二者，皆我国人之所不长，而我国学术尚未达自觉（Self-consciousness）之地位也。况于我国夙无之学，言语之不足用，岂待论哉。(《论新学语之输入》)

优人俳语足以裨阙失，供谐笑，并用以考戏剧源流

优人俳语，大都出于演剧之际，故戏剧之源与其迁变之迹，可以考焉。非徒其辞之足以裨阙失、供谐笑而已。吕本中《童蒙训》云："作杂剧，打猛诨入，却打猛诨出。"吴自牧《梦粱录》谓："杂剧全讫故事，务在滑稽。"洪迈《夷坚志》谓："俳优侏儒，周伎之最下且贱者。然亦能因戏语，而箴诛时政，世目为杂剧。"然则宋之杂剧，即属此种。是录之辑，岂徒足以考古，亦以存唐宋之戏曲也。(《优语录》序)

哲学与文学，旨在寻求与表现真理，故不能以利禄劝

昔司马迁推本汉武时学术之盛，以为利禄之途使然。余谓一切学问

皆能以利禄劝，独哲学与文学不然，何则？科学之事业，皆直接间接以厚生利用为旨，故未有与政治及社会上之兴味相刺谬者也。至一新世界观与新人生观出，则往往与政治及社会上之兴味不能相容。若哲学家而以政治及社会之兴味为兴味，而不顾真理之如何，则又决非真正之哲学。此欧洲中世哲学之以辩护宗教为务者，所以蒙极大之污辱。而叔本华所以痛斥德意志大学之哲学者也。文学亦然。饾饤的文学决非真正之文学也。（《文学小言》）

对"诗外尚有事在"等传统观点之重新估价

披我中国之哲学史，凡哲学家无不欲兼为政治家者。……诗人亦然。"自谓颇腾达，立登要路津，致君尧舜上，再使风俗淳"，非杜子美之抱负乎？"胡不上书自荐达，坐令四海如虞唐"，非韩退之之忠告乎？"寂寞已甘千载笑，驰驱犹望两河平"，非陆务观之悲愤乎！如此者，世谓之大诗人矣。至诗人之无此抱负者，与夫小说、戏曲、图画、音乐诸家，皆以侏儒倡优自处，世亦以侏儒倡优畜之。所谓"诗外尚有事在"，"一命为文人便无足观"，我国人之金科玉律也，呜呼！美术之无独立之价值也，久矣！此无怪历代诗人，多托于忠君爱国劝善惩恶之意，以自解免，而纯粹美术上之著述，往往受世之迫害，而无人为之昭雪者也。此亦我国哲学美术不发达之一原因也。（《论哲学家与美术家之天职》）

我国传统之纯文学，"亦往往以惩劝为旨"

更转而观诗歌之方面，则咏史、怀古、感事、赠人之题目，弥满充塞于诗界，而抒情叙事之作，十百不能得一。其有美术上之价值者，仅其写自然之美之一方面耳，甚至戏曲、小说之纯文学亦往往以惩劝为旨。其有纯粹美术上之目的者，世非惟不知贵，且加贬焉。（《论哲学家与美术家之天职》）

"以文学得生活"与"为文学而生活"

吾人谓戏曲、小说家为专门之诗人，非谓其以文学为职业也。以文学为职业，铺啜的文学也。职业的文学家，以文学得生活；专门之文学家，为文学而生活。今铺啜的文学之途，盖已开矣。吾宁闻征夫思妇之声，而不屑使此等文学嚣然污吾耳也。(《文学小言》)

所尤惬心者，则在叔本华之知识论，对其矛盾之处已提出绝大之疑问

自癸卯之夏以至甲辰之冬，皆与叔本华之书为伴侣之时代也。其所尤惬心者，则在叔本华之知识论，汗德(康德)之说，得因之以上窥。然于其人生哲学，观其观察之精锐，与议论之犀利，亦未尝不心怡神释也。后渐觉其有矛盾之处。去夏所作《红楼梦评论》，其立论虽全在叔氏之立脚地，然于第四章内已提出绝大之疑问。旋悟叔氏之说，半出于其主观的气质，而无关于客观的知识，此意于《叔本华及尼采》一文中始畅发之。(《静安文集自序》)

叔本华关于"美术之源"的论述

夫美术之源，出于先天抑由于经验，此西洋美学上至大之问题也。叔本华之论此问题也，最为透辟。……其言(此论本为绘画及雕刻发，然可通之于诗歌小说)曰：

> 人类之美之产于自然中者，必由下文解释之：即意志于其客观化之最高级(人类)中，由自己之力与种种之情况，而打胜下级(自然力)之抵抗，以占领其物质。且意志之发现于高等之阶级也，其形式必复杂。即以一树言之，乃无数之细胞(雏按，当作"纤维")合而成一系统者也。其阶级愈高，其结合愈复，人类之身体乃最复杂之系统也。各部分各有一特别之生活：其对全体也，则为隶属；其互相对也，则为同僚，互相调和，以为其全体之说明，不能增也，不能减也：能如此者，则谓之美。此自然中不得多见者也。顾美之于自然中如此，于美术中则何如？或有以美术家为模仿自然者，然彼苟无美之预想存于经验之前，则安从取自然中完全之物而

模仿之？又以之与不完全者相区别哉？且自然亦安得时时生一人焉，于其各部分皆完全无缺哉？或又谓美术家必先于人之肢体中，观美丽之各部分，而由之以构成美丽之全体，此又大愚不灵之说也。即令如此，彼又何自知美丽之在此部分，而非彼部分哉？故美之知识，断非自经验的得之，即非后天的，而常为先天的；即不然，亦必其一部分常为先天的也。

吾人于观人类之美，后始认其美。但在真正之美术家，其认识之也，极其明速之度，而其表出之也，胜乎自然之为。此由吾人之自身，即意志，而于此所判断及发见者，乃意志于最高级之完全之客观化也。唯如是，吾人斯得有美之预想，而在真正之天才，于美之预想外，更伴以非常之巧力。彼于特别之物中认全体之理念，遂解自然之嗫嚅之言语，而代言之，即以自然所百计而不能产出之美，现之于绘画及雕刻中，而若语自然曰："此即汝之所欲言，而不得者也。"苟有判断之能力者，必将应之曰："是。"唯如是，故希腊之天才，能发见人类之美之形式，而永为万世雕刻家之模范。唯如是，故吾人对自然于特别之境遇中，所偶然成功者，而得认其美。此美之预想，乃自先天中所知者，即理想的也；比其现于美术也，则为实际的。何则？此与后天中所与之自然物，相合故也。如此，美术家先天中有美之预想，而批评家于后天中认识之。此由美术家及批评家，乃自然之自身之一部，而意志于此客观化者也。哀姆攀独克尔曰："同者，唯同者知之。"故唯自然能知自然，唯自然能言自然。则美术家有自然之美之预想，固自不足怪也。

芝诺芬述苏格拉底之言曰：希腊人之发见人类之美之理想也，由于经验。即集合种种美丽之部分，而于此发见一膝，于彼发见一臂。此大谬之说也。不幸而此说又蔓延于诗歌中。即以狭斯丕尔（莎士比亚）言之，谓其戏曲中所描写之种种之人物，乃其一生之经验中所观察者，而极其全力以摹写之者也。然诗人由人性之预想，而作戏曲、小说，与美术家之由美之预想，而作绘画及雕刻，无以异。唯两者于其创造之途中，必须有经验以为之补助。夫然，故其先天

中所已知者；得唤起而入于明晰之意识，而后表出之事乃可得而能也。（英译《意志及观念之世界》）（《红楼梦评论》）

"美术者，离充足理由之原则，而观物之道也"

叔氏谓吾人之知识，无不从充足理由之原则者，独美术之知识不然。其言曰：

一切科学，无不从充足理由原则之某形式者。科学之题目，但现象耳，现象之变化及关系耳。今有一物焉，超乎一切变化关系之外，而为现象之内容，无以名之，名之曰实念。问此实念之知识为何？曰：美术是已。夫美术者，实以静观中所得之实念，寓诸一物焉，而再现之。由其所寓之物之区别，而或谓之雕刻，或谓之绘画，或谓之诗歌、音乐。然其惟一之渊源，则存于实念之知识，而又以传播此知识，为其唯一之目的也。一切科学皆从充足理由之形式，当其得一结论之理由也，此理由又不可无他物以为之理由，他理由亦然。譬诸混混长流，永无渟潴之日。譬诸旅行者，数周地球，而曾不得见天之有涯、地之有角。美术则不然，固无往而不得其息肩之所也。彼由理由结论之长流中，拾其静观之对象，而使之孤立于吾前。而此特别之对象，其在科学中也，则藐然全体之一部分耳；而在美术中，则遽而代表其物之种族之全体。空间时间之形式，对此而失其效；关系之法则，至此而穷于用也。故此时之对象非个物，而但其实念也。吾人于是得下美术之定义曰：美术者，离充足理由之原则，而观物之道也。此正与由此原则观物者相反对。后者如地平线，前者如垂直线；后者之延长虽无限，而前者得于某点割之。后者，合理之方法也，惟应用于生活及科学；前者，天才之方法也，惟应用于美术；后者雅里大德勒之方法，前者柏拉图之方法也；后者如终风暴雨，震撼万物而无始终、无目的；前者如朝日漏于阴云之罅，金光直射，而不为风雨所摇。后者如瀑布之水，瞬息变易，而不舍昼夜；前者如涧畔之虹，立于鞳鞳澎湃之中，而不改其色彩。（英译《意志及观念之世界》）

夫充足理由之原则，吾人知力最普遍之形式也。而天才之观美也，乃不沾沾于此。此说虽本于希尔列尔（Schiller，席勒）之"游戏冲动"说，然其为叔氏美学上重要之思想，无可疑也。（《叔本华与尼采》）

"天才者，不失其赤子之心者也"

叔本华之天才论曰：

> 天才者，不失其赤子之心者也。盖人生至七年后，知识之机关即脑之质与量已达完全之域；而生殖之机关，尚未发达。故赤子，能感也，能思也，能教也。其爱知识也，较成人为深，而其受知识也，亦视成人为易。一言以蔽之，曰：彼之知力，盛于意志而已，即彼之知力之作用，远过于意志之所需要而已。故自某方面观之，凡赤子，皆天才也；又，凡天才，自某点观之，皆赤子也。昔海尔台尔（Herder）谓格代（Goethe，歌德）曰"巨孩"。音乐大家穆差德（Mozart，莫扎特）亦终生不脱孩气。休利希台额路尔谓彼曰：彼于音乐，幼而惊其长老；然于一切他事，则壮而常有童心者也。（英译《意志及观念之世界》）

……叔氏于其伦理学及形而上学，所视为同一意志之发现者，于知识论及美学上，则分之为种种之阶级，故古今之崇拜天才者，殆未有如叔氏之甚者也。（《叔本华与尼采》）

大诗人"能见人之所不能见，而言人之所不能言"

叔氏以持知力的贵族主义故，于其伦理学上虽奖卑屈（Humility）之行，而于其美学上大非谦逊（modesty）之德，曰：

> 人之观物之浅深明暗之度不一，故诗人之阶级，亦不一。当其描写所观也，人人殆自以为握灵蛇之珠、抱荆山之玉矣。何则？彼于大诗人之诗中，不见其所描写者或逾于自己。非大诗人之诗之果然也，彼之肉眼之所及，实止于此。故其观美术也，亦如其观自然，不能越此一步也。惟大诗人，见他人之见解之肤浅，而此外尚多描

写之余地，始知己能见人之所不能见，而言人之所不能言。故彼之著作不足以悦时人，只以自赏而已。若以谦逊为教，则将并其自赏者，而亦夺之乎？（英译《意志及观念之世界》）（《叔本华与尼采》）

哲学家与诗人之价值，"不存于实际而存于理论，不存于主观而存于客观"

一切俗子，因其知力为意志所束缚故，但适于一身之目的。由此目的出，于是有俗滥之画，冷淡之诗，阿世媚俗之哲学。何则？彼等自己之价值，但存于其一身一家之福祉，而不存于真理故也。惟知力之最高者，其真正之价值，不存于实际，而存于理论，不存于主观，而存于客观，崇崇焉力索宇宙之真理，而再现之。于是彼之价值，超乎个人之外，与人类自然之性质异。如彼者，果非自然的欤？宁超自然的也。……故图画也，诗歌也，思索也，在彼则为目的，而在他人则为手段也。彼牺牲其一生之福祉，以殉其客观上之目的，虽欲少改焉而不能。（英译《意志及观念之世界》）

叔氏之崇拜天才也如是。（《叔本华与尼采》）

"美术之知识，全为直观之知识"

美术之知识，全为直观之知识，而无概念杂乎其间，故叔氏之视美术也，尤重于科学。……科学上之所表者，概念而已矣。美术上之所表者，则非概念，又非个象，而以个象代表其物之一种之全体，即上所谓"实念"者是也。故在在得直观之，如建筑、雕刻、图画、音乐等，皆呈于吾人之耳目者。唯诗歌（并戏剧、小说言之）一道，虽借概念之助，以唤起吾人之直观，然其价值，全存其能直观与否，诗之所以多用比兴者，其源全由于此也。……诗歌之所写者，人生之实念，故吾人于诗歌中，可得人生完全之知识。故诗歌之所写者，人及其动作而已。而历史之所述，非此人即彼人，非此动作即彼动作，其数虽巧历不能计也，然此等事实，不过同一生活之欲之发现。故吾人欲知人生之为何物，则

读诗歌，贤于历史远矣。(《叔本华之哲学及其教育学说》)

（三）诗的鉴赏论

美学"定美之标准，与文学上之原理"

且定美之标准与文学上之原理者，亦唯可于哲学之一分科之美学中求之。虽有文学上之天才者，无俟此学之教训，而无才者，亦不能以此等抽象之学问养成之，然以有此等学故，得使旷世之才，稍省其劳力，而中智之人，不惑于歧途，其功固不可没也。(《奏定经学科大学文学科大学章程书后》)

中西许多古典名著，"亦哲学，亦文学"

至文学与哲学之关系，其密切亦不下于经学。今夫吾国文学上之最可宝贵者，孰过于周、秦以前之古典乎？《系辞》上下传实与《孟子》、戴记等为儒家最粹之文学。若自其思想言之，则又纯粹之哲学也。今不解其思想，而但玩其文辞，则其文学上之价值，已失其大半。此外，周、秦诸子亦何莫不然。自宋以后，哲学渐与文学离。然如《太极图说》、《通书》、《正蒙》、《皇极经世》等，自文辞上观之，虽欲不谓之工，岂可得哉！此外，如朱子之于南宋，阳明之于明，非独以哲学鸣，言其文学，亦断非同时龙川、水心及前后七子等之所能及也。凡此诸子之书，亦哲学，亦文学。今舍其哲学，而徒研究其文学，欲其完全解释，安可得也！西洋之文学，亦然。柏拉图之《问答篇》，鲁克来谑斯之《物性赋》，皆具哲学、文学二者之资格。(《奏定经学科大学文学科大学章程书后》)

对悲剧、喜剧的欣赏，均源于"势力之欲"

常人对戏剧之嗜好，亦由势力之欲出；先以喜剧（即滑稽剧）言之。夫能笑人者，必其势力强于被笑者也。故笑者，实吾人一种势力之发表。然人于实际之生活中，虽遇可笑之事，然非其人为我所索狎者，或其位

置远在吾人之下者，则不敢笑。独于滑稽剧中，以其非事实故，不独使
人能笑，而且使人敢笑。此即对喜剧之快乐之所存也。悲剧亦然。霍雷
士曰："人生者：自观之者言之，则为一喜剧；自感之者言之，则又为一
悲剧也。"自吾人思之，则人生之运命，固无以异于悲剧。然人当演此
悲剧时，亦俯首杜口，或故示整暇，汶汶而过耳。欲如悲剧中之主人公，
且演且歌，以诉其胸中之苦痛者，又谁听之，而谁怜之乎？夫悲剧中之
人物之无势力之可言，固不待论，然敢鸣其苦痛者，与不敢鸣其痛苦者
之间，其势力之大小，必有辨矣。夫人生中固无独语之事，而戏曲则以
许独语故，故人生中久压抑之势力，独于其中筐倾而篋倒之。故虽不解
美术上之趣味者，亦于此中，得一种势力之快乐。普通之人之对戏曲之
嗜好，亦非此不足以解释之矣。(《人间嗜好之研究》)

悲剧"示人生之真相，又示解脱之不可已"

昔雅里大德勒（亚里士多德）于《诗论》中谓：悲剧者，所以感发人
之情绪而高上之，殊如恐惧与悲悯，之二者为悲剧中固有之物，由此感
发而人之精神于焉洗涤。故其目的，伦理学上之目的也。叔本华置诗歌
于美术之顶点，又置悲剧于诗歌之顶点，而于悲剧之中又特重第三种，
以其示人生之真相，又示解脱之不可已故。故美学上最终之目的，与伦
理学上最终之目的合。(《红楼梦评论》)

《红楼梦》这一"宇宙之大著述"的悲剧遭遇

且法斯德（浮士德）之苦痛，天才之苦痛。宝玉之苦痛，人人所有之
苦痛也，其存于人之根柢者为独深，而其希救济也为尤切。作者——掇
拾而发挥之，我辈之读此书者，宜如何表满足感谢之意哉！而吾人于作
者之姓名，尚未有确实之知识，岂徒吾侪寡学之羞，亦足以见二百余年来，
吾人之祖先，对此宇宙之大著述，如何冷淡遇之也！谁使此大著述之作者，
不敢自署其名？此可知此书之精神，大背于吾国人之性质，及吾人之沉
溺于生活之欲，而乏美术之知识有如此也！然则，予之为此论，亦自知
有罪也矣！(《红楼梦评论》)

美术的"理想亦视人生之缺陷逼仄，而趋于其反对之方面"

美术之价值，对现在之世界人生而起者，非有绝对的价值也。其材料取诸人生，其理想亦视人生之缺陷逼仄，而趋于其反对之方面。如此之美术，唯于如此之世界，如此之人生中，始有价值耳。(《红楼梦评论》)

"宗教之慰藉，理想的；而美术之慰藉，现实的"

吾人对宗教之兴味，存于未来；而对美术之兴味，存于现在。故宗教之慰藉，理想的；而美术之慰藉，现实的也。而美术之慰藉中，尤以文学为尤大。何则？雕刻图画等，其物既不易得，而好之之误，则留意于物之弊，固所不能免也。若文学者则求之书籍，而已无不足，其普遍便利，决非他美术所能及也。故此后，中学校以上，宜大用力于古典一科。虽美术上之天才，不能由此养成之，然使有解文学之能力，爱文学之嗜好，则其所以慰空虚之苦痛，而防卑劣之嗜好者，其益固已多矣。(《去毒篇》)

诗人观物，"能就个人之事实，而发见人类全体之性质"

自我朝考证之学盛行，而读小说者，亦以考证之眼读之。于是评《红楼梦》者，纷然索此书之主人公之为谁。此又甚不可解者也。夫美术之所写者，非个人之性质，而人类全体之性质也。惟美术之特质，贵具体而不贵抽象，于是举人类全体之性质，置诸个人之名字之下，譬诸"副墨之子"，"洛诵之孙"，亦随吾人之所好名之而已。善于观物者，能就个人之事实，而发见人类全体之性质；今对人类之全体，而必规规焉，求个人以实之，人之知力相越，岂不远哉！故《红楼梦》之主人公，谓之贾宝玉可，谓之子虚乌有先生可，即谓之纳兰容若，谓之曹雪芹，亦无不可也。(《红楼梦评论》)

古今之大文学，无不以自然（心灵的，文字的）胜

元曲之佳处何在？一言以蔽之，曰：自然而已矣。古今之大文学，

无不以自然胜，而莫著于元曲。盖元剧之作者，其人均非有名位学问也；其作剧也，非有藏之名山、传之其人之意也。彼以意兴之所至为之，以自娱娱人。关目之拙劣，所不问也；思想之卑陋，所不讳也；人物之矛盾，所不顾也。彼但摹写其胸中之感想，与时代之情状，而真挚之理，与秀杰之气，时流露于其间。故谓元曲，为中国最自然之文学，无不可也。若其文字之自然，则又为其必然之结果，抑其次也。(《宋元戏曲史》)

优美、壮美的判断为"先天的判断"

优美及宏壮之判断之为先天的判断，自汗德（康德）之《判断力批评》(《判断力批判》)后，殆无反对之者。此等判断，既为先天的，故亦普遍的，必然的也。易言以明之，即一艺术家所视为美者，一切艺术家亦必视为美，此汗德（康德）之所以于其美学中，预想一公共之感官者也。(《古雅之在美学上之位置》)

古雅——美育普及之津梁

古雅之能力，能由修养得之，故可为美育普及之津梁。虽中智以下之人，不能创造优美及宏壮之物者，亦得由修养，而有古雅之创造力。又，虽不能喻优美及宏壮之价值者，亦得丁优美宏壮中之古雅之原质，或于古雅之制作物中，得其直接之慰藉。故古雅之价值，自美学上观之，诚不能及优美及宏壮，然自其教育众庶之效言之，则虽谓其范围较大。成效较著可也。(《古雅之在美学上之位置》)

"神、韵、气、味"属于"第二形式之美"

凡吾人所加于雕刻书画之品评，曰"神"，曰"韵"，曰"气"，曰"味"，皆就第二形式言之者多，而就第一形式言之者少。文学亦然。古雅之价值，大抵存于第二形式。西汉之匡、刘，东京之崔、蔡，其文之优美宏壮，远在贾、马、班、张之下，而吾人之嗜之也，亦无逊于彼者，以雅故也。南丰之文不必工于苏、王，姜夔之词且远逊于欧、秦，而后人亦嗜之者，以雅故也。由是观之，则古雅之原质，为优美及宏壮

中不可缺之原质，且得离优美宏壮而有独立之价值，则固一不可诬之事实也。(《古雅之在美学上之位置》)

古雅的判断为"后天的判断"

吾人所断为古雅者，实由吾人今日之位置断之。古代之遗物，无不雅于近世之制作。古代之文学，虽至拙劣，自吾人读之，无不古雅者。若自古人之眼观之，殆不然矣。故古雅之判断，后天的也，经验的也，故亦特别的也，偶然的也。此由古代表出第一形式之道，与近世大异，故吾人睹其遗迹，不觉有遗世之感随之，然在当日则不能。若优美及宏壮，则固无此时间上之限制也。(《古雅之在美学上之位置》)

"嗟尔（自然美）不能言，安得同把臂"

人生苦局促，俯仰多悲悸。山川非吾故，纷然独相媚。嗟尔不能言，安得同把臂。(《游通州湖心亭》)

"生平几见汝（自然美），对面若不识，今夕独何夕，着意媚孤客"

片月挂东林，垂垂两岸白。小松如人长，离立四五尺。老桑最丑怪，亦复可怡悦。疏竹带轻飔，摇摇正秀绝。生平几见汝，对面若不识，今夕独何夕，着意媚孤客。非徒豁双眸，直欲奋六翮。此顷能百年，岂惜长行役。(《过石门》)

"精神上之趣味"，需千百年的培养和一二天才之出

夫物质的文明，取诸他国，不数十年而具矣。独至精神上之趣味，非千百年之培养，与一二天才之出不及此。(《教育偶感四则》)

"吾国人之精神，世间的也，乐天的也"

吾国人之精神，世间的也，乐天的也。故代表其精神之戏曲、小说，无往而不著此乐天之色彩：始于悲者终于欢，始于离者终于合，始于困

者终于亨；非是而欲餍阅者之心，难矣。若《牡丹亭》之《返魂》、《长生殿》之《重圆》，其最著之一例也。《西厢记》之以《惊梦》终也，未成之作也；此书若成，吾乌知其不为《续西厢》之浅陋也！（《红楼梦评论》）

美育与德育、智育之关系；完全之人物，必具真善美三德

完全之人物，精神与身体，必不可不为调和之发达。而精神之中，又分为三部：知力、感情及意志是也。对此三者，而有真美善之理想：真者，知力之理想；美者，感情之理想；善者，意志之理想也。完全之人物，不可不备真美善之三德，欲达此理想，于是教育之事起。教育之事，亦分为三部：智育、德育（即意育）、美育（即情育）是也。（《论教育之宗旨》）

美育"使人之感情发达，以达完美之域"

德育与智育之必要，人人知之，至于美育，有不得不一言者。盖人心之动，无不束缚于一己之利害；独美之为物，使人忘一己之利害，而入于高尚纯洁之域，此最纯粹之快乐也。孔子言志，独与曾点；又谓"兴于诗"，"成于乐"。希腊古代之以音乐为普通学之一科，及近世希痕林（谢林）、希尔列尔（席勒）之重美育学，实非偶然也。要之，美育者，一面使人之感情发达，以达完美之域；一面又为德育与智育之手段，此又教育者所不可不留意也。（《论教育之宗旨》）

孔子教人，"始于美育，终于美育"

今转而观我孔子之学说。其审美学上之理论，虽不可得而知，然其教人也，则始于美育，终于美育。《论语》曰："小子何莫学夫诗。诗可以兴，可以观，可以群，可以怨，迩之事父，远之事君，多识于鸟兽草木之名。"又曰："兴于诗，立于礼，成于乐。"其在古昔，则胄子之教，典于后夔；大学之事，董于乐正。然则，以音乐为教育之一科，不自孔子始矣。荀子说其效曰："乐者，圣人之所乐也，而可以善民心，其感人深，其移风易俗。……故乐行而志清，礼修而行成，耳目聪明，血气和平，移风易俗，天下皆宁。"（《乐论》）此之谓也。故子在齐闻《韶》，则"三

月不知肉味"。而《韶》乐之作，虽挈壶之童子，其视精，其行端。音乐之感人，其效有如此者。

且孔子之教人，于诗乐外，尤使人玩天然之美。故习礼于树下，言志于农山，游于舞雩，叹于川上；使门弟子言志，独与曾点。点之言曰："莫春者，春服既成，冠者五六人，童子六七人，浴乎沂，风乎舞雩，咏而归。"由此观之，则平日所以涵养其审美之情者，可知矣。

之人也，之境也，固将磅礴万物以为一，我即宇宙，宇宙即我也。光风霁月不足以喻其明，泰山华岳不足以语其高，南溟渤澥不足以比其大。邵子所谓"反观"者，非欤？叔本华所谓"无欲之我"，希尔列尔（席勒）所谓"美丽之心"者，非欤？此时之境界，无希望，无恐怖，无内界之争斗，无利无害，无人无我，不随绳墨，而自合于道德之法则。一人如此，则优入圣域；社会如此，则成华胥之国。孔子所谓"安而行之"，与希尔列尔（席勒）所谓"乐于守道德之法则"者，舍美育无由矣。（《孔子之养育主义》）

"美丽之心（心灵，灵魂）"，唯可由美育得之

希氏（希尔列乐，席勒）后日，更进而说美之无上之价值，曰：如人必以道德之欲克制气质之欲，则人性之两部，犹未能调和也：于物质之境界，及道德之境界中，人性之部必克制之，以扩充其他部。然人之所以为人，在息此内界之争斗，而使卑劣之感，跻于高尚之感觉。如汗德（康德）之严肃论中，气质与义务对立，犹非道德上最高之理想也，最高之理想存于美丽之心（beautiful soul）。其为性质也，高尚纯洁，不知有内界之争斗，而唯乐于守道德之法则。此性质，唯可由美育得之。（芬特尔朋《哲学史》第600页）此希氏最后之说也。顾无论美之与善，其位置孰为高下，而美育与德育之不可离，昭昭然矣。（《孔子之美育主义》）

美育应"时时与以直观之机会"

教育者，非徒以书籍教之之谓，即非徒与以抽象的知识之谓。苟时时与以直观之机会，使之于美术人生上，得完全之知识，此亦属于教育之范围者也。自然科学之教授观察与实验，往往与科学之理论相并而行，

人未有但以科学之理论为教授，而以观察实验为非教授者，何独于美育及德育而疑之？（《叔本华之哲学及其教育学说》）

美育之"第一目的"与"第二目的"

夫音乐之形而上学的意义（如古代希腊毕达哥拉斯及近世叔本华之音乐说），姑不具论。但就小学校所以设此科之本意言之，则（一）调和其感情，（二）陶冶其意志，（三）练习其聪明官及发声器是也。一与三为唱歌科自己之事业，而二则为修身科与唱歌科公共之事业。故唱歌科之目的，自以前者为重。即就后者言之，则唱歌科之补助修身科，亦在形式而不在内容（歌词），虽有声无词之音乐，自有陶冶品性、使之高尚和平之力，固不用修身科之材料为唱歌科之材料也。故选择歌词之标准，宁从前者，而不从后者。若徒以干燥拙劣之辞，述道德上之教训，恐第二目的未达，而已失其第一之目的矣。（《论小学校唱歌科之材料》）

唱歌科不应成为"修身科之奴隶"

就歌词之美言之，则今日作者之自制曲，其不如古人之名作，审矣。或谓：古人之名作，不必合于小学教育之目的与程度。然古诗中之咏自然之美及古迹者，亦正不乏。此等材料以有具体之性质，而可以呈于儿童之直观故，故较之道德上抽象之教训，反为易解，且可与历史地理，及理科中之材料相联络。而其对修身科之联络，则宁与体操科等。盖一在养其感情，二在强其意志，其关系乃普遍关系，而不关于质材之意义也。循此标准，则唱歌科，庶不致为修身科之奴隶，而得保其独立之位置欤？（《论小学校唱歌科之材料》）

诗人品格与"观物""创物"的关系

古之君子，其为道也盖不同，而其所以同者，则在超世之致，与不可屈之节而已。其观物也，见夫类是者而乐焉；其创物也，达夫如是者而后慊焉。如屈子之于香草，渊明之于菊，王子猷之于竹，玩赏之不足而咏叹之，咏叹之不足，而斯物遂若为斯人之所专有。是岂徒有讬而然

哉！其于此数者，必有以相契于意言之表也。(《此君轩记》)

论世，逆志：传统的治诗之法仍须继承

由其世以知其人，由其人以逆其志，则古诗虽有不能解者，寡矣。汉人传诗，皆用此法，故四家诗皆有序，序者序所以为作者之意也。《毛序》今存。鲁诗说之见于刘向所述者，于诗事尤为详尽。及北海郑君出，乃专用孟子之法以治诗。其于诗也，有谱有笺。谱也者，所以论古人之世也；笺也者，所以逆古人之志也。故其书虽宗毛公，而亦兼采三家，则以论世所得者然也。……故郑君序《诗谱》曰："欲知源流清浊之所处，则循其上下而省之；欲知风化芳臭气泽之所及，则旁行而观之。"治古诗如是，治后世诗亦何独不然。(《〈玉溪生诗年谱会笺〉序》)

"生百政治家不如生一大文学家"

生百政治家，不如生一大文学家。何则？政治家与国民以物质上之利益，而文学家与以精神上之利益。夫精神之于物质，二者孰重？且物质上之利益，一时的也；精神上之利益，永久的也。前人政治上所经营者，后人得一旦而坏之。至古今之大著述，苟其著述一日存，则其遗泽且及于千百世而未沫。故希腊之有鄂谟尔（荷马）也，意大利之有唐旦（但丁）也，英吉利之有狭斯丕尔（莎士比亚）也，德意志之有格代（歌德）也：皆其国人人之所尸而祝之、社而稷之者，而政治家无与焉。何则？彼等诚与国民以精神上之慰藉，而国民之所恃以为生命者。若政治家之遗泽，决不能如此广且远也。(《教育偶感四则》)

"谁能妄把平成业，换却平生万首诗"

坐致虞唐亦太痴，许身稷契更奚为！谁能妄把平成业，换却平生万首诗。(《坐致》)

"我国之重文学不如泰西"

试问我国之大文学家，有足以代表全国民之精神，如希腊之鄂谟尔（荷

马)、英之狭斯丕尔（莎士比亚）、德之格代（歌德）者乎？吾人所不能答也。其所以不能答者，殆无其人欤？抑有之，而吾人不能举其人也实之欤？二者必居一焉。由前之说，则我国之文学不如泰西；由后之说，我国之重文学不如泰西。前说我所不知；至后说，则事实较然，无可讳也。(《教育偶感四则》)

应重视"文学自己之价值"，不应"视为政治教育之手段"

又观近数年之文学，亦不重文学自己之价值，而唯视为政治教育之手段，与哲学无异。如此者，其亵渎哲学与文学之神圣之罪，固不可逭，欲求其学说之有价值，安可得也？故欲学术之发达，必视学术为目的，而不视为手段而后可。汗德（康德）《伦理学》之格言曰："当视人人为一目的，不可视为手段。"岂特人之对人，当如是而已乎？对学术亦何独不然。然则彼等言政治，则言政治已耳，而必欲渎哲学文学之神圣，此则大不可解者也。(《论近年之学术界》)

"肃霜""涤场"：结合文字结构与实地直观，以解古诗一例

《诗·豳风》："九月肃霜，十月涤场。"《传》："肃，缩也。霜降而收缩万物。涤，埽也，场工毕入也。"案，此二句，乃与"一之日觱发，二之日栗烈"同例，而不与"七月流火，九月授衣"同例。"肃霜""涤场"皆互为双声，乃古之联绵绵字，不容分别释之。"肃霜"犹言肃爽，"涤场"犹言涤荡也。……"九月肃霜"谓九月之气，清高颢白而已。至十月，则万物摇落无余矣。与"觱发""栗烈"，由风寒而进入气寒者，遣词正同。癸亥之岁，余再来京师，离南方之卑湿，乐北上之爽垲。九、十月之交，天高日晶，木叶尽脱，因会得"肃霜""涤场"二语之妙，因为之说云。(《"肃霜""涤场"说》)

"十七字"与"数千言"，各极其妙

"驾彼四牡，四牡项领。我瞻四方，蹙蹙靡所骋。"以《离骚》、《远游》数千言言之而不足者，独以十七字尽之，岂不诡哉！然以讥屈子之

文胜，则亦非知言者也。(《文学小言》)

"文章诚无用，用亦未为贤"

少读陶杜诗，往往说饥寒。自来夸眦子，焉知生事艰？子云美笔札，遨游五侯间。孔璋檄豫州，矢在袁氏弦。魏台一朝建，书记又翩翩。文章诚无用，用亦未为贤。青春弄鹦鹉，索秋纵鹰鹯。咄咄扬子云，今为人所怜。(《咏史（癸丑）》)

杜诗与"诗史"

杜诗云："径须相就饮一斗，恰有三百青铜钱。"此至德初长安酒价也。"岂闻匹绢值万钱"，此广德间蜀巾绢价也。"云帆转辽海，粳稻来东吴"，此天宝间渔阳海运事也。三者史所不载，而于工部诗中见之，此其所以为"诗史"欤？(《东山杂记》)

"戏曲之体"何必"卑于史传"

胡元瑞谓韩苑洛以关汉卿比司马子长，"大是词场猛诨"。余谓：汉卿诚不足道；然谓戏曲之体，卑于史传，则不敢言。意大利人之视唐旦（但丁），英人之视狭斯丕尔（莎士比亚），德人之视格代（歌德），较吾国人之视司马子长，抑且过之。之数人曷尝非戏曲家耶！(《录曲余谈》)

明清之曲论述评

曲之为体既卑，为时尤近，学士大夫论之者颇少。明则王元美《曲藻》略具鉴裁，胡元瑞《笔丛》稍加考证。臧晋叔、何元朗虽以知音自命，然其言殊无可采。国朝唯焦理堂《籥录》，可比《少室》；融斋《艺概》，略似《弇州》。若李调元《曲话》、杨恩寿《词余丛话》等，均所谓不知而作者也。(《录曲余谈》)

我国绘事自为一宗

三代损益，文质殊尚；五方悬隔，嗜好不同。或以优美、宏壮为宗，

或以古雅、简易为尚。我国绘事自为一宗，绘影绘声则有所短，一丘一壑则有所长。（《〈中国名画集〉序》）

画的新旧分界："无笔墨可寻"与"笔意生动"

《高昌壁画》及《石鼓考释》，今晨持送乙老，渠谓此事可得数旬探索，维即请其以笔记之，不知此老能细书否耳。维疑前十二图，确为六朝人画，至十三图以后，有回纥字者，当出唐人。因前画均无笔墨可寻，而第十三图以后则笔意生动，新旧分界当在于此。（《致罗振玉（1916年9月9日）》）

画的真伪鉴定："以气象、墨法二者决之"

巨师画，乙老前言前半似河阳，维已疑董、巨同出右丞，巨公当有此种笔法。……维于观明以后画，无丝毫把握，唯于董、巨，或能知之。且如此大卷，必有惊心动魄之处，以"气象"、"墨法"二者决之，可无误也。（《致罗振玉（1916年11月1日）》）

画"无士夫气息"，多属伪作

叔通寄来黄晦木画幅属题。弟以其款字凡近，又墨不著绢，疑为后添，而所画亦系福禄长春寿意，绝无士夫气息：定为非真。……弟不知画，以"神气"取之，或不致误。（《致蒋妆藻（1924年5月3日）》）

艺术品的收藏与劫难

今夫成而必亏者，时也；往而不返者，器也：江陵末造，见玉轴之扬灰；宣和旧藏，与降幡而北去。文武之道既尽，昆明之劫方多。即或脱坠简于秦余，逸焦桐于爨下，然且天吴紫凤，坼为牧竖之衣；长康探微，辱于酒家之壁：同揉玉石，终委泥涂。又或幸遘收藏，并遭著录，而兰亭茧纸，永閟昭陵；争坐遗文，竟分安氏。中郎帐中之峡，仅与王朗同观；博士壁中之书，不许晁生转写。此则叔疑之登龙断，众议其私；阳虎之窃大弓，当书为盗者矣。（《〈中国名画集〉序》）

（四）诗的发展论

我国学术思想的历史演变，与外来思想之关系

外界之势力之影响于学术，岂不大哉！自周之衰，文王、周公势力之瓦解也，国民之智力成熟于内，政治之纷乱乘之于外，上无统一之制度，下迫于社会之要求，于是诸子九流各创其学说，于道德、政治、文学上灿然放万丈之光焰。此为中国思想之能动时代。自汉以后，天下太平，武帝复以孔子之说统一之。其时新遭秦火，儒家唯以抱残守缺为事；其为诸子之学者，亦但守其师说，无创作之思想：学界稍稍停滞矣。……自六朝至于唐室，而佛陀之教，极千古之盛矣。此为吾国思想受动之时代。然当是时，吾国固有之思想，与印度之思想，互相并行，而不相化合。至宋儒出而一调和之。此又由受动之时代出，而稍带能动之性质者也。自宋以后以至本朝，思想之停滞，略同于两汉。至今日，而"第二之佛教"又见告矣，西洋之思想是也。(《论近年之学术界》)

"中西二学，盛则俱盛，衰则俱衰，风气既开，互相推助"

余谓中西二学，盛则俱盛，衰则俱衰，风气既开，互相推助。且居今日之世，讲今日之学，未有西学不兴，而中学能兴者；亦未有中学不兴，而西学能兴者。(《国学丛刊序》)

"凡一代有一代之文学"

凡一代有一代之文学。楚之骚，汉之赋，六代之骈语，唐之诗，宋之词，元之曲，皆所谓"一代之文学"，而后世莫能继焉者也。(《宋元戏曲史》自序)

"模仿之文学，是文绣的文学与馂啜的文学之记号"

人亦有言：名者，利之宾也。故文绣的文学之不足为真文学也，与馂啜的文学同。古代文学之所以有不朽之价值者，岂以无名之见者存乎？

至文学之名起，于是有因之以为名者；而真正文学，乃复托于不重于世之文体以自见。逮此体流行之后，则又为虚玄矣。故模仿之文学，是文绣的文学与铺啜的文学之记号也。(《文学小言》)

先秦至清，诗人表现个性之概观

屈子感自己之感，言自己之言者也。宋玉、景差感屈子之所感，而言其所言；然亲见屈子之境遇与屈子之人格，故其所言，亦殆与言自己之言无异。贾谊、刘向，其遇略与屈子同，而才则逊矣。王叔师以下，但袭其貌，而无真情以济之。此后人之所以不复为楚人之词者也。

屈子之后，文学上之雄者，渊明其尤也。韦、柳之视渊明，其如贾、刘之视屈子乎！彼感他人之所感，而言他人之所言，宜其不如李、杜也。

宋以后之能感自己之感、言自己之言者，其唯东坡乎！山谷可谓能言其言矣，未可谓能感所感也。遗山以下亦然。若国朝之新城，岂徒言一人之言已哉，所谓"莺偷百鸟声"者也！(《文学小言》)

周代诗乐二家分途之后的历史演变

诗、乐二家，春秋之季已自分途。诗家习其义，出于古师儒。孔子所云言诗、诵诗、学诗者，皆就其义言之，其流为齐鲁韩毛四家。乐家传其声，出于古太师氏。子贡所问于师乙者，专以其声言之，其流为制氏诸家。诗家之诗，士大夫习之，故《诗》三百篇至秦、汉具存。乐家之诗，惟伶人世守之，故子贡时尚有风、雅、颂、商、齐诸声，而先秦以后仅存二十六篇，又亡其八篇，且均被以"雅"名。汉、魏之际，仅存四五篇（王深宁《汉书艺文志考》谓：乐家雅歌诗四篇，即杜夔所传四篇。是西汉末已只存四篇），后又易其三。迄永嘉之乱，而三代之乐遂全亡矣。二家本自殊途，不能相通。世或有以此绳彼者，均未可谓为笃论也。(《汉以后所传周乐考》)

古之"巫风"、周之"八蜡"，与戏剧起源的关系

歌舞之兴，其始于古之巫乎？巫之兴也，盖在上古之世。……古代

之巫，实以歌舞为职，以乐神人者也。商人好鬼，故伊尹独有巫风之戒。及周公制礼，礼秩百神，而定其祀典。官有常职，礼有常数，乐有常节，古之巫风稍杀。然其余习犹有存者：方相氏之驱疫也，大蜡之索万物也，皆是物也。故子贡观于蜡，而曰"一国之人皆若狂"。孔子告以"张而不弛，文武不能"。后人以"八蜡"为"三代之戏礼"(《东坡志林》)，非过言也。(《宋元戏曲史》第一章)

"后世戏剧当自巫、优二者出"

要之，巫与优之别：巫以乐神，而优以乐人；巫以歌舞为主，而优以调谑为主；巫以女为之，而优以男为之。至若优孟之为孙叔敖衣冠，而楚王欲以为相；优施一舞，而孔子谓其笑君：则于言语之外，其调戏亦以动作行之，与后世之优，颇复相类。后世戏剧，当自巫优二者出；而此二者，固未可以后世戏剧视之也。(《宋元戏曲史》第一章)

"八蜡，三代之戏礼也"

《东坡志林》云："八蜡，三代之戏礼也。岁终聚戏，此人情之所不能免也，因附以礼义，亦曰不徒'戏'而已矣。祭必有尸；无尸曰奠，始死之奠与释奠是也。今蜡谓之祭，盖有尸也。'猫虎'之尸，谁当为之？非倡优而谁？'葛带榛杖'，以丧老物；'黄冠''草笠'，以尊野服：皆戏之道也。子贡观蜡而不悦，孔子譬之曰：'一张一弛，文武之道'，盖为是也。"其言"八蜡"为戏礼，甚当，唯不必倡优为之耳。(《录曲余谈》)

"追原戏曲之作，实亦古诗之流"

粤自"贸丝""抱布"，开叙事之端；"织素""裁衣"，肇代言之体。追原戏曲之作，实亦古诗之流。所以穷品性之纤微，极遭遇之变化，激荡物态，抉发人心。舒轸哀乐之余，摹写声容之末，婉转附物，惆怅切情，虽雅颂之博徒，亦滑稽之魁桀。唯语取易解，不以鄙俗为嫌；事贵翻空，不以悠谬为讳。庸人乐于染指，壮夫薄而不为。遂使陋巷言怀，人人青紫；香闺寄怨，字字桑间；抗志极于利禄，美淡止于兰芍；意匠同于千手，性格歧于一人：岂托体之不尊，抑作者之自弃也？然而明昌一编，尽金源之文献；吴兴百种，抗皇元之风雅。百年之风会成焉，三朝之人文系焉。况乎等第其卷帙，轶两宋之诗余；论其体裁，开有明之制义；考古者征其事，论世者观其心，游艺者玩其辞，知音者辨其律：此则石渠存目，不废《雍熙》；洙泗删诗，犹存郑卫者矣。(《曲录自序（二）》)

金、元戏曲之兴，源于宋代

楚辞之作，《沧浪》、《凤兮》二歌先之。诗余之兴，齐梁小乐府先之。独戏曲一体，崛起于金元之间，于是有疑其出自异域，而与前此之文学无关系者。此又不然。尝考其变迁之迹，皆在有宋一代，不过因金、元人音乐上之嗜好，而日益发达耳。(《戏曲考原》)

宋之小说、演史等大有助于戏剧之发达

宋之滑稽戏虽托故事以讽时事，然不以演事实为主，而以所含之意义为主。至其变为演事实之戏剧，则当时之小说实有力焉。……今日所传之《五代平话》实演史之遗，《宣和遗事》殆小说之遗也。此种说话以叙事为主，与滑稽剧之但托故事者迥异。其发达之迹虽略与戏曲平行，而后世戏剧之题目多取诸此，其结构亦多依仿为之，所以资戏剧之发达者实不少也。(《宋元戏曲史》第三章)

元初之废科目，实为杂剧发达之因

沈德符《万历野获编》(卷二十五)，及臧懋循《元曲选序》，均谓蒙古时代，曾以词曲取士，其说固诞妄不足道。余则谓元初之废科目，却为杂剧发达之因。盖自唐、宋以来，士之竞于科目者，已非一朝一夕之事。一旦废之，彼其才力无所用，而一于词曲发之。且金时科目之学最为浅陋。(观刘祁《归潜志》卷七、八、九数卷可知。)此种人士一旦失所业，固不能为学术上之事，而高文典册，又非其所素习也；适杂剧之新体出，遂多从事于此；而又有一二天才出于其间，充其才力，而元剧之作遂为千古独绝之文字。(《宋元戏曲史》第九章)

元之杂剧大家，文字"独绝千古"，学问、胸襟远不相称

杂剧大家如关、王、马、郑等，皆名位不著，在士人与倡优之间。故其文字，诚有独绝千古者，然学问之弇陋，与胸襟之卑鄙，亦独绝千古。戏曲之所以不得与于文学之末者，未始不由于此，至明而士大夫亦多染指戏曲，前之东嘉，后之临川，皆博雅君子也。至国朝孔季重、洪昉思出，始一扫数百年之芜秽，然生气亦略尽矣。（《录曲余谈》）

北剧南戏之发达"限于元代"

北剧、南戏，皆至元而大成，其发达，亦至元代而止。嗣是以后，则明初杂剧如谷子敬、贾仲名辈，矜重典丽，尚似元代中叶之作。至仁、宣间，而周宪王有燉，最以杂剧知名。……其词虽谐稳，然元人生气，至是顿尽。……此后唯王渼陂（九思）、康对山（海），皆以北曲擅场，而二人所作《杜甫游春》《中山狼》二剧，均鲜动人之处。徐文长（渭）之《四声猿》，虽有佳处，然不逮元人远甚。……南戏亦然。此戏明中叶以前，作者寥寥，至隆、万后始盛，而尤以吴江沈伯英（璟）、临川汤义仍（显祖）为巨擘。沈氏之词，以合律称；而其文则庸俗不足道。汤氏才思诚一时之隽，然较之元人，显有人工与自然之别。故余谓北、南戏限于元代，非过为苛论也。（《宋元戏曲史》第十六章）

在"曲折详尽"方面，南戏较杂剧有大进步

元剧大都限于四折，且每折限一宫调，又限一人唱，其律至严，不容逾越。故庄严雄肆，是其所长；而于曲折详尽，犹其所短也。至除此限制，而一剧无一定之折数，一折（南戏中谓之一出）无一定之宫调；且不独以数色合唱一折，并有以数色合唱一曲，而各色皆有白有唱者。此则南戏之一大进步，而不得不大书特书，以表之者也。（《宋元戏曲史》第十四章）

古剧"脚色"命意之进步变化：由地位而品性而气质

隋唐以前虽有戏剧之萌芽，尚无所谓"脚色"也。参军所搬演，系

石耽或周延故事。唐中叶以后乃有"参军"、"苍鹘"：一为假官，一为假仆，但表其人社会上之地位而已。宋之脚色，亦表所搬之人之地位职业者为多。自是以后，其变化约分三级：一表其人在剧中之地位；二表其品性之善恶；三表其气质之刚柔也。宋之脚色以"副净"为主，"副末"次之。然宋剧之以"旦"以"孤"名者，不一而足，知他色亦有当场者矣。元杂剧中则当场唱者惟"正末"、"正旦"。如《气英布》、《单鞭夺槊》二剧第四折均以探子唱，则以正末扮探子。《柳毅传书》第二折用电母唱，则以正旦扮电母。虽剧中之主人翁，苟于此折中不唱，则亦退居他色。故元剧脚色全以唱不唱定之。南曲既出，诸色始俱唱，然一剧之主人翁，犹必为"生"、"旦"。此皆表一人在剧中之地位，虽在今日，犹沿用之者也。至以脚色分别善恶，事亦颇古。《梦粱录》记南宋影戏曰："公忠者雕以正貌，奸邪者刻以丑形，盖亦寓褒贬于其间。"（卷二十）影戏如此，真戏可知。元、明以后，戏剧之主人翁率以"末"、"旦"或"生"、"旦"为之，而主人之中多美鲜恶，下流之归悉在"净"、"丑"。由是脚色之分亦大有表示善恶之意。国朝以后，如孔尚任之《桃花扇》，于描写人物，尤所措意；其定脚色也，不以品性之善恶，而以气质之阴阳刚柔。故柳敬亭、苏昆生之人物，在此剧中当在复社诸贤之上，而以丑、净扮之，岂不以柳索滑稽，苏颇崛强，自气质上言之当如是耶？自元迄今，脚色之命意，不外此三者，而渐有自地位而品性，自品性而气质之势，此其进步变化之大略也。（《古剧脚色考》）

"元剧实于新文体中，自由使用新言语"

古代文学之形容事物也，率用古语，其用俗语者绝无，又所用之字数，亦不甚多。独元曲，以许用衬字故，故辄以许多俗语，或以自然之声音形容之。此自古文学上所未有也。……元剧实于新文体中，自由使用新言语，在我国文学中，于《楚辞》《内典》外，得此而三。然其源远在宋、金二代，不过至元而大成。其写景，抒情，述事之美，所负于此者实不少也。（《宋元戏曲史》第十二章）

"一代之绝作"的认识与激赏，往往有待后人

元杂剧之为一代之绝作，元人未之知也。明之文人始激赏之，至有以关汉卿比司马子长者（韩文靖邦奇）。三百年来，学者文人，大抵屏元剧不观。其见元剧者，无不加以倾倒。如焦里堂《易余籥录》之说，可谓具眼矣。焦氏谓一代有一代之所胜，欲自楚骚以下撰为一集，汉则专取其赋，魏晋、六朝至隋则专录其五言诗，唐则专录其律诗，宋专录其词，元专录其曲。余谓律诗与词固莫盛于唐末，然此二者果为二代文学中最佳之作否，尚属疑问。若元之文学，则固未有尚于其曲者也。（《宋元戏曲史》第十二章）

明杂剧"比之元人，已有自然人工之别"

明中叶后，不知北剧与南曲之分，但以长者为传奇，短者为杂剧。如此书（指《盛明杂剧初集》）中汪伯玉、陈玉阳、汪昌朝诸作，皆南曲也。且折数多至七八，少则一二，更属任意。独康对山《中山狼》四折，确守元人家法。余如沈君庸等，虽用北曲，而折数次第，均失元人之旧。其中文词，亦唯康对山，徐文长尚可诵。然比之元人，已有自然人工之别。余则等之自郐而已。元代杂剧作者，名概不著。此编所集，如康对山（海）、徐文长（渭）、汪伯玉（道昆）、陈玉阳（与郊）、王辰玉（衡）、叶六桐（宪祖）、沈君庸（自征）、孟子若（称舜）、梁伯龙（辰鱼）、梅禹金（鼎祚）、卓珂月（人月）、徐野君（翔）、汪昌朝（廷讷）：其姓字爵里，均在人耳目，或且正史有传，遗著尚存。而其人之显晦如彼，曲之工拙如此。信乎文章之事，一代自有一代之长，不能以常理论也。（《庚辛之间读书记·盛明杂剧初集》）

王（右军）颜（鲁公）"变法"，及其以前的书法演进

昔人论书以势名，古文篆隶各异型。千年四体相嬗代，唯尽其势体乃成。汉魏之间变古隶，体虽解散势犹未。波磔尚存八分法，茂密依稀两京制。墓田数帖意独殊，流传仍出山阴摹。永和变法创新意，世间始有真行书。由体生势势生笔，书成乃觉体势一。相斯小篆中郎隶，后得

右军称三绝。小楷法度尽黄庭，行书斯帖具典刑。草书尺牍尚百数，何曾一一学伯英。后来鲁公知此意，平生盘礴多奇气，大书往往爱摩崖，小字麻姑但游戏。真行巨细无间然，先后变法王与颜。坐令千载嗟神妙，当日只自全其天。(《癸丑三月三日京都兰亭会诗》)

前人研精书法，往往"千载吻合"

前人研精书法，精诚之至，乃与古人不谋而合。如完白山人篆书，一生学汉碑额，所得乃与新出之汉太仆残碑同。吴让之、赵悲庵，以北朝楷法入隶，所得乃与此碑（按指甘陵相碑）同。邓、吴、赵均未见此二碑，而千载吻合如此，所谓鬼神通之者非耶！(《甘陵相碑跋》)

我国绘画的历史演进

绘画之事，由来古矣。六书之字，作始于象形；五服之章，辉煌于作会。楚壁神灵，发累臣之问；宋舍众史，受元君之图。汉代黄门，亦有画者：殷纣踞妲己之图，周公负成王之像，遂乃悬诸别殿，颁之重臣。魏、晋以还，盛图故事；齐、梁以降，兼写佛像。爰自开、天之际，实分南北之宗。王中允之清华，李将军之刻画，人物告退，而山水方滋。下至韩马、戴牛、张松、薛鹤，一物之工，兹焉托始。荆、关崛起，董、巨代兴。天水一朝，士夫工于画苑；有元四杰，气韵溢乎典型。胜国兴朝，代有作者，莫不家抱钟山之璧，人握赤水之珠，变化拟于鬼神，矩矱通于造化。陈之列肆，非徒照乘之光；闳之巾箱，恒有冲天之气。(《〈中国名画集〉序》)

在诗画方面，宋人审美观与唐不同

绘画则董源以降，始变唐人画工之画，而为士大夫之画。在诗歌，则兼尚技术之美，与唐人尚自然之美者蹊径迥殊。(《宋代之金石学》)

杨升山水画在画史上的地位

前函言杨升《雪山朝霁图》，写灞桥风雪意，此语大误。灞桥系平原大道，虽可望见南山，地势不得如此收缩。既非写孟浩然事，则疑其不出杨升者误也。僧繇、探微不可得见,观其画,知唐山画法已自精能。(大小李虽不可见,当与赵千里辈不甚相远。惟树法犹存汉魏、六朝遗意。)右丞独不拘于形似,而专写物意,故为南宗第一祖。杨画实为由张、陆辈至右丞之过渡,其可贵不在《江山雪霁》下也。(《致罗振玉(1916 年 5 月 8、9、10 日)》)

赵千里雪景图,与"马、夏一派"的关系

又有一卷雪景,树仿郭河阳,山石仿范中立,气象甚大,末有"千里伯驹"四字隶书款(款亦佳)。乍观之似马、夏一派,用笔甚粗,而实有细处。向所传千里画,皆金碧细皴,惟此独粗,盖内画近景与远景之不同,此恐千里真本。不观此画,不能知马、夏渊源(惟绢甚破碎)。乙(按指沈乙庵)甚赏此画,又甚以鄙言为然,谓得后乞跋之。(《致罗振玉(1916 年 5 月 7 日)》)

《史记·赵世家》与后世小说之关系

《史记·赵世家》一篇,多记神怪梦幻事,行文奇纵,当本于赵之国史,非后世小说所能仿佛也。(《二牖轩随录》)

《宋椠大唐三藏取经诗话》为"后世小说分章回之祖"

此书(按指《宋椠大唐三藏取经诗话》)与《五代平话》、《京本小说》及《宣和遗事》体例略同。三卷之书,共分十七节,亦后世小说分章回之祖。其称"诗话",非唐宋士夫所谓诗话,以其中有诗有话,故得此名。其有词有话者,则谓之"词话"。《也是园书目》有宋人词话十六种,《宣和遗事》其一也。词话之名,非遵王所能杜撰,必此十六种中,有题词话者。此书有诗无词,故名诗话,皆《梦粱录》、《都城纪胜》所谓说话之一种也。(《宋椠大唐三藏取经诗话跋》)

元明以后章回小说盛行,皆对前人有所继承

日本狩野博士(直喜)作《水浒传考》,谓《水浒传》前,已有无数小《水浒传》,其言甚确。若《三国演义》,则尤有明证,足佐博士之说。

且今所行章回小说，虽至鄙陋者，殆无不萌芽于宋、元。如《西游记》、《封神榜》、《杨家将》、《龙图公案》、《说岳》等，元曲多用为题目，或隶其事实，足证当日已有此等书。但其书体裁，当与《五代平话》及《宣和遗事》略同，不及后世之变化。始知元、明以后章回小说大行，皆有所因袭，决非出于一时之创作也。（《庚辛之间读书记·元人〈隔江斗智〉杂剧》）

不"赞同"胡适提倡白话诗文

顷阅胡君适之《水浒》《红楼》二卷，犁然有当于心。其提倡白话诗文，则所未敢赞同也。（《王国维致顾颉刚的三封信（1922 年）》，原载《文献》第 18 辑，1983 年 12 月）

分论之部

（一）殷、周

殷代"雕刻之精良"

古器文字，大抵阴文，其化纹则突起为阳文。其冶铸时，文字必先刻阴文范，乃制阳文范；花纹必先刻阳文范，乃制（原作"袭"）阴文范，然后可以铸金其中。是古代冶铸之工，实本于雕刻之工。观其冶铸之精良，则其雕刻之精良，从可知矣。上虞罗氏藏商时雕刻牛骨断片，其精雅与鼎彝花纹无异。此物出彰德府城外，与龟板牛骨文字同时出土，为殷时遗物无疑也。（《二牖轩随录》）

"《颂》之声较《风》《雅》为缓"

《毛诗序》云："颂者，美盛德之形容，以其成功，告于神明者也。""盛德之形容"，以貌表之可也，以声表之亦可也。窃谓风、雅、颂之别，当于声求之。颂之所以异于风、雅者，虽不可得而知，今就其著者言之，则颂之声较风、雅为缓也。（《说〈周颂〉》）

我国文学不外发表春秋以前南北两大学派之思想

吾国之文学，亦不外发表二种之思想（按，一为北方的贵族派或入世派、国家派，以孔子墨子为代表；一为南方的平民派或遁世派、个人派，以老子为代表）。然南方学派，则仅有散文的文学，如老、庄、列是已。至诗歌的文学，则为北方学派之所专有。《诗》三百篇，大抵表北方学派之思想者也。虽其中如《考槃》、《衡门》等篇，略近南方之思想，然北方学者所谓"用之则行，舍之则藏"，"有道则见，无道则隐"者，亦岂有异于是哉？故此等谓之南北公共之思想则可，必非南方思想之特质也。（《屈子文学之精神》）

屈子文学将"北方人之感情、南方人之想象合而为一"

北方人之感情，诗歌的也，以不得想象之助故，其所作遂止于小篇。南方人之想象，亦诗歌的也，以无深邃之感情之后援故，其想象亦散漫而无所丽，是以无纯粹之诗歌。而大诗歌之出，必须俟北方人之感情与南方人之想象合而为一，即必通南北之驿骑而后可，斯即屈子其人也。（《屈子文学之精神》）

《离骚》与"欧穆亚之人生观"

盖屈子之于楚，亲则肺腑，尊则大夫，又尝箓内政外交上之人事矣，其于国家，既同累世之休戚，其于怀王又有一日之知遇，一疏再放，而终不能易其志。于是其性格与境遇相待，而使之成一种之"欧穆亚"。《离骚》以下诸作，实此"欧穆亚"所发表者也。使南方之学者处此，则贾谊（《吊屈原文》）、扬雄（《反离骚》）是，而屈子非矣。此屈子之文学，所负于北方学派者也。

然就屈子文学之形式言之，则所负于南方学派者，抑又不少。彼之丰富之想象力，实与庄、列为近。《天问》、《远游》凿空之谈，求女谬悠之语，庄语之不足，而继之以谐，于是思想之游戏，更为自由矣。变《诗》三百篇之体而为长句，变短什而为长篇，于是感情之发表更为宛转矣。此皆古代北方文学之所未有，而其端自屈子开之。然所以驱使想象而成此大文学者，实由其北方之肫挚的性格。此庄周等之所以仅为哲学家，而周、秦间之大诗人不能不独数屈子也。(《屈子文学之精神》)

（二）秦

李斯铜虎符书"为秦书之冠"

李斯书，存于今者仅有泰山十字，琅琊台刻石，则破碎不复能成字矣。即以拓本言之，泰山刻石亦仅存二十九字。琅琊虽有八十五字，而漫漶过半。此符（按指秦铜虎符，罗振玉藏）乃秦重器，必为相斯所书，而二十四字，字字清晰，谨严，浑厚，径不过数分，而有寻丈之势，当为秦书之冠。惜系错金为之，不能拓墨耳。(《东山杂记》)

（三）晋

"书人墨髓石人参"

取《游目帖》墨本，与唐拓《十七帖》刻本较，则刻本精劲有余，而中和之气，觉墨本为胜。盖当时解无畏辈，皆刻石巨手，兼通书法，不无以己意参入。沈子培方伯《题崔敬邕墓志》诗云："书人墨髓石人参。"不独北朝为然，即唐初亦犹是也。而唐《澄清堂帖》所刻，由重摹本上木，故稍失之瘦弱，而于笔意所得较多。若宋以后刻本，则去之远矣。(《东山杂记》)

（四）唐

杜工部诗与天宝之乱

杜工部《忆昔》诗："忆昔开元全盛日，小邑犹藏万家室。稻米流脂粟米白，公私仓廪俱丰实。九州道路无豺虎，远行不劳吉日出。"此追怀开元末年事。《通典》载："开元十三年封泰山，米斗至十三文，青齐谷斗至五文。自后天下无贵物，两京米斗不至二十文，麵三十五文，绢一匹二百一十文。"正此时也。仅十余年，至天宝十四载十一月，工部自京赴奉先县作咏怀诗，时渔阳反状未闻也，乃云："朱门酒肉臭，路有冻死骨"，又云："入门闻号咷，幼子饥已卒。所愧为人父，无食致夭折"；"生常免租税，名不隶征伐。抚迹犹酸辛，平人固骚屑"。盖此十年间，吐蕃、云南相继构兵，女谒、贵戚穷极奢侈，遂使禄山得因之而起。君子读此诗，不待渔阳鼙鼓，而早知唐之必乱矣。(《东山杂记》)

"玉溪诗得少陵魂"

玉溪诗得少陵魂，向晚高歌武帝孙。解道英灵殊未已，不须惆怅近黄昏。(《题贡王朵颜卫景卷》)

《凤归云》与《秦妇吟》

虚声乐府擅缤纷，妙悟新安迥出群。茂情漫收双绝句，教坊原有《凤归云》。(《云谣集杂曲子》)

劫后衣冠感慨深，新词字字动人心。贵家障子僧家壁，写遍韦郎《秦妇吟》。(韦庄《秦妇吟》)(《题敦煌所出唐人杂书六绝句》)

韦庄《秦妇吟》风行一时

此诗(按指韦庄《秦妇吟》)前后残阙，无篇题及撰人姓名，亦英伦博物馆所藏，狩野博士所录。案，《北梦琐言》："蜀相韦庄应举时，遇黄寇犯阙，著《秦妇吟》一篇云：'内库烧为锦绣灰，天街踏尽公卿骨。'"此诗中有此二语，则为韦庄《秦妇吟》审矣。《琐言》又云："尔后公卿颇多垂讶，庄乃讳之。时人号为'《秦妇吟》秀才'。他日撰《家戒》，内不许垂《秦妇吟》障子，以此止谤，亦无及也。"云云。是庄贵后，讳言此诗。故弟蔼编《浣花集》，不以入集，遂不传于世。然此诗当时制为障子，则风行一时可知。(《唐写本韦庄〈秦妇吟〉跋》)

（五）五代

荆浩山水画 "气势浑沦"

昨日赴哈园，书画展览会所陈列者，廉泉之物为多。有一山水立幅，宫子行题为荆浩，傅以赭绛；气势浑沦，略似北苑。山皴皆大披麻，悬泉两道与松树云气，画法全同北苑，唯下幅近处山石间用方折，有似荆法。此画当出董巨以后，然不失为名迹也。(《致罗振玉（1916 年 10 月 11 日）》)

董源、巨然画 "气魄雄厚，局势开张"

今日晴始出，过冰泉，已自粤归，携得北苑一卷、一幅。卷未见，立幅佳甚。幅不甚阔，系画近景，上山作粗点大笔披麻，并有矶头，下作四五枯树及泉水，并有小草，境界全在公所藏诸幅之外。幅上诗斗有香［真］光题字，略云仿李思训者。画上又有纯皇题诗一首；乃内府流出在孔氏岳雪楼者，此可谓剧迹。(此幅绢极细而色较白。)其一卷盖已出外，索观不得。又一石谷临巨然《烟浮远岫》立幅，气魄雄厚，局势开张，用粗点大披麻皴，全得家法，尚想见原本神观。(与《唐人诗意》幅不同，而与《万壑图》相近。)(《致罗振玉（1917 年 1 月 5 日）》)

董源《山居图》"惊心动魄"

十七日过冰泉处，始见北苑《山居图》卷，令人惊心动魄。此卷与小幅，在公藏器，几可与《溪山行旅》、《群峰霁雪》抗衡。因绢素干净，故精神愈觉焕发。观《山居》卷，知香光得力全在此种。(《致罗振玉（1917 年 1 月 13 日）》)

（六）宋

宋人画竹的技法与气象

过程冰泉……出示诸画。有巨然二幅，大而短，乃元明间人所为。

(并非高手)惟竹一大幅大佳,其竹乃渲染而成,有竹处无墨,而以淡墨为地,此法极奇;当中竹三四竿,气象雄伟,一竿竹旁,倒书"此竹值黄金百两"篆书二行。冰泉谓人言,宋人画录中记此事,此极荒唐,惟此画尚是宋人笔墨。(《致罗振玉(1916年10月3日)》)

巨然山水画之气魄

昨为看巨师画预备一切,因悟北苑《群峰霁雪》卷,多作蟹爪树,乃与河阳同出右丞。巨然出北苑,而变为柔细,则似河阳,固其宜也。惟气魄,必有异人处,如公之河阳《秋山行旅》卷,气象已极不同,何况巨公?(《致罗振玉(1916年11月6日)》)

巨然画的"宋人摹本"

巨然卷,末题"钟陵寺僧巨然"六字,略似明人学钟太傅书者,似系后加。卷长二丈有余,不及三丈,前云五丈者,传闻之误也。全卷石法树法,全从北苑出,树根用北苑法,石有作短笔麻皴者(图画江景故),虽不辟塞而丘壑特奇(宫室亦用董、巨法,前半仍是巨法,不似河阳。山石阴阳分晓,有宋人意,或当时已有此风亦未可知),温润处不如《唐人诗意》卷,气魄亦逊。窃谓此卷若以画法求之,则笔笔皆是董、巨,惟于真气惊人之处,则比《秋山行旅》、《群峰霁雪》、《云壑飞泉》诸图,皆有逊色,用墨有极黑处,当是宋人摹本,未敢遽定为真。(《致罗振玉(1916年11月6日)》)

巨然《江山秋霁》卷非真迹

今晨又将董、巨诸画景印本展阅一过,觉昨所观《江山秋霁》卷为宋人摹本无疑。其石法树法皆有渊源,惟于元气浑沦之点不及诸图远甚,用笔清润处亦觉不如。卷中高石皴法与《雪霁图》略同;矮石作短笔麻皴,求之董、巨诸图,均所未见,似合洪谷、北苑为一家者,都不如诸立幅,作大披麻皴及大雨点皴也。(《致罗振玉(1916年11月7日)》)

巨然《唐人诗意》立幅 "温润浑厚"

黄氏巨师画卷，维前所以谓为宋摹者，即以其深厚博大之处，与真迹迥异；若论画法，则笔笔是董、巨，无可訾议，与公前后各书所论略同。顾崔逸所藏即《万壑图》，得公书乃恍然。窃意北苑画法，备于《溪山行旅》、《群峰霁雪》二图；《万壑松风》与未见之《潇湘图》，一大一细，当另是一种笔墨，其真实本领，实于前二图见之。巨然《唐人诗意》立幅，虽无确据，然非董非米，舍巨师，其谁为之？其中房屋小景，用笔温润浑厚，与《溪山行旅》异曲同工。黄氏卷，惟有法度尚存，气象神味，皆不如诸幅远矣；海内董、巨，恐遂止此数，不知陕右一卷何如耳。(《致罗振玉（1916 年 11 月 15 日）》)

"一种高华严冷意"

华原石法河阳树，都入王孙盘礴中。千载只传金碧画，谁知衣钵是南宗。

同时刘、李并精能，马、夏终嫌笔有棱。一种高华严冷意，百年嫡嗣在吴兴。

残缣风雪凌竞处，几庋高斋拂拭看。至竟装潢无圣手，却将明丽变荒寒。(重装洗涤，古意稍失，先生甚为惋惜)(《题沈乙庵方伯所藏赵千里〈云麓早行图〉》)

《杨妃出浴图》"笔墨极静穆"

今晨往淡，渠（按指沈乙庵）出一《杨妃出浴图》见示，笔墨极静穆，无痕迹。行笔极细，稍着色；而面目已娟秀，不似唐人之丰艳。渠谓早则北宋人，迟则元明摹本（此画渠已购得）殆近之。(《致罗振玉（1916 年 5 月 17 日）》)

周邦彦《曝日》诗仅存四句

（清真）先生诗之存者，一鳞片爪俱有足观。至如《曝日》诗云："冬

曦如村酿，微温只须臾。行行正须此，恋恋忽已无。"语极自然，而言外
有"北风雨雪"之意，在东坡和陶诗中，犹为上乘，惜仅存四句也。(《清
真先生遗事·尚论三》)

宋人金石书画之学，结合赏鉴与研究，思古与求新

宋自仁宗以后，海内无事，士大夫政事之暇，得以肆力学问。其时
哲学、科学、史学、美术，各有相当之进步，士大夫亦各有相当之素养。
赏鉴之趣味与研究之趣味，思古之情与求新之念，互相错综。此种精神，
于当时之代表人物苏(轼)、沈(括)、黄(庭坚)、黄(伯思)诸人著述中，
在在可以遇之。其对古金石之兴味，亦如其对书画之兴味：一面赏鉴的，
一面研究的也。汉唐元明时人之于古器物，绝不能有宋人之兴味。故宋
人于金石书画之学，乃凌跨百代。近世金石之学复兴，然于著录考订，
皆本宋人成法；而于宋人多方面之兴味，反有所不逮。故虽谓金石学为
有宋一代之学，无不可也。(《宋代之金石学》)

"宵深爱诵剑南诗"

论才君自轻侪辈，学道余犹半黠痴。差喜平生同一癖，宵深爱诵剑
南诗。(《题友人三十小像》)

(七)元

元杂剧的三个时期

有元一代之杂剧，可分为三期：一、蒙古时代：此自太宗取中原以
后，至至元一统之初。《录鬼簿》卷上所录之作者五十七人，大都在此
期中。(中如马致远、尚仲贤、戴善甫，均为江浙行省务官，姚守中为平江路吏，
李文蔚为江州路瑞昌县尹，赵天锡为镇江府判，张寿卿为浙江省掾史，皆在至元
一统之后；侯正卿亦曾游杭州，然《录鬼簿》均谓之"前辈名公才人"，与汉卿无别，
或其游宦江浙，为晚年之事矣。)其人皆北方人也。二、一统时代：则自至

元后至至顺、后至元间。《录鬼簿》所谓"已亡名公才人，与余相知或不相知者"是也。其人则南方为多，否则北人而侨寓南方者也。三、至正时代:《录鬼簿》所谓"方今才人"是也。此三期，以第一期之作者为最盛，其著作存者亦多。元剧之杰作，大抵出于此期中。至第二期，则除宫天挺、郑光祖、乔吉三家外，殆无足观，而其剧存者亦罕。第三期则存者更罕，仅有秦简夫、萧德祥、朱凯、王晔五剧，其去蒙古时代之剧远矣。（《宋元戏曲史》第九章）

元代曲家应以"关、白、马、郑"为首

元代曲家，自明以来，称"关、马、郑、白"。然以其年代及造诣论之，宁称"关、白、马、郑"为妥也。关汉卿一空倚傍，自铸伟辞，而其言曲尽人情，字字本色，故当为元人第一。白仁甫、马东篱高华雄浑，情深文明；郑德辉清丽芊绵，自成馨逸：均不失为第一流。其余曲家均在四家范围内。唯宫大用瘦硬通神，独树一帜。以唐诗喻之：则汉卿似白乐天，仁甫似刘梦得，东篱似李义山，德辉似温飞卿，而大用则似韩昌黎。以宋词喻之：则汉卿似柳耆卿，仁甫似苏东坡，东篱似欧阳永叔，德辉似秦少游，大用似张子野。虽地位不必同，而品格则略相似也。明宁献王《曲品》，跻马致远于第一，而抑汉卿于第十。盖元中叶以后，曲家多祖马、郑，而祧汉卿，故宁王之评如是。其实非笃论也。（《宋元戏曲史》第十二章）

《窦娥冤》、《赵氏孤儿》可"列之于世界大悲剧中"

明以后，传奇无非喜剧，而元则有悲剧在其中。就其存者言之:如《汉宫秋》、《梧桐雨》、《西蜀梦》、《火烧介子推》、《张千替杀妻》等，初无所谓先离后合、始困终亨之事也。其最有悲剧之性质者，则如关汉卿之《窦娥冤》、纪君祥之《赵氏孤儿》。剧中虽有恶人交构其间，而其蹈汤赴火者，仍出于其主人翁之意志，即列之于世界大悲剧中，亦无愧色也。（《宋元戏曲史》第十二章）

元剧之"三大杰作"《汉宫秋》、《梧桐雨》、《倩女离魂》

余于元剧中得三大杰作焉:马致远之《汉宫秋》,白仁甫之《梧桐雨》,郑德辉之《倩女离魂》是也。马之雄劲,白之悲壮,郑之幽艳,可谓千古绝品。今置元人一代文学于天平之左,而置此三(原误作"二")剧于其右,恐衡将右倚矣。(《录曲余谈》)

"元人之于曲,天实纵之"

《天净沙》小令,纯是天籁,仿佛唐人绝句。马东篱《秋思》一套,周德清评之,以为"万中无一",明王元美等亦推为套数中第一,诚定论也。此二体,虽与元杂剧无涉,可知元人之于曲,天实纵之,非后世所能望其项背也。(《宋元戏曲史》第十二章)

《老生儿》《救风尘》二剧布置结构甚佳

元剧关目之拙,固不待言。此由当日未尝重视此事,故往往互相蹈袭,或草草为之。然如武汉臣之《老生儿》,关汉卿之《救风尘》,其布置结构,亦极意匠惨淡之致,宁较后世之传奇,有优无劣也。(《宋元戏曲史》第十二章)

《严子陵垂钓七里滩》当为宫大用作

《新刊关目〈严子陵垂钓七里滩〉》,元宫天挺撰;各书均未著录。惟《录鬼簿》载宫大用所撰杂剧,有《严子陵钓鱼台》。此剧文字雄劲遒丽,有健鹘摩空之致;与《范张鸡黍》定出一手,故定为大用之作。大用曾为钓台书院山长,故作是剧也。(《〈元刊琴剧三十种〉序录》)

"兔起早迎霜"

《汉宫秋》杂剧〔梅花酒〕:"草已添黄,色早迎霜",《雍熙乐府》作"兔起早迎霜"。案,《乐府》是也。王得臣《麈史》(下)"官制":时将作监簿改为承务郎,或曰:迁官,则为"迎霜兔"矣。观此知作"兔"

为合。古人淹雅，虽曲家犹如此，不可及也。(《〈元曲选〉跋》)

《琵琶记·吃糠》一出，"实为一篇之警策"

此一出（按指《琵琶记·吃糠》）实为一篇之警策。竹垞《静志居诗话》谓：闻则诚填词，夜案烧双烛，填至《吃糠》一出，句云："糠和米本一处飞"，双烛花交为一。吴舒凫《长生殿传奇序》亦谓：则诚居栎社沈氏楼，清夜案歌。几上蜡炬二枚，光交为一，因名其楼曰"瑞光"。此事固属附会，可知自昔皆以此出，为神来之作。然《记》中笔意近此者，亦尚不乏。此种笔墨，明以后人全无能为役。故虽谓北剧、南戏限于元代可也。(《宋元戏曲史》第十五章)

元代"北剧悲壮沉雄，南戏清柔曲折"

元之南戏以"荆、刘、拜、杀"并称，得《琵琶》而五。此五本尤以《拜月》、《琵琶》为眉目，此明以来之定论也。元南戏之佳处，亦一言以蔽之，曰"自然"而已矣。申言之，则亦不过一言，曰"有意境"而已矣。故元代南北二戏，佳处略同；唯北剧悲壮沉雄，南戏清柔曲折，此外殆无区别。此由地方之风气及曲之体制使然；而元曲之能事则固未有间也。(《宋元戏曲史》第十五章)

"元剧之精髓全在曲辞"

戏曲之作，于我国文学中为最晚，而其流传于他国也，则颇早。法人赫特之译《赵氏孤儿》也，距今百五十年，英人大维斯之译《老生儿》，亦垂百年。嗣是以后，欧利安、拔善诸氏并事翻译，讫于今，元剧之有译本者几居三之一焉。余虽未读其译书，然大维新于所译《老生儿》序中谓："元剧之曲，但以声为主，而不以义为主。"盖其所移译者，科白而已。夫以元剧之精髓，全在曲辞，以科白取元剧，其智去"买椟还珠"者有几！(《译本〈琵琶记〉序》)

（八）明

"宪王乐府独步明初"

宪王乐府独步明初，音调谐美，中原弦索多用之；李空同《汴中绝句》云："中山孺子倚新妆，赵女燕姬总擅场。齐唱宪王新乐府，金梁桥外月如霜。"又牛左史诗："唱彻宪王新乐府，不知明月下樊楼。"盖宣正、正嘉百年之间，风行之盛如此。（《杂剧十段锦跋》）

宪王杂剧"规摹元人，了无生气"

杂剧唯元人擅场，明代工此者寥寥。宣、正之间，周宪王号为作者。然规摹元人，了无生气，且多吉祥颂祷之作，其庸恶殆与宋人寿词相等。（《庚辛之间读书记·盛明杂剧初集》）

《三国演义》写"华容道"，"非大文学家不办"

《三国演义》无纯文学之资格，然其叙关壮缪之释曹操，则非大文学家不办。《水浒传》之写鲁智深，《桃花扇》之写柳敬亭、苏崑生，彼其所为固毫无意义，然以其不顾一己之利害故，犹使吾人生无限之兴味，发无限之尊敬，况于关壮缪之矫矫者乎！若此者，岂真如汗德（康德）所云：实践理性为宇宙人生之根本欤？抑与现在利己之世界相比较，而益使吾人兴无涯之感也？则选择戏曲小说之题目者，亦可以知所去取矣。（《文学小言》）

唐六如画卷"颇极秀逸"

景叔以五十元得一唐六如小卷，（实横幅）纸本，极干净，无款，但有"唐居士印"四字，朱字牙章。其画石学李晞古笔意，颇极秀逸，如系伪品，恐亦须石谷辈乃能为此。（《致罗振玉（1916 年 9 月 4 日）》）

马湘兰兰石画幅

旧苑风流独擅场，土苴当日睨侯王。书生归囊真奇绝，载得金陵马四娘。

小石丛兰别样清，朱丝细字亦精神。君家宰相成何事，羞煞千秋"马士英"！（马士英善绘事，其遗墨流传人间者，世人丑之，往往改其名为"冯玉英"云。）（《将理归装，得马湘兰画幅，喜而赋此》）

（九）清及民初

吴梅村、陈云伯，鲁通甫等效长庆体

宋、元以来，诗人为中唐长庆体者甚少，为之亦辄不工。至国初，始得吴娄东。乾嘉以后，效吴体者渐多，大抵有肉无骨，如陈云伯辈耳。独山阳鲁通甫先生，根柢深厚，气骨高骞，乃能与娄东抗手。（《二牖轩随录》）

吴梅村《清凉山赞佛诗》与民间传说

吴梅村《清凉山赞佛诗四首》，咏孝献章皇后事，盖其时民间盛传世祖入五台山为僧之说。然梅村此诗第三首云："回首长安城，缇索惨不欢。房星竟未动，天降白玉棺。惜哉善财洞，未得夸迎銮"，是世祖虽有欲幸五台之说，未果而崩也。而《读史有感》八首之一，则云："弹罢熏弦便薤歌，南巡翻似为湘娥。当时早命云中驾，谁哭苍梧泪点多。"其二云："重璧台前八骏蹄，歌残黄竹月轮西。君王纵有长生术，忍向瑶池不并栖。"又似真有入道之事。盖梅村时已南归，据所传闻者书之，故二诗前后异辞。即《读史有感》之第三、第八两首，亦云："九原相见尚低头。"（雏按，此为《古意》六首之四中句，静安引此恐有误。）又云："扶下君王到便房"，与前二首不合也。（《东山杂记》）

《红楼梦》属"第三种悲剧"

第三种之悲剧，由于剧中之人物之位置及关系，而不得不然者，非必有蛇蝎之性质，与意外之变故也，但由普通之人物，普通之境遇，逼

之不得不如是。彼等明知其害，交施之而交受之，各加以力，而各不任其咎。此种悲剧，其感人，贤于前二者远甚。何则？彼示人生最大之不幸，非例外之事，而人生之所固有故也。若前二种之悲剧，吾人对蛇蝎之人物，与盲目之命运，未尝不悚然战栗，然以其罕见之故，犹幸吾生之可以免，而不必求息肩之地也。但在第三种，则见此非常之势力，足以破坏人生之福祉者，无时而不可坠于吾前，且此等惨酷之行，不但时时可受诸己，而或可以加诸人。躬丁其酷，而无不平之可鸣，此可谓天下之至惨也。若《红楼梦》，则正第三种之悲剧也。(《红楼梦评论》)

鲁通甫《题顾横波小像》诗颇滑稽

(鲁)通甫《题顾横波小像》诗云："彦回须髯如有神，眉娘风貌真天人。遭时变化生风云，鱼轩彩翟江南春。江南朱楼渌水滨，清歌一曲花氤氲。云窗雾阁天黄昏，红灯促骑来逡巡。归报相公公勿嗔：丈夫能死死甲申，夫人乐矣不忧君。"滑稽之语可诵也。(《二牖轩随录》)

鲁通甫《落叶》"极体物之工"

(鲁)通甫《落叶》一首，极体物之工。云："银屏秋冷虫声歇，空阶夜静闻落叶。骚骚屑屑三两声，帘栊不卷灯微明。初疑细雨洒秋箔，一声半声犹落索。春蚕夜食蟹爬沙，枯荷万柄风吹斜。回廊曲涧飞更起，宿鸟投林船过苇。转空堕地轻更轻，软沙细草行人行。陇头孤客听不得，淮南思妇难为情。枯枝一夕飒萧爽，瞳瞳晓日当窗上。"又，其《宋书小乐府》之一曰："江左风流相，翩翩帽帻斜。天生王仲宝，卖却妇翁家。"比古人所拟《褚渊、王俭传赞》云："渊既世胄，俭亦国华，不思舅氏，遑恤妇家。"尤可笑也。(《二牖轩随录》)

"完白山人"一派之书法

书法一道，山阴、平原范围百代，唐、宋以来无或踰越。完白山人奋乎千载之下，真积力久，别张一军。安吴、荆谿，此喁彼于，遂成宗派。世人争重山人篆书，不知其行楷书，尤有关于百年以来风气也。山人一派，安吴书迹遍天下，而荆谿书传世甚少。今观此卷，寓骏快于顿挫，出新意于旧规，与近日所出两晋、六朝墨迹，波澜莫二。盖精诚之至，与古冥合。亦如山人篆书，与新出汉司徒袁敞碑，同一机轴也。(《周之琦鹤塔铭手迹跋》)

沈乙庵《秋怀》，"意境深邃而寥廓"

近时诗人如陈伯严辈，皆瓣香江西。然形貌虽具，而于诗人之旨，殊无所得，令人读之，索然共尽。顷读沈乙庵方伯《秋怀》诗三首，意境深邃而寥廓，虽使山谷、后山为之，亦不是过也，其一曰："秋叶脱且摇，秋虫吟复暗，秋宵无旦气，秋啸无还音。寸寸死月魄，分分析星心。天人目共眴，海客珠方沉。惇史执简稿，日车还泞深。寄声寂寞滨，乞我膏肓鍼。"其二曰："贵已不如贱，鬼应殊胜人。搴蓬语庄叟，乘豹招灵均。荡荡广莫风，悠悠野马尘。独行靡掣曳，长往无缁磷。鬼语诗必佳，鬼道符乃神。道逢钟葵妹，窈窕千花春。绝倒吴道玄，貌彼抉目瞋。"其三曰："君为四灵诗，坚齿漱寒石。我转西江水，不能濡涸辙。道穷诗亦尽，愿在世无绝。湛湛长江水，照我十年客。昔梦沧浪清，今见天水碧。撤视入沉冥，忘怀阅潮汐。"于第一章，见忧时之深。第二章虽作鬼语，乃类散仙。至第三章，乃云："道穷诗亦尽，愿在世无绝"，又非孔孟、释迦一流人不能道，以山谷、后山目之，犹皮相也。(《东山杂记》)

沈乙庵诗句："亡虏幸偷生，有言皆粪土"

为乙老写去年诗稿共十八页，二日半而成。其中大有杰作，一为王聘三方伯作《瘖医篇》，一为《陶然亭诗》，而去年还嘉兴诸诗，议论尤佳。其《卫大夫宏演墓诗》云："亡虏幸偷生，有言皆粪土。"今日往谈，称此句，乙云："非见今日事，不能为此语。"(《致罗振玉(1916年12月28日)》)

沈乙庵绝笔楹联"奕奕有生气"

东轩先生弥天四海之量，拨乱反正之志；四通六辟之识，深极研几之学，迈往不屑之韵，沈博绝丽之文：虽千载后，犹奕奕有生气，矧在形神未离之顷耶？此书作于易箦前数小时，而气象笔力如是，先生之视躯体直是传舍耳！陟降以往，无乎不在。箕尾星耶？兜率天耶？对此遗迹，谁谓先生不在人间耶？世有唱"神灭论"者，请以此难之。(《沈乙庵先生绝笔楹联跋》)

《颐和园词》"追步梅村"

前从《日本及日本人》中见大著《哀情（清？）赋》，仆本拟作《东征赋》，因之搁笔。前作《颐和园词》一首，虽不敢上希白傅，庶几追步梅村。盖白傅能不使事，梅村则专以使事为工。然梅村自有雄气骏骨，遇白描处尤有深味，非如陈云伯辈，但以秀缛见长，有肉无骨也。(《致铃木虎雄（1912 年 5 月 31 日）》)

《颐和园词》"于觉罗氏一姓末路之事略具"

《颐和园词》称奖过实，甚愧。此间于觉罗氏一姓末路之事略具，至于全国民之运命，与其所以致病之由，及其所得之果，尚有更可悲于此者，拟为《东征赋》以发之，然手腕尚未成熟，姑俟异日。尊论梅村诗，深得中其病。至于龙跳虎卧，而见起伏，鲸铿春丽，而不假典故，要唯第一流之作者能之。梅村诗品，自当在上中、上下间，然有清刚之气，故不致如陈云伯辈之有肉无骨也。(《致铃木虎雄（1912 年 6 月 23 日）》)

《蜀道难》为端方而作

前日于《艺文》中得读大著《哀将军曲》，悲壮淋漓，得古乐府妙处。虽微以直率为嫌，而真气自不可掩。贵邦汉诗中，实未见此作也。近作《蜀道难》一首，乃为端午桥尚书（方）作，谨以誊写板本呈上，唯祈教之。(《致铃木虎雄（1912 年 12 月 19 日）》)

《隆裕皇太后挽歌辞》"非为一时而作"

昨奉赐书并大稿《山陵挽诗》五律二首。读至"地老鹃啼血，天悲

鹤语寒",因忆去岁除夕作"可但先人知汉腊,定闻老鹤语尧年",竟成谶语,岂不异哉!拙作排律(按指《隆裕皇太后挽歌辞》)用通韵法占人,似但有一二字出入。若全首通押,现未能发见其例。惟国维平生于诗最不喜用僻韵,致使一诗中有骈枝之语、不达之意,故大胆为之。且其中"髯"、"金"二字(以今日已无闭口声,故亦放胆用之),阑入"盐"、"咸"闭口韵,尤为从古所无。劳玉老曾以是相规,心知其非,而不能改也。要之,此等诗非为一时而作,但使后之读此诗者,惜其落韵,斯亦足矣。诗止于九十韵,亦由此故。若必敷衍成百韵,则难免无谓之语插入其间。先生以为何如?(《致缪荃孙(1913年5月13日)》)》

(佛雏据周锡山编校《王国维文学美学论著集》、赵万里编校《王国维遗书》《王国维全集·书信》等摘录。本书已对摘录的格式、文字和标点做了校改,小标题略有改动。原名《广人间词话》,共229则,今删去34则与诗学无关者;另有14则关于词学,已编入本书《人间词话附录》中,此处也已删去,今存181则。)

编校注评者简介

　　周锡山，上海艺术研究所研究员，上海和中国作家协会会员，上海比较文学研究会名誉理事，上海戏剧家协会和中国古代文学理论学会理事，中国《水浒》学会常务理事兼会刊《水浒争鸣》编委，镇江市赛珍珠(1938年获诺贝尔文学奖)研究会和福建省老子研究会顾问。

　　已出版各类著作30余种：编校《金圣叹全集》(4册初版本、6卷导读解读本)、《王国维集》(4册)，编著《西厢记注释汇评》、《清初三大家和神韵派诗歌选注》、《王国维文学美学论著集》释评本和《中国小说史略》释评本等；著有《金圣叹文艺美学研究》、《王国维美学思想研究》、《神秘与浪漫》、"历史新观察书系"3种(《汉匈四千年之战》、《流民皇帝——从刘邦到朱元璋》、《临朝太后——从吕太后到慈禧》)、《挚真情缘·千古遗恨〈长生殿〉》、《红楼梦的人生智慧》、《红楼梦的奴婢世界》，以及《乔峰的人生哲学》、《胡斐的人生哲学》、《令狐冲的人生哲学》等。其著作得到《上海文化年鉴》连续10年和《上海年鉴》四次记载和高度评价。